剑胆琴心

张恨水——著

国际文化出版公司

图书在版编目（CIP）数据

剑胆琴心 / 张恨水著. —北京 : 国际文化出版公司，2013.7
ISBN 978-7-5125-0535-3

Ⅰ. ①剑… Ⅱ. ①张… Ⅲ. ①章回小说–中国–现代
Ⅳ. ①I246.4

中国版本图书馆CIP数据核字（2013）第140715号

剑胆琴心

作　　者　张恨水
责任编辑　郑淞璐
策划编辑　廖　莹
美术编辑　睿佳工作室
出版发行　国际文化出版公司
经　　销　新华书店
印　　刷　三河市中晟雅豪印务有限公司
开　　本　640mm×960mm　　32开
　　　　　11.875印张　　345千字
版　　次　2013年7月第1版
　　　　　2013年7月第1次印刷
书　　号　ISBN 978-7-5125-0535-3
定　　价　28.00元

国际文化出版公司
北京朝阳区东土城路乙9号　　邮编：100013
总编室：（010）64271551　　传真：（010）64271578
销售热线：（010）64271187
传真：（010）64271187-800
E-mail：icpc@95777.sina.net
http://www.sinoread.com

目录

第一回　卖酒秋江壁诗惊过客　舍舟中道袱被访高贤

英雄自古半屠沽，姓氏何须问有无。起舞吴钩人不识，飘然散发走江湖。

几株古柳对柴门，犹有红羊劫后痕。一样江湖摇落恨，秋来无计慰桓温。

飘零琴剑复何求，老去生涯一钓舟。不见中原虬髯客，五湖隐去不回头。

扑去黄衫两袖尘，打鱼卖酒楚江滨。客来不觉昂头笑，三十年前老故人。

这四首七绝，写的是四张条幅，悬在一家酒店的壁上。因为悬挂的日子，为时很久，纸色已不是那样洁白。单说攀住这四张条幅的棉绳，已成灰黑，分不出原来是什么颜色了。这酒店里常来的顾客，十之七八，都是农夫渔夫。他们不知道诗是什么东西，绝没有人来注意。就是临时来的顾客，无非是河下过往的商人旅客，一坐便走，也不会研究到四张条幅上去。不过主人翁对于它，倒好像很是爱惜，不让它破烂，也不让它污秽，挂在那里总保持它的原状，一直悬了七年之久。

这天居然遇到一个识者。那个时候，一轮红日，已经偏向西方，渐渐要沉落到一带远山里去。一道金光射在河里，将波浪截断，随着波浪，荡漾不定。这河的东岸，便是这家酒店，店外一列几十棵高大柳树，参差站在水边，拖着整丈长的柳条，向水面垂了下去。柳树年代久了，树根叉叉丫丫，由岸上伸了出来，两株大树根上，都有小渔船的系桩绳在上面拴着。柳上巢着几窝老鸦，纷纷的由别处飞来，站在树枝上，翘着尾巴乱叫。柳树外边，正泊着一只新到的船，叮当叮当，拖着铁链下锚。这个当儿，船舱里正钻出一个中年汉子，站在船头上一看，只见树丛子里伸出一根竹竿，挑出一幅酒幌子来。酒幌子下面，列着一幢屋子，远望好像是个铺面。这汉子不由得笑了起来，说道："在洲湾子里躲了两天的风，闷得发慌，这遇到酒馆子，要喝他一个痛快！船老板，这是酒铺子吗？"船老板在后舱伸出头来，笑道："柴先生，这是朱老头酒铺子，有的是好酒。他铺子还有两样好东西，你不能不去尝一尝：一样是糟雁，一样是咸鱼。他本来带打鱼，到了秋天以后，他打得大鱼，都把咸起来，挂在风头上一吹，留到开了春再卖；那糟雁是这江后湖荡子里用鸟枪打得的，他宰剥得干净，先是把盐卤着，后来就用自己家里的酒糟糟上。你要去喝酒，他大块的切了出来，够你喝醉的了。"那汉子听说，跳下船去，向酒店里来。顶头就碰见一个六十上下的一个老人，后面跟着一个二十上下的姑娘。那个老头子，穿了一件蓝布短夹袄，横腰束了一根青布板带，在布带里，斜插一根拴荷包的旱烟袋。一部花白胡子，由两边耳根下向下巴下面一抄。脸上虽然瘦瘦的，那一双眼珠，可是还闪闪有光。头上戴了一顶薄片破黄毡帽，在帽子边下，戴着一束短纸煤。看那样子，就是一位精神饱满的老人家。这位姓柴的，拱了一拱手，然后问道："老人家，前面就是朱老头子的酒店吗？"那老头子用手一摸胡子，笑道："大哥，你认识朱老头子吗？"姓柴的道："不认识，我听说他家里的酒好，要到他家里去喝两盅。"那老人回头对那姑娘道："你去收拾船上的鱼，我带这位客人喝酒去。"这汉子听了，问道："你贵姓就是朱吗？"老人点头笑道："我就是朱老头子。"这汉子听了，很是惶恐，连道对不住。老人笑道："不要紧，我本来是老头子，不叫我这个叫什么呢？"他一挥手，那姑娘自向河下而去，他自带姓柴的到酒店里来。

这里敞着店门，正对着河下，拦着门也有两棵小些的柳树，和一棵樟树。那樟树叶子红了一大半，被一抹斜阳照着，倒是好看。临着门外，架了一座小芦席棚，一列摆了几副干净座头。老人高喊道："蛮牛，有客人喝酒！”当时屋子里答应一声，走出一个粗眉大眼小黑胖子，他手上拿了一块抹布，将桌子擦抹了。老人道：“你把陈缸里的酒，给这一位客人打一壶来。”因又笑着对姓柴的道：“你这位大哥，大概也听说我这里的咸鱼糟雁好吃，各样给你要一碟子好吗？”姓柴的道：“好好！多来一点不妨。”说这话时，看那老人取下帽底下的纸煤，在身上掏出铁片火石，敲着将纸煤燃着了，于是，取出旱烟袋，衔着口里吸旱烟，背了两手，靠住芦棚的小柱，向河外看去。蛮牛将酒菜送上，姓柴的一双眼睛，只向这老人浑身上下打量。蛮牛便问道：“你这位客人，认识我们老爹吗？”老人一回头，姓柴的起来拱拱手道：“老人家，我请你坐下来，同喝两杯，好吗？”老人笑道：“客人请便，我还要下河去收拾渔船。”回头对蛮牛道：“这位客人要酒要菜，只管送来，不必算钱。”说毕拱一拱手，衔着烟袋下河去了。姓柴的连说不敢，他已去远了。姓柴的喝着酒，便问蛮牛：“这老人家号什么？一向就在这里卖酒吗？”蛮牛道：“他老人家号怀亮，一向就在这里卖酒，可是人家都叫他老朱爹。”姓柴的道：“他老人家很有精神，我看是个武艺高强的人。”蛮牛微笑道：“他老人家只会打鱼，没有什么武艺。就只一层，他老人家好交朋友。你大哥要酒，我就去取来，他老人家说不要钱就不要钱的。”说毕，抽身就进店房去了。姓柴的见蛮牛不肯说，越是奇怪，见有一个十三四岁的小男孩子，在扫店房里的地，便想问他两句。

一走进店门，只见左壁墙上，悬着那四首诗的大字条幅，笔力雄劲。一念那诗，“打鱼卖酒楚江滨”之句，又有“犹有红羊劫后痕”之句，似乎这不是古人所作的诗。最奇怪的是第二首，“一样江湖摇落恨，秋来无计慰桓温”，无论如何，这不是一家酒店里所应贴的字句。于是从头到尾，重新念了一遍，一面念着，一面点头。最后看见所落的款，乃是“留赠楚江春酒店主人，游方老道士江湖散人笑涂”。后面只写了干支，没有载明文字的年月。便长叹了一声道：“英雄不遇时机，今古都是一样。但是既然不肯说出来，为什么倒写了出来？”这时，那蛮牛出来了，问道：“你这位客人，还要喝酒吗？”姓柴的道：“我不要喝酒了，但不知道你们老爹什么时候回来？”蛮牛道：“也许就回来，也许今天晚上不回来。

你看，前面大江，一点风浪也没有。今天晚上，又是好月亮，说不定他老人家要出口去，到江里去打鱼。”他说时，指着对岸一片芦洲。芦洲之外，一片白色，和江南几点远山相接。那江水被晚烟笼罩，隐隐约约，不能十分清楚。这一片白色，便是滚滚大江了。姓柴的看时，果然大江像一片白练，铺在地上，一点浪头也没有。说道：“他老人家不一定今晚上回家，我也不在此多候。这酒菜我不客气，就奉扰了，不知道你宝号里有柬帖没有？”蛮牛道：“这个地方，哪里有柬帖？”姓柴的道：“没有柬帖，找一张红纸也可以。”蛮牛道：“那还可以找得出来，请你等一等罢。”去了一会儿，找出一张半旧的红纸片来。姓柴的用手裁得整齐了，要了笔墨，在纸片上楷书了一行字：晚生柴竞顿首拜。写毕，交给蛮牛道：“你老爹回来了，请你把这个草帖呈送。拜托你大哥对他老人家说，就说我叫柴竞，是江西新淦人，因为到江南九华山去朝山，所以由此经过。我看他老人家，是一位不遇时的老英雄，愿意请教他老人家。回来了，请你到河岸上去叫我一声。那柳树外面，一只江西雕尾船，就是我们的船。你大哥叫一声，我就再来拜访。”蛮牛笑道：“这倒可以，就是怕他老人家今晚晌不能回来。”柴竞道：“不回来也不要紧，明天再来拜访罢。”说毕，告别回船。进了船舱，舱里已经点上油灯，同舱的客人，各人缩着腿坐在铺上，彼此闲谈。柴竞别有心事，舱里也坐不住，走出舱来，便在船头上闲眺。

这个时候，天色已然十分晚了。这是九月初头，一轮新月，早临在天上，影子落入河心。这是通江的一道小河里，一面是渔村，三面是芦洲。芦苇长得丈来长，正是开花的时节。月亮下面，恍惚芦丛上面，洒了一层薄雪一般。晚风一吹，那鸭毛似的芦花绒，飘飘荡荡，在半空中乱舞，看去更像下雪，倒是有趣。河里被江潮簸动，也有点小浪，打着船舷，劈劈拍拍的响，越是显得这河下清寂，岸上也没有声息，就是柳树里和芦苇丛里放出几点灯火之光。柴竞站立了一会儿，忽然一阵晚风由西南吹来，吹得头发向东飘动，因道：“船老板，转了风了，明天一早就开吗？”船家推开篷，伸出头来一望，先说了一声好风，笑道：“这样好的风，我们明天，可以赶到殷家汇，后天可以到大通了。柴先生愿意在大通上岸，无论如何，月半前，可以赶到九华山。”柴竞道：“我和你商量商量，明天早上停半天开船，行不行？”船家道：“那不行，我答应，这一船的客人也不答应。这好的天气，顺风顺水，不赶一程路，还等什么时候？”柴竞一想，船家所说也是，哪有遇到顺风不开船的道理，也就不再作声。因见岸上一片好月亮地，就站在船边，轻轻一跳，跳上岸来。

他信脚走了一箭之远，有一个茅草牛棚，却没有牛，棚外便是一片草地。心想：这两天坐船坐得血脉停涩，不好舒展，何不在这月亮下的草毡上打两路拳脚，活动活动。于是更望前走，走到一排篱笆后面，忽听得有一个人喝道：“小鬼！老爹总告诉你不要动手动脚，你还是这样闹！你只管把本事拿出来，我是不怕的。若是打了碗，老爹问起来，不许赖我。”接上有一个小孩子的声音说道：“你既然不怕，趁老爹大姑娘都不在家，我们较量较量。”柴竞一听这两句话，不由心里一动，便轻轻的走到篱笆根下，用手丢开一些篱笆上的藤叶，向星观望。看那说话的两人，一个是蛮牛，一个是在酒铺里扫地的孩子。那院子里地下，一路摆着有二三十个石球，石球远看去，小的有碗来大小，大的就比人头还大，圆滚滚的，光滑滑的，没有窟窿，也没有柄。那小孩子蹲在地上，拣着石球，不问大小，就向蛮牛这里抛来。蛮牛离那小孩，有个三丈多路，左手托住一叠碗，站在月亮下。那小孩子将石球抛来，他只顺手一接，如接住棉絮团一般，轻轻的接着，就向地下一放。左手托着一叠六七只碗，响也不一响。柴竞一见，不由心里连叫几声惭愧：这种既光又圆的石球，只要是巴掌握不过来，无论大小轻重，不容易抓起，那小孩子一伸手下去就抓起来，手下这种气力，就不可捉摸，这样沉重又圆滑的东西，蛮牛只随便在空中捞住，腰也不闪一闪，功夫更大了。柴竞一直看见那小孩子把地下的石球都抛个干净，蛮牛一个也不会漏下。那小孩子见石球已经完了，抽腿就跑。蛮牛笑道：“这时放过你，等我把碗洗完了，我必得和你较量。”柴竞一看之后，自己警戒着自己道：像你这样的本领，还要在这里献丑吗？那真是班门弄斧了。抽转身，依然顺着来路，回到河下，就只轻轻一跳，站在船头上。

舱里的搭客，还是说得很热闹。柴竞心里事情未曾解决，钻进舱里也不说话，展开铺盖，倒身便睡。睡在枕头上一想：自己出门，原是想寻访名师，遇到这种人，若不去讨教，还待何时？现在西南风正吹得有劲，天一亮，大概就要开船。今夜若不下船，这机会便错过了。本待和船家说明晚上就下船，又怕客多了，疑神疑鬼反不妙。好在自己的船饭钱都给过了，暗下上岸，船家也不会疑是偷跑。因此趁灯火还是明亮的，有意无意的把一些零碎东西，放在网篮里。自己行李本来简单，又没有带箱杠，捡齐之后，依然睡下。船家在后舱听到有些响动，便问道："客人，前面什么响？"就有一个客人抢着答应道："我们还没有睡哩！天气这样早，还有什么毛贼敢上船不成？"又有一个客人道："我们一年之内，在长江内河里，哪月不走两三回？敢说一句大话，江湖上的事，大概知道一二。漫说我们是醒的，就是睡着了，船篷上掉下一根针来，我们也会听响动。"船老板道："但愿如此就好，我不过说小心为妙罢了。"说毕，大家就不再提。柴竞听着倒添了一桩心事。睡到半夜，装着起来小解，推开舱门，便到船头上来。那一轮新月，已经不见，剩了满天满河的星光。听听舱里边，那几个客人，睡得呼声震天。这且不去管他，走回舱轻轻的将铺盖一卷，夹在左胁下，右手提着网篮，复又钻出舱门。看看这船头，离岸只有五尺远，便带着东西跳了上去。

这个时候，要到村里去投宿，当然不行；河边凉风，也受不住，且到前面牛棚里暂住半夜。主意打定，便走进牛棚子里来，放下东西，坐在稻草堆里，就靠着铺盖卷睡了一觉。睁开眼时，红太阳已晒到牛棚外，于是站起来，整了衣服，提着东西，走出牛棚。一看河岸下自己坐来的船，已不见踪影，大概天没亮就趁顺风走了。于是慢慢的走到朱家酒店门前，还在昨天的座位上坐下。那蛮牛正在擦抹桌凳，见了柴竞，便道："柴先生你真早！这个时候，你就到了。"柴竞道："坐船的人，是起得早的。朱老爹昨晚上回来了吗？"蛮牛道："回来是回来了，不过他老人家到家时，天快要亮了。这个时候，他还睡不多久，我不便去把他叫醒。"柴竞道："不要紧，由他老人家去睡罢。我的船已经开走了，我是特意留在这里，拜会朱老爹的。你不看见我带着行李吗？我那个拜帖，你大哥一定送给朱老爹看了，但不知道他老人家说了什么没有？"蛮牛道："他老人家昨晚打了一晚的鱼，回来是累极了。你那张拜帖，看我是送给他看了，他老人家等着要睡，也没有吩咐什么就睡了。要不要喝一壶早酒？”柴竞道：“早上不喝酒罢，还没有见着他老人家先就喝得酒气熏天，那也不恭敬。”蛮牛笑道：“柴先生实在是讲礼，要见老前辈，酒都不敢先喝。我先给你预备茶水罢。”于是给柴竞张罗一阵，自去料理店事。

柴竞坐在芦棚底下，一直喝完两壶茶，太阳已经快正中了。看看朱怀亮，依然没有出来，本想问一声蛮牛，又怕这事过于冒昧，只得还是忍耐着。一直又到了中午，看看隔壁邻居的烟囱里，向半空里冒着一缕青烟，大概是人家烧午饭了，自己肚子里灌了两壶浓茶，枯坐了三四钟头，未免有些饥饿，就站起来，背着两手在太阳里面踱来踱去。踱了一会儿，又慢慢的走到河岸上看看江水。在自己看来，这又是好一晌子了。回头一看，酒店里朱怀亮虽没有出来，自己原来坐的桌上，却摆下许多饭菜碗。蛮牛迎上前来，笑道：“柴先生，天不早了，大概饿了。别的什么没有，昨晚上老爹打了许多大鱼来，给你煮上一条，请你喝口鲜汤罢。你吃过饭，老爹也就醒了。”柴竞走上前一看，摆了许多荤素菜：一只大海碗，盛着一条红烧鳜鱼；一碗拳头般的大块牛肉，一碗糟雁；其余还有两三样青菜豆腐，另是一把小西瓜锡壶，盛着一满壶酒，一只小瓦盆，盛着一满盆子红米饭。柴竞一看饭菜这样丰盛，连向蛮牛道谢。蛮牛笑道：“不瞒你说，我是不敢作主，这是大姑娘预备的。菜只有这些，你要酒要饭，都可以再添。”柴竞真不敢喝酒，只坐下去吃了四大碗饭。吃完了饭，蛮牛问道：“这就够了吗？”柴竞道：“这半个月坐在船上，没有走动走动，饭量很小。这菜口味很好，我已算吃得很多了。我要问一句很冒失的话，你说的大姑娘，就是昨天跟着朱老爹下河去的那个姑娘吗？”蛮牛道：“是她。大姑娘说，吃完了饭，回头要和你谈谈。”柴竞昨晚偷看蛮牛抛石球，曾说过大姑娘的话，那意思很怕她。蛮牛那般大的力量，都不敢惹她，这大姑娘的本领，也就可知。现在大姑娘说要出来会面，自己又是欢喜，又是害怕：欢喜的是大姑娘要出来谈谈，她的父亲，当然也可以见得着；害怕的是大姑娘既有本领，若是她先施展出来，比她不过，一来没有面子，二来朱老爹也不肯见面。转身一想，我总是给她客客气气的，她未必就好意思和我为难。想到这里，心里又坦然下来。

蛮牛收去了碗筷，就听见屋子里面，娇滴滴有个女子问道：“蛮牛，那个姓柴的客人，吃饱了没有？”柴竞想道：这就是大姑娘吗？怎样这般放肆？再听蛮牛答应道：“他说吃饱了，说大姑娘的菜，做得很好吃呢！”一言未了，便是一阵阵嘻嘻的笑声，果然是那位姑娘出来了。柴竞看她的打扮，和平常女子不同，也不垂辫，也不挽头，却在右耳上盘了个小髻，由左耳边横拦着一道小辫到这髻边。那个时候，女子的衣服正是又宽又短，仿佛像一件男子的大马褂。这姑娘穿一件蓝布印白花的夹袄，却很窄小，横腰又束了一根紫花布板带。更出奇的，她竟是一双天然大脚，穿了一双白布袜，薄底红绸盘黑云头的鞋子。柴竞是江西人，虽然常看见赣州女子有不包脚的，还穿的是尖头鞋，要像这位姑娘这个样子，竟是生平第一次遇到。那姑娘是一张圆圆脸儿，一笑就露出一口雪白的牙齿，美丽是美丽，只是一双眉毛很浓，隐隐的有一种英武之气。

柴竞见她出来，连忙起身拱了一拱手道：“叨扰大姑娘的饭菜了。”那姑娘且不回礼，只笑一笑，便说道：“听说柴先生是要拜会家父，不知道是什么意思？”柴竞道：“我看老爹是一位隐名的英雄，要在他老人家面前请教一二。”姑娘听说，偏了头将柴竞浑身上下打量了一番，便微微一笑道：“看这样子，柴先生很有点武艺。我自小跟随家父打鱼，倒也学过一点东西，我先要请教柴先生。”蛮牛在一边就插嘴道：“大姑娘，人家是客，走来就要和人家请教，不大好。”姑娘眼睛一横，说道：“用不着你多事，看这位柴先生走江湖的人，还怕一个小姑娘不成？”她是和蛮牛讲理的，这一句话说出，就没有顾虑到柴竞承担得起承担不起。柴竞听了这话，未免脸上有些不好意思，便道：“我实在没有什么本领，就是有，也不敢在姑娘面前献丑。再说我是来请教的，怎样姑娘倒反向我请教起来呢？”

姑娘看柴竞的颜色和柴竞的口音，竟是愿意较量。便轻轻一窜，窜到芦棚外一片坦地上，两手一叉腰，笑着点头道：“我就在这里请教。”柴竞见这姑娘一味的好胜，本有些忍耐不住，但是觉得这种举动不合礼，况且也不知道她本领如何，不能冒昧从事。便笑道：“较量是万万不敢的，若是姑娘让我一个人献丑，我倒只好练一点小玩艺。”姑娘道：“那为什么？”柴竞道：“老爹的本领，我是知道如山之高，如海之深。姑娘是老爹亲自传授的本领，自然也是高明得很，我何必找上门来栽筋斗？因姑娘一定要我献丑，我不从命，又太不知进退。所以折衷两可，情愿一个人献丑。但不知大姑娘出个什么题目？”姑娘见人家恭维她，眉毛一扬，不由喜上心来。笑道：“既然如此，我也不敢强求。那岸下水边上，有我一根扁担，两只空水桶，是我忘了挑水，放在那里的。就烦你的驾，给我挑一担水来。”柴竞心里一想：我肩上虽没有功夫，但是一担水，极多极多，也不过一百斤上下。水边到这里，路又不多，我有什么挑不动？她不出题目则已，出了题目，不能这样容易，恐怕这里面还有什么玄虚。他这样一想，倒踌躇起来，就不敢冒然答应。

第二回　点烛高谈壮军戎马健　翻身下拜月下剑光寒

那姑娘笑道："这位先生，你就是要见家父，你也得拿出一点本领来看看。要是一点不会，家父就是出来谈个七天七夜，也是枉然。"柴竟也不能再忍，便笑道："我去看看那水桶罢。"说毕就走到河岸下来。只见水边横搁了一条半边竹枝扁担在沙滩上，也不过三指宽。旁边两只小空水桶，有四五寸浸在水里，却安安稳稳的，丝毫不曾晃动。他恍然大悟：抡起木桶放在水里，应该是飘荡的，现在这空桶如此安稳，一定桶底十分沉重。凭这半条竹枝扁担，就是两个木桶水，也不能胜任，何况这是两个重底的桶。要是加上满桶的水，总在二三百斤。若是挑起来，决不能用扁担挑，只有横起两只胳膊来挑了。俗言道得好：横托一块豆腐，也走不了五里路。要是伸开两臂，横拿两三百斤，非直举有千斤力量不可。自己估量着，那是办不到。但是答应下来了，也不能丢这个面子。心生一计，有了办法，便将桶底翻过来一看：原来是两层极厚的铁板。便含笑提了空桶，荷着扁担走上岸来。因道："这水桶倒是合用，唯有这根扁担太重了。不信，我试给你看看。"于是将摆着的一条板凳翻转过来，让它四脚朝天，把竹扁担斜放在板凳腿上，不慌不忙，腿一抬，人就架空踏在扁担上。这软摊摊的光扁担，竟会不像有一个人站在上面一般。柴竟站在上面，身子三起三落，然后笑着下来。说道："这样结实的铁扁担，怎样能挑水呢？但是这两只水桶，又太不中用了，怕它盛水会漏吧？"说时，将左臂横格，肘拐骨向外，右手提了水桶，把桶底向拐骨间一碰。咚的一声，那外面的木圈，震了个粉碎，右手就只拿了一只桶梁在手上。那姑娘一看，知道他内功确有些根底，便向坦地上一跳。说道：“果然是一位有本领的，我到底要领教。”

一语未了，那个朱怀亮老头子，也不知道是从哪里钻了出来，站在姑娘面前。将手上的旱烟袋向空中一拦道：“不许胡闹！怎样大岁数了，还是不懂一点礼貌！”柴竞也不分辩，对朱怀亮一揖，就跪了下去。说道：“晚生该死，在老前辈面前放肆。”朱怀亮道：“请起，你先生怎样对我下这种重礼，实在不敢当。要是这样客气，我朱老头就不敢和你见面了。”柴竞站了起来，复又一揖，说道：“昨天见面，就知道老爹是一位隐居在江湖上的老英雄。晚上在月亮下散步，又看见那位大哥和小兄弟在后院里抛石球，我就越知道老爹的本领，言语比不上来。因此不敢错过这个机会，就留在这里，愿拜门墙。刚才是大姑娘一再的要晚生献丑，晚生做不上那个题目，所以变了一个法子交卷，不想又恰好让老前辈看见了。”朱怀亮摸着胡子笑了一笑道：“要论本领，我老了，不敢说了。不过看你老哥为人，倒是个血性汉子，留在小店里喝两天酒，我们交个朋友，倒也不妨。拜门的话，千万不要提起。”

那姑娘听他两人说话，已是慢慢退到一边去，盘了腿坐在板凳上，用一个手指头，蘸了水在桌上画圈圈儿，脸上却不住放出笑容。朱怀亮便问道：“你笑什么？”那姑娘道：“这位砸了我们一只水桶，我们不应该让他赔吗？”说时，低了头只耸肩膀。朱怀亮道：“越说你不懂礼，你就越装出不懂礼的样子来。还不进去！”那姑娘笑着，进店去了。过那门槛的时候，还轻轻的将身子一耸。朱怀亮道：“不瞒你老兄说，我熬到这一把年纪，先后讨两房家眷，就剩这个孩子，惯得不成个样子。在她十岁的时候，内人就去世了，越发是不忍管束她。所以到了现在，她一点礼节不懂。”柴竞道：“不，我看姑娘就是一位巾帼丈夫。而且她那种性情，像老爹这一样痛快，尤其是难得。”朱怀亮听了，一面点头，一面用手理胡子，笑容满面，便吩咐蛮牛将柴竞的行李，一齐拿进里面去。另外泡了一壶好茶，在芦席棚下把盏谈心，朱怀亮道：“我刚才看你老兄的武艺，内功确是不错，倒是同道中人，但不知道你老哥何以这样留意我老头子？”柴竞指着店里墙上那四挂条幅道：“晚生虽然懂得一点拳棒，但是同时也在家里读过几年书，粗粗的懂一点文墨。这上面写的话，不但是平常卖酒的人家不配挂它，就是平常会武艺的人也不配挂。在这一点，我相信老爹就是一位不遇时的大英雄。”朱怀亮听说，将凳子一拍，说道：“我不料这江叉子里，居然会遇到知己。老弟台，我看你是个好人，对你实说了罢，我是翻过大筋斗的。”柴竞听了，就想追问一句。只见老头子摸了胡子，又仰天长叹一声道：“过去的事，不提也罢。”柴竞道：“老爹是一位慷慨英雄，难道还有什么不能说的话？”朱怀亮道：“我倒不是有什么亏心的事，不过我以前的事，是不能逢人就说的。一个不仔细，头和颈就要分家。老弟台，你以为我是一个纯良的百姓吗？”柴竞听了这话，心里扑通一跳，心想这老头子虽然精神矍铄，但是一脸的慈祥之色，不像是个坏人。难道他还做强盗不成吗？”便笑道：“老爹这是笑话了，像你这样的好人，晚生活了二十多年，不曾遇到几个，怎样说不是纯良百姓呢？”朱怀亮笑道：“我这话不细说，你是会疑心的。但是我并不是浔阳江边的浪里白条，干那不要本钱的买卖。也不是在梁山泊开酒店的朱贵，把人肉做馒头馅子。你不要看我是一个卖酒的老头子，我从前做过一任官，抓过印把子呢！”说着，又哈哈大笑起来。又道：“老弟台，人生就是一场梦，不要到了两脚一伸，才会知道这话不错。无论是谁，只要一想三十年前的事，他就觉得是做了一场梦了。这话不是三言两语可以说完的，今晚上温好两斤酒，我们慢慢的谈一谈。这个时候，总有来往的人，暂且不提罢。”柴竞听他如此说，也只好忍在心下。

等待到晚，朱怀亮吩咐蛮牛，在店房里点了一对大蜡烛，放在桌上。用锡壶烫了两满壶酒，煮一条大江鲤鱼，切一盘卤肉，煮上一只大鸡。这时都好了，来放在桌子当中，便要柴竞来坐下，对面酌酒闲谈。两只大蜡烛上的火光，像一条闪动的金蛇一般，抽着四五寸长焰头，照着人脸上红光相映。柴竞捧着酒杯道：“老爹这样款待，晚生心里实在不安。”朱怀亮笑道：“我这样虽然是款待老弟台，但仔细想起来，也是自己款待自己。因为三十年以来，没有人识破我的机关，我也不愿把我的心事，另外对一个人说。今天遇了老弟台，把我的心事猜透，算是我三十年以来，第一件的大快活事。我要自己喝两杯酒，痛快痛快。”说时，举起一个大杯子，仰着头张口喝了下去。然后将杯子翻转过来，对柴竞一照杯，柴竞也就陪着喝了一杯。朱怀亮自己，复斟上一杯酒，左手将酒杯覆住，右手一把，将胡子一摸，然后对柴竞笑道："老弟台，我老实告诉你，我不是清朝百姓，我是一个长毛头子。三十年前，我不曾想到今日，会在这江边卖酒。"说毕，把那杯酒又端起来喝了。柴竞道："老爹原来曾在太平天国做过一番事业，但不知道在哪位英雄部下？"朱怀亮听到说哪位英雄四个字，觉得柴亮眼光很大，并不肯以成则为王，败则为寇的关系来对待太平天国。便笑道："这话说起来长了，我原是在英王陈玉成部下，后来英王失败了，我就转投忠王李秀成部下。长江一带，我是前后大战有十几年了。嗐，太平天国得了半壁天下，不料到后来就那样一败涂地！我朱某人一腔热血，生平的本领，都算白白丢了。我真觉得辜负了我自己。"说着将右手连拍了几下桌子。

柴竞正是个有心人物，自恨后生三十年，没有赶上洪杨那一场大热闹。小的时候，听见老前辈说长毛造反的故事，就十分爱听，而今亲自遇到了一个此中人，这真是做梦想不到的事。便笑道："事已过去，不必说了。据晚生看来，现在朝纲不振，胡运将终，迟早天下还是要还给汉人的。只要人心不死，成功不必在我。以前的事，又何必悔呢？晚生自恨迟出了几十年的世，没有看到大汉衣冠。若是老爹能够把当年攻城夺邑的快事，说上几桩，过屠门大嚼，也让晚生痛快痛快。"朱怀亮举着杯子，咕嘟一声，喝了一盅酒。将桌子又是一拍，突然站了起来。笑道："老弟台你真是个爽快人，说话很对劲，结交你这样一个朋友，也不枉了。"于是复又坐下，摸着胡子偏头想了一想，说道："我说哪一件事起呢？有了，我先说我第一次得意的事罢。我原是湖南衡州人，天国的军队，打过了湖南，到处都起团练。因为我有点武艺，团练里头，就要我当一个棚长。他们起团练的意思，本来是说天国兵奸杀掳掠，办了团练来打长毛。但是团练里的乡勇，奸淫掳掠起来，比天国的兵还要厉害。是我气不过，就丢了家乡，穿过江西，到天国去投军。那个时候，英王还是十八指挥，功劳就不小。他的眼睛下，一边有一个大黑痣，远看着，好像是四只眼睛，所以清朝人都叫他四眼狗。提到了四眼狗，清朝的官兵，没有一个不害怕的。”柴竞道：“老爹既然随着英王打仗，像这江西安徽湖北三省交界的地方，一定是常来常往的了。”朱怀亮道：“这就是我说的第一件得意事了。现在我还记得那是咸丰八年的秋天，曾国藩的湘军，在江西过来，跟着英王的军队往北追。那个时候，合肥安庆，是南京两扇大门，一定要守住的。是英王带了一支兵马守住桐城，做安庆的右翼。听说翼王石达开在江西不利，曾国藩到了河口。曾国藩的老弟曾国华带着大将李续宾，由黄梅宿松攻过了潜山，直捣桐城。那个时候，我投军不过半年，还没有经过大阵。这回听到很会打仗的湘军来了，大家都担着一分心事。那由太湖潜山退来的军队，就像热天阶沿下的蚂蚁一般。我常常走到高的土墩上一望，大路上的人，无昼无夜，牵连不断的向北走。人丛里头，常常人头纷动，闪开一条路，那就是来往的探马来了。桐城内外，也扎有两三万精兵。英王就传了令下来，一个人也不许乱动，乱动的就斩首。因为这样，把退来的军队，完全让了过去，情形还是照常。后来听说，曾国华的兵离城只有十里了，我们营里，还不见什么动静。忽然上面传来一个号令：城外的兵，分作三股，一股退进城，两股退到舒城。我是分到退舒城的，心里就想，不怕四眼狗本事大，遇到我们湖南人，也要望风而退了。我就这样糊里糊涂退到舒城，不几天听说桐城也失守了，湘军快要来打舒城了，于是乎我们这一支军队又退到三河尖。”柴竞道：“这是老爹失意的事，怎样说是第一件得意的事呢？”

朱怀亮斟了一满杯酒，仰着头先哈哈大笑了一阵，举起酒杯，刷的一声喝干，然后伸手一拍桌子道：“痛快，我退到了三河尖，我才知道湘军中计了。这个地方，一连扎下十八座大营，都是由南京调来的生力兵。原来由太湖潜山退来的兵，不见一个，他们都埋伏了。这是十月的天气，田地里的五谷，都收割尽了，许多树木，也落了叶子。我们站在营盘的墙垛上看，一望都是平原大地，只远远的看到一些山影。这一天，曾国华的兵，离得近了。天国的兵都在营里，隐藏不动。老弟台，这是我开眼界的一天了。我们营里，四更天，大家就吃饭，吃完饭，天还不曾大亮。连营两三万人，听不见一点声音，抬头看看天上，满天的霜风，只有几颗稀稀朗朗的星，让风吹得闪动。我虽然有几斤气力，还没经过大仗。我看到营里这种情形，知道是等着湘军来了，有一场恶战，心里不免有些乱跳。我自己壮着自己的胆子，就轻轻的唱着湖南调，但是我唱的是什么东西，我自己都不知道。只听到啪啪啪的声音，由外面一阵一阵进来，过去一阵，又是一阵，原来这就是前面打探回来的探马。”

“天亮了，风也停了，又得了一个号令，弓兵上墙。我在墙口里一望，只见一大片黑影子，在几里路之外，在平原上缓缓的移动过来，越走越近。先看清楚竖起来的旗号，后就看清楚是人，轰天轰地，就是一阵杀呀的声音。这就眼前一望，全是人马，太阳也出土了，晒着人手上拿的兵器，还一闪一闪的发光。我们这里，营盘外，挖有三四丈深的干壕沟，沟上原搭了浮桥，现在用粗绳子吊起来了，营门关得铁紧。壕沟外面，还有一道鹿角。什么叫做鹿角呢？就是把树砍了下来，用树尖朝外，树兜向里，树叠树，排成一堵墙一般。你想，敌人的兵，一时三刻，哪里就冲得上前。就是上前，墙上用箭去射，用铁炮去打，也难以近来，所以把守得十分紧。”

“这样支持着，也不过半天的工夫，那湘军人堆里的旗号，忽然乱动起来，远远的听见有叫杀的声音。我们这十八座营盘里，四处都是鼓响，大家就一阵风似的，放下吊桥冲了出去。原来湘军后路，被卢江卢州两路的天国兵杀了出来，把后面的去路，已经截断了。周围的兵把清兵围在中间，四五万人，一个也不曾跑掉，曾国华就死在阵上。我看得打大仗还比小仗容易，胆子越发大了。我和二十四个兄弟打先锋，再回去打桐城。各人骑着一匹马，手上挺着一根长矛，腰里挎一柄腰刀，冲了五十里路，天色已经黑了。原来想着，清兵只有些人守桐城县，路上是没有兵的，我们只管向前走。在暗淡的月光下，走近一丛树林，我忽然心里一动，这里若是有一小队清兵，我们岂不要让人家活捉了么？正在这个时候，果然有个人大喝一声。”

说到这里，柴竞也替朱怀亮捏一把汗。正要向下问，忽然一只白手，由烛光下伸出来，按住了朱怀亮的胳膊。朱怀亮刚端起一杯满满的酒，举着和下巴相并，可送不到嘴里去。柴竞抬头看时，那姑娘也不知几时出来的，笑嘻嘻的，按住了她父亲的手。朱怀亮一回头，笑道：“你为什么又不要我喝酒？”姑娘道：“我在一边看着，你老人家带说带喝，这就有一二十杯下肚了。老是这样，今天晚上又得醉。”朱怀亮道：“我说得痛快，就喝得痛快，不会醉的。我这么大年纪了，醉一场，是一场，你拦住我作什么？”姑娘道：“不行，喝醉了，要茶要水，我又得伺候你老人家一个周到。”朱怀亮道：“我有话说，决不会醉的，你让我喝罢。”那姑娘捉住手，哪里肯放。他没有法子，只得停下酒杯。笑道：“这柴先生也是一位慷慨之士，不必回避，你也坐到一处来喝罢。有你在这里，你可以替我酌酒。我有个限制，就不会醉了。”那姑娘听说，更不推让，拿了一副杯筷，便横头坐了。对柴竞笑道：“柴先生，不要笑话，卖酒人家的姑娘，不懂什么礼节。”说时，提了壶，先自斟上一杯酒。柴竞见她露出一截手臂，既白而圆，丰若无骨，和那种弱不禁风的美人胎子，又别有一种丰致。那姑娘偏是知道了，笑道：“柴先生，你看我的手做什么？”于是左手把右手袖口一掀，说道：“你不妨试试看它有多少力量？”柴竞先被她一说，倒难为情，她复又说到力量上，就有题目了。笑道：“我正疑惑呢，姑娘的本领，真到了家，一点不露相，所以我看出神了。”姑娘听见柴竞当面如此恭维她，心里非常高兴，笑道：“不瞒柴先生说，这六七年来，除了前回来的那个刘老伯，我佩服他是个英雄而外，我就是看你不错。日里我要和柴先生较量，我就是看得起你。”朱怀亮道：“振华你这是什么话，太不懂礼了。”柴竞在无意中又知道了这姑娘的芳名，笑道：“姑娘是心直口快，和老爹一样的脾气，晚生就最愿意这种人。”振华也笑道：“我是交代在先，卖酒的姑娘不懂礼节呀！你老人家不要管我的事，还是告诉人家，听到大喝一声怎样，人家正在和你着急呢！”

朱怀亮道：“你一打岔，把话耽搁了，还是往下说罢。老弟台，打仗这件事，实在全靠临机应变，有本领没有本领，还在其次。当时我听那人大喝一声，心里自然吓了一跳。还好，和我同来的二十三个人，都没有惊慌，勒住缰绳，站在林外。我因为听到那人说话的尾声，带一些湖南音。我就用湖南音答应：‘是我，我刚刚败阵回来，不晓得口令。’林子里那人，果然是湖南人，他说：‘胡哨官吗？’我说：‘是的，今天我们全军覆没，曾大人李大人都阵亡了。长毛现在后面追来了，你们还不逃命吗？’他们大概也知道了不好的消息，他一听说，连叫：‘长毛来了’林子里就是一阵乱。我估量着，恐怕埋伏了有四五百人，事到临危，若是往回逃，把纸老虎戳破，他们一定要追的。我们人少，他们人多，哪里逃得了？不如趁他没有亮起火把，我们给他一个不分皂白，先杀了进去。黑夜里打仗，长矛却没有多大的用处，而且在树林子里，马战也不方便。因此我们二十四人，大家弃矛下马，各人拿了一把马刀，齐齐的呐一声喊，冲进树林里。我们二十四个人，连成一排，却弯着分东西南三面进攻。他们起初不知道我们有多少人，就纷纷乱乱向树林外跑。我们二十四个同伴，一个也没有受伤。依着他们的意见，就赶快退回去。我说一退，清兵就要追来，还是送死。看看这树林子里，还有几十匹马，地下丢了许多兵器，我就叫他们各人拣合手的拿一件用。而且大家都骑上马，骑着剩下来的，也牵在一处。于是二十四个人，共分着三排，每排八个人，约有十几匹马。我骑看一匹马，拴着两匹马就是第一排第一名。我同大家约定，只拣人声嘈杂的地方冲去，马要跑得快，声音要喊得响。冲过去了，我们不要走，又拣人多的地方冲了回来。幸而大家都懂了我这条计，于是几十匹马，在呐喊声里，像一阵海潮一般，冲进人堆里。他们原是在坦地里扎好了阵脚，要偷看我们的虚实。我们来势这样猛，他们站不住，就四散逃了。他们越逃，我们越拣人多的地方冲，因此冲得七零八落。到了天亮，大队人马到了，我们就不怕了。英王正带了队伍来收复桐城，见我二十四个人，只有一人，因马失前蹄跌了腿，其余不曾流一滴血，喜欢得了不得，立刻升了我作先锋队的右翼营官。我们这二十四人，同了这一层患难，就拜把子结为二十四兄弟。后来听到说这林子里，原是清兵一道卡子，共有七百多人哩！我们二十四个人把他们追赶跑了，岂不是人生一件得意之事？”

柴竞听了，早端起酒杯，叫了一声干。朱怀亮笑道：“这是应该喝一杯。”也端起来喝了。柴竞道：“这二十四个人，后来大概都有一番功业。有本领的，大概要算老爹了。”朱怀亮道：“不，这里面有三个人本领好似我。一个是刘耀汉，现在还在当老道。”说着一指壁上的条幅道：“这就是他写的，这是一个怪人，他五十岁以后才通文理，老来倒会写会作。我虽只粗认识几个字，我看他那副情形，就比一班秀才先生，要好十倍。他有两样奇绝的本领，能拿筷子，夹住半空中乱飞的苍蝇，百不失一；其二，他身上揣着一大把铜钱，在二十步之外，可以随便拿出一个钱来，打人的眼睛。钱又硬又小，简直嵌进眼珠里面去。打来的时候，一没有光，二不响，人是一点提防不了。”柴竞道：“这本事实在闻所未闻，但是能拿筷子夹苍蝇，不大合实用。”朱怀亮道：“怎样不合实用，靠这个就可以练习手法眼法。若是接什么暗器，无论是哪一个，也不能像他那样又快又准了。因为他眼快手快，所以他的剑法也好。”朱振华忍不住了，接着道：“那实在是真的，前七年他老人家到这里来，也是我一定要请教，他就在我面前舞了一会子剑。舞后，他问我怎么样，我自然说好。他说，我年纪小，决计看不出来，叫我摸摸耳坠子。我一摸，哎呀，两个耳坠子上的一片秋叶，都割断了，不知道向哪里去了。后来据家父说，那是用剑尖伸过来，向外挑断的。若是由外向里割，头颈就保不住。你看他在当面，割了我的环子，我都不知道，这快法到了什么地步。”

柴竞笑道：“既然大姑娘都这样佩服，这一定是了不得的本事。还有那两位呢？”朱怀亮道：“那两位吗，一个姓万，当时的名字，叫人杰。他的跳跃功夫最好，他能抓着杨柳树条子，跳上树梢，我们都送他绰号盖燕飞。他因为身轻，并排八匹马同跑，他能由第一匹马背上，换到第八匹马背上去，而且还不用得要马僵绳和马鞍子。可惜跟着英王打小池口，早年就中炮阵亡了。第三个人姓张现在还在，他有名字，可早就抹去了。我也不便违了老友之约，再告诉别人。老弟大概也总听见人说过，黄山上有一位骑白马的神仙，来往如飞，他就和这一类的人差不多了。”柴竞道：“莫非这张英雄，就是黄山神仙？”朱怀亮端起酒杯，喝了半杯，就微微一笑。柴竞道：“晚生心里想着，世界上哪里有神仙？就是有，也不过高人隐士罢了。因为常听见人说，黄山上出神仙，说这人已经有五百多岁了，我就不大相信，疑惑是在山上高隐的剑侠之流。所以趁着同乡朝九华之便，要到黄山去看看。不料据老爹说起来，这位神仙，竟是一个当今怀才不遇的大英雄。既然真有这个人，我更要去拜访了。”朱怀亮摸摸胡子，微笑不言。振华就道：“他老人家，和红尘隔断，在黄山顶深的里面住家，平常的人，那是见不着的。漫说是柴先生，就是我，没有家父给他老人家通一个信，也不会见的。”朱怀亮笑道：“你又胡说，通个什么信？”柴竞道：“蒙老爹看得起晚生，许多心事，都告诉了。为什么这一件事，老爹又不肯说呢？”朱怀亮道：“不是我不肯说，我这位盟兄，脾气很固执。我若把老弟给他引见，他一怪下罪来，怕坏了几十年的义气。”柴竞道：“晚生虽本领很低微，但是自信是个血性汉，决不会带一点奸盗邪淫的心事。既然老爹都可以相信，就是见了那位张老英雄，他不见得就嫌晚生是凡夫俗子，不足与言。”朱怀亮道：“我不是这个意思，你暂且在舍下住个十天半月再说。”柴竞道：“能在老爹这里多叨教，那是很好的了。”朱怀亮道：“老弟说叨教，我不敢担当。不过我们武术中人，第一层要讲究有涵养功夫，武艺功夫越好，涵养功夫要越深。不然，有点本领，动手就打人，岂不坏事？日间我看老弟站在竹扁担上，又砸碎了那个铁桶底，内外功都不错。对人说起话来，还是很谦逊。这是我很愿意的一件事，所以我愿留老弟多住两天，慢慢谈一谈。我今天真醉了，好几年没有舞剑，把酒盖住老脸，要在醉后松动松动。”柴竞听了这话，喜出望外，连忙站起来说道：“老爹若能让晚生开一开眼界，晚生死也瞑目。”说着推开椅子，向着朱怀亮毕恭毕敬的，弯腰就是一长揖。朱怀亮将杯子里余酒喝干，便对振华道：“去，把我的那柄剑拿来。”

姑娘听说父亲要舞剑，欢喜极了，只一跳，走回屋里去，双手托着一柄剑出来。柴竞看那剑，用一个绿色鱼皮套套着。朱怀亮接了过来，左手拿住剑匣，右手只轻轻的一抽，烛光下只觉一道寒光，在眼前一闪，柴竞不觉心里一动，暗暗喝了一声彩。朱怀亮拿着剑，微掂了一掂，笑道：“久不用它了，今天遇到有缘的，我要舞个两套，我们到门外看看去。”说时，姑娘先开了店门，三人一道走出来，天上大半轮月亮，偏在柳梢头上，场地上一片白色。蛮牛和那小伙计，听说老爹要舞剑，这是不易得的机会，也一同走了出来，站在芦棚下遥遥观望。那个时候，秋露满天，一点风也没有，兀自寒气侵人。树不摇，草不动，万籁无声，只有三个人影子，横在月光地上。朱怀亮向天上一指道：“今晚上虽然只有半轮月，月色真好，你们看看，天河都逼得轻淡无光了。”柴竞抬头观看，果然如此。

就在这时，忽然呼呼呼的一阵风响，却没有风来。一回头，不见了朱怀亮。离这里有三四丈远，发现一团寒光，映着月色，上下飞舞，恍惚是一条十几丈长的白带子，纠缠一团，在空中飘荡一般。那白光渐舞渐远，呼呼的风声，也渐渐低微，忽然白光向地下一落，如一枝箭一般，射到脚底。刚要定睛看时，自光向上一跳，往回一缩，又是两三丈远。在白光之中，有一团黑影，正也是忽高忽低，若隐若现。那一条白光，就是刚才红烛之下，看的那柄长剑。黑影呢，就是舞剑的朱怀亮。柴竞早就听见老前辈说，武术中有一个剑侠神仙，古人所谓聂隐娘、空空儿、黄衫客、昆仑奴那些人，飞出剑去，可以斩人头，自己总疑惑那是稗官小说无稽之谈。不过中国人对于剑术，三代以后，就讲求起来，至少也有二千年以上的历史。上自文人墨客，琴剑并称，播之诗文传记；下至匹夫匹妇，街谈巷议，谈到剑侠，就眉飞色舞。若说剑术这一道，并没有那回事，又有些不对，自己学了十年以上的武术，就是没有得到一个深明剑术的老师，引为莫大的憾事。现在看朱怀亮这一回舞剑，对于老前辈所传，才恍然大悟：原来所谓飞剑，并不是把剑飞了出去，不过是舞得迅速，看不出手法罢了。古人又曾提到什么剑声，心想剑不是乐器，哪里来的声音，现在听得这种呼呼的剑风响，也就明白什么叫做剑声了。看到这里，只见那剑光向上一举，冲起有一丈多高，往下一落，就平地只高有二尺。这才看见朱怀亮蹲着两腿，右手把下向上一举，身子一转，左手掌伸出中食二指，比着剑诀，由右胁下伸出面前，轻轻的将剑向下一落，人就站定了。

柴竞看得目定口呆，半晌说不出话来。一直等朱怀亮走近两步，情不自禁地就在月地上跪了下去，说道：“晚生十年来，到处访求真师；今天遇到老师，就想拜在门墙，因为怕老师不肯容纳，总不敢说出来。现在看到老师这种剑，真是惊心动魄，弟子觉得这是一百年不能遇的好机缘，万不可当面错过。务求老师念我一片愚诚，收为弟子，将来有一点成就，总不敢有忘洪恩。”朱怀亮道：“这层且慢商量，你还是照我的话，在我这里先住十天半个月，然后再说。”柴竞道：“老师收留不收留，就请马上吩咐。若是能收留，不必等到十天半月以后；若是不能收留，弟子是不堪造就的人，也不敢在这里打搅了。”朱怀亮道：“我老了，本来要拣一个可传的人，把生平本领传授给他。不过作了我的徒弟，那人就要受我的戒律，所以不能轻易答应你。既然你非要答应不可，不妨我就答应了，好在我的本领，也不能马上就传授给你。将来我要看到你不合格，我就不传授。到了那时，你可不要说老师心地不好，有艺不传。”柴竞道：“老师句句都是披肝沥胆，开诚相见的话，弟子愿意拜领。”朱怀亮道：“好，你且起来，明天拜过祖师，再正式收下你。”柴竞大喜，行了一个大礼，然后起来。振华也过来和他行一个礼，叫了一声师兄，笑道：“既然是一家人，我也不怕献丑，让我那未入流的两个徒弟，也过来见见师伯。”姑娘说毕将手一招，蛮牛和那个小伙计，都走过来了。振华笑道：“见过你师伯。”他两人真个和柴竞作揖。朱怀亮笑道：“不要胡闹了，你倒真像收了两个徒弟呢！”因对柴竞道：“这两个孩子，倒也老实，我就叫振华指点他们一些武艺。四五年下来，他们倒有几种笨本事，不过也有是振华教的，也有是我教的，说不到什么师徒。”振华笑道：“怎么说不到师徒？不信，师兄当面问问他们看，是不是我的徒弟？”蛮牛和那小伙计都笑了。柴竞道：“我看这两位，本事也不平常，倒是很怕大姑娘。大姑娘的本领，一定高妙得很。今天老师肯赐教我，不知道姑娘能不能赏一个面子，也让我开一开眼界。”振华笑道：“日里师兄那样客气，现在怎样就要考考我，难道这就端出师兄的牌子来吗？”柴竞还没有答言，朱怀亮笑道：“这倒不是师兄不客气，以为你都收徒弟了，本领一定了不得。既不是外人了，你何妨拿点本领给人家看看？若是光说一张嘴，人家怎么肯信呢？”振华正接住了那一柄剑，笑道：“既然如此，我就舞一回剑罢。”柴竞道：“好极了，老师的剑法，那样高明，大姑娘一脉相传，那一定可观。”

说话时，大家正站在两株高大的杨柳树荫下，振华右手拿了剑，迎风亮了一亮，大家就各退出十几步外，让她好展手脚。姑娘说了一句献丑，展开剑势，就在树荫下飞舞起来。她的剑光，虽不及朱怀亮的剑，矫绕空中，但是上下飞腾，一片白色。柴竞看了，已经觉得她手腕高妙。振华忽然将剑一收，剑光一定，只见柳树的树叶子，犹如下雨一般，纷纷下落。低头一看地下时，地下落了满地柳树叶子。柴竞看她舞剑的时候，剑光也不过刚刚高举过头，怎样柳树叶子，就让她削了下来？这是想不到的事。就在那时，远远有两三声鸡啼，朱怀亮笑道："真是酒逢知己千杯少，怎样混一下子，就到了半夜了。"说着话，大家一同进店。朱怀亮安排了一间干净的屋子，让柴竞住下。

到了次日，依然是酒肉款待，柴竞暗想：自己和朱怀亮萍水相逢，蒙他披肝沥胆这样款待，实在意想不到。后来无意中和蛮牛谈起来，蛮牛就说柴竞有福气，老爹有一身神仙一般的本事，他说必得找一个文武双全，又要为人忠厚的，才能收为徒弟，把本领传给他；文才也不要深，只要能看得懂这壁上挂的字，就中意了。他常说不认识字的人学武艺，学会了也是一勇之夫，不能替国家做一番大功大业。好譬我姓牛，有了几斤气力，也不过和蛮牛一般，所以就叫做蛮牛。柴竞笑道："原来如此，那位小兄弟，你们都叫他小傻子，大概他就是说学了武艺，也不过是个傻子罢了。"蛮牛道："不是的，他叫赵国忠，是有名姓的。他父亲是个老实人，人家绰号他老傻子，早年坐牢死了。老爹看这孩子可怜，特意收回来养活他。又教他武艺。因为父亲是老傻子，所以叫他做小傻子。"柴竞听了这话，心里不免一动。心想这里面恐怕还有曲折，这事不宜深问，当时也就将这话搁起，一过就是五六天。朱怀亮倒认为柴竞是个诚心拜师的人，就择日正式收他为徒。

第三回　索骥遍峰峦荒厂度夜 结茅在泉石古洞疑仙

有一天黎明，他们父女二人，从长江里打鱼回来，朱怀亮叫着柴竞的号道：“浩虹，我们师徒要小别几天了。今日下午，我就要带你师妹往上游去，大概有半月工夫才能回来。上次曾说，你要到黄山去，你就趁我不在家的时候到黄山去一趟也好。不过你若是不愿去，留在这里，也无不可。”柴竞从来没听见师傅要到哪里去，今天一说走就要走，这倒很是奇怪。不过自己知道武术中人，飘荡江湖，各人常有秘密的行动，这事是不可问的。问了就要中人的忌讳。因此便道：“师父既然不在家，我很慕黄山的风景，趁此秋高气爽，前去游历一番，倒也是个机会。若是有缘，遇到了那位张老师伯，也未可知。”朱怀亮微笑道：“那也就看你的缘分罢，我这次到上游去，不过是去会几个朋友，现在不必告诉你，将来你自然会明白的。”柴竞哪敢说什么，只答应是。

到了下午，朱怀亮在店里搬了两坛酒，又是一些大米青菜，一块儿送到小渔船上。振华又将父女两人的衣物，打点两个包袱，提上船去。柴竞见包袱外面，插着半截剑匣，又是一个刀柄。又挨到晚上，残月未出，一江风浪，满天星斗，一望黑茫茫一片，只远远的地方，看见两三点渔火，在水面上闪烁。朱怀亮站在门外，见项下几根长胡子向右肩飘荡，笑道：“好极了，转了东风呢！振华，我们趁好风走罢。”他父女二人，就在黑沉沉的夜色里，上了渔船。柴竞和蛮牛二人，都送到江边。朱怀亮走上船，让振华去把守了船舵，拿了篙子站在船头，向岸上一点，船就开了，黑夜之中，只看见一道帆影，转出了岔口。柴竞道：“师傅大概有什么急事，不然，为什么要黑夜开船。”蛮牛道：“那也不见得，他老人家在水面上弄惯了，黑夜白日，都是一样的。”柴竞道：“虽然是弄惯了，究竟也要有胆量的人才办得到呢。”蛮牛道：“老爹的胆量，那还用得着说吗？久后你就知道了。”柴竞听说，也默记在心下。回了酒店安歇一宿，到了次日，归束一个小包袱，由蛮牛送到华阳镇，搭了下水船，向大通而来。到了大通，只住了一晚，自己背着一个小布包袱，一直前往太平。

到黄山去，江南本有两条路，一条路在歙县境内，一条路在太平境内。柴竞因为太平路近，所以就拣了太平这一条路走。皖南地气温和，树木落叶稍迟，这个时候，满山的树叶，刚刚只带些微黄，远望深山重谷郁郁森森的。黄山有三十六峰，各处都有庙宇，庙宇的大小，虽然不同，但是不论哪一个庙里，都可以让游客借住。若是遇到仆从较多的客人，庙里的和尚事先得了引导人的信，就会披了袈裟，排班接出庙来。到了庙里，饮食招待，非常的周到，不过和游客结个缘，要几个香钱罢了。柴竞这是初到之地，路径不熟，先几日在各处游玩，耽误时间很多。庙里的和尚，见他衣冠简朴，又是自己背一个小包袱，料他也是个穷游客，没有什么川资，都不大接待他。柴竞先还不知道，以为在山上的和尚，都是这样傲慢的，后来看见他们接待别的旅客，非常的恭敬，他这就把他们的情形看出来了。自己一人心里好笑，也不和他们计较。从此以后，就不去参拜大庙，只找一些小庙小寺里歇脚。

这一天，由天都峰头下来，日色已西，太阳照在山头上，恰好光着一截山尖，下半截没有日光的，就黑沉沉的，一直黑到人行的路上。这里两边，都是奇形怪状的松树，山谷里吹来的山风，送到松林里，淙淙铮铮，发起万顷狂涛的声浪，好像有几十处瀑布，流到山湖里去了一般。又好像一声江涛，因风而起，在无涯无岸的地方，上下汹涌。人走的地方，是一条小的山径，斜在一片山麓上，两边山头，壁立而起，前后两方，也是山头重重叠叠。仿佛四周的山，是仰着向天的盂口，这里是盂底了。人微微咳嗽一声，山谷里的回响，马上答应过来，四周一望，不见人迹。山上的秋草，像经月不梳头的人的头发一般散乱，高的有两三尺深。在这不成样的秋草里，只唧唧的有两三个虫子叫。柴竞觉得这种境界里，幽静极了，简直不是人世，呆呆的站着出神。心想人要在这种地方住家，见不着我们经过的花花世界，就用不着竞争权利。怪不得人说，黄山上出神仙，人到了这种地方，自然把尘念都取销了。

想到这里，忽然啪啪的，有一阵兽蹄之声自远而近。柴竞倒着了一惊：这种地方，哪有什么驴马。于是向旁边一闪，且闪在草里，看是什么东西。不多一会儿功夫，只见一道白影，由山坡下上来，越走越近，却是一匹白马，马身上没有骑人也没有背着鞍镫，悠然自得的，自走这里经过。马去了，柴竞心里一动，倒想起一件事来：人家不是说，黄山上有一位白马神仙吗？这一匹马，并没有人管着，也不像是个走了缰绳的神气，莫非这就是张神仙骑的那一匹仙马？这位神仙，据我师傅说，就是我那张老师伯。这样曾经沧海的大英雄，而今却隐藏在黄山，他这种放得开收得拢的心胸，真是可以令人佩服。我心里想着，张师伯未必就在黄山，所以并不敢决定志向寻他，而今看这匹马的情形，决不是野马，也不是平常人所用的马，不是他，谁配作这马的主人呢？张师伯一定离此不远，我何不趁这个机会，跟着马去寻他。若是遇见了他，得逢他这一位大大的隐侠，也不枉人生一世了。主意立定，在草堆里一跃而出，凭了自己练就一身耸跃的轻功，于是连跳带跑由着马走的那条路追了上去。追过一个山谷，何曾看见马的影子。

这时的天色，越发黑了，满山的松树，在星光下，摇动颤巍巍的影子，犹如几万天神天将，从空而下，狰狞怕人。夜色沉着了，松涛也格外响得厉害。柴竞虽然惯出门，这样的深山大谷，经过得不多，况且自己又是孤单一人，在这黑寂寂的山色里，不免有些心怯。他站住了，定了一定神，在夜色茫茫中，除了头上一片星斗，四周都是些嵯峨山影，也不知道向哪里去好。这深山之中，也不知道哪里有庙宇，若要找个安宿之所，恐怕不容易。本要在这松树下露宿一夜，又怕山上有野兽出没，大不方便，因此站在路上徘徊着，不能自定进退。就摸索着一块石头，慢慢坐下。他的行李，本放在山脚下一个古庙里，随身只带了些干粮，走来山上，现在夜风吹着，格外寒冷。山顶上露坐，有些受不了。复又站起身来，沿着山径向原路走。走了一箭之地，是一个山峰的缺口，过了缺口，向下看看，也是黑沉沉的。忽然一阵风吹过来，松树影子摆荡着，却闪出一点闪烁的灯光。柴竞见有灯光，料定这山下必有人家庙宇，却向着那灯光，一步一步走下山去。但是走不了几步，那灯光又一闪，看不见了。复又站着定一定神。约莫一盏茶时，灯复又闪出来，那灯光明一阵暗一阵，柴竞也只好挨一步是一步，渐渐走近。那灯光却转到脚底下一个山凹子里去，那灯火就化一为二。接上剥剥剥，发出一片木鱼声，接上微微的又有一阵沉檀香味。

柴竞随着山坡，走过一丛竹林，便有两只狗汪汪的吠着出来，这才看见山坡下排着一带屋脊，看那样子，是一座不大的庙。柴竞走到门前未曾敲门，那门就呀的一声开了，光一闪，一个和尚，右手上捧了一个蜡台，将左手掩了灯光，偏着头向外看了问道："这样黑夜，是哪个在这里？"柴竞道："大和尚，我是游山失路的人，想在宝刹暂借住一晚，请方便方便。"那和尚拿住了蜡烛，站着等他上前。他在灯光下见柴竞倒是一个良善人的样子，就让他进去。和尚关了门，执烛在前引导，穿过一个小小佛殿，旁边一列三间僧房，有个须眉皓白的老和尚迎上前来。柴竞先道了谢，就与和尚对坐在一对蒲团上。见蒲团旁边，一张小茶几上，列着一局下残了的围棋，兀自未收。墙上挂着一个酒葫芦，又是一条短小的马鞭子。料定这一盘棋，必是老和尚和一个远来的客下的。因为看见和尚像个有德行的人，只看在心里，却不便胡问。那老和尚道："这位客人，恐怕还没有用饭。慧明，你搬点东西出来罢。"那个开门的和尚，就搬出蔬菜饭来给他用。柴竞吃完了，又送水来给他洗手脸。洗毕，用一把泥瓷壶泡了一壶好茶，送到桌上，给他和老和尚各斟了一杯。老和尚举着杯子笑道："客人，这是山上的好茶叶，庙边的好泉水，可以喝点。"那两个和尚，尽管款待，始终不曾问柴竞的名姓籍贯，也不曾问他做什么职业，只是随便谈话。柴竞心里可就很诧异：这黄山上的和尚，不留心游客姓名职业的，可谓绝无仅有。人家既不盘问，因此也不敢深问人。坐了一会子，就由那年少的和尚，送去安歇。

次日起来，两个和尚，又请在一处用斋，吃过了饭，柴竞就在身上掏出一小锭银子，送与老和尚作香火钱。老和尚摇摇手笑道："小庙一共只有三个僧人，山上的产业，足够花费，用不着再找施主，客人不必客气。”柴竞早就知道这小庙和别处情形不同，他既不愿要钱，也就不敢勉强，收回钱，道谢出门。刚转过竹林，只见一个五十上下年纪的和尚，撩起一角僧衣，塞在腰下的腰带里，笑嘻嘻挑了一担蔬菜而来，彼此打了一个照面，挨身而过。柴竞见他精神饱满，和平常的和尚有些不同，就隔了竹林，向里看去。只听见有人说道：“怎么这时候你才来，山上马昨天到庙里来了一趟，大概等着要菜呢。师兄，你就送去罢。”柴竞听此话，心下一想：这岂不就是送菜给张师伯去的，我跟着他去，那就更好了。主意想定，便先走到山口等住。不多大一会工夫，果然那个和尚，挑着菜来了。柴竞先闪躲在草堆里，等他把菜挑过去了，就在后面遥遥的跟随。经过两三个峰头，柴竞总远远看住他的影子，不让迷失。但是那路径越走越荒僻，后来索性没有路了，只是乱草上有一道践踏的痕迹，仿佛却是一条路。柴竞因为没有路，不敢远离，就跟随得近一点。那和尚偶然一回头，看见有人在后面，大吃一惊，连忙将担子歇住，迎上前来问道：“你这位客人，为什么跟着我到这里来？”柴竞拱拱手道：“我是来访我师伯的。”那和尚道：“哪个是你师伯？”柴竞指住他一担菜道：“吃这菜的，就是我的师伯。”和尚道：“你究竟是谁？我这个地方，不能乱找人的。”柴竞也不相瞒，就说自己是朱怀亮的弟子，把特意来拜访张神仙的话，说了一遍。和尚道：“既然如此，倒是不妨。不过你跟着我来，他老人家，岂不要疑心是我带来的吗？”柴竞道：“好在我们都是一家，就是见着他老人家，比外人前来不同，他老人家也不能怎样重怪你我。”那和尚听他这话说得也是，就带他一路前去。

翻过一个小山坡，一重大山，迎面而起。沿着山脚，一道山溪，在一丛深草里，弯着流了过去。溪里蹲着许多大小块石头，水由前面冲过来，打在石头上，翻起一层雪花，刮刮作响。两人跨着浪花，踏了石头过去。山脚一片平草地，有一丛小竹子，三间茅草屋，屋门口睡着一条大黄毛狼狗，看见和尚，跑着迎上前来。和尚在他头上抚摸了几下，回顾笑道：“不凑巧，他老人家不在家，要是在家，这狗不会守在门口的。你幸亏同我来，要是一个人，保不住被它咬了。”说时，将那半掩的门推开，进去一看，倒也干净，但是桌椅，都是大块小块或圆或方的石头的。除此之外，大件东西，只有一张竹榻，两个厚蒲团不是石头。最奇怪的，靠壁一个大石头龛里，竟堆了几百本书。窗户前挂着一个酒葫芦，一条马鞭子，都是昨夜庙里所见的，不知如何，先到此处了。柴竞将屋子看了一遍，后靠着削壁，前面荒溪，用具不过是竹木瓦石，只觉古朴已极。那和尚将菜放在屋角上就要走。柴竞道："我既到了此地，岂可空来一趟？和尚请便，我在这里等着罢。"和尚再三劝他不去，只得把狗引了进来，拍着它的头道："豹子，这是一家人，来见老师伯的，你不要怠慢了客。"狗将眼睛对柴竞望望，似乎懂得，和尚于是就走了。

柴竞等了半日，不见人回来，就到门外散步散步。抬头四望，人在万山缝里。除了流水声和树叶声而外，什么响动没有。正在出神，忽然两样东西，打在头发里面，倒好像是什么暗器。柴竞一惊非小，跳将起来，连忙四处观看，却不见有一个人影。武术家的手足耳目，是一线功夫也不敢耽误的。柴竞头上中了暗器，来不及去摸头上，先去侦察敌人由哪里来的。及至不见敌人，一面仔细去寻着暗器由哪里来，一面伸手到头发里去摸索。摸索出来，出乎意料以外，不过是一个松珠，粘在头发上，还有一个，大概是滚到地下去了。心里想着：这是谁和我开玩笑，把这个东西来打我？正犹豫间，扑的一声，又是一个松珠打在头上，抬头一看，只见一棵老松树，长在石崖上，一枝大干横了过来，正伸到当头。那老干上，窣窣窸窸的有些小响动发了出来，却看不出是什么东西响动。心想这却作怪，将身子一耸，站到一块大石上去张望。一看之下，不觉自己噗嗤一笑，原来是一只长尾巴貂鼠，坐在老干上，将前面两个小爪子，剥松球里的松子吃。貂鼠见有人张望，刷的一声，顺着老松杆子就溜走了。柴竞看一看这茅屋后边，有一条小山路，可以爬上石壁，在石壁上长了许多山楂毛栗小丛树。因为一人在此也觉很无聊，便窜上石壁，摘了许多毛栗，预备拿下山坡来慢慢剥着吃。

正走之间，忽然心里一动，这些小树丛，虽然长得杂乱无章，可是树丛之间，敞开一条缝来；山上的草皮，也光光的，似乎有人常在此来往的。于是放下毛栗不摘，跟着这一条可寻的路迹，缓缓走去。这路越走越陡，就光剩石崖，一块大石迎面而起。转过石头，现出一个桌面大小的洞口。洞口上有一条小小的山泉，分左右流下来，因此石崖上长满了寸来长的青苔。那泉流得并不明显，只是在青苔里面，渗透下来，在青苔上冒出许多小小珠子。崖风由洞口上压下来，便有挟着水分的寒气，向人身上直扑。柴竞探头望了一望洞里，黑沉沉的，远处却有一线微光。自己在洞口上徘徊了一会儿，还是进去呢，还是不进去呢？有张老师伯在这里，无论如何，是藏纳不住什么毒虫野兽的。这个洞必然有人进出，若论人，除了老师伯，哪还有第二个人可以出入？既是老师伯常常在这里进出，倒不能随便进去。因此就站在洞门口，观看山色。心想他不在茅屋中，也许在这石洞里，他一出来，我就看见了。忽然又转一个念头：他未必在洞里，他要在洞里，何以会骑了马走呢？趁未见他之先，将这洞见识见识，或者有什么发现，亦未可知。这洞近临大武术家的后面，可以料定没有危险，而且靠着自己一身本事，胆略也不小于人。因就摸着洞里的石壁，一步一步，缓缓走将进去。先是漆黑，后来有些亮光，挨着石壁周转，忽然当头显出一个向天的洞口，放进光来。洞口并不是敞开的，上面布了一大半藤萝。那长垂藤，拖到一丈开外，垂进洞里，被洞风吹着，兀自摇摆不定，看来很是有趣。

柴竞看这洞的形势，不完全是天生的，也有些人工的布置。大胆缓缓踱过这个地方，洞一折，转出一大片石堂，比走的地方，约高个三四尺。石堂正面，横列着一块大红石，石头上铺着一堆茅草，却是编成了一张席子的样子。一个宽衣大袖的人，正侧了身子向里睡着。他苍白的头发，并没有打辫子，却是向顶心妆束，打了一个朝天髻，分明是个老道打扮。心里忽然一惊：这不是张师伯还有兀谁？这里虽是洞底，在石堂的侧面，裂开一条大缝，仿佛开了一个窗子似的，亮光就由那侧面射了进来。柴竞看得清楚，他穿的是一件蓝布道袍，约莫也有六七个铜钱厚，袍上面紧紧密密的，用线来缝纫了。他和衣睡着，这道袍倒像是一条夹被将身子盖了。柴竞肃然起敬，不敢上前，反倒退了几步，站在转角的地方。那张道人腿一伸，哈哈笑了起来，说道："对不住得很，贵客老远的来了，我都没有迎接。"柴竞抢上前一步，连忙跪下给道人行礼，说道："弟子冒昧得很，特意来给师伯请安。"张道人用手一指，让他起来，笑道："你莫不是我朱贤弟的高足？他曾对我说，年一年二，要收一个徒弟。”柴竞道：“是的，因为敝师说了师伯的道行高超，特意前来拜见。”张道人笑道：“他也特多事，何必叫你老远的跑到这里来。我们自己人说话，你也当真听那些俗人说，我是个神仙不成？我和你师傅，都是少林一脉相传，要出家本来就应该做和尚。一来我舍不得打过十三年天下的几根头发；二来我又爱喝杯酒，吃个飞鸡跑兔。荤不吃倒也罢了，酒是不能戒的，所以我就扮成一个老道。在山上住得久了，常常也下山去买杯酒喝，什么叫道行高超？”因指着草席笑道：“哪有神仙睡这个东西呢？”柴竞听说，也就笑了。他觉得这位师伯，慈祥和蔼，更在自己师傅之上。朱怀亮人是爽快，不失英雄本色；这位老师伯简直炉火纯青，不带一点拔剑张弩之气了。他是长长的一个面孔，一对长耳朵，几乎要拖到肩上，两鬓和唇下，蓄着三绺五寸长短的苍白胡子，两腮上红红的发出两块小晕，这正是内功练到登峰造极的地方了。

第四回　搔痒撼丰碑突逢力丐　抚膺来旧国同吊斜阳

那张道人见柴竞只管打量着，便道：“我这洞里，是我一个人独有的，连一个小凳都没有，我们同到茅屋里去坐罢。”说毕，他起身便走。柴竞跟他走出洞来，只见他大袖飘然，步履如飞，一会儿他就不见。柴竞赶到山下时，只见他抄着两只大袖向怀里，笑道：“我是懒极，连桌椅板凳都不曾预备，只好用石头。”说着，从从容容的向下一蹲，把大袖一展开，却在地上露出一块三尺立体见方大石头。同时把右腿一蹲，右袖一展，地下露出一块石头，比以前的更大。这分明是他搬小凳儿似的搬了出来。估量那一对石头，大概也有七八百斤。拿了七八百斤的大石，夹在胁下，行所无事，这力气真也不容易形容了。张道人自己坐在一块石头上，却指着另一块石头，让柴竞坐下。柴竞刚坐下，张道人笑道：“天气凉，这里晒不着太阳。老弟，把凳子搬过去一点吧。”柴竞知道张道人要试试他的力量，非常惶恐。柴竞虽然有几百斤气力，看到张道人手拨千钧，如弄弹丸一般，能耐太大了，怎样敢在人家面前卖弄。因笑道：“弟子如井底之蛙，怎敢班门弄斧？老师伯一看弟子这种庸俗的样子，也就不必我献丑，知道许多了。”张道人笑着一弯腰，只将两手轻轻一掇，就把那块大石捧在怀里，对柴竞道：“何妨搬过来，张神仙的朋友，还能怕一块小小的石头吗？”柴竞听他如此说了，不能再推诿，也就跟着把石头一捧，放到太阳光下，和张道人对面坐下了。张道人将胡子一摸，微微笑着一点头，说道：“你的气力和你的涵养工夫，都还不错。我在昨晚上，已经看出你几分来路。我的老眼，还不算昏花啊！”说时，仰着下颏向天哈哈大笑。柴竞道：“昨天晚上，那庙里曾留下半局残棋，那大概就是老师伯和老和尚下的棋了？”张道人道：“正是这样，我听你说话，声音宏亮；闪在屏后一看，见你气宇轩昂，筋肉紧张；我断定你就是一个学武术的人。学武术的人，独自一个跑到这种深山大谷里来做什么呢？因此我又猜你是来找我的。我在山上住了这多年了，也不曾见过一个山下来的朋友。当然我不能见你。不过我看你和老和尚说了半夜的话，你不曾乱问一句，我知道你很可取。不过要我出来见你，那也很冒昧。设若你不是要见我的呢？这一出来，岂不成了笑话？所以我在半夜的时候，就回了这茅屋，看你来不来？直等你一直找进石洞，我知道你是诚意了。”柴竞一想：然则挑菜的和尚，正是引我来的。老师伯睡在洞里，也是试试我诚心不诚心了。老师伯有这一番深意，莫非想把武术传给我，这真意想不到的奇缘。于是就跪在张道人面前道：“老师伯既然知道弟子是诚心来拜见的，就请老师伯指点指点，收为自己的弟子。”张道人道：“那大可不必，有我朱贤弟那种师傅，就够你学他一生，你又何必来拜我为师？不是我不奉承你，未必能跟得上你师傅，哪里又用得着来学我？况且我所知道的，你师傅也知道，你多多的跟着你师傅用功就是了。”柴竞道：“师伯说的自是正理，弟子也不敢多求，只要师伯的随身绝艺，指点一二样，也不枉弟子和老师伯这一番相遇。”张道人理着胡子想了一想，点头道：“这倒也在情理之中，你且在这茅屋里盘旋十天半月，然后再说。”柴竞见他给了一个进身的机会，心里很是爽快，马上站起身来，给张道人作了三个长揖。

自这日起，张道人就留着他在茅屋里，随便谈些古今大事，游览山水。柴竞就帮着道人烹茶煮饭。道人的那匹马，也是一只灵兽，道人若不叫它在家等着，它就朝出暮归。有时道人也骑着它出去，倒是奇怪，从来不曾备过什么鞍镫。有一天张道人一人出去，到晚上骑马回来，一跳下马就对柴竞道：“老弟，这是想不到的事，我要到南京去一趟。你若是愿意去，我们可同去玩玩。但是我到那里去，是最伤心的事，我实在不愿去呢！”柴竞听说，倒惊讶起来，问道：“师伯从来没有到繁华地方去，为什么陡然变了意思，要上南京？”张道人道：“我也是偶然想起一件事，你若是愿意同我去，到了那里，自然知道。我现在暂且不说，留着你去猜哑谜。”柴竞见他这样说，倒也引为有趣，姑且不去追问，只跟着张道人的意思转。过了一天，张道人将细软东西，捆了一个包袱，交给柴竞背着，自己只在背上倒挂着一个葫芦。屋子里所有的东西，就都收拾了，一齐送到山下留云寺里去。马放在山上，让它自己去自游自食；狗也送到山下寺里去喂养。于是二人饱餐一顿，大步下山。柴竞原来在山脚下庙里存的包裹，也取了来，一处背着。二人因为是游玩性质，所以每日也不过走三四十里路，逢着相当的乡镇，就投宿了。

走了几天，到了宣城县。师徒两人，就在城外一家饭店里住了。休息了一晌，张道人就对柴竞说道：“这城外都是重重叠叠的敬亭山，非常清秀，趁着斜阳未下，我们可以走出街外去看看，这个地方我有几十年没到，心里倒常挂念着。今天到了，我心里仿佛添了一种心事，只是不大安宁，我们散散步罢。”一面说着话，一面向街外走去。只见一座高峰，迎面而起，一条叠级的山路，蜿蜒插入山里。在这登山的地方，路边有一座八角凉亭。张道人走上亭子，反背着两手，在亭子里绕了几个圈圈，身子向下一蹲，坐在石阶上。微微一昂头，先摸了一摸胡子，接上将右手在右腿上轻轻拍了一下，叹了一口气。柴竞跟随这老头子也有半个月以上了，觉得他涵养极深，道气盎然，决不受外物感动的。现在见他满腔幽怨，长吁短叹，显出一种踌躇不安的样子，像他这种遨游物外的人，何至于如此，也看得十分奇怪。张道人看出他的情景来了，因道：“老弟，你哪里知道我心里的事情，三十年前，有一天上午，我曾带了五千军马，耀武扬威的由这里进城。那个时候城外的居民，摆着香案，放了爆竹，迎接我们。我虽不是什么出人头顶的大将，但是穿了武装，挂着腰刀，骑在一匹高大的马上，真觉得男儿有志，应该这样。那个时候，这一所亭子，是这个样子；到了现在，也是这个样子。那个时候，仿佛记得这亭子外面，有几棵细矮的野树，你看这东边两棵杨柳，又高又大，树兜子用两个人都合抱不过来。由这个亭子上面，我就想到我那班曾经沧桑的朋友，应该要怎样牢骚了。”柴竞道：“老师伯那也不算什么，我们办的事虽没有成功，但是清朝……”张道人听他说到这里，就不住的摇头，以目示意。

柴竞站在亭子上，本靠住一块石碑，说话的时间，忘其所以，倒不留心什么。这个时候，就觉靠住的石碑，微微有些摇动，心里大疑：这种坚厚重大的东西，怎样会摇动起来？一转身到碑后一看，只见一个长连鬓胡子的叫化子，背靠了石碑，坐在地下。他的头直垂到胸前，正睡得熟。停一会儿，背在碑上微微展动，去擦身上的痒。柴竞心知有异，便悄悄的站着，看他可说些什么。那叫化子擦了一擦背，慢慢的又睡着，一颗头却转偏到右肩上，口里的残涎，鼻子里的鼻涕水，泉似的，涓涓不息，流将出来。看他的脸上，又黄又黑，一种尘土脏迹，一直涂平额角。身上穿着一套由蓝转黑的破衣服，左一块补钉，右一个破洞，破得最大的地方，却用一根稻草杆，将衣服纠处，结上一个小疙瘩。两只脚上穿的白布长筒袜子，变成黑色的了，两只袜子之外，一只是布鞋，一只又是草鞋。身边放着一根竹棍，一个瓦盆，几头瘦小的苍蝇，由他身上飞到瓦盆里，由瓦盆里又飞到他身上，找不着油水，兀自忙着。柴竞见他是个极无赖的化子，就不再去理他。刚一转身，只见那一方碑，又微微的有些颤动。柴竞这看明白了，分明是这叫化子弄的把戏。便不作声，对着张道人使个眼色，转到碑后去，又对着这碑，连指了几下。张道人掀髯微笑，只摆了一摆头，且不作声。就在这时，听见那个叫化子，打了一个呵欠声。张道人道："我们回店去罢，口渴得很，我想吃一点茶呢。"柴竞领会他的意思，于是就跟着张道人一路回店。走着路，心里可就慢慢想着，心想那叫化子睡在石碑那边，分明听到了老师伯说话，故意摇撼着石碑，要试试我们。我们就这样走了，岂不是示弱于人？料他那一种浅近的功夫，万非我师伯的对手，为什么要躲开他？而且师伯是个道人装束，为什么他倒要和世外人寻衅？他心里正这样想着，不觉离开了凉亭有一箭之远。

柴竞正向前走，忽然见身旁伸出一只污秽的手来，接上说道："远路客人，请你打发一点。"回身一看，原来那个叫化子，不知是什么时候，由哪一条路，走到了前面来了。柴竞知道他是有所为而来的，见他一伸手，早就向后一退。他既然是要打发的，当然是给他几个铜钱就是了，不过他说话是别有用意，不知怎样打发为是。因道："你若是要饭吃，可以到我们住的饭店里去等着，我们身上没有带什么东西。"叫化子笑道："你带着一身的本领，还算没有带东西吗？"张道人早就看到这个叫化子是来意不善，将身子一趄，趄到路的一边，便道："你这位大哥，不要错疑心了，我们是到南京去的过路客人，你不见我是这种打扮？"说着，将两只衫袖一抖。叫化子道："我知道你是一个修道的人。因为你是修道的人，我才要你的伙伴打发打发。"张道人笑道："大丈夫不作暗事，有话就请说。你这位大哥，究竟有什么事，要请我们打发？"叫化子笑道："难道你还不明白吗？"张道人正色道："我们修道的人，不愿意说慌话，实在不明白。"叫化子道："你一定要说不明白，我就告诉你罢。就是这十里庄余财主家里，要请一位教师，我的师弟，已经都快要约好了。但是他们中途变卦，把事情冷下来，据我听说，他们要改请你们武当派的人。这两天之内，就要来了。我昨天就遇见你们，觉得可疑，而今越看越像，不是你二人来受聘，还有哪一个？"柴竞忍不住了，就插嘴说道："你这位大哥，全猜的不对，我们师徒二人，是黄山上下来，到南京去的。我们并不懂什么武艺，也没有什么财主来请我们。再说我这位老师伯，并不是武当派。"那叫化子笑道："你说话自已都有漏洞了，你说不懂武艺，何以你们师徒相称？你说你们不是武当派，何以他这一身道家打扮？"张道人听说，不由哈哈大笑，说道："我看你大哥，也是一位过于老实的人。是的，现在天下武艺宗派，分两大家，一是达摩祖师传下来的，那是少林派；一是张三丰祖师传下来的，那是武当派。但是这两位祖师，虽然一僧一道，不见得传下来的弟子，少林派一定是和尚，武当派一定是道人。就如你大哥，听你的口音，好像是少林派，何以你大哥就不是僧家打扮呢？再说少林武当两派，不过是所练习的功夫不同，并不是意气上有什么不合，何至于见了面，就会认作仇敌？"叫化子道："我不是来找你讲理的，我要找你讲理，应该上茶馆了。"

他们说话的地方，是一条高低不平的石路。那叫化子见他师徒二人靠住路的左边，只一跳，跳到路的中间，抢了上风。柴竞一看这种形势，分明是他要动手，比较武艺，若不是平原坦地，上风是最要紧的，这未免让叫化子先占了一着便宜。但是张道人绝不理会，对柴竞道："你且退开，让我来和他讲理。"那叫化子笑道："就是你两人，我也不怕！"他丢了饭篮和打狗棍，说到你两个人这一句话，伸出右手中食两个指头，直抵张道人的面部。这种办法，乃是叫化子偷巧的意思。张道人若是不曾提防，高一点，他可以取人的眼珠；低一点，可以点人家的人中穴。张道人外面虽表示到丝毫不在乎，但是叫化子一伸手来比。早就料到了他出手。只将他道袍的大袖衫，凭空微微一摆，那叫化子两个指头，就如遇了刀割一般，将手向后一缩。正要找个机会，还他第二着，张道人就伸出左手的巴掌，对叫化子连摇了两摇。笑道："大哥，不要生气，我们有什么话，还是好说吧。"叫化子身上，连打了两个寒噤。他起初不知张道人有何大本领，这一交手之下，才觉得这道人是功夫到了家的人。只向后倒跳一步，就跑走了。柴竞笑道："这个叫化子，大概也是今天初次栽筋斗，以后他应该小心不能见人就要打了。"张道人正色道："老弟，你不要小看了他，他的本事，高出你几倍以上。不过他正在壮年，没有什么涵养罢了。我并不曾怎样害他，只伤了他两个指头，只要他好好的休养，有一两个月，也就可以恢复原状了。他已知道我的厉害，大概不会来找我，就怕他将来遇着老弟，有些放你不过去，你倒要留心一点呢。"柴竞以为老师伯小心过分，也就听了一笑。

师徒二人，回到了店房，就让伙计洗米做饭。柴竞提了张道人那个大葫芦，到大街上去沽酒。刚一出店门，一个小伙子，挑了一担行李，直冲进来。扑通一声，将葫芦撞了一下响，好在他是将那个葫芦上的绳子，虚提着的，一撞只把葫芦一翻身，并没有损坏，柴竞低头一看，葫芦还不曾碰坏，也不和他说什么，依旧提了葫芦要走。只见那挑行李后面，转出一个人来，口中再二说对不住，连连作揖。柴竞看那人时，穿着一件蓝布夹袍，胁下夹了一把纸伞，下面虽然穿了袜子鞋，那布鞋外面，却另有一双草鞋。裤子脚上，溅满了黄泥斑点，差不多齐平了膝盖。看那年纪，不过二十附近，虽然满脸风尘，倒还不失书生本色。因道："不曾碰坏，没有什么要紧。"那人见柴竞并不生气，又接上作了一个揖。柴竞点了头，提着葫芦，自出去打酒去了。

打了酒回来之后，只见那个少年，正住在自己隔壁的屋子里。他一见柴竞，又点了一点头。柴竞见人家这样客气，不能漠然视之，就笑着对他说道："客人向哪里去的？"那少年道："到南京去。"柴竞道："那巧极了，我们也是到南京去的，可以同走了。”那少年道：“呵，你这位先生，也是到南京去的，有伴了。”柴竞原是站在房门口，因为张道人正背着手由屋里走到窗口，观看天色，顺眼看见那少年的样子，将胡子摸了一把，头似乎点了一点。柴竞为他的意思，或者是叫守缄默，因此不曾多说，提着葫芦走进房去。张道人问他道：“你何以认识这个小伙子？”柴竞就把经过的事对他说了。张道人道：“你不要看他满面春风，为人很和气，我看他的眉毛头皱得很紧。进门以后，抄着两只手只在屋子里踱来踱去。据我看，恐怕他另外有什么心事？”柴竞道：“我倒是没有留心，不过我看他很是文弱，不像一个惯走风尘的人。”张道人道：“只怕他还是有一件很重要的事，等着赶到南京去办。”柴竞道：“果然如此，我们倒多少要和他帮一点忙。”张道人笑道：“你不要多事吧，刚才我们在凉亭上只说了两句闲话，还惹了许多麻烦。真是要处处打抱不平，恐怕不是我们一老一少，所能办得了的事。”说这话时，两只手捧了一个大葫芦，正向一只青花粗饭碗里倒酒。酒倒得满满的，放下葫芦，端起饭碗，咕嘟咕嘟，就喝了几口。另外拿了一只豌，倒上大半碗酒，放到柴竞面前，说道：“你喝这半碗吧。”柴竞因为他这样劝酒，似乎含了拦阻的意思，也就不向下再说，天色晚了，师徒二人，吃过晚饭，要了水洗脚，各自安睡。因为并不赶路，睡到太阳起东方很高，方才起床。柴竞走出房门看时，见隔壁那间屋子，门是掩着，偏头一看，屋里并没有人。问饭店里伙计时，他说超个五更，已经走了。柴竞本想和他们一路走，问问他上南京的意思，现在他先走了，心里倒好像有一件什么事，不曾放下。一会儿张道人也醒过来了。柴竞道：“师伯，我看那人，一定有什么要紧的事。走长路的人，这样赶五更走是太吃力，容易受累的。”张道人笑道：“一个萍水相逢的客人，为什么你总是放在心里？”柴竞笑道：“我也不知道是什么原故，大概就是为着他对我客气了几句话，我心里受了感动吧？”张道人笑道：“多事是要添烦恼的，何必呢？”他接上一阵大笑，把这事支吾过去。用过了早饭，二人又背了包裹上道。

走过了两天的路程，已经遥遥望到南京的城墙。张道人就在一棵绿杨树下，找一片草地蹲着身体坐下，眼望着城墙里面几点青山，拍了膝盖，微叹几口气。柴竞心里明白：这是太平天国建都的所在，张道人国破家亡之后，宛比化鹤归来，遇到这种旧国旧都，焉有不伤心之理？站在张道人一边，也就搔耳挠腮，不知怎么说好。张道人道："今天我们不必进城了，就在城外找个客店暂住。你看，天色不早了。"他说话时，指着半空，一阵一阵的乌鸦，正背了西下的夕照，向东边飞去。柴竞道："果然是快要天晚了。这夕阳西下的时候，本来是要让伤心人不快乐的。加上这金陵的夕阳，有六朝金粉兴亡之感，对着这一片钟山，半弯古郭，又是暮秋天气，也难怪老师伯有些感慨了。"道人听了这话，不但不伤感，反而含着微笑，说道："我以先只知道你是个读书人，据刚才你说的话看起来，你很有点诗书之气了。老弟，你以为我是对了这风景生出感慨，那却不是。因为当年曾军打进雨花台的时候，我由这条路逃往江南的，我今天在三十年之后，还由这条路回来。你应该猜到，我的心里，是怎样的不痛快了。"柴竞道："我最爱听太平天国的事，老师伯今天亲到了故都，何不告诉我一点？"张道人点了一点头道："那自然可以，不过那大路上不是说话的地方，等到了可以告诉你的地方，我再说吧。"

师徒二人，赶上一程，已经赶到水西门外，就找客店要投宿。无如客店里，客人都已住满，找了几家，都找不到相当的好房间。后来投到河边一家小店里，临着河有一个小屋，开了四五尺宽的吊窗，倒很宽敞。张道人看了一看屋子，说道："就是吹一点河风，怕晚上凉一点，干净倒干净。"伙计过来说道："这是刚才一位老爷搬进城去，腾出来不多久的。你这位道爷，再来迟一步就要让别人占去了。"柴竞道："这南京怎么如此热闹？"伙计道："不是一年到头这样，这是另有缘故的。"张道人道："是啊，南京这地方，我也来过，从不见来的人有这样拥挤。"说这话时，极力望着伙计的脸。伙计道："你有所不知，我们这里冯总督老太爷作八十岁大生日，三江两浙的人，都到南京来拜寿，所以城里城外，客人都住满了。"张道人微笑道："那就是了，我们倒来得好，赶上了一场大热闹。我问你，是哪一天的生日？"伙计昂了头，掐着指头算了一算，笑道："还有三天，你出家的人，问这种事做什么？"张道人道："我也想看看寿戏哩！"伙计还要说话时，前面另有客人叫唤，他自去了。

第五回　慷慨话当年重游旧路　凄凉吊夜月愁听寒涛

张道人靠着吊窗，对水出了一会儿神，然后对柴竞问道："你曾说对，我们带的盘缠快完了，不知道现在还有多少钱？"柴竞道："只有二两银子了。"张道人笑道："不要紧，明日我自到城里去借钱。"说到这里，伙计送了铺盖茶水进来。张道人道："这附近有大茶馆没有？"伙计道："水西门一带，你要多少家？我们这斜对过就有一家大茶馆。"张道人点了一点头，休息一会儿，吩咐柴竞在饭店等候，他要喝茶去。柴竞一想：向来只听说老师伯好酒，没有听说老师伯好茶。为什么饭都不吃，就要去上茶馆？他老人家的言语行动，向来是不可测的，且自由他。他约莫去了两个时辰，只见他满面酒色，笑嘻嘻的回来，大袖一抖，在袖里抖出六七串小铜钱，笑道："小伙子，跟我走路，不会饿死的。无论走到什么地方，也可找到朋友借钱。"柴竞一听他这话，就明白了他的意思，他是向来不肯这样失言的，大概今天实在是吃醉了。当时张道人倒在床上睡下，两腿一伸，架在一张短凳上，就鼾声大作。柴竞拣起钱来，给他放在桌案上。这时已晚，桌上点的一枝烛，已经去了大半截，柴竞觉得很无聊，便把包袱里带着的一副牙牌取了出来，在桌上起牙牌数。刚刚起了两牌，就听见伙计喊道："就在这屋子里。"就有一个人轻轻一推门，伸进半截身子来，笑道："果然是这里，他老人家睡了。"一面说着，一面便走进来。柴竞看时，见穿一件蓝布夹袍，拦腰束了一根黑板带，衣服大襟由第二个纽扣起，胁下的纽扣，都未曾扣住，倒翻着有一小边在外。一张国字脸，加了许多酒糟疤子。柴竞便起身问道："你大哥找错了人吧？”他笑道：“特为来的，哪有找错之理。”说话时，伸手到胸襟里去一掏，掏出一个小纸包来，便放在桌上，笑道：“这里是十两银子，请你收下。”接着对床上一指道：“设若他老人家醒了，就请你对他说一声，马耀庭亲自过来磕头问安，因为他老人家安息了，不敢惊动。这一点小意思，就请他老人家收下，明天上午兄弟再过来请安。”说毕，对柴竞拱了一拱手，竟自去了。柴竞看这人的情形，也不过引车卖浆者流，并不是手头宽松的入，何以一动手，就送人十两银子？而且向来没听到张道人说，有个什么姓马的熟人，何以他对于我师伯又是这样的恭维？这事不能不认为有些古怪。他心里这样想着，且把银子收起来，当晚也不去问张道人，另在一张铺上，展开棉被睡觉。到了次日起来，张道人已先醒了，他笑问道：“昨日不是有个姓马的来拜会我吗？”柴竞道：“他还带了十两银子来，说是今朝前来请安。”张道人皱眉道：“我一个修道的人，哪里能像他们那样讲一套俗礼？”柴竞道：“他对老师伯很是恭敬，大概也是在弟子之列的人？”张道人微笑，然后说道：“你惯走江湖的人，难道这一点都不知道？”柴竞也是一笑。

原来他看马耀庭那种情形，就料个十之八九，他是南北帮上的人。因为那个时候，吃粮当兵的，和在外面做小本营生的人，十有五六，都在帮上。在帮的人叫做在圈儿里，大家以义气为重，有祸同当，有福同享，最大的一件事，就是兴汉。他们这班人，就称作弟兄们，见了面，无论识与不识，只要行动上有些表示，两下就可以说起行话来。行话有个手抄的本子，这个叫做《水源》，两下说的话，和《水源》上的话相同，就可以认作弟兄，吃茶吃酒，谁有钱，谁会帐，一点也不用客气。不但如此，就是路过的客人，短少川资，一说起情形来，他们就会送钱来。不过他们原来的祖师，是明朝的逸老，传下来的话，是要帮里人暗中结党，对着农工商三界，极力地去宣传，久而久之，就组织了一个南海会。这南海会，把社会上做秘密工作的人，几乎一网打尽，所以他们虽没有在政治上占着势力，在社会上的潜势力很大，和地方治安，有极大的关系。这事闹得清朝知道了，认为是造反的举动，捉到了会里的人，格杀勿论。一来他们会里，识字的太少，二来他们守着老法，只是于通财两字上，用了点工夫，没有健全的组织。清廷一格杀勿论起来，他们就变了口号。清廷也看透了他们不能在政治上占势力，只要会里人不做案子，也就不去追究，这么一来，南海会也就越见得势力薄弱。柴竞本来也认识会里的人，也有人劝他入会，不过自己觉得入这会，没有多大的益处，所处不肯去。现在看到张道人的行动，分明也是圈儿里的老前辈。不过他在太平天国，做过很大的武官，何至于加入南海会，所以又很疑心。现在张道人自己也露出口风来，当然猜的不错。但是他何以如此呢？所以张道人一笑，自己也报之一笑，不置可否。张道人笑道：“我说句行话，老弟，看你这样子，是个空头吧？”柴竞知道空头就是指着不是圈儿里的人。因道：“柴竞实在是空头，老师伯……”说到此处，望了张道人的脸，不敢向下说。

道人看见柴竞疑惑的样子，知道他心里的一番打算，因笑道：“你的意思必以为我这种人怎样入了江湖？其实我年轻的时候，早就知道了，什么未入江湖想江湖，入了江湖恼江湖。我的意思以为南北帮有这些人，什么惊天动地的事不能办？可惜他们把大事丢开，专干这些小信小义，一点也不中用。所以我抱着古人不入虎穴，焉得虎子的办法，也入了他们的圈儿里。那个时候，我的位子已经不小，所以拜老头子，也是最高一个字辈。在营里头，和弟兄们多了这一层情分，打起仗来，就好得多。我以为我跳进这里面，也不枉了。哪里知道湘军里面，差不多全是南帮人，他们彼此的情分重，反把天国的兵勾引过去了。他们只知道老头子传下来的话怎样，就怎样去办。我就为这一层，也觉得汉人实在不行了。这个南北帮，只好算是走江湖的人一行，没有什么指望，所以我死心踏地上山了。我既然上山，现在又为什么和他们往来呢？这倒有一层缘故。因为我有一个晚辈，为了一件私事，就在这种日子前后，要到南京来一趟。他向来和一班江湖有来往的，因此我又把旧招牌挂出来，和同行谈谈交情。只要我那个晚辈到南京来了，我就可以找着他了。不料我在弟兄们里一问，都没有知道他的行踪，我想他或者另有原因，不能来了。”说到这里，将头接上又摇了一摇，说道：“不能，这种大事他不来，还有什么时候他来呢？”柴竞道：“据老师伯这样说，这个人一定也是本领了不得的人了，不然老师伯不会这样留心。但不知道他到南京来，为了一件什么大事？”

张道人微笑道："告诉你原也不要紧，但是等他做出来了，我再告诉你，那才觉得有味。现在我还不告诉你罢。"柴竞道："这个人有多大年纪？是怎样一副相貌？"张道人道："你问我吗？我也不知道呢。我要和他见过面，我就不必这样费力，到处来找他了。"柴竞道："既然如此，老师伯何以知道他有一件大事？何以又知道他又一定要来？"

张道人正盘了腿坐在床上，就闭了眼睛，昏昏欲睡。正好饭店伙计送了茶水进来，柴竞怕让旁人听了老大不便，也不向下问去。用过茶水，吃了早饭，张道人对柴竞道："南京是历代建都之地，不少名胜，我们坐在饭店里也是无聊，出去游游名胜，你看好不好？"柴竞道："好极了，我们先到明陵去看看。"张道人道："明陵太远，过天再去吧。我带你先到清凉山去看看。"柴竞道："清凉山不是一所庙宇吗？"张道人道："你不必问，随我去就是了。你若去了，我包你一定心满意足，你自己一定会相信比游明陵更好。不过你要和我去才行，和别人去，那又不过游一座小小的荒山罢了。"柴竞听张道人的口音，话里有话，心想就随着他去走走，莫非这荒山上还有外人不知道的古迹，于是带了些银子，又揣着几串钱和张道人一路出店门来。

这清凉山离水西门正不甚远，二人说着话缓缓走来，只见一片瓜田菜地，全是绿色。菜地中间，有一条鹅卵石砌成的小路，石路两边，草长得有一尺多深，就是路上的石头缝里，也长出一丛一丛的细草。柴竞道："这一样路很是幽静，大概平常不大有人走。"张道人道："惟其如此，才不负这清凉之名呢。"二人走过一片菜地；就是一带乱山岗子，挡了去路。山上并没有几多树本，无远无近，都是那两三尺深的长草。那草纷披散乱，西风一吹，在山头上起着几层高高低低草浪，煞是好看。在这山下，有一条小径，直穿入一丛清疏的树林里。张道人站在这里，四围张望，将手一指山下，叹了一口气道："风景不殊，举目有河山之异。那山田里有一个小水池，就是我最痛心的地方了。当年湘军攻破南京城的时候，我已经在忠王李秀成部下，依着城里一班军官，早就要突围而出。忠王以为江北的捻子，已经快来了，只要他们能杀到庐州合肥，南京之围自解。然后收束大队到江西去，退可以回福建两广，进可以收复安庆芜湖。

不料捻子的军队，老是不能来。曾国荃挖了几里长地道，在太平门轰去了城墙二十多丈。我和忠王带有一千多人，就向旱西门跑，打算冲出城去在皖南收集残部。不料湘军曾国荃的部下，正由旱西门杀进来，大家呐一声喊，就四散分逃了。我和忠王十几个人，逃到这附近的地方，就躲到一个种菜园的人家去。忠王说，太平天国的将领，只图富贵，自相残杀，早就该亡了。只有我还要争这一口气，所以把南京留到目前。现在我还不死，诸位也不要死。各人去逃命，逃得命出来，我们回福建两广再来，兄弟们记住。忠王说到这里，我们又气又恨，又是害怕。幸喜我还懂得一点水性，就跳下一个塘里去，折了一片大荷叶，盖住了脸，我就躲在水里有一昼一夜。在半夜的时候，我爬出塘来，只见天王府火光照得天上通红，一片喊杀之声，所有进城的湘军，都去打天王府去了，我就连夜逃走。真是命不该绝，在一所破庙里，拣到两把很大的旧伞。我拿了两把伞，逃上城墙，将两把伞打开，一只手撑着一把，就由城上向下一跳，靠着这两把伞的帮助，我没有死。我的痴心，以为忠王智勇双全，又得民心，必可设法逃出，靠他那一种能文能武的本领，无论到了什么地方，也可以白手成家。咳！”说到这里，将双脚一顿。说道：“不料曾国荃的部下萧浮泗，在清凉山一带，挨家搜索，到底让他寻去了。太平天国的军队，到了南京以后，那些封王的人，争权夺利，一天到晚，只贪图酒色。东王杨秀清，和天王洪秀全是患难弟兄，也弄得成了仇敌，实在是英雄难得。忠王一死，我灰心极了，所以我逃到黄山上去修道。其实我并不贪什么长生不老，只因我从前不服鞑子，养了头发。因为败了，又去剃头，不是大丈夫所为，所以我决计出家，不做那半截汉子。”因指着山下，那里是自己逃命的地方，那里是忠王话别的地方，那里是自己跳水的地方。那个小水池，虽然小了许多，还不曾填塞，还可以认得出来。张道人认得逃命之所，不由得走下坡去，绕着岸，走了几匝。

柴竞虽然是事外之人，见张道人这样现身说法，也就听得呆了。张道人道：“我今天引你到这儿来，不光是让你看看我逃难的地方，我还有一所故人的坟墓，可以带你去看看。”说毕，背了两只大袖，又由菜地踱到山下，走上山头，在乱草丛里，来回寻了几转，东张西望，只是现出失望的样子。忽然见一片敞地上，短草上烧焦黑了一块草，脚下，还沾着一些纸钱灰。张道人道：“啊，这个地方，好像已经有人先来过了，这事很奇怪了。”柴竞笑道：“老师伯你今天这闷葫芦，让我猜够了，这究竟是一件什么怪事？我很愿意知道。”张道人四围一望，然后低声说道：“你知道马新贻这件案子吗？”柴竞道：“我知道，那位行刺的张文祥，实在是一位英雄。”张道人指着那一团焦草道：“这个所在，就是祭张文祥的了。当日马新贻被刺后，张文祥让官兵拿住了，是凌迟处死的。死后的尸体，东一块，西一块，也不知弄到哪里去了。他有一个徒弟，在半夜里偷上法场，想去偷人头来埋葬。无奈人头已不见了，只收了些剩下的骨肉，用衣服包了，埋在这清凉山上。这件事情，非常秘密，除了我们几个自己人而外，绝对没有别人知道。他这徒弟，今年还不过是中年人，常是想和他师傅报仇。但是仇人是谁呢？若说是清朝，我们没奈何他；若说是马家，马新贻已经死了；若说是曾国藩，不错，当年是曾国藩奏的。可是曾国藩也死去多年了，难为他的后代不成？所以我对于这事，总愿意设法拦阻他。这次南京大做寿，我听到他的徒弟也要来。他来是为两件事：一来是找仇人，二来要分些寿礼。我在黄山脚下，遇到一个朋友，知会了我这个消息。我想这个人本领是了不得，倒要会他一会。因为张文祥是我最佩服的人。他的徒弟，也应该不错。至于他究竟来不来，我也不能断定。所以我一到南京，就到处打听他。现在这里有一丛纸钱灰，除了他来祭奠他的师父，哪有第二个呢？”柴竞道：“老师伯可知道这人的名姓？”张道人道：“我只知道他姓罗，其余一概不清楚。但是他果然到南京来了，只要一会朋友，我就会打听出他的下落。却是奇怪，他到了这里，并没有拜朋友。我心里想，他或者没有来，现在看这堆纸灰，他又确是来了。他行踪这样诡秘，也许他要做一番怪事，我们慢慢来寻他罢。”柴竞正是个好事的人，听了这种话，加倍的高兴，说道：“老师伯，只要你告诉我，我就有法子找他了。他果然要做些事，晚上他总会出来，我想只在总督衙门前后等他，总可以碰到他。”张道人笑道：“那个办法太笨了，而且也太险。我听说仪凤门外靠江边一带，新近开了许多码头，大小轮船，都在那里上下，也是一片繁华市面。我们何不去看看，也许他就在那里下了客店。”柴竞自然赞同，于是两人就向仪凤门下关而来。

到了下关，二人找了一所临江开窗的茶楼，对江品茗。看浦口那边两座山峰，上面的点将台，正和这边狮子山对峙，山下一片芦苇(按此时尚无浦口)，青青郁郁有几十里。芦苇里面，隐隐约约有些港岔露出。张道人指道：“老弟，你看，那里岂不是水军很好的隐藏之地。你看，有这种天险，保守不住，岂不可惜？”说时，又用手对长江遥遥一指：那长江一片白色，两头接连着天的圆周，远远的两三处布帆，在水里飘荡，正像竖插着一片羽一般。一轮红日，直向长江上游落将下去，正有澡盆那大，照成半江红色，水里有万道金光闪动。两人看着长江景致，不觉到了天黑，那一轮八方圆的月亮，却又从长江下流头，慢慢向上移动。张道人道：“那江边的月色，多年不曾领略，我们今晚索性不要回去，在这江边踏一踏月色，你看如何？”柴竞道：“好极了，我正有这个意思，不料让老师伯先说了。”于是二人又在茶楼上用了一些点心，直待天色晚了，月亮在大地上现出了一片银灰色。于是会了茶帐，一同下楼，向江边慢慢踱来。

二人溯江而上，越走越远，这岸上正也是一片芦苇之地，秋色已深，都变了黄赭之色。江风吹来，发出一种沙沙之声，芦苇远处，排着一带古城。古城里一个黑隐隐的山影，那正是狮子山，真个是一幅绝好江城夜月图。回头再看这边，一轮新月，带领着一班稀松的星儿，高临天上，那天上的鱼白色，正和浩荡无边的长江，浑成一块，不过江里翻着一堆堆的浪花，破了浑茫的界限。这时已起了北风，浪风吹着，扑突一声，拍在那芦丛深深的岸上面，一浪响着歇了，一浪又起。在这寂寞荒岸上，只听了一片扑突扑突之声。张道人昂头对月亮望着，叹了一口气道：“老弟，你可念过一首唐诗：山围故国周遭在，潮打空城寂寞回。淮水东边旧时月，夜深还过女墙来。这种诗，不是替我做了吗？”柴竞道：“老师伯的感慨太多，这种地方，以后少来罢。”张道人还未说话，忽然有人说了一句好诗。张道人和柴竞回头一看，那声音在芦苇深处，江岸上，跟着声音走去，原来在岸边横搭了一块跳板，板上盖了一间小茅屋。这屋敞着半边，兀自漏着星光。在星光之下，看见有一个人在屋子里搬罾打鱼。

这人见他两人走上前来，便丢下罾，迎上前来问道：“你这二位，是走错了路？还是赏月的呀？原来还有一位道友。”张道人这才见他是个半老的渔翁，因他说话不俗，便答道：“我不是走错了路，我们是踏月色的。”渔翁低了声音道：“不是我多事，我看二位很高雅，忍不住说一声。前面的路走不得，你二位回去罢。”柴竞道：“我看沿着这江岸，正是一条很平坦的路，为什么走不得？”渔翁道：“我天天在这里打鱼，这条路上走得走不得，我自然知道。我劝二位回去，自然是一番好意。”柴竞道：“莫非前面有水荡？”渔翁道：“倒不为此。”柴竞道：“这是江边，离着码头不远，总也不至于出野兽，或者有什么歹人。”渔翁道：“你那位大哥，真是少走江湖，说话太不留神。”张道人听他话中有话，倒不怪他，拱拱手道：“我这位伙计，是个老实人，他实在不明白你老翁的话。既然是走不得，我们这就回去。多谢多谢！”于是扯了一扯柴竞的衣服，转身便走。走了不几步，只听那渔翁自言自语的说道：“真是两个空子，我救了他们两条性命，他们自己一点也不知道。”柴竞和张道人又走了几步，停住脚轻声说道：“老师伯，你听见吗？据他这样子说，他是一个圈儿里的，他说救了我们两条性命，莫非这前面有人干不妥当的事？他不说，我倒不在意；他一说破，我们非去看看不可。”张道人道：“却是奇怪，在这种地方，离码头也不过两里路，哪里能容什么歹人？有我们两人，差不多的角色，也应付得过去。我们不妨去看看。”于是二人不走正路，直向芦丛中走了去。这个日子，已是深秋，芦洲上并不潮湿，他们望着天上的星光，绕过渔翁搬罾的地方，继续着向前走，约莫走了有一里路的样子，隐隐听见有人说话的声音。张道人在芦苇丛里伸出头来周围一望，见靠北一带，芦苇深处，挖出一块坦地。在坦地中间，有一群人影，二人未免大惊失色起来。

第六回 踪迹不明梦中惊解纽 姓名无异身外托传书

张道人究竟是个老手，一看之下，恍然大悟，连忙伸手，将柴竞拦住，说道："快快快快蹲下！"柴竞见他如此张惶，果然蹲下。张道人移上前一步，对着柴竞耳边说道："怪不得打鱼的说，救了我们两条命，看这样子一定是帮上的人，今晚在这里开山门，不定是议论什么大事。他们在各路上，都有巡风的，若是撞上了，他们一定不让我们过去。不过去倒不要紧，就怕不撞见巡风的，一直闯到他们一起去。他们以为我们是来捉拿他的，决计不肯相饶。那时他们人多，我们未必能占便宜。"柴竞知道开山门，是帮上最重大的一桩仪典，不是办人，就是商议大事，走到这里来，实在无异走入魔窟。不过这件事，又是难逢难遇的，好容易碰到了，若不看看，又未免可惜。便对张道人道："我们不要走，躲在这里看看。"张道人虽然知道开山门是这么一件事，但是在这南京城里，大做生日的时候，他们忽然有这样多的人，在这里聚会，料到他们这件事，可以留心看看。于是鼻子里哼了一声，就算答应了柴竞的话。两入伏在地下，慢慢的向前爬了去，一直爬到那些人轻轻说话的声音，都可以听见了的地方，暂止住不动。

柴竞由芦苇丛里，向外张望，只见这前面空地，有一亩地大小，好像是故意在芦苇中挖出来的一块地。那些人，十之七八，都是短装，齐排排的，分着两边站立。正中有一个人，似乎坐在一个什么草堆上，紧紧的挨着他，站了四五个人，这是一围。其余的人，便是离开他们一点。然后站班似的，排了下去。在星光底下，明晃晃的，看见有几个人手上拿住了刀。人虽有一二百，可是只有一个人从从容容的操了南京土语说话。那个人若是停了话不说，就肃静无声，连咳嗽也不听见一下。这时，听见那人说道：“这位梁家兄弟，我们不能不说他是一条好汉，他因为事情重大，没有来拜码头，不能说是他坏了规矩。众位弟兄，以为如何？”说过去，也没有人敢作声。他接上说道：“冯有才兄弟呢？”这就有一个人在人丛里走出去，答应道：“兄弟现在在这里。”那人道：“我听到说，你这两天手气很好，赢了多少钱？”那人答应道：“赢了三百吊钱。”那人道：“你现在用不着许多钱，兑了一百二十两银子，限明日晚上送给那梁家兄弟去。”这人连答应几声是，就退到一边去。

这时，那人忽然把嗓子一提高，说道：“马老九呢？”柴竞听了他这口音，似乎是要找人骂的样子，就格外注意，把头在芦苇缝里，伸了一伸，向前看去。只见人丛里，走出一个长彪大汉，站在当中。坐上的那人一发狠声道：“你在码头上多年，我一向认你是个好兄弟。你居然做出这种丧良心的事，骗人家寡妇的钱，破坏人家的名节。这寡妇因为要添孩子，就寻死了。这样办，你还不足，把她外面放的债，都扯得用了。我们江湖上的好汉，讲究的是锄强扶弱。像你这样办，一来坏了我们的义气，二来犯了淫戒，你这两条大罪，你知道应当怎样办？”那人半晌没有说话，风由那边吹将过来，把那群人紧促的呼吸声，倒一阵阵送进耳里。柴竞一想：这人怕不免要受一顿重打，或者有人出来给他讲情。谁知等了一会儿，依然没有人作声。有一两个人咳嗽，声音都是极沉郁，恍惚咳嗽的人将衫袖握住了嘴。这人这才说道：“这件事，实在是做错了，总求龙头饶恕。”那人道：“饶恕？也罢，念你在里头上多年，留你一个福寿全归。来，把他做了！”柴竞听了这“做了”两个字，不由得心里扑突一跳。只听得马老九道：“也罢，二十年之后，又是一条好汉。就是一层，我回去之后，我的家眷，请众位好兄弟照顾一点。”上里那人道：“那个你不必挂心，我们许多好兄好弟，决不能让你老娘受冻受饿。你还有什么说的没有？”马老九道：“我没有什么说的了，请哪位兄弟动手罢！”上面那人道：“你既然是一条好汉，我们弟兄，也用不着动手，请你自便罢。”就在这时，只见那一个人，开着大步向江边上走，后有一群人跟着，似乎去看他做什么。不一会工夫，水里扑通一响，柴竞心里一想，这一定是那位马老九投水自尽了。帮上人是这样纪律森严，却不由得心里一阵跳动。张道人似乎看懂了他的意思，连连将柴竞的衣服扯了几下。柴竞会意，就对张道人点了点头。再又听那个人说道："他回去了没有？"那人答应道："回去了。"那人道："今天已经无事，大家好兄弟回家去罢。"这一声说出，大家就纷纷的散开。

张道人等人走得远了，这才和柴竞一路走出芦苇，站在那坦地里看了一看，什么东西也不曾遗留。张道人道："你懂了没有？这是一个龙头，在这里行他的赏罚大典。别的事倒不去管他，他叫一个姓冯的兑换一百两银子去送姓梁的，这件事我有些疑心。这是一个什么出类拔萃的人，值得这样恭维他？"柴竞道："据我看，怕就是师伯要寻的那个人。不过师伯说他姓罗，这个却是姓梁，有些不相符。"张道人道："你所猜的不对，不过这人也是很可交的一个朋友……"说到这里，张道人忽然止住话不说，眼光对一个地方，很用意的看去，因对柴竞道："我们说话，大概让人家把我们的话听去了。"柴竞道："谁听去了，他们不是走得远了吗？"张道人道："这个听话的人，决不是他们一帮，像我们一样，也是来听消息的。我们粗心，倒让他知道了我们的底细。"柴竞道："师伯说这话，我不懂，哪里还看见什么人？"张道人笑道："老弟，你究竟经验少，对江湖上的事，不能十分透澈。刚才是我怕他们帮上人，还没有走尽，因此一面说话，一面四围观望。我的眼力，还算不错，黑夜里还可以看到很远。因为见这几十步外，有一丛芦苇，无风自动。若是下面藏了什么野禽野兽，它是无顾忌的，一定动得很厉害。这却不然，只是停一会儿，摆一会儿，而且不发出一点响声。我就猜定了，这下面藏得有人。可是当我去看的时候，那芦苇的摆动，由近而远，慢慢远到江边去。分明是他知道我在看他，他走开了。这不是人，别的东西，哪有这样聪明？这个人不是他们所说的那个姓梁的，那就是一位很能干的捕快，在这里打听消息呢。"柴竞道："据我说，也许是江边那个打鱼的，江边这一条路不好走，我们还是由芦苇里钻回去的好。"张道人点头道："多一事不如少一事，那样也好。"于是两个人依旧由芦苇里走回下关。因为天气太晚了，不能够回水西门，就在下关找了一家小客店住下。店里见他们没有行李不肯收留，张道人把原来住了饭店，赶不回家的话，对店里说了，店里才让他住下。

第二日起来，柴竞的胸襟上，忽然失了两个纽绊，偏头仔细看时，在肩下只剩了两条绽纽绊的痕迹，那纽绊一点点也不曾留着。一个人扣衣服，一个人自言自语道："昨晚睡起的时候，好像还在，何以忽然就丢了？"张道人不知道他是如何丢的，也就不甚注意。二人在那饭店里用过茶水，会了店钱，就回到水西门饭店里来，伙计用钥匙来开了门，二人走进房去。柴竞哎呀了一声，张道人和伙计都望着他，他拍了一拍腰，笑道："不要紧，不要紧！没有丢，还在这里。"伙计因他如此说，也就走了。柴竞还未曾开口，张道人已经明白了。那张小桌子，齐齐的摆了两只纽绊，圈儿朝外，尾儿朝里，这何须说，一定是有人放在这里的。张道人微笑道："这个人的本领了不得，居然在我的面前，玩了这一套大手段。"柴竞道："这话说出去，真是惭愧。自己胸襟上两个纽绊给人割了去，竟会一点不知道。我想这个人就是江边芦苇里那一个人，我们一个大意，他就跟了我们走。我们的话，全被他听去了。到了下关饭店里，我们又说明住在这里，他又不知藏在什么地方，听去了我们的下落。他知道老师伯是不可轻易惹的，所以在黑夜之间，在我身上试了一试。今天一早，他就把两个纽绊，送到此地。他的意思，分明是要我们知道他的本领，可不知道他是好意还是恶意？"张道人道："你忘了我们在宣城遇到的那个化子吗？那个化子虽不行，他的路上，自然另有高手。看这样子，自是那高手要和我们见个高下。若果如此，我倒要试试他的武艺，江湖上也可以多交一个朋友。"说到这里，伙计送茶进来，柴竞便问道："我们去后，有人到这里来找我们吗？"伙计道："有，有一个穿长衣服的人，带了一个粗人，到柜上问二位的。他问住在哪一间房，我就指给他看了。"柴竞道："这就是你的不对，一个生人来打听我们，你为什么就老老实实的把话告诉他呢？"伙计道："他决不是生人，他不但说出二位的姓名，连二位的模样衣服，他都说的很对，这哪会是生人呢？"张道人点一点头道："我知道了，不错，是我一个熟人。"伙计对柴竞笑道："我们的小店，开在大码头上，迎接四方客人，哪样的人看不出来？若是不规矩的，我们能对他胡说吗？”说毕，笑着去了。张道人道：“老弟，我充一世的好老，这回要算在阳沟里翻了船。你想我们一点不知音信，人家把我们的年貌行动，打听一个烂熟，这也不知道在哪一日，就跟着我们一起，他要对我存一点歹意，我们早中了他的暗算了。据这样看来，一定是那个化子的同伴。他在宣城就跟着我们跟下来了，这事不是玩意儿。我今天晚上，必要等他前来，和他见个高下，看他究竟是谁？若不把他打听出来，我们二人都没有意思了”。师徒二人一议论起来，都觉这事有些奇怪，柴竞道：“别的罢了，他怎样有那样又快又轻的刀，把我纽绊剪去？”张道人道：“不但剪去难，就是送来，也不会容易。我们这窗户是临着河的，所以出门的时候，一疏神，没有关起来。他由外面进来，自然是由窗户里来的。窗户上不靠屋，下是水墙临着河，没有功夫，怎行呢？”柴竞笑道：“我们越猜越把这人看成神仙了，他还能在水面上走过来不成？”张道人道：“这种能耐的人，我是早听见说过。若果如此，我们也只好甘拜下风了。”两人商量着，也是没有办法，且自由他。

吃过午饭，柴竞上街去闲玩，忽然遇到在宣城客店里同寓的那个布衣少年。他一见之后，远远的就是一个长揖，笑道：“我到贵寓去奉看过两次，都没会到，不想在这里遇着了。”柴竞猛然听了这句话，不由得浑身毫毛孔里，冒出一阵热汗。心想：原来这两天玩耍我们的人，就是你，真是人不可以貌相了。也笑答道：“实在失迎得很，兄弟也正是来访阁下的。好了，就请在茶楼上谈谈。”那人拱拱手道：“正要候教。”柴竞心里想着：这可奇了，我又不曾和你有什么仇恨，何以你一定要和我为难？这个疑问，且放在心里，请那人先行一步，自己倒随在后面走。那人毫不疑虑的，就在前面走。到了一家茶楼上，拣了一副座位坐下，柴竞是处处留心，不敢冒昧，即和那人对面坐下。一谈起来，知道他姓李，名云鹤，是皖南一个秀才，要过江去探望父亲的。柴竞如此留心，那李云鹤却丝毫不知，只是平平常常的谈话。坐谈了许久，柴竞实在忍不住了，便问道：“李先生，上次我们在宣城会面，匆匆地就走开了，不知道先生本领高强，真是抱歉。这次到了南京，才知道先生实在是高明，就连我师伯他都十分佩服，但不知先生几次赐教，究竟是什么意思？我看先生是个正人君子，有话必可直说。”李云鹤听说，摸不着头脑，只翻着两只眼睛，向柴竞看，半晌，笑道：“柴大哥，你莫非错认了人？兄弟虽然侥幸在庠，不过是个文秀才，并不曾考过武。你老哥说的这话，我是一点也不懂。”柴竞笑道：“李先生你不要玩笑了。你先生的本领，我早已领教。”李云鹤正色说道：“兄弟从来不肯说谎话，而且因为你大哥武侠之气，现于眉宇，我一见就十分的佩服。前几天在路上被窃，蒙你老哥帮助，我很感激。所以到了南京接了你老哥写来的信，我就连去拜访两次。”先是李云鹤糊涂，现在连柴竞也糊涂起来，因道：“李先生，你没有错吗？我们在宣城分手后，就不曾见面，哪里会帮助你？就是李先生到了南京，我们也不知道，兄弟哪里写过信呢？”李云鹤道：“真的吗？这真奇怪了！这封信，我还藏在身上，不信，请你看看。”于是在身上摸索了一会儿，摸出一枚叠着两折，裂满了皱纹的信封，双手交给柴竞，柴竞接过来一看，上写内信即交高升饭店李少爷收，旁边注着柴托。柴竞看了，心里已是一惊，及至拆开信来看时，信里写道：

云鹤仁兄大人阁下，敬启者。宣城萍水相逢，备仰丰彩，一路相随荻花枫叶之间，早已心照矣。古人有倾盖成交者，一见如故，何我后辈？仆现奉敝师伯寓水西门外三元店，敢乞移玉光临，共倾杯酒。抵掌快谈，亦一乐也。如其惠然肯来，自当扫榻以待，肃此敬候起居，不尽一一。愚弟柴竞百拜。

柴竞看了，连说几声奇怪。李云鹤道：“怎么样，这信不是你大哥写的吗？”柴竞道：“委实不曾写，而且我和阁下在宣城一面，确是神交已久，但是我师徒走得很慢，决计追赶你老哥主仆不上。信上说的一路相随荻花枫叶之间，也不对得很。”说时，拿了那一封信，翻来覆去的看上几遍，究竟看不出来是什么人的笔迹。把信放在桌上，手按住了信，只是出神。李云鹤道：“你大哥真猜不出来是谁吗？他为什么知道你住在三元店，又何以知道彼此在宣城会过面呢？”柴竞听说，搔了一搔头发，口里连吸了两口气，说道：“这话真是说不上，你老哥曾说兄弟在路上帮过阁下的忙，这又是哪一个？难道成了鼓儿词，有妖怪出现，变一个兄弟出来不成？”李云鹤道：“那倒不是，是另外一个人出面的。”柴竞道：“这话越说越长了，我倒要问一个究竟，请教那人是怎样和阁下见面的？”李云鹤道：“就是离开宣城那天晚上，我们赶路，没有找到正当的村镇，就在大路边一家小客店里住下了。因为走路辛苦，一睡上床，就睡熟了。不料天亮醒来，我带的那一口小木箱子，锁已让人扭断，里面的衣服用物都不曾动，只是将盘缠银子全数丢了。”柴竞道：“丢了多少钱？”李云鹤道：“有三百两。”柴竞道：“你先生走的路程不长，为什么带许多川资？”李云鹤道：“这一笔钱，我是另有用途的，因为家父在江北有一点小事，非这个不可。”

他说到这里，脸色都变了，话说不下去，将桌上泡好的一盖碗茶，两手捧着，就到嘴边，用力的吸了几口。好像这样吸茶，可以解除胸中一层烦闷。他将茶碗放下了，按了一按盖子，摇着头叹了一口气道：“这是不中用的，尽我的力量去做罢了。可是有这三百两银子。我还可以想法子，连这三百两银子都丢了，家父的性命，就不能保，因此上就和店家理论。偏是这店家是个六十多岁的聋子，另外有个孙子，只十四五岁，他这两个人只是和我说好话，一点主意没有。是我心急不过，哭了出来。那一日，这小店里，还住了一个做小生意的人。他问起情由，说不要紧，他的主人，是个大绸缎商人，生平专作善事，三四百两银子，不算什么。现在和一个老道人到了宣城，正向南京来。他是先走一程，和主人办事的，现在可以走回去对主人说一声，要三百两银子帮我的忙。”柴竞道：“他所说的这绸缎商人是谁。”李云鹤道：“他指明的，就是阁下了。他当日千叮万嘱，叫我住在那饭店里，不要走开，等他回来，自有好处。当时我虽不敢十分相信，好在他又不贪图我一个什么，总不会吃亏的。因此又在那里住了一夜未曾离开。据他说，不用回宣城，在半路上就可以遇到东家的。明日上午，一定可以给我一个喜信，因此这一晚上，我在床上翻来覆去，未曾睡好。在半夜的时候，我似乎听见桌上的东西，有些响动。心里想着，这贼莫非要来偷我第二次。于是坐了起来，静静地听着，看他怎样下手。但是只响了一下就不再响了。是我放心不下，在枕头底下，摸出火石铁片(按此时尚未有火柴)。打了火，点了桌上的蜡烛。这一下，不由我吓了一大回。原来桌上，齐齐整整摆着六只五十两的官宝，可不是三百两足数。有一只官宝下面，压着字条，我连忙拿起来一看，上面写的是：知君纯孝，特助小费，后会有期，前途珍重。柴竞留字。我拿了字条，倒疑惑是梦，自己不放心，把那银子，一个个拿在手上掂了几掂，可不是真的。看看屋子里，什么东西也不曾移动，只有那迎着天井的窗户，微微的露着一条缝，未曾关好。我心里明白，这一定是位江湖侠客帮的大忙。只望空作了几个揖，表示我感激之意。”

“天亮之后，不敢耽误，我就收拾行李，赶路到南京来了。到南京以后，接到了这一封信，我才知道阁下就是在宣城饭店里遇见的人。这是这件事前前后后的实情，阁下若说没有给我银子，没有写信给我，这是哪一个干的事？天下只有冒名顶替去赚钱的，哪有冒名顶替送钱给人的。”

柴竞昂着头想了半晌，摇了一摇头，说道：“若是照李先生这样所说，这个人我简直猜不出来。但是兄弟一来不曾做什么大恩大德的事，让人如此来替我传名；二来我是个无名之辈，何以江湖上有人知道我的名字，而且我住在哪里，他都知道。奇了奇了！”李云鹤拱拱手道：“刚才大哥对我所说的一段话，我也是不懂，这又是什么意思？”柴竞一看，附近座上无人，就把丢衣扣的一段事情，略略说了。李云鹤道：“既然如此，这个人做的事，不能说是歹意。我想那位张道爷是江湖上的老英雄，恐怕于人认得他，和他有什么计较，也是势所不免。”柴竞道：“除非是如此，不过这些，都应该让敝师伯知道，最好请李先生到敝寓去一趟。若是他有什么话要问，李先生一说，或者可以找些根由出来。”李云鹤因为这事很是奇怪，也愿得个水落石出，于是慨然答应跟着他到三元店去。当时见了张道人一谈，张道人道：“果然如此，现在大乱之下，江南北埋的英雄很多，有人见我出山，要和我比一比，也未可知。说不得了，我要会一会他，好在我是一个深山学道的人，栽了筋斗，也不要紧。”柴竞跟了张道人许久，深知他的本领高强，竟未曾见他和人比武为憾。现在他自己说要和人比比，这正是一个绝好的机会。因此便在旁边极力鼓动，说是后生小辈，也不知道老前辈的武艺高强，所以到处卖弄。给他一点厉害，一来告诉他老前辈真有本领；二来也教训教训他，免得他将来吃别人的亏。张道人也觉这话说得是，答应教训教训那人。

当日下午，留着李云鹤在饭店吃晚饭，曾盘问了一阵，也盘问不出什么理由来。李云鹤饭后去了，张道人开了面河的窗户，观看夜景，只见上流头一只小船的影子，飞箭也似的划了过来，划到面前。这时月亮未曾上来，一天星斗倒照在河里，来来去去的小船，载着一星火光，在水面飘荡。水底下的星斗，因水荡漾，也摇撼起来。至于船的本身，看不清楚，不过桨声篙声，打在水里，是听得清清楚楚的。那小船的影子，既然划到面前，忽桨声一停，张道人叫了一声好，那两片桨声，吱咯吱咯，接连不断，向下流飞驰而去。张道人且不管那船，回转身将桌上的蜡烛弹了一弹烛心，拿在手里，向地下一照，就笑道："我就猜到他是这个办法。"柴竞坐在屋里，先是听见地下扑突一声响，这时见烛光之下，地下有一个纸包，纸包是用细绳捆了，系在一块石头上。张道人拣起来，笑道："你要看热闹的机会到了。"

第七回　凉夜斗凉山戏玩老辈　客途听客话义救寒儒

柴竞不解所谓，便问道：“这是什么意思，是他投来的什么信吗？”张道人道：“当然是，我们拆开来看看，这里面究竟说的是些什么？”于是忙着将那纸包拆开，纸不很大，上面只写了九个大字：今夜子刻到清凉山候驾。张道人哈哈一笑道：“妙极了，这个所在，是一个可以放手打架的地方，但不知道他是许多人，还是一个人？他若人多，你不妨去看热闹，他若人少，我们去两个人，他还要疑我们两个打一个呢？”柴竞道：“那要什么紧，我远远的站着就是了。”张道人道：“那也好，若是遇到了割你纽绊的人，你揪住了他，可以和他比一个高下了。”当时二人装着没事一般。到了半夜，张道人脱了他那道袍，先换了一条又短又黑的大脚裤，裤下露出膝盖下的大半截腿，将裹脚肚来捆扎紧了。上身穿了四周纽扣，缚住身子的紧身衣，外加一件软皮背心。这个衣服，就是夜行衣服了，裤脚很大，是为了大小便；浑身纽扣，是让衣服紧贴着皮肤，然后动手利便；那件皮背心，犹如一件软甲，保护胸前身后，可以抵抗兵器。柴竞是个武术家，自然知道，不过张道人的衣包裹，早预备了这样东西，倒是未曾料及。他原来有一根铁拐杖，是系着酒葫芦的，这时把酒葫芦解了，又在衣包裹取两柄鬼头小刀，长不过五寸，插在裹脚肚里面。柴竞在旁看了，笑道：“师伯既带了夜行衣，何以没有预备一个百宝囊？”张道人道：“我也带来了，不过今夜用不着它。既是要和人比武，就不须用暗器伤人，人家就是用暗器来伤我，靠我早年一二十年苦功，他也未必办得到。”柴竞点头称是，他是没有夜行衣的，只穿了短装，拿了一根板腰带，将腰束得紧紧的。原带了一把护身刀，就倒插在背后腰带眼里。两个人结束停当，轻轻的开了房门，站到天井里周围一望，各房间里沉寂寂的，只有一点鼾呼声。于是两个人轻轻一耸，跳上房头。

江南的房屋，不像北方，屋脊很陡，而且房上的瓦，又薄又小，就是这样叠起来的，并不曾有灰泥砌住。凡是在北方能飞檐走壁的武术家，到了南方，都不敢尝试。一个不小心，就会把房上的瓦，踹得像放爆竹似的响。鼓儿词上的侠客强盗，动不动就上房，那都因为说评书的先生是北方人，只知道北方的屋顶，泥上铺瓦，高不二丈，又矮又平又稳，可以在上面飞跑，南方的情形，可大大不同的，不过张道人武功很深，柴竞又原来是习轻功的人，所以跳上了房，站得很稳，也不曾碎一层瓦。此时街上，已无行人，两人跳下房来只拣僻静的地方走。走到城墙脚下，张道人忽然哎呀一声，说道："这是我大意了，那个百宝囊未曾带来，一根绳子没有，你爬得进城去吗？"柴竞笑道："不要紧，这城墙上还有许多砖眼，慢慢的找脚步，总可以爬得上去。"张道人道："也好，让我先上去。若是上面有什么野藤，吊一根下来，那就更容易了。"说时，沿了城墙，四周去找。只见一根青藤，由墙上垂下来有一丈多长。离这藤下面一丈多，城墙砖缝里，向外长着一丛野树。他于是退了两步，起一个势子向上一耸，就跳得站在那丛树上。身子贴着靠了墙，两手张开，斜向上举，将墙扶住了。停了一停，身子复向上一耸，右手捞住了藤，两腿向上，人头朝下，成了一个燕子掠水式，右手斜向下插，撑住了城墙，身子腾空跃起有二丈多高。就在这个时候，已靠近墙的缺口，脚只一勾，人已在城墙上，身子一转，便腾出了左手，抱住城墙垛子。柴竞在城墙下面，只看见张道人凭空两耸，一个影子，悠然上升，不由得暗暗的喝了一声彩。自己哪里有这样本事，若是硬爬，未免显得太笨了。正在这里凝想，张道人在城墙上说话了。他道："好极了，我在城墙上摸到一大把野藤，把这个垂下来，你就可以抓住，好慢慢的上来了。"柴竞走到墙脚下，果然见一条粗藤，垂在头上飘荡。因此一手捞住，一手扶着城墙，借着青藤的一点力量，一步一步，爬上城去。这样到了城上，一点也不觉得费力。站在城上向里一看，面前一道山影，隐约可辨，那正是清凉山了。二人寻着下城的台阶，就飞向清凉山而去。

到了清凉山，那刚刚残缺的月亮，已东升有几丈高。一片昏黄亮光，照得全山的秋草，越发毛蓬蓬的。草里的矮树，一个一个的黑影子，在风里颤动。脚下踏着草，只觉一阵凉气袭人，原来是风露很深，把草都湿透了。柴竞道："天气……"一个凉字未曾说出口来，只见张道人举起铁拐，向风一迎，口里说道："来得好！"同时，在张道人当面，有一个人影，随着一道白光，上下飞跃。那白光飞跃的快法，简直没法可以形容，柴竞看见就知道那是一个舞剑的人，和张道人交手了。那白光时而高，时而低，同时，看到张道人那根铁拐，常常在白光里搅扰，所以现出一道黑影。这黑影有时看不见的，却听见一阵呼呼之声，似乎是有风在远处吹着响一般。两下总斗了半个时辰，一片风声，和一道白光不曾间断。那边的人未曾开口，张道人也不声张，只是闷着声音儿打。柴竞站在一边，只笼了衫袖，呆呆的向下看。忽然一阵脚步响，只见张道人身子，向后倒跌一下，离开白光有一丈多远。柴竞身上的三万六千毫毛孔，不由得齐齐的伸张着，向外冒出一阵热汗。他心里以为是张道人败了，谁知那白光一收，接上有一个人喊道："呔，出家人慈悲为本，不能下这个毒着！"说时，张道人已窜上前去，只听见叮当一声响，兵器相撞。那人哈哈大笑起来。柴竞心里，大疑惑之下：何以双方打架打到半中间，却会笑将起来？正在犹豫之际，忽听见张道人也说道："莫不是朱家老弟，何以这样和我玩笑起来？"那人哈哈笑道："到了现在，才让你知道是我！"柴亮一听那口音，正是师傅朱怀亮来了，笼着在衫袖里的两只手，这才放下。两手犹如经过水洗了一般，衫袖里汗湿了一大片。但是在这个当儿，千万料不到师傅会来了。这一喜非同小可，连忙走上前叫了几声师傅。在黑影之下，只见有一个人在朱怀亮身后一闪。朱怀亮也穿的是一套短装，那柄剑已插入鞘内，将剑悬在腰带上。他后面站的那人，虽然一样短装，在月光下看得明白，他蓄了满头的头发，发髻挽在顶心，似乎也是一个道人。朱张的朋友，洪杨一系很多，就是有蓄头发的人，那也并不算奇，所以并不觉得是怪事。朱怀亮道："我来给二位引见引见，你二位不是要见那位梁大哥吗？这位就是。"那人果然上前，向张道人和柴竞各作了一个长揖，但是并不作声。朱怀亮道："柴家老弟，送纽绊到你饭店里去的，就是这位。"

柴竞一听，不免恼羞成怒，将背后的大刀，向上一抽，说道："这位梁大哥的本领，实在高明，但是上次可惜我睡着了，不知道阁下的本领如何？今天凭着老前辈在此，我们可以来比试比试。"那人更不答话，刷的一声，抽出一柄剑就要交手。他先是站的远，看不十分清楚，这时他抽出剑来，只一跳，便跳到柴竞面前，左手伸开二指，向了眉尖，比着剑诀，右手将剑只一挥，便迎了月亮，平伸出来。柴竞这才看得清楚，向旁一闪，说道："且慢动手！我看阁下，好生面熟，请问贵姓？"那人听到问话，只是站定不开口，柴竞道："阁下若再不开口，我就乱猜了，贵姓是朱吧？"那人禁不住咯咯一笑，说道："师兄，你不会猜到是我割了你的纽绊吧？"这人正是振华姑娘，改了男装了，不知道她如何跟着朱怀亮来到此地。柴竞丢了手中的刀，便向她拱揖问好。振华也笑着过来，和张道人重新见礼。张道人道："侄女顽皮，那倒罢了；老弟，你偌大年纪，怎样也是如此淘气？这满天的风露，引得我们半夜里到清凉山来喝西北风，是什么意思，你把我老大哥当玩艺也罢了，连你自己的徒弟，都要将起来吗？"朱怀亮说道："罗大哥，你可以出来罢！猜了这样久的哑谜，也可以说破了。"

说时，深草里，突然又冒出一个人，口里操着江北口音，向前和张道人见礼。说道："晚辈该死，只因要看看老英雄的本领，没有机会，特意求我朱师伯定下这条计，把张师伯引到这里来比试。"张道人道："原来如此，你的令师，就是张文祥吗？我这回到南京来，正是要访你。但是我只知道你贵姓是罗，不知道台甫怎么称呼，所以无处寻访。不知怎样和我朱贤弟在一处。"那人道："晚辈叫罗宣武，少在江湖行走，所以熟人很少，山上很凉，请下山到庙里去畅谈罢。"

这时夜色过深，天气也实在是凉，既然说山下有歇脚之处，于是一行人随着山路，迤逦下山。走不多路，果然有一丛树木，簇拥着一所小庙，挡住了道路。朱怀亮向前，也不曾敲门，只一推，门就开了。进到里面，有一所小小的院落，上面是重门，悬了一盏八角小风灯，由这淡黄的光里，看到上面是一座小小的佛殿。进了重门，大家不上佛殿，只一折，折到旁边一所小观音堂来。堂外边三间厢房，烛光闪闪的，走进去，并没有人，却是放了几件小行李，大概这就是朱怀亮父女下榻之所了。却是很奇怪，进来这些个人，也不见有一个庙里的和尚出来过问。大家坐下，朱怀亮便给姓罗的重新引见。柴竞见他，有四十以上的年纪，短小的身材，瘦削的面孔，惟两只眼睛，黑眼珠又黑又正，配着一双剑削的浓眉毛，却含有一种英气。只看他这样子，这可以知道他身手灵便，行动轻悄。一谈起来，他果是张文祥得意的门生。张文祥受刑以后，他便隐名埋姓，在江湖上做跌打损伤的外科医生。是他听到说，南京两江总督大做生日，马新贻的儿子，也在江苏做官，前来拜寿。他要将小马刺死，以报张文祥之仇，而且必要在南京再办这件事，才见得张文祥死而未死。他还不脱少年人的脾气，好名心重。隐隐的在江湖上散下一种风说，说有个张文祥的徒弟，要到南京去走一趟，所以江湖上耳目灵通的人，都也知道了这件事。他是由湘南经过莲花厅，穿江西境前来的。他到了皖南，却不期和朱怀亮父女相会，因为同落一家饭店，朱怀亮看他是个外科郎中，约着一路走，便谈得把各人的实情说出来了。他叫罗士龙，一把单刀，使得最好，靠了身体灵便，飞檐走壁的功夫高人一筹。朱怀亮原是在上游把事办完了，想起了张道人，要来看看他。会到了罗士龙，索性邀了来大家相见。不料走到黄山一打听，张道人已经下山了。朱怀亮笑对罗士龙道："老弟，他是久不问世事的人，这回下山，一定是为会你去的，他们把他赶上罢。"

赶到了宣城，他们就住在张道人对面的饭店里。晚上，罗士龙跳上房，且听张道人说些什么，恰好走错了。在李云鹤住的房间里头，只听李云鹤对他的仆人说："我这回过江，不能把我父亲赎出来，我就跪死在那杆头的面前，不回家了。我这回半路上辞了馆，今年的馆事，已丢了二百两银子。那还罢了，把祖传的双股剑也当了，真是可惜。这样的好东西，就不是无价之宝，几百年传下来，也不止当二百银子。"那仆人说道："相公，俗言道得好，宝剑送与烈士，红粉送与佳人。我们有宝剑，当给那土财主，当然是当不到钱了。"原来那个时候，主人若是年少，又是读书人，下人就称他为相公。这种称呼，江南有些地方，至今兀自保存着。

这一席话，让姓罗的听见了，认为李云鹤是个落难的孝子，回去对朱怀亮一说，都以为这人难得，明天早上，必要过去拜访。不料次日起来，朱怀亮向对向客店里一打听，饭店里随便答应一句话，说是昨晚来投宿的客人都走了。朱怀亮回店去，笑着对振华说："这张老头儿，太狡猾，知道我们来了，故意溜了，我们就在暗地里给他闹得玩玩，看是哪个玩得赢？"因此，便落后一点，遥遥跟随，让罗宣武先走几里。

不料张道人原没动身，追了一天，只追到李云鹤主仆，偏偏李云鹤初出远门，下的正是一家贼店。朱怀亮父女摸着黑自向前赶宿程，只留罗宣武暗里保护，后来李云鹤果然被店家偷了。罗宣武故意离开这店，黑夜里却回来，看那店家怎样。到了二鼓以后，那老店家，却才私开了后门，向外而去。罗宣武在后面跟着，约有半里之路，他敲门进得一家人家去了。罗宣武跳上房向下一看，那老店家和几个男女说话，是到了家了。他看在心里，到了半夜，点了两枝闷香，抛进窗子里，然后拨开窗户，跳进屋去，这正是那老店家的卧室，打开箱子，那三百两银子就在这里，另外还有八只官宝。罗宣武一气，全拿走了。因怕李云鹤疑心，不送还他三百两银子，只送六只官宝给他。第二日，赶上一站，把话告诉了朱怀亮。振华跌脚道："这个老贼，饶他不得，非罚他一下不可！"朱怀亮道："他既不曾害人的性命，我们也不可害他的性命。"振华道："不害他的性命可以，我要割了他一只耳朵，他以后就不敢偷人了。"于是父女两个人又回去，连夜跑到那贼店里投宿，不说姓朱，只说姓梁，外面是装着极有钱的样子。那店家见一老一少，一男一女，是带眷出门的，当然有钱，也决不是江湖上的人。因此贼心不死，晚上又去偷钱。这一下让朱怀亮捉到，剪了他满嘴胡子，又割了他一只耳朵，就打开窗户，跳着走了。

张道人走得慢，他到了南京的时候，这一件奇闻，江湖上就传遍了。那回罗宣武送李云鹤的钱，因为他和柴竞有一面之缘，就随便写了柴竞的名字。后来到了南京。暗中知道柴竞和李云鹤的寓所，索性假冒柴竞的名字，写一封信给李云鹤，让李云鹤去回拜，弄得柴竞迷离惝恍，就好中计。他们本住在清凉山下，一所万松寺里，知道本地的帮上打听出这个姓梁的，是保护一个孝子的，认为是个老江湖，要想法接济，他们虽然很好笑，却也很感激。这天夜里，下关江边开山门，朱怀亮知道了，三个人却偷偷去暗听，偏有那种巧事，遇到了张道人。罗宣武本就在想法子，要引得朱张二人较量，看看前辈的本领。于是就和振华姑娘商量，在客店里割了柴竞的纽绊，然后由振华送到水西门饭店里去。至于由河里抛进饭店窗户去的字条，也是振华干的，他们所以只逗引柴竞，不逗引张道人，一来是怕容易识破，二来也是不敢和长辈游戏。

大家把这一层缘由说破，张道人和柴竞恍然大悟。张道人笑道："柴家老弟，这样看来，我还不算是阳沟里翻船，是大湖里翻了船了。"罗宣武又拱手向张道人道谢道："晚辈只要瞻仰瞻仰两位师伯的本领，就忘了一切了。"张道人道："我不问那些过去的闲事了，我问你到南京来办的事情怎样了？"罗宣武道："晚辈初来的时候，就四处打听，那个小马，竟自未来。不过晚辈曾到总监衙门去了两趟，这一回送到的寿礼，真是珠宝如山，我想这种不义之财，何妨取他一点来用用？所以打算这一两天之内，再去一趟，取来的钱，一来可以救济平民，二来我们可以办点事。"振华就插嘴道："我也要一点，帮帮那位李先生的忙。"朱怀亮道："这话不错，我看那位李秀才，少年老成，倒是一个纯厚的君子，总得帮帮他。"罗宣武道："大家也说得口渴了，我去取一壶热茶来大家喝。"说毕，抽身走了。不多一会儿工夫，提了一大锡壶茶来，茶壶嘴里，兀自向外冒着热气。他手上又捧着一个托盆，里面盛着一满盆热馒头。柴竞道："哎呀，我们来了这久，也不曾拜访这庙里的当家师，现在又要扰拿人家的东西，真是大意。"朱怀亮道："这样夜深，不要去吵人家罢，我们明天再去见他。"张道人道："这个人究竟是谁？不妨说出来，我想莫非是这位老英雄罢。"说着把大拇指一伸，不知他说出哪一位英雄来？"

第八回　随手显功夫茶寮较力　细心分解数草地挥拳

大家在这庙里闹了半天，并不见主持的和尚出来。张道人一想，便笑道：“我知道这是谁了，除了龙岩和尚，没有第二个人，可以容得上你们这样闹。”柴竞听说，便问道：“这龙岩师是谁？我们没听见说过。”朱怀亮道：“岂但你们后生晚辈，没有听见说过，就是我们这一班辈的弟兄里面，也没有多少人知道哩！他是四川人，自幼出家，和你张文祥师伯是师兄弟，我们不是罗家兄弟引了来，也不会知道他住在这个庙里。他老人家是好静的人，不是他愿出来，我们是不敢去见他的。”张道人笑道：“你还有什么话没有，他是你的高足，所以只要他一问，你就倾筐倒箧，完全告诉他了，一点儿也不留给我说啊！”朱怀亮笑道：“不是那样，因为这老和尚一高兴，也许就出来了。这些后生小辈，哪里知道他老人家的来历，说话一个不留神，把老和尚得罪了，那就很不好。所以我在事先宁可多费一点口舌，让他知道一个实在。”

一语未了，只听见一个很高洪的嗓子，在窗外答应道：“老和尚有那样难说话吗？”一面说着，一面走进一个和尚来。柴竞看那和尚，也不过五十上下年纪，沿了嘴唇和两腮，长了许多斑白的胡茬子。身上穿了一件灰色僧衣，绽上七八个碗大的补钉。他站在屋中间，一拂大衫袖，拍拍掌道：“好，也有僧，也有道，也有老，也有少；也有男，也有女。这倒成了一场僧道斗法大会。”张道人一见，早起身向前施礼，说道：“老大哥，一别又是二十多年了，你很好，还是从前一样的康健。”柴竞心里纳闷：我张师伯至少也是八旬以上的人了，怎么倒反向这和尚叫老大哥？不料那和尚对张道人的称呼，居然受之不疑。笑道：“老弟，你也还是这一把胡子，并不曾增多啊！”张道人道：“究竟比不上你这样有功夫的人，我自觉得老了许多了。”朱怀亮在这时候，早引了柴竞向前见礼，柴竞一想：这老和尚比张师伯年纪还大，看起来也不过五十岁上下，这真可以说是一尊活佛了，那和尚倒是不拘什么礼节，合着掌，略微一弯身，便对他和张道人浑身上下打量了一番。笑道：“你二位，还不打算走吗？到了明日天亮了，你二位穿了这样一身衣服，怎样走回去？街上的人看见，恐怕要说是戏台上唱《时迁偷鸡》的小花脸儿跑了出来了。”张道人一想；是啊，自己还穿的一身夜行衣服，如何能见人？当时就和柴竞道：“你还可以在这里稍住，我是非回去不可的了。”柴竞笑道：“我这样也是大不恭敬，同师伯一路回去罢，明天再同师伯一路来。”于是二人走出大门，越过清凉山由原路回水西门客店。到了店外，跳墙进去，客店里还是呼呼的睡着，并不曾有人知道。他二人晚上闹倦了，少不得有一场酣睡。

次日，却被一阵紧急敲门声敲醒了，柴竞起来，打开门一看，却是从前送钱来的那个马耀庭。他一见柴竞，就抱拳作揖，因问道：“道爷起来没有？”柴竞道：“他老人家起来了，请进来罢。”马耀庭走进房，见张道人身上穿了道袍，道袍下面，却露出一截包了裹布的腿，而且那裹腿布上，还沾上了好些黄色的尘土。这样看来，分明是在外面走长道而来。但是人睡在床上，哪有走长道的理，这一定是昨日晚上出外去了，回来很晚，来不及解裹腿，就睡觉了。再一看柴竞的床上枕头底下，露出一截刀把在外，心里就有数了。他走上前，给张道人弯躬一揖，那眼光早是闪电一般，将床面前的东西看了一个遍。张道人正坐在床沿上，于是将道袍下摆一撩，将脚一伸，露出夜行衣的裤子来。笑道：“你看我这样子，是打了启发来吗？”

柴竞也知道打启发三个字，乃是他们帮上一句暗话，就是鼓儿词上的打家劫舍。心里一想：这老头子什么话也不顾忌，怎样连放抢的话，也随便说出来。马耀庭笑道：“你老人家是世外之人，用不着钱财，打启发的事，决计是没有的。不过你老人家既然穿了夜行衣服，晚上或者是出去了一趟？”张道人笑道：“你道爷不会撒谎，老实告诉你，昨夜里我和人较量来了。”马耀庭笑道：“南京城里城外，所有我们自己人，晚辈都知道。凭了他们的能耐，决不能够有那样大胆，敢在老前辈面前卖弄。”张道人道：“我偌大的年纪，还会在你们面前说谎不成？实实在在的，昨天晚上，是有人和我较量。不但是他能够在我面前卖弄，就是我施展浑身本事，也不过和他杀一个对手。你能说南京城里城外，就没有能人吗？”马耀庭见张道人说得这样逼真，又不能不信，只好笑了一笑。张道人道：“你今天一早到这里来，有什么事要和我说吗？”马耀庭道：“不瞒道爷说，晚辈在这南京城里，还有点面子，只是一层，全靠了面子，办到这一步田地。实在说起来，一点本领没有。难得老前辈现在到了南京，我想在你老人家面前，当一个不成才的门生，但不知道肯收容不肯收容？”说这话时，他脸上那几粒白麻子，可就涨得通红，身子是微微的弯着，眼光也不敢向着张道人。张道人笑道：“你这话太客气了，我在山上住了三十年，本领都转回去了，哪里还谈得到教门生？你问这柴家老弟，他跟了我这么久了，他只管是称我为师伯，一点什么也没有学去。”马耀庭也是心高气傲的人，张道人既然是推辞得干干净净，自己也就犯不上硬要拜门。因道：“这位柴大哥，既是称你老人家为师伯，他的令师，一定是道爷的师兄弟，但不知这位英雄，又在什么地方？”张道人笑道：“说远就远，说近就近。”马耀庭笑道：“老前辈和晚辈说起哑迷来，晚辈如何懂得？”张道人笑道：“这人远是不远，但是没有人可以见着他的，可也就近是不近了。”柴竞生怕张道人尽管往下说，会把这事说穿，便插嘴说道：“我们叨扰了马大哥多次了，一路吃早茶去罢！让我来会一个小东。”马耀庭听他的话音，明知柴竞的意思，是不让张道人把他师父的住所说出来。心里想着：我们江湖上，重的是义气。我既然有这一番好意，打听你师父，无非是恭敬之意，你也就应该照实的说。你不告诉我，或者有什么隐情，也未可知。但是张道人都说了，你为什么倒要拦阻他？如此一想，对于柴竞，就很不高兴。因为当面碍了张道人的面子，不好说什么，只得笑道：“自家兄弟，谈什么会东不会东，我们这就去罢。”张道人因为自己道家打扮，是不肯上茶寮酒肆的，就是柴竞陪着马耀庭上茶馆去。

到了茶馆，马耀庭有心走上楼，靠了楼的栏干边，拣了一个座位坐下，两人坐在对面各泡了一盖碗茶。这时盖碗的托子，多半是铜制的，尤其是茶馆里的茶托子，因为怕客人来砸坏，制的是格外结实。那马耀庭将盖碗取下，放在桌上。手里拿着那铜托子，一面说话，一面用三个指头捏着玩，不知不觉，把一个盘子似的盖碗托子，捏成了一根铜条。柴竞一见，明知道他是当面卖弄本领，心想体面所关，也不能含糊过去。笑道："兄弟是初出茅庐的人，什么也不懂，凡事都求大哥携带。好比滩河里的船，开到了长江，一篙子怎样能插到底？"他们所坐的地方，本靠楼的一角，一边栏干，一边是墙，这墙的界线边，有一叠麻石。柴竞说话时，将右手一个食指，很随便地在麻石上面划，指头所划过的地方，便有一条半寸来深的痕迹。后来他说到一篙插不到底的那句话，指头向麻石上也是一插，却插出一个窟窿。马耀庭看在眼里，也就知道他这点外功，很有根底，大家都没有说什么，一笑而罢。喝了一个时辰茶，只谈了些南京的人情风俗，柴竞记挂着要到清凉山去见老师，会了茶钱，先就告辞。马耀庭知道他有事，也不曾客气。柴竞回到店房，伙伴说："道爷留下了话，他先去了。你先生回来，就可以跟着昨日的路走了去寻他。"柴竞心里明白，也不耽搁，竟自向清凉山来。

寻到了那庙，一看那匾额，原来是夕照寺，庙门口有一个四十来岁的黑胖和尚，拿了一把大竹帚，在门口扫落叶。见柴竞来了，扶着竹帚看了一看，并不作声，依旧去扫他的落叶。柴竞走到面前，拱了一拱手，笑道："师父，我是到庙里去寻我们老师的。"那和尚对他望了一眼，用手指一指自己的耳朵，意思他是一个聋子。那和尚一面扫着落叶，一面向柴竞身后看去，却微笑点了点头。柴竞不知就里，回转头看时，见远远的有一个人在那菜地里走路，并没别的什么，却也不去注意。走进庙内，只见配殿上，正围了一群人在那里吃饭。张道人已先在那里，桌上摆了四个大盘子，堆了一盘子大块牛肉，一盘子五香鸡蛋，一盘子青菜煮豆腐，还有一个盘子，盛了一条大鱼，各个人都捧着一海碗白米饭，坐在那里吃。柴竞一见心里好生奇怪：怎么和尚庙里，如此大鱼大肉的干起来？心里这样想着，那龙岩和尚却站立起来，拿了筷子，对柴竞连连招了几下。说道：

“来来来，请下来吃饭。你不要奇怪，我这个和尚，是不忌酒肉的。好热的饭，好烂的肉，你快来吃罢。”柴竞见桌旁还有一个座位，便坐下了。龙岩和尚道：“你张师伯说，有人请你到茶楼上去喝茶，不是好意罢！”柴竞道：“是的，他把一只铜碗托子随便捏成了一根铜条。他分明是告诉晚辈，他有本领。”朱怀亮道：“你呢？”柴竞当了许多人的面，怎敢说自己有什么本事，却只笑了一笑。龙岩和尚道：“你若是不拿出本领给他看，他还罢了；你若是显了本领，一定胜似他，他决不肯干休的。柴竞道：“他不肯干休，又有什么法子？”朱怀亮笑道：“亏你问出这句话！他有什么法子？他要和你讲打。”柴竞道：“讲打我是不怕的，有了这些老前辈，他要来献丑，那真是关爷面前要大刀了。”龙岩和尚笑道：“你不要用老前辈三个字来抬举我们，你自己闯出来的祸，我们是不管的，我们倒也落得看热闹。好在罗家老弟在这里，善治跌打伤。就是打伤了，马上就治得好。”柴竞吃着饭，脸上的颜色，微微泛出一阵朱砂色。龙岩和尚道：“柴竞老弟，你有些不服我的话吗？那马麻子固然不是你的对手，可是他有一个盟兄，外号赵佗子，是江北人，数一数二的好手。马麻子要是搬兵，对付别人，就是这一个。他若是真来了，你倒要提防一二。”

朱怀亮见龙岩和尚当面说他的徒弟不行，面子上也未免有些不好看，不由得笑了一笑。说道：“和尚说这人不错，一定有些来历。”便喊着柴竞的号道：“浩虹，你能够有那大的胆，敢和赵佗子比一比吗？”柴竞明知师傅的意思，是要他争一个面子。便道：“我不敢说一定能比胜人家，但是合了龙岩师的话，罗大哥在这里，会治跌打损伤。我就是躺下了，马上可以把药敷上，总也不至于有性命之虞。”罗宣武笑道：“果然如此，以后遇到许多同行，我就该走开，免得人家因为有外科郎中在那里，就放开胆来打架。这样看来医生不是好人，有了他，人家才不怕受伤哩！”龙岩和尚道：“柴竞老弟，我是笑话，打不成的。大概人住在我庙里，决没有那样大胆的人，敢找上来。”柴竞道：“那是自然，有龙岩师这样的声望，哪个大胆的人，敢到这庙前庙后来，动一片树叶。不过晚辈在这里，有个大树罩住，若是走出庙去呢，他不是还要找着晚辈来纠缠吗？晚辈与其将来受人家的暗算，何不就在这个时候，挺了胸脯出去，和他比上一比。”朱怀亮本来也就不把这事放在心上，只因龙岩和尚说的话太硬了，当了许多人的面，面子上磨不过来，所以说了两句光彩些的话。隐隐之中，倒是愿意他的徒弟和赵伦子比上一比。但是转身一想：那又何必呢？现在柴竞的意思，非常的激昂，好像是非比不可，他又未免有些后悔，便对龙岩和尚道："这些年轻的人，就是这样没有量，总要好个虚面子。"回头就对柴竞道："你当着许多老前辈，未免说话太不小心了，你以为你的本事了不得吗？我在这里，什么事，你就得听我的话，不许多说。"罗宣武道："龙岩师刚才说的，不过是笑话。南京哪有那种人，敢和我们比量？"朱怀亮道："不然，十步之内，必有芳草，不能那样大意。况且他们师兄妹，工夫也早得很，不可以胡来。"

柴竞听了这话，倒也罢了，振华听了这话，一把无名火，由心窝里直冒上来。脚正踏在椅子脚棍上，啪的一声，把脚棍踏成了粉碎。脚向地下一落，把椅子前的一块大石砖，踏下去两个窟窿。朱怀亮回头一看，问道："姑娘，这是怎么了？"柴竞以为姑娘的性情高傲，她听不得人家说她不行。姑娘这样发一阵子气，也就算了的，没有去理会。这个时候，姑姑已经恢复了女子的装束，走出庙来，看见那个聋和尚，在扫落叶。地下扫光一片，已经扫到山门下去了。她知道这和尚是龙岩一个高足，果然有赵伦子这样一个人，他必然知道。因走上前，对他笑了一笑，在地下用脚涂了一个赵字，又用手反过去指了一指背上。聋和尚笑道："哦，姑娘，你问的是赵伦子吗？刚才还跟了人在前面菜园里张望，走去还不远哩。"振华就比着手势，问赵伦子家住在什么地方，比了半天，才把事情问出来了。他说："赵伦子住在四喜巷，他带着做外科郎中，门口有一块大膏药牌子的，那就是他家。"

振华听了这话，记在心里，顺着路就找到四喜巷来。过了两处人家，果然有一家大门口，悬着一块长牌，上面画一个葫芦，底下画了三张添黑的大膏药。振华一想：这就是了，于是走了进去。便问道："这里是赵家吗？"就在这个时候，有一个人从屋子里头走了出来，看他那样子，果然是个高出于顶的驼背。因为背一佗，头一缩，人就只有三尺来长。而且两只腿走起路来，迈不开一尺，活现是个残废人。他那脸上，有许多皱纹，很觉得苍老。鼻子下两条清水鼻涕，向下直流。他举起衫袖，横着在鼻子底下一拖，却笑道：“姑娘，买膏药吗？”振华将嘴一鼓道：“不买！”赵佗子道：“是请郎中看病吗？”振华道：“不是！”赵佗子见振华的脸色，非常的严厉，说起话来，又有几分负气的神气，就猜了个五六成。不过看她是个姑娘，还不十分留意，便向前一步道：“不知道还有什么事？我就是赵佗子。”振华笑道：“你就是赵老板，久仰了。我听到龙岩师说，赵老板本领高强，特意前来请教。”赵佗子笑道：“龙岩师，那是说了好玩的。我有什么本领？姑娘听错了。既是自己人，请到里面喝茶，叫贱内出来奉陪。”振华道：“我不找你们老板姑娘，我就是要找你。”赵佗子笑道：“我并没有在哪里得罪过姑娘，何以姑娘要和我为难？”振华道：“你说不曾和我们为难，刚才你为什么跟一个人跟到夕照寺去？”赵佗子这才明白，原来她就是柴竞一路。因道：“不错，是有那一件事。因为我的把兄弟马耀庭，他对我说，上江来了一个姓柴的，不讲江湖上的义气，而且在茶楼上卖弄本领。我想这个人，能在南京如此作为，当然是了不得的人。因此私下跟着他走，看他是哪一路的弟兄们。一直跟到夕照寺，我才知道是自己一家人。自笑了一阵，就回家来了。这一件事，似乎没有什么对不住大姑娘，何以姑娘要和我较量？”振华道：“龙岩师当着许多人面前，说我们兄妹，不是你的对手。我不服这一句话，要来比一比。”赵佗子本不是极有涵养的人，振华姑娘又逼得十分厉害，不给他一点面子。便笑道：“既然要比试，我也辞不了。好在跌了一跤就爬起来，那也不算什么。不过小店地方窄小，不是比试之地。”振华道：“龙潭虎穴，我都敢去的！就请赵老板指定一个地方。”赵佗子一想，这位姑娘是这样任性，未必就有多大本领。我若把她打倒，在无人知道的地方，人家必定疑惑是我欺侮她。我就指定在清凉山上比试，靠近了夕照寺，那里有龙岩和尚出来作证，就不怕人说我欺侮她了。于是答应她道：“就是清凉山罢，姑娘请先行，立刻我就跟了来。我们还是带家伙，还是空手？”振华一掉头道：“随便？”这两个字说完，她已经离开了赵佗子膏药店。

她料到赵佗子必然带家伙来的，一口气跑到夕照寺，就走到自己另住的那个屋子里去，将自己惯用的那一柄大环刀抽了出来，一看院内无人，也不由大门出去，只一跳，跳上了配殿的屋顶，就向后山而去。恰好柴竞在厕所里大解出来，猛然看见一个人影，如抛梭一般，由里面抛出墙外。不由得暗叫一声奇怪，也来不及声张，马上跟在后面，追将出去。一直追过一重山岗子，这才看清前面是振华姑娘。料得她必有原故的，且不去惊动她，且隐藏在一丛矮树丛里，看她做什么。这里是一片草地，正好是角力之处，只见她将一把刀向土里一插，然后转着身四处一望。柴竞藏在矮树丛里，那目光也就跟着振华的目光四处转。不一会儿工夫，只见一个人远远的走来。走得近了，见他的背，堆起得很高，不用提，这一定就是那位赵佗子了。赵佗子走到振华面前，见她带了刀，就拱一拱手道："因为姑娘说随便，所以不曾带家伙。"振华在地下将刀一拔，向身后一丢，抛有几丈远。冷笑道："笑话，我从来不知道占便宜，只凭本事比较。"赵佗子道："那么姑娘相让一点。"说时，站着，朝振华一抱拳。这个意思，是让先打过去。

柴竞幼时所从的教师很多，少林武当两门，都有些根底。他看那赵佗子虽然身体矮小，他抱拳站住，臂如环月，身子微斜，不当敌手的正面。两只脚是个丁字式，但是很稳。他们内行一看就知，这是不取攻势的打法。再看赵佗子脸上带一点笑容，神气非常镇静。柴竞明白，他一定是武当派。武当派的拳，自己站稳，不去打人，人打过来，讲究合着金木水火土，实行"进"、"退"、"顾"、"盼"、"定"，你打得缓，他可以左右腾挪，躲了过去；你打得猛，他就借着你扑来的势子，闪开之后，取巧加增你一点力量，让你直扑过去。或者等你的力尽了，轻轻的要害上点你一下，你就要受伤。武当派的拳法，总而言之，对自己是"定"，对人家是"巧"，现在赵佗子就是那一种神气了。

振华姑娘的武术，本是家学渊源，一个少林武当派之分，决计没有见了面不认识的。所以赵佗子只一比势，她就知道不是同门，而且看他那样沉着，决计是个劲敌。她平常虽然任性做事，一到了动手，却自自然然的会精细起来。这时她按照规矩，右手伸开巴掌，握住了左手的拳头，只道了一声"请"，就伸手向赵佗子打去。振华两脚微蹲，人矮下去了七八寸，那左手的拳藏在怀里，右手的拳平伸出去之后，前肘向上翻，那正是要打赵佗子的脸门。这种打法，是很幼稚的，而且也太猛，赵佗子并不留心，只将左手微微一拨。柴竞在草丛里，不由捏一把汗，以为师妹如何这样粗心。这时振华的左边空着，赵佗子要在那里下手，只这一合，就要吃亏。殊不知振华并不是去打人，她探一探，赵佗子是不是真正的武当派，又看他的功夫如何，所以她的去势虽然猛，但是脚跟站得很稳。不等赵佗子左拳拨上来，右手早已抽回，高高的举过了头，这左手却伸开二指，由下向上挑，直点赵佗子的人中穴。这个时候，赵佗子果照柴竞的想法，出了右手，要打振华的肩穴，振华的手，恰好由他的胳膊下，缩了过去，肩是偏过了。赵佗子因为神志很定，眼法也快，要去打人，万来不及，便缩手回到半路，要来斩振华的手脉。振华是提防了的，向后略退。赵佗子原也是个虚势，同时也倒退了一步，退出三尺来远。

柴竞先是替振华着急，及至两人未曾交手，就向后一退，谁不打着谁，就不由得暗暗地喝了一声彩。后来两人一比手势，又打在一处了，赵佗子是处处让振华打进，然后再凑空子还她的手。振华偏是不怕，总是取攻势，但是她攻出来，没有不变着手的，分明是上部，到了半中间，就改为打下部了，因为赵佗子加倍的小心，决不肯轻易打出。约莫打了有半个时辰，振华举起右拳，向赵佗子顶门，便扑了过去。赵佗子见她来势凶猛，恐怕又是欲擒故纵，不敢讨她的便宜，把头一低，却要去打振华的乳部。振华却并不是去打他，借了这个势子，用一个燕子穿云式，双足一顿，架空而去，由他头上平着身躯直跳了过去。赵佗子万不料她是如此的打法，事前一点也没有预备，待要转过身来对敌，振华左脚已落地。她并不要转身的功夫，右脚反着一踢，不偏不歪，踢在赵佗子的那佗峰上。赵佗子站立不住，向前一窜，便扑在草地上。柴竞知道振华这样，是有心闹着好玩，连赵佗子那样稳重，都免不了中她的计，又实在可以佩服。振华回转身来，心里不免一惊。原来赵佗子扑到的地方，正是振华先前掷出去的刀的所在。赵佗子若拿了刀来，便必是拼命相扑，以报这一脚之仇。因此跳上前去，便想一脚踏住赵佗子。柴竞不由失口哎呀一声。

第九回 虽败犹荣埋名甘遁世 弄巧成拙盗宝枉追踪

就在这个时候，赵佗子在地下一个鲤鱼跌子式，双手扶了草地，两脚倒竖起来，正要反踢振华的脸。振华知道这是不能向下蹲着躲的，怕中了赵佗子的第二着，于是赶紧向上一跳，将头躲了过去。但是躲过去了头，躲不去胸脯，赵佗子两只脚正踢着胸脯。振华抵制不住，身子向后一仰，便也倒在地下。好在两个人都不是重伤，一骨碌爬了起来。两个人又互相对峙着。赵佗子笑道："姑娘的手段，却是厉害。"振华笑道："你也不错。"赵佗子道："刚才我听见有个人说话，你莫非带了帮手？"柴竞在草里向外一跳，说道："我是来看热闹的，并不是帮手。"赵佗子道："这姑娘打赢了我，你就是看热闹的；若是打输了呢，你就不免要出来干涉我们的事了。"振华一红脸道："什么话，姑娘让人打死了，也无怨言，若是有一个人帮拳，那就算我丢脸。师兄，你回去！我和他打下去，若是没有个输赢，打三天三夜，我也不休手。"

这句话说完，半空中一道黑影一晃，有人说道："就是这样完了，大家都有面子。"原来那龙岩和尚不知何时预先藏在一棵树上，这时却突然走下一落，站在赵佗子振华当中。笑道："这都是我不好。多说一句，惹出了这一场是非。姑娘的本事，实在不错，但是姑娘也必然相信我龙岩和尚，不是说什么谎话。大家就此一笑而罢，不要再动手。"那赵佗子看见龙岩和尚，先就软弱三分，向后退了一步。振华姑娘满心满意要把赵佗子打倒，不料到了最后，反吃了人一踢。她心中对于此事，十分的不服。只恨一时粗心，当着师兄师弟面前，丢了这样一个大面子。至少要把赵佗子重打几拳，重踢几脚，才能消这口恶气。现在龙岩和尚向中间一拦，看那样子，万万是不让打的。只气得满脸通红，两只手插在腰上，睁着眼睛，鼓着腮帮子，望着赵佗子。那龙岩和尚笑嘻嘻的，将手掌伸直，对振华摆了几摆。说道："不必，不必，都是一家人。"当他摇手的时候，有一阵冷风拂面而来，振华不由得打了两个寒噤。振华性情虽然豪爽，却不是个呆子，见龙岩和尚这种武术，知道是超群绝众，不可以乱来的。便笑道："不是侄女不肯休手，不过刚才和赵大哥请教，赵大哥说我请了帮手，我有些不服这句话。现在师伯来了，好极了，就凭着师伯当面，我们再比个三套两套，看看我们是不是要人帮拳？"龙岩和尚笑道："他说你请人帮拳，你也可以说他请人帮拳的。以我而论，我不就藏在树上吗？"柴竞也道："师妹可以休手了，你和这位赵大哥，正是棋逢敌手，一下子不容易分胜负的。"振华经柴竞一说，也就算了。

龙岩和尚就要赵佗子跟着大家一路到庙里去，拜见几位老前辈，赵佗子不能违抗，只得跟了来。他到了偏殿上，一见张道人，不免猛吃一惊。记得前晚在江边上打鱼，黑暗之中，曾看见两个人顺路过来，其中有一个，便是个老道。当时虽不曾看清他的脸色，但是他胸前洒着一部大胡须，那是认得的。再一听他说话，那声音，也很熟悉，分明就是这个人了。当时拱了拱手，依旧以晚辈之礼相见。同时他又一想，和老道一路来的，还有一个小伙子，那又是谁？肚子里这样默想着，就察看各人的言语动静。后来听他们说话，是柴竞和张道人先来南京的，于是就料到那天到江边上去的一定就是柴竞了。当时且不说什么，谈了一会子，告辞回去。心中暗忖：在南京充了半辈子的好汉，不料今日让一个黄毛丫头踢了一个跟头。虽然自己也回了她一脚，无奈，自己猛不防，让人先跌下。没有人看见也罢了，无奈让柴竞看见了，又让龙岩和尚看见了。连柴竞当面说，也只算我和朱家姑娘棋逢敌手，若是他在背后说，岂不说我输给她了吗？自己一面想着，一面走路回去，两只脚，只管一走一顿，两只手反背在背后，恰好像捧着背上那个包袱一般。这样一来，头是越发的低下去了，两只眼只看脚要去踏的石头，眼前的东西，全不曾理会。

忽然有个人在肩上拍了一下，说道："赵大哥，哪儿去？"赵佗子一抬头，不是别人，正是马耀庭。皱了眉将脚一顿道："都是你。"马耀庭道："都为我什么事？我没有得罪大哥啊！"赵佗子道："你没有得罪大哥，你叫大哥栽了大筋斗了！"马耀庭道："我怎么让你栽了大筋斗？我倒不懂。"赵佗子因就把刚才比武的事说了一遍，一顿脚道："我们兄弟，若是丢了这个面子，不能扳回来，在南京就不必混事了。"马耀庭因在路上遇见不便说话，陪了他到膏药店内说话。因道："赵大哥，凭我们的力量，决不是人家的对手。据我看来，把这事丢开也就算了。"赵佗子道："他不但是我的仇人，还是我们大家兄弟的仇人。为了大家兄弟，我不能放过他。你猜他怎么样，当我们龙头在江边开山门的时候，那道人和姓柴的，却私私的偷到那里去看，是我一番好意，把他们拦回来了，这样看来，他分明是有心和我们为难了。这一件事情，我不能隐瞒，我要去回禀龙头。"马耀庭拉住了赵佗子的手，低了声音，轻轻说道:"我的大哥，你也不打听打听那个张道人是谁吗？论起辈数来，他比我们大的多，据我打听来的，你不要看他身子那佯健旺，他有八十多岁了。在长毛手里，他就了不得，到了现在，他是不肯把底细告诉人，要论起来，恐怕比我们龙头的辈分还大，我们敢去惹他吗？你要说出来，准是找钉子碰。"赵佗子听说，便翻了眼睛，只望着马耀庭，半晌没有说话。马耀庭道："先前并不是我怕事，我不敢上前，叫你去上当。我的意思，只要你和姓柴的，不要伤和气比上一比，让他知道我们兄弟也不是无用之辈。你索性要牵扯上那个老道人，你想他和龙岩师都是朋友，还有我们说话的位分吗？"赵佗子被马耀庭一说，一团火气，自软了半截，将手一拍头道："算了，我让了人家了。老弟，你的话很对。"马耀庭看他这种懊丧的神气，心里非常的后悔，以为自己何苦和姓柴的争什么闲气。自己争闲气罢了，又把赵佗子攀出来，让人家无故栽了个筋头，在南京的一世英名，一旦付之流水，心里非常的过意不去。就对赵佗子连连作揖道："老哥，这实在是我的不是，连累了你老哥。不过我一日不死，我一日总记在心里，到了便当的时候，我总要报答你。"赵佗子伸了两只手，向马耀庭乱摇，说道："这件事，我们不谈了，我们不谈了。大概你还没有吃饭，我们到小饭馆子里去喝两杯酒去。"马耀庭笑道："好，一醉解千愁，我来请大哥。”

于是两个人出了膏药店，就往附近一家小馆子里去吃饭。赵佗子一坐下，就拍了桌子道：“伙计！我们要上三斤花雕，把肥的盐水鸭子切上一只，另外加一碗红烧牛肉，煮一尾大鲤鱼。”马耀庭笑道：“大哥，为什么今天这样大吃大喝？”赵佗子道：“心里烦闷，就喝一个痛快！人生在世，知道有几回大吃大喝？像我们这样的好兄弟，又知道有几回在一处？我们还不是痛快一回算一回吗？”马耀庭明知赵佗子满腹牢骚，是强为欢笑，故意施大话来壮胆子，也就随声附和，带着笑陪他吃喝。一会儿工夫，伙计将杯筷摆上，赵佗子一看那酒杯，不过平常小茶盅那么大，便翻了眼向伙计道：“你们卖酒，只肯卖三斤吗？”伙计摸不着头脑，笑道：“岂但三斤，三十斤也卖。”赵佗子将酒杯一举，一直举到伙计面前。问道：“既然卖酒没有限制，为什么把这大的酒杯子给我们？”伙计道：“我们这里，最大的杯子，只有这样大。”赵佗子道：“我们不是什么秀才先生，要斯斯文文的品酒，杯子小了，你不会给我们送两只碗来？”伙计自认识赵佗子，知道他是江湖上的人，往常他家吃酒，不是这样，今天也许另有原故，且莫得罪他。笑道：“要碗，有有有。常言道，开饭店的，不怕大肚子汉。赵老板，你尽管放开量来喝罢！”赵佗子道：“还不是这一句话。”伙计不敢多言语，将两只饭碗，来分摆在二人面前。一大锡壶酒，烫得热热的捧了上来。

赵佗子提了壶柄，先向马耀庭碗里一斟，壶口很陡，他斟得又猛，那酒斟在碗里，团团的转将起来，当中卷出一个漩涡。那酒里的热气，随着酒，就由壶嘴里冲将出来，斟到碗里，更是腾腾上升。那一种酒香，不但赵马二人闻了个痛快，就是这一列几处座上，客人都觉得突然有一阵浓香扑鼻。赵佗子给马耀庭斟完了，自己也斟上一大碗，且不动筷子，端起碗来，先连喝了三口酒。笑道：“耀庭，人生一世，草生一秋，遇到好机会，不寻点痛快，白到世上来一趟。钱算不了什么，生不带来，死不带去，妻财子禄，两脚一伸，哪样是我的？大丈夫只有做一点功业，留之后代，那是永传不朽的。豹死留皮，人死留名，人生转眼就过去了，只有这一点子，还是个想头。”马耀庭道：“正是这样，不过像我们兄弟，虽然在江湖上有个几年，但是像我们的人才也车载斗量，哪有名可留？”赵佗子道：“这就看各人的造化了。汉高祖是江北一个当地保的出身，朱洪武自小儿还出家做过和尚，到后来轰轰烈烈干下那一番大事。原来他心里，一定没有梦到。可是也有许多英雄，练就浑身的本事，由少至老，不但不能传名，连一个知己的朋友也得不着，成不成在天，干不干在我。”说时，端起碗来，咕嘟一声，喝一满口酒。接上叹一口气道：“要一个名，也不容易啊！像我在南京充了二十年的好汉，几乎让一个小姑娘打败……”马耀庭连连摇手道：“弟兄喝酒喝得很痛快，不要谈这种败兴的话。”赵佗子笑道：“是的，不要说这种败兴的话。”这时那一大盘红烧牛肉，一大尾红烧鲤鱼，热气腾腾的放在桌上，更是引起人的酒兴。于是赵佗子叉了大块鱼肉，只管下酒，三斤花雕完了，赵佗子又要添三斤，马耀庭再三拦住，才只添一斤酒。酒喝完了，赵佗子红着一张醉脸，自抢到柜上去会了账。马耀庭赶来，他就拱了一拱手道：“老弟，再会罢。”竟自一转身，就走了。

马耀庭今天扰了赵佗子一餐，心里又加倍的过意不去。次日便揣了几两银子来见赵佗子，一来还席，二来为了柴竞的事，向人家陪个不是。不料到了膏药店门口，那一块膏药市招，不知所在。店门也没有下，闭得紧紧的。马耀庭可猛吃了一惊，走上前细看时，门上贴了一张红纸条，乃是声明歇业。上面写道：赵佗子在南京卖膏药二十年，近因回里种田，自行歇业，所有欠人小款，都于一晚之间，分别还清，至于外欠本店之款，一来是多年的主顾，二来都为数无几，一律作罢。赵佗子做事，来清去白，转告好友知之。下署着年月日。马耀庭虽然认字不多，像这样的文字，半猜半认，也就认出来了。心里一想：真怪，昨天在一处喝酒，他没有提到一个字要走，现在突然歇业走了，这分明是因为争人不过，远走高飞。他虽然好胜，究竟是个有志气的人，心里很是佩服。这人去得奇怪，不能不让龙岩和尚知道。龙岩虽不是他的本传师傅，但是一向照管着他，有个半师之分的。当时也不回家，一直到夕照寺来，他一进庙门，就见柴竞和一个四十上下的壮汉，挨肩而过。柴竞只拱了一拱手，就去了，看那神气似乎不愿意人知道他们的行藏。马耀庭看在肚里，便一直到后殿来见龙岩和尚。他右手托了两个茶杯大的铜球，几个指头车轮般的转着，转得哗啦啦直响，左手却高抬起扶了柱子，昂着头看天上的云彩，似乎出了神了。马耀庭走进来，恰好和尚一低头，他先看见了，便大声说道："马耀庭，你是怎么样子混的？也不知道你在赵佗子面前说些什么？引得他来打架。我就早料到你有此着，把事挡过去了，现在你自已跑了来做什么？"那手上转的铜球越发快了，一片当当之声，可是瞪了眼望人，专等回话。马耀庭笑道："我又敢说什么呢？赵大哥就是那种脾气，你老人家还不知道吗？"龙岩和尚道："他既然是走了，那也不去管他，凭他那种本事，在江湖上无论怎样也有饭吃。不过你以后对朋友说话，要谨慎些才好。"马耀庭碰了一个钉子，不敢多说话，就告辞出庙。

当他走过配殿门的时候，却听见里面有人说道："那个李先生，能说他们本地方的弟兄，已经有人跟下去了，倒不要什么紧。这一场买卖，今天晚上不动手，就失了机会。罗家兄弟对于此事，要去办，是不费吹灰之力，加上还有柴家兄弟去帮忙，这当然办得了。不过他们两人，都是胆子太大，不要凭了他们的本事，拼命往下干，那就会出乱子的。我想这件事，还是我们派一个人跟了去的好，万一他们做事露出马脚来，还有我们在后面挽救。"又有一个人笑道："不要如此，他们年轻的人，都好的是一个面子，有我们这老头子在后跟着，必然疑惑我们老弟兄笑他无用，他更要卖弄了。"说毕，哈哈笑了一阵，声音就去远了。马耀庭一想：这是什么大事，还值得这样留心，我今天且躲在这里，看个水落石出。于是趁四顾无人，就向配殿后的夹道里一踅。由这里过去，是一间柴房，由天窗上钻将进去，便在软柴草堆上，放头大睡一场。一觉醒来，已是天色昏黑，慢慢的溜到神厨后面，一看东厢房灯光闪闪，好些个人影子，在窗户纸上晃动，一片人语喧哗之声。就中有一个人说道："制台衙门我也去过一两趟，重重叠叠的屋，我们知道东西放在哪里？"又有一个人道："这也没有什么难处，我们捉住一个人，问他一个明白就成了。"马耀庭一听，暗地里伸出半截舌头，心想他们的胆子太大，居然敢在制台衙里去撞木钟。不用说，这一定是听了做寿之后，收有许多寿仪。他们要到制台衙门里去代收一笔。俗言道：见财有份。他们既然去大大受用，我得插上一只脚，分他一点。于是且不作声，只在暗处相守，到了三更时分，却慢慢的踱过夹道，越墙而出，先隐在树下，于是大宽转的，走到山前一条大路，隐在菜地里等候。不多一会儿工夫，果然见两个穿夜行衣的人匆匆忙忙向前而去。

马耀庭在南京城里，路途是熟的，就抄着近路，追到制台衙门附近，闪在一个更棚顶上，爬上墙去，恰好墙上长了一丛野树，借野树掩了身躯，便坐在墙头上。这时已是月底，月亮还未高升，一望衙门里房屋，一层层的黑影巍巍。满天星斗，倒是异常繁密，一阵阵的晚风吹来，好像把天上的星斗，都吹得清光闪闪的乱动。这里正临着后花园，那些树梢，有些颤动，恍惚是有人藏在上面一般。久等夕照寺的来人，却是不见。心想：他们要是动手，决不能自前向后，由大堂进来。若是走后面到上房，这里最便，何以我却看不见他们的人影？自己等得有些不耐烦，就跳下墙去。马耀庭的轻功，却是不大高明，突然向下一跳，就扑通一声响。这万籁无声的夜里，这样一下响，连自己都跳得受了一惊，赶忙一缩身躯，藏在一架葡萄架下。南方的葡萄架，冬天是不用收藏起来的，马耀庭以为藏在这里，总不会让人看见的，停了一停，这才出来。顺着路下去，园门却是开着，一看门闩，让刀劈开了，心里立刻一惊，人是由这里进去的。好在没有灯光，且摸索向前，所有的门户，完全都已打开，左右四望，只见左一道走廊，右一道走廊，上面是大柱林林的高屋，纸窗里面还有灯光，一片鸦片烟味之中，却有两个人在屋子里说话。自己心里立刻省悟：我来到什么地方，一个单人，被人拿住，还有性命吗？立刻转身就走，但是黑夜之间，盘盘转转的走进来，未免失了方向。要回去，却找不出路。偶然一回头，只见墙边，靠住一架长梯，不管好歹先逃出这一重险地为要。爬上梯子，走到墙头，这才分出四向。只得硬了胆子，在墙头上向后走，然后由厨房顶上，跳到煤渣堆上，再向花园去。自己来时一团雄心，不料到了这里，自己先胆怯，本来自己也太粗心，一点把握没有，反要侦察别人的行动，岂不是笑话？

正想到这里，忽听前面突然人声喧哗，大叫：“拿贼啊！拿贼啊！”只这一声喊，四面八方，人声大作。马耀庭大吓，寻不到一个相当的路逃走。自己向墙上窜了两次，偏是心慌，都没有窜上去，听听人声，竟有一部分到后面来。这个时候，他心里自然是万分着急，周围一看，并无可以逃走之地。要说硬打，靠自己一个人，决计是打不出去。正在着急时，那园门里射出一道火光，好像就有人找将来，没奈何，只得跑到葡萄架下去。恰好这个时候，靠着墙发现了一道长梯。马耀庭心里一喜，赶忙连爬带跳，爬上墙头，可是到了墙上，心里忽然省悟：这不是在前面上房里摆的梯子吗？怎么挪到此地来了？这梯子放在这里，究竟也是祸根，岂不是明明告诉人，我由此地走了？心里这样想着，就要低头去找梯子。不料刚一弯腰，梯子却毫无踪影，这莫非是梯子倒下地去了？但是一看墙根，又并没有梯子，分明暗暗之中，有人搭救了自己，连先前上房里那张梯子，也是这人摆的了。这人本事太大，能够在自己面前走来走去，自己却一点也不知道，这样的眼笨心粗，还要去暗中侦察别人的行动，岂不是笑话？这地方也不必久留了，赶紧回去，免得出丑。跳下墙去，顺着小巷，就要向前走。却有人在身后喊道："前面有栅栏，去不得，快走后面吧，再过一会儿，人就赶上来了。"马耀庭慌里慌张，被这一喊，却没了主张，不敢更向前，就往后走。这一回头，看一个人影，在前面跑，星光之下，似乎反过一只手来，对自己招手，马耀庭料得那人是搭梯子的，总不会相害，就跟了下去。但是无论如何，隔了十几丈路，总没有法子追上去。那人虽然跑得极快，脚下没有一些响，看看追近一道栅栏，那门自然开着，恍惚他前头还有一个人，先开了门。约莫追了五六里路，那人总是若隐若现，一直追到一片菜园边，那人忽然不见。

这菜园有一道大鹅卵石砌的围墙，高与腰齐，忽然红光一闪，墙头上着了一把火，原来是有一卷碎纸在墙上烧起来了。走上前一看，火纸堆边，却放着一个四方的木盒子，上面有一张白纸，上写"见财有份，留作善举，柴竞罗宣武同赠。"打开木盒子，黄灿灿的，是盒赤金叶子。马耀庭看到，先不由心里扑通一跳，心想原来就是他二人，不但救了我，而且还分我这些钱，我守了一天一夜，真是有眼不识泰山。抬头一看，东方发白，一小钩月亮，刚刚上升。这般时候，大概是夜已到了寅初，索性在这里缓步一回，等天明了，将木盒揣在身上，才走回家去。闹了一夜，人也自然困倦，且休息自睡，一直到晚半天，方才醒过来。在家里将金叶子秤了一秤，足够六七百两银子。心想在南京混了几十年，只是糊口饭吃，从没发过许多钱的财，现在突然得了这多钱，我不能不去谢一谢人家。又过了一天，复到夕照寺去，要面谢柴罗二位。不料一见龙岩和尚，这个哑谜，就让人家揭破了。

第十回　匕首横飞此君来不速　刺痕乍裹孝子感尤深

那龙岩和尚，眯了眼睛一笑，对马耀庭道：“凭你这样的本事，就打算捉人的错处，未免胆子太大一点。人家总算讲交情，不但不怪你，而且还分你一笔小财喜，你不觉得这事有意思吗？”他道：“我正是来谢谢他，这可以说是江湖上的好朋友。”龙岩和尚道：“不用谢了，他们走远了。不过那柴家老弟的师傅，倒还在这里，你若愿意，我可以引你去见一见。”马耀庭道：“不用引，我认识他的，我得向他老人家面前去谢一个罪。”于是龙岩和尚，便引他到配殿里来。马耀庭以为柴竞的师傅，必是张道人，现在却在廊檐下，站着一个五十上下的老人。他穿了一齐平膝盖的蓝布棉袍，腰里捆着板带，那棉袍掀起一只角，却塞在板带里面。下面穿着一双薄底布鞋，套着长筒袜子，一直上达膝盖。走廊的壁上，斜靠了一个蓝布伞套，一个包袱。这老头儿反背了两手，只管昂了头张望天上。龙岩和尚道：“我就说了，你父女二人，在这里也是玩，过江去也是玩，怕要下雨呢，何必忙着要走。”那人道：“我这人就是这样的脾气，说要走就走，若是不走，心里总不会痛快。”

一语未了，那厢房里走出一个女子，穿了一套深蓝布衣裤，横腰也系了一根青色旧丝绦，上罩了一块红布，是两块瓦的样子，拼着合盖了头发。她道：“爹，我们今天总要走才好，一切东西，我都收拾好了。”马耀庭一想：难道那打倒赵佗子的姑娘，就是她？不由得又仔细的将来的姑娘看了一看，见她红布罩下，犹露出黑发一弯，配着白中透红的嫩脸，有不少的妩媚。却猜不透这般一个人，倒有那样大的本领。龙岩和尚便对他道："这是朱怀亮老叔，这一位是朱大姑娘。"马耀庭早上前作揖，自道是马耀庭。振华姑娘听到马耀庭三字，就突然向院子当中一跳，两手一叉腰，说道："来来来，错过了这个机会，你就赶不上姑娘了。这边是我家父，那边是你的师伯，请两位老人看守住。打得躺下了，不许哼一声，若哼一声，不算是好汉。"龙岩笑道："我的大姑娘，看你这一般子劲。人家是来道谢的，不是来打架的。"朱怀亮在他的板带里将斜插着的短旱烟袋抽出，平空一拦，笑道："你这个孩子，就是这样，不分好歹，开口就讲打。我问你有多大的本领？"马耀庭便陪着笑脸道："过去的事，请不必提，算我姓马的不知好歹。这一次来，是专门来谢谢柴大哥的，不料他又走了。"振华见人家一陪笑脸，这就心软了，叉着腰的两只手，就不由得慢慢的放将下来。因道："并不是我爱讲打，不过这位曾请过救兵来打我们的。"马耀庭拱拱手，只是含笑，因回头对朱怀亮道："老叔，我看这样子是要出门，但不知上哪里去？"朱怀亮道："我想到扬州去走一趟，一高兴，也许由着运粮河就到山东直隶去，也未可定。"马耀庭道："这样说来，老叔一定是走泗阳经过的。到了那里，托老叔给我们打听一个人。"朱怀亮道："江北的弟兄们，我可是不大熟悉，怕不容易打听出来。"马耀庭道："只要你老人家向当地的好朋友一问，就会知道的。别的不必说，只问南京有一个姓韩的人，回去了没有？"振华便抢着说道："这事我们早已知道，你何必这样藏头露尾的说。这个姓韩的，不是去帮那个徽州李秀才，替他父亲赎票吗？"马耀庭被她一言道破，倒弄得目定口呆。振华笑道："老实告诉你，我们爷儿两个就是为了此事过江的。"马耀庭道："原来朱老叔就打算如此，我们南京弟兄，正因打听得他是一个孝子，要帮他一点忙。不料老叔也是为此而去，有老前辈这样亲身出来，就看在江湖义气上，我想他们不能不笑应。我马上回去告诉我们龙头，和老叔大姑娘饯行。"朱怀亮走向前，一把将马耀庭手臂挽住，对他道："我们差不多是世外之人，不但各处弟兄不肯多见面，就是几十年的老朋友，都轻易不见一回，何必还讲那些客套？不定一月二月之后，我由江北回来，再去拜本码头的弟兄。"马耀庭道："既然如此，晚辈也不敢勉强，但不知道这位张道爷柴大哥到哪里去了？我们也很愿将来有重会面的日子。”朱怀亮笑道：“张道爷吗，我不知道。那姓柴的他是我的徒弟，有点私事，到四川去了。长江一带，少不了是要走的，自然后会有期。”到了此时，马耀庭把一番猜忌的心事，都变成了敬仰之意。听说朱怀亮要坐船渡江，就一定要亲自送他们到水西门上船。朱怀亮也觉情不可却，就和他一路到水西门去。马耀庭又买了许多点心路菜，送到船上。把李云鹤父亲被绑的地方，南京派人暗中帮助的话，大略说了一遍。至于李云鹤本人，却并不知道有这些人帮他。

原来这李云鹤在南京勾留一两天，原是打算向柴竞商量，请他帮忙帮到底，凑足一千银子。知道他们这些武术家，身上虽然无钱，只要肯帮忙，去找个千儿八百银子，那是很容易的，偏是和柴竞会了一面之后，连找两趟，不曾遇见。因为自己去搭救父亲，一个时辰，也不能轻易放过的，不要为了筹款，反倒误了正事。因此第三天就让他同来的长工李保，挑了行李，搭那渡江的红船过江。到了瓜州，要进淮河，这就是上水了，上水行船，日子很慢的，因此主仆二人，还是登陆走旱道。这里到清江浦，沿着运粮河一条大道，人物往来，路上原是不断的。

这一日到了西坝，再过去五十里就是泗阳了。这时已是太阳偏西的时候，李云鹤因为要打听这里的情形，暂且不走，就找了一个客店歇下。这客店正是面着运河开门，门外一连排着十几棵柳树。这日子已是冬初，河水落下去很深，柳树显得高高在上，柳条上的叶子，十落八九，只有些稀稀落落焦黄叶，在一抹斜阳影里，还是不停的纷纷落下。不过这河岸那边，却是一片旷野，所有的庄稼是收拾了干净，一片平芜，直接杈杈丫丫，其色濛濛的树围。因为这旷野的地方，一望平坦，只有各处长的树，挡住了眼界。这种树，远近不一，四处都有，望到了远处，仿佛树和树相连，把这旷野围将起来了。有些树低的地方，却露和一片白光。李云鹤看了一会儿，也不知那白色是什么，正迟疑间，头上一片伊伊哑哑之声，见一排雁字，由头上飞过，直向白色的地方而去。那雁字越飞越远，飞过那丛树围，成了一条黑线，向下落去。李云鹤想起来了，这不是别处，正是有名的洪泽湖了，因此慢慢踱到柳树下，看那若有若无的湖景。心里正稍觉安慰之时，忽有一个人在身后说道：“天气很好。”回头看时，却是一个三十来岁的汉子，头上戴了古铜色毡帽，身穿了蓝布袍，外罩一件青洋缎大襟坎肩，倒像个中等生意买卖人。不由得随意搭了一句腔，说道："今天的天气很好，倒不像交了冬天。"那人说道："听你先生的口音，好像是皖南人。"李云鹤道："是的，敝处是皖南祁门，阁下贵处呢？"那人道："我们是大同乡了，敝县是当涂。"两人说了一阵，这人自道叫韩广发，是到江北来收账的。李云鹤也就随口说是到江北来就馆的，不过两人都住在这一家客店里，又加上一番亲近。那人虽然是个买卖人，倒没有江湖气，说话很是痛快，因此彼此倒也投机。

晚饭的时候，李云鹤主仆，都在店堂里桌子上吃。那韩广发却在河下买了一尾鲜鳜鱼，调了姜蒜，自己下厨做出来，用了个大盘子盛着。他见李云鹤主仆二人共饭，把饭也搬来一桌吃，看见门口有卖烧食的，索性买了一盘猪头肉，十个卤蛋，放在桌上请客。李云鹤笑道："我不客气，我们饭已吃一半了。"韩广发道："要什么紧，出门人点头之交，也有三分缘法。我看你先生，为人太好，就不讲什么虚花规矩。"李云鹤将筷子指着李保道："他是在我家帮工的，我们平常就是和家里人一样。现在出门在外，更是要同舟共济，谈不到什么规矩了。"韩广发虽是生意人，倒懂得这句同舟共济的话，笑道："李先生这话很对，慢说是同舟共济，就是同住在一家饭店里，大家都要有个照应。兄弟为人，一生没有别的好处，就是服软不服硬，专爱打抱不平。你先生是个读书的，不知道这江湖上是不容易啊！我们明天还同走一条路，若有要兄弟帮忙之处，兄弟可以帮忙。"他们彼此说话，却没有留心靠店门的一张桌上，有个人伏在那里打盹儿。那人忽然醒了，将头一抬，对韩广发露齿一笑，一昂头，转身走了。李云鹤道："韩老板，你认识那个人吗？他为何对你冷笑？"韩广发先是脸色有些变动，一刻儿脸色就安定了。笑道："不认识他，可是他认识我，倒未可定。因为这一条路，我是常来常往的。"李云鹤见他如此说，就也不放在心上。

到了次日，李云鹤又和李保上路，向泗阳而去。这韩广发刚正也是往那里去的，因此又同走了一日的路程。这样，彼此就更熟识了。到了泗阳，同在一家客店安歇了。李云鹤看这韩广发，实在是个豪爽之人，而且他又说常到江北来，这地方熟人不少，因此想到他大小可以帮点忙，所以很愿和他交朋友。歇了客店之后，大家要水洗了脚，李云鹤就掏出钱来，叫店家买了一只肥鸡，二斤肉，一尾鱼，又打了二斤酒，预备好了，就算回韩广发相席。韩广发倒并不客气笑道："我身上正有些发寒，能够喝一点酒，冲一冲寒气，倒也不坏。"于是将酒菜摆在柜台外，和李云鹤对坐喝酒。李保坐在下首，就给二人斟酒。韩广发笑道："我昨天不是说了吗？江湖上的事情很是难说，变化出来，常是出人意料以外的。遇到这种事，可要放大了胆，不要放在心上，给他一个不在乎。这就是他们北方一带人说的——有种。"说时，端起酒杯，咕嘟喝了一口。然后将左手大姆指一伸，张口哈哈大笑。李云鹤却看不出来他这是为着什么，也只有向他陪着笑脸。酒刚喝了个一半，忽然有个矮小的汉子，由外面闯了进来。他浑身穿了青布短衣，脚下打了紫花布裹腿。一走进门，双手叉了腰，向店房里四围一望，看见韩广发坐在那里高饮，却对着他拱了拱手，含着笑说了一大套。那话有懂的，有不懂的，不知道说的是什么意思。韩广发却也拱了拱手，并不起身。那人一弯腰，伸手一摸着裹腿布，只望上一抽，一道寒光射目，却是一把雪片的小匕首。李云鹤见那人进来，先就觉得有三分奇怪，不住的对他望着。这时他一弯身之间，突的抽出一把匕首，李云鹤心里吓得要叫，口里却说不出来。韩广发却只当没事，拿过桌上的壶，自斟了一大杯酒，举起来喝了。这时，他一只大腿，可伸出了坐的凳子以外，好像并不理会那人有什么举动。不料那人却直奔了他去，他反捏着拳头。将刀握在手里，对着韩广发的大腿，就扎了下去。他扎下去之后，将刀拔了出来，接上又是一下，一直扎了三刀，然后那人将匕首还是向裹腿布里一插，对韩广发拱一拱手道："好的，我们再会。"他掉头就去了。

李云鹤看得呆了，哪里还说得出去一句话来。韩广发一直让他扎完了三刀拱手而去，还不曾放下酒杯子。李云鹤忍不住了，偏头一看，只见他的腿上已是血糊成了一片。便道："韩老板，韩老板，你不觉得痛吗？"韩广发这才放下酒杯子，回头看了一下，对李云鹤摇了两摇手道："不要紧的，不要紧的。我自己带得有药，一擦就好了。"这才见他咬着牙齿，一只手扶了桌子，撑住身子，站了起来，慢慢走向他的屋子去了。李云鹤神志定了一定，就埋怨李保，看见那人抽出刀来，正在他身后，为什么不抢下来。李保道：“哪个敢管这种闲事，不要八字吗？”李云鹤道：“他拿刀杀人，我们抢下刀来，为什么就要命？”李保道：“这个是江湖上的规矩，叫着三刀六眼。凡是彼此之间，有什么不信服，先就这样来试试。你受不了这三刀六眼，不但不把你当好汉，另外还有法子处服你；受了三刀六眼之后，大家都要说你是好汉，就不敢藐视了。”说到这里，饭店里的伙计过来了，将李保的衣服扯了一扯，又看他一眼道：“出门的人，少说话罢。”李保会意，就不说了。李云鹤也恍惚听见什么三刀六眼，万不料就是这种事情。那姓韩的原说到江北来收账的，这样看来，他也是个跑江湖的人了。他遇到这种大变，神色自若，连受三刀，哼也不曾哼一声，实在可以佩服。分明他事先是知道的，所以他告诉我们说，江湖上的事，常是变化莫测，要放大了胆。他这样好人，何以要受这种处罚？莫非为了我的事？昨日在西坝饭店里，他说了那一遍大话，就有人在旁边冷笑一声走了，难道这就为了那人而起？这倒不能不去看看他去，于是摸进客房里去看他。

只见韩广发已换了裤子，靠住壁子坐了，面上的神色，都有些变动。靠墙下桌子上，有一张纸上，尚托着许多药末。李云鹤本来要安慰他两句，又怕话不相符，犯了江湖上的规矩，因此只进门叫了一句韩老板。那韩广发却微笑道：“李先生大概你没看见过，以为很奇怪吗？”李云鹤听说，倒笑了一笑。韩广发一手撑住了桌子，一脚落地，站了起来。对李云鹤点头道：“请坐请坐。”李云鹤看他那样子，咬着牙齿，像很吃力的样子。便道：“不必客气了，请坐下罢。我是江湖上的事，一点也不知道。我生怕说错了话，又在兄弟头上生出事来。”韩广发微笑了一笑道：“你先生怕事情会牵扯到你头上去吗？其实真要牵扯到你头上，不说话也是躲不了的。”李云鹤听了他这话，未免一怔，只望了他不说话。韩广发将手指了一指，说道：“请你把门关上。”李云鹤一回手，当真就把门关上。韩广发招了一招手，又点了点头。李云鹤会意，就走到床边，和他并排坐下。韩广发然后低声说道：“李先生不瞒你说，我这三刀六眼，是为你受的。”李云鹤听说，就为之愕然。韩广发道：“这话一说出来，你先生是不会相信的。但是我是实实在在说了，不过我先要声明一句，我说出来了，你可不要疑心。”李云鹤道：“韩老板也是一个讲义气的朋友，我早就看出来了，若是真为了我的事有这意外之灾，我是十二分的感谢，我哪里有疑心之理？”

韩广发一听到讲义气的朋友五个字，眉毛一扬，一阵笑色，就涌上脸来，点一点头道：“所以我看你李先生就和我们对劲，你先生不是到这里来救令尊大人的吗？我念先生是个孝子，所以不辞路远在江南就跟了下来。到了这个地方，是要现面的了，我本打算迟一两天再说，现在等不及了。”李云鹤道：“韩老板何以知道我这件事？老远的跟了来，我真是不敢当。这样说，阁下一定是一位风尘中的侠客，何幸相逢，还望多多相助。”说罢，连连作揖。韩广发笑道：“侠客两个字，那何敢当，这种人一百年也许遇不到一回。像兄弟这种人，不过是走江湖的人罢了。我何以知道阁下的事？为什么老远的跑来？你先生都不必问。等到要知道的时候，自然会知道，好在我总不是来坏你的事的。”

李云鹤看他受三刀六眼的那种痛苦，丝毫不动声色，已经觉得这人有骨骼。现在他说出话来，样子非常的诚恳，决不能说人家还有别意。连忙说道：“那是什么话，你老兄既然老远的跑来，又为我这样吃苦，我只有感激的位分，哪敢生疑？但不知怎样帮在下的忙？”韩广发道：“你不要问我，我倒要先问你，令尊原来在此做什么的？何以被绑？那绑匪又要多少钱赎？”李云鹤道：“家严前十年，曾在扬州一个盐商家里当过西席，后来就回家了。上半年他老人家听说旧主人家境败了，他不相信，亲自来探望探望。不料到了扬州，旧东家果然一败涂地，房产都变卖了。他听说还有一支后代在这一带经商，所以又跑来看看。这是我在他老人家的家信上知道的，从此有四五个月，不见消息。最近有一个人，说是受家严之托，带了一封信给我。那一封信上，就是说他老人家被绑了，开的价目倒不大，只要一千银子赎票。”韩广发道：“那么，如何被绑，你是不知道。但是既然将令尊绑了去，何以又只要这一些钱？”李云鹤道：“我也是不明白，不过据我揣想，他们原来以为家严是盐商家里的老人，一定是有钱的。后来把家严绑了去，仔细一问，知道是真没有钱，所以只要一千银子。仁兄，你想想，我一介寒儒，哪里去谋一千银子？只得把田产变了，折合得三百多银子带来，打算舍死忘生，自己去和首领哀求。不瞒你说，路上还出了一场风波，结局倒是转忧为喜。”于是把路上银子被窃，及得人搭救，和柴竞又助了几百两银子的话说了一遍。因道：“有了这些钱，已经过了一半的数目了，也好办一点。而今又遇到仁兄，定是家严命不该绝，屡遇救星。只要家严能平安出来，兄弟就是粉身碎骨，不忘大恩大德。”

说到这里，他脸上竟落下两点眼泪，双膝一屈，向韩广发跪了下去。韩广发连忙扶起道：“千万不要客气，若是这样，反嫌带虚套了。去这里不过五六十里，在湖边是有一股弟兄们在那里结合，首领叫老曹鹞子，倒有一身本领。我想令尊必然是在他那里，就算不在他那里，他们同在一地的股份，必然彼此通气的，我可去和他说说看。我们是先礼而后兵，总和你办个水落石出。”李云鹤听到这里，又跪了下去，韩广发一皱眉道：“咳，你这就不足取了。我们办事和说话，都要图个爽快，动不动下跪磕头，这是你们拜孔夫子的人干的事，我们干不来。”李云鹤自己起来，连连说是，便问道：“照韩兄的说法，要先礼后兵，将来岂不要动武？那事就闹大了。韩兄纵是有本事，他们的人多，恐怕不容易。”韩广发笑道：“他们人多，我们也不少啊！你不看见刚才那个拿刀来扎我的人吗？这会子也是我的朋友了。有了他这个朋友，就可以引出许多朋友。真是要动武，他们要帮忙的。”李云鹤听他的话，料着是指本地帮上的人。便道：“既然可以帮忙，为什么他倒先要扎韩兄三刀？”韩广发笑道：“你不见和尚受戒吗？头上要烧九个窟窿眼，那真和这事的意思差不多。我们昨日在西坝说了大话，今天到了这里，不能作半截汉子。我也正为要给点本领与本地弟兄们看看，所以硬受他三刀。我只要修养三天就会好的，好了，我就去和你办那件事。这三天之内，你暂且忍耐，只在饭店里睡觉，免得又生枝节。”李云鹤听说，自是千恩万谢。

到了第三日正午，正在行李里找了一本书，倒在床上看，忽然听到店房里有女子的声音道：“我们又不少给一个钱，为什么不给我们找一间上房？”又听店伙计低声道：“姑娘，我们有上房，还不愿让客住吗？

这厢房你能住就很好，若是不能，就请到别家去。”那女子又道：“什么？到别家去？你说话怎么如此不和气？”又听见一个人道：“一个做伙计的，我们和他计较什么？就住在一间厢房里罢。”这话说未多久，自己的房门忽然啪的一声开了。李云鹤起身向外一看，只见一个少年女子，行装打扮，脸上红红的，还有太阳晒着的颜色。先就听她说道：“这不是上房？”门一开，她肩膀向后一缩，笑道：“原来里面有人。”她退过去了，走过来一位五六十岁的老者，向房里拱拱手道：“对不住！对不住！”便顺手带上门。李云鹤见人家这样客气，索性迎上前，给人家回礼道：“都是出门人，不要紧的。这位老伯还带有女眷出门，那是要有上房才便当点，我是随便哪里都可以住的。请你等一等，我可以让出来。”那老人笑道：“不必了，女孩子说话是不懂事，不必理她。”说毕，他自带那姑娘走了。

第十一回　逆旅晤蛾眉青垂寒士　轻车弄虎穴巧服群雄

过了约一个时辰，李云鹤正走到天井边昂着头看天色，伙计却拿了一张红纸帖过来，上面印着朱怀亮三个大字。他递给李云鹤看道："这位老人家，他说要到你先生屋子里来拜访。"李云鹤正要说不敢当，只见那老人已换了一件长衣，在屏门下站着，老远就是一拱手。李云鹤还揖道："老前辈太客气了，请过来喝杯茶，还要领教。"朱怀亮听说，就和他一同走进房间，彼此坐下，通过籍贯。朱怀亮先问道："李先生由南京来，可曾认识一个姓柴的？"李云鹤道："他莫不是单名一个竞字？"朱怀亮拈着胡须道："那就是小徒。"李云鹤道："哎呀，那是我的大恩人！原来老前辈是柴先生的师尊，晚辈一定要孝敬一番。"朱怀亮连连摇手道："你这话全不要紧，我问你那个姓韩的现在哪里？"这一问，怎不让他一怔呢。李云鹤心想：江湖上逢人且说三分话，韩广发的行踪，如何可以随便说？便道："老前辈所问，是哪个姓韩的？晚生只带了家里一个长工来此，却是同姓。"朱怀亮笑道："李先生，你何必相瞒？我还没有到这里来，在南京我就听见有这一个人到此了。大概阁下知道他，比我知道他还要迟许多日子，你还能瞒我吗？不过他到此地来，是不愿我事外之人来多事的，请你也不必对他说。将来他有为难之处，我自然会来帮你的忙。据我算来，你大概还差个三四百银子，这个款子，你不必忧虑，全包在我身上。"说时，将胸脯一拍。李云鹤连忙站起身来作揖道："果然如此，老前辈就是晚生的两重恩人，只等家父出来……"朱怀亮一皱眉道："我们现在不是谈客套的时候，我有-样东西，先送给你。"说时，在衫袖笼里一掏，掏出一根三四寸长的断箭杆，上面却还连着一个大箭镞，箭杆上面，有些火烧的花纹，仔细看时，像是一只猴子。李云鹤道：“这种东西，不知有什么用处？”朱怀亮笑道：“这就是你赎票所差的三四百银子。到了票说不妥的时候，你只要把东西包了这根断箭，送给当事的人，只要说这是一个朋友送的，转送给这里的杆首，无论如何，他必然把令尊设法放出来，不再为难的了。”李云鹤听了这话，却也将信将疑，把那根断箭收下。朱怀亮道：“我自己还有点私事，要离开这里三五天。三五天之后，我再到这里来。可是一层，你千万不要对那位韩大哥说我来了。”李云鹤一时也分不出事情好坏，只得都答应了。朱怀亮将话说完，拱手而去。李云鹤拿着那断箭，自己呆呆的出了一会神，且将它收下。过了一会儿，自己加上一件马褂，又到朱怀亮的房子里去回拜。

那振华姑娘正侧着身躯，给他父亲装水烟。朱怀亮斜躺在一张大椅上，手扶了烟袋，闭着眼睛抽烟。李云鹤一进门，振华笑道：“爹，来客了。”她说时，也就和李云鹤微微点了点头，并不回避。朱怀亮将李云鹤让在屋里坐下，振华就斟了一杯茶送到李云鹤面前，同时微笑道：“刚才鲁莽得很，不要见怪。”李云鹤便起了身子，勉强笑了一笑。自己虽然是二十多岁的男子，从来不惯和女子来往，而今一个生女子和自己客气起来，急忙中找不到一句话去回复人家，未免脸上一红。那姑娘见他和父亲对面隔了桌面坐下，桌子除了一方靠墙而外，还空着一个下方，她于是端了一个方凳子，横头摆着，向上面一坐。右腿放在左腿上，两手交叉抱住膝盖，笑吟吟的看了主客说话。李云鹤看姑娘这样落落大方，对于自己生性拘束，未免自愧。再见姑娘圆圆的面孔上，泛出一道红晕，配上一对睫毛极深的眼珠，两道凤眉，妩媚有余，而温柔则不足，正是刚健婀娜，北方之美人。这时她已除了罩头的那一块布，在右耳上梳了一条横辫，绕过后脑，在左耳上盘了一个圆髻，髻下垂着一挂短短的红线穗子；倒是两耳上不带长环，只挂了两个小金丝圈儿，一笑那丝穗子一摆，别有丰致。

李云鹤是个读书的敦厚君子，向来不肯偷看人家的妇女，更不要说作平视了。现在既认朱怀亮是两重恩人，对于他的小姐，当然不能存有丝毫坏意。所以起初进门，简直未尝看到这里有个女子，现在振华坐在身边，又是大马金刀，毫不介意，令人见了，不得不多看几下。心里却是纳闷：生得如此漂亮的一位姑娘，竟带了很重的男性。而且心里这样一转念头，也就局促不安起来，只是正着脸色对朱怀亮谈话。朱怀亮也似乎看出他的性情来了，就指振华道：“我是一个粗人，不懂教训子女，所以她也像我，很是放浪，不懂礼节，李先生不要见怪。”李云鹤道：“不然，我看姑娘是个豪爽人，这样才不愧古人巾帼英雄那句话。这样的人，正是不可多得，我很佩服的。”姑娘最爱人家说她有英雄气概，李云鹤如此说来，她就眉毛一扬，两道笑痕，直漏出嘴角。便插嘴道：“李先生说我是巾帼英雄，我不敢当，不过我一点小小武艺看来，差不多一二十个男子，未必他是我的对手。”李云鹤对朱怀亮道：“原来大姑娘有一身好武艺。”振华微笑道：“刚才李先生说我是巾帼英雄，原来还不知道我懂武艺，因看见我爽快，所以就称赞一声。这样说，女子只要爽快一点，就可以当英雄的。这英雄两字，未免太便宜了！”李云鹤一时失言，被她驳得不知如何对答，只红了脸。朱怀亮道：“嘿，你这孩子，说话太放肆了。”又对李云鹤拱手道：“先生不要见怪，我刚才说了，我是不懂教训子女的。”李云鹤笑道：“老前辈这样客气，我就不敢当了。晚生虽是一个书生，读那些游侠书，向来是拜服的。今天遇到老前辈和大姑娘，恍惚就像书中说的那些人。听了姑娘的话，正可以把穷秀才这一股子酸气，给它冲洗冲洗，只觉痛快，哪还有见怪之理？”朱怀亮点点头道：“李先生，你这人不俗，这话不是平常书呆子说得出来的。晚上无事，我和先生痛饮几杯。”李云鹤道：“饮酒可以奉陪，不过晚生有事在心，痛饮就不行了。”朱怀亮道：“这话有理，好在我们还有聚会的日子，酒留到将来喝罢。”李云鹤又谈了一阵，告别回房。

这天晚上，韩广发踱到他房里来，对他说道：“我想李先生救令尊，像救火一般，哪里能久等？我这腿完全平服，总要些日子，等腿好了再去说票，岂不误了你的大事？我已经雇好了一辆小车，明天一早，我就坐了去。我已探听明白，这事八九成和曹老鹞子有些关系。曹老鹞子住在柳家集，离这里四十七八里，明天赶到那里，天还不黑。倘若有人来到饭店找你，你千万不要声张。他们最是怕走漏风声，一走漏风声，事情就全坏了。”李云鹤听说，只是道谢。又道：“韩大哥伤口还没好，到了这边，千万往和平一路说。真是没奈何，兄弟另外还有一点救济之法。”韩广发以为他无非说的是钱，却也不放在心上。

这晚好好睡了一宿，次日一早起来，那雇的一辆人推小车，已经在饭店里相候。韩广发和车夫各吃了早饭，就向柳家集而去。由这里到柳家集，是一条小路，平常不过是一些乡下人往来，不很见到外路客人的。韩广发因口音不对，在路上总不说话。走了二三十里，却也无事。看看走了半天，太阳一半偏西，来到一个三叉路口。那车夫将车子向下一歇，说道：“这里分的那边一条路去，就是柳家集。不过我是本地人，本地事知道比客人清楚，有话不能不说。客人有没有亲戚朋友在柳家集，若是有，可要说得很准；若是没有亲戚朋友，到这里是另外找人，那就不如不去。因为这个地方，是乱去不得的。”韩广发道：“你这个人，真是傻极了，我雇了你的车子，路远迢迢的到这里来，自然有我一个缘故在其中。不然，我由城里几十里路跑下乡来，一点事没有，自已拿自己开心不成？”车夫道：“不是那样说，因为你若是新来这里找人的，这一路去，处处有人问，走路很难。一个说得不对劲，恐怕脱不了身，我实在不敢送。”韩广发道：“我老实告诉你，我是来说票的。”车夫不等他说第二句，连连摇手道：“我的爹，你这样冒冒失失去说票，岂不是……”说到这里，回转头四周一望。又道：“你随便给我几个钱就是了，我只能送你到这里。”韩广发道：“钱我还是照样给你，你不去我也不逼你，你只告诉我到柳家集的路是怎样走就行了。”车夫道：“由这里过去两里多路，有好几个柳树林子，你逢着柳林就穿过去，到了一座石桥头上，下面有一个村子，那就是柳家集。不过在柳林里走路，你千万小心。”韩广发笑着点了点头，给了他车钱，就顺着左边大路走去。车夫站在路口，扶了车把，望着他摇头而去。

韩广发身上并没有带什么包袱行李，一个人就慢慢走去。果然不到三里路，就遇见了一所柳林。穿林而过，这是武术家一桩大忌：第一就是怕人暗算，第二也就容易引起同行的误会。所以他走到这里，就离得远远的，对树林端详了一会儿，觉得无甚可顾虑的，便走过去了。过了这丛柳林，不到一里半路，又遇到一丛柳林。他以为那所林子安然过去了，这一所林子也不要紧的，坦然的走了进去。不料走不到二十步，柳林边有一丛芦苇，呼的一声，一样东西一踊而出。这声音虽在旁边，却是离身不远，若说要躲，万万来不及，只好向前一跳，索性把这种响声抛在身后。一直奔出好几步去，才回身转来，看是什么东西。原来是一个短衣人，拿着一根齐眉棍，站在身后。韩广发拱了拱手，先说了他们一套江湖上的行话，然后才道："兄弟来此，人地生疏，不懂规矩，都请海涵。"那人见他如此，一只手拖了棍子，笑道："听老哥是南京口音，莫非是前几天到的那一位韩大哥？"韩广发知道他们成股的土匪，虽然和城里帮上不同谋，但是彼此常有来往。自己既然托重城里的同帮，这就不必隐瞒，因此一口就承认了，说是拜访这里曹横将。横将，是他们对匪首的一种称呼，是很客气的话，而且没有本领，没有身份的人，也不敢乱来拜访。那人见韩广发不算外人，便道："朋友，你要见我们横将，我就可以带你去。不过横将住的地方，外面来的兄弟去见他，有些费事，不知道你能去不能去？"韩广发笑道："既然来到这里，哪有不去见之理？若是不去见，我又何必来呢？"那人点头道："好，我可以在你前面引路，一路上也省掉许多烦难。刚才莽撞，不要见怪。"韩广发听那人的话，似乎怕走前面。笑道："我韩某到了贵地，遇事都要请指教，哪里敢有别意。要不然，韩某无礼，就往前走。"那人将棍子一抛，笑道："朋友，你爽快。我们就走。"

他于是带了韩广发，穿过两所柳林，都平安无事。遥遥只见一丛水竹子，绿成个大圈圈。竹子梢上，露出一两处屋角。左屋角边，有一根冲天旗杆，上面却空荡荡的，别无一物。那人道："这就是我们横将的庄子上了，我要走前一步。"说时，他抢上去十几步，慢慢的走到竹林边，只见二三十条如狼似虎的大狗，一声不响，飞奔前来。那人竖起一只手，吆喝了一声，那些狗便停住了脚，昂着头向那人看看，然后垂着尾巴，陆陆续续的回去了。韩广发看见，心里倒不免扑通一跳：今日若不是有人带了来，先就莫奈这狗何了。这竹林子边，紧靠着挖了一条活水沟，跨着水沟，有几条麻石头搭了平桥。那些狗乱窜过沟，早就有两个短衣人站在桥头上，那人先过去说了一阵。韩广发直垂着两手，等他们的回话。当时进去一个人，不多大一会儿，由里面出来，站在桥头上，向韩广发招了招手。韩广发走上前，对他们拱了拱手，他们也只笑笑。这里桥头上的人，派一个引他进了水竹林子。一片敞地，上面是一座土墙庄屋。庄屋外，钉了七八个马桩，上头随拴着几头牲口。大门口石阶上，有几个人坐着在那里说闲话，见韩广发有人领着，都不理会。韩广发偷眼看他们时，见他们都穿着灰尘布满了的衣服，横腰束着各样的板带，脚上一层黄色的土迹，由鞋帮子上一直涂到膝盖。这样子，似乎是从什么地方出门而来的。韩广发一律看在眼里，都不作声，跟着引路的人，进了大门。他却不直引进正屋，旁边一踅，踅进一间小暗屋子里去。这屋子虽然没有窗户，稍微有一点光。那人又向前推开一扇门，抢前去一步，捧出来一个泥蜡台，上面插了半截红烛，他出来道请，又引韩广发进去。

韩广发明知这个屋子，是关闭活票的地方，自己进去，凶多吉少。然而既然来了，却不可退缩，便毫不畏惧的跟着他走。进去一看，里面只有一张破桌，两条板凳。桌上只放了那个泥蜡台，什么也没有。那人道："我们横将，已经知道你老哥来了。不便相见，请你老兄在这里稍等一等。"说着话，随后有人送了茶壶水烟袋来，倒不像是恶意。不过这烛光，照在黄土壁上，影黄黄的，四围不曾有一丝墙缝。屋顶也是平的，糊泥土，这倒像所土牢。茶烟送过之后，就有一个人陪着闲谈。据他自说姓马，就叫千里马。韩广发是个老江湖，谈吐之间，自然也不会流露什么痕迹，说得他很高兴。谈了许久，千里马出屋子去了一会儿，回来告诉他道："我们横将，因为几个弟兄打启发(按即抢劫之谓)回来，很有些油水，预备了一点酒，大家痛喝几杯，不敢把你老哥当外人，就请在一块儿喝两杯淡酒。"韩广发道："自己人原用不着客气，既然横将有这番好意，我也不推辞了。"千里马听说，就引他出来，走到天井里，满天是星斗，这才知道已是晚上了。

踅过两重院子，上面一所屋中，灯烛煌煌的，油纸窗户上通出光来。走了进去，一张大圆桌，四围围住八把太师椅，桌子下面，两个满堂红的锡蜡台，插上胳膊粗细的大蜡烛，屋梁下垂着一根细铁链，拴着一只铁碗油灯，大把灯芯草，燃着三四个灯头；火光下，照着一桌大盘子，盛了大鸡大肉。屋子里亭亭树立七个人，有长的，有短的，有胖的，有瘦的，中间有一个三十多岁的黑小个子，穿着枣红绸袍，外罩着玄缎卧龙袋。卧龙袋一路散着纽扣，露出袍子上束住的青绸板带。韩广发一看，就知道这是曹老鹞子，便向前拱揖。曹老鹞子自已通了名姓，又把在屋子里的人，都代为引见了。其中有两个人，一个是罗大个子，一个是胡夜猫子。那胡夜猫子黄黄的面孔，两只眼珠带着一种绿色。两个人的脸上，却都是横肉。韩广发见了，自不免多看两眼。大家照着规矩，让韩广发登上座，七个主人分左右坐下，只空了摆烛台的下方。喝了几口酒，曹老鹞子将面前的酒杯，捧了一捧，然后说道："韩大哥老远的到这里，一定有什么指教，但请直说无妨。"韩广发道："原是陪伴一个孝子，路过贵县，因为横将在江湖上大有名声，没有路过不拜之理，所以前来奉访。"曹老鹞子听到，却也相信了，只是那胡夜猫子因韩广发一见面，就目光注射到他身上，他心里有些不愿意。这时他听韩广发说保护一个孝子，便道："这样说，韩大哥一定有过人的本领，倒要领教领教，让我兄弟们开开眼界。"韩广发笑道："兄弟并不懂什么，就是懂什么，难道还敢班门弄斧不成？"罗大个子道："韩大哥既然有这种义举，一定是个有本领的。若是不肯赐教，就是瞧不起愚兄弟。"韩广发连称不敢当，但是在座的人，都说要领教，若是一味推却，又似乎不给人家面子，也是不好。只得拱了拱手道："吃完了饭之后，一定献丑。"自己暗下想着：一把单刀，曾练过几十年，回头我就练一趟单刀，于是喝了一杯酒。

忽然觉得左肘上，有东西碰了一下，接上听到地下一声响，低头看时，是一块小小瓦片。别人因为没留心，都不知道。韩广发却心里纳闷儿：这瓦片何来？正在犹豫，那右腕上又让东西碰了一下，一响一看，还是一块小瓦片。韩广发心里恍然大悟：这当然不是有人来暗算，必定是给我个什么信儿。我且退席，绕到这屋后去看看，究竟有什么人在那里。当时借着小解为名，就由堂屋里出去。这正屋之后，是所院子，正是小解前去必由之路。韩广发走到后面，只看见正屋的后窗，灯光明亮，那里大概便是座后。但是四周一望，并不见有什么人，这院子里只错综交互的，有许多树木。韩广发徘徊了一阵，不见什么，只好依旧归席。只在这一推双合门之间，在座的人起身一点头，韩广发还是上座。那坐在左面的吴得标，忽然对胡夜猫子道："大哥，你头发上插着什么？"胡夜猫子摸下来一看，却是一根三寸长的芦杆，芦杆头上，却是用刀削了的，有一个尖头，分明是人工加制的了。胡夜猫子道："奇怪！这是哪里来的？啊！吴大哥，你摸摸看，你头上也有一根。"吴得标一摸，果然也是照样的一根。曹老鹞子道："慢来慢来，你们大家头上都有了，我呢？"伸手一摸，也是一根。这桌八个人，除了韩广发而外，竟是人人一样，头上都插了一枝芦杆袖箭。胡夜猫子一想：这一定是韩广发刚才出去一趟，小小施了手段。若是他用了真的袖箭向各人咽喉一下，在座的七个人，就都会没有性命。由此看来，韩广发的本事，实在是了不得。曹老鹞子斟了一杯酒，首先向韩广发致敬意道："韩大哥果然手法高超，请喝一杯。"说时一举杯干了。

韩广发见他们头上都有那一根短短的芦箭，心里果然诧异，但是这东西由何而来，自己也不十分明白。这时在座的人一致疑惑是他弄的手腕，自己想倒可以惊异他们一番，倒也是乐得承认的一件事。不过转身一想，刚才掷瓦片的人，大概就是现在放袖箭的人，这人放出袖箭，不过是刚才一转眼的工夫，当然没有远去。现在若掠人家的美，承认袖箭是自己放的，那放袖箭的人在一边听见，随便一现身，自己就站不住。这样冒失的事，是万万行不得。不料自己这样犹豫着，那曹老鹞子已站立起来，举杯敬酒，自己没有安然受之的道理，也只好站立起来对干了一杯。当时在场的人一阵喧笑，都夸韩广发的本领好，说是有什么相商，只要办得到，一定办起来。韩广发道："承诸位弟兄们好意，我的事，不能丝毫隐瞒，我不是说了保一个孝子路过吗？其实这个孝子，就是到这里来的。因为他父亲现在还留在贵处，他备了款子前来求情的。"曹老鹞子听到这里，听入神了，将手按住酒杯，偏着头听完。才道："这人姓什么？"韩广发道："姓李，是徽州人，在盐商家……"曹老鹞子道："有的有的，这人叫李汉才，倒是一个老实人。有你老哥来了，话极好说。但是大哥来得不巧，这人现时不在我这里了。"韩广发道："所有的活票，都是在贵处的，谁还能要了去？”曹老鹞子道：“你老哥有所不知，因为我这里有一班兄弟们，他们要自立门户，另分到一边去了。他们也不能白手成家，是我把所有的东西，分了一半给他们，所以也分了十几名男女票去。老哥所说的这个姓李的，正分在我那兄弟手上，要放回这个人，那要和他商量。兄弟这边，不能作主。他那里叫大李集，离我这里还有二十里路。”韩广发听了这话，大为扫兴。便道：“这也实在不凑巧，好在是由这边分去的弟兄们，总也是朋友，可不可以请横将赏个面子，派一位兄弟和小弟一路到那边去？”曹老鹞子听了这话，尽管为难起来。便道：“实不相瞒，就因为这班弟兄们不听约束，才分开了出去的，要兄弟出来说话，还不如你老哥自己去说的好。”韩广发知道这班人是最重义气的，也就全靠义气二字，头领可以约束部下，若是不顾义气，一朝翻了脸，就没有法子收束。当时也就默然饮酒，不再多说。

当时曹老鹞子留他在庄上歇下，不是那个暗屋子了，是一间极干净的上房，一样的设有床帐。韩广发一想，白跑一趟，实无脸见人，要一人到大李集去，又怕李云鹤久等无音信，心下着急，在床上翻来覆去，不曾睡着。约莫有四更时分，忽听到窗户咯吱咯吱几下响，连忙抬头向外一看，月亮之下，果然见一个人影子，在昏黄的月光之下，隔了窗户纸一闪。

第十二回 兔起鹘落梦酣来恶斗 目挑眉语马上寄幽情

武术家规矩：晚上在屋中遇到了意外，先吹灭屋子里的灯烛，然后拿一样东西向门外或窗户外抛了出去，借着门外人躲闪的机会，就可以向外一窜。这时所幸屋里没有灯烛，韩广发连忙起床，向床头边一闪，先抓了一把木椅在手，眼望窗户，只要窗子一开，马上就把椅子抛了出去。不料窗子外那人，也预防了这一着，只将手里的武器，把窗子挑开，人是闪在一边。韩广发手里的椅子向外一抛，一点响动没有，已被那人接住。韩广发虽然腿上创痕未好，然而在这生死关头，也只得奋勇窜出去。那人见他走来，手里持着明晃晃的刀，占了一个势子，侧面就剁。韩广发自幼学过一种空手入白刃的打法，毫不畏惧，看那刀剁近腰时，向上一跳，抓住屋檐，趁了机会，就用脚去踢他的头。那人不等脚来，也就向屋上一窜。韩广发怕他用刀剁手，一个鲤鱼跌子势，脚向上一翻，便睡在屋上。自己虽不怕人，然而这里是贼巢，一声张起来，群贼并起，自己寡不敌众，决难讨便宜，且逃走为妙。这屋里便是墙，墙外就是一片草地，正好逃走。他并不起身，就由屋上一滚，滚出墙去。自己由草地站起，那人也由墙上跳下，提刀相逼。不过那人虽逼得厉害，但他自己却也处处防备，一把刀紧紧护住了身体，不肯散开来刺杀。交手几个回合，他忽然说话道："你怎样不用袖箭？"这声音很尖，恰似一个女子。韩广发向旁边一跳，大声喝道："你是什么人？"一面说时，一面在月光之下，仔细看去。这一看之下，可不就是一个女子吗？那女子将刀向怀里一收，也站住了。她答道："我听说你的袖箭，神出鬼没，猜不透你是怎样的放法，我不相信，倒要领教领教。”韩广发这才明白，是个爱才的朋友。但是她口里如此说，究竟存什么用意，不得而知。便道：“既然如此，你并不是恶意。明日还有天亮，我又不连夜逃跑，你尽可等到明日再说，你为什么这样更深夜静，提刀动杖来逼我呢？”那女子道：“这也有我的理，我要试试你心细不心细，胆大不胆大？”韩广发道：“若不是心细胆大，也不敢到贵地。但是这又和你什么相干？”这一句话问出去，那女子不能答应了。默然了一会儿，他忽然一跺脚道：“你这人好不知进退，为什么说话这样不客气？难道你以为我怕你吗？”横了刀，向月光之下一亮，一个灵蛇吐舌的势子。她身子向下一蹲，左手在怀里一抱，右手举着刀，直把那刀尖来挑韩广发的咽喉，所幸月光之下，看得很清楚。韩广发身子微往后一仰，也向下一蹲，已躲过刀尖。左脚一勾，右脚向上飞了出去，直踢那女子右手的手腕。

武术家的刀法，和剑法正成一个反比例，剑要风流，刀要凶猛，所以武术家对单刀，叫做拼命单刀。单刀一向是右手拿着，但是功夫不在右手，全看他不拿刀的左手拳法高下。拳法高的人，这右手一把刀，尽管排山倒海，向敌人杀去，左手却要处处照管敌人，保护那刀。这种杀法，原是单刀对武器而言，现在韩广发手里没有武器，那是空手入白刃的法子，在那女子，更应该用拳法来帮助。武术家原在乎武器厉害，但是有功夫的人，一根旱烟袋，可以破长枪大刀；一条板凳，可以破阵，这全在虚虚实实，借人之力，攻人之短。论到空手入白刃，也是这个道理。空手入白刃，名曰空手，实在是靠脚去制人。第一是踢敌人的手腕，把武器踢开；第二是踢敌人的要害，因为躲避武器，身子必然闪开，只有用腿，由武器之下，打了进去，所以韩广发第一着，便是踢那女子的手腕。那女子刀已伸入空中，已来不及抽回，左手伸开巴掌，就向韩广发踝骨上剁来。韩广发这一脚，原是虚踢的，早已收回右腿，伸开左腿，就地一扫，来一个拨草寻蛇。这一下，实在不是那女子所料到。她伸出去的左腿，首先就被韩广发的左腿扫了一下，站立不住，人就向右边一歪，自己知道万万收不住脚步了，索性跟了这势子向右边一冲，冲出去有一丈之远。她立定了脚，说道：“姓韩的，你很不错，我们明天再见。不过有一句话请求你，今天晚上这件事，除你我之外，你千万不要和这里第三个人说；你若是对第三个人说了，恐怕你就没有命回去。话说到这里为止，信与不信，全听你的便。”说毕，她身子一耸，跳上了墙，自进去了。韩广发像做梦一般，在月亮下发了一阵子呆。这时，四野沉沉，万籁无声，晚风吹动人的衣襟，很有些凉意。猛然之间，听到两声狗叫，自己知道这里狗是厉害的，不敢惹动，遂连忙跳上墙去，依旧由窗户里回房。所幸并没有声张，这一场恶打，无人知道，因为如此，这一晚晌，都不敢安心睡觉。时时提防人来暗袭。

到了次日，曹老鹞子还是派人来款待，到了正午，又请到一处吃午饭。韩广发偷眼看看，对于昨晚的事情，他是否知道，不料他神色自若，并没有一点动气的样子。韩广发想是无事，这才放心下去，就在酒席上对曹老鹞子拱手道：“兄弟到此地，蒙横将这样看得起，心里十分感激。不过那位李先生正等我的回信，我若久住不回去，他疑惑事故决裂了，更是着急，而且我要赶回去和他商量一个挽救的法子。”曹老鹞子道：“既是如此，我也不勉强相留，你老哥这次来很辛苦，回去不能让老哥走了回去。我这里有牲口，我叫人送了老哥回城。”韩广发知道他这几句话，是指着自已大腿受了伤而言，就道谢领受。依韩广发本日就要走，曹老鹞子说：“天气已经不早，送的人怕赶不回来，又不便在城里住，约了明天起早再走。”韩广发也就答应了。下午无事，就走出他们这里的庄门，看看野景。曹老鹞子并派两个弟兄，陪着他闲游。韩广发由东边来的，现在却由西边出去，一走过野竹林子，便是一片平原。平原之间，一条很宽的道路，直到一带远村子树边，才看不见。陪韩广发的两个人，有一个就是昨日引见的千里马，比较熟识一点。韩广发问道：“昨天晚上，有许多朋友在一处吃饭，那都是这里的首领了，不知道还有我没见着的没有？”千里马道：“我们这里人多，你老哥哪里能够个个都遇得着。”韩广发道：“我在南京就仿佛听人说，这里有一位女英雄，何以不曾看见？大概这又是远方人多事，造的谣言。”千里马听了，只和那一兄弟微笑。韩广发道：“若是真有这样一个人，我倒很愿意见她一见。女人懂武艺的，我倒会见不少，但是真有能耐的，我却没有会见过。”千里马笑道：“这话不能那样说，不到泰山，不知泰山之高，不到南海，不知南海之深。”韩广发听他的话音，似乎说到这个女英雄的事，却又有些真。便道：“大概这女英雄是真的了，不知道这位女英雄在这里是什么地位？既然是英雄，光明磊落，是不怕事的，何以对外面倒像有些隐瞒的样子呢？”千里马受不住他的话一激，便道：“老实告诉你吧，她是这里横将的干姑娘，很听横将的话。横将只要她管家事，所以她不出马。真要说她的能耐，的确不容易找到几个。你不信，她一会儿就要由这里过，你看看她那样子就知道。”

话谈到这里，只见大路的远处，一条黑影，靠住了地皮，箭一般的快，奔将过来。韩广发吓了一跳，连忙闪在一边。千里马笑道：“我们来宝回来了。”让那东西奔到近处一看，这才看明，原来是一条黑毛犬。那狗跑到这里，才放慢了脚步，但是依然一跳一跳的走去。韩广发道：“你们这里的狗，训练得真好，很能帮主人的忙。”千里马道：“这不是护院的犬，乃是我们大姑娘的猎狗。每次姑娘出猎，都是带了它去。它回来了，大概姑娘也快来了。这不是来了吗？你看。”韩广发望前看，只见有六七匹马，拥在一处，向这里跑来。跑到近处，马上的人，除了一个女子之外，其余都是短衣壮汉。那女子的马在最后，因为快进庄了，马已改了便步。她骑在马上，回头一见韩广发，连忙揽住缰绳，拿了手上的马鞭，指着千里马道：“老马，你们同来的那一位是谁？”千里马道：“就是昨天来的那位韩大哥。”她听了，微微一笑。韩广发偷眼看她时，约莫有二十岁年纪，雪白的面孔，梳了一条长辫，辫根上扎着一大截红线辫根，穿了一身青绸短衣裤，横腰束了一根红腰带。在腰带里，又塞住一条很长的薄绡红巾，在马上被吹得飘飘然。她未带武器，倒是在鬓边插了一束黄色野花。看她身体很是娇小，不但不像个有本领的人，而且不像一个能骑马的女子。听她说话的声音，却和昨晚对打的那女子声音一样。因为那女子既然相问，当着众人的面，不便不理，便躬身向前点了一个头。那女子笑道：“你就是韩广发吗？听我干爹说你很有本领，今日一见，名不虚传啦。”因指千里马两人道：“你过去对他们说，我在外面还要溜两趟马。”那两人听了这话，不敢停留，马上就转身进去了，那女子见身边没有人，嫣然一笑，对韩广发道：“姓韩的，你认识我吗？”韩广发也微笑一笑道："怎么不认识？我只听大姑娘的声音，我就知道了，何用得看见？"那女子笑道："你们由南京来的人，比我这里一班蠢才是和气得多啊！"说这话时，眼睛对着韩广发又瞟了一眼。韩广发笑道："我们是客，还要望做主人的包涵几分。"只这一句，就不多说了。

原来江湖上的人，除了重义轻财之外，其次就是力戒这个淫字，在形迹上图个爽快。固然不必分什么男女，但决计不许说一句笑话，或者放出一点轻薄相来。韩广发昨晚听那女子嘱咐，不许对人说，已觉事涉于暧昧，现在和这女子见面，她又不住的目挑眉语，料得这女子未免有点轻狂。她既然是曹老鹞子的干女儿，自己为尊重曹老鹞子朋友交情起见，对于他的干姑娘，自然也要尊重。因此便拱了拱手道："姑娘你请罢。"那女子道："你很客气啊！"将马头一勒，马上就走。只在这一转身之间，不知如何，她身上的那一条红绡巾，竟飘落下来，坠在韩广发身边。她加上一鞭，马飞也似的去了。

韩广发见她落下一条红绡巾来，正要招呼人家，无如人家马去的快，一个字不曾喊出，马已跑得无影无踪了。这东西又未便让它就掷在地下不顾，踌躇了一会了，只得将绡巾拣起来，绡质是很薄很稀的，紧紧的折叠起来，只有一小卷，不管是否可以还回人家，只有先藏起来再说。当时把那红绡巾揣在身上，就慢慢走回庄里。自己心里是非常的疑惑，据千里马说，这个姑娘，是曹老鹞子的干女了。昨天晚上，为什么和我有这一场比武？今天又何以和我这样情致缠绵？看将起来，这个女孩子，显得有些不庄重了。自己在这里是客，千万不能做出一点轻薄相的。况且曹老鹞子待自己很好，自己也决不能对他的眷属稍为不敬。这一条红绡巾，照理是要送回那位姑娘，无论她是否有心落下，这样一来，就可以避了自己的嫌疑，然而内外不通。这东西叫谁送去呢？自己是不能送去的了，若另外托人送去，自己纵然说是在路上拾来的，但是人家未必相信。想来想去，总想不出一个好法子，由白天想到晚上，到了晚上，更不能送去了。不过自己倒宽了心，知道那姑娘决不会加害。夜中关好房门，却是放头大睡。第二日自己起床，却见床柱上插了一把匕首，心里吃了一惊。连忙拔起来看时，刀柄上有两根红缘丝线拴着一个八节赤金戒指，刀拿在手，戒指兀自摇摆不定。韩广发一想：这不用揣摸，一定是那姑娘送来的了。她这样一次二次送东西给我，知道的是她来挑拨我；不知道的，以为我和她还有什么勾结，岂不冤枉？这种地方，多耽搁一刻，就多一刻的是非，赶紧走开为妙。于是把刀和戒指都收藏好了，然后再开房门。一面就托人告诉曹老鹞子，马上要走。曹老鹞子知道他去意坚决，也不挽留，当日就派了两名小土匪，牵了三匹马，送韩广发回泗阳城。

他们是由上午起身的，约莫走了二十里路，后面拨风也似的，有一匹马追来了。马上的人，连叫慢走慢走，送的那两个小土匪，已经勒住了马。韩广发却不理会，将马跑出去有四五十步之远，然后才勒转马头来。马一边正有一棵绿树，他们要有什么举动，自己正可借着这棵树藏躲藏躲。身子骑在马上，一手勒着缰绳，一手攀住了一根粗树枝，两只眼睛，就看定了来人的手上，是否做发暗器的姿势。那边追来的人，见韩广发一人躲开，便在马上喊道："韩大哥，我们有事，不能再送了，前面树林子里我们另外有人在那里候驾，请便罢！"他们三人，将马头并在一处，唧唧喁喁的说了几句话，向这里拱一拱手，竟自走了。韩广发心里一惊，暗忖道：他们把护送的人就抽出去了，分明是前面有埋伏。我一个人闯过去，不是送羊入虎口吗？这样一想，十分为难，就在马上呆住了。心想：要不上前去，这里道路不熟，不知道走哪里好；硬要走上前去，寡不敌众，又怕中了别人的机关，心里非常的踌躇。但是和曹老鹞子并没有什么恶感，料他也不至于下什么毒手，因此放松了缰绳，让马一步一步的走去。走不到三里路之处，又到了一丛树林，知道所谓等候的人，必在此处。因此下得马来，手里牵着马，慢慢的走进林子去。心里算着，若是人家人多，只和他讲理不动手。但是走进林子以后，四围不见一点动静。心想，在这里，莫非还在前面？越走得远越好，离城一近，不是他们范围所可及的地方，那就不怕他们了。慢慢的穿出林去，已安然无事，大了胆子，向马背上一跃，打算又要骑着走。不料就在这时候，一个东西啪的一声，打在马肚子上。那马一惊，后踢一弹，几乎把韩广发掀下马来。韩广发知道有变，连忙又跃下马，将马牵横。先躲在马后，隔了马背向林子里一看，果然见一个人影子在树底下一闪。韩广发便问道："树林子里是哪位弟兄，有话只管请说，若是不放心我韩某人回城去，大丈夫作事，光明磊落，来清去白，我依旧可以回来。何必在暗中和我为难呢？我是一人在此，而且手无寸铁，要我怎样就可以怎样，这是用不着这样躲避的。”韩广发这一篇不卑不亢的话，以为总可以让那树林子里的人出头，不料他默然受之，不出面，也没有一句话回答。韩广发等了一会儿，不见他出头，心里就急了。因道：“是哪一位和我闹得玩，再要不出来见面，我就要破口大骂了。”这一句话说完，林子里才有人答道：“不要骂，不要骂，我们是见过面的，我还怕见你么？”

这说话的声音，竟是个女子。话说完了，她已骑了一匹马出来，韩广发一看，不是别人，正是前天夜中比武，昨天马上坠巾的那个女子。她一马上前，到了韩广发身边，也一翻身下马。韩广发退到一边，连连拱手道：“原来是大姑娘在这里，不知有何见教？”那姑娘抿了嘴一笑，对韩广发望了一望道：“请你猜一猜，我究竟为着什么呢？”韩广发道：“姑娘心里的事，我怎么能够知道？但是无论如何，姓韩的不曾得罪姑娘，姑娘在这里等候，当然没有坏意。”姑娘笑道：“自然没有坏意，我问你，我们已经认识两天了，你知道我姓什么？”韩广发原不知道，但是想加上她和曹老鹞子的关系，却故意道：“既然大家称为大姑娘，自然姓曹。”那姑娘笑道：“你这人糊涂，姓曹的多大年纪，我多大年纪，他生养得我出来吗？”韩广发被她一问，也说不出什么所以然来。那姑娘道：“我老实告诉你，我姓胡，我是曹老鹞子的干女。他虽是一个干爹，就喜欢管我的闲事，我要顾全两代的交情，我不能不听他的话，要说真要管我……”说到这里，鼻子一哼，眉毛一扬，微笑道：“那就管我不下来，你我也交过手，你想我是一个怕人的人吗？”韩广发听她这话，料到她和曹老鹞子虽有父女名分，情形还不十分相投。若是托她帮一点忙救出李云鹤的父亲来，也未可知。因道：“原来姑娘是个讲义气的人，我这一回的来意，姑娘大概知道，现在一无所成回去，实在无脸见我朋友，我想来求姑娘帮我一点忙。”

姑娘且不答他那话，用手指了鼻尖一笑，现出两个酒窝来。问道：“你知道我叫什么名字？”韩广发道：“贵地少到，倒没有听到姑娘的大名。”姑娘道：“你去打听打听，江北有个飞来凤没有？那就是我。人家当我的面都叫一声胡大姑娘，背后谈起飞来凤来，都是谈的很高兴的。我从前没有拜老曹做干爹以前，江北这一带地方，提起我父女两人的名字，江湖上不要说动武，先要看我们情面三分。只因我们胆太大了，有一回官兵把我们包围了，苦杀不出，在庄子里的天灯柱上，挂了十八个告急灯笼。这回官兵围住我们的庄子，大概有一千人上下，各处的弟兄们，力量单薄，都不敢来救。最后就只有曹老鹞子，他念了江湖上的十年义气，只带了一百五十多个人，在黑夜里杀开一条血路，将我一家救出。我父亲身受重伤，住在他家里，病重死了。我的母亲，我的妹妹，现在还住在他这里。老曹这东西，没有安好心眼，他见我长得好看，就想对我母亲说，把我讨了去。他那样大年纪，你想我能嫁给他吗？”韩广发笑道：“这是大姑娘的家事，我们事外之人，不敢打听。”胡大姑娘道：“你不是要我帮忙吗？你要我帮忙，就不能不知道我的家事。我因为老曹有那个意思，我就拜他做干爹，断绝了他的念头。他这家伙也坏，收了我做干女，他就不许我一个人和男人见面。无论到什么地方去，都派一班人看守住了我。我因为母亲妹妹都在他家里，像被软禁了一样，不敢和他为难。一为难，她两个人先就没了命。我看你倒是一个好汉，只要你肯帮我的忙，把我娘我妹妹救出他家来，我就帮你的忙。你不要以为姑娘们和你谈这话，不知羞耻，我也没法，我说话就是这样爽快，你以为如何？”韩广发听了这话，着实为难起来。答应了她，倒是一个好内助，但是若办得不好让曹老鹞子知道了，马上就要大翻脸，自己性命危险不危险，还在其次，必定要连累李云鹤的父亲。想了一想，因道：“大姑娘这一番意思，我都明白了。不过我朋友的父亲，现在也是在老虎洞里，我不敢得罪那里的人，也像胡姑娘不敢得罪这里的人一样。”胡大姑娘道：“这一节，我也替你想到了，但是你知道我和他翻脸是明的，你和他翻脸是暗的。你帮了我，他未必知道。再者，我还有一层意思要和你说，但是我就不说，你这种老走江湖的人，也应该知道。”

说到这里，那两个酒窝，又现了出来，红着脸，低头一笑。韩广发道：“大姑娘还有什么话说吗？”胡大姑娘笑道：“像你这样仗义的男子，千里迢迢，跑来救人，那是很难得的，但是你府上知道不知道呢？”韩广发道：“在江湖上混事，哪里顾得了许多家事。”胡大姑娘笑道：“你这话很正大，家里还有些什么人呢？”韩广发心想：这里很紧的时候，为什么说这样不相干的话？因道：“家里人口很单弱，就是有一个老娘，一个兄弟。”胡大姑娘道：“你自己呢？”韩广发道：“我自己是常常出门。”胡大姑娘道：“我知道你常常出门，你自己名下的人呢？”韩广发道：“我自己名下没有什么人。”胡大姑娘一跺脚道：“你这人太老实了，我索性说出来罢！你有了家眷没有？”韩广发听她这话，已很明瞭她的意思，很踌躇了一会才答道：“早有家眷了，而且还有两个小孩子。”胡大姑娘道：“你不要胡说，你既然有了家眷，就答应我有家眷得了，为什么要想了一想再说呢？”韩广发道：“我因为不知道大姑娘是什么意思要问我这一句话，所以我得先想想。”胡大姑娘道：“不问你这话是真是假，日久我自然可以打听出来的。”韩广发道：“这是很不要紧，用不着说假话。”胡大姑娘道：“无论是真是假，你能对天起句誓吗？”韩广发笑道：“像这种事，和大姑娘并没有什么相干，真也罢假也罢，那是自己的事，大姑娘为什么一定要我起誓？”胡大姑娘道：“你是故意装呆，我的心事，你还有什么不知道的？我的意思，没有别的，就是想嫁你。你有没有家眷，怎么和我不相干呢？”韩广发想：一个大姑娘，哪里有和人当面议婚的道理？她嘴里说得出来，自己倒反而不知道怎样去答复，红着脸说不出一个字来。胡大姑娘道：“你为什么不作声，我说的话，不中听吗？”韩广发道：“不是不中听，我和曹横将虽然是初交，倒也意气相投，哪能够做欺负朋友的事？”胡大姑娘道：“你原来是没有妻室了，你不要说我找不着丈夫，这样来将就你。你要知道我一来看你有义气，二来看你本领好，所以和你提亲。你不愿意，我还用着相强吗？我曾送你两样东西，你带在身边没有？”韩广发怎能说没有收到，便正着颜色答道：“不错，我这里有大姑娘一条红巾，还有一只戒指。”胡大姑娘听说，又嘻嘻的笑了。因道：“那条红巾是我落在地下的，怎说是我送给你的，我几时又送了你一只戒指？”韩广发道：“今天早起，床壁上插了一把刀，刀上有线，拴了一只戒指。我想这不是姑娘，也没有别人把这东西抛进来。”胡大姑娘道：“这样说，你并不呆。不过你既无心，我也不必有意。我的东西，你给我拿回来。”韩广发巴不得她这样，连忙在身上将那戒指和红巾，一块儿取出来，双手递给胡大姑娘。胡大姑娘且不理他，手只在马背上一拍，身子平地一跳，就坐在马鞍上了。手拢着缰绳，将马一勒，转头笑道：“呆子啊，我们后会有期。”说毕，两腿将马一夹，那马四蹄并起，飞也似的跑走了。

第十三回　是鬼是仙塔尖飞野火
疑人疑我道半释强俘

韩广发觉得这事很奇特，而且有些害怕，以为胡大姑娘若把这事泄了，自己跳到黄河里也洗不清。要摆脱这一场是非，最好不在泗阳。不能离开泗阳，对着胡大姑娘，就不能够敷衍到底。自己坐在马上，一路想着回城来，只是不曾有一个解决的法子。离城也不过五里路的样子，路旁树林里，走出一个短衣人，只一伸手，那马就站住了。韩广发看那样子，知道这是曹老鹞子手下的小喽啰，翻身下马，便把马缰绳递给了那短衣人。那短衣人对韩广发浑身上下看了一眼，也不说什么，拉了缰绳，把马就牵走了。韩广发慢慢的踱着进了城，到了客店，还未曾进自己客房，那李云鹤早笑容满面的由身后跟了来。进得房来，未曾坐下，李云鹤就连作了几个揖，口里说道："辛苦辛苦。"韩广发道："咳，我很不好意思回来见你，这事情弯子绕大了。"李云鹤道："怎么样了？家父有什么变故？"韩广发道："你放心，他本人身上，还是安然无恙，不过他现在不在曹老鹞子那里，已经搬到大李集去了。"于是就把这次和曹老鹞子相见的话，从头到尾说了一遍。李云鹤听了这话，立刻把脸色沉了下来，伸着手只抓头发。韩广发道："事已至此，不必焦急，我慢慢的和你去想法子。"李云鹤道："我倒有个朋友，是个有肝胆的人，曾答应我无可如何的时候，可以帮我的忙。只因韩大哥这样热心，我就没有提起来。"韩广发道："是真吗？这人现在哪里？是怎样一个人？"李云鹤就把朱怀亮父女的事，说了一个详细。韩广发人虽忠厚，好胜的心事，却不让人。当时听见李云鹤说朱怀亮的本领高强，又说到朱怀亮给了他一根断箭杆，上面用火纹烧了一只猴子，说是急时自然有用。但是自己在长江下游走了半生江湖，就没有听见说一只断箭的故事。心里疑惑他所说的人，是江湖上骗子一流，有心来骗李云鹤的银钱的。因此笑道：“李先生不瞒你说，江南江北在江湖上有名的朋友，我虽不能全认识，也都知道他们为人，从来就没听说过有个什么姓朱的。”李云鹤道：“江湖上的人，隐姓埋名的很多，恐怕这两位，也是不露真名实姓的英雄。”韩广发道：“那如何能够？就是依李先生所说的那形象而论，也没有这样一种人。”李云鹤见韩广发一口咬定没有这种人，也不便和他辩驳，只得罢了，只是坐在一边发闷。韩广发道：“你不用发愁，这件事我既承担下来，我总要和你通盘筹划，想出一个妙法。而且这回我在那边已经替你安了一条内线，万一不成功，从权办理，也无不可。”李云鹤道：“韩大哥为了我的事太受累，我预备一杯酒，给韩大哥洗尘，请到我房里去坐坐如何？”韩广发闹了一天，肚子也正是饥饿，就慨然的和他去了。

及至吃喝回来，由天井里经过的时候，忽然觉得一样东西，直插入头发，戳了一下头皮。他伸手一摸，却是一根小芦杆。赶快拿到房里，就着灯光一看，哎呀，这种芦杆，和在曹老鹞子席上所见的却是一样。这一下子，忽然浑身上下，如走进了蒸笼一般，只管向外冒热气。将那芦杆拿在手里，灵机一动，赶快将灯吹灭，身子一闪，便闪在门后面。侧头向门外一张望，看见天井里半边天星斗，却不见有什么人影。停了一晌，不见动静，自己心里想着：这个放芦箭的人，在曹老鹞子家里，帮我的忙帮大了。无论如何，他不是有害于我的人，我何必怕他？像他这种来去无踪的能耐，我就是要怕也怕不了。我就不如点了灯候他来，或若还可以和他请教。主意想定，于是就把灯点亮了。窗户洞开，当自己要伸手去开窗户的时候，刷的一声，一样东西，直射入自己手指丫里，看时可不也是一根芦杆。当芦杆刚刚插入手指丫之际，同时放在窗户台的一只茶杯当的一下响，低头一看，原来是大拇指粗细的一颗鹅卵石。他这才恍然大悟，自己先就疑心，这芦杆是极轻飘的东西，怎么可以随手发放，射中远处的人？现在看到这一块鹅卵石，才想到他发箭之时，石子和芦杆，是同时发出去的，石子必安在芦杆的下梢。芦杆射出来，正是借着石子那一点力量。这个人在那小小一点玩艺上，都有这样考究，那武艺一定是功超绝顶。无论他是好意是恶意，总以不得罪他为妙。心里想着，手里拿了那根芦杆，就只管出神。看到芦杆上，这回有些不同，用了黑笔，涂了大半截。仔细一看，又不是乱涂的，乃是许多朱字。这人的意思，大概是怕光写一个朱字在上面，人家不会注意看到，所以多多写上些字，把芦杆都弄黑了，你自然要看一看了。李云鹤刚才曾提到朱怀亮，自己不肯信有这样一个人，大概我们说这话，他正在一边听见，所以给我一个信。如此说来，我到曹老鹞子那里去，他也曾暗中保护我的，自己小看了他，他所以要和我为难。不过话已说出去了，没有法子收回来，为了自己的体面，这时马上去问李云鹤，也怪难为情。目前先搁在心下，等有了机会，话里套话，再和他提起，当也不迟。因此一人闷坐了一会儿，就关窗想睡。

不过心里有了事，总是抛撇不开，就捧了一管水烟袋，一面抽着，一面走到李云鹤房里，那样子却很像是随便闲步，踱到房子里去的。李云鹤听房门外踏着鞋子的脚步响，伸头一望，见是韩广发，便迎了出来道："韩大哥，你今天累了，应该早点休息，何以这时候还没有睡？"韩广发道："心里烦躁，只是睡不着。"李云鹤道："何不请到我房里坐坐？"韩广发听说，就捧了烟袋走进去。因见李云鹤的床被，并没有展开，便问道："李先生，你没有打算睡吗？"李云鹤道："咳，不瞒你说，我前后有两三个月，不曾睡安稳的觉了。夜里听到鸡叫才睡，那是常事。"韩广发道："李先生，你也不必忧虑过甚，他们把令尊扣住，至多不过是要几个钱。只要我们肯出钱，慢慢的总有法子想。刚才你不是提起那个姓朱的吗？他是哪里人？"李云鹤道："他说的湖南口音，大概是湖南人。"韩广发道："这就难怪了，上游的人，和我们下游的人，不能个个都相识。你所说这个姓朱的，或者是个修养田园的老前辈，所以我们年轻的人，不曾知道。他走这里过的时候，可曾和李先生提到了我？"李云鹤道："他已提了，而且据他所说，在南京他就知道了这个消息。"韩广发道："在南京就知道吗？这很奇了，南京有哪个把这话告诉他呢？"李云鹤看他问话的神色，在惊讶之中，似乎又有一点钦佩的样子，这个不是假装的。于是就把朱怀亮的高足柴竞救助自己的话，从头至尾说了一遍，因道："他的徒弟，都是这样侠气的人，他本人自然不失信于我们。他曾说了我有为难之处，他一定来帮我的忙，我现在也算为难，不知道他晓得不晓得？”韩广发道：“他果然说了这句话，那么，你为难不为难，他一定知道的。这回来了，你一定让我和他见一见，好不好？”

李云鹤一个好字不曾答应出来，只听见街上的人声，喧嚷成了一片，连着本店的人，也同时乱将起来。只听到说，快看去，快看去。韩李都忙着跑出来，就问店伙道：“什么事你这样乱？”店伙道：“我们这里东门外有一座古塔，塔顶都坏了，从来不能有人上去。现在这塔顶上忽然发起火来，就像戏台上撒的焰火一般，只管一阵一阵冒出来。满城的人都哄动了，说是那塔上出妖怪。”李云鹤笑道：“胡说！哪里来的妖怪，我不相信这一句话。”店伙道：“你不相信，出了这街口，东头有一片敞地，你站在那敞地上看看就知道了。那个地方，现在有许多人在看，这也不是哪一个人可以看不见的事。哪里能够随便造谣言？”李云鹤好奇心动，就向韩广发道：“韩大哥，不问有无，我们且去看看。”韩广发初听这话，也是不相信的，就和李云鹤出了店门，一路走上敞地上来。

那一片敞地，足有二三亩大，人都挤满了。跟着大家的视线望去，果然见东边半空里，不时冒出一阵火光，火光一冒，就看见半空里一个黑巍巍的影子，不必提，那自是那座古塔了。火光并不是烧着不断，老是停一晌子，就放两把火出来。有火的时候，可以露出塔影，而且还隐隐的现出塔上长的一丛野树；没有火的时候，长空更觉黑漫漫的。这片敞地，看的人就议论纷纭起来。有的说，这古塔上本来有一只大蟒精，伸出头来，塔身都会摇动。有的说，不是蟒精，是海里一只螺蛳精。因为螺蛳精像塔，所以它藏在塔里。有的道，前两天我亲自见的，是一只大蝙蝠精，现出原形来，有桌子大小。有的说，不是蝙蝠，是二尾玄狐，它就常常变作白胡子老头儿，到城里来卖酒。有的人说，它自己哪里会出来，不过打发它手下的小妖儿们出来罢了。那小妖儿们，是变作十五六岁的男孩子，在人堆里混。有的说，这话很对，我们这些人里头，这许就有，小心一点吧。人丛中有两个小孩听到了，就哇的一声，哭将起来。这不知人丛中哪个人说了一句妖怪来了，快跑快跑。这一声喊了出来，看热闹的人就是一阵乱，一传十，十传百，都说妖怪来了，大家提脚就跑。有几个跑得摔在地下，乱嚷乱叫，顷刻之间，人像滚浪一般，簇涌出巷口去。星光之下，只见人头滚滚，不多大一会儿，人跑了一个干净。李云鹤不肯相信有妖怪，站定了没有动。韩广发这是要看一个究竟不曾走。于是这敞地上，就只剩有这两个人。李云鹤笑道：“这些人真是天下本无事，庸人自扰之了。但是这塔上的火焰是从哪里来的？仙怪我是不相信，要说是人，爬到塔顶上去放火，那又是什么意思？据我看，这里面怕另有别的隐情。”韩广发道：“若论起这古塔，实在不易上去。我曾走那里经过，塔下是所破庙，上塔的塔门，都用乱砖塞死了。若说是由外面爬上去，第一层塔四周就有飞檐，如何着手？若说不是人，我和你先生一样，这是一个不信妖魔鬼怪的人，这又是什么东西在那塔上呢？”李云鹤道：“天下之大，无奇不有，我们所不知道的事很多很多，哪里就能说没有？”韩广发且不答应他的话，站在星光之下，遥遥的望着远处古塔上的火光，只是出神。李云鹤道：“韩大哥，你想什么？”韩广发轻轻的说道：“这件事可大可小，我想这一定是江湖上的人，有什么举动。放的火，乃是他们的信号。所以在塔上放，正是因为地方高，可以让四处八方人都看见；其二，塔顶上放火，又不伤害无辜的百姓人家；其三，也可以装神鬼，不让人家疑惑旁的事情上去。我的意思就是这样猜法，可不知道对不对？”李云鹤一顿脚又是鼓掌，连说道：“对极了，决然是这样无疑，但不知道他们为的是什么事？”韩广发道：“这就难说了，连我刚才猜的对不对，我还不敢说定。究竟为的是什么，我哪里又能知道？”说到这里，这火这就灭了，两人一同回店。只见店中主客，议论纷纷，十个有八九个说是妖怪，一两个说是鬼。李云鹤听了，也就暗地里好笑。

到了次日，李云鹤还未曾起床，就听到有人拍房门响，连叫李先生。李云鹤起来开了房门一看，正是朱怀亮父女两人，这一喜非同小可，连忙将他两人让了进来。李云鹤道：“我是天天想念你老人家，不知你老人家什么时候可以回来？”朱怀亮道：“令尊的事，办的怎么样了？”李云鹤皱了皱眉道：“把我那位韩大哥白辛苦了一趟，家父已经不在柳家集。”朱怀亮道：“虽然不在柳家集，也离柳家集不远。真论到得力的人，还是这里的曹老鹞子，因为分出那一班兄弟，绝不是他的对手。只要他和那班人一翻脸，真打起来，那一班人没有不退让的。”李云鹤笑道：“这是小说上曾说的，叫做火并了。但是他们相处得很好，如何肯火并？”朱怀亮拈着胡子微笑了一笑。振华姑娘坐在一边，就忍不住了，站起来道：“你这人真是……”朱怀亮连忙止住她道：“不要胡说。”振华看了李云鹤，用牙咬住下嘴唇微微一笑。李云鹤对朱怀亮拱了拱手道：“老叔所说的事，无非是搭救家父。既然是搭救家父的事，晚侄自然不肯自己泄漏机密。”朱怀亮道：“你这话也是，不过帮你忙的人，不止我一个，各有各的做法。我的办法若是全说出来了，倒反是不妙。你在这里三天之内，必定有一个山东人到这里来投宿，你就将那根断箭交给他，说是有你父亲这样一件事要托重他，他听说必然满口答应。不过你的钱，也不能省下。你就把你原来预备的钱，都交给他。他得了你这一笔钱，事情就办得很快了。我和你住在一家饭店，多有不便，我是另在东门外找了一个客店，你也不必去寻我，我自然会常来看你。”说毕，一拱手便走。振华正坐着听她父亲说话，她父亲突然要走，倒出乎意料之外，所以她父亲走到了房门口她才知觉，一手扶了桌子，微笑的站将起来。朱怀亮见姑娘没有走，又退了回来。因道：“你怎么不走？”振华红了脸道：“我怎么不走呢？你走得太快，我没留心你就先走了，好像是抢着要去赶什么一样。”朱怀亮道：“不是别的啊，他这里那位韩大哥，很放心我们不下。我们暂且不和他见面，省得见了面，大家有点不合适。”振华道：“这话我倒是同情的，李先生你不要告诉那姓韩的，我们只管各干各的事。”一面说着，一面走出房门去。到了房门口，将手一挥道：“李先生，你们再见，你不要忘了我父亲告诉你的话。”说毕，她又向着这边点了一点头，一笑而去。李云鹤也猜不透他父女二人这样倏来倏往，是什么用意。不过他既然叮嘱明白了，不可对韩广发说，也就搁在心里，不肯说出来。

这日下午，也不知道韩广发由哪里回来，满脸是笑容，一拍手道：“李先生，这件事情不至于闹得很大，可以和平办理。”李云鹤道：“和平办理，是怎样的办法？”韩广发掩上了房门，将李云鹤同拉住在床上坐下，因低低的说道：“自从我由柳家集回来以后，我就暗下思付，怎样上大李集和你去说票？这大李集，究竟是什么人在那里为首？今天我才打听得明白，不过是个三等角色，没有什么声名，只是他曾拜常州曾元亮为师。这曾元亮是江南有名的拳师。曾元亮师傅，在太湖里打鱼为生，长毛手上，听说带过兵。这人真姓名不传，二十年前到峨嵋学道去了，江湖上却知道他的外号叫火眼猴。他的一身绝技，不必多提，就是撒手的武器，什么袖箭、飞刀、紧背低头弩、金镖、飞石，没有一样不好。论辈分说，他就是这里大李集的师祖了。你说那位姓朱的送了你一只断箭，上面还有火纹烧画的猴像。据他说，那东西一拿出来，就可以救急，莫非那断箭是火眼猴的东西。有了他的东西，那大李集的首领，就和接着师祖的号令一般，慢说我们还给钱赎票，就是不给钱，凭这根断箭，他也不能不把人放了出来。我已经托了我一个朋友相陪，明天一早，就到大李集去。银钱我不敢过手，请你把那根断箭交给我，让我去试一试。”

这一来，李云鹤又为难起来了。刚才朱怀亮来说，说是两三天内，就有人到这饭店里来投宿，叫我和他商量，这一根断箭也交给他，现在韩广发这要，我还是给不给呢？我要是不给，怕韩广发又要虚跑一趟；要是给了，若是果然有人来，我自己又把什么东西和那人商量？倒委实为难起来了。韩广发见他沉思之下，还没有作声。便道：“李先生，你不要生疑心，我想这断箭一定有关连。不然，那位朱老前辈，何必拿这种不相干的东西给你？况且那上面画的猴形，很像是火眼猴的记号。这也是求官未得秀才在的事情，你尽管交给我，不成功也不要紧。”李云鹤因韩广发的箭逼得太紧，念到人家为自己的事，还受了三刀六眼，他的热心，倒不可打断。他明天就是要走的，朱怀亮说的那人，又不知道哪天才实在能到，不如把那东西先交给他带去这好。若是不拿出来，一定要把朱怀亮的话说破，究竟也是不好。于是就依了韩广发的话，把断箭交给他，晚上又备了酒菜，和韩广发饯行。依着李云鹤要把韩广发所托的朋友，也请来饮几杯。他却说那朋友不大愿露面，暂且不见这好。李云鹤不敢勉强，也就算了。

次日韩广发起了一个绝早，找了那位相陪的朋友，骑着两头驴，同向大李集而来。这朋友是泗阳城里一个帮上的弟兄，一向也在社会上做点公益事情，原名赵魁元。朋友们因为他姓名三个字，都是占在最先的地位，给他起了一个浑号，叫三头大。在淮北提起三头大，倒也有不少的人知道。这天他和韩广发各骑着一头驴，在驴背上闲谈着，不觉一走就是三四十里。到了半上午时分，走到一所草棚饭店，二人便下驴打中尖。因为驴子系在平地下一个瓜棚短桩上，二人不进店，就在草棚下一张桌子上坐下。这时有一个短衣人，嘴上长着一撮黄毛胡子，两手捧了胳膊，衔着一根八寸长的短竿黄竹旱烟袋，有一下没一下的抽烟，却不住的看韩广发。第一就因为他是一口南京话；第二见他精神抖擞，不像个平常人。韩广发见那人只管向这边看来，心里倒有些惊慌，便不住的对赵魁元以目示意。赵魁元略微将头摆一摆，好像说是不要紧。那短衣人抽着旱烟袋，愈走愈近，一直走到桌子边。赵魁元将一只手扶了桌子角，却把那个食指向里勾着，勾得很紧。这正是他们帮上人一种通信的暗号。那人看见，也勾着食指，抱拳和赵魁元作揖，接上说了一大套江湖话。韩广发跟着一谈，不是外人，也就很相得了。那人自述他们的首领魏万标，手下共有五百多人，在这里聚首，倒很相得。听说韩赵二人是要来拜访的，他愿意先回去报告一声，就拱了一拱手，先步行走了。

韩广发和赵魁元将中尖打完了，就慢慢的向前走。快要到大李集了，就不断的碰到一队一队的短衣人迎面而来，挨身而去。后来改走了小路，逼近一带荒树林子，林子外面，不时有几个探头探脑的张望。赵魁元和韩广发丢了一个眼色，就一同滚鞍下驴，一人手上牵着一条缰绳，背在身后，一步一步的从树林子里走来。穿过树林子，是一带小小的土坝。一翻过土坝去，只见有四五百短衣人肩手相并，斜斜的站着，成了一个一字长蛇阵。好在这些人都是空手，却不带一点武器。为首一个人年约三十上下，身上穿着对襟短衣服，当胸一路排扣，拦腰束了一根紫花布板带，倒显得腰身挺立。他扁扁的脸，一双金鱼眼，倒有些凶煞像。赵魁元认得，那就是这里的首领魏万标。那是江湖上的规矩，同班弟兄，若是摆了队子迎接一位来客，那是很隆重的礼节。不过这种礼节，若是对外不是对内，那么，来的宾客不是对这一股人有什么恩惠，就是有极大的本领，拿出来现上一现，不然，就下不了台。赵魁元在泗阳虽有名声，但是地位不高，韩广发呢，更是一位不相干的远客。现在看到魏万标用这样隆重的礼节款待，却是出于意外。此时已过来两个人，给他们牵着驴，韩赵腾出手来，连忙和魏万标躬身捧拳，连称不敢当。因为江湖上的人，认为请安是蒙古族的礼节，不适用的。凡是他们短衣束带，也和戎装差不多，是不能磕头的，所以最大的礼节，他们还是捧拳作揖。那魏万标抢上一步，将身躬着，头低了和他抱的拳相碰，连道："难得二位兄长光降到敝地来，弟兄们欢喜得很。前夜韩大哥来了，事先一点不知道，失迎得很。"韩广发心想：我何曾到这里来？他莫非误会了。不过他的话事出有因，糊里糊涂不认，恐怕也是不妥当，只好含糊连称几声不敢，那些站队的人，见首领已和客人会谈，就掉转身，向村子里鱼贯而行，沿着庄门屋门，一层层的两列排班。由魏万标引导，一直把韩赵二人引上正中的堂屋，这礼越发隆重了。

赵魁元也疑惑起来，以为韩广发别有来头。魏万标他却丝毫不觉得他这礼仪过重，总是笑容满面，陪着韩赵两人周旋在一处。这屋子正中，摆了两张大椅，他三番五次，一定让韩赵二人坐下，自己只坐侧面一张椅子侧身相陪。韩广发道："兄弟远道来此，原是受人之托，有事相烦。若像横将这样款待，兄弟实是承担不起。"魏万标笑道："韩大哥这样的义气，自己虽不肯说起来，我却不敢相瞒。"因对阶檐下排班一些人说道："今天为什么迎接这两位来客，我不说明，诸位也不知道。"

"前天我走上大道，遇了一个少年客人，带了一车子行李，据我看来，里面是很有些油水的。我看那人年轻，很像个文弱书生的样子，便大了胆子，想一人接收过来。那个年轻人骑在驴背上，也不开口，也不理会，只管领了车子走，并不理我。我身上原带了一把腰刀，由腰里拉出，将鞭子拦住对他说把东西留下。他还是不说话，只拿了他手上那一根不到二尺来长的驴鞭子跳下驴来，向我微微一笑。而且他头上戴了一顶宽边细梗草帽，总也不取下。我想世上哪有这样从容不迫和人放对的？因此，我很不敢小视他，拿刀按了一按，倒退一步，向他面前平伸过来，试他一试。他见着了，将鞭子来挑开，而且身子也往后一退，因为我不曾用刀，刀和鞭子不曾相碰，鞭子也没有削断。不过我看透了他是一个冒失鬼，并没有什么本事了。我也不忍就伤害他的性命，不过教他知道我的厉害罢了。因此我举刀只由下向上反挑，想把他帽子削去半边。不料那人是个十足的行家，先是不忙，等我的刀快要伸到，他用鞭子只在我手脉上一拍，我就痛入骨髓，拿不住那刀。他再起个飞腿，在我手腕上一踢，我的刀就落在地下。这个时候，我当然没有工夫去拣刀，只好空手和他去打。这样一来，我自然更不是他的对手了。他是有心和我玩耍，一时并不把我打倒，只拿了那根鞭子，左盘右旋，左抽我一下，右抽我一下，抽得我满身是伤痕。”

“到了后来，他一脚把我踢倒。那人就把车上带着现存的绳子，四马缵蹄，把我捆好，放在车子上，回头往泗阳城里推。看看天气黑暗，已到了晚上了，离城也不远。我料到我一交官，这条命是完了，死不算什么，这样一来，也不知道在牢里要坐多久，死也不能够痛快。我在这里想着，不知哪里跑来一个人，和那人就动起手来。大概他两人的本领，不差上下，打了许久，到底还是后来这人有点真武艺，打退了那少年，在车上抱起了我就走。一口气跑了一里路，他才将我的绳子解开。我因为他是救命的恩人，我一面道谢，一面问他的姓名，何以来救我。他只说一句：“一二日之后，我就来拜访你。后会有期，现在你不必多问了。”说完他就走了。

“后来我仔细想，哪里有这样的人来救我，我和这人又没有什么情义。但是我想到，这样有义气的人，一定言而有信，一二日之内，必定会来的。所以我告诉你们，这三日之内，要天天聚合，接我们一个恩人。诸位想想，设若把我捉了去不能回来，你们就不是曹老鹞子的对手，还要占在这大李集，恐怕是不能够。所以这位恩人，不是救我一个人。我连日都派人在路上打听，不料这位韩大哥今天真来了。”他这样前前后后一说，韩广发这才知道又是一场误会。心想我原是来救人的，他越看得起我，我就越好说话。我猜救他的，没有别人，又是那个神出鬼没的朱怀亮，只不知捉他的那个少年是谁罢了。他既认定了是我，我不妨冒充一下，把李云鹤的父亲救出来再说。将来我见了朱老头子，和他陪个不是，他念在我是救人上面，当然不会计较。主意想定，便笑道：“这一点小事，也是我们自己人应有的义气，何足挂齿。”

那些排班的人，先听魏万标说，那个少年是如此的英勇，已经觉得很欣羡，后来他更说出韩广发飞将军从天而下，把那少年打跑，便不由得都把眼睛射到他身上去。韩广发很自在的坐在那里，只是含着笑，一点不动声色的。大家疑惑他是有涵养的武术家，越发加倍的钦仰。魏万标道：“诸位兄弟们，先请回去，等我和韩大哥约定一个时候，大家请教请教。”大家听说，哄然一阵，各有喜色，那意思就是愿看韩广发的本领。韩广发听他们的话音，大概又是要自己现一点本领，天下没有那样巧的事，这回又有个朱怀亮出来，给自己暗中放芦箭。不过这一回献艺，更是义不容辞的了，推诿倒不免现出自己畏缩怕事。便笑道：“只要大家兄弟们肯赏光，兄弟少不得献丑。”大家听说，更是欢喜，这时只呆了赵魁元。这几天是常常和韩广发见面，何曾听到他说有打人救人的一件事？况且现在到了匪巢里，一举一动，都要十分谨慎，他受了人家恭维，一口就答应练本事给人看，觉得有点冒失。不过他这人向来很持重的，若是一点把握没有，似乎也不至于胡乱答应，因之他们只管说话，自己却在一边装呆，一句话也不说。

第十四回　绝艺惊人空手入白刃
狂奔逐客黑影舞寒林

魏万标等迎接的人散了，这才将赵韩二人迎到自己的一间小客堂里去。其实这种客堂，也不过一个名罢了。墙上挂了一幅关羽的神像，下面一张条桌陈列一只香炉，一对蜡台，屋正中摆了一张四方桌，四条板凳，两边黄土墙上，挂了几样武器，两卷草编的大绳，预备放鸟枪用的，此外并没有什么陈设。魏万标请他二人坐下，陪着谈话，家里的人，不住的送汤水。到了晚上，点起了大蜡烛，先烫上一大锡壶酒，放在桌子角上，然后将四只大瓦盘子，热气腾腾的端上桌来。魏万标一拱手道："对不住二位大哥，这里买不到肉，只宰两只鸡鸭，明天再放一口猪款待。"赵魁元道："我陪这位韩大哥来，一来固然是拜访，其二也有点小事商量，若要这样款待，如何承受得起？"魏万标道："说什么商量二字，只要能办到的，我总极力承担。"韩广发听他的话，有这样恳切，逆料请他放一个活票，总不会有什么为难的。便道："这事说起来，似乎冒昧一点，但是我们一见如故。想你一定不会见怪的。我有一个姓李的朋友，是徽州人，据说，他的令尊大人，就在尊处。"魏万标丝毫也不犹豫，便站起来说道："韩大哥提的这个人是李汉才？"韩广发道："不错，是他。"魏万标道："在这里，在这里，既是韩大哥的朋友，这话好说，就让他和韩大哥一路去。"韩广发站起来，对魏万标拱了拱手道："多承台爱，我这位朋友，也不是糊涂人。他很守规矩，他已经带七八百两银子在身边，打算送给这里弟兄们买一杯酒喝，这一点款子，自然很少，但是另外还预备了一点小礼奉送。"说毕，就在身上一摸，把在李云鹤那里要来的断箭，双手交给魏万标道："请你看看。"一边说这话，一边就偷看魏万标的颜色。

他先看见这东西，似乎不大经心，及至接过去，将箭杆上的标记一看，不由得哎呀一声，手里紧紧捏住。眼望韩广发，复又望着赵魁元，见他两人，还是自然的样子。便道："韩大哥，这东西在你朋友手上有多久？"韩广发道："那个我不知道，当我和他分手的时候，他曾说了，这东西虽然是残缺的，倒是无价之宝。"魏万标坐下去，自斟了一大杯酒，喝了一口，慢慢的将酒放下，在桌上按了一按，很有点力气，似乎在这一按之下，心里放下了一块石头，又另决定了一个主意。他道："韩大哥，你和这位姓李的交朋友，是原来就认识呢，还是新近才认识的？"韩广发一想，他说这话，一定是要查一查李云鹤的来历，以为这一根断箭，和他究竟有什么关连。自己对于李云鹤的家世，虽不清楚，但是这根断箭如何落到李云鹤手里，自己是知道的。不过一说出来，要把朱怀亮抬出，不免要露出些破绽来。因道："兄弟和李先生还是一个初交的朋友，倒是性情相投，不能当作平常朋友看待。"魏万标呵了一声，端一杯酒喝了一口又道："不瞒你说，这根断箭，大大有些来历，无缘无故怎样落在李先生手里？就是无意之间，落在他手里，他也不会知道这东西是无价之宝，也不会知道这东西送给我就值钱。我很想借一点机会，和李先生见一面。不过要我进城去，我的干系太大，不敢那样冒昧。不知道李先生能不能赏光，到我这里来玩玩？"韩广发听说，觉得这话太奇特了，自己来说票的，绑了的人未曾送出去，怎样又送一个人来。这一件事，无论如何也是不能答应。因道："这个兄弟不能代他答应，等兄弟回城去，再和他商量。我想他有令尊在此，一定是肯来的。"魏万标笑着打了一个长哈哈，因道："那笑话了，难道我也把他父亲押住，勒逼他来吗？"赵魁元倒怕双方因各有些疑心，把事就弄坏了。因道："那位李先生，我也见过，倒是个真正的斯文人。横将要会他，我可以陪他来。"魏万标道："我不过要会一会他罢了，并没有什么要紧的事。韩大哥在敝处宽住几天，将来可以和李老先生回城去。就着今天这一杯残酒，就请出他来和二位见面。"说毕，一回头对伺候饭菜的人说了几句，不多大一会工夫，果然引了五十上下的一个人来。韩广发看他和李云鹤的相貌有些相像，料定他就是李云鹤的父亲李汉才。他走进对着大家就是一揖，还未曾开口，魏万标道：“恭喜恭喜，令郎派人来接你来了，这两位就是来接你的人，请你出来吃一杯酒，让你先欢喜欢喜。”于是在下方添了一把椅子，让他坐下。李汉才被绑快到一年，家里并没通过一个消息，家里是否来营救，并不知道。加上这来接的两个人，不但面生，一个是南京口音，一个是本地口音，非亲非故，自己的儿子，何以托他们来接？自己是给这里的土匪管怕了，也不敢问。魏万标叫他喝酒，他就喝酒，叫他吃菜，他就吃菜。韩广发、赵魁元不知道魏万标是什么意思，也不敢对李汉才说明来意，因此一餐酒席，只是这样糊里糊涂的下去。

酒到半酣，魏万标高兴起来了，便端了一满杯酒，站起身来，将杯子一举道：“这里并无外人，我要向韩大哥请教请教了。”他说时，只管举着杯子，静等韩广发的回话。韩广发也端了杯子，陪着站了起来。笑道：“好在无外人，兄弟献一献丑也可以。有不到之处，都请海涵。”说毕，于是对饮了一杯，翻着酒杯，露出杯底来。魏万标道：“痛快！我就欢喜人不玩那些客套，不知道韩大哥欢喜用哪样兵器？”韩广发道：“横将不是说那天遇见的人，手不带兵器，能踢掉你的刀吗？这种本事，不过是平常的空手入白刃，兄弟并无别长，若论这件事，倒可以勉强试一试。”魏万标回头一看门外，只见院子里一片白光，铺在地下，正是很好的月色。因用手将酒杯子一按道：“我们的酒，就到此为止，趁着浑身酒热，就出去试一试。肚子饿了，回头再来用饭。”赵魁元也很高兴，先就离座起身。说道：“这样解酒，比吃水果喝醒酒汤好得多了，兄弟奉陪。”韩广发一看魏万标满脸酒色，把大鼻子下边几颗白麻子都涨得通红，事到如此，料是推辞不得，也就站起身来，魏万标对李汉才道：“事情过去了，我们都是好朋友，你也去看一看。”李汉才不敢说不去，笑了一笑，也跟在后面。”

于是四人离开了这客堂，一同走出大门。这大门口正是一片打麦场，四周种了一匝树，地下倒了一片黑影，此外平坦坦的，在月光下一片好平地。大家走到月光地中间，已经零零落落，有好些人站在树荫下远远的张望。魏万标道：“韩大哥说是要练空手入白刃，当然要找一个对手了。我来好吗？”便将手一拱道：“唱戏的话，我来帮帮腔罢。”韩广发也拱手相还，只道提携一二。那魏万标诚心要难他一难，对家人说了，不用刀剑，取了根枪来。本来短手破长手，在武术里面，就是一样很难的工作，所以练刀练剑，目标就在怎样破枪法。现在魏万标取了枪，却要韩广发空手来破，更不容易了。但是果有空手入白刃的功夫，对于长器短器，倒没有什么分别，只看本人的跳跃腾挪工夫如何。若是夺短器，不可近敌人的身，免得碰上剑锋刀口；夺长器恰好在反面，总要缠住敌人的身体，让他有武器打不起，扎不出，自已却可以伸出两手抢那武器的柄。所以魏万标取了枪在手，韩广发倒先放了一半心。

当时二人在月光之下，迎面站住，魏万标一挫身子，两手握枪，平伸出来，他的意思，在探这边虚实。韩广发身子斜斜一侧，偏去一尺有余，已离开那枪尖，身子向下一蹲，索性躲入枪下。魏万标一看，就知道他果有把握，不敢放肆，一摆枪尖，便跟着扎过来。韩广发一看他的枪式，就是杨家枪法。杨家枪的第一长处，是长器短用，能够避免刀剑的短破，因之他也十分细心，不敢胡来。先战了十几个回合，只是远窜近躲，不着枪尖。这时比武的消息，早传遍了庄上，看的人越来越多，将这打麦场，围成了个大圈圈。大家看见韩广发在枪尖上跳来跳去，已经替他捏了一把汗。魏万标杀得兴起，手就放开了，将枪法一变，来一个青龙献爪式，右手拿了枪把，直伸出去，身子变成侧面，左手弯回，平到太阳穴。杨家枪是九尺长，加上右手伸直，长度就在一丈以外，枪尖微昂，直刺敌人的面部，这在杨家枪法里也是二十四式之中一个杀着。当敌人远避的时候，可以出其不意把他扎上。可是韩广发不但不怕，却认是一个机会，人向下一蹲，低过枪尖一尺有余，就地一滚，进来七八尺，举起右拳，用了黑虎偷心式，要捶魏万标的胸口。魏万标若是用左手来招架，右手伸出去了，右肋岂不为敌人所乘。因此他不管此，身子反正面迎将过来，枪一个风摆柳，平成一字，左手握住枪中间，柄儿朝上，尖儿朝下，斜横在前胸，左腿高抬，一面预备扫敌人，一面预备变步法。说时迟，韩广发早已逼近身边，更起左手，要来托他的脚。魏万标只微微一跳，左脚落地，身子复侧过去，便将枪柄向韩广发肩上一拦，那时快，他身子一转，已转到枪柄后面，双手并举，已经把枪柄握住了。这几手打法，看的人早看得目定口呆，最后枪让韩广发夺住。果然空手可以破长枪。大家齐齐的喝了一声彩。这要照真实的打法，韩广发已转到魏万标身后了，只要拿起拳头，在他要害上随便敲他一下，让他受伤，就可把枪夺了过去。不过自己来是作客的，不可太让主人翁下不去。因此哈哈大笑道："献丑献丑。"说毕，就放下手，站到一边去。魏万标这才知道韩广发果然有一手，若是往下打，手中的枪，是非让他踢去不可的。现在韩广发既然适可而止，自己也就乐得见风转舵，因把枪一丢，笑道："韩大哥真有实在的工夫，差不多的人，是不敢出这一手的，领教领教。"说时，就不住和韩广发拱手，韩广发走向前握住了他的手道："这是横将谦让的，兄弟冒失了。"两人对着哈哈大笑，同进屋去，赵魁元也由后面跟了来。

三人走到那小客堂，正要洗盏更酌，魏万标因不见李汉才入座，便问道："李先生呢？"赵魁元道："出去的时候，我们原站在一处，后来看二位比武比得高兴，我就不知道他到什么地方去了？"魏万标道："大概是这里的小弟兄们，不放心他在外面，又把他带进屋去了。"遂叫人去问那些小喽啰，哪个把李汉才带走了。但是大家一问，都不知道，这样一来，韩赵魏三人，同时焦急起来。韩广发和赵魁元有两种猜法，一种是李汉才逃走了，一种是魏万标把人收起来了，却要来混赖。魏万标也是两下为难，一来怕韩广发疑心，二来自己家里都会把人丢了，面子上很是不好看。便道："这件事，兄弟面子上太下不去了，兄弟在江北一带，小小有点名声，决不能做口是心非的事。刚才答应了放他，决不能又把他收藏起来，就是我藏起来，无非是多要几个钱，迟早是要说明的，我岂不怕江湖上的人骂我吗？这一层，我想二位一定可以相信的。"韩赵都连说相信。魏万标道："这就奇了，要说他跑了吧，我看他是一个斯文的老实人，在我这种地方路途不熟，决跑不出去；要说有人来救他出去了吧，我这种地方，人就不容易来。况且我们在门外的时候人很多，他不是吃老虎心豹子胆，也不敢带了一个人走。"韩广发他是知道江湖上的怪人尽多，而且自己也领教过的，对于魏万标所持的论调，倒有些不以为然。便道："贵处自然是有名的地方，差不多的人，不但不敢来，恐怕一定要走这里经过，也只好绕道而去。不过江湖也是没有边沿的地方，焉知不是一个有能耐的人做出来的事？”魏万标道：“这事我实在解不开，不管他是逃走的，或是救了去的，我总要查出一点形迹来。我马上就到庄子前后去看看，究竟有什么动静没有？”赵魁元道：“横将要去，我兄弟二人奉陪。”魏万标道：“那我的胆子就更大了，我想这李先生他是个斯文人，他要和人走，决计走不快。若是把他背着，那背的人就是会跑也要走慢些。这里西北两面是湖，无路可走。他们不向东，就是向南，向南是到泗阳去的大路，他要逃出去，以走这条路为宜。现在我们分两条路追赶，让小兄弟打着灯笼火把，往东追去，我们三人骑三匹马向南追，一定可以追上。”韩赵也都觉这法很是。

他们这里，灯笼火把都是向来预备好了的，魏万标说一声走，顷刻之间，就齐了二三十人，举着火把，带着武装，赶出庄门。韩魏赵三人也在门口骑了三匹马，在月光下，向南路追去。他们一行三人，走出庄门，在月亮光下，追下去有四五里，却不见一点什么踪迹。再回头看那一条路上，一条火光，只在空里照耀，正是魏万标派的一班人，他们由庄后找寻回来了，看那样子，也是没有寻到。魏万标勒住缰绳，在马背上对韩广发道：“韩大哥，这样子人是逃走已远了，我们不必追罢。这件事，只是我对你不住，且到舍下去再作计较。”于是三匹马都掉过头来，沿着路缓缓而走。在离庄不远的地方，有所树林子，一半是柳树，一半是枫树，那枫树叶子，经过初霜，已落十之八九，只有几片零零碎碎的，挂在枯枝上，被风吹得呼呼作响，柳树更是凋零，只剩了一些秃条，在风里荡漾，月亮摇作一闪一闪。但是这些树林之中，犹有两棵老松树，长得层层密密的。走到林下，寒气很重，人在马上呼出气来，在月下看见，犹如一团一团的轻絮。赵魁元道：“大概夜深了，天已经下了霜。”说时骑在马上，便连打了两个呵欠，第三个呵欠未完，不由得哎呀了一声。三匹马他是在最前面，他蓦然向后一闪，几乎要滚下马来。韩广发用腿夹着马腹上前一步，因问看见什么，赵魁元也说不出话来，用手向空中指着，呵呵了两声。

韩广发看时，只见枫树头上，悬着一片黑影，长长的瘦瘦的，有手有脚，可是那手脚似乎很软，被风吹得飘摇不定。月亮之下，看这种黑影，清清楚楚，决不是眼花。韩广发虽然胆大，看见活鬼出现，也不由得浑身毛发悚然，猛吃一惊，说不出话来。魏万标究竟是个绿林人物，平生惯走黑道，不大怕鬼，便策马上前要仔细去看。就在这个时候，那黑影突由空中钻入松树梢，到树林子里面去了。魏万标迟疑了一会，说道："这决不是鬼，若是鬼，不能这样从从容容在半空中飞动。这松树里面，恐怕藏有别的东西，我要进去看看。"韩广发道："去不得，若是鬼呢？他已经躲开我们了，那就算了，我们犯不上去追他；若是人呢？他在暗处，我们在明处，我们糊里糊涂的上前去，仔细中了他的毒手。"魏万标一想，这话倒是很对。不过已说在先，要进去看看，这时若停止不上前，倒好像自己有些怕事。因一翻身下马，丢下缰绳，说道："不要紧的，这松树的树干有六七丈高，人是不容易上去的，那上面未必藏得有人。"一面说着，一面已经走到林子下面，昂着头只管遥遥对松树出神。韩、赵二人既是同来的人，不能看见人家冒险，自己在马上袖手旁观，有点说不过去。因之二人也就跟着下马，走到树林子下去，看那松树在月明之下，只有让风鼓荡着那种轰隆轰隆的松树声。松树既老，枝干很大，虽然有风吹来，不过那一丛一丛的松枝，在月明中颤动，却也看不出有什么东西藏在那里。看了许久许久，似乎没有可疑之点，于是慢慢的又走上一些，一直走到一棵大的松树下。正在出神观察之际，忽然一道黑影，由一枝横干上窜了出来，这一窜，约有三四丈远，却窜在一棵大枫树上。这个黑影，和先前的那个黑影，有些不同。先前那个黑影，不过是飘飘荡荡，仿佛像个人模型，现在这个黑影，却是落实的，完全是个人。魏万标便叫起来道："这是人，这是人！我们追上去！"他虽这样说着，韩、赵二人，便觉得人家居高临下，亲近不得，只是站着未动。那黑影听见人说话，不但不闪开，而且由高树枝上向低树枝上一跳，刷的一声，在树枝上打了几个旋转。那树上将落未坠的焦黄叶，被人这一惊动，早就纷纷落将下来，犹如下了一阵叶雨。接上那黑影发出一阵笑声，向地下一落，一溜烟似的就飞跑了。魏万标明知道是夜行术有根底的人，却是初次遇见，也是惊慌得说不出话来。韩广发见他这样，知他是吓住了，便拉住他道："他已逃走，我们也不必计较，回去罢。大概李汉才不见了，和这事是有些原因的。"魏万标自忖：这样来往飘忽的人，是不能和他讲打的。他只好借雨倒台，依旧出了树林，骑上马，回转庄去。

到了家里，在另一条路上寻找的人，也打着火把回来了。他们一路之上，都是不住的喧嚷。到了门口麦场上，正和魏万标的马相遇。有两个好事的头目，便举着火把，前来报告。有一个手里，拿着一张纸剪的人形，被晚风吹得高飞过头。魏万标先哎呀一声道："我明白了，原来我们刚才看见的黑影，不过是一张纸。你们这纸是哪里来的？"一个头领道："我们走出庄后小石桥的地方，忽然半空中洒下一把沙，出其不意，大家吓了一跳。抬头一看，只见半空里有个黑影子飘飘荡荡，活像一个无头的人，在半空里飞。当时我们虽然很害怕，但是人多，也不退后，大家就高举了火把，仔细向上看，看了许久，才看出来是无骨风筝，有一根绳，拴在桥边大槐树上。他们先还不敢上前去动，看了许久，实在没有什么东西，才砍了一根野竹子，将绳子挑断，把这东西取到手了。但是奇怪得很，这一把沙子是从哪里洒下来的，我们就不明白，难道这张纸还会洒沙不成？大家就疑心槐树上藏得有人，这纸影子，就是他拴在树上的。我们就在地下，找了许多石头子，向树上乱砸。砸了一阵子，也不见树上有什么动静，因此在小石桥前前后后，找了许久，却也不见有什么东西。"魏万标都听在心里，也不作声，将韩、赵二人引进家去，收拾一间干净客房，让他们住了。

次日，韩广发和赵魁元一商量，来救的人，现在已经不在这里了，久住在这里，也没有一点意思。不等吃午饭，便和魏万标告辞。魏万标这倒为难起来，不让他两人走，留在这里，人家没有意思，让人家走了，他曾带来老祖师遗下的一根断箭头，以老祖师面子，都换不去一名活票，简直是无义气。想来想去，这话还是不能搁在肚子里，就老老实实的，对韩、赵两人说了。但是韩、赵二人来援救的目的物已去，在这里实不能安心住下。当时便对魏万标说，现时且回城去看一看，或者在城里可以找到一点形迹。魏万标一想也是，就让他二人回城去了。韩广发一人想着，这件事情，除了朱怀亮，没有第二个人能做得出来。那老头子形踪飘忽，如鬼如仙，要去救一个人逃出匪巢，也不是难事。况且昨晚是打麦场上比武，看的人很混杂，那里又四周没有遮拦，只要他将话对李汉才说明，尽可以大摇大摆的走。由这上面想着，就有几分相像；若说不是他，这事和别个人就不大相干，也犯不着担惊害怕，到这种危险地方来。一路走着，一路思忖，简直就越想越对。因把自己的意思，告诉赵魁元，请他决断决断。赵魁元说："朱怀亮既是来救李汉才的人，他不愿把这个人情让给旁人，也未可知。若果是他救的李汉才父子，他要赶快跳出是非圈，恐怕昨天晚晌，连夜就离开了泗阳。"

二人彼此猜说，到城里之后，就一同赶到客店。只见那李云鹤背了两手，站在门口向街头张望，好像是等人。他一见韩广发，便迎上前来问道："韩大哥回得快呵！家父是在那个地方吗？"他这一问，分明是李汉才并未逃到这里来。当时且不说破，摇着头叹了一回气道："这真叫是好事多磨，我们到店里去再说罢。"赵魁元这时也和李云鹤认识了。于是就一同进店去。李云鹤请他们在屋子里坐，茶烟款待。韩广发冷眼看他的颜色，究竟是怎样，若是他知道父亲已逃出了匪窟，像他那样孝心很笃的人，一定喜于心而现于面了。可是仔细看他，面子上很好很欢喜，其实眉宇之间，隐隐含有一种愁痕。这分明是想到他父亲没有救出来，又不好当面得罪朋友，倒不像是做作。关于昨晚的事，似乎不必隐瞒，因就从头至尾说了一遍。

李云鹤听说，脸色更现着十分忧郁，那两道眉尖，几乎要合并到一处，低了头许久，不能作声。半晌，他才说道：这一去，又不知挪到什么地方，知道是祸是福呢？我不明白他老人家何以运气这样不好？韩大哥，你是在江湖上多年的人，赵大哥又生长本处的，家父这一去，究竟是哪个引带的，会落到什么地方？"韩广发道："据我想，此地决没有这种人，若说是外方人做的，令尊又不是江湖上闻名之士，魏万标那里被绑着的人也很多，他们又不带走别人，单单带走令尊，我想总有些原因。李先生也想想，朋友路上，有没有这种能人？"李云鹤道："我是一个酸秀才，韩大哥还不知道吗？我的朋友路上，哪会有这种能人……"说到这里，忽一拍桌，身子向上一起道："哦，我明白了！韩大哥以为这事，是那朱老叔做的吗？那就错了，昨天点灯时分，他还到我这里来了一趟，问此处有好医生没有，说是他姑娘病了。”韩广发道：“他住在什么地方，你能告诉我吗？”李云鹤道：“这个连我也不知道，我怎么能告诉你？不过他昨日下午，确乎到这里来了。不信，你去问问店里的伙计，是不是这样？”韩广发听他说得如此恳切，这话当然不会假。自己心中，只认为是朱怀亮所做的事，现在说是朱怀亮没有离开县城，当然疑不到他。人心难摸，或者是魏万标敷衍从事，把李汉才收藏起来了也未可知。昨晚在麦场上比武之时，看的人很多，那都是他们一党的人。若说有人到那里去把李汉才带走，似乎也不容易。像昨天晚上那种黑空横影，事情太玄虚，未见靠得住，恐怕也是魏万标布的疑阵。自己离开大李集太快，匆匆忙忙的，没有探个虚实。好在魏万标对我的交情还不错，我不如再去一次，看看他的形势，究竟如何。他若是把人收起来了，就不能安定的，只要看明白了，说他对江湖朋友，没有信义，他自然无辞以对。因和赵魁元商量，明日再到大李集去一趟。赵魁元道：“我看还是你一个人去罢，那里的人，你都认得了。一个人去，也是不要紧的。我在城里，也好和各位兄弟们商量，给我找一点消息。李先生令尊，若真是让人引出来了，这两天他少不得要寻出路。只要我留点心，多少要找出一点消息来。若是跟你走了，就失却这个机会了，你看对不对呢？”韩广发一想，他的话也对。在饭店里吃过晚饭，便洗了脚，早早的安睡。次日起了一个绝早，二次起身望大李集去。城里的事，托了赵魁元，说是有什么消息，随时告诉李云鹤，好让他安心。

李云鹤听到说父亲在匪巢里失了踪，自然平空添了一桩心事，终日埋头在客房里坐着，总是发愁。过了一天，韩广发也未曾回来，朱怀亮也不见来访，自己行李里面，曾带有几本佛经，于是拿了一本《金刚经》，靠在窗户边念，以解愁闷。正在看得心地豁然之时，忽然听得外边有一个很宏大的声音说话，倒着了一惊。抬头看时，有一个彪形大汉，穿着紧身黑布棉袄，左肩上背着一个斗来大的蓝布包袱，左手却垂着一根短鞭子。鞭子上端的绳子，在手掌上绕了两个圈圈。他站在院子里对伙计道：“不管什么屋子都行，我是肚子饿了，急于要吃东西，赶快做了，给我送来。”说话时，把包袱掉到左肩上去背着，在怀里抽出一块毛巾手巾来，不住的揩擦额角上的汗。好像是骑着牲口，由长途赶了来的。店中伙计把他引到李云鹤斜对过的一间屋里安顿了，两方的窗户，遥遥相对，正好看个清楚。那边窗户，正摆了一张桌子，他面窗坐了，左手拿着茶杯，右手提着茶壶，尽管一杯一杯的斟着。斟了便又仰着头一喝，接上咳了一声，好像那样喝着，很是痛快，他斟了又喝，喝了又斟，直见他斟得壶嘴慢慢滴水方才休手。他喝完了茶，手依然按住了茶壶，昂然望着窗外的天，好像有什么心事，尽管在那里沉吟似的。半晌，他用手一伸，将桌子一拍，似乎又对什么事下了决心一般。这样看起来，这个人的情形恰也是可疑了。

第十五回　此理不明卧地惊怪汉　前疑可释举火会高朋

这时，伙计就送了东西进去了。遥遥的看去，一大盘堆起来的大馒头，看去大概有四五十个。另外两只大海碗盛了两大碗菜，也是堆过有几寸高。他左手拿了馒头，向口里一塞，一咀嚼就是一个，右手拿了筷子，整大夹的菜，叉了起来，就向口里送。他一口一个馒头，一个馒头之后，接上就是一夹子菜，这样吃着，不多大一会，就把馒头吃了一个干净。馒头吃完了，两只手捧了那只大海碗，咕嘟咕嘟仰着下巴颏，一口气喝了个不停留。

李云鹤坐在这边，都看得呆了。他吃完了，站起身来，将手在脸上一摸，又咳了一声，那样子好像是吃得很痛快。伙计一会送了茶水去，他就和伙计谈话，听他的口音，完全是山东话。李云鹤想起一件事，朱怀亮曾告诉过自己，有一个山东人，不久要在店里住下，可以把话去告诉他，他可以相救。现在看这入气宇轩昂，很像是一个有来路的人，而且他说一口山东话，和朱怀亮说的那人，多少有些相合。管他是与不是，且和他兜揽兜揽。是的固然就可以趁此求救，不是的不过白说一声，也不会丢了什么。这样一想，就装着散步的样子，由屋子里踱到天井里来，慢慢的也就踱到这人窗户边。

恰好那人一起身，向窗外探身一看天色。李云鹤道："今天又来一位新客人。"说话时，故意和那人一点头，那山东人也回礼一点头。李云鹤道："这位客人说话，贵处好像是山东吧？"那人道："是的，敝处是泰安。"李云鹤笑道："好地方啊！是圣人之邦啊。"那人听到他这样夸赞，也就禁不住脸上露出笑容。拱拱手道：“你这位先生夸奖了，我不过是个老粗，泰安地方，出我这样的老粗，正是玷辱孔夫子。先生何不请进来谈谈？”这正是予李云鹤一个好机会，便跨步进来。因道：“这位客人，真是爽快，我们南边人说北边人性直，那是有原故的。”那人起身让坐，彼此问了姓名。他说叫孔长海，正是圣人后裔，因为在福建做生意回家，所以路过此地。李云鹤看他那样子，决不是经商人的样子，这样一说，更可疑了。自己暂时也不说出真话，只说到淮北来就一家私馆的。谈了一会，便谈到本地的人情风俗。孔长海道：“我虽新到这里来，在路上倒先听到本地一桩奇闻，说是本地东门城外塔上，黑夜里冒出两把火来。”李云鹤道：“这话是真的，兄弟亲眼得见，塔顶上起火，本也没有什么奇怪，只是这塔下面几层，门户都封塞了，不是飞鸟，没有东西可以进去。这火一阵阵偏是由塔最高一层分射出来，就有些古怪了。我向来不信什么鬼怪之说，照这件事看起来，不由得人不相信。你老兄是跑四海的，见闻很广，以为如何？”孔长海笑道：“你先生以为是鬼是怪呢？”李云鹤道：“我是个读书的人，照我的本分说，我不能信他是鬼是怪，但是据我所看见的而论，我又不能不信他是鬼是怪。”孔长海笑道：“清平世界，朗朗乾坤，哪里来的鬼怪？这里面另有一段缘由。”他说到这里，忽然顿住了口，故意昂着头想了一想道：“我想这或者是人做的事。”李云鹤道：“慢说那座塔不容易上去，就是容易上去，一个人又不疯不癫，为什么跑到塔上去放火？”孔长海昂头看了一看窗户外头。说道：“李先生，你是个规矩读书的人，哪里知道外面的事情？”说到这里，把声音又低了一些。然后说道：“这淮北一带，哪里不有江湖上的朋友，他们神出鬼没，要弄些勾当，我们事外之人，哪里会知道？我不过是这样想，李先生，你看对不对呢？”

李云鹤先还是不留意，现在孔长海说得这样吞吞吐吐，倒猜了个实在，逆料他必定与这事有关。心里就好笑，老实人要撒谎，是撒不来的，朱怀亮所说的山东人，这样看来，必定是他无疑。因拱拱手道：“孔大哥，我给你提一个人，不知你可认识？”这一句无头无脑的话，平常人听了，是不应该留意的，但孔长海一听，却突然一惊，两眼注视李云鹤的面孔。问道：“是个怎样的人？本地的吗？”李云鹤道：“我也不知道他是哪里人，可知道他叫朱怀亮，是一个有本领的老前辈。”孔长海道：“咦？奇怪了！你怎么认识他？他果然在这里吗？”李云鹤道：“兄弟和他很熟，这位老前辈，是一副菩萨心肠。兄弟飘流在此，有一番不得已之处，他老人家，一口答应帮我的忙。前几天他对我说了，说在这两三天之内，有一个山东客人从南路来，会歇在这店里的。我若有什么事，可以求这位山东客人。你老哥正是山东人，莫非朱老前辈说的就是你大哥？”孔长海道：“实不相瞒，我就是来寻这位老前辈的。我在江南，曾听到人说，他到江北来了。我有一个师妹，现在南京，对我说了，若要找他，过了江，遇着有“洪”字的客店，就去投宿，迟早就会遇见。所以一路之上，遇到有“洪”字招牌的客店，我不投宿，也要进去探望探望。我在路上，听到泗阳塔上有放火的事，我就知道他在这里。”

李云鹤道：“那是什么道理？”孔长海笑道：“我是心里搁不住话的，但是我也不能糊里糊涂的告诉，我先要问你先生和这姓朱的是怎样一段交情？”李云鹤心想：既然有求于他，也就无须隐瞒，就把自己由家中到此地的前因后果，说了一个详详细细。孔长海笑道：“原来如此，难为他居然知道我要来。我来到此地，不一定是要和他做个朋友，他为什么叫我帮你的忙？”李云鹤道：“这一层兄弟哪里会知道，不过他还另外给了我一样东西，他说你老哥看见这东西，一定会帮忙的。”孔长海道：“是什么东西？”李云鹤道：“是一根断箭，箭杆上有火印画的一只毛猴。”孔长海听说朱怀亮还留下一根断箭杆，说话之间，倒沉吟起来。便问道：“这根断箭在哪里，请你拿来我看看。”李云鹤道：“我原来很相信他的话，把这根箭杆留住，打算等到你老哥来了，我才交出来。可是这里另外有个仗义的人，他也是来帮助我的，我就先交给他了。”于是把韩广发前前后后的话，说了一遍。孔长海道：“你这事我明白一大半了，这姓朱的在哪里，可不可以约他来和我见一见。”李云鹤道：“不行，他住在哪里，始终没有告诉过我。”孔长海听到这里，只是垂头不语。他那两道浓眉毛，皱着起了几道眉峰。右手上拿了一只粗瓷茶杯，眼珠只管望着出神，手里却不住的把杯子转着。李云鹤看他那种沉思的样子，不解是有什么为难，却又不好意思去追问，只得先告辞回房。过了一会儿，那孔长海竟走到他这屋子来，追问韩广发到大李集去，是一个人呢，还是有人引见呢？李云鹤道："这城里有位赵魁元大哥，带了他去的，这人兄弟认识，一天必定到我这里来一次。"孔长海道："我很愿和这人见一见，若是他来了，请你通知我一声。"，说毕，他也没有多话，就回去了。李云鹤觉得这人爽直有余，而精细不足，看去总是一个好人。

等到晚上，赵魁元来了，他知道了这人，也是急于要见一见。李云鹤便先到那边屋子里去通知，走去看时，门已关了。里面呼声大作，大概是睡了。因门缝里露着一条白线似的灯光出来，就向门缝里张望，这一看不由得十分奇怪起来。他暂且不敲门，轻轻的放轻脚步，走回自已屋子里来。因问赵魁元道："赵大哥，你们江湖上的规矩，出门也有不许睡床这一条吗？"赵魁元笑道："笑话了，江湖上无论哪样和平常人不同，吃饭穿衣睡觉三件大事，总是一样。"李云鹤道："这样说，更奇怪了，请你跟我来看，这究竟是什么缘故？"于是他牵着赵魁元，仍然轻轻的走到孔长海房门边，便将手对门缝指了一指，赵魁元会意，也就俯着身子将头靠近门缝向里一张。只见桌上一盏瓦碟菜油灯，点着了好几根灯芯草，灯光烧得有蚕豆那样大，照得屋子很亮。那张木板床铺，上面只剩了光板子，板上的两床草席，却铺在地下。那孔长海将包袱当了枕头，将饭店里的棉被，盖了大半截身子，他却睡在地下。

赵魁元将李云鹤的衣服牵了一牵，复走回屋子里来。因道："这是一个极有内功的人，并不为江湖上什么规矩。"李云鹤道："有内功就不睡床铺吗？"赵魁元道："那也不是，武术里面，有一样功夫，是练着穿铁衣，穿铁鞋。这功夫从小就练，譬如铁衣罢，衣服里面给他装上铁片，慢慢地往上加，可以由四两加到几十斤。这件铁片衣服，无论或起或睡，总是不脱。到了后来，将铁衣一脱，身子陡然一轻，就可以飞墙走壁了。这是苦功练出来的，不过是容易飞腾。若加上一运内功，浑身就铜皮铁骨，刀砍不入，这又叫着铁布衫。练这样功夫的人，自小就不能睡床铺，只睡石板，一睡惯了，他到后来，就会觉得睡软的反没有睡硬的自在。"李云鹤道："凡是有功夫的人，都要睡在石板上的吗？"赵魁元道："当初原不要睡石板，但是身上装了许多铁片，加上铁鞋，多至一百多斤，此外还有本身的重量，就有二百多斤了。平常的床上，就是放了一块铁，也怕受不起，况且是一个铁人，在床上乱滚，哪有不将床压坏之理。所以练穿铁衣的人，当时就不睡床，到后来，睡床就会睡不惯。我看那屋子里的床铺，非常之薄。”李云鹤连忙接嘴道：“我明白了，大概他怕把床铺睡断了，是也不是？”赵魁元道：“你这话又外行了，凡是练穿铁衣的人，脱了铁衣，都是身轻如叶，哪会压坏床铺？”李云鹤道：“既是身轻如叶，何以用刀砍不入呢？”赵魁元道：“这是两件事，懂轻功的，未必懂内功。但是他穿了许多铁，轻功成就了，学内功自然容易。轻功原分两种，一种是飞墙走壁，一种是操练身体。”赵魁元谈到武功，说得就忘了形，不住的手舞脚踏，声浪也是一句高似一句。李云鹤生怕他说话惊动了那位高卧的旅客，连忙拉住他的手，用手对他摇摇，叫他不要作声。赵魁元会意，便笑着摇了一摇头。于是二人一同走到天井里，李云鹤就对着孔长海屋子喊道：“孔大哥，没有安歇吗？”孔长海正睡得香，李云鹤连叫了几声，他忽然一个翻身坐了起来。口里连忙答应道：“是李先生吗？等一会儿，我马上就可以开门。”说毕，只听得屋里扑通几声响，接上哗啦一声，把门开了，孔长海就由里面迎了出来，笑道：“我是走路辛苦了，不料打一个盹儿就睡着了。二位请到里面坐。”

赵魁元将孔长海浑身上下一看，见他体格魁梧，声音宏亮，倒是一表人才，却也看得中意，先就抱拳相让。一路进得房来，早见他已把草席重新铺到床上，地下倒撒了一地的碎草。李、赵二人，怕孔长海疑心，对于这一点，都装不知道。赵魁元和他通了姓名，他接上又说了一套江湖话，彼此已证明是同调了，孔长海就笑道：“兄弟这次来，不为别的事，只为了东门塔上那几把火。”赵魁元听说，很是惊讶，问道：“这件事，兄弟早就疑心，但是猜不出所以然来。据孔大哥这样说，难道说这里面真有什么道理吗？”孔长海两只手按了桌子，仰起头来微笑了一笑。赵魁元道：“果然这里面有缘由，孔大哥何不说出来，也让小弟见识见识。”孔长海道：“我们既是自家人，有话都可说。李先生是个君子人，有话也不必隐瞒着他。我请问你一句，还是在这地方好兄好弟，你都认识吗？小弟这句话并不是藐视大哥，原因在这里面。”赵魁元道：“小弟虽生长在这里，但是并不懂得什么，若论自己人，大概我也熟悉。这里就是有一位老前辈，有三十年不曾露面，小弟只知道他姓名，只知道他武艺高强，但是他住在什么地方，做什么事，不但小弟，就是淮北的老前辈，也没有人知道。据人说，他在洪泽湖里打鱼，可是也没有人遇见过他。”孔长海哈哈大笑道：“你老哥能知道许多，也就不错了。”赵魁元道：“你老哥的意思，以为这把火是这老前辈放的吗？”孔长海道：“虽不是他放的，却是为他放的。”

他们两人这样一说，把旁边听话的李云鹤，却弄得莫名其妙，对这两人，左一望，右一望，因道：“为什么要为人在塔顶上放火呢？”孔长海道：“这话不说明，无论如何，外人是猜不出来的。这个缘由，我也不知道，我不久前听见老师说了，我才明白的。他说无论是多年不见的老朋友，只要知道他住在某县某乡，就容易会面，这也没有别的什么好法子，不过在最高的地方，黑夜里，放上一把火。这一把火，无论要找的那个人看见不看见，事情总是会让人传说出去的。旁人都把这事当了奇谈，可是他们知道这件事的哩，就算得了一个信，可以追着放火的地方，去会他的老朋友了。所以东门外宝塔上这一把火，不是鬼怪，也不是神仙，不过一个老前辈到泗阳来找一个老朋友。因为找不着，就上塔顶上放火，放火的不是别人，就是李先生说的那个朱怀亮。他要找的不是别人，就是三十年不曾露面的那位老前辈。”赵魁元脚一顿，将腿一拍，说道：“对对对，决计就是那个缘故。”李云鹤忍不住了，便问道：“这位三十年不曾露面的那位老前辈，又是什么人呢？”赵魁元听了此话，倒是顿了一顿，脸上的颜色，也就庄重了几分，好像这个人的名字，是不许轻易说出口的，同时他还用眼睛望着了孔长海。李云鹤听他所说，竟是俨有其人，心里很是疑惑。便问道：“这位老前辈既是不问外事的人，这位朱老叔要寻访他，还有什么事情托他吗？”孔长海笑道：“这个我们也不能明白，不过这种人，都是仗义行侠的，决不会做害人的事。李先生不要疑惑，令尊是他背了去的。不过那位韩大哥也实在荒唐。那朱老前辈既然把那根断箭交给我，自然是由我拿去赎票，何必要他多事，中途劫了去。劫了去之后，又不能把令尊救出来，反而把人丢了，这人实在不够朋友。”李云鹤因为赵魁元是韩广发的朋友，孔长海这样骂人，未免使赵魁元难堪。连忙陪笑道：“韩大哥也是一番好意，家父失踪，其过不在韩大哥。况且韩大哥为了这事，不辞辛苦，第二次又下乡去了，哪里能说他有一点不诚心呢？”孔长海听了，只是垂头发闷，半晌，他伸出右掌，左手捏了拳头，向右手心里擂了两下，说道：“嗐，我来迟两日了，我要早来一天，我就会看出那事的根底。”赵魁元见他满脸有一种抑郁不乐的样子，就不便和人家多说话。因道：“孔大哥风尘辛苦，我们把你吵了起来，心里很过意不去，请你安歇安歇罢。说时，对李云鹤一望道：“我们先告辞。”李云鹤也看出孔长海不乐的情形来了，点头说声有扰，和赵魁元也就走了，当晚自然也不把这事放在心上。

次日一早起来，却不见对门的窗户打开。一问伙计时，他说那个姓孔的客人，说是要赶路，一早就走开了。李云鹤一想：昨天我们谈话原谈得很好，后来他虽然有些懊悔的样子，并不像有什么很急的事，何以他不声不响，起了一个老早就走了。这人的样子，我原看是很老实，现在看起来，也是和别人一样，喜欢神出鬼没这种样子来的了。过了一会，赵魁元来了，李云鹤把这话告诉了他，他也是奇怪的了得，当天不过惊异了一会子，过了身也就算了。到了次日晚上，约莫有三更时分，李云鹤脸上被冷东西一冰，惊醒过来。只见屋子里已吹灭了的油灯，复又重亮起来，一个彪形大汉，站在桌子边。李云鹤定睛看时，不是别人，就是那前天不知去向的孔长海。自己还未曾开口，只见他伸着两手，只管乱摇。李云鹤料他并没有恶意，就坐起来。问道：“孔大哥半夜三更至此，必有事见教。”孔长海低声道：“说多了话，怕惊动别人，我只告诉你几句要紧的话。你的令尊大人，我已救出来了，现在寄住在二十里铺南头，一家小客店里。你把铺盖行李，都放在这里，起一个绝早，到那里去父子会面，千万记住，不要误事。”说毕，他就由那已打开的窗户，向外一窜，窜出去了。向上一耸，上了屋脊，就风不吹，草不动的，不知所在。这个人忽然而来，忽然而去，倒像做梦一般。不过看看灯已点了，窗户开了，又绝不是做梦。他一人迟疑了一会子，也猜不透这是何缘由。后来忽然想开了，朱怀亮总是一个老走江湖的仁厚君子，他曾对我郑重地说，让我向孔长海求救。这人既然是可以求救的，当然不是坏人，他对我既无所图，也无仇无怨，何至于来骗我。这样一想，这孔长海的话，只可信其有，不可信其无。不然，难道知道我父亲已经救出来了，我还不去见他吗？这样一想，就把为难之处，置之度外。他跟来的那个长工李保，因为主人是个读书人，向来好静的，就不敢同住在一个屋子来打扰他，向来都住在隔壁一个小屋子里。这时听到主人在那边床上翻来覆去，便问道：“先生，怎么这时候醒了？”李云鹤道：“你醒了很好，到我这边来。我吃坏了东西，在泻肚呢。”李保听说，披了衣服起床，就看见壁缝里露出一条一条的灯光来，真以为是主人病了，在黑影里摸索着，就摸到这边来。李云鹤不等他近身，已经开门相候。李保一进门，他先摇了两摇手，让李保不要作声。李保一看见主人的颜色，见他面上有些惊喜不定的样子，知道有缘故，就不作声。李云鹤于是就把刚才的事说了一遍。因道：“既然如此，我不能当他是谣言，免得错了机会。你暂留在这里，替我看守银钱行李，我稍微带些钱，起个绝早就走。有人问起我，就只说我找那个朱老叔去了，一半天就回来的。”李保听主人要走，心里倒替他为难，口里吸着气，不住地搭着嘴响。李云鹤道：“你千万替我瞒住，若是走漏风声，我父子二人的性命，就都没有了。”李保虽是个粗人，但是江湖上的情形，也略为知道一点，李云鹤既如此说了，也深知这事的利害，就说了依他的话办，决定一点消息不漏。

两人商量了一阵子，天色也就快亮了。凡是开饭店的人，向来起得早的，好伺候旅客茶汤。古人的诗说：鸡声茅店月，人迹板桥霜。所以陆路的旅行，没有日高几丈，方才上路的，都是不等天亮，就要出饭店门。这时饭店里的伙计，早已惊醒，李保就说自己的主人有事，要出去，催店伙起来了。店伙给他预备了些茶水，见他是一个人出门，又不带一样东西去，当然是不相干，所以也不曾加以留意。李云鹤赶着满天星斗，出了大门，走上大路就向二十里铺来。那个地方路头上，果然有一个小茅棚饭店。因为这时太阳还只有三丈高，阳光照在土墙上，还没有脱尽黄黄的朝色，墙边下放了一条窄木板凳，有个白发皤皤的老婆子，捧了一瓦火罐，对着阳光坐了，在那里打盹儿。李云鹤走到她身边，咳嗽了两声，她睁着眼站了起来，对李云鹤看了一看，因问道：“你这位客人是要打尖，还是要喝茶？”说话时不住的对他浑身上下打量。李云鹤道：“我找点茶喝罢，老婆子听他的口音，又问道：“你是要找人？”李云鹤被她问得目定口呆，不知所云了。

第十六回　茅店相逢老妪奋大勇　荒庵小住少女现轻功

那老婆子向他也打量着笑道："书呆子，我不是歹人，有话你直说罢。"李云鹤回头一望，并没有人，便低声说道："不错，是找人。我姓李。"老婆子招了招手道："你随我来。"她带着李云鹤进店去，直到后进，推开一扇破板门，却是一间堆柴草的房子。李云鹤心里正疑惑为什么把他引到这种堆柴草的屋子里来，就在这个时候，听见一种哽咽欲绝的声音，由柴草里叫出一句云鹤来。这声音绝熟，不是别人，正是自己朝朝暮暮营救不出的父亲。只在这一句云鹤声中，他的父亲李汉才突然向上一站，头发上沾了许多零碎的稻草，一张瘦脸上的颜色，也不是哭，也不是笑。李云鹤只叫得一声父亲，其余的也就说不出来，就跪了下去。李汉才由柴草中爬了出来，说道："你起来，着实辛苦你了。"于是父子二人就在这柴草房里，叙出离情来。据李汉才说，这一次逃出匪巢，完全是得着这饭店里于老婆婆的力量。李云鹤听说，很是惊异，像这种白发皤皤，龙钟入画的老太太，难道还有这种力量不成？及至李汉才详细一说，才明白了。

原来朱怀亮由南京动身北来的时候，他本想自己一力去救李汉才，逆料韩广发的力量是不行的。及至到了清江浦，他忽然想起一件事来：当年太平天国瓦解的时候，有一个宫娥的教练官，武艺超群，当时原是个中年妇人，因见洪杨内讧，群王争权，知道天下事已不可为，就老早的辞官归隐。这人和自己虽没有多大的交情，但是她曾和龙岩和尚称师兄妹，似乎他们也曾同堂学艺，远远的说起来，也是一家人了。龙岩和尚的一门，内外功都超绝顶，听说他的师傅摩空和尚，在水面行走，如履平地，有人见他在运河上追一只催稍船。这话说起来，有些近乎神怪，好像把有价值的国术，形容得成了无稽之谈。然而不然，少林的始祖，谁也知道是达摩祖师。达摩祖师一苇渡江，这又是后人传为美谈的事。一片芦苇叶子，不说他是否能载一个人，它的叶面，宽不到二寸，人站在上面，又能借着它多少的力量。所以没有此事则已，若有此事，更不是载得住载不住一个很简单的理由。若说神仙幻术，他就直接用幻术渡江得了，又何必借一片苇叶呢？这就实在说起来，就是轻功练到极顶了，就可以借水面张力，步行过去。试看许多轻功好的人，到了南方去，在那种脆瓦的屋顶上，并不踏碎一片瓦，这就是个明证。所以达摩祖师渡江，完全是真功夫，那一片苇叶，要不要没有关系。从前既有这种人能一苇渡江，那么，后辈在运河上步行，就不足惊奇了。当年朱怀亮听了这种话，很想寻找摩空和尚，学这一套武艺，无奈无机会可乘。因这一点，他把于老婆婆这人，印在心里很深。当时她原不叫婆婆，一样有名字，后来归隐了，极力装成一个平庸的妇人。她丈夫早去世了，有两个儿子，在洪泽湖打鱼。她却在二十里铺开一座小客店，不但本乡人不知道她是一位大侠，就是江湖上一般后辈，做梦也想不到她隐在此处。朱怀亮北上，走到运河边，由摩空和尚就想到于婆婆。于婆婆正是泗阳人，而且江湖上还说她隐在洪泽湖。朱怀亮逆料这里的后生小辈，有她一句话，没有不唯命是从的。像她这样的人，不要说武术已练到炉火纯青，这个地方，也是她的本乡本土，纵有同班辈的，她要指挥他们，也非常容易。所以朱怀亮一想，若是她能助一臂之力，一定可以把李汉才救出来，因之他到了泗阳，一面去打听于婆婆的下落，一面就爬上塔顶，去放几把夜火。这种放火为号的通信法，朱怀亮这同班辈的人都是知道的。朱怀亮心想，于婆婆不在这里便罢，若是在这里，放了把火，她一定会来见访的。因此，他父女二人，不住在李云鹤店里，住在古塔附近的一家店里。

　　这于婆婆住在二十里铺，当天晚上，就看见放一把火，心想二十多年，和同道没有通过音信，这个日子，有哪个到这里来找我？但是除了我，这里也没有第二个人能懂这一件事。无论是与不是，自己总去看一看，才能够放心，因就在第二日到泗阳塔下来打听这一件事。她落的店，就是朱怀亮所住的，她这样一个老迈龙钟白发婆婆，别人哪会知道她有绝大的本领。她来的这一天，朱怀亮出店去了。振华姑娘闲站在门口眺望，只见一个七十上下白发婆婆，左手提了一只竹篮，右手拿了一根黄竹当拐杖，一步一步将竹棍点地，走将过来。她那脸上弯弯曲曲全是皱纹，嘴唇皮卷着向里，下巴颏微向前伸，越是现出衰朽的状态。不过她走路之时，眼光却是微微垂下，不肯一直的向前看。振华事先只听见父亲说，要在这里找一位于师母，于师母是怎样的人物，并不曾提到，所以于婆婆走到面前，她一点也不留意。于婆婆一看她年轻轻儿的姑娘，倒有些雄赳赳的样子，就知道她不是平常的女子。心想塔上这把火，难道是她放的？因慢慢的走到她面前问道："大姑娘，这个地方还有空房吗？"振华笑道："老人家，我不是这店里人，请你进去问罢。"说到这里，朱怀亮正好由外面出来，他一见于婆婆就好生诧异，赶到她正面，见她目光下垂，不抬起来，心里就恍然大悟。连忙向前作揖道："于大嫂，多年不见了。"于婆婆道："客人，面生得很啦。"朱怀亮笑道："我是朱怀亮。大嫂不是接了我的信才来的吗？"于婆婆这才抬起炯炯照人的目光来一笑道："原来是朱家兄弟，你的声音还是这样洪亮，没有改啊！"振华这才明白，就搀她进店去，重新见礼，对店家说，不过是来的一位亲戚，人家也就不疑心。

于婆婆等无人的时候，就问道："我是三十年不问外事的人了，兄弟叫我来有什么话说？"朱怀亮道："兄弟因搭救一个人，来到此地。因想起这是大嫂的家乡，所以请来见一面。"于是就把李云鹤父子的事，从头至尾说了一遍。于婆婆笑道："你要见我是假，你要我帮忙是真。依说这一点小事，我本犯不着出来，不过曹老鹞子这一班东西，一天比一天猖狂，把他们除掉了也好。常言道：老鹞鹰不打巢下食，我最恨他们专吃巢下食。你父女既来了，可以和你们办完这件事。"朱怀亮道："我就疑惑这件事。泗阳这地方，既然有于大嫂在这里，何以还有这样大胆的人，敢在这里为非作歹？"于婆婆道："说将起来，这些人不是亲戚，就是朋友，我原不肯十分得罪他们，只要他们安静些。我不问此事已有三十年，还管他做什么？不料他们近来越弄越不是，绑票绑到本乡本土来了。要说江湖上的义气，曹老鹞子和魏万标自己先就打起吵子来了，我们事外人，还客气些什么？我所以还没有动手，也就是嫌势力孤单，我两个孩子，人太老实，我也不敢告诉他们。现在既然要救李汉才，只好先动魏万标的手，我也想了，这事不一定要打，魏万标那孩子比曹老鹞子老实得多。就是明天，由大姑娘扮一个客人，推一车东西上大李集去，引着他的人出来，将他拿住一个。我们两人，就在暗里头看着，拿得住很好，拿不住我们再出去一个人，总可以拿着的。拿着了之后，把人解上泗阳来，在半路里再出去一个人，假装把他救了，他一定感激我们的。两三日之后，我们再到大李集去赎票，看在这一点交情上，他也会把李汉才放了，真是不肯，我还有一个法子，我师弟火眼猴就是魏万标的老师祖。火眼猴后来保了二十年镖，都是把自用的箭杆为号。我家里现放着一根断的，只要取了来，叫人拿去赎票，恐怕比万八千银子还要值钱。不过有一层，我们拿去，就很没有面子，在江湖上混白了头发，这一点事，还要卖老招牌吗？”朱怀亮笑道：“一别三十年，大嫂还是这样心细，这个办法最好。前几天，我在扬州街上，遇到一个大个儿，一口山东话，人是粗极了，他倒说是由福建做生意回来的。我看了很是疑心，直跟他一晚上，见他和一个自己人打听大嫂的下落，而且龙岩和尚有话，叫他暗里帮韩广发的忙。他还是照着老规矩，遇到有“洪”字做招牌的客店，就进去问一问，两三天之内，他必然是会赶来的，这件事就交给他办罢。”于婆婆也很合意，当天晚上，她跑回二十里铺，取了断箭来，交给朱怀亮，次日就假扮圈套向大李集去。原来的意思，只要抓着大李集一个小头目就行了，偏是事有凑巧，就遇到魏万标。魏万标对人说，被一个少年拿住，那少年就是振华姑娘。后来有人把他救了，这人却是朱怀亮。

于婆婆这一着棋下好了，满打算次日就去见魏万标，不料韩广发、赵魁元两人，倒冒了名实受其惠。这天晚上，于婆婆带着振华到了大李集，在暗中一打听，气得振华姑娘跳脚，心里一急，就要由屋上跳到魏万标客堂里去，说明此事。于婆婆将振华拦住，却绕到大门外，在牛棚里隐藏了。当韩广发和魏万标比武之时，她走到李汉才身边，将他衣服牵了一牵说道："你不要作声，我是来救你的，你跟了我去，我从南海来的，你要明白。"这李汉才生平就信观音大士，他心里一惊：莫非菩萨为我儿子孝心感动，前来救我？于婆婆见他这样子，已是肯信了。就对他道："无论怎么样，你总不要作声，你跟了我走就是了。"她将李汉才引到牛棚里，引着和振华见面。笑道："这是我的伙伴。"李汉才在月光底下虽看不清楚是怎样一个人，但看那苗条的身材，知道是个少女。是了，这是观音菩萨带来的龙女，不免更加着一番诚敬。正要和于婆婆行礼，只见她身子一耸，犹如一个小猴子一般，已经跳上了牛棚顶。李汉才就是一惊，一个老态龙钟的老婆子，怎样有这样好的本领，不是菩萨显灵，还有谁人？不多一会儿，于婆婆跳了下来，将李汉才在胁下一夹，就夹着跳上了牛棚。因道："不多大的工夫，他们就要来寻找你的了。这牛棚的稻草很厚，你就钻到草堆里去，只要留鼻子透气的地方就行了。他们只还往远处找，决不会料到你还在大门口的。到了半夜，我自然会来带你逃走，千万不要移动！若是他们知道了，不但你永远跑不了，恐怕性命难保。"李汉才到了这时，只有答应是字，哪里还说得出别的来。于婆婆嘱咐已毕，就把带来的纸剪人，跑去大李集后路，在树林上挂了一个。挂完之后，复又回转身，到前路树林上来挂。那个时候，魏万标三个人，已经骑了马追过去好几里路，于是于婆婆叫振华躲在远处，自己却在树林上对魏万标三人，现了那一手绝技。魏万标回家后，她二人也跟了来，却将拴在柳树桩上的马，解了三匹，带了李汉才，各骑着一匹马跑回二十里铺。这却是救李汉才的经过。

过了一日，于婆婆安顿李汉才在店里柴房里住了，只有她所用的一个小伙计知道。她复身又到泗阳来，和朱怀亮商量剪除两股土匪的法子。朱怀亮道："这可不能鲁莽，我们先得探一探大李集的虚实，看看他们究竟有多少能动手的？"越是武艺高的人，越是做事谨慎，于婆婆也就很愿意照他的办法行事。吃过早午饭，三人扮着一家人的样子，就向大李集而来。到了晚上，走到离大李集两里路的地方，遇到一所野庙。这庙叫留云古刹，在小路边，原来有一个老和尚，一个香火道人。因为所有的庙产，都让魏万标手下霸占去了，和尚道人都走光，只剩了一所空庙。他们三人行到此处，见庙门半掩，正好认为是藏身之处，就推开一扇门而进。那一扇门坏了户斗，却把一块大石柱墩将门抵住了。那个时候，太阳放出淡红色，斜照在东边墙顶上，殿里面已是昏沉沉的。殿门也是半开半掩，倒了两扇窗户，由外面看见殿里隐隐有几个佛像影子，殿檐下面，牵着许多蜘蛛网子，被风吹了一闪一闪，有四五只很大的蝙蝠，只管在檐外面飞来飞去。振华道："在路边下的庙，怎样狼狈到这样子？"朱怀亮笑道："强盗巢里，容得住佛爷吗？这庙放在这里倒很好，我们正可以先掩藏在这里，到了半夜，再由这里出去，就便当得多了。"于是索性将庙门关上，大家同到大殿上来，先就觉得一阵霉味，冲人的头脑。振华突然向后一跳，一手捏了鼻子，一手摇摆着道："受不了！受不了！我不进去了。"朱怀亮道："这是什么地方？容得你这样大呼小叫！今天晚上我们不知道要怎样闹一顿，这个时候，还不安静些！"振华听说，站在阶檐微笑。

那于婆婆一个人却在殿前殿后，看了一周，手上却捧了一大抱零碎木棍木片来。笑道："这庙里什么东西也没有，回头天色黑了，我们又冷又暗，那怎么好？我在后殿拆了一扇窗户，把这个点了，我们烘了火，又点了灯，岂不是好？"说着，她将木片抱进了大殿，堆在地下，黑暗中和菩萨说了一声对不住，摸着佛龛边破帐幔，就向下撕了一大片。把身上的铁片火石砸出火来，先燃着纸煤头上的灰，再将纸煤吸着，就把这帷幔烧起，塞在堆的木片架子下。这些都是干燥之物，烧起来非常之容易，一刻儿工夫，便觉烈焰飞腾，火势大盛。这才照见正中是纱帽圆领的神像，帽子上两个翅，右边一个已经失去了；嘴上的胡须，只剩左边腮上一小绺，其余全是一排黑点，座位下两个站将，一个断了一只腿，一个只剩了半截身子。振华蹲在地下，向着火道："这样的庙，简直是糟踏菩萨，不如把庙烧了，倒还干净。"于婆婆笑道："庙里别的什么也没有，后殿破楼上，我看见倒悬一日钟，把庙烧了，也烧不了那钟，这火落得放，不过是烧了一所破庙架子罢了。"

三人围了火说笑一阵，于婆婆在身上解下干粮袋，倒出来却是一大块牛肉干，十几个冷馒头。朱怀亮笑道："点心很好，可惜一点喝的都没有。"振华道："这事交给我了，我去找来。"她一起身就走出殿去。于婆婆道：“姑娘太爽快了，她这一去，不会误事吗？”朱怀亮笑道：“大嫂子，这话你幸而不在她当面说，你当面说了，今晚上她不定又要惹出什么祸事了。”他说这话，以为姑娘听不见。不料姑娘走出大殿，正在观看墙势，哪里可以跳出去，只在门外一犹豫，就把这话听了正着。她冷笑了一声，向墙上一耸，四周一看，见离庙后不远，有一星灯光，在沉沉的月色里闪动，料是一所人家，便飞快的跑向那里去。

这事碰个正巧，走到那里，是一所茅屋，那火光由土墙上一个小窗里射将出来。振华身子一耸，两手伸着扒住了窗洞，伸头一看，正是人家的厨房。灶上热气腾腾的有些黄米饭香，灶边放了几只碗，一只大瓦壶。心里笑道：真是不要我费一点力了。正想要怎样进那屋子去拿那东西，忽然里面一阵咳嗽，灶下钻出一个老婆子来。这一看，心里立刻有了主意，放下手来，看见墙角上面有一块大石，搬了过来，高高提起，就向墙角下一倒，同时一耸身跳上了茅屋。自己翻过屋脊，到了天井上，就听见那老婆子道：“狗儿妈，我们同出去看看，外面什么东西倒了一下响，只怕又是酒鬼喝醉了回来了。”振华看见一道灯光，移了出去，接上呀的一声，开了门响。她趁这个机会，轻轻向下一落，走进厨房，提了茶壶茶杯，复又跳出来，绕过那个人家，奔回那庙，仍旧是跳墙进来。

当她由墙上跳下，到了大殿之时，却噼啪一声，听到墙上落下一块砖来。回头一看，却也不是什么踪影，大概是自己刚才落脚落得过重一点，踏动了一块砖，过了许久才落下来的，也就算了。提了壶上大殿，将壶向火边一放。说道：“办得怎么样，现成的一壶茶。”说毕，两手叉了腰，望着于婆婆微笑。于婆婆看那提梁大瓦壶，壶口上，叠了两只大茶杯，茶壶嘴里向外冒热气，兀自还有些粗茶香。于婆婆知道年轻人好胜，便笑道：“大姑娘身子是很灵便的，可以说是心细胆大了。辛苦一趟。坐下来吃一点东西吧。”于是就把身上带的单剑，把牛肉干来切成三块，然后却把剑头子穿了两个冷馒头，挨着火焰去烤。恰好三人带的都是剑，也如法炮制起来。馒头烤得热了，三人一面喝茶，一面吃着。于婆婆道：“我们这里糊里糊涂去拿人，知道那些头儿住在什么地方？我现在想了一个主意，我们在东边那个破殿里，堆上一些碎木头，走的时候，将火烧着，我们到大李集，这里火也出头了。一个野庙发了火，他们不能不出来看看。靠我们这三把剑，就可以杀他个措手不及。”振华道：“设若他们头儿，见火不出来呢？我们岂不是白白的烧了这一所庙？”于婆婆道：“那也难说，我们见机行事罢。”

三人吃得饱了，站在殿外一看，月色朦胧，北斗星升到天中，半空里自有一阵严冬的寒气，向人身上扑来，这大概是夜已二更了。朱怀亮道：“不宜太晚，我们可以走了，于是走到东边配殿下，拆下几扇窗户。又拆了一扇破门，堆在一处，然后将正殿里烧着了的木片，取了过来，将火引着了。三人便齐齐的跳出墙去，向大李集而来。这里一带有三四十户人家，都让魏万标霸占了，成了匪巢。魏万标的屋子，就在最前一家，于婆婆来过的，就引了朱氏父女，跳下附近的一所屋藏住，静等那庙里火起，好惊动这些土匪。但是回头看去，只在昏茫的夜色里，看见那边庙的所在，一丛黑沉沉的树影，一点火光也没有，三人都焦急起来，只疑走得匆忙了，火没有引得好。朱怀亮就打算改变法子，先去找魏万标一个人。正要起身时，忽然半空中，一阵吭当吭当的宏声，发生出来，在这寂寞消沉的冬夜里，一切的声音，都已停止了，这种宏大的沉着的声浪破空而至，最是令人惊心动魄。这不是别的声音，正是庙里一种钟声，听见钟声的来处，恰是在那破庙里，这真奇怪了，三个人都到这儿来了，这种钟声是谁打出来的？莫不是三个人的行动，已经让人看破，他这面却来鸣钟集众？但仔细一想，又没有这种道理。大李集有事，却跑到二里外的荒庙里去撞钟，那是什么缘故呢？

大家都在惊讶的时候，那野寺的钟声，格外震动得厉害。朱怀亮就在暗中约会于婆婆，且不要起身，看他们究竟有什么举动。那钟声并不停歇，只管响了下去，一会儿工夫，大李集的人就纷纷的向外跑，人声也轰乱起来。连这茅屋里的人，也惊醒了几个。朱怀亮在屋顶上向下看去，隐隐之中，就见魏万标的家门口，那一片稻场上齐集了许多人。这茅屋里，下面开了门，也有两个人说着话，一路脚步声，慢慢的向着远处走去了。不多一会儿，听到有一阵马铃马蹄声，由前面驰了过去，大概是向那所野庙去了。就在这时那沉着宏亮的钟声，依然未曾停止。朱怀亮听了，更是奇怪，这种钟声，究竟是为何而起？这打钟的人，到底为什么？那稻场上的人，也是格外纷乱，就听到又是一阵杂乱脚步声，随着马去的那条路走了。这样看来，那钟声决不是这里匪巢的号令。他们听了这种声音，也是一样莫名其妙的了。朱怀亮暗暗的将于婆婆和振华各牵拉了一把，三人便爬起半截身子，相约向屋下一跳，这里正是屋的隐僻处。朱怀亮就对于婆婆道："据我看来，这钟声一大半是为我们帮忙的，趁他们都出来了，我们不管怎样，先打个措手不及。于是三人绕出屋子，悄悄的由干稻田里，走近那一丛人后面，三把利剑，泼风似的杀向前去。

第十七回　三侠同攻众么遭痛击　群英偶集一老阻忠谋

朱怀亮父女和于婆婆抽出剑来，便杀上前去，这地方一群人，第一个正是魏万标，此外还有他两个把兄弟，一个是刘秃子，一个是郝大胖。他二人都是盐枭出身，打起来，几十个人近身不得。刘秃子正和魏万标站着，说道："大哥，这个钟声，我们不该理它，藏在屋不出来，看动静最好。现在仔细中了人家调虎离山之计，你赶快叫人赶上去。把去的人都赶回来，我们都在这里拿了家伙等候。没有人和我们为难便罢，若是有人来，我们在这里静候他上前，看着他动手。"魏万标一想也是，就打发一个人，骑了马赶上前去，猛然间刘秃子叫声不好。同时魏万标也听到呼呼的风声，自身后而来。刘秃子就大喊道："那来的人是舞剑的，他们人少，我们千万不可放过，一拥而上啊！兄弟们，你们要命，就一拥而上啊！"这里一群贼，大概有二百上下，被他一喊，心慌意乱，各拿着兵器，向着这舞起的剑声，拥了上去。大概有本领的人，不愿和人混战，混战是有害无利的。有本领的人，若受人家混战上来，也是困难，不是杀人过多，就让你分不出敌人的强弱，下手难分轻重。魏万标那边是知道逢着了大敌，计出无奈，拼命乱打。这边朱怀亮一看，四围的人拥上来，本不难先搠倒两个，但是这小喽啰都是不足道的人，杀了他们真是冤枉，因此和振华、于婆婆二人站成三角形，背对着背，顾着三面，那些人虽然刀枪并举，无如这里三把剑，舞成一片，连水也泼不进去。

这时云里面的月亮，忽然将全身探将出来，云流水似的过去，眼面前清光一闪，刘秃子在人丛里看见来者有两个女子，越发心惊。因为武术家最忌逢着女子，其次才是出家人。这种人若不是有真实本领，他是不肯胡乱出头的。因想这三个人丁字式的站着，守而不攻，分明是不肯乱伤人，要捉头儿，打人先下手，先放倒他一个再说。于是身子向后一退，跃出四五丈路。看见旁边有一棵柳树，一耸上去，打算居高临下，用袖箭来射倒一个。但是朱怀亮和于婆婆都是千军万马中跑过来的，遇到这以少敌多的场合，岂能不防备人家放暗器。刘秃子一耸上树，于婆婆远远就看见了。笑道："好孩子，你倒先下毒手了。"腾空一跃，向前一耸，只听披拉披拉两声，接上扑通一下，柳树去了几枝大树丫，刘秃子由树上倒栽将下来。

朱怀亮到此时，也觉得不给他们一些厉害，他们不会休手的。便嚷起来道："你们这些人，不必和我们动手。我要真不放过你们，你们早没有性命了。只要你们交出为首的来，我就不和你们为难。你们若不相信我的话，我先割下你们几只耳朵还试试看，你相信不相信？我先割拿长枪的，再割这个大个子，我就这样挨着割下去。"话未说完，果然有几个人丢了兵器就跑，这样一跑，他们自己就先乱起来。有一半大胆的，还挣扎住不肯走，那些受了伤的土匪，听到朱怀亮说明了，然后再动手，就知道这人的本领大。况且让人砍下一只耳朵，都不知如何被砍下来，这种人哪里还可以和他对敌，早是跑得远远的了；这里几个拼命挣扎的人，心里也慌，跟着就跑，只有魏万标和郝大胖两个人，究竟自恃着几分本领，带战带走。朱怀亮只一耸，由他二人头上跳了过去，反站往他们的前面，将手一摆，魏万标觉得有一阵凉风，拂面吹来。他恍然大悟，这是内家功夫，也顾不得郝大胖，闪到一边，拔步就走。朱怀亮和振华，都站住了，只是遥遥的望着。郝大胖也料到万不是敌手，也由侧面走了。不多大一会工夫，只见于婆婆高举着一只火把，从荒田里走出来，那火焰让晚风吹得呼噜作响，偏到一边，有一尺多长，照见她那矮小的人影，晃动不定，越是龙钟了。她笑道："真是不济事，一个能挡两三下的都没有，几个会动两下手的，我们都把他放倒在地下了。"朱怀亮道："擒贼先擒王，我们只把魏万标拿住，这些人一赶就跑的。不知道……"

一言未了，一阵啪啪之声，由黑暗之中，冲将过来。朱怀亮也来不及说什么，抢过于婆婆手中的火把，迎着那声音抛了过去。黑夜之间争斗，最忌的是我在明处，人在暗处，所以他首先把火把扔到对面。这就在昏黄的夜色中，看见一排马有四五十匹，冲了过来，要躲避万来不及。三人都跳了上前，各用腿去踢马上的人。朱怀亮和于婆婆都把马上的人打下，取而代之。振华究竟气力不够，而且她迎上去的那匹马，又离开得远，她一起一落，却落在马头边，一伸手先抓住马的锁口链，打算阻止马冲过来。那马来势很猛，振华站立不定，倒退了十几步。马上那人先是颠得慌了，这时身心定，举起手上大马刀，砍将下来。振华一松手，侧身向左边一偏，左边也有一匹马冲到，而且那马上用的是枪。马上加枪，用短器的人，最是招架不住，振华只好一跳，在马尾上斜跳过去。脚一落地，第三匹马，又冲过来，无论怎样，是不容躲的了。心里一慌，正不知如何是好，忽然有人一把抓住，自己身子被人提高了几尺。回头看时，一个大个子骑在马上，把自己救出了险地。振华也一脚勾了马鞍，那人一松手，她跳到马这边来落地，那人就为她作了屏障，挡住敌人。那人似乎是拿了一根棍子，早将对面的一个人打将下来。振华心里明白，一个飞步，跳上那马。那人勒转马头，叫起来道："快随我来！"那人一马先走，振华这时才看到父亲和于婆婆也骑了马冲出来，于是两脚一夹，跟了出去。一行四匹马，约莫跑开半里路。

西沉的月亮，这时正挂在枯树丫上，反映着有些白色，似乎是树上的枝丫，已经罩上一层浓霜。半空寒气压着马背，人杀了一身热汗，到了此时此地，心地为之一快。朱怀亮将马快上几步，跟到引导那匹马的身边，便问道："这位是谁？引我们到了这里来。"那人不作声，只见他双手一拢缰绳，马又跑上前去十几丈路，又这样跑了一里路上下，那人勒住了马缰绳，停马不走。朱怀亮道："那位大哥，你究竟是什么人？"那人在马上哈哈大笑道："朱师叔，你不是知道我要来吗？怎样见了面倒不认识起来了？"朱怀亮一听他说话是山东口音，这才想起来了，便问道："你莫非是由南京来的孔长海大哥？"孔长海道："正是小侄，那一位老太太，一定是于师母了？"说着他滚鞍下马，和大家见礼。朱怀亮三人，也下了马。

这时听得大李集那边，依然是人声鼎沸，远望有几丛火光，在月色之中，分作几处在半空里照耀。朱怀亮道：“看这样子，他们还在寻找我们呢。”孔长海道：“这是到柳家集去的一条路，他猜不到我们会到这里来的。”于婆婆笑道：“寻来也不要紧，他们多送掉几只耳朵罢了。刚才也是我太粗心，魏万标那孩子我是认得他，上次不是我救了他一回吗？还有跟他在一处的那个郝胖子，他在乡下犯过强奸案的。他们两人一走，我就暗中追了上去。那魏万标看见我手上有家伙，我又年老，他就先动手。我倒不忍伤害他，暗中点了他的穴。倒是那胖子赶到，我刺了他一剑，我因为怕打错了人，又到大路上抢了一根火把来照一照，不料倒引起他们这班马贼来，几乎让大姑娘吃一个亏。”孔长海道：“从小就听说于师母了不得，果然是这样武艺超群。我有一件事，要求一求师母。”说毕，他就在草地上跪了下去。于婆婆道：“你不用说，我知道，你不是因与魏万标是同门兄弟，你叫我救活他来吗？”孔长海道：“正是这样，我和他同一个老祖师。”于婆婆道：“你的祖师，就是我的师叔，这事何消要你说得？我要伤他的性命，何至于去点穴，不拿剑扎他呢？但是他是头子，不把他去了，他们这班人不会散的。”孔长海道：“总求师母先救活了他，他若是不知道改过，小侄可以先把他杀了。”于婆婆道：“既是如此，我先去把他带来问一问。你且起来。”孔长海听于婆婆答应了，又起来作个揖。

四人牵着马，走到一所小土地庙。庙边有一棵冬青树，黑巍巍的不辨根干，有如一座大楼，不见灯火，高入云汉。相形之下，这庙格外渺小。大家将马系在土面上穿出来的大树根上，就在土地庙前，一方石板香案上坐下。于婆婆道：“你们在这里稍等一等，我去去就来。”说毕她奔上小路，一刻儿就不知所在。这里朱氏父女和孔长海谈话，他说早就来了，先走那庙外边，看见振华跳进庙去，很是奇怪，就跟下来了。因跳得慌忙，墙头上还落下一块砖，到了庙里暗中一听，知道是同道。后来大家留火烧庙，他想未必能惊动人，所以独藏在庙里敲钟。自己的意思，赶掉强盗是好的，他不愿意人家多丧性命。后来赶到大李集，得了一匹马，就救了振华了。朱怀亮也告诉他，李汉才已经救出来了，这是于婆婆的意思，要为地方除害。二人谈了一阵子话，路上一条黑影，飞也似的到了。到了面前，只见于婆婆胁下夹着一个人，就轻轻放在石案上，看那人犹如死去了一般，软绵绵伏在石案上。于婆婆一伸手，在他背上拍了一下，他马上哼了一声，缓缓的也就四肢展动起来。

原来这种点穴的方法，并不是次次有救，也不是次次可以杀人。这里面分点、打、闭、拿四大种，点穴是用指头点，人被点之后，马上倒地。打穴并不用得触着人的皮肤，远远的对人一掌一拳，就中了人的穴。南方有一种掌心雷打穴法，离人四五丈远，将手掌一扬，人就中了伤。不过这样的打法，可以用跌打损伤的药治好。闭穴法，和点穴法差不多，就是闭住别人身上的血道，让人麻木而死。一个人周身血脉不流动，自然是会死的。拿穴法最厉害，可也是最损德。在人穴上暗暗拿中了，当时受害的人，不觉怎样，可是迟则三月半载，快则两三天，必须口吐鲜血而亡，而且这种拿穴的人，在动手的时候，多半不是明的。甚至假装和人作揖打拱，乘便在敌人穴头一拿，敌人哪里知道。刚才于婆婆向魏万标动手，是用的闭穴法。这种法，由原来点穴的人，按着血脉停留起伏的关系所在，对别一个穴头一拍，将穴打开，那人立刻回复原状，所以于婆婆刚才对魏万标背上一拍，并不是雪上加霜，乃是替他开穴。

魏万标血脉一流动，浑身筋肉一伸缩，就不觉哼了一声，人也回复过来了，他睁眼一看，见有几个人，围住了他。立刻回想到以前的事，就想起了于婆婆和他交手的情形，恍然大悟，自己是让人家点了穴，现在回生转来，是捡了一条性命，不过身边都是敌人，料定了也逃跑不脱。当时定了一会儿神，就向于婆婆说道："你们几位，我一个也不认识，不知何仇何怨，有劳诸位的大驾。"于婆婆是说本乡话的人，她不愿开口。朱怀亮就答道："我们并没有私仇，不过因为你在此地做强盗，不分良善亲疏，乱绑乱杀，地方的百姓，都受不了。我们学武艺的人，对人是要除暴安良；对自己是保全身家。你们这种人，学了武艺来害人，也是我们同行的羞耻，所以我们要把你的巢穴扫平，也是我们这位大嫂，念在一门的义气上，没有伤害你的性命，把你提了来，和你说明，你赶快把同伙的散了，自己也改邪归正。君子一言，快马一鞭。你是个汉子，愿不愿你就当面说了。你若是愿，我们放你回去，你若是不愿，就请你和我比上一比。赢的了我这口剑，你就走。”魏万标是刚刚死里求活，哪里还敢说打，一口就答应明天就散伙不干。朱怀亮道：“你既然说了不干，我也很相信，你就请回罢。山高水远，我们后会有期。”说时对他拱了一拱手。魏万标道：“今天遇到诸位，从此改过自新。这一位老婆婆，又没有丧我的性命，总算是我的恩人，不知道各位高姓大名？”朱怀亮道：“朋友，你要打听我们的姓名做什么？预备将来报仇吗？哈哈，那是不行的。我们说近在眼前，说远在天边，你到哪里去找我们呢？”魏万标也就不敢多说，和大家一揖。那一轮月亮，黄得像金脸盆一样，去地只一丈高。一个孤单的人影，在荒凉夜色里回去了。

这里男女老少四人，依然坐在大冬青树下。这夜的寒霜，下得格外的重。此处有浓密的树叶遮住了，霜下不到人和马的身上。可是看看树荫以外，月色昏黄的地下，有一层薄薄的白色，正是下的寒霜，已积着铺成一片了。于婆婆笑道：“你瞧我们闹了这一晚上了，我们该回去了。那位李老头虽然藏在我那里，究竟出不得头，不如让他早些脱离虎口罢。哪个去通知他儿子一声？”振华连忙答道：“我去。”于婆婆道：“要去就是马上去，趁着天色没亮，偷偷的进他的房去告诉他，叫他就一早赶到我那里去。”振华先是率然的说出口她要去，这时于婆婆一来就说趁天没亮，二来又说偷偷的进他的房，论到行侠仗义的人，趁天没亮偷偷的进人的房，原不算一回事，更不要说提到这种话，不必介意了。可是现在振华听了这话，就觉得异常刺耳，不是黑夜之间，大家看不清颜色，那振华的脸上，就要十二分难为情。就道：“爹你去罢，我不去了。”朱怀亮道：“你最是好事的人，为什么不去？刚才在马队里吃了一个小亏，一个人不敢去了吗？”振华道：“我怕什么，就是天气冷。”于婆婆笑道：“这话更不对了，年轻的人怕冷，倒叫老人家出马不成？”振华一扭身子，又一跺脚道：“我不是这样说，你们不懂。我不说了。”这时大家醒悟了，乃是她觉得前去不方便。人家是个黄花闺女，既然说不去，自然不能勉强，倒默然了。孔长海这就说道：“我看还是我去一趟吧。”朱怀亮道：“这倒可以，你到店里通知了他，你就到东门塔下饭店里去会我。明天晚上，我们一齐在二十里铺会面。”大家说着话，各上了马，仍回头插上大路，才分手而去。

那天晚上，就是孔长海通知李云鹤的那一晚上了。李云鹤父子见面之时，于婆婆引他们到后层夹厢屋里，将详细情形一说，李云鹤便首先对她磕头相谢。李汉才已经是谢过数次了，这时也跟着儿子跪了下去。于婆婆道：“老先生，你起来罢，你也是一大把年纪的人，不要行这样的大礼。老实对你说，我和人家有仇，不怕人家报仇；若和人家有恩，可是怕人家报恩的。不说别的，就以你们父子而论，你谢一回，我就和你客气一回，这不是找罪受吗？”李汉才听她这样说，觉得也是痛快。说道：“你老人家说的是，大恩不言报，我们把这事今生今世记在心里就是了。”于是二人道了一声谢起来。于婆婆笑道：“孔夫子门里出来的人，总是这样酸溜溜的，连说不谢不谢，可是又谢起来了。”李汉才父子一想，也笑起来了。这屋子里原是四围不开窗的，只屋瓦上在当中开了一个通气的天窗。这时又因为天气冷，把天窗来闭上了，所以屋子里越是黑沉沉的。屋子里别无所有，中间放了一张旧黑板桌子，四条板凳。桌上有一个黄泥六角墩子，插上一枝油淋淋的蜡烛。靠黄土墙边，又用土砖砌了一个灰池子，堆了许多糠灰，中间烧着几橛大红木炭。虽是白天，屋子里倒是火光熊熊，映着那黄土墙，更如深夜一般。那于婆婆将李氏父子安顿好了，她自己出去了。

在这种昏昏暗暗的屋子里，两个人影，也不甚清楚。李汉才凝着神摸了一摸短胡子，又把指头在嘴里咬了一咬，点头道：“哼，大概不是梦。”李云鹤怕父亲神志不清，回头一看，那灰池子红炭边下，靠着放了一把瓦壶。壶里扑突扑突，向外出着热气。那灰池子围砖上，又放了几个粗瓷杯。于是站起身来，斟了一杯热茶，放在他父亲面前，让他喝着提一提神。接上又斟了一杯，放在自己面前。李汉才不转睛的望着儿子，见他脸上比从前瘦了许多，而且又黄又黑。因道：“哼，不是梦，云鹤，你害了病了吗？”他答道：“没有，倒是我看你老人家脸色非常憔悴。哎呀！头上的白发有一大半了，从前哪里有许多呢？”说着，两手撑住了桌子，站起身来，向他头上逼近来看。李汉才望着他儿子，两目直视，忽有好几点眼泪落了下来。直等眼泪落在桌上，自己才发觉，赶快就把右手牵着左手的长袖，在两只眼眶上揉了几揉。李云鹤见父亲这样，知道他有很深的感触，便道："蒙许多人将你老人家救出来，总算不幸中之大幸。我谢了诸位，马上就送你老人家回乡，以后我们同守田园，不必在外求名求利了。"一面说着，一面坐下去看他父亲的脸色，格外沉郁了。半天，他哽咽着说道："苦啊！孩子……"李云鹤看他父亲这一种苍老样子，胜于一别十年，他很是黯然，停了一停，笑道："我们应该欢喜，为什么伤感呢？这小镇上，我看见有酒有肉卖，我去买点东西你老人家来吃。"李汉才道："你一早跑了来，坐一会罢，早上我不要吃什么东西的。让我来问一问家事。"

李云鹤见父亲这样说，就不走了。李汉才道："我见了你好像有好些话要说，但是这刻儿工夫，我又不知道问你哪一句话好？"李云鹤道："你老人家不必问，让我先把这一路来的情形，说一说罢。"于是从头至尾，将由家起身，直至昨夜孔长海报信的事，大致说了一说。提到了韩广发，李汉才道："是啊！这一位我还和他同过一回席的。论起来，人家千里迢迢跑了来，为我们受了三刀六眼，为我们两次三番到土匪巢子里去，那样的大恩，我们不要忘了人家。"说到这里，于婆婆推门进来。说道："是啊，我也正要打听这个姓韩的，可是奇怪得很，昨天我们在大李集那样大闹，并不见这位姓韩的出头，这是什么缘故？难道他在泗阳没有走吗？"李云鹤道："不，家父被救出来，他究不知道是凶是吉，在城里躲搁一天，一个人就回大李集去了。"于婆婆道："若果然是到大李集去了，他应当出来帮着我们；就是不知道我们为了什么去的，那也当跟着魏万标出面。一个在匪巢里做客的人，外面闹得这样翻天覆地，他还躲得不出头？没有这个道理。"李云鹤道："这位韩大哥，实在是一位热心肠的朋友。若是为了我们的事有什么参差，那我们就是终身之恨了。"于婆婆道："那大概不至于此，若是真有什么事，看在江湖的义气上，我一定和他报仇。"

一言未了，只听见外面有一个人插嘴道："又是哪个得罪你老人家，你老人家又要报什么仇？"随着这声音，却有一个人推门而入。李云鹤见他是一个三十多岁的汉子。面孔黑黑的，倒是用一块蓝布将头来包了，并没有戴帽子，身上不穿长衣，却罩一件黑布卧龙袋，胸面上一路钮扣，全没有扣上，大襟上的黑羊毛向外翻着，看见他里面的袄子上，束着一条宽板带，横腰系了一个大疙瘩，垂出一尺来长两个疙瘩头儿。就这样的装束看去，一望而知是个强壮汉子。他见屋子里有两个人，便笑道："好哇！我这里不曾找到，你们倒在这里。"李云鹤听得慌了，只睁了眼望着他，身子却移动不得。于婆婆笑骂道："黑子，你是在哪里桌上吃饱了东西，要挨几下？人家是受了惊吓的斯文人，哪里禁得住再受惊吓。"他道："娘，不是我说你老人家，你老人家又要管这样不相干的事，不分日夜替别人奔波，而且出门去了，也不先告诉我们一声，闹的我担了一晚上的心。"于婆婆道："胡说！我要你担什么心？难道老娘做事还不如你？你说担心，怎么昨晚上回来，你并不在家里候我？"他笑道："半夜里起来小解，听到街南头掷骰子的人，吆喝着四五六，非常热闹。我找去一看，是王瞎子家里赌钱，他们硬拉着我凑上一个。我也是运气，赢了二两多银子。"于婆婆道："你在娘面前撒谎，我一脚就把你踢上街心去。人家硬拉你凑上，是到你家里来拉的吗？我这一生，就不知道什么叫赢钱。王三瞎子家里那些赌棍，都是油滑一万分的东西，有钱让你赢了来吗？"她说着，左手食指，按住了大拇指，就要向他一弹。吓得他缩着头连忙往后退。他笑道："这个来不得，上次你老人家隔着一丈路对我一弹指甲，我手膀上就痛了半个月。"于婆婆道："我给你引见这两位李先生。"那人过来，于婆婆道："这是我第二个孩子于国豪，老娘儿从小就姑息惯了，这样大还是顽皮，二位不要见笑。"于国豪进来，对李氏父子作了一个揖，他们都起身来让坐。于国豪道："娘，我听小三儿说，你老人家昨天在大李集闹了一夜。其实那些人都是胡闹，没有什么本领。倒是曹老鹞子手下这班东西，非常可恶。现在他又新出了一个规矩：每天派人到柳家渡口上，每天和我们渔船上要十条大鱼，七八十斤重的，他都拿了去。我真忍耐不住，几次三番要动手，哥哥都把我劝住了。"他说着话，一只脚站在地下，一只脚踏在板凳上。他一气，脚一使劲，噼啪一声，那条板凳，拦腰中断了。于婆婆道："你这是怎么讲，奈何人不得，跑回家来，拿我的板凳出气吗？"于国豪也笑了。一面搬开那条板凳，一面道："娘，你要是去打曹老鹞子，我和哥哥都去帮你老人家一手。添个棒锤轻四两，总能做一点事，要不要我兄弟两个人去？”于婆婆道：“去是可以让你们去，不过你们在江湖上的日子多，你打了他，仔细他们将来暗算你。”于国豪道：“他们那里几个有本领的人，我都知道。我们这一回破了面子去，不杀他个落花流水，也让他远走高飞，难道再让他们在乡下和湖边猖狂吗？”于婆婆道：“去可以，我教给你那一套刀法会了没有？”

李云鹤见他母子二人大谈杀贼，都听呆了，心想凭她这样一个白发苍苍的老婆婆，如何有这样的能耐？若不是听父亲所说，亲身目睹见她救出来的，真要疑心这老婆婆说的是一篇鬼话了。心里这样想着，眼睛就不住的向于婆婆看来，看她究竟有没有特异之处，于婆婆笑道：“李先生，你听我说要和曹老鹞子较量，你有些害怕吗？不要紧的，今天晚上，等我们伙伴来了，我们就商量一个绝妙的法子，把你父子先送过江。这里的事，我们不办就不办，若是要办，就办个痛快。你父子住在我这里，虽然万无一失，但是我们要办事，就不免一心挂两头。我活了这么大的年纪，功名富贵，什么也没有挣下来，只得着这两个大头儿子。这两个大头儿子，孝道是什么，那自然是不懂。不过很听话，我要他们做的事，没有不办的，将来我就让他们送你们回去也可以。”她说这话时，笑得鼻子边、眼角上，纵起了许多皱纹，嘴唇皮往里蹩着，还缺了几个牙，一笑时，老态全露出来了。李云鹤先见过张道人朱怀亮，那样年老还是精神矍铄；现在一看于婆婆，更是不同。她的武艺，犹如生龙活虎不可形容。可是她的外貌，一般的和平常老人那样衰朽，有些时候，竟比平常人还要孱弱，真是炉火纯青，练习得一点也不形诸颜色。一个人有本领不算奇，有了本领，还让人家看作是个无能之辈，这实在是很有兴趣的事了。他这样想着，觉得学武术是一件极有意味的事了。当时放在心里，且不说出。因于婆婆说了，将来可以让她两个儿子，保护过江，就站起身来，两手微微一动。于婆婆笑道：“你打算怎么样，又要作揖道谢吗？”李云鹤想起刚才她拒绝道谢的事，笑着便坐下了。于婆婆笑道：“你老远的跑了来，只顾父子畅叙离情，还没有吃一点东西，不饿吗？小黑子，你陪他们谈谈，我去弄点东西给他们吃。”说毕，顺手一带门，便出去了。

那于国豪走过来将瓦壶提起，拿着粗瓷茶杯，先斟了一杯热茶喝了，接上又斟一杯喝了，昂起下巴一喝，就咕嘟咕嘟中间也不会停留一下。喝完了，将茶壶茶杯放下，一伸腿跨过那条板凳，向下一坐。然后笑道："你二位看不出我母亲是个有能耐的人吧？你们若是见她就以为奇怪，若把她平生的事说出来，你们更要奇怪了。我这张嘴总是禁不住爱说话，但是她老人家的事，我半个字也不敢提。一说起来了，我就挨不起打。所以我们住在二十里铺三十年，人家由于奶奶叫到于婆婆，只知道是个平常的老人家罢了。现在遇到你二位，她的事，可以说明白了一半，不过求求你二位，在生人面前，千万不要提起恩人二字，免得连累她老人家。她老人家这一生只好做一个不出名不出面的英雄罢了。"说毕，他两只手扶了桌子，昂着头长长的叹了一口气道："咳，人生一世，草生一秋，像我们一辈子在洪泽湖里打鱼，就有天大的本事，哪个知道？"李云鹤道："她老人家就如我的重生父母一般，大哥说怎样办就是怎样办，在人面前决计不提到一个字就是了。"李汉才道："她老人家真是一个游戏人间的侠客。据大哥说，她老人家的事，现在只让我们知道了一半，还有一半，想必更要惊天动地吧？"李云鹤连忙笑着摇摇手道："江湖上的事，我们哪里懂得，不必问了。"于国豪听了，也就笑着点点头。过了一会儿，于婆婆捧了一大托盘东西来，都是热气腾腾的，放在案上。看时，一大盘红烧肉，又一大盘韭菜煎鸡蛋，乱堆着几十个馒头。于国豪先拿一个馒头向嘴里一塞，只管鼓着两腮，嘴嚼着要往下吞，手里就在托盘里将东西向案上移。于婆婆笑道："这里还有客，你也是这样吃嘴吃舌！吃罢，我还有呢。"说毕，她又出去端了两盘子东西来，一盘子是一尾煮的大鲤鱼，一盘子是蒜花椒盐蒸的芋头，另外还有两大壶酒。托盘一放，于婆婆自掀衫袖，也一跨凳子坐下。将杯子一举道："黑子，先替我斟上一杯，昨晚上跑了一整晚的，喝两杯带点醉意，先去大睡一觉。"因举起筷子，向盘子点了几点，笑道："老李先生，小李先生，这是我儿子带回来的鱼，随便吃一点。"李氏父子见她自己都如此，也就不能客气了，各人随便吃喝。醉饱已毕，于婆婆先起身说道："我不能奉陪了，李先生不要行动，晚上我们商议好了再说。"说毕，她自走了。这于国豪却带了一个十几岁的小孩子，将案上的食具收了去。

李汉才父子，果然遵守于婆婆的吩咐，并不曾离开那黑屋子一步。李云鹤也是起了早的人，到了下午也就睡了。晚饭之时，于氏母子，还是酒肉供养。李云鹤现在欣慕武侠的心事，已到了极点了。他听到说今晚上有于婆婆的伙伴来，就留意要偷看是些什么人。他和父亲，本是睡在那柴房里，上半夜睡得足了，下半夜不肯睡着。约莫有三四更天，果然听到有轻轻说话的声音。轻轻的起来偷在门缝里一张，见那黑房里坐着五六位男女，全是熟人：有朱怀亮父女和孔长海，于婆婆母子，另外还有一个白发老头子，却是不认得。那老头子和于婆婆对着说话，似乎在争论什么。李云鹤静心静意，极力的用耳力去听。只听得老头子道："这事不动手就算了，动手没有不伤人的。无缘无故，把人家现成的局面打翻，你们图着什么呢？于大嫂，不要倚仗自己道行高。他们既然把我请出来了，我不能看着曹老鹞子他们白送死。"于婆婆道："没有张大哥出来，这事情还可以私休，现在他把你这老前辈请出来了，我若是休手，放着朱大哥和着孔家老弟朱家妹妹在这里，倒说我无用，不是说我们上了一点年纪，犯不着和小辈淘气吗？明天我就和张大哥较量较量，曹老鹞子那一党呢，不用多，我有两个儿子，加上孔家兄弟，朱家妹妹四个人，就行了。朱大哥算是老前辈，请他袖手旁观，不必动手。你说，这算哪一边人多势众？"说毕，挺起胸来，两手一叉腰。那老头子见于婆婆这一番情形，突然站起身来，将手一理胡子道："既然如此，就听尊便了。"走到阶檐下，将手向大众拱了一拱，衫袖向下一拂，趁个势子，将身子一耸，人就不见了。

李云鹤还未尝见过这样耸跳利落的人，一想他偌大年纪，还有这样轻灵的身体，武艺如何，可以想见。明天他们真要比起武来，那还了得，自己在门边迷迷糊糊的站着，不觉碰了门扑通一下响，于国豪带忙问道："是谁"，李云鹤见全是熟人，也不适得藏身，便走了出来，于婆婆道："幸是那张老头子走了，若是你早一脚出来，岂不坏了你自己的大事？他就知道你父亲是我们救出来的，还料不到把你父子藏在这大路边下的小茅屋里，若是知道，你父子还有命吗？"李云鹤听了这话，却也不免陡吃一惊，说不出话来。朱怀亮笑道："不要怕，凭着我们一班人在这里，既然把你救出来，当然保住你父子二人的性命，不过要不让他们知道你在这里方好。”于婆婆道：“人藏在我这里，除了这老头子，再也没人敢来，你们只管安心住下。”孔长海道：“这张老头，刚才从哪里来的？何以知道于婆婆住在这里？”于婆婆道：“二十多年以来，知道我行踪的人，慢慢的都死完了。只有这张老头，他的寿比我还长，他向来就不是好人，这也干干，那也干干，翻来覆去有好几次，后来就当土匪了。他洗手不干，也不过十七八年。所以有些土匪头子，还可以和他通消息。不过他有三分怕我，我不说破他，他也不敢说破我。”孔长海道：“这样子说，他今天晚上来，一定是魏万标告诉了曹老鹞子，曹老鹞子又求了他来的。”于婆婆道：“这是自然，这淮北一带，像我这样的婆子，哪里还找得出第二个？”孔长海道：“他的本领如何？”于婆婆道：“从前我们也交过手的。他是我手下败军之将，现在有二三十年没交过手，不知他有没有进步？但是这个你们倒不必挂心，我一个人准可以抵制得了他。”孔长海道：“这件事若果是魏万标这东西说出来的，这人太不讲信用。明天我若见着他，我就先动他的手，让他学个乖。”

李云鹤坐在一边，原没有说话的位分，听到魏万标不顾信义一层，也是愤愤不平。靠着墙坐下，两脚抵了地，身子只往后一仰，浑身都在出力。好像这样出力，就可以把胸中的忿恨，发泄出来似的。振华姑娘笑道：“爹，不要说我们大家都生气了，你看看李先生那样子，差不多都要把堵墙挤倒呢！”大家看了李云鹤的样子，都为之一笑。李云鹤倒弄的很难为情，勉强笑道：“我原是个酸秀才，不懂什么。但是这些时候，跟了诸位往来，长了不少的见识，宽了不少的心胸，可惜我没有一斤气力，我若是稍微有一点气力，我愿意丢了秀才不做，丢了书不教，跟着诸位一块儿在江湖上走走。我看诸位来去无常，不争富贵，不怕权势，不挨饥寒比做什么还要快活。”朱怀亮笑道：“好是好，也不能像你那样说得好，你若愿意这样，将来你把令尊送回府了，你就跟着我学武艺去，我包你能成功。”朱怀亮原是一句笑话，振华倒认了真，笑道：“李先生这样大年纪的人，还能从头练起来吗？筋骨上吃不了那大的苦吧？依我说，学一点柔软的功夫，活动活动血脉，也就行了。再说李先生有他正当的事情，将来还靠在读书下考场，望个出头之日呢，当真就让人家跟着我们去吗？”朱怀亮觉得自己姑娘太老实了，却又不便说出来自己是说笑话，因道：“傻孩子，你知道什么。”说着就回头对于婆婆道：“你这里地方小，挤了许多人在这里，很不方便，快要鸡啼了，街上的人醒了过来，我们就不好走了。现在我们先走，大家在五里墩树林子相会。”于婆婆道：“这两位李先生的事呢？”朱怀亮道：“就是照我们先说的话那样办。”于是他父女和孔长海都告辞而去。于婆婆只送到小堂屋门边，就回转身来，也不曾去开大门，也不听见大门响，这样客就算走了。

李云鹤见人都不在这里了，因向于婆婆拱手道：“你老人家说了，和大家商量好了，就可以送晚辈回去了。晚辈在泗阳城里，还留着一个长工呢。蒙各位相救，晚辈预备的那一点款子，都还存在，难道还带了回去不成？我也想交了出来，请各位和我想一个用途。”于婆婆点点头道：“你这倒是识大体的话。不过你的事情，我们都想好了，你不用过虑。明天我们大家都要到柳家集去，这里我们照顾不到，我劝你父子什么事不要问，整整睡一天就行了。”李云鹤听了这话，虽猜不透这是什么用意，但是他们做的事，神出鬼没，没有什么办不到的。他们要怎样办，依着他怎样办，总不会错，因此也不曾问其所以然，便答应下了：“明天准睡一天，并不起床。”于婆婆笑道：“李先生真是老实，可以画圈为牢了。我要你睡，不过是说你可以在家不要露面，并不是说连床都不起。一个人睡觉之外，还有吃喝啊，若是只许你睡，岂不是罚你一天不吃喝啊，你又犯了什么罪呢？天快亮了，你去睡罢。”

第十八回　白首誓双拼骄翁败北　绿林付一炬大寇潜踪

李云鹤也不作声，心想：看你们怎样？次日起来，已经是日高三丈，那柴房外面，一架石磨上，拴着一头黑骡子。一个四十上下的黄瘦汉子，嘴上长有几根短桩胡子，歪戴着一顶黄呢毡帽，口角上衔着一管尺把长的旱烟袋，靠了骡子站着。他的脸，正对着柴房的门。李云鹤冒冒失失的将门打开，看见这样一个生人，倒吓了一跳，突然又将身子向后一缩。于婆婆恰由前面走了来。笑道：“这也是我打鱼的儿子，叫于国雄。”李云鹤听说，这就走出来一揖相见。于婆婆道：“我两个儿子都来了，这就要动身了，你小心一点。”说毕，喊了一声黑子。于国豪手上，拿了一只生白薯，在嘴里一边啃着，一边走出来，口里咀嚼着说：“时候还早，让我睡一觉再走，不好吗？”于国雄笑道：“老二，我看你真有些像猪八戒，又好吃，又好……”睡字未说出，于国豪拿起白薯，就对他头上砸来。于国雄将头一伸，口一张，却把一只白薯咬住了。于婆婆笑骂道：“两个这样大的人，倒像两个三岁的小孩子一般，尽管闹到生客面前来。我们走罢！”于婆婆说时，伸手在墙上取了一只布袋，向骡子背上一放，顺手又一拉拴骡子的绳疙瘩儿。那骡子倒是像懂人的意思一样，马上就向大门外跑。于婆婆并不耽搁也跟了出去。于国豪道：“小三儿，看住门，我们走了。”不知道他一刻儿工夫，在哪里又找了一只大白薯，又放在嘴里，一口一口的啃着，也就随着哥哥，一路走出大门。于婆婆手上牵了骡子，正站在门口等候。于氏兄弟出来，两人扶着她的手臂，助她上了骡背。于国雄在前面牵着绳子，于国豪在后面赶着骡子，就由街南出口，转上小道。于婆婆斜着身子坐在骡背上，只是闭了眼睛打盹儿，人家遇到她的，都说她又有病了，儿子带她到湖里渔船上休养呢。

三人一路尽管在荒僻小道走着，到了五里墩，朱氏父女孔长海都在那里。朱怀亮坐在那里抽旱烟，振华和孔长海各坐在一棵树根上，靠了树儿朝太阳睡觉。朱怀亮一见于婆婆到了，站将起来。笑道："叫我们好等，大嫂这个时候才来。"于婆婆跳下骡子道："我就猜你们三个人并没有回泗阳，由我那里就直奔这里来了。"朱怀亮道："你只猜到一半，我们赶到柳家集去了。那地方是我一条熟路，我怎样不会找？找到那里，倒让我打听出一件事来，曹老鹞子把姓韩的关起来了，他说姓韩的和我们是里应外合。"于婆婆道："这种人，关起来也好。我送给你的那根断箭，他倒拿了去冒充！"朱怀亮笑道："你不要说这个，正是这东西害了他了。我听那个张老头子说：'我们老师伯，哪里还会留下东西，来救一个漠不相干的李汉才？这于婆婆和老前辈以先是常能见到面的，这断箭一定出在她那里。她叫姓韩的来把人诳出去，又装着不是一路，好藏在我们里面打个里应外合。你把他关了起来，一点也不冤枉。'那张老头子又夸下海口，说是我们这里去多少人，他们也用多少人来抵挡，说是大嫂和他交过手的，大嫂胜不过他。他因为大嫂是房门里的人，让你三分，所以二十多年以来，隐名埋姓，各不相犯。"

于婆婆原有点摆头风的毛病，一听这话，气得把头摆个不住，一头白头发，颤巍巍的。怪叫起来道："张海龙啊，好哇！你在后辈面前，这样糟蹋老娘。我要不在后辈面前显一点手段给你看看，你也不会知道我的厉害。他们不是说我们去多少人，他用多少人来抵挡吗？这倒也好，若是他们果然不是整批的人上来，你们不用管，统统交给我一个人去办，你看我吃得消吃不消？"她说时把骡子背上的那只口袋，解将下来，向草地下一倒，倒了满地的东西。有两把大环刀，和一只铁链锁好的九节鞭。朱怀亮道："大嫂今天高兴，又换了一套兵器。"于婆婆道："这自有我的道理，回头你就知道了。"兵器之外，草地上还有十几块干牛肉粑子，几十个连壳茶盐蛋，又是几十个馒头。于国豪也在骡子背上解下一只大牛皮袋来，袋口上拴着一个葫芦，正中有两个小铜搭扣，解开搭扣，却是两把瓢。原来往年江湖上有什么远道的事情要做，大家一样带干粮炒粉；喝的饮料，却是用牛皮做的袋盛装，既可不漏，而携带也很方便。若是要跑得快，就不带牛皮袋；或者光带葫芦瓢，随地舀冷水喝；或者买了几十文冰糖，一个人分一块，将冰糖含在口里走路，冰糖在口里自生津液，就可以当饮料了。当时他解下牛皮袋来，朱怀亮就问道：“究竟是老办事的，连喝的都带来了。”于是大家屈腿坐在枯草地上，将刀来切开了牛肉粑子。把口袋放在草毯上，牛肉鸡蛋馒头，分作六份摆下。于国豪将瓢在皮袋里先舀了大半瓢水酒，向左递给振华；又舀了大半瓢水酒，向右递给于国雄。三个人共一把瓢，分递着喝酒。一会儿吃喝的东西，均已干净。朱怀亮抬头，看了一看太阳。笑道：“时候不早，我们该去了。”于国豪把布袋和牛皮袋束在一处，紧捆在骡子背上。在骡子屁股上轻轻拍了一下，笑道：“用不着你了，你回去罢。”那骡子两只带着一圈白毛的耳朵，向上一耸，四蹄掀起，就向原路跑将回去了。

这里男女六人，身上各带着武器，向柳家集而来。约莫走了五六里路，一道高石板桥上，远远的站着两个人，看去好像是在那里闲谈似的。他们看见这边来了一群人，就只管呆看，突然走下桥去，就不见了。朱怀亮道：“他们观风的人走了，看他们倒把这事看得很郑重。”于婆婆笑道：“管他看得郑重不郑重，他来一百人我不怕，来一千人我也不怕，好歹打发他们回去。”大家走到桥上，远望有两个人，飞跑而去。于婆婆道：“他们既是预备得好好的和我们来干，我们就索性慢慢的走，等他预备完全了，再来动手。看他怎奈老娘何？”说毕，哈哈笑了一阵。一言未了，忽然有人在桥下答应一句道：“好大话儿。”说毕，一个人在桥下向旁边岸上一耸，一阵风也似的，飞跑而去。朱怀亮看得真切，在袋里掏出一枝袖箭，就打算赶上前去。于婆婆伸手一拦道：“不用，迟早可以拿住她。这柳家集有个女土匪，自称胡大姑，人家都叫她九尾狐。黄毛丫头，哪里懂得什么？不过两条腿还快，能跑几步路。”于国豪笑问道：“她长得标致不标致？”于婆婆道：“长得标致又怎么样，抢了来给你作老婆吗？”朱怀亮听说，摸着胡子微笑了一笑。于国豪道：“我因为她叫九尾狐狸精，一定长得标致。哪个要这种女土匪做老婆？曹老鹞子，就不是好东西。他手下的女将……”于婆婆道：“蠢东西，不要说话，这里还有大姑娘呢！”于国豪伸出手来，在自己头上打了一巴掌。笑道：“我是个糊涂虫。”说着，抱着拳头，对振华拱了一拱笑道：“大姑娘不要见怪，我说话，向来是这般不留心。”振华看了他这样子，只抿嘴微笑了一笑，却没有说什么。大家这样一路说说笑笑，哪里觉得是舍死忘生和人家去拼命比武？说起话来，走路就不觉得远，只管走去。于婆婆道：“不要再说话了，他们人来了。”大家见于婆婆警戒起来，逆料离着敌人不远，便都站定脚，各抽出兵器来。

不到一盏热茶时，只听见遥遥有一阵喊杀之声。路上的尘土，也飞腾起来几丈高。看看那尘头走近，约莫也就有百余人，各人手上都拿着明晃晃的兵器。看见于婆婆这边六个人已慢慢走近，他们相距十几丈路就停住了脚，一字儿将阵式摆开。这一群人面前拥出七八个人来，胖胖瘦瘦，高高矮矮，都对这边瞪了大眼睛。那个老头子张海龙却隐在人丛里面，没有出来。这里只是曹老鹞子领头站在最前面，他首先挽着手上的单刀，拱了一拱手道：“有劳诸位老前辈和好兄弟们远来，做晚辈的是极愿意领教。做晚辈的有不对之处，总请诸位包涵。诸位只要稍抬一抬贵手，兄弟也就过去了。”于婆婆身子向前一挺道：“说什么闲话，你们来这些人打架，倒叫别人高抬贵手。”说时，手向许多人扫着一指，笑道：“你们这里，就只这几个人吗？不止罢，怎么不一齐上来打？我们这里人也不少，除了我还有五个呢！”说毕，回过头来，对站在身后的人，笑着看了一看。张海龙站在一丛人身后，听到她说这些俏皮话，先忍耐不住，就抢了出来道：“你老人家不要说我们来的人多。来多的人，那是不算数的。你若是怕他们暗中动手，我可以叫他们站得远远的。”于婆婆冷笑道：“慢说百十来个人，再加上个十倍，你于婆婆哪会放在眼睛眶里？”说毕，将手上抱着的一捆木棍和铁链，当啷啷一声抖开。

张海龙看了，先就吃上一惊。原来他所善使的，乃是一枝梅花枪。从前他和于婆婆较量的时候，自己使的是单刀，于婆婆使的是长枪，手脚稍微笨一点，就战于婆婆不过。这十几年来，丢了短器，就专门练长枪。这一管枪凭他这十几年的苦练，当然非同等闲。况且他又是武力有根底的人，工夫一到，把一枝枪，直使得神出鬼没。这次要和于婆婆较量，并非特别有什么把握，他自己很明白，有几手枪法，还是到江南向一个老师叔那里学来的。从前和于婆婆较量，觉得她并不知道这个，这一次就要凭这几着和她见个高下。不料子婆婆这次来，并不用长枪，却用的九节鞭。这九节鞭乃是三截棍化生出来的，平常的三截棍，共是三根二尺上下的棍子，用钢链子锁住，使起来能软能硬，长短兵器，都有法子破。惟是其中间有两节钢链，不容易练到家，所以会的人很少。现在于婆婆使的，却是九节鞭，中间有八节钢链，比三截棍又要难练好几倍。三截棍这样东西，只要使得好，就善能破长枪。九节鞭又比三截棍加上六截，自然更是难练。现在于婆婆拿了出来，岂有不精之理？今天这一管长枪，又不见靠得住了。事到头来，也就缩手不得。便上前拱一拱手道：“兄弟今天专门领教，来的这些人，让他们一律退后。”于婆婆喝了一声道：“和你们动手，难道还用得着一个比一个吗？你有多少人，只管一齐拥上来！”

张海龙听说，怒气已是忍耐不住，在后面站着的人手上夺过一枝长枪来，向空中抖了一抖枪缨。叫道：“来来来！我把这颗白头输给你罢。”于婆婆拿着九节鞭在手上，还是颤巍巍的。听了一声说打，将九节鞭向上一伸，便使了一个朝天一柱香的式子。这样钢链锁起来的九节连环棍，竟会笔直一根，犹如一根长棍一般。不用细说，可以知道她手上的力量，由下直上，一直透到了最后一节了。她使过这一个式子以后，立刻精神抖擞起来。鞭往下一落，她双手握住了中间，只一飞舞，就如拿了两根短锏。张海龙横枪刺将来，两下便实行交手了。这两个白发苍苍的老人家，杀得犹如一条生龙，一只活虎。两边的人，都看呆了。张海龙的枪法，固然是不错，无如于婆婆的这个九节鞭，练得成了自己两只手，要长要短，要曲要直，随心如意。张海龙的枪刺到近处，她可以变成双刀，或挑或拨；枪若或上或下，这鞭直了出去，比枪还长，一样能扎能刺。张海龙一枝枪算是抵住人家长短兵器，哪有不吃力之理，曹老鹞子看见，知事不妙，万万不能和人来一个对一个，便拔出刀来，迎着阳光一挥，他那伙人，就一拥而上。朱怀亮和孔长海怕于婆婆有失，一人使刀，一人使剑，一跃上前。一个站在子婆婆左，一个站在于婆婆右，恰好成了一个品字式。这时，有一个妇人喊道：“这不反了，居然有人敢到太岁头上来动土！”这时振华和于氏兄弟，还站在路边一个土墩上，替三个交手的照料身后。她听见有女子的呼声，睁眼一看，原来是二十上下的女子，头扎了一块绛绸包头，斜躺在马背上，飞跑来了。只见她背上抽出一把大砍刀，两脚一蹬，早就离了马鞍。飞奔到人丛中，举起了大砍刀，对着于婆婆这边杀来。振华早是无可忍耐，提了剑也迎上去。于国豪道：“怎么样，我们还等什么？”

兄弟两个正要上前，只听见遥遥的一阵扑突扑突之声，向远处一看，大概又有一两百人冲上前来。于国雄道：“这样看来，他们是认定了几个打一个的了。这一批人，不要让他过去，我们杀上去罢。”两人说毕，各举着手上的刀向上一跳道：“不怕死的过来！”那些跑过来的人，远远也看见这边杀成一团，突然见有两个人抡着刀，挡住大路大叫，不由得不停住了脚，看一看究竟。于国雄道：“呔！你们不是柳家集发来的救兵吗？你们的人，都快要死完了。你们还不快些去救吗？”他们看见这兄弟两个人，将路一拦，恶狠狠的要打，倒不知是什么路数，反为难起来。于国豪道：“我们干啦！”于是兄弟二人，大喊三声干，两人一蹲身子，向大众丛中，便冲了进去。原来他弟兄二人，个子都不甚高，用平常的武艺和人较量，总差一点，因之他二人特意练就一套滚地刀，作为和人较量取胜之着。这刀法是人身子向下一蹲，这刀由前而后，由左而右，遮住了周身，只向对方逼了去。人家看不清楚，就如一团飞雪，滚将来了似的，所以叫滚地刀。滚地刀这种武艺，一个对一个，还现不出它的长处来，最是滚进一群人里面去，他可以冲着就砍就扎。人家彼此截杀，还会乱撞起来。现在于氏兄弟，又是一对滚刀，联络着一左一右，冲了进去，大家猛不提防，当头的少不得先向旁边一闪，再来还手。在他这一闪之间，就会碍着第二个的手脚，人家也不能不一闪。因此他兄弟两个这一杀，把来救的人，杀了一个落花流水。本来这班人就是三四等角色，没有够得上大干的。加上于氏弟兄这一趟滚刀，若没有破法，慢说百十人，就是上千人，也只好让他们直进直出。所以这些人乱了一阵子，反而逼着向后退去。

那边张海龙让于婆婆九节鞭管住了，一点儿展不开，曹老鹞子四五个头领，也只敌得了朱怀亮一柄剑。孔长海放开了身子，倒是愿意帮哪个就帮哪个。这里倒是胡大姑和振华两个女子纠缠上了。振华的那一柄剑，得有乃父真传，一飞舞起来，真是无隙可乘。胡大姑她使的是一把单刀。两人使的恰是一文一武的短器。那胡大姑原来恃着自己几分本领，只管向振华进攻。哪知道振华的剑法，虚实相生，舞法又快，简直看不出她的解数。分明见她的剑劈面而来，胡大姑将刀绕着项，低了头，预备由侧面去砍，不料她的剑早已收回，使一个龙抱柱，倒提了剑，由上向下一插，若是逼近，正让她的剑插着了。这样的解数，胡大姑也不知道遇了多少回，都是看到是便宜，上前就要上当。幸得她的步法最快，腾挪躲闪，随时可变，因此还没有吃振华的亏。振华听到于婆婆说，她是江北有名的九尾狐，总恐她有绝着，不肯孟浪的动手。现在一见胡大姑只知道贪便宜，并没有妙着，料得她的本事，不过尔尔，就放开手来杀。在得意之时，侧着身子，剑横平了肩，向回一拖。胡大姑以为第二下，她必是或扎或斜刺，却不料振华剑向前一伸，使了个灵蛇吐舌，剑端微微上升，直刺上胡大姑的面孔。她要后退，已来不及。头向右一偏，躲过剑头去，但剑比人更快，已伸到了。振华轻轻一挑，就削去了胡大姑一仔鬓发。胡大姑究竟是本领不凡的人，那剑虽快，觉得自己身上不免受伤，非逃走不可，但是她并不直逃，趁振华的剑刚收回去，身子向下一蹲，将刀向振华的左腰便刺。振华见她来势凶猛，且向左一闪，不料她刀到半路，已经收回，一个倒箭步退回六七尺，脚跟站定，转过身来，抽腿便跑。振华见她走了，也不去追赶，便加入于婆婆这一边，帮着打退这些混战的人。振华还是那样想，这些人总是没有本领的人，自己和他们去比较，犹如拿石头去砸鸡蛋一般，那是何苦。所以他们的兵器，都只对着那几个头儿，这些摇旗呐喊的角色，不是他们砸上人，却不去管他们。张海龙看一看形势是不好，自己的枪头，总是让于婆婆的九节鞭缠住，没有法子摆开。他料定是不能取胜的了，将枪使个毒龙出洞，在九节鞭中间，使力一缴，故意让九节鞭的两梢缠住。趁着于婆婆腾不出手来，一耸身子就跑了。曹老鹞子平辈的角色，自更不是这些老前辈的敌手，也跟着在张海龙的后面跑。丢下这些伙伴，却不去管他们。于婆婆昂着头笑道："你大胆的跑，这个时候不来捉你。但是你也跑不出我的手掌心！"这时，柳家集那些散匪，蛇无头而不行，也像倒了蜂子窝一般，漫田漫野的跑。于氏兄弟对敌的那些人，更是跑个干净。

说也奇怪，这两群人，没有一个丧性命的，只是于氏弟兄捌了七八个倒在地下。于国豪见于婆婆这里并没有躺下一个，跌脚道："今天只算自来一次，一个土匪头没有捉到。"于婆婆笑道："他们若是还要三分面子，好意思还在这里做强盗吗？你们不要急，今天晚上，好歹我了却这一桩公案，但是这前后的村庄，十停有七八停通匪的。我们还要走回去几里路，找一家店打尖。到了晚上，你们随便把一个人和我去看看，就知道我说的话不错。"大家听到于婆婆如此说，却也相信，于是一齐跟着于婆婆向后走，在小路边一家小饭店里住下。他们只说是由乡下进城去的，饭店里人听于氏母子说话，是本地口音，却也相信了。他们睡到晚上二更以后，于婆婆就在暗中摸索，悄悄的起来。朱振华她是和于婆婆同床睡的，无论于婆婆起身如何轻巧，总要掀开棉被来的。振华心里有事，原就不曾睡着。她觉得有一阵凉气袭人，赶紧就向上一爬。于婆婆走过去，一手按着她轻轻的说道："姑娘，你要去，只管去，不要作声。"振华只要能跟着去，心里就是高兴的了。果然一声不响，就和于婆婆开门出来。这屋后面，便是菜园，由菜园里短墙上跳出来，并不用得费事。两人刚一跳过墙来，暗中就有人噗嗤一笑。两个人影同时在星光下一幌，于婆婆仔细一看，是自己两个儿子。便道："嗐，我正要瞒住你两个人，偏是你两个人知道了。还要你们去睡觉，也是不行，你们就跟着去罢。"于是四个人顺着小路向柳家集而来。

到了柳家集，于婆婆轻轻喝道："你兄弟两个，重手重脚，只在屋顶上，不要下去。打起来了，你再看热闹。"于是认定了曹老鹞子的庄屋，大家都越墙而进。上面正屋里，火光由窗户里射出来，黑暗中正好看得清楚。于婆婆越过两重屋脊，伏在身子，顺了屋檐，轻轻的向下一溜，倒过身子向正屋里一看，只见上面点着几枝大蜡烛，屋正中摆了一桌碗碟，曹老鹞子，张海龙，和着几个短衣人正喝得酩酊醉，围住桌子说话。曹老鹞子道："张老叔，我明天一早就走，这里的事，都交给胡夜猫子老弟，这庄屋放一把火烧了。他们要寻来的没有了我，没有了庄屋……"张海龙不等他说话，把面前的烛台，忽然一把推倒。于婆婆见他打倒烛台，知道他在里面，已经有了准备。不等他将第二枝烛台打倒，手就是一扬。曹老鹞子在屋子里哎呀一声，接上叫道："我的眼睛瞎了。"就在这时，屋子里一阵乱，烛台都已推倒。一阵风窜出来七八个人，振华也已伏到瓦檐上，哪里还让他们窜上来。只在他们刚要跳时，将剑向下一扎，先有一个躺下。其余那几个人，抽出家伙，在星光下抵敌。于婆婆怕振华有失，在屋檐上翻将下来。只伸脚凭空一踢，就踢倒一个。其余几个，几次想要逃走，都让振华的剑锋逼住，抽身不得。这其中第一个就是胡夜猫子，第二个是罗大个子，都是刚才在阵上和于婆婆交过手的，知道她的武艺了不得。日里那些人围在一处，也找不着她一点便宜，现在只有这几个人，她们却有两个好手，逆料万逃不脱。且战且退，剩有五个人，又退进上房屋子里去了。这上房已经灭了火，里面黑洞洞的了。于婆婆和振华，都怕关进屋，会中别人的暗算，都站住了脚，不敢进去。胡夜猫子一进屋门，脚下却让东西绊了一下，伸手一摸，是个人卧在地下。身上带有火刀石，连忙砸着纸煤，对着地下一幌，原来是曹老鹞子，自己操起刀来，抹了脖子了。"刀放在胸面前，脖子上有血向外流，便叫道："这是怎么说？大哥自己裁了。老二怎么办？"罗大个子一拍肚子道："老三，你看不见我吗？我在笑了。我们长了一颗好头，不能让人家来砍。大哥去得不远，我这里赶上他去了。"罗大个子说完，接着就听到扑通一下，以后声音就寂然了。胡夜猫子道："老二，你去了吗？好，有种！哈哈，等一等，我也来了。"拿起地上那把刀，用劲在颈上一抹，血往外冒，也倒下去了。

于婆婆在门外站了一会，没有动静，便喊道："有人吗？呔！快出来！我要放火了！"这里面，本来还有几个小土匪，先听到外面天井里，一阵声音乱响，就知道不妙。在一旁边张望，看见有一个老婆婆在内，早闻名了，大家的脚犹如钉住了一般，哪里移得动。有两个胆大些的，要向后院去报信。后面早是红光一亮，烈焰飞腾，放了一把火。这样子是前后夹攻，哪里抵得住。大家三十六计，走为上计，都抽空偷偷的溜走了。于婆婆见后面着了火，以为是他们自己做的事，不能不防备，索性和振华跳上屋檐，再观动静。不多一会儿工夫，果然有两个人从后面屋脊上飞奔而来。于婆婆心想！果不出我所料，正要迎将上去。振华扯着于婆婆的衣服道：“慢来慢来！”说时，有一人飞奔前来，提剑便刺。于婆婆方要躲闪着还手，那人已经停住了手，向于婆婆噗嗤一笑。于婆婆这才看出来了，是朱怀亮。后面还跟着一人，那自是孔长海了。朱怀亮道：“这里人都跑完了，还守他们做什么？”于婆婆道：“这屋子里还有几个人，我要等他出来结果了他。”

说话时，那屋后面已是火光熊熊，高映天空。人在屋顶，火光映着，看得很清楚。朱怀亮道：“屋子里的人，大概走了。若是还在屋里，岂有不出来之理？”于氏兄弟因为母亲嘱咐了，只远远的在屋脊上蹲着。现在看到有四个人站在火光之中，却不让他兄弟两人上前，真有些忍耐不住。两个人就跑了过来。噼噼啪啪一阵瓦响。于婆婆一回头，问道：“你们来做什么？像你们这样子在屋上走，先通知人然后再动手的。”于国豪道：“好哇！我们人全来了，为什么大家都站在这里？”于婆婆手指着屋里道：“他们都躲在那里，死也不出来。”于国豪对于国雄道：“嘿，我们去。”两人早是扑通两声，跳到天井里。于国豪看那门是虚掩的，一脚将门踢开，便使着滚刀，滚了进去。那屋后有两扇户眼，早是火光照着屋子里通亮，看见地下横一个直一个，六个人都自刎了死在地下，并没有活人了。屋上几个人恐怕他弟兄有失，早也是跟了进来。现在看到屋里如此，于婆婆道：“都完结了，怎么独不见张老头子一个人？”朱怀亮一指屋梁道：“他由这里走了。”大家抬头看时，屋梁边捣了个窟窿，大概他是跳上屋梁由这里走了。于婆婆道：“嗐，可惜，这老头子心眼里最坏。这一逃走，就不知道他又生出什么是非来的。”

正说时，有两个火星，由天窗里落将下来，还是红的，那烟烘气还一阵紧似一阵。朱怀亮道：“火要来了，我们走罢。”于是大家也不上屋，就由大门而出。大门外正来了一批救火的，各人拿着铁钩水桶。看见他们从屋里出来，又扯腿跑了。于婆婆道：“你看，这些人见我们就跑，除了他们的头子，他们还做的什么事？只是把那张海龙和九尾狐跑了，便宜了他们。”振华道：“我们忘了一件大事，那个韩大哥，不是说关在这里的吗？哪里去了呢？”孔长海跌脚道：“这件事，是我们大意了。我和朱老爹来的时候，先就去救他。正碰到那魏万标，他不怕死倒先动手。我劈了他一剑，也不知道劈在哪里，他就倒了。这韩广发就是他看守，他死了，哪里去打听消息？”朱怀亮笑道：“你不要着急，姓韩的决死不了。找着那个九尾狐，就找着他了。那九尾狐玩耍老韩的那件事，在老韩第一次到柳家集来的时候，我就在暗中看了一个够。”于婆婆道：“果然是那九尾狐带去了，那倒不要紧。这韩大哥得了一个老婆，还要发财呢？”朱怀亮道：“既然如此，我们就不必问了。”于婆婆道：“决计没有什么事，若是有什么事算我姓于的话说错了，栽了觔斗。”孔长海他总觉得韩广发是同门兄弟，而且由南京动身的时候，龙岩和尚就对自己说了，好好的照应着韩广发，这人谨慎有余，应变不足。现在眼睁睁韩广发失了踪，却不去救他，觉得于婆婆究竟是妇人度量窄。为了那一枝断箭，还有些放不过他。当时也没有说什么，跟着众人走。大家并不是到二十里铺去，却是向洪泽湖边下来。

第十九回　轻薄数言惩顽过闹镇　苍茫四顾感遇渡寒江

原来于氏兄弟早把渔船弯在这里，预备大家来歇息的。他们这种办法，把那个张海龙又气上加气，更结一层冤了。因为他料到李氏父子，必定藏在于婆婆家里。由曹老鸹子家里捣出屋顶之后，就直奔二十里铺。心想你们人都来了，那里只剩李氏父子，我除了他们，让你白白忙一顿，二来也可扫你的面子。这个时候，已经天色将近五鼓，张海龙匆匆忙忙赶到二十里铺，以为一定是很清静。不料远远的就听到嘈杂的人声，心里不由一惊。那为什么呢？难道柳家集的人，先到这里来报仇，那总不至于。因之绕了一个弯，绕到大路正面，只当是早起赶路的人，由这里经过。及至走到正街上于婆婆小饭店门口，却有许多人围住几堵破墙，地下堆着杂乱的瓦砾，兀自左一丛火焰，右一丛火焰，向上涌了出来，这地方就是于婆婆的小饭店了。围着这火场的人，拿了长竿短棍之类，四处拨火，有几个人，拿了许多水桶水盆，站在四处向火里泼水。但是火虽烧得这般厉害，事主家里，并没有一个人在火场上。就这神情形看来，分明是于婆婆家里，自己放下一把火了。于婆婆真是想的周到，不但李氏父子早带走了，就是她这一所小店，也消灭个干净。以后这二十里铺，又永不见她的面了。打不过人，计策也弄不过人，真是着着让人。张海龙高声叹了一口气，掉头径自走了。

原来这一场火，正是于婆婆家里人所放，她料到这两回大闹，于婆婆三个字，必然是闹得四处皆知，二十里铺是大路头上，如何还能驻脚。所以把这房店烧了，索性不留一点痕迹，自己就永远不回二十里铺了。当火未着之前，李汉才父子，正睡得稳熟。忽然有人拍着房门道："李先生，快起！快起！柳家集的土匪要来了。"李汉才睡梦惊醒，睁眼一看，却是送饭食用具的小伙计。连忙问道："什么样的土匪来了？"小伙计笑道："不要紧，离这里还远。不过怕让他赶上，你二位是快快逃走的好。我们后门口预备有两头骡子，可以骑了去，不要慌张。"李云鹤道："三更半夜，叫我们往哪里走？"小伙计对着他二人看了一看。笑道："不要紧，我们婆婆，留下了一个有本领的大个了，和你两位先生保镖。"李云鹤对于婆婆留下的话，当然是相信，抢着穿好衣服。这小伙计倒想得周到，预备了两大碗热水酒，请他两个人喝，说是晚上霜重，喝了这个，冲冲寒气。李汉才父子早是没了主意，在昏昏沉沉的烛光之下，只是乱转。小伙计叫喝酒，也只好喝。

喝过了酒，小伙计引着他们钻过一层篱笆，篱笆外果然有两头牲口，在月亮光下，鼻子孔里只向外面喷白气。李汉才道："小兄弟，你说于婆婆给我们留下来保镖的人呢？"小伙计笑着将胸脯一挺，伸了一伸大拇指头道："二位先生看我怎样，能办得下这件事吗？"李云鹤听说，倒吃了一惊：这小孩子，不过十二三岁，头上披着一匝刘海发，脸上黄黄的，瘦瘦的，身上老是罩蓝花布袄，平常把他当个乳臭未干平常的孩子，不料他有这种气概。当时他也不说第二句话，复又钻进篱笆去。李汉才父子骑在骡子上等候，不多大的工夫，他却手上提着一把明晃晃的刀，由篱笆头上跳了出来。他一落地，喝了一声，骡子好像懂话一般，掀开蹄子就飞跑起来。李汉才父子猛不提防，那两头骡子一跑，又勒制不住，拉着缰绳，只得让它跑去。跑了有一箭之地，李云鹤正想将骡子拉住，那个小伙计不声不响的，却跑到骡子前面去了。回过头来对李云鹤道："李先生，你不用管是向哪里去，只让骡子跟着我跑，就不会错事。"说时，口里又作一种都得之声，两匹骡子，各竖着两只耳朵，拼命的跑。李云鹤见骡子一点抑止不住，只得由着骡子跟了小伙计跑。说也奇怪，无论这骡子跑得如何快，总赶不上他，他离这骡子不远不近总有七八丈路，一口气跑去，约莫有二十多里路，那骡子四蹄如飞，一路之上，只有一片得得之声。李氏父子不曾说话，那小伙计更不见回一下头。先走的路还像是有人来往的小路，到了后来，那路越走越窄小，到了最后，不是道路了，只是在一片荒滩上走。那荒滩上有些七零八落的干芦苇，骡蹄子踏着那芦苇杆子，只是噼噼啪啪作声。李云鹤到了这时，万万忍耐不住。便叫道："小兄弟，你不要再跑了，这不像是路啊！"那小伙计并不理会，还是跑他的。李氏父子，都是南边人，并不善于骑牲口。骡子只管跟小伙计跑去，又不敢十分强迫它停住，又跑了一会儿，还在荒滩上。朝前看去，只是混混沌沌的一片平原。半空中，似乎有一层白雾，面前还是高过于人的败芦残苇。抬头一看，凉月半勾，歪在天上，昏昏暗暗，景致越是荒凉。李云鹤又提着嗓子叫道："小兄弟，你停住不停住？你若不停住，我就滚下骡子来了。"那小伙计听了这句话，怕李云鹤真个跳下来，那可不是玩的。于是停住脚，将手向上一扬，同时又吆喝一声。那骡子看见这手势一扬，马上也停住了不跑，慢慢的走到小伙计身旁去。李汉才一翻身下了骡背，走到小伙计前面，握住他的手道："小兄弟，你有什么主意，我们都能依你。你不告诉我们，把我们引到这里来，我们不明究竟，实在有些害怕。"小伙计道："并不是我把你二位寻开心，实在是于婆婆吩咐了，叫我不要告诉你。"李汉才道："那为什么？怕我不来吗？"小伙计道："到了这里，我不妨老实说了。这里不但逃开了土匪，这里到那土匪巢柳家集，只有十几里地，路近得多了。"李云鹤听了这些话，陡然吃了一惊。一滚下骡便道："怎么样？莫非于婆婆到柳家集去？这件事不大好。果然如此，求求小兄弟，把家父放走。有天大的事，我都敢去。"小伙计道："唉，什么事都没有，你跟我走就是了。"

一语未了，只听得远远有人问道："都来了吗？"小伙计道："都来了，你快来罢！他们两个人，都不肯走呢！"李汉才父子两个，听了这话，都吓破了胆，靠了骡子站定作声不得。眼看那小伙计，腰带上插了一把明晃晃的刀，他又会跑，跑了许多路，两匹骡子都没有将他追上，这岂可把他当作平常的小孩子吗？事到如今，要逃走也逃不了，只有听他摆布了。那人说着话时，已走近前来。月光之下，虽然看不清楚，可也是一个短装人。让他走得近了，他就笑嘻嘻的低了声音，和小伙计说了一阵话，唧唧哝哝，却不知道他们说了一些什么。李汉才是匪巢出来的人，再送进去，只当没有被救出来，倒也没有什么。只是李云鹤千辛万苦，好容易把父亲救了出来，眼睁睁又把父亲送到匪巢里去，实在于心不忍。因此上很是着急，便挺身上前对小伙计道："于婆婆一片好心肠，把家父救出来，把我杀了，我也死而无怨。但是你们要怎样，尽管对我说明，何必这样鬼鬼祟祟的？我们都是文弱书生，难道还跑得了吗？"来的那人笑道："李先生你不要急了，我们难道还有歹意吗？你再过来看看，这是什么地方？"

李云鹤到了此时，怕也不行。父子二人牵了骡子，又跟着小伙计走过去。那残芦却越长越密，忽然澎湃一阵响，却仿佛是水浪打岸声。走过去几步，只见一片汪洋，眼面前水色无边。先前看到月光下一片白雾，大概就是这水月相映之光了。这地方，水岸凹成一个缺口。有一只小渔船，放倒了桅杆，将一根长竿子插在船头上，将船插住了。李氏父子见了正不知所云，忽然船上跳下一个人来，走到李汉才面前躬身作揖道："哎呀！老爷。你老人家果然出来了。"这正是李汉才的家乡声音，听到了是非常的悦耳。在月光底下仔细一看，果然是家乡人，不觉又喜又惊。李云鹤也看出来了，便道："李保，你怎么也到这里来了？行李东西呢？"李保道："行李东西，一点也没有失落，都带到这里来了。是这位孔大哥对我说，老爷救出来了，叫我赶快收拾东西赶来，好一路回家。我想行李是不要紧的，还有那些救老爷的款子，那是遗失不得的，所以当时不敢答应走。就是这天晚上半夜里，我睡醒过来，那个朱老爹站在床面前。屋子里的烛，本来是吹灭了的，他又点上了。他对我说，我的钱，他都拿去了。我来不来和老爷一路回家，那由在我。我连忙去开箱子，果然箱子开了，银子不见了。他又说，一毫银子也不动我的，因为我顾了银子不走，所以把银子拿到这来了。我想朱老爹是个正人，放计不会做歹事的。银子已经拿去了，我不走也不行，只好答应走。今日一大早，那孔大哥和一个人带了两头牲口，到饭店里来，骑了一头牲口，行李又堆在一头牲口上，就到这里来了。半路上，孔大哥他说有事走了，叫我只管来。我怎样拦阻得住他，只好跟着那接我的人走。到了这里，那人带了牲口走了，银子倒是一封一封放在船舱里，一点没有失落。据这船上的王家兄弟说，半夜里，他的兄弟一定会把老爷送来，不料果然来了。”李云鹤听到，虽还不能十分明了，这事有朱孔做主，必不会错事，就安心上那小渔船去了。小舱里正有一张床辅大小，展开了行李，却好安歇。那小伙计和船伙，也在后艄安歇。

寒瑟的夜里，只听到两头骡子啮着草根声，和不时的打喷嚏与弹蹄响。不多大一会儿，听见远远的有一片桨声，那桨声越来越近，接上又是篙子点水声。隔着水就有人问道："都来了吗？"这边后艄上答应："都来了。"接着这小船重重的摆着，好像是大船碰了一下。李云鹤忍耐不住，就将头边的舱篷一推，向外一看，已经是天色大亮。正是一只大些的船，紧紧的并排靠了岸。那边人声很熟，正是于婆婆等。李云鹤这就更放心了，叫醒他父亲，一同过船去道谢。于婆婆道："李先生，我们总算够朋友的了。我二十年不出面见江湖上的朋友，都为你们犯了戒。我要不留痕迹，他们出了我那小店，店也先藏了火种烧了。"说毕，对朱怀亮道："我们现在可以各干各的了。"朱怀亮还未答言，振华姑娘两小酒涡儿，先是一漩。然后笑道："我们都各干各的，这两位李先生怎么办？设若让曹老鹞子手下人看见，到哪里也是没命，况且他们还带着那些银子。"于婆婆笑道："姑娘，你太老实了，我救人救到这种地步，我会把他们带到这湖汊子里来，将他们丢了不成？走旱道是不大方便了，我和孔家兄弟还要谈谈，让他上我那只小船去。这里大船，叫我两个儿子驾着，送他主仆三人到瓜州。到了瓜州，他们可以自己雇船渡江了。"振华道："爹，我们还是趁船呢？还是起早呢？"脸向着朱怀亮，又笑了一笑。朱怀亮道："自然是搭这不花钱的船。"于婆婆道："那也好，我们后会有期。我也不客气了，有你父女一路，连过江他们都有了伴，我更放心了。"大家商议一阵，就决定了这样办，于是李氏主仆三人，就把一切行李，搬到这边船上来，船上早预备下一大锅热饭和鱼肉之类，摆在船头上。大家晒着太阳，饱餐一顿，就各自分手。于氏弟兄整理桨橹，马上开船。两边的人，都站在船上相望，说着话告别。两船越走越远，先说话听不见，到后来连人也不看见了。这大船上，是两个舱位。后舱小一点，让振华住了；李氏主仆和朱怀亮、于氏弟兄都在前舱。

冬天河道水浅，走了四日，才到邵伯镇。一路之上，朱怀亮谈些江湖奇闻，和太平天国的轶史，倒也很不寂寞。遇到水码头，李云鹤就买了大批鱼肉上船，由振华做出来大家享用，更是快活。只是一层，打不到好酒喝。这时到了邵伯镇，太阳已经偏西，镇上一排临河的人家，都在淡黄的阳光里。有两家酒馆，挑了酒幌子高出屋顶，在风里飘荡。于国豪在船头上摇着橹，口里嚷道："这卖酒的人，实在可恶！故意把酒幌子挑得这样高，过来过去的人，在船上都看得见。"李云鹤听见，由舱里伸出一个头来道："于大哥，我们不弯船吗？上岸买一点酒来喝好吗？"于国豪笑道："李先生真是读书的人，知道我们的心事。"于是七手八脚，便靠了岸。李云鹤拿出二两银子来，让他去买酒。

他们一时粗心，却弯在一只运漕公事船一处。这漕河衙门里漕丁，最是喜欢兴风作浪。于氏弟兄，在岸上抬了一坛原封花雕回来。振华在后艄看见笑道："好家伙！够喝的了。"偏是这个时候，那隔船上的漕丁，有七八个人，站在船头上晒太阳。他们听到娇滴滴的声音，叫了一声好家伙，大家就不约而同的，目光随声而至，他们见振华站在船艄上，笑着眼睛一转，一排白牙齿一露，真有几分娇态。有一个就笑着说道："吠？好美人儿。"又一个道："一块好羊肉，落在狗嘴里。"这些漕丁，向来是这样没遮拦闹惯了，一来是恃官家的权力，二来他们人多，三来是当漕丁的，都有几下武艺。料得人家吃一点小亏，也不敢惹他。况且这振华在一只小船上，料定了她不过是平常一个船家女，还有什么反抗的力量。所以他们也不管女子听了这话，脸上是否下得去，只管说了下去。振华最是一个不能受气的人，早是眉毛一扬，鼓着两片腮帮子。于国豪也知道这几个人所说的话是指着振华，若是平常的时候，一定不能依他们。无奈现在船上有李氏父子在内，是要赶着过江的，究竟不便和人争吵，免得节外生枝。因之也不理会，将这坛酒抬上船去，只当不知道。那边漕丁又说了。"你看他们快活罢，带着美人儿，抬了整大坛的酒去开心。"于国豪觉得他们越说越不像话了，从舱里伸出头去，对那些漕丁望了一眼。一个漕丁笑道："你望我们怎么样？你再望挖了你一双贼眼！"

于国豪到了这时，真忍耐不住了。走到船头，身子一耸，就跳在干漕上。横着眼睛道：“我们让你，你倒只管寻祸，你大爷不是好惹的！”那些漕丁，无事还要生风，现在于国豪跳到岸上去，竟有要打的样子。他们一共有八个人由大船跳下来，一拥而上，就把于国豪围住。于国豪身子向下一蹲，不等他们近身，使了一个旋风腿，早就扫倒了两个。那六个人，这才知道于国豪是有一手的，大悔当时大意，先让人家扫了面子去。有一个就跳脚道：“这还了得，太岁头上，也有人来动土了！”这六个人举起十二把拳头，四面围着于国豪动手。于国雄怕兄弟吃亏，跳下船，将于国豪后身一个漕丁，先行用腿扫倒。其余五个人更不是对手，早跑得远远的。有一个跑上码头去，回转身来用手指道：“矮胖子，你是好汉，你不要跑！我找一个有本领的和你来比一比！”于国豪笑道：“你只管去搬兵，你大爷不怕。”说这话时，躺在地下的都起来跑了。船上的朱怀亮，才跑下船来，挽着于国豪的手道：“你兄弟两个，一时怎么糊涂起来？这地方的漕丁，要叫多少有多少，我们怎么和他们比？”于国豪道：“我们难道怕人多？”朱怀亮道：“人多是不怕。他们是官兵，你打了他们，能用官法治你。赶快开船走吧，不要把这祸事惹大了！”他也不管于氏兄弟意思如何，一只手挽了一人，就拖他们上船。上船以后，朱怀亮就帮着他们开船。振华心里不服，父亲为什么这样怕漕丁。船刚掉过头，船头离岸有二丈多远，她却轻悄悄的一耸，跳上了岸。

朱怀亮看见，正要靠船来拖她时，码头上就有几个人拥了前来直奔振华。那些漕丁，平常见了女子，便是苍蝇见血，而今看到振华这样漂亮的一个女子，更是魂飞天外。他们见她在荒滩上一站，码头上下来一二十个漕丁，便将她围住，振华站在中心，两个酒涡儿一漩，冷笑了一声。有那不识事的，站在她身后，以为可贪一点便宜，上前一步，向她腰上就伸手捏一把，振华只当不知，让他手伸得近了，身子微微一闪。那人的手，已经伸将过来，她顺手一把捞住，只趁势一带。那人身子向前一栽，已栽到振华前面。振华身子早已往下一蹲，又捞住了他一只脚，身子向上一站，将人横拿在手上。站住了脚，只转身一旋。笑道：“对不住，权拿你当家伙用一用。”说毕，将人就向四周一扫。那十几个漕丁，一来怕伤了自己人，二来也不是振华的对手，早已七零八落的散开。振华将手上拿的人，轻轻向沙滩上一抛，两手啪啪啪，在身上扑了几下灰土笑道："邵伯镇上这样无用的东西，也动手打人，不要打脏了我的手！"说毕，走到水边，起一个势子，就要跳上船去。只听见码头上面有一个人喊道："姑娘你若是不怕打脏了手，这里还有一个无用的东西，要领教领教！"

振华回头看时，见码头上有一个四五十岁的黄面瘦子，穿了件油腻的黄布棉袍，手上捧了水烟袋，踏着鞋，梯踏梯踏，由码头阶沿上下来。振华看那样子，从容不迫，不是个容易对付的人，便迎上前去，站在荒滩中间。那人依然吸着水烟，缓缓上前。振华笑着双手一抱拳，意思让他先打过来。那人站着离她有四五尺远，一蹲身子便放下水烟袋。振华见他右手的烟袋，交到左手，然后由左手放下地，料得他施用内功动手。若是随便放下烟袋，就不是这样费事了。因之不等他动手，身子早已偏过。果然那人右手抓着拳头，暗中向前一撤，但是已打到空处去了。那人见这一着都伤不到，这女子却是一个不容易对付的人了。因之变了手法，举起双拳，向振华就劈。振华料得这是虚着，却不去迎那拳，反一头钻进去，直扑他的胸口。那人果然不曾理会，振华一拳已经打到乳房边。打是打着了，可是其硬如铁，手都震麻了，那人不料振华胆子这样大，手法又这样快，伸去的两拳，本来想一变式子，抓着振华的两手向水里一抛，来一个原璧奉还。势子未变，振华已扑过来，当然来不及抓着她。因此身子向后一退，就想一腿把振华踢倒。

朱怀亮在船上看得清楚，这人内功过深，振华不是他的敌手。因此也一跃上岸，便站在两人的中间。对那人一搁手道："小女孩子不懂事，不要和她一般见识。"于是就和那人拱拱手。那人觉有一阵冷风拂面，犹如冬天的西北风，刺人肌骨。因向旁边一闪道："兄弟很不愿动手，令爱第一句，就藐视全邵伯镇，兄弟有些不服。"朱怀亮道："对不起，未请教贵姓是？"那人听到问他贵姓，将身子向后一缩，又离开了一丈多远，然后将右脚在地上画字，左脚却是独立着。那字写得有一丈多见方，凹下之处，有一尺来深。朱怀亮看时，却是一个冯字。朱怀亮心想：你这种本领，也不很算什么，值得对我卖弄？身子一跳，跳到那字的上面。拱着手道："原来阁下姓冯。"上面说话，底下两只脚，却随随便便的在地下拨弄几下，立刻成了一个一尺来深的土坑，把那字迹全消灭了。笑道：“路过贵地，不敢卖弄本领，不过结识一个朋友罢。我们后会有期，再见了。”说毕，拉了振华的手，就跳上船。因对于氏兄弟道：“我们快走，再要在这里耽搁，这些漕上的人，闹起来是没有了的。”让振华掌着舵，自己也帮了于氏弟兄去摇橹。还没有开到一里路，后面两只快划子，每只上有十人划着短桨，飞也似赶了过来。朱怀亮道：“这些东西，也算上当不拣日子，要在水面上和我比比吗？我们且不要理他，只管走。离得邵伯镇远远的，让他们不能再搬兵，就可以随便摆布他们了。”约莫又走了一里河路，划子究竟划得快，有一只看看却要赶上，约莫离着有十几丈远，他们就停止不划了。振华叫了一声不好，喊道：“这些东西下毒手，要烧我们的船了，快走罢！李先生，请你来看着舵，我叫你扶哪边，就往哪边，我帮着摇橹去。”她说着，就在船篷顶上一跳，跳到船头上去了。李云鹤也觉得事情吃紧，便挣扎出来，伸手扶了舵，管领着船往前走。船头上四个人，飞也似的摇着橹，不敢稍停一下，那后面跟上的一只小划子，就有人端几根鸟枪来，向这边噼噼啪啪乱放。还有几个人，在箭头缚着火种，弯弓向这里射。所幸他们这船，是直着划走的，又是由上流向下流去，走得很快。有几枝火箭射到船篷上去，李保拿了一根洗船布的扫帚，抢着扑灭了。那几根鸟枪，却有两颗散子，打到了船上。李云鹤的手膀上，却穿过了一粒弹子，当时只觉得一阵痛，还忍着扶住了舵。不到一会儿，那血像涌泉似的，由手臂上直透过衣服，把大半截袖子都湿透了。看看后面的划子，也赶不上了，这才哎呀了一声，站在舵楼上，伏着船篷上枕住了头。

李保连忙走了出来，扶住了李云鹤连叫不得了。朱怀亮看到事不要紧了，便丢下橹不摇，跳到后舱上来。让李保扶着舵，将李云鹤扶到舱里去。连道：“不要紧！不要紧！”就解开行囊，取了一包跌打损伤的药末，给他脱下衣服来，给他按在创口上。这一阵忙碌，耽搁时候不少，船已算脱离了险境。振华钻进舱来，先就叫道：“李先生伤在哪里？有枪子在里头没有？”朱怀亮笑道：“事情都闹了这样久了，你才来问。就是中了枪子，你还有什么法子吗？”振华没有话说，将篷底下粗绳上悬着的毛绒手巾，取了下来擦着头脸笑道：“这一阵摇橹，比打架还要受累，出了一身汗。”说这话时，靠住了船篷底，望着对面的李云鹤脸上有些苍白，问朱怀亮道：“爹，这李先生的伤，不轻吧？你看他脸上都变了色。”朱怀亮道：“不要紧的，他是流多了血，伤了神。吃一点东西，休养一半天就好了。”振华道：“那是没有留下枪子了？”李云鹤见人家一再的问，本是躺在被上的，这就只得勉强昂起头来。因道：“枪子是走我手膀穿了过去的，也就流一点血罢了。”振华也没有说什么，只对他笑了一笑。这时，天色已经浑黑，早星临水，暮霭横河，两边河岸，渐成了黑影。依着于氏弟兄，就要靠岸。朱怀亮道：“这里离邵伯镇还不算远，若是他们赶了来，依然还要中他们的毒手。我来看舵，趁着天气不冷，我们还赶个几十里路罢。”振华道：“那也好，我们把酒坛打开，烫上两壶酒，让你老人家喝了，加件水皮袍子。就是李先生，也可以喝一点。爹，这酒不是活血的吗？”朱怀亮笑道：“喝倒是可以喝一点，不过不见得有多大效力，最好是喝一点荤汤。”振华本应该做晚饭的，将火舱底下的猪肉，先熬上一大块，然后再做别的菜。菜都好了，又烫了两壶酒，一齐送到中舱来。她却替朱怀亮接替了管舵，让他进舱喝酒。船头稍微歪着，不用撑篙摇橹，顺水溜了下去。

朱怀亮一进舱，看见一大碗肉汤，就说：“很好。李先生多喝一点。”李云鹤知道这是振华姑娘特为给他熬上的肉汤。究竟是血流得多了，头有些发晕，支持不住，还是倒在铺上。大家吃完了饭，轮着振华进舱吃饭。振华一见李云鹤还是躺着，因道：“你这人真是没用，受了伤，流了血，怎么也不多吃一点。你不知道受了伤的人和害病的人，情形是两样的吗？”李云鹤见她的话音如此之重，心里倒是好笑。心想：要人家吃东西，总算是好意，哪有像你这样说话不客气的呢？当时也不便怎样答振华的话，只得微笑着点了点头。振华倒是吃的很痛快，把汤和菜倾在饭碗里，唏哩呼噜就吃上一饱。将筷子碗一放，扯着绳子上悬的手巾，昂着头便擦了一擦嘴。笑着回头向李云鹤一看道：“上次我在大李集，几乎被马踏死，那伤比你受得重，过后我也是这样吃。要这样，身子才硬朗起来。你懂不懂？”李云鹤不能说不懂，点着头说是是。李汉才在一边看见倒是好笑：自己的儿子，真是斯文过分。让这个姑娘大骂金刀的说上了一阵，他倒反没有话说，一个男子反不如一个女子胸襟开豁。心里想着，眼睛望着李云鹤，不由得又微笑了一阵。李云鹤也很知父亲的意思，但是自己生性如此，不如人家一个女子，也就只好不如她了。当天晚上，李云鹤手痛难禁，差不多就要哼出来。因为怕振华笑，忍住了不哼。这船因为赶了大半晚的路，已经过了仙女庙，离着瓜州不远了。大家休息了小半天，重复向下游开去。

这天下午，就到了瓜州，于氏弟兄上岸打听了回来。明天一早，就有过江的船，要到镇江，要到南京，都可以。朱怀亮因为李氏父子还带有那些钱，走水路为是，便决定坐船到南京。安息一宿，次日清晨，李云鹤拿出二百银子，送给于氏弟兄，于氏弟兄原是不肯收。振华说："大哥二哥就收了罢，李先生他也是想破了，设若他在泗阳要拿钱赎票，这些钱，岂不全是人家腰包里的了？他现时在一千多块钱里面，分出二百两银子来送给你两个人，真算不多，你二位为什么不收？你就是不收，他也不能见你的情。应收的不收，真是两个呆子了。"李云鹤自觉是一个很好的人情，经振华一说，倒成了一个大钱不值，可是碍着面子，又不好说什么，只望着于国豪于国雄发笑。振华道："李先生，你只把钱丢下来罢。他们不收，也不会把银子抛到江里去。"那话越不像话了，还是李汉才看着不过意，对于氏弟兄拱拱手道："这一点款子，实在不算什么。论起令堂救命的大恩，就道我父子供着长生禄位牌，也不算过分。这一点款子，只算请二位多买两坛酒喝罢了。我由家里搬出几百两银子，本就不够，如今得了许多人帮助，还好意思搬回去不成？所以就是剩下的那点款子，我也另有一番打算，不然我就全数奉上了。"于国豪连连摇着手道："你错了，难道我们不受，还是为了钱少不成？既然是这样，我们就留着喝酒了。"于是大家一笑，各自分手。

朱怀亮父女，陪着李氏主仆上了渡江船。这一只船，就是他们包下的，并不搭外客。当时江上布着一阵彤云，刮着悠悠的东北风。江里的浪，翻着开花的白头，寒气袭人，看天气大有雪意。李汉才道："天气不正，我们今天怕开不了吧？"朱怀亮道："不要紧，我们可以挂半蓬东风，抢风过江。到江那边，看看风色再走。”李云鹤听了这话，引起他一肚墨水。笑道：“这很好，孤舟衰笠翁，独钓寒江雪。江上的雪景，是非常有意味的。何妨在雪里开船，大家赏赏雪景？那于大哥的半坛酒，恰好送了我们。我们饮酒赏雪，是多么好！”振华笑道：“李先生今天高起兴要喝酒吗？你倒是用得着，多喝一点酒，可以活一活血。”李云鹤想：朱姑娘真是挂念我的伤，总是让我多吃多喝，我就多喝一点罢。这样的冷天在水上走，正用得着酒。就是醉了，也不要紧，倒在床上大睡一场就是了。便笑道：“我酒量是没有，不过喝下去既然可以活血补伤，我就开怀喝一醉罢。”这样说了，于是就催船家开船。这大江边的船，把风浪看得十分平常，下雪自然没有多大关系。客人既愿意走，船家还怕什么，因此就扯着布帆，抢着风开船。

船到了半江，天越黑了，把这一江水，倒反映成了白色。那风越刮越小，雪却来势勇猛，白茫茫一片，下得分不出东西南北。在近处犹如无数白色的小鸟，在空中飞舞，再向远望，可分不出什么是雪片，只是混混沌沌的，下了一江的白雾。船行到此，也就分不出东西南北。李云鹤由船舱里爬到船头上来，四周一看，简直是身入白云阵里。平常人说，水天一色，这真是水天一色了。雪落在船板上，船篷上，立刻也就堆积起来，全船是白成一片，这样的景致，是生平以来所未曾看到过的。背靠船桅，不觉诗兴大发，就随口吟道：“披雪驾白凤，飞过苍海东。”李汉才也是个秀才先生，听到儿子吟诗，兜起一肚子墨水，也就缓缓的由船里爬出，也站在船头上。笑道：“好雪景啊！”正要说第二句时，振华却也从船里伸出手来，扯着李氏父子长衣的下摆道：“你这两位先生真是书呆子，这样大雪天，不说迷了东西南北，行船不容易。就是在岸上，我们也应该缩到屋子里烘火。没有看见你两个人，不怕死，又不怕冷，站在风雪头上读文章。船上冻得很滑，一失脚落下水，那可不是玩的。”朱怀亮喝道：“你这孩子，真是放肆，怎样说出这种话来？李先生不要见怪。”李汉才道：“哈哈，谈不到见怪两个字。大姑娘是个直心肠的人，心里怎样想，口里就怎样说，这种人我最是佩服。”说着一缩身子，就退入舱里来了。

李云鹤见一片白雪雾，越下越紧，苍茫四顾，看不见长江两岸。只有江里的水，滚滚向下流去。这才看见哪是上下，哪是左右。但是就以看水势而论，也只看到船外几十丈远，再远一点，就是一片糊涂了。李云鹤想到宇宙之大，造化之奇，真是不可思议。这样大的长江，又下了这样大的雪，我们坐在这几多块木片拼的船上，却安然的渡过去。别人要在高处看到我们，多么危险。设若一有不慎，船要翻了，我这一番救父的辛苦，岂不是付诸流水。天下事是无处不险，只因人常在险中，所以倒把危险看成了平常。就像他们行侠尚义的人，动不动就提刀仗剑，一个不小心，就是流血五步，但是看他们的行为，不但安之若素，而且有几天不出一身汗，心里就不好过。正想到这里，一阵雪块纷飞，向他身上打将下来，浑身上下，突然堆了一层深雪。原来这船是抢风走的，原挂了半截布帆，这就叫着半篷风。因为风虽不大，但是天气冷，雪冻在布帆上。布帆若上下不得，风势有变，船就要让布帆按歪倒了。挂了半截帆，就是为了好起好落。现在布帆上雪积得多了，船家不敢再扯开，绳子一松，帆向下落，所以又扑了李云鹤一身雪。这雪扑在身上，寒气十分重，不由人不打一个寒噤，情不自禁的叫了一声好冷。振华在船里笑道：“这应该进来了，李先生！”她一再的要李云鹤进去，倒弄的他不好意思。李汉才也就在船里叫道：“还不进来？难道你真个不怕冷？”

李云鹤钻进船里笑道：“我并不是不怕冷，我看到朱老爹于婆婆这样仗义行侠的人，不问冷热，不怕水火，只要是一高兴马上就去，实在令人羡慕得很。”李汉才笑道：“就是羡慕，也不过空羡慕一番罢了，难道像你这样已近中年的人，还能弃文学武不成？”李云鹤笑道：“行是行，恐怕不能学得十分高明罢了。据朱老爹说，我若是愿意学，他可以教我。”朱怀亮听着没有说话，理了一理项下的长胡子。笑道：“有这句话吗？我倒不记得了。”振华道：“说是说过的，不过像李先生这样斯斯文文的人，要跟着我们学把式，那可是不容易。”李云鹤道：“那要什么紧，只要功夫深，铁杵磨成针。”朱怀亮道：“别的什么事，可以这样说，练武艺是不能这样说的。因为人的年纪长大，骨骼都已硬了，筋肉也固定了。若练那些苦功夫，不但练不好，而且有害身体。像你李先生这样斯文惯了的人，就是要练武艺，也不过练些平常的拳棒，只能做到强身活血的地步，或者不见大敌，也可以防身。也要像我们这一样，东奔西跑，那是不容易。而且你一个读书的人，自然可以早求上进，又何必要吃这个苦呢？”李云鹤笑道：“我就是看到诸位闹得有趣。”李汉才笑道：“人家都是出生入死的勾当，你倒当着有趣。”振华笑道：“怎么不算有趣？我若有个几天不松动，我就会觉得浑身不好过。”李汉才道：“就像大姑娘这种本事，那才会有趣，像云鹤这种人，无缘无故，也要松动，那不是找死吗？”朱怀亮笑道：“我这女孩，说话很是任性，不要信她。她哪里有什么本事？这一次在泗阳，就险过好几回了。照说我们在江湖上交朋友，处处要谨慎，就不当任性的。我因为自己一岁老似一岁了，不会久在江湖的。她呢，我早早的和她想个安身立命之所，改头换面的做人。就是心直口快一点，还留着她一点天真，我也就随她去。常言道：江山易改，本性难移。实在也不容易纠正过来，只好看她将来的造化。遇到什么地方，就是什么地方了。”

他这一遍话，本也是随口说出，无所用心于其间。不料振华听了这话，好好竟会把头低了起来。她在船舱里，身向后仰，靠住了船篷，两手抚弄衣角，一句也不作声。李汉才见振华对李云鹤一再注意，已经认为可怪。现在朱怀亮说出这种话，她也仿佛有一种羞不胜情的样子，心里更是有些奇怪。在心里这样一盘算，眼睛就不由得在各人身上绕了一遍，朱怀亮是微笑抽着旱烟，振华低头看着胸，手弄衣带，李云鹤伏在舱口，看江上的雪。这一来，他于是更有所悟了，少不得又添了一桩心事。

第二十回　踏雪为书生情深觅药　分金赠壮士义重衔环

却说李汉才看到朱怀亮他们三人的情形，心里不免为之一动。心里想：看他父女二人的意思，倒不嫌我们是寒酸的秀才，大有联为秦晋之意。像这样的亲家翁，这样的好儿媳，我们若是错过，亮了灯笼也无处可找。不过仔细想来，觉得他们走江湖的人，眼光和平常的人是不同。他们一不求名，二不求利。只讲个义气相投，才力相配。说到义气相投，只是他们千里迢迢，救了我们父子两个，我们有什么义气？说到才力，那更是一文一武，一动一静，道不同不相为谋。由这处看来，这是说不通的一件事了。这样想着，也就摆在心里，等着见机而动。若是朱怀亮再要提起到儿女婚姻上的话，倒不妨探探他的口气，问他要一种怎样的人。当时心里这样想着，便问朱怀亮道："朱老爹为什么微笑？又想起一段好故事吗？何妨讲给我们大家听听。"朱怀亮依然微笑着抽烟，一直把旱烟袋头上那一球烟烧完了，拿过一只竹兜烟灰筒子敲在里面，将烟杆插在船篷上，拍了一拍手，笑道："我并不是想到什么故事，我是想到各人的性情，虽都天生成的，也就看这人所生长的地方是怎么样。譬如我这女孩子，跟了我这一个老子，所见所闻，没有一样是斯文的。所以她也就不知不觉，只管淘气起来。又像这位小李先生，他从一读书，斯文惯的，所以就是遇到什么很混乱的地方，他一样的还是很斯文。"李汉才笑道："男子汉总要大丈夫气概，才能够做一番大事业。像他这样斯文，倒成了一个姑娘小姐了。"振华笑道："老先生，你这话有些不对。难道说当姑娘小姐的人，就应该斯文吗？"这一句话很是平常，可是反问李汉才，要说应该斯文吧，没有那种勇气；要说不必斯文吧，自己又打了自己嘴巴。倒只好对振华微笑了一笑。朱怀亮笑道：“老先生你看怎么样？这孩子不就是这样没有教训吗？”李汉才笑道：“不然，这话在别位姑娘口里说出来，好像有些可怪。但是大姑娘一说出来，就有她的大道理了。古来像聂隐娘、红线、红拂这些女侠客，成就了千古的大名。若是都要斯斯文文的起来，她的事业哪里还会让后人知道呢？”朱怀亮笑道：“那样前辈大侠，她如何比得？老先生，这个侠字，谈何容易？像我们所认识的一些朋友，不过可以说是江湖上的正经人罢了。”李汉才道：“于婆婆这种人，还不能当上一个侠字吗？”朱怀亮道：“说起来是可以，不过她不肯做罢了。因为行侠的人，有那副心肠，有那副本领，还要自己肯去做才行。像于婆婆偌大年纪，又经过许多风波，心灰意懒，什么事外都不问，哪里能算是侠？这次出来救你贤父子，她也是一时高兴。所以事情办完了，连二十里铺的房子都自己烧了。其实真正行侠的人，不应当这样。应该和平常人一样，出来和世人接近，暗里头专做除强扶弱的事，而且还不让人知道。”李汉才道：“云鹤，你听见没有？行侠是这样不许胡来的。你一个名利心重的人，哪里能够做去？”

李云鹤这时不看江上的雪景了，也转过身来说道：“你老人家说我名利心重，无非是说我读书想做官。其实是因为我读了书，不能不向求功名这条路上做。若是我丢了书不读，换过一番境地，我自然也就可以不求功名了。”振华道：“你就是愿入江湖，也要有一样本行啊！你丢了书本子，你还干什么呢？”李云鹤笑道：“认得字的人，改行很容易的，好比就在大铺子里给人家当一位管账先生。再不济，当一个街上卖卦的先生，也可以糊嘴。”振华道：“你要当卖卦先生，挣钱不挣钱，我不知道。你若是愿意当管账先生，我们家里倒现成的有一个缺。我家开的那一所酒店，就是我爹自己管账。他老人家不是三天漏两笔，就是一两银子算八钱，真是糟不可言。”朱怀亮笑道：“你不要说的津津有味的。人家李先生是一位在庠的秀才，只要往前干，金马玉堂三学士，出将入相，有些什么大事业，而今都料不定。倒会抛了一切，跑到江叉子里来管帐？那是什么盘算呢？”振华道：“这话我有什么不晓得？李先生刚才不是说了吗？

他不要做官了。”朱怀亮用手连摸了几下胡子，笑道：“少年人主意是拿不定，今日随便说的两句，就能算数吗？”李云鹤道：“怎么不算呢？”朱怀亮道：“少年人都是这样啊！现在你先生看见我们能跑能跳，无往不便，有什么不平，马上提刀动杖闹起来，心里很是痛快。这是有些思慕江湖上的人，有一天看到读书的人做了官，坐了八人抬的轿子，前呼后拥，鸣锣开道，进出三炮，那是多么热闹。到了那个时候，恐怕你又以觉得做官热闹了吧？老弟，不要说是你，多少道力很坚的朋友，守了半生穷苦，世上的事，样样都看定了。到了后来，究竟因为报效皇家一句话，就出了山。其实皇家哪得他的报效？他也不过去做一个小官，挣几个钱，养活妻子儿女罢了。做官有什么意思？封侯拜相，转眼成空，到头来总是那一堆黄土。这话别人说出口，好像是一篇不相干的大话……”说时，他头昂了，张嘴呵呵一笑。复道：“这话由我朱某人说出来，那就是阅历之谈，一丝一毫，也不错的。别人且不说，于婆婆李先生是知道很久的，你看她现在的样子，仿佛成了一个穷婆子。其实几十年前，她也是出将入相的位分……”

振华不等他往下说，就把船篷上塞的碎纸片，搓了一个纸团团，向朱怀亮眼睛上一抛。笑道：“你老人家又没喝酒，为什么说上这一篇酒话？”朱怀亮把头一伸，嘴一张，将那纸团衔住，吐了出来笑道：“要什么要，两位李先生还算外人吗？”振华在一边插嘴道：“回头你老人家又要说我多嘴了，你老人家先是说什么金马玉堂三学士，这会子又说做官是空的。这样一说，到底是做官好，是做官不好呢？”朱怀亮哈哈一笑道：“呵呀，我说话都不留神，倒让她捉着了我的空处去了！”李汉才笑道：“朱老爹说的对，大姑娘说的也对。因为朱老爹说做官总是空的，那是指着他们这一班侠义心肠的人说；他说不容易丢下前程，是对一班平常人说。”振华笑道：“你倒看得我们了不得，自认是个不凡人了。”李云鹤笑道：“我倒想做一个不凡的人，不过朱老爹说我是身份不够的人，我只好做个平常的人罢了。”振华笑道：“难道说到我们家里写账，那倒是了不得的事吗？”李云鹤心里何曾这样想，振华这一点破，倒加上一层很深的痕迹。他这一分窘，简直无言语可以形容。所幸这个时候，船头一阵铁链响，大家齐向外看。原来船已走到岸边，也停船了。一个船夫，正拿竹篙，向雪滩上点，在那上面正是一片荒洲。荒洲上盖了这层厚雪，一白无际，上不见天，下不见地，浩浩荡荡，混混沌沌，不见一点什么东西在半空里。李云鹤道："这景致真是妙啊！犹如一条船走到九霄云里来了一般。"朱怀亮笑道："你欢喜这样的景致吗？我在江边住了二三十年了，老头子没有别的什么，倒是这点清福，人家比不过我。"李汉才道："人生在世还求什么呢？只要能享清福，也就不错了。"朱怀亮见他父子二人说话，总是极力迎合自己的意思，也微微的受了一些感动。当时他就应着一笑，将这件事敷衍过去，不再向下说。这时江上的雪，仍旧继续下着。船家就抛了锚，这天打算不开船了。

江南的雪天，是不会延长的。过了一晚，次日清晨，天已大晴，日光射在一白无垠的江岸上，倒射出一种光彩来，亮晶晶的，里面似乎还有一种红绿的彩色，越是照耀人的眼帘。李云鹤究竟不能脱书生习气，船趁着水势，抢了风上走，他就伏在船口上，只管赏玩这一江晴雪。这时，也有几只早行船，高挂白帆，在江上行驶。白色的乾坤里，随风飘动几片白羽，这是多么雅洁的风景。李云鹤伏在船舱口，心里就默念着"千山鸟飞绝，万径人踪灭"的诗意，也就忘其所以。约有烧一餐饭时，忽然头晕起来，一阵恶心，胃里有许多东西，要向外翻将出来，哇的一声，就向船舷上呕吐一阵，接上又吐了许多黄水。李汉才道："哎呀！怎么样好好的大吐起来呢？"李云鹤止住了不呕，用手扶着头道："头晕的厉害，心里又难过，大概是中了寒了。"说毕，身子向里一歪，就在船舱口爬到设被褥的铺上去。振华在舱里看见，便道："这分明是刚才在舱口上喝了一口风，中了寒了，这是不要紧的。喝一碗滚热的姜汤，将棉被窝头窝脚一盖，出一身汗，马上就会好的。不知道船上有姜没有？"船家在后艄上答道："有一小块煮鱼剩下来的老姜，但是没有红糖。"振华道："在船上找丹方，哪里能够那样齐全？也只好有一样算一样了。你把那块姜拿来我看看。"船家在火舱里找了好久，找出一块小指头粗细的老姜来，看那样子，也不过一二钱重。振华拿在手里掂了两掂，笑道："这简直把老姜当人参看了！这样吧，船老板，你估量着这附近哪里有村庄，就靠了船，让我上岸去买一点生姜、胡椒和红糖来。”船家道：“这沿岸都是荒洲，哪里来的村庄？”振华道：“沿岸自然没有村庄，但是走进去几里路也没有村庄吗？”船家道：“村庄是有，荒洲上这大雪，你怎么走？就是找到村庄，有没有老姜和红糖卖还是靠不住的。”振华回头一看，见李云鹤躺在被里，只是呻吟不绝。因对船家道：“你不管买到买不到，你将船靠住了岸，让我上去找着试试。”李汉才道：“大姑娘，不必去买了。荒洲上一片是雪，连草根都不见了，哪里分得出路来？”振华道：“不要紧，向里走就是了。只要看出村庄，就可以找得出路来的。”说时，她站起来，将衣服整一整，找了一根长带，束住了腰。便叫道：“船老板，靠岸！”船家心里想：这个大姑娘，真有些孩子气。岸上雪盖了，分不出东西南北来，她倒要上去，我就把船靠岸，看你怎样的走法。于是将船开离岸很近，就把布帆落将下来。船离岸大概有两三丈远，振华等不及，起了一个势子，身子一耸，就跳上岸去。她向雪地里一站，两只脚插到雪里去有好几寸深。船家在船上看见，早是叫了一句哎呀。振华并不理会，拔出脚来，飞也似的向这琉璃板上，印着一条脚印，向洲里而去。

这一所荒洲，正有六七里路阔，振华跑了许多路，还不见有人家，心里倒有些着慌。心想这里不要是江中间的荒洲，那就走通了头，那边也是水。空着一双手回去，那真是很难为情的了。周围一望，全是其平如镜的雪，连一点波浪和皱纹都没有。也许人家在左，也许人家在右，自己这样一直走了去，恐怕是错了。正在这样为难，忽然一群黑点，半空而起。飞到近处看时，乃见几百只乌鸦，在半空里绕着圈圈儿飞。振华一见大喜，没有树木，没有村庄，不会有这些寒鸦。于是决定了志向，仍旧向前走，又走了二三里，遇到了一所洲堤。走上堤去，堤里果然不少的村庄，只看那一丛一丛粉饰着积雪的寒林，在树中间冒出一缕青烟来，可以知道那是人家的炊烟了。振华跳下堤去，就向着烟起的地方去。到了那里，果然是一所小村庄。问起来，这里并没有村店，要买东西，顺着这堤再往下去七八里，那里有一个小镇市，差不多的东西，都可以买得到。振华心想，既然有小镇市，那更好了。又从雪里走上堤去，沿着堤岸，一直向下走。俗语说：家门路不算路。乡下人说起门口来往的路程，因为走得惯了，总不觉远。所以说的七八里，差不多有十七八里。振华一阵兴奋只管走，约莫也走有七八里，但是哪里看到什么村镇呢？走了一阵，看见堤里不远有人家，又下去问。据说，有是有一个村镇，离着还有三四里路，振华才知道上了当了。但是既然来了，决无中止不前之理，还是沿着堤走。

这堤上不是先前走的所在一白无垠了，也有些人兽的脚迹。她看见这脚印，好像证明了这不是无人之乡，越发增加了她的勇气。又跑了五六里，只见堤头上，一列有十几家茅草屋，都把门对荒洲开着，也有几家人家，黄土墙外，砌了一层土砖柜台，柜台上有几块木板格拢来的窗户。因为这样大雪的天，都把柜台上的窗子关起来了。振华一想：所谓小镇市也者，大概就是这里了。有一家茅草店，门口有半边草棚，黄土墙上，写着黑字油盐杂货，高粱烧酒。振华生长江边溪村的，知道这里就是什么东西都有卖的商店了。那里正掩着半扇门，里头黑洞洞的。有一个发须苍白老人家，手上捧着木火桶，桶里放着一瓦钵子火炭，放在一张破桌上向火。振华由那扇小门，探进半截身子去问道：“老人家，这里有生姜红糖卖吗？”那老人原缩着一团，这时才伸腰向外一望。他道：“客人，生姜没有，红糖倒现成。你要生姜，那头有家药材店，大概可以买得到。”振华听说有，就侧身进来。

不料自己走得仓皇，忘了带钱。这时在身上一摸，却想起来了。再要回船去拿时，来回二三十里，这就太耽误时候了。到了这时，就不能顾全面子。因在左耳上，把一只银圈环子取下来了，先托在手上，对那老人道：“不瞒你老人家说，我们是江上过往的客人，因有人中了寒，上岸来买点红糖生姜，冲姜汤喝。我走得忙，忘了带钱，要回去拿，满地大雪，又不好走。我这里有一只耳圈，倒有四钱多重，随便你算多少钱，给我们一些东西就行了。”那老人且不答复买东西的话，偏着头就着阳光，对她面上看一看，不由得哎呀一声道：“那是病了什么人呢？沙洲上这样深雪，一个大姑娘来买东西。”振华道：“因为没有人来，我也是没奈何。”老人道：“病的是你什么人？”振华怕这老头子胡乱问，便道：“是家兄。”老人点了点头，然后才在她手上拿耳圈去。先仔细端详了一番，然后又放到嘴里咬了一咬。点了点头道：“银子是不假，姑娘，你打算作多少钱哩？”振华道：“随便拿些糖给我就是了，哪里还能一定算多算少呢？”那老人听她这样说，便四儿四儿的叫了几声，由里面走出一个十三四岁的女孩子来。那老人让她守了店，却拿那只耳环子去了。去了好大一会儿，这老人才回来。他一进门就笑道：“这是好银子，我让好几个看了。姑娘你不是冲姜汤吗？我这里有胡椒末，益发卖几包给你。另外我还找你三个铜钱，你可以到药铺里买点老姜。哪里不是积德之处，我们哪里看死了做生意？”这老人倒是一肚子慈悲为本的心事，给她四包胡椒末，约莫有一二两红糖，另外找三个铜钱，这就算振华那一只银耳圈的代价。

她急于要回船去，哪里肯和店家计较那些。拿了东西再向前走去，果然有一家茅店。黄土墙上粉了一小块白粉，白粉上写着“回春堂药铺”几个字。振华推开半掩的店门，问了一声：“老板，有老姜吗？”那土柜台里站了一个中年的汉子，穿着宽大的长衣，蓄着一寸长的指甲，瘦瘦脸面，倒是一派斯文的样子。他就答道：“现成现成，你不是过路的客人吗？买姜冲姜汤是不是？”说时他的目光就注射着振华两只耳朵上。振华料得杂货店里那老头子，已经是到这里来了一回，早就告诉这药店老板了，因也就点了一点，掏出三个铜钱买姜。那人道：“有限的事，不给钱也不要紧的。我看稳当一点，你把病状告诉我，我给你拣一剂发散的药带回去，那要好多了。这附近十几里路，都是我看病，提起汪郎中，没有人不知道的。不信，你去打听打听。”振华这才知道他是附近一位名医，怪不得他那样雍容文雅。因道：“多谢先生了，船上什么都不方便，只冲一碗姜汤，先让他喝着，等到了大码头再说罢。”那汪郎中见她并没有什么信仰心，就大大不以为然。

正想驳她到大码头再说这一句话，只听店外有人喊道：“姑娘，你真是胡来，你叫我好找哇！”振华回头看时，却是她父亲来了，胁下还夹住了自己一件棉衣。振华笑道：“我买了东西就回去的，你还追来做什么？”朱怀亮站在门外，两只脚不住的顿着，以便顿去脚上腿上沾着的雪块。因答道：“你倒说的好，这样冰天雪地的生所在，我能放心让你来吗？”说时，把胁下的棉衣牵开，就披在她身上。因问：“东西买了没有？赶快回船罢！不要又冻了一个。”店老板看了这样子，大概是药方开不成。便用戥子称了一块老姜，放在柜上，找了一把剪子，正想剪下一块。振华道：“你不用剪，让我拿回去自己用刀切罢。”店老板道：“不，你们要的三个铜钱生姜，这总够三个半钱。我要切下一块来。”朱怀亮在身上一掏，摸出几个钱，向柜上一抛。一只手拿了姜，一只手挽了振华，拖她就跑。她笑道：“做什么？怕我不肯回去吗？”朱怀亮道：“你知道什么？要不跑出一身汗来，这雪地里寒气袭到身上去，又要病了。你还是这样，说走就走，不是雪地里好寻脚迹，我到哪里去找你呢？”振华道：“不找又什么要紧，难道我还会丢了吗？”朱怀亮道：“我倒不怕你丢了，但那李先生一老一少，见你冒了这大的雪去找丹方，人家心里实在过意不去，望着岸上只叫怎样好怎样好。我想你万一弄出什么岔子，人家心里就会格外难过，所以我只好自己来把你追回去。”振华笑道：“拿刀动枪，什么事我也不怕。大雪里走几步路，这又算得什么？”朱怀亮也不和她多说，只拉了她跑。跑到原来登岸的地方，各人身上，都出一身汗。

李汉才站在船头上，伸着头望呆了。这时看见他父女回来，心里一块石头才落下，早是向着这边连连的作了好几个揖。他父女二人跳上船去，振华一直就跑到后舱，拿出刀来，将老姜一阵乱切，砍成了姜末。找了一把壶，将红糖胡椒一齐配下，便煽火煮开水。朱怀亮上船叫船家开了船，已换了一身干衣服，坐在旁边呆看。振华却心不二用，只管去煮那一壶开水。一直等水开了，将姜汤冲好，送进前舱来，然后才觉得汗凉了，两条腿已冷成了冰柱。一个人在后舱笑道：“爹，两腿冷得不是我的了。”朱怀亮道：“为什么不早换衣服呢。”振华道：“不要紧，这还有大半壶开水，我来洗一洗两条腿，不就暖了吗？”李云鹤喝了半碗姜汤，正将被把头盖了，要等身上出汗，听了振华说这句话，连忙伸出头来道：“那个法子要不得！要不得！”振华听说，就问道：“李先生拦我拦得这样着急，热水洗不得脚吗？”李云鹤道：“千万洗不得！无论是身上哪里，冻得很了，还是要用冷水洗，一用热水洗，马上皮肤就会开裂的。朱姑娘是让雪冰了，最好是用雪在脚上去擦，擦得脚上有点热气了，然后再穿上棉衣，这才能够平安无事。”振华笑道：“幸而李先生告诉我这句话，要不然，今天这两条腿不会是我的了。”

说时，船家在后面扶了舵，都听到了。他早看到了振华这种行动，却疑惑她是走江湖卖把势的女孩子。至于李汉才父子是什么人，却看不出来，而且他们斯斯文文，却又和卖把势的非常要好，实在不可解，因之对于他们也是很注意。现在看到振华和李云鹤冲姜汤，李云鹤又和她说洗脚的方子，却不由得笑了。他这一阵笑声，恰是很大，连前舱的李云鹤都已听到。李云鹤究竟是读书人，觉得人这种笑声，笑得尴尬，就对他父亲道：“我现在要盖住头，出一出汗了。”于是向下一缩，手把被头向上一扯，将头盖了一个不通风，而他们这一笔疾病相扶持的账，也就含糊过去了，不过他们有了这番好意，李汉才那一种不肯高攀之心，却又退了一点，以为他们这种人不是谈什么金钱门第的，只要才情品学，各人心目中都看得过去，这婚姻就可结合成功的了。李汉才是这样想着，再看看朱怀亮的意思，却也很爱慕读书人，若是和他谈起婚姻，他也未必就嫌我家身份低。他心里存了这一番心事，就免不得想探探朱怀亮的口气，但是这又有一层为难了，婚姻中的主人翁，一男一女，都坐在一只船上，当了他们的面，怎么好开口？况且这位姑娘，又是并剪哀梨，有话就说个痛快的人。成则罢了，若是不成，相聚一处的人，怎样抹得开面子？因此李汉才和朱怀亮谈起话来，总是有意无意之中，谈些家常事情。朱怀亮从小就过些流落生活，却无家常可谈。李汉才说时，不过含笑听着罢了。

过了两天，船到了南京，停泊在水西门外。朱怀亮先上岸，去看好了一家饭店，然后就和李汉才父子一路搬上岸去了。原来李汉才早就和朱怀亮说了，韩广发为了他父子，至今生死不明，心里很过意不去。听说到韩家还有一位老母，自己赎票的这笔款子，并未用去，打算送到韩家去。朱怀亮说：“江湖上的好汉，既然出来救人，就不问人家是不是报答他。你先生这一番心事，倒是不错，等我到了南京，把自己人问个清楚，他是不是逃回来了。”所以大家到了南京，李汉才就督促朱怀亮去打听韩广发的下落。因为陆路行程比水路快，韩广发若是由陆路逃走，应该比他们先到南京，自然可以访到。朱怀亮把一行人安顿好了，自己单独就到清凉山夕照寺来拜访龙岩和尚。

这个时候，已是夕阳在山了。朱怀亮看着庙外的景致，慢慢走来，却听庙的院墙外，断断续续，有一种噼啪噼啪的声音。朱怀亮倒猜不出这是什么响，且不进庙，绕过院墙，看是什么东西动作。弯过墙去，只见龙岩和尚卷了双袖，昂头看着树枝。看了一会儿，身子向上一耸，一伸手就搬断一枝。搬下来一枝之后，依旧向树上望着，然后又是身子一耸，手一伸，搬下一枝。他就这样闹得不歇，满地都是长一丈横八尺的树枝。朱怀亮便喊道："和尚，你这是做什么？树枝子和你有仇吗？"龙岩一转身笑道："你冒冒失失叫起来，倒吓我一跳。你几时来的？"朱怀亮道："刚才到的，一下店我就来看你，你为什么搬倒这些树枝？"龙岩道："这些树，横七竖八的长着，很不好看，而且也不成材料。趁这冬天把不相干树枝删去了，明年开春，树就会一直向上长了。"朱怀亮笑道："这倒省事，你两只手，又当了斧子，又当了锯。"龙岩和尚笑道："据你这样说，学一身的本领，也不过是当一个打柴的罢了。"

二人说笑着，一同进了庙。朱怀亮将到淮北的事，略说了一说，就问韩广发回南京来没有。龙岩道："他回来不回来，应该问你，怎样问起我来呢？"朱怀亮道："他原来是让曹老鹞子的干女儿九尾狐带走了。但是，我想他是一条好汉，不应该这样。"龙岩和尚笑道："好汉虽然是好汉，但是你可知道有烈女怕缠夫那一句话。一个女子还受不了男子的歪缠，何况男子的心，本来就是活动的，怎样又受得女子的歪缠？"朱怀亮道："怪不得于婆婆说，这人暂时不回来了。"龙岩道："于婆婆说广发现在在哪里？"朱怀亮道："她说不在泗阳，应该先到徐州去。到了徐州，或者到山东，或者到河南，就不得而知。不过广发跟了九尾狐走，她决不会害广发的。"龙岩笑道："于婆婆她只猜到了一半，姓韩的现在到四川去了。"朱怀亮道："真的吗？怎么你知道？"龙岩道："我原也不知道，前几天来了一位四川的兄弟，他说川东现在有几股人，闹得很厉害，最出名的是红毛番子。这红毛番子本名叫胡老五，是九尾狐的堂叔。他虽然是江北人，幼年就走川路。这几年来，索性在四川活动，不出来了。他听说曹老鹞子霸占了他的侄女，本要来救她，又怕自己的事做的太多，逃不过官场的耳目。只好忍住一口气，常常叫人带信，劝他侄女到四川去。现在他正闹得轰轰烈烈，九尾狐在有家难奔的时候，不投奔他，投奔哪一个去呢？”朱怀亮道：“原来这样，这红毛番子现在有多少人？”龙岩道：“川东一带，到处都有他的人。他自己只带一二百人，在大路上出没。他那班弟兄，很能走得路，人家都叫他爬山虎。”朱怀亮道：“若是广发真让他带到四川去了，这很是不好。因为一到了那里，少不得跟这班爬山虎来来往往。有一天若让官兵捉住了，做了一世的人，到底落个半截的汉子，岂不可惜？”龙岩笑道：“一个人跟着了一个女人，让女人迷了，砍了头也是愿意的。这一层你就不必管了。”朱怀亮于是把李氏父子感谢他的话说了一遍。龙岩道：“有钱还怕送不了吗？广发有一个老娘，还有一个兄弟。他兄弟叫做韩广达，在信局子里跑信（注：我国邮政局未兴办以前，各地设有私人信局，代寄信札物件，专托来往一定之船车，为之代寄。如送信人有急事，千百里往还均可也），人是很老实的。他若没有出门，每日早上，都在水西门大街第一楼上吃茶，你可以去寻他。”朱怀亮当日在夕照寺盘桓了半天，然后回到饭店，把话对李氏父子说了。李汉才父子报恩心切，次日清晨，一早起来，就到第一楼茶馆里去喝茶。

江南的茶馆，早上最忙，这时楼上楼下已坐满了人。李氏父子上得楼来，找了许久，才在楼角边找到一张靠墙的桌子。四围一望，全是半截人身乱晃，在座的人，都是对着茶碗有说有笑的，声音闹成一片。跑堂的伙计拦腰系了蓝布围裙，耳朵上夹了几根纸煤，手上提了一把锡壶，在桌子缝里乱钻。李汉才叫了好几句跑堂的，他才走过来。他手上早是托着两只相叠的盖碗，他把盖碗在一人前面放一只，提起壶就冲，冲了转身就要走。李云鹤道：“跑堂的，我有话和你说。”他听了，将那把锡壶依然提着，左手随便在一张桌上，拿了一枝长水烟袋。烟嘴上原来架着正燃烧的纸煤，烟袋边有一小木头杯子烟丝。他一齐拿过来，放在李云鹤面前。李云鹤道：“我不要烟，我问你，有一位韩广达老板，他来了没有？”伙计手一指道：“那不是？”李云鹤看时，有一个二十岁左右的汉子，正上楼来。穿了一件黑布袍，大襟上一路纽扣都没有扣上；搁腰却系了蓝布板带，敞着半边胸襟；头上带一顶黑毡帽，帽沿下插了一卷纸煤。那样子倒很有几分像他哥哥韩广发，不过毫无芥蒂的精神，却与他哥哥有些不同。他由扶梯上来，站在楼口，先向四周望了一望，然后和一张桌子边的人点了点头，就在那里坐下。李云鹤这就过来对他一揖，笑问道：“你大哥贵姓是韩吧？”韩广达站起来，望着李云鹤道：“面生得很，你先生在哪里相遇过？”李云鹤道：“我虽不认识大哥，但是和令兄在江北相识。”韩广达听了江北二字，立刻兜动他一腔心事。连道：“是是。”说到这里，却只管向李云鹤周身一看。李云鹤告诉他在一边看茶座，于是走过来和李汉才见面。比及通了名姓，韩广达就恍然。问他哥哥的下落，李汉才轻轻说道：“这茶楼说话，有些不便。敝寓离此不远，请到敝寓谈谈，有没有工夫？”韩广达想了一想道：“可以，请你先去，我随后就来。这茶楼全是熟人，一同去不大好。”于是李汉才父子在茶楼上又坐了一会儿，便回饭店去。

约有半餐饭时，那韩广达就也跟着来了。李云鹤请他到安歇的屋子里坐下。韩广达开口就问道：“李先生的事，我都知道。我现在要问的，就是家兄的下落，现在怎么样了？据我看或者有些性命不保。”李云鹤见他说话是这样爽快，事情就用不着隐瞒，因就把韩广发和胡大姑娘的事，略说一遍。韩广达听着，先是一言不发，后来长叹了一口气道：“英雄难逃美人关。”李云鹤道：“看你大哥是个洒脱人，当然是不拘俗套的。兄弟想令兄一走，家中用度自然是不够，兄弟为了营救家慈，还多一点款子，想奉送你大哥作家用，还望收下。”说时，早把预备下的八百银子，一齐搬在桌上。韩广发想了一想，微笑道：“李先生，你莫要看我是个穷人，在银钱上是看得很透澈。”李汉才便上前，向他一揖道：“原来知道你大哥是仗义疏财的人，不过奉赠这点微款，我们还另有点意思。”韩广达笑道：“老先生的意思，我已知道。在你自然是应该，不过我手糊口吃，足可以养一个老娘。家兄又是没有家眷的，请问我拿了许多钱回去做什么？难道还要借着这一笔财喜，做个小财主不成？钱，我也不是就这样不要，你让我回家去，和老娘商量商量，我要找我哥哥去。若是我老娘让我走，少不得找李先生要过三五百两银子安家，若是走不动，读书人的钱，来得不容易，你带回去罢。”李汉才听了韩广达这种斩钉截铁的话，料得是不错。便道："韩大哥既然这样老实，我们就不必客气，就是明日听韩大哥的回信罢。韩大哥不肯收，一定要他收，倒让心里不安了。"韩广达点头微笑，说是老先生说话有分寸，很高兴的去了。李云鹤事后与朱怀亮谈起，朱怀亮笑道："你这个礼，一定送得成功的。他既起了这种心事，要去找他哥哥，就是说没有钱，他的老娘也不容易拦住他。现在你既助他一笔大款，他有了安家费，更壮了他的还游的胆子，他为什么不走？"李云鹤笑道："这笔款子，也不完全是我们的。我们还有些慷他人之慨呢？"朱怀亮连摸了几下胡子笑道："你的意思，不是说这款子里面，我帮了一点忙吗？俗言说，送字不回头，送了你就是你的了。我朱怀亮若是在银钱上分个你我二字，如今也不飘荡江湖，像个卖把势的了。"说着昂了头哈哈的一阵笑。李云鹤自知失言，也就是没敢再向下提。

到了次日，那韩广达一早就来了。走进李云鹤屋里，对他连作了两个揖。笑道："李先生，你送我的钱，我现在要愧领了。少了自然不够，多了我也用不着，你一齐送我六百两罢。我拿五百银子安家，一百银子作盘缠。我到四川去，就是有三长四短，不能回来，一个五十多岁的老人家，有了五百银子，足够过她一身了。四川地方，我早就想去，不料今日居然去成了。"李云鹤见韩广达自己开口要钱，心里很是痛快。便道："韩大哥既然肯赏脸，何必又留下两百呢？"韩广达道："我有这些够用了，我就只要这些钱。拿了你的辛苦钱我去大吃大喝，那又何苦？你送我的钱，是知恩报恩，又不是什么假意，我用着和你客气？我是个粗人，说话粗鲁，先生不要见怪。"这样一说，倒弄得李云鹤不好说什么，只得照他的话取出六百两银子来。这银子五十两一封，原是五十两一包，六百银子，就是十二包。这十二包银子，一齐放在桌上。韩广达笑着，说了一声道谢。便右手拿了银子向左手衣袖里塞，一十二封银子都塞在一只衫袖里。他将银子塞完收好了，对李云鹤父子拱了一拱手相谢道："你二位这种好处，我兄弟是一世不会忘记，我们后会有期了。"说毕，对着李氏父子又是一揖，从从容容走了。

李汉才道："呀！这人的本领是不在小处。你看他衣袖笼里，塞着许多银子，就像没有收藏东西一样，真是不可思议。六百两银子是三十七斤半，这比在手里拿了一样三四斤重的家伙，自然是要吃力。况且这一种东西重沉沉的，聚拢到一处，最是不好拿。他笼住了以后，还和我们作了一揖，哪里看得出他有一点受累的样子哩？”李云鹤道：“那是自然的事，他哥哥有那样的好本领，他有这些力量，才像是他的兄弟。我们听得朱老爹说，四川土匪最多，他若没本事，他还敢去找他哥哥吗？”李汉才点了点头说是，因就把这事告诉朱怀亮。朱怀亮道：“可惜他没有请教我。他若对我一提这事，四川路上，我还有许多朋友，可以请他们帮他个忙的。”李汉才道：“你老人家既有这番好意，何不到他家里去访一访他，把这话告诉他呢？”朱怀亮道：“我不认识他，我去得不是很冒昧吗？”李汉才道：“你老人家有这种好意，我就陪你老人家去一趟。”朱怀亮道：“他是刚回去的，我们马上就去，倒有些不方便。我们到了下午再去罢。”李汉才一想，跟着人家背后追了去，好像有什么逼迫人家一样，果然不对。因而延到太阳偏西的时候，他们才到韩家去。

第二十一回　佳偶可成娇容窥醉色　良缘志别宝剑换明珠

他们住在饭店里，李氏父子是一间房，朱怀亮自己是一间房，振华是一间房，振华的房恰好和李氏父子的房对面。这时两位年纪老的人出去了，李云鹤在饭店里闷得慌。这天上午，在书店里买了几套书，便拿了一套，横躺在床上看。看到得意之际，不觉脱了鞋子，架着脚在床上摇曳起来。振华由房里出来倾洗面水，却看到李云鹤架起脚板来，把那双袜底虽出两个大窟窿。一见之下，不由噗嗤一笑。倾水回来，斜靠着门，看李云鹤嘴里念得哼哼有声。脚板还是尽管摇曳着，把那袜底垂下来的一块布，摇得一摆一摆。振华踌躇了一会子，便轻轻的咳嗽两三声。李云鹤一抬头，将书丢下了，便坐将起来。笑道："大姑娘没有出去？"振华见他已踏了鞋坐起来，这话没来由，又不好说，不觉倒笑了。李云鹤见她这一笑，平空而来，摸不着头脑，也就跟着一笑。振华将牙咬着下嘴唇，勉强忍住了笑。问道："李先生，你们出门的时候，衣服鞋袜，只洗换不缝补的吗？"李云鹤道："自然也缝补的，不过不是时候忙得来不及，就是找不着人补，总是模糊过去了。"振华道："你和我一路出门，不能算找不着人。我虽不能挑花绣朵，但是打个补钉，缝个袜底子，这很容易的事，不见得不会。"李云鹤拱了拱手道："多谢，以后我要破了衣服，破袜底，我就要烦大姑娘的驾了。"振华笑道："不必谈以后，目前你就该烦我的驾。"李云鹤听了这话，想起刚才振华一笑大有原因。便笑道："我衣服哪里破了吗？"说时掉转头，就周身去找伤眼。振华身子向后一缩，缩到门限里。笑道："不在衣服上，脱了鞋子找一找罢。"说着一扭头，咯咯笑个不了。

李云鹤大大难为情，连忙走回去，将鞋子脱下来一看，可不是袜底破了两个窟窿吗？这才恍然大悟。因自说道：“朱大姑娘说了半天的话，却是绕了一个大弯子，要给自己补袜子。”于是换了一双干净袜子，却把那破袜拿在手上，要向振华屋子里送。送到门口，一想事情不妙，又退回来了。振华看见笑道：“你拿来我补就是了，客气什么，又要拿回去。”李云鹤站住了脚笑道：“不瞒姑娘说，这袜子是穿得好些日子，忘了换去。现在恐怕有些气味，不便让大姑娘补。”振华笑道：“你这人倒有自知之明，有气味也不要紧，我不会先洗后补吗？你丢在那椅子上罢，让我给你先洗一洗。”李云鹤当真就把袜子丢在椅子上，因道：“我父子二人的性命，都是姑娘救的，你姑娘又这样和我们客气……”说到客气两个字，自己觉得有些不对，这并不是客气，但急忙之间要想找句话来更正，也是来不及。忽然之间，就停顿了。振华笑道：“洗一双袜子罢了，很轻微的事，这也用不着谈些什么报恩报德的话。”李云鹤原未便走进振华的房，只站在门口和她说话，便一手扶了门拴，斜靠了门笑道：“我和姑娘认识这样久，受姑娘教训真是不少。姑娘为人十分痛快，有话便说。我原来那种酸溜溜的秀才气，让姑娘治好了许多。我若是有姑娘这种人常常拿直话来指教我，将来我一变二变，也会变得像姑娘这一样的痛快了。”振华笑道：“那很容易呵，你跟了我爹爹去学艺，我们常常见面，我就可以常对你说痛快话了。但是我这种说话，是得罪人的，你不讨厌我吗？”李云鹤道：“古人说寻师不如访友，有朱老爹这样的老师，又有大姑娘这样一个师妹，还有什么话说？但是也不必一定要跟朱老爹学艺……”他说到这里，也不知应该怎样一转，就这样站住了。

振华见李云鹤不好意思，也不去管。自去舀了一盆水进房来，将他的袜子，洗得干净，然后送到饭店后一个小天井里，放在一条凳上晒。店伙计看见，便道：“大姑娘，已经快没有阳光了，晒在这里，也是不容易干的。到了晚上，投店的客人多，来来往往，也怕碰了人，你不如在屋子里悬着，明天再晒罢。”振华踌躇了一会子，只好把原物带回，走到房门口，一想：自己屋子里，晒上一双男人的袜子，究竟不大好。便站在李云鹤房门口笑道：“李先生，你的袜子我给你洗了。我屋子里不大透风，还是在你自己屋子里晾上，晾干了再拿来，我就可以和你补齐。”李云鹤连忙出来一拱揖笑道：“真是对不住，那样的破袜子，倒要姑娘给我拿去洗。”振华将两个指头，夹住袜子尖上提了。笑道：“咳，你接过去罢，这哪里值得你作上许多揖！”李云鹤仍然道谢不已。振华道：“你这人太啰嗦！”说毕，将袜子一抛，由李云鹤头上抛了过去，直抛到他的枕头上。李云鹤口里还叫多谢，振华只一转身，已不见影子了。李云鹤将袜子在床上拿起，便搭在椅子靠背上。背了手在房里踱着，口里不觉把“洛阳女儿对门居，才可容颜十五余”几句诗，唧唧哝哝念将起来。口里念着，踱来踱去，就忘了神。

房门一推，李汉才由外面进来，却和他撞了一个满怀。李汉才道：“趁着无事，正可以在南京城里城外游览名胜，你一个人在房里踱来踱去，又在想什么？”李云鹤多少中了些子日诗云之毒，却不肯欺瞒他的父亲。但是自己心里所思慕的事，又怎能和他父亲说，也不过一笑而已。因问道：“你老人家去找韩家的，找着没有？”李汉才道：“韩广达这人做事太痛快了。他今天有了钱，今天就走了，连亲戚朋友，都未曾辞行。我们找到他家，他母亲出来见了我们，说已经走远了。”说着，两手一扬，向椅子上坐着一靠道：“这种人难得呵！”李云鹤连忙抢上前，扶住他父亲道：“靠不得！靠不得！”李汉才回头一看，原来椅子背上，放了一双湿袜子，便笑着站起来道：“好好把袜子洗了做什么？”李云鹤道：“不是我自己洗的，是朱大姑娘给我洗的。”李汉才道：“这更不对了，你一双破袜子，怎么好给人家大姑娘去洗？”李云鹤道：“我哪里敢请大姑娘洗，原是大姑娘自己要洗的。”于是就把洗袜子的经过，对他父亲从头至尾一说。李汉才摸着胡子微微笑了一笑，点了点头道：“这姑娘人是很好的。其实她是我们的恩人，我们的恩还没报，我们怎好再去累人？”他一个自言自语的，不觉却在屋子里也踱将起来。

朱怀亮正在屋子外边走过，把他父子二人所说的话都听了，一个人站在天井里，也就不住的掀髯微笑。李汉才一开门出来，见朱怀亮手摸着下颏，抬头望天，便搭讪着问道：“朱老爹又在看天色，打算怎么样？看好了天色，打算回府了吗？”朱怀亮道：“我们这回出门，原没打算过多少日子，现在已经有三个月，天寒地冻，客边实在没有意思。我想回去过年了。”李汉才道：“朱老爹要走，我也是要走的，但不知老人家哪一天走？”朱怀亮道：“明天耽搁一天，后天再耽搁一天，到大后天，我总可以走了吧？”李汉才正要说时，振华姑娘忽然由屋子里跑了出来。笑道：“爹，你决定就是这样走吗？怎么在事前一句也没有告诉我。上次到南京来，什么地方都没有玩到，这次到南京来，又玩不到，那要算白到南京来一趟了。”朱怀亮笑道：“这样冷天，你还想到雨花台，游莫愁湖吗？”振华道：“有什么不能去？在大雪地里，我们还渡过江来哩！”朱怀亮道：“我原是这样说，你若是一定要在南京玩两天，我可以多耽搁些时候。”振华笑道：“你老人家说了要算话，可不要骗我哩！”朱怀亮道：“这是很平常的事，我也值不得骗你。”李汉才听了朱怀亮要走的话，站在屋外着急，李云鹤听了这话，站在屋子里着急，但是心里虽然着急，却没有法子挽留得住。现在他父女二人，倒是自己留住自己，这就用不着旁人家去劝驾了。李汉才便对朱怀亮道：“你虽有几天走，我们也就不久要分手了。我想请你今天晚上到酒楼上喝两杯，赏不赏脸呢？”朱怀亮听了李汉才要请他酒楼上喝酒，脸上却露有三分微笑。便道：“这倒是我愿意的，但是我看令郎的酒量就有限，老先生的本领怎样，能和我老朱拼上一二百盅吗？”李汉才道：“今天晚上我请朱老爹一个人喝酒，用不着别人。”朱怀亮笑着点了点头，说是一定去。

到了晚上，李汉才多多带了几两银子，穿好衣衫，便先到朱怀亮屋子里来奉请。朱怀亮本来是愿去，李汉才这样恭请，更是要去了。二人一同上街，刚刚也是灯火上街。等到喝了酒后回来，已经快到三更天了。振华先因为父亲没有回来，还未曾睡。这时父亲一回来，她便走到这边屋子里来伺候茶水。一看见她父亲满面通红，颈上却是紫色，露出一根一根的筋纹，鼻子里呼出来的气，老远便是酒味喷人。笑道：“我有半年多，没有看见你老人家这种样子。大概今天的酒，喝得实在不少了。那位李老先生，倒也是个海量，居然把这老酒缸子打倒。”朱怀亮一歪身向床上坐下，下巴颏向上一翘，手理了一理胡子，望着振华先笑了一笑，然后说道：“他量是没有量，今天我让他灌醉了，是有些缘故的。你愿意听这一段缘故吗？”说时，将两只巴掌，自己鼓拍起来，哈哈大笑，点了点头道：“大姑娘，你猜一猜看，老先生为什么好好的请我喝酒呢？他实在有点意思的呢！”振华听他说话的声音，越来越大，就笑道：“我知道你老人喝酒醉了，夜深了，不要惊动了大众。睡罢！”朱怀亮伸了一个懒腰，哈哈大笑道：“明天说吗？也好，就是明天说罢。”振华让她父亲一人睡下，就不陪他说话。

到了次日，还是坐在房里，就不曾出来。到了吃饭的时候，振华才板着脸一同吃饭。这一路之上，朱李两家，一共五人，都是在一桌吃饭的。平常振华最爱热闹，有说有笑，今天这一餐饭，她可是鸦雀无声的，一句话也没有说。吃过饭，她首先就离席了。饭后，李氏主仆三人，一同出去游览去了。朱怀亮将振华叫到自己屋子里来，笑着先让她坐下，然后笑道：“这一件事，你应该知道的。就是那李先生父子，倒要和我们联亲。”说到这里，朱怀亮就正襟危坐在椅子上，眼光也正了，望着振华的面孔。振华见父亲这样郑而重之的说话，也就不敢像平常一样调皮，便低了头，静静坐着，听她父亲向下说。朱怀亮道：“我有这一把年纪，你是知道的了。俗言所谓风中之烛，瓦上之霜，知道哪一日死？设若一日不幸，我两脚往那里一伸，只剩下你一个年轻的姑娘，孤苦零丁，你又靠着哪一个人？倒不如趁我没有死之先，把你安顿好了，我才好放心。不过这一件事，不能鲁莽从事，总要看看人家如何，人才如何，是不是可以和我们联亲？论到这李氏父子，第一是为人厚道，的确是个君子，我们这种人家，难道还望荣华富贵的门第不成？只要是清白人家，良善君子……”那朱怀亮道：“咦？我和你说话，你倒睡着了！”振华倒不是睡着了，她听她父亲说话，置之不理，固然是不好；光听父亲说，翻了两眼望着他，也是不好，所以索性低了头，右手剥着左手的指甲，默然不语。直到朱怀亮问她睡着了没有，她抬起头来笑道：“哪个睡着了呢？”朱怀亮道：“你既没有睡着，我问你的话，你听见没有？”振华道：“我一不是聋子，二又不隔十丈八丈远，怎么听不见？”朱怀亮道：“你既然听见了，那就很好。我说的话，你意思怎么样呢？”振华又无言可答了，低了头，还是剥她的指甲。朱怀亮道：“我也知道，小李先生是个文弱书生，和你有些谈不来。”振华突然站了起来，将脸一转道：“我几时说过这话？”朱怀亮笑道：“你原不曾说这话，我见你有些不大愿意的样子，以为讨厌他是个酸秀才哩！”振华起了一起身子，正想说什么，因见她父亲望着她，把话又忍回去了。朱怀亮道：“平常你是嘴快不过的人，这倒奇了，总不见答应一个字。”振华见她父亲逼得厉害，索性不说了，就起身回她自己房里去。朱怀亮看那样子，似乎可以答应，料到硬做了主，是不要紧的。等了李氏主仆游览回来，故意对他们露出高兴的样子。李汉才见朱老头子满面是笑，也就明白了，也是望着他嘻嘻发出笑容来。朱怀亮道：“你们玩得怎样，有趣吗？”李汉才两手拱着高举过头顶，连道：“很是得意，很是得意。”李云鹤虽然口里不曾说什么，然而也是满脸春风的，只管笑着。

到了吃晚饭的时候，振华说是头痛，要躺一会子，不来吃晚饭。饭后，朱怀亮走到振华屋里去。见她对了一盏孤灯坐着，右腿架在左腿上，两只手十字互交，抱了右腿，只管向灯焰上看着，又望着那墙上的影子。朱怀亮一进来，什么话没有说，她一低头，先就笑着红了脸，一阵羞晕，一直晕到颈脖子上去。朱怀亮道：“你为什么不吃饭？”振华笑道：“我头痛。”朱怀亮道：“胡说，你也能说，也能笑，哪里有什么头痛？这会子你不吃饭，到了半夜，你要是饿了，这饭店里是没有地方去找东西吃。”振华道：“半夜里吃不到，这个时候，总有得吃的。赶快罢，就趁着饭是热的，叫伙计送到房里来吃。”朱怀亮只有一个姑娘，不能不让她恃着几分娇宠，也就由了她，将饭送到屋里来吃。在一边看时，她一口气倒吃了个三大碗。朱怀竞笑道：“你这是有病的人？一吃就是三大碗，若是没有病呢？”振华笑道：“那也是三大碗。”朱怀亮正着脸色说道：“我们和李氏父子共过患难的，也就可说和家人父子差不多，一路相处得很好，现在既然加一层亲戚之谊，更要随便，何必还要这样藏藏躲躲？同住在一家饭店里，总不免彼此见面的。若是这样一躲一闪，见了面更是难为情了，还是大大方方的罢。”振华一顿脚，头一扭道：“我不知道。”

这边屋子里，朱怀亮说得他姑娘杏脸生春；那边屋子里，李汉才老先生，觉得是可以公布的时候了，也就和他令郎李云鹤，把和朱家求亲以及朱老爹慨然答应了的经过，说了一遍。说毕，脸色正了一正道：“像朱老爹这样的人，我们是不能把他当平常人看待的，就是他的姑娘，也可以说是一个女丈夫。我很喜欢她不带平常妇女那种小家子气象，你不要以为她能提刀动仗，不能够治家。”李云鹤虽然是正襟危坐，静静向下听着。李汉才说到这里，他就忍不住笑道：“我何尝说过这种话呢？”李汉才道：“我也知道，你不曾说话。我总觉得心里有点挂虑这层，以为他或者不能治家。只要心里原来明白，那更好了。”李云鹤听父亲的话，不由得只是微笑。李汉才道：“朱老爹也说了，我们一言为定，不要拘那些俗套。大家都在饭店里。突然认起亲戚来，也怕人家疑心，大家还是照平常一样，让我来定个日子，就借夕照寺庙里，你去拜见岳父。我们再放下一点定礼。”李汉才说一句，李云鹤就答了一句是，心里这层欢喜，简直没有法子可以形容。依着他的心事，恨不得跳上两跳，才可以把满心的乐趣发泄出来。当天晚上，也就不解是什么缘故，自己一点儿睡意没有，在床上总是睡不着。只想到将来成了婚，怎样可以和她学些武艺，又教她一些为妇之道。由上半夜里一直想到鸡啼，都不曾睡稳。

正在朦胧之际，却听得朱怀亮屋子里有些响声，连忙爬下来，开了门。朱怀亮屋里已经点了蜡烛，由门缝里放出火光来。他一开房门，李汉才也就醒了。李汉才见李云鹤开门，就问道：“对门朱老爹到这时候还没有睡吗？”李云鹤道：“大概没有睡，他屋子里还点着灯呢。”一句话未了，朱怀亮屋子里的门就开了。朱怀亮轻轻走出来，反手带上了门，便踱到李汉才屋子里。这屋子里，也就亮上烛来了。朱怀亮衣服齐全，果然不像曾睡了的样子，他对李氏父子笑了一笑，点了点头，便递上一张纸条给李云鹤，他又转身回去了。李云鹤拿了纸条，在灯烛下一看，那条上写道：

前二日，有同道二三人，曾在制台衙中，携去寿礼不少。因为长江上游，同道穷兄弟甚多，打算变卖周济也。南京官场追究甚急，捕快四处打探，至今未休。今晚龙岩老师到店中来报告，我辈自江北来，颇易为注目。老汉何惧，只恐连累贤父子耳，因此不曾安睡。通知贤父子，即刻收拾行李，天亮便起程，我父女当相送至城外十里亭，一切在路上再谈。

李云鹤一看，不由心上一阵发热，个个毛孔向外冒热汗。捧了纸条，作声不得。李汉才也不知道什么事，接过字条一看，才明白朱怀亮在南京站不住脚。读书的人比江湖上的朋友，自然要小心一层。朱怀亮说是要走，当然不能停留，连忙收拾行李，捆扎停当。一面叫醒李保，通知店家，结清账目。这陆道上的客人，起早歇晚，原是常事。所以李汉才父子说是要走，饭店里却也不以为奇，便点了蜡烛和他们结帐。

帐目结完，天色刚是黎明，李氏主仆就要上道。朱怀亮胁下夹了一把行路伞，便来送行。振华也起来了，垂了头，跟在她父亲后面，一句声也不作。李汉才心里明白，就不曾谦逊。朱怀亮倒是先说："李先生，客边聚首一场，我送你一程罢。"李汉才假答道："这就不敢当了，但是一路之上，我们说说也好，不过……"说到这里，便对振华望了一望，那意思好像说是不敢当。朱怀亮道："女孩子也让她送一送老伯罢。"振华正想说一句话，说到口头，嘴唇皮动了一动，又笑了一笑。一行五人，也就不再多说，一路走上江南大道。一路之上，李氏父子在前，朱氏父女在后，李保挑了一担行李，走在最后。振华在一挑行李之前，走得却是较别人慢，常常让李保的行李撞着了身后。李保笑道："大姑娘你是会走路的人，怎么倒走不过我？你走上前去一步罢。"振华回头说道："你不说自己挑得不好，倒说我路走得慢？"朱怀亮向后退一步道："你就上前如何？"振华却一扭身笑了。原来朱怀亮的前面，就是李云鹤。朱怀亮不由得将手理了一理胡子笑道："你怎么也是这样不大方起来？"李云鹤在前面走着，听到心里自是欢喜，不过说不出来罢了。

越走天色越亮，到了十里街一个风雨亭边，大家走进来歇下。朱怀亮先就说道："这回事，两方都是出其不意，一点不能预备。至于我们的两家婚姻，有言在先，一言为定。我们两边也不必要什么聘礼定礼，随便在身上解下一样东西，就可以了。"李汉才道："呵哟，那如何行得？未免太不恭敬了，再说云鹤是个书呆子，从来就不像花花公子一样，身上带个什么？这样罢，行李里面，还有一点文房用品。"朱怀亮笑道："那太累赘了。”说时将手上抱的伞一抽，由里面抽出一柄短剑来，将手托着，交给李云鹤道：“贤侄，这一把剑，是我少年时用的，这几年就交给女孩子了。一来交与贤侄，做一个信物，二来这种东西，也是文雅之物，读书人也可以把来当古玩。请你带着，以壮行色。令尊以为没有随身带的东西，很是为难，我倒看中了两样东西了。”说着，一指李云鹤戴的瓜皮小帽道：“那不是？”李汉才恍然大悟，也就鼓掌哈哈大笑起来。原来李云鹤这帽子上缀了一块小翠翠牌子，两粒珍珠，东西虽不高贵，倒是真的。李云鹤将帽子取下，把上面缀的两粒珍珠，从从容容摘下。振华在一边侧眼看见，便道：“爹，我看有两粒珠子，就行了。帽子上光秃秃，也不好。”朱怀亮也就连忙说道：“是是，有两粒珠子就行了。那片玉牌子还让它缀在帽子上吧。”李云鹤听说，果然停住了手不去摘下。手掌上托了两粒珠子，就递给朱怀亮。他接过去放在裤袋里，笑道：“很好，这定礼很不俗。”李汉才笑道：“我们这就是亲戚了，云鹤上前拜过岳父。”李云鹤听说，就朝着朱怀亮拜了四拜。朱怀亮含笑弯着腰，将他扶起。李汉才也走过来对朱怀亮作了一揖。振华扶了亭子上一根柱子，却背过脸去，看亭子外的风景。朱怀亮道：“振华也过来见公公。”李汉才连连摇手道：“这是大路上，有人来往，很不合适，不必拜不必拜。”朱怀亮道：“我们两家既成了亲戚，放了定礼，若是孩子们不在当面，自然不相干；孩子们既在当面，那却不能当着不知道。振华过来行礼。”振华还是背立着，头却低了下去。朱怀亮放重了声音道：“怎么样？难道你这大的人，一点礼节都不懂吗？”

振华原是有些不好意思，听了她父亲这话，她可有些不服。就掉转身来，对着李汉才，一低头正要跪下去。李汉才笑得眼睛都合了缝，伸着两手，向前虚虚一拦。口里说：“不必行大礼了，这不是行礼的地方。从权罢！”但是振华已经跪下去了。她真个翩若惊鸿，只一眨眼工夫，又已站立起来，依然掉转身，站到柱子边去了。朱怀亮道：“你看太阳已经出山，不便聚谈，你们走吧。”说时，对着李汉才拱了拱手。李汉才踌躇道：“这回走得太匆忙了，有许多话，还未曾和亲家说。”朱怀亮道：“不用说，我都明白就是了。明年三月十五，百花开放的时候，我准送小女到府上去完婚。其余的话，不会再重似这个。”李汉才拱手道：“好，我们告辞了。亲家自己保重，在南京不必留恋，免得兄弟挂念。”于是将朱怀亮送来的宝剑，插在行李上，携着李云鹤的手，先走下亭子。李保挑了一挑行李，就开步走了。

第二十二回　避险白门送一肩行李　逞才蜀道弄几个轻钱

振华原是向亭后背转身去的，及至回转过身来，只见李氏父子已走上大道外，有几十步远了。不觉得自亭后便转到亭前，半晌下了一步石阶，呆望一阵。望了一阵，又有意无意的，信着脚步再下一段石阶，走到平地。看那远去的李云鹤，还不时的回头，向这边看来。一直走得看不见人影子了，振华回过头来，却见朱怀亮坐在第一层石阶上，因笑道："你老人家还坐这里作什么？不应该回去了吗？"朱怀亮站起来道："我是在等你呢，你倒说是要等我吗？"哈哈一笑，这就和振华一路回水西门。

约莫行了四五里路，经过一家拦路的茶店。忽然身后有人喊道："早哇！起半夜赶进城去的吗？喝杯茶再走罢。"朱怀亮回头一看，不是别人，乃是龙岩和尚。他在一张桌子前横坐了，一只脚架在板凳上，两手伏着桌子沿。对朱怀亮父女含着微笑，不住的点了几点头。朱怀亮一看见和尚，心里就明白他是有意而来，就笑道："好久不见了，喝杯茶也好。"于是和振华一同坐下，和龙岩和尚先说了几句闲话。后来龙岩和尚用手指头蘸了茶碗里的茶，在桌上写着字。写字的时候，非常随便，好像是借此消遣似的。写了一个，就对朱怀亮望了一眼，一共写了五个字，乃是"南京去不得"。朱怀亮把身上带的旱烟袋抽将出来，嘴里斜衔着，正在有意无意的抽烟。看了字，扛着肩膀，微笑了一笑。龙岩和尚又在桌上写了几个字："小心为妙"。一面写，一面就把写了的抹去。朱怀亮虽然是艺高胆大，但是对于龙岩和尚，是相当佩服的。现在看龙岩和尚的样子，一再说要小心，好像他都不能十分放心，这事多少有些扎手，便和他丢了一个眼色，起身先走。

约莫走了一里路，和尚就在后面跟来了。朱怀亮回头一看，附近并没有人，便笑道：“和尚有话你就说，鬼鬼祟祟的做什么？”龙岩道：“你不知道，头回跑走的那个赵佗子，是你大姑娘打跑的吧？他有一个师兄弟在江宁县当捕快头，那却罢了，不算什么。这人有一个师叔，绰号布袋化子。这人有一种不可思议的内功，还带行走如飞，每日走二三百里路，两头不天黑。他随时只带一个布袋，南走湖广，北走口外，哪里都去过。他听说江南还有能人，特意在江南来往，要去会上一会。只因为宣城有人请教师，他误认张道人是被请的，曾当面试过一试。你可以知道，我不是假话。”振华道：“不错，是有的，是有的。张师伯告诉我们，在宣城遇着一个化子，几乎着了他的手，就是这人吗？但是他让张师伯打跑了，手段并不高的呀！”龙岩道：“说起这布袋化子，他不见得是令尊的对手，但是他若帮捕快在一起，他有官场壮威，不是南京城里只有我们上他的当，不见他会上我们当。况且他们捉人，是当小偷当强盗办，我们不躲开他，和他硬来，难道自认是贼是强盗吗？”朱怀亮道：“那都不去管他了。他们怎么知道这事牵涉到了我？又怎么知道我到了南京？”龙岩道：“当捕快的人，就是老守着江湖上往来的人，加上这个捕快，又是赵佗子的师兄。并想，我们彼此往来，他怎样会不知道？自昨天起，我就知道他们在店里左右看守你们了。今天你们又一早由城外回去，你们不要紧，设若他们访出你们送的人，跟着寻了下去，岂不连累你们所送的人？”

朱怀亮一想，这层倒是，不要把这对大小书呆子牵连上了。因道：“和尚，你给我想个法子，应该怎么样呢？”龙岩道：“你们最好是在这个大路上守个大半天，不要让他们追下去。到了下午，他们不寻来，就不会知道了。到了晚上，轻轻悄悄的，你回到饭店里去，把行李拿了出来。愿意在南京住，就在我庙里住几天；不愿住，可以连夜就赶回家去。你一个浪迹江湖的人，也犯不着和官场争那一日的短长，你看我的话对不对？”说着话，越是向南京城走近了。龙岩和尚道：“你父女二位，暂在这里等等，不要向前走了。”振华道：“师伯，你真胆小呀！幸而我们的行李放在城外店里，若是在城里呢，晚上进不了城去拿，也只好丢了。”

龙岩笑道：“是了，人家送了一点礼给你父女二位，你是不放心那白东西，是不是？”朱怀亮道：“我们没有得人家的钱，得钱的是那位姓韩的。”龙岩道：“韩广发回来了吗？怎么我不知道？”朱怀亮道：“不是韩广发，乃是韩广达，拿了几百银子作安家费。他自已单身到四川去了。”龙岩道：“走了没有？”朱怀亮道：“昨天就走了。”龙岩跌脚道：“这位李先生送他几百两银子，算是好意，实在是送了他一条命。多少外江好汉，都到四川路上送了性命，何况他那种平常的本领呢？”朱怀亮道：“说起来都是江湖上的人，要什么紧？”龙岩道：“四川的朋友们和外路不同，你由外面到那里做什么的，他先要打听一个清楚。这韩老二是去叫老大回家的，这就和那班人有些见外。再说川路上的官兵，此时正在川东一带兜剿。韩老二此一去，很容易让人家当作汉奸。他这人做事又任性，难道有不出乱子的吗？”朱怀亮道：“我倒没有想到这一层，那怎样办？”龙岩道：“我不知道，这事就算了。既然我知道了这事，我总得想法子把他救回来，这事少不得还有拜托你之处。今天晚上，你在水西门外福佑寺等我，那里主持是我的师弟。”朱怀亮还要问时，龙岩摇手道：“有话晚上再谈，我要去找人了。”说毕，他已匆匆进城去了。朱怀亮父女，在大路上徘徊了半天，并没有看到有公差模样的人由这里经过，料得捕快是未尝追下来，就照龙岩和尚的话，去找福佑寺。

那也是一座中等的寺宇，朱怀亮父女一进庙门，就有一个长脸的和尚，长了一脸落腮胡子，掀开阔嘴，迎将出来。他道：“我猜你是朱老爹了，我师兄今天来了，说是朱老爹要来。”朱怀亮一面和他答话，一面打量他的神气。见他由大袖里伸出来两只手，又黄又紧，犹如鼓皮一般。那十个指头，秃得一点指甲都没有，在这上面可以知道他也是下了一番武艺苦工的和尚，尤其是那十个指头，是个久经磨炼的样子。当时和振华同到了禅堂上，问明了那和尚叫灵峰，和龙岩正是同门弟兄。彼此谈得投机，一直谈到晚上，并且同在庙里晚膳。

看看到了二更时分，朱怀亮打算要回饭店。庙外忽然来了一个挂单的和尚，一根硬木禅杖，排了三个包裹。那和尚戴着大笠帽，罩到了眉毛边，看不清他的脸。他一直走进禅堂来，其中却有两个包裹，正是朱怀亮的。振华突然迎上前道：“咦？这是我们的东西。”那和尚且不理会，将背在身后的一只手伸过来一看，手上拿了两把雨伞出来。振华一看，这也是自己的雨伞，这倒奇了，这和尚是什么人？哪里会把自己的包裹雨伞拿来？朱怀亮一看到这种情形，料定那个和尚是熟人。走上前，就把他头上的笠帽一掀。就在这一掀之间，那人哈哈大笑，不是别人，正是龙岩和尚。朱怀亮笑道：“你这和尚又弄这个玄虚，吓了我一大跳。”龙岩道：“是我刚才走那饭店门口过，想起来你也是要去的。与其等你去拿，何如我顺便给你带了来呢？”朱怀亮道：“这是我要谢谢你的，你叫我在这里等了大半天了，你有什么事要和我商量？”龙岩指着灵峰笑道：“他和你说了这半天的话，还没有说上正路哩！他是早有意思上峨嵋山去走一趟的，可是没有定日期。今天我别了你到这里来，向他一阵鼓动，他就答应明天一早到四川去。我要你来，就是为了这个事。川路上你的朋友少，两湖你的朋友多。你可告诉他几条路子，让他一路之上，多有几个熟人。若是知道了你徒弟柴竞下落，在川路上有几个帮手，那就更好了。”朱怀亮也未悉龙岩和尚另有别意，就开了一张人名单子，交给灵峰。当晚在福佑寺住了大半夜，一到鸡啼，朱怀亮父女和灵峰就背了行李上道。因为僧俗男女，不便同行，灵峰和尚就走快一点，赶上前一站，也打算趁了韩广达未到川以前，在半路上将他赶上。

哪知道韩广达比灵峰和尚更急，起早歇晚，不到半个月，已经到了秭归。这是川鄂交界的地点，再过去就是川境了。这个地方峰峦交叠，就是土匪出没之所。韩广达到这里，已经有一番戒心。好在他一路之上，随处和江湖上的人来往，就不至于误事。这里到巫山，是东大道上的一段，山路也就格外险恶。韩广达原是跟了一大队小贩商人走的。虽然是孤身行客，但是在路上走路，容易和同行的人混熟，谈些闲话，也不寂寞。这大中午正在一排山腰的大路上走，朝上一望，是峰高插天，仰不可攀；向下一看，又是百丈深崖。那崖陡的地方，几乎像一堵壁子，下面青隐隐的。风声吹着那峭壁上的崖松作响，与泉声相和，犹如不断的轰着微雷。这山路宽不到五尺，由外向着里走，对面也有一座山，高可插天，在半山腰里插着人行路。那路上人来往，在这面也就看得清楚，但是据同行的人说，看在眼面前，要绕二三十里路才能到那边去。由这里向前走，不断的都是这样的路，所以古人叫做蜀道难了。韩广达心里暗想着：怪不得这地方容易出强盗，既是人行大路，偏偏又是一行前后三十里无人烟，怎样不容易让歹人起坏心事？

一路之上，注意山势，到了一个上岭的山道下，崖前有一片敞地。靠了山，面着路有几家山店。那一行小贩商人，到了这里，就歇下不向前走了。这时太阳虽被山峰遮住了，但是山下原不容易见着太阳的，也不过半下午。韩广达心里觉得奇异，以为怎么这个时候，就歇店不走。因问同伴，何不走上一程，就有人答道："翻过山岭去，要走十几里路才有人家。我们要赶到那里去，天色就很晚了。这个地方还有爬山虎……"他一句话还没有说完，就有人喝道："刘老二，你是怎样子说话！你不要你的七斤半吗？"说话的人，用手将他的头一摸，缩了颈，就走开了。韩广达在南京就久闻爬山虎的厉害，但还认江湖上自己人一种传说。照现在这两个同行的说起来，爬山虎这三个字，人家都不敢提，这威名也就可想见一斑。自己一个人到了这里，是生地面，也就不敢大胆上前，便和大家歇在这山店里。山店隔壁有一座小油盐货铺。韩广达把自己行李歇下了，踱出饭店门，就看看四围的山色。只见先前和自己搭话的那个刘老二，端了一只小粗瓷碗，昂了头只管喝，那粗瓷碗底都朝了天了。顺便走过去，就问道："刘二哥，喝什么？这地方有酒卖吗？"

刘老二将小碗对油盐铺子里一指，笑道："有有，下酒的还有咸豆腐干，油炸麻花，煮鸡蛋。"他说着话，将碗送到店里柜台上去。韩广达一把拉住他，一定请他喝四两高粱。于是各捧了一碗酒，又拿了鸡蛋豆腐干，放在敞地里一块石头上。两人对着面蹲在地下喝酒，随便谈话。谈到了爬山虎头上去，刘老二道："你老哥是好人，这话不妨告诉你。前两天爬山虎的头儿，正由这里转到湖北境里去了。他的人很多，我们哪里可以瞎说他的事。"韩广达道："他们还回来不回来呢？"刘老二道："他们就靠跑来跑去弄钱，怎样不回来？我们就怕在路上碰着了他，丢了钱货不要紧，就怕他们捉了我们去挑东西，又吃苦，又担心。官兵捉到了，还要当歹人办，所以这两天我们在这条路上走，格外小心。"说着他端起酒碗，咕嘟一口，放下碗笑道：“并不是我喝了你老哥的酒，才说出这话。我看你老哥，是个初到川地的单身客人，不能不晓得这一件事。”韩广达看他有五六分酒意，不敢多问，免得问出别的事情来。这已知道红毛番子，就在这条路上。若是胡大姑娘把哥哥韩广发带来了，那就可以在这里去找他，不必深入川地了。心里这样盘算，晚上就在睡觉的时候，要想一个找他的法子。一人在稻草铺上，正翻来覆去，苦睡不着。

忽然有一阵杂乱的脚步声，由远而近。立刻山店里几只狗怪叫起来，人声也就随之而起。这山店里，是不点灯烛的。这是冬月初八，月亮起得早，月轮业已正中，由石墙洞里放进一块白影，房子有些亮光。韩广达伸头一看，正要下床，只听到轰咚一声，好像是大门倒了。立刻有许多的脚步声，说话声，已经到了店里。隔着门缝，射了火光进来。外面火光照耀，已是一片通红。有人喝着说：“把店老板找了来！再要不来，就先砍了他那颗狗头！”韩广达听说，就由门缝里向外张望。见许多人拿着火把，跑来跑去。韩广达一想，这一定是爬山虎到了，这倒要看看他们是怎样一种人。于是轻轻的开了门，由后檐跳上屋去，慢慢的爬到前面屋瓦上。向下一看，只见堂屋正中放了一把太师椅子。椅子上，端端正正的坐了一个人。那人扎了一块花布包头，穿了一件长袍，拦腰束了一根草绳。远远望去，包头上插了一样长的东西，只是飘荡不定。原来和戏台上的人一般，头上插了两根野鸡毛。他那长衣，非常宽大，不过袖子却是短短的，有如行脚僧的僧衣一般。大襟撩起一角，塞在草绳上，露出脚底下穿的一双靴子。原来这川路上有一种哥郎会，他们的领袖，都是这样打扮。包头和野鸡毛，表示一种武人的气概，长衫和靴子，却是文士的风度，拦腰一根草绳，那又说他们身在草野，不忘江湖的意思。由这正面坐的人而论，他当然是个领袖，可不知道他是不是那个红毛番子。只见他由下巴边向上一兜，长了一嘴落腮胡子，倒是一派气概轩昂的样子。屋周围站了许多长长短短的人，各人拿了一根大火把，竖将起来，照得屋里屋外通红。不多大一会儿，几个人将店老板拖将出来。他一见那胡子，便跪在地下，口称大王饶命。那胡子道：“我并不为难你，你为什么先不开门，开了门又不见我？”店老板只是趴在地下叩头，只叫大王饶命。那胡子站起踢了他两脚，说道：“哪个要你这条狗命，我们兄弟们饿了，快去煮饭来吃！”那店老板哪敢说半个不字，战战兢兢的爬起来，下厨房做饭去了。

韩广达因为这些人拿着火把，火光也是在屋顶上一闪一闪的。若是由他们照将出来，他们人多，一定要吃眼前亏，因此他复爬到屋后，由檐上坠将下来。正要进房，对面一个强盗，打着火把来了。他老远的就喝了一声，问是什么人。韩广达道：“我是这店里的过往客人。”那人见他毫无害怕的样子，说话的声音，又很是利落。笑道：“咦？你这人胆子不小，带你去见一见我们大哥。”走上前，一手拖了韩广达就走。韩广达正想借一点机会，和他们认识。他要拖去见头领，正中下怀。因此并不抵抗，就跟了他一路到堂屋里来。那胡子一见，便问捉了这人做什么？捉人的道：“我刚才到后面去，黑漆漆的见他在那里探头探脑。一问他时，他说起话来，又是外路口音。我怕他不是好人，所以带了他问两声。”那胡子在火把下将韩广达看了一看，又坐上椅子去，指着韩广达叫跪下。韩广达道：“我既不曾得罪你，你又不是管我的人，我见了你为什么要下跪？”胡子眼珠一瞪道：“哈哈！这一只山羊，倒还有几手！”因将一个指头指着自己的鼻子道：“你大概是初次出门的小伙子，你知道我是什么人吗？你知道四川路上有爬山虎吗？”韩广达道：“怎样不知道？我正是来拜访他们的。”站在一边的那些人，看见韩广达这样强硬，就有一个人走上前来，一抬腿想踢韩广达一下。这胡子看到，便对那人摆了一摆手，及至听了他说正要来找爬山虎的，便道：“什么？你也是来找爬山虎？你知道爬山虎的大哥是哪一个？”韩广达道：“我怎样不知道，他叫胡老五，是我们下江人。”那人道：“你既然是独身来找他，当然有些本领。不知道你是长于哪一样？”韩广达道：“本领我是不敢说，不过学点防身的本事，好走路罢了。”那人道：“你有防身的本事，我愿领教领教。”

韩氏兄弟向来都会柔进的功夫，最善于空手入白刃，这一层功夫，现给生朋友看，是让生朋友惊异的。韩广达除此之外，却还有两种绝技，一种叫金钱镖，是用随身的制钱去打人，多至一二十，少至一个，都能百发百中；一种叫板凳花，就是拿坐的板凳作武器，有时身上未带寸铁，遇到了不测，只凭坐的一条板凳，也可以对敌人家的刀枪剑戟。这两种武艺，随时可用，说起来真可以名为防身的本领。当时韩广达见那胡子要见见他的本领，他一想也正好借此机会卖弄卖弄，就可以和他们攀成交情。因此一摸袋里还有几十个铜钱，于是握了一把在手上，笑道："领教二字，兄弟不敢当。随身有点小东西，我变一个把戏，让诸位看看罢。"说时，将握了钱的手抬起，摸了一摸耳朵，那胡子见他微笑着，半晌并没有动静，疑心他并没有什么本领，就笑道："你以为我们这些人是大话可以吓倒的吗？"韩广达道："我有言在先，不过是小把戏，哪里敢说本领？把戏我是变了，不说明，诸位不知道。"说着，掉转身来，向先前要踢他的那人头上一指道："这位大哥，你摸摸你头发里有什么？"那人果然伸手一摸，摸到一个铜钱。他以为韩广达真是变戏法，不由得笑将起来。说道："奇怪！这钱是哪里来的？"韩广达笑道："不但头发里有，你侧过身子来，让我再找一找。"于是一指他的耳朵道："那里也有。"一言未了，那人觉得耳朵圈里有一样东西扑了进来，再一掏，又是一个极小的沙皮钱。一堂站了二三十人，看了都笑起来。韩广达见对面一个人，特是笑得厉害，张大了嘴，收不拢来。韩广达道："你嘴里有一个大的。"手一指，那人觉得舌头尖上，让一样东西打了一下，向外一吐，一个大制钱，当的一声，落在地下。可是舌头也打麻了，半晌说话不得。韩广达道："那位眼珠里有钱。"大家明白：这钱是他手上发出来的。他手指着哪里，钱就打到哪里；他说到哪里，也就指到哪里。若是他说到眼珠，那钱打到眼珠里来，恐怕有些不大好受。大家哄的一声，转身就走。那胡子看见不成样子，将他们喝住。一面握着韩广达的手道："果然是一位好汉，幸会得很。"韩广达道："这样子，你大哥要认作朋友吗？"那胡子笑道："对不住！对不住！兄弟有跟不识泰山，望大哥海涵。"他说着就屈服了。

第二十三回　奇器求生连环成巨炮
只身服敌两手破单刀

韩广达这时和那人一谈起来，原来他叫鲍天龙，外号穿山甲，是红毛番子手下第一名大将。现在一看韩广达有这样的绝技，心里很是欢喜，就拉了韩广达坐在一处谈天。他因韩广达说是特意到四川来的，问他用意何在。韩广达哪里敢说是来找哥哥，只说："是在下江听得川路上诸位兄弟都了不得，心里很是羡慕。新近因为在下江犯了一点小案子，站不住脚。没有法子，只好躲到川路上来，还望诸位大哥念小弟是一只孤雁，携带一二。"说时，抢上前一步，给鲍天龙打拱作了一个揖。鲍天龙连忙扶住韩广达的手，笑道："四海之内，皆兄弟也，谈不到什么携带二字。我们原是想走远一点，到宜昌前后，去找一点油水。无奈那边的官兵，实在逼得我们厉害，一刻也停留不住，我们只好退回。今天上午，我们已经交了一回手。他们人多，我们吃了一点小亏。我们是回家的人，犯不上和他们去比试。所以我们今天连夜赶路，却和他们离得远远的。你老哥若是愿意见我们胡大哥，最好是今天晚上就跟了我们走，免得你老哥一人去找。这山里头的路，也是很不容易寻到的。"韩广达巴不得如此，便道："难得鲍大哥这样爽快，小弟愿跟了去。"鲍天龙毫无疑虑，引着韩广达和他手下几位头目相见。大家在一起饱餐一顿，乘着半天星斗，在山色沉沉的道上，亮了火把就走。韩广达背着自己的包袱，也随在他们队里。

及至走到天亮，韩广达前后一看，这一队人，统共也不过一百名上下。其中有一大半人，把粗绳系了一个铁圈负在背上。这铁圈子，是扁的铁板环，约莫有两个指头宽窄。不过圈子大小不一，大的大似盆，小的不过如碗口一般。那铁圈各有两只钩，好像预备钩别的物件使用。他看到心里却是奇怪，这铁圈背在身上，爬山越岭，都不卸下，是什么用意？难道这种铁圈，也能算是武器吗？若是说武器，那种东西，怎么能打人？若说不是武装，他们又何必不论高低远近，老是背着？这个疑问放在心里，又不敢问人，免得人家笑话。这样走了二三十里山路，山的缺口处，已经放出阳光来。这正是太阳起山已久，有半清晨了，鲍天龙就告诉大家，在这里休息一会儿，然后好找个地方吃早饭。韩广达是这一队人中的客，常是和鲍天龙在一处。这时两人同坐在一块石头上，鲍天龙指着面前这些人道："韩大哥，你看看我们川路上的弟兄们，比外江的怎么样？跑起山路来，这是人家赶不上的啊！"说时，那一团毛蓬蓬的胡子，上下颤抖。他正张开毛团里的红肉口，哈哈大笑。

就在这一片笑声之间，轰的一声，引起了一声冲天炮。鲍天龙起身一站，骂道："这些狗养的山狗子，又追来了。他们这样苦苦相逼，这次非要和他见一个高低不可。"原来这川路上的强盗，自居是老虎，指官兵是山狗子，以为他们犬不能和虎比。鲍天龙一站起来，他们这一班人，立刻集拢在一处，站了半个圈圈，背朝着山，面向着外。这时东西两面，都响应着先那一声炮，轰通轰通，响了几炮，这种冲天炮，是不打人，专门作信号用的。乃是一根硬木棍上，顶着四个铁筒。每个筒子里，灌上一筒火药。筒子下面，各凿了一个眼，安上线。将引线点着，高高一举，炮向着天上放去，就响声很大，可以让四处听到。当时炮声四起，早见对面山头上，拥出一队官兵，约莫有二百人。鲍天龙道："凭他们这班野狗，就敢来犯我们吗？兄弟们不要慌，等他们过来，我们显一点手段给他们看看。"这韩广达心里，倒有些慌了，自己是一个清白身躯，无缘无故，和强盗打起伙来。这一让官兵捉去，跳到黄河里去也洗不清。好在自己还有一点本领，说不得了，只有帮了强盗打官兵，先逃出这一场是非巢。不然，让官兵拿住，在川路上，也就危险更大，因此对鲍天龙道："兄弟既在一处，有福同享，有祸同当。有用小弟的地方，小弟死也不辞。"鲍天龙一拱手道："好朋友，请你老哥就守住这里。我带二三十个兄弟先迎上去，给他们一个下马威。无论是胜是败，我们都得保住后路，不要让他抢过来了。”韩广达道：“这事兄弟办得到。”鲍天龙一拱手，在旁人手上，取过一把刀，交给韩广达。自己口里喊了十几个人的名字，立刻有一群人，拿出明晃晃的兵器，向着对面山上，就飞跑的迎了上去。

那边官兵，见这里迎上十几个人，一队两边一散，中间露出一丛人，端了枪，就向这里放了过来。这个年月，我国所用的枪，最普通的叫红枪，乃是由枪口上打进火药去，塞下铅条铅子，在枪的尾端，安上艾绳火线。一按机子，火线一触了火药，枪就响了出去。高一等的，才是来复枪，乃是尾上有一个嘴，嘴上临时罩上豌豆大一个铜帽子，铜帽子里有磷片，将枪一按，机子罩在铜帽上，枪就响了。这一队剿匪的官兵，却只带了一二十管红枪，分着三排。前一排开枪，中一排预备放，后一排上火药。前一排是跪一只腿的放了枪，退到后排。于是中排变了前排跪下，后排跟了中排站定，这样轮流不息的放枪。当时抵制这种车辆枪战的办法，只有短刀藤牌和连环马。因为马可以拼了死，人冲上前去，藤牌用来护了身体，人缩着一团，连藤牌滚上前去，然后将短刀去砍人。鲍天龙这一班人，不过是一小股流寇，哪里来的藤牌和连环马。官兵迎头这十几管枪，放起连环枪来，闪避是来不及。要抢上前，又是离得远。一行十几人，砍排竹一般，早是倒了七八个。鲍天龙知道火枪厉害，只一耸，耸上了身边一棵大松树。由大松树上一个箭步，向官兵丛里一扑，只剩了相离四五丈远。官兵队里要用刀接杀上前，就来不及放枪了。跟随鲍天龙前来的，还有六七个人没中枪。见鲍天龙已围在敌人中间，不敢怠慢，扑上人丛来帮助。大家既杀在一团，官兵的枪，就没有多大用处了。在后路把守的爬山虎，见两百官兵，围上自己七八个人，恐怕上当。大家也是一拥而上。韩广达叫留下几个弟兄把守后路，哪里叫得应，自己没有一人袖手旁观之理，也只好跟了他们杀上前去。那些官兵虽然也有训练的，无奈这些强盗都是亡命之徒，拼了命来砍杀，官兵不得不向后退，这些强盗，恼恨着官兵苦苦追赶，现在杀败了，哪里肯放过他们，索性向前一阵苦逼。

鲍天龙究竟有些见识，看到官兵虽退，退得还很整齐，怕官兵的枪炮在后，有什么伏兵。他身上带了一只海螺，拿起来在嘴上一吹，所有他们这一班人，立刻停住了脚。鲍天龙站在一块石头上叫道：“诸位弟兄！

这里有一条小路，抄上山口的，快点退回去，不要让他们抢去了。”内中有受了官兵包围过的，知道这后路是要紧的所在，便有几十个人，向前去抢山口，但是走到一半路，鲍天龙又吹起海螺来。他因为站得高，已经看见官兵在山口子外，发现了正面的官兵，还没有退远；后路山口，又被官兵抢去了。两面夹攻，简直无路可走了。鲍天龙先还以为是这边的官兵分了一支，抄到后面去了。现在看见，并不是这里官兵一样的旗号，分明是另外迎接前来的一支官兵了。那队兵由山口里钻出，轰通轰通激起山的响应，就向这边放了几枪。那边放枪，这边的枪声也起来。两边的枪声，两边山谷中的回响，这沉寂的山谷里，立刻响成了一片，好不热闹。鲍天龙虽然一生都在劫杀中过日子，也不得不着慌。这地方两面都是山，南山平坦，是官兵占住了。这条大山路，正由那边斜插过来。北山是壁陡高峰，山腰是路，闪出一块平坦地方，一直抵山口，那里也是官兵占住。这一些时候，官兵料得爬山虎有一支队伍要由这里回去，早先就埋伏在丛林里，分守两旁山口。这个地方，靠南是山涧，足够军士们的饮水。一块平原，两道山口，又正好让强盗进去以后，两边截杀。官兵有了这个陷井，只愁强盗下来，强盗若来，正是瓮中捉鳖，所以他们也不肯迎上前去，只是以逸待劳，用那连环枪的战法。强盗一上前，就放起枪来。再近一点，他们人多，也可以抵拒。他们的枪队，腾出工夫来，又可以退到阵后，以防不测。

韩广达杂在他们人丛中，心里很是着急。若是强盗不抵抗，要中了官兵的毒手，那自己也是玉石俱焚，逃不出去的。看看鲍天龙，一会爬上树去，一会儿又跳下树来，站在石头上。他只是这样的瞭望，大概也没有安全的计划，可以逃出罗网，时间越俄延，那两头的官兵，更是布置得周密，强盗反正是围在山凹中了。你不冲出去，他也不必来进逼，好让你饥渴交加，精神懈怠。韩广达一看到这种情形，料是不能持久，便牵了鲍天龙到一棵大树下，低低的对他说道：“鲍大哥，我们是新朋友。差不多的话，是不敢乱说的，不过现在到了生死关头，我也忍不住了。现在官兵两面截住，我们困在中间，不吃不喝，兄弟们的心思，一刻比一刻慌张起来……”鲍天龙不等他说完，他那一丛落腮胡子，又颤动着笑将起来了。

他将手拍了韩广达几下肩膀，笑道：“韩大哥，你没有知道，爬山虎不是徒有其名的。慢说是些笨狗子围了两条路，就是他们把这四面都包围起来了，我们也要和他拼一个你死我活，哪能够眼睁睁让人家捉了去？你等一等，看看我们这爬山虎的本领吧！”韩广达听了，心里想着，莫非是他们真有爬山虎的本领，由这悬壁上爬过山顶去？但是我却没有这种本领，岂不让官兵拿住吗？自己又不好示弱，叫鲍天龙携带，心里好生焦灼。鲍天龙似乎也看出一二分情形，只是从从容容的说：“不要紧，在川路上爬山虎不会栽大筋斗的。”韩广达心里一横，想到：好罢，我把这条命拼了。看看他们究竟有什么本领，可以逃出罗网？便笑道：“好极了！我第一天就可以瞻仰这许多朋友的高才。”鲍天龙也不多说，微笑着，走出树前来。他们这一班人，也有站的，也有坐的，虽然并不怎样说笑，但是态度很镇静，并不见得慌张。

约莫相持了有半个时辰，那前面的官兵却不曾动，后面的官兵倒探头探脑的向这里张望。鲍天龙看见，突然站在一块高石上，胸脯一挺。喊道：“兄弟们，扣炮！”只这一声，那些人立刻齐集起来，大家都把身上挂的圈圈取下，大家凑在一处，拼拢起来，一个铁圈扣上一个铁圈。所有的铁圈还不曾扣完，就成了三尊大炮。同时就有人拿出很粗的几根杠，互相一架，就成了几个三叉架子。将炮放在架上之后，他们在身上，多摸出一个布袋来。布袋里有的是火药，有的是铁块铁条，分尊配好了，由炮口里向炮膛里一倒，又在炮尾后插上引线。这三尊炮，各用二十人抬着，一尊跟着一尊，向后面的山口走了去。约走三四十步路，鲍天龙吩咐将一尊掉过头来，守住追兵；其余的两架，还只管移近后路的山口。把住后路山口的官兵，见强盗慢慢的向这边逼近，料得他们是要冲过去。各拿出了兵器，等到他们近了，就要动手。不料强盗的队伍，向两边一分，现出两尊大铁炮。轰通轰通，火发烟飞，两声大炮，向这山口直飞了过来。那烟中的铁块铁条，成了大火星，向人丛乱飞。前面的人，就是在这一阵烟雾横飞之间，倒了一大排。官兵队里，做梦也想不到强盗有这种厉害的武器。受了这两大炮的轰击，兵心一散，哪里支持得住阵脚。鲍天龙又吩咐把朝那面一尊炮，也点着火开了。只这一声，山谷回响，官兵更是纷乱，两下里乱跑。强盗趁了这个机会，分作两批交战。手上拿了兵器的，上前冲开出路；后面的强盗，就三下两下的，把那大炮拆卸了，跟踪接上。无论什么大小战事，只要军心一散，就不可救药的。这山口上的兵，受了那两大炮，已经无作战之勇气。爬山虎作两次冲了过来，如何抵得住？呐一声喊，都退走了。好在鲍天龙的意思，不在截杀官军，只要逃出生命就行，也不去追赶。将打死的打伤的弟兄们，抬的抬，背的背，寻了山中小道，与官兵分开走了。韩广达逃出重围，身上干了一把汗，这才知道爬山虎还有这种妙技，能把铁圈圈扣成大炮。而且他们一人带着两三个铁圈，有大有小，就是其中短少几个带圈的人，炮还是拼拢得上，他们真是设想周到。韩广达一路想着，鲍天龙伸手拍了一拍他的肩膀。笑道："老大哥，你现在相信我们爬山虎不是好惹的吧？"韩广达向他伸了一个大拇指道："不错，爬山虎名不虚传了。"鲍天龙因他同过一场患难，又是这样夸奖，决不疑惑他来此还有别的用意，谈谈笑笑，犹如自己一家人一般。在路上又走了两天，伤的人还背着，死的人已经在路上埋葬了。那所走的路，全是高山峻岭，羊肠小道，往往走上半天，也遇不到一个行路人。

这日正午，他们一群人都说要回家了，路也就越走越窄小。这虽是冬天，可是山上的荆棘乱草，带着焦黄枯白的颜色，长得还有一人深。后面人往往只听见前面人的脚步声咳嗽声，可是看不见那边的人影子。韩广达若不是跟大队人走，决料不到这里还有人行路。一个匪巢，藏在这里面，怪不得别人不容易搜寻了，但是草这样深，里面一定不少毒蛇猛兽。他们的人，由此进进出出，怎么不受伤？难道这也是经有一种训练吗？在这深草里又走约有二三里，经过两块相峙的一个石峡，忽然面前平平坦坦，闪出一条人行大道。两旁的松竹，由路边直达山顶。这正是两山之间，一道平谷，不像川路上别处险恶的形势。韩广达一想，胡老五的总巢，大概在此了。心里正以为这是平安之境，忽然扑通一声枪响，将头上的树枝，啪的打断一根，不由得又是一惊。鲍天龙却在一边笑道："这又是顽皮的大姑娘，和大家闹着玩了。"说时，提了嗓子喊道："大姑娘，你在哪里？我老早的对你说了，不要开枪玩！打了人是不好，自己伤了也不好。"韩广达听了，心里一想：莫非这个大姑娘，就是那九尾狐？她真也走得不慢，怎么老早就来了？因问鲍天龙道：“是哪里的大姑娘，倒会开枪？”鲍天龙笑道：“那是个了不得的孩子，岂止会开枪？她就是胡大哥的姑娘，将来她的本事，不在胡大哥之下呢！你看，她来了。”说着，将手向前面一指。

韩广达顺着他的手指的地方看去，一个小土堆上，爬一个十三四岁的女孩子，穿件红袄裤，手上拿一杆红枪，比她的头还高。她头上左右挽两个辫搭子，一跑一跳，把两个辫子，跑得一摆一摆很有趣的。韩广达这才知道不是胡大姑娘。她走近前来，将枪一抛，交给旁边一个人。却一手拉了鲍天龙，一手指韩广达道：“这个人我不认得，是哪里来得？”鲍天龙笑道：“大姑娘不要顽皮，人家是远路来的客。对人要客气一点才好。”那女孩道：“他是远路来的客吗？是哪里来的？”鲍天龙对她实说了。她听了一言不语。忽由一群人中，夺过一把单刀，向路前一跳，刀一横拦住了去路。鲍天龙笑着，连连拱手道：“大姑娘，不要玩！惹出事来，你爹又说我不管事。”那女孩子将刀向空中亮了一亮，笑道：“这一位大叔既然是从下江来的，自然有些本领。我先请教请教，有什么要紧？若是怕事，那就不该来。”说时，脸色慢慢的沉下，就横了眼睛，望着鲍天龙道：“我会惹什么事？难道这位韩大叔，还敌不过我手上这一口刀吗？果然敌不过，只要韩大叔地下一躺，我就扶他起来，油皮我也不能碰破他一块。”韩广达虽然看是一个小孩子，不计较她的话，但是她当着许多人面前，羞辱了人一场。若是忍受了不回复，倒好像自己一点本事没有。看她这不懂事的黄毛丫头，未必有什么大本领。靠了自己这点功夫，总也不致于躺下。因拱了拱手道：“大姑娘一定不让我过去，我也没有法子。只好请教。”那女孩笑道：“你放心，我摔倒了，马上就爬起，不会怪人的。你这位大叔远方来的客，就是跌倒了，大家哈哈一笑，也就算了。我们这些伙伴手上，都带了家伙。你愿意什么家伙，请你随便拿！”韩广达道：“不必了，我用惯了自己的家伙，人家的是不称手的。我就只凭一双空手，和姑娘玩几趟。”那女孩子听他这样说，倒为之愕然。曾听别人说，有一种人，能空手和刀枪相拼，叫做空手入白刃。不过这种打法，是家伙丢了，没奈何才使出来。哪有放了家伙不要，情愿空手和人家拼的？

鲍天龙原知道韩广达有些本事，可是却不料他先使出空手入白刃的手腕来，在一边却替他担心。说时迟，那时快，韩广达不等那女孩动手，举起双拳，就向她迎面劈下。这女孩手上有刀，用不着惊慌。等那拳头来得切近，她举了刀口，就向上一挡。这不必去回韩广达的手，他的手只向下一沉，自就够苦了。但是韩广达双拳原就不曾打下，在刀口未举起来之前，他两手左右一分，已收回转来。那女孩刀举过头，正空了下半截。韩广达身子向下一挫，右脚一伸，一个扫风腿，直向那女孩腰部扫来。女孩见来势凶猛，来不及用刀去抵抗，只一顿脚，身子向后一退，倒退了有三四尺路。那一脚虽然没有扫着，但是那女孩退得慢一点，衣服上已沾了一点微尘。鲍天龙不由得在旁边抹了一把汗。韩广达身子向下一蹲，作了一个定马桩，抱住了两手，再等那女孩向前。那女孩见他站定了，右手执着刀把，左手按了一按手腕，身子一侧，横拖了刀尖。那意思，也是等韩广达上前，然后再动刀。一方面也预备他扑过来，好乘机躲闪。韩广达见她不向前，也不追过来。双方这样一等机会，就停了半晌。究竟那女孩年轻忍耐不住，一蹲身子，将刀向韩广达胸部一扎。这空手入白刃的打法，是专在躲开对方的刀锋，注意下部和侧面的打法。那女孩是蹲身向下部打来，上法就不适用了。他于是改变了打法，两脚齐齐一顿，身子向上一耸，从那女孩子头上跳了过去，且不转过身来，就把右脚向后一弹，要踢那女孩的脑后。那女孩却也算是机灵，她不肯回头来抵抗，反向对面空手扑过去，窜过去几尺路。她估量离得远了，这才回转身来。彼此一看，相距在一丈路以外了。

那女孩见几次近韩广达不得，而且几乎着了他的道儿，心里又急又羞，一横心，顾不得许多了，使了一个燕子掠水式，右手挑刀，刀口向上；左手扶了右腕，左腿坐实，右腿虚伸，只用劲一耸。那刀尖自下向上，直挑将过来，而且她的身子略偏，不当对手的正锋，让人不好打。四周看的人，起初觉她太冒险了，怕中了韩广达的圈套。不料她一直挑过去，韩广达都未曾躲避。看看那刀尖如箭般，直要刺到他脸上，大家都不觉得心里跳了一下。这女孩子，已经是生了气的，她不会用虚着了。那韩广达他并不惊慌，直待刀尖逼近，他人一偏，只把身子侧开四五寸去。那女孩的刀，已由空间伸过去二三尺。她的身子也就和韩广达相并。韩广达身子半坐，右腿向里扫，右臂反过去向外格。那女孩向前奔，身子已奔得虚了，哪里收得住。知道下面抵不住，且向上一跳。扫来的腿，是让她跳过去了，但是韩广达反手那一横格却未曾防备，正在肩上被打了一下，人就向下一栽。韩广达反手捞住她的胳膊，她才站定了。那女孩被韩广达拦腰一格，也自度必倒。不料不等自己倒地，韩广达又一手将自己拉住，总算站住了，在人前没有栽筋斗。然而自己拿了一把刀，会让一个赤手空拳的打倒了，自己先前一番好胜的气概未免一扫干净，脸上这一番害臊，简直无言可以形容。韩广达觉得和这么一点小姑娘比试，有些胜之不武，很是对人不住。那女孩也不说话，半天哇的一声哭将起来，一低头钻向前边跑了。这一下子，真让韩广达难为情，便回身对鲍天龙道："这真对不住，兄弟一时失手，请你老哥对胡五哥说明。"鲍天龙也觉韩广达是一个拜山的新客，未到家门，就先让主人翁的大姑娘栽了一个大筋头，就是自己，也不好怎样措词。只得勉强笑道："本来这大姑娘就很调皮，我们胡五哥也是知道的，就不说也不要紧。"他虽然是这样说法，可是看他的面色，却很是忧郁，似乎把这话和胡老五说有些为难。自己已经做也来了，悔也悔不转来，也就默然无声，跟随大家走。既而一想，好在胡老五也是一个好汉，不能不分青红皂白。他姑娘是先和我动手，我屡次让不开，有许多人在面前为证，也不能说我是故意在他面前显手段。事已至此，到了那时再说。心一横，就慢步跟了众人走。

只一转过山嘴，忽有一人哈哈大笑，迎上前来。韩广达看时，是一个四五十岁的黄瘦汉子。长长的脸儿，嘴上长着稀稀的两撇短桩黄胡须。身上反穿着一件黑毛布袍，并没有扣上钮扣，只把一根绛色绸带拦腰束住。大拇指上带了一个翡翠扳指，表示着是个有钱的武人。深山大谷之中，有这样装束的人，这用不着猜，就是红毛番子胡老五。因为他蓬着一把发辫，正是黑中带些红色。自鲍天龙以下的人，见了他，齐齐的就是一拱。胡老五且不理这些人，忙向前对韩广达一拱道："这就是那位远路来的韩大哥了？"韩广达弯腰带屈膝，向他施礼道："小弟罪该万死，刚才路遇大姑娘，她一定要和小弟比试。小弟一时失手，对不住大姑娘。事后追悔，也是来不及。现在已到五哥大寨，但凭五哥治罪。”胡老五哈哈大笑道：“若是那样说，我红毛番子是个不懂好歹的混账人了！”说着，连忙将韩广达扶起，携了他的手，并排的走。

这时已到了红毛番子的老巢。群山之中，有一块山田。沿着山崖，有几十幢房屋。一半都是红石砌的墙，茅草盖的屋，还不脱山家的样子。房屋之前，也有许多菜圃，虽然是隆冬，却还长着青青郁郁的菜蔬。有七八口肥猪，正在菜圃外拣着人遗下的菜叶吃。看见人来，一枝箭似的，摔着大耳朵跑开了。按上又有两只大犬，吠了出来，见是熟人，就摇摇尾巴立住了。韩广达仔细一看，这里完全是山家的景象，不带一点凶恶的样子。他们住在这里，是如何安乐，也可以想见了。正在这里观察，那女孩子手托一把三尖叉，又奔了出来。她见胡老五和韩广达携手而行，便将叉柄撑在地上，一手执了叉柄中间，一手叉了腰，瞪着眼睛相望。胡老五对她招了一招手笑道：“不要顽皮，来见一见韩大叔罢！”那女孩道：“你不帮我，我也不听你的话。”说毕，将叉杆横着，极力向地下一掷，一抽身就回转屋子去了。胡老五倒不把这事放在心里，把韩广达引到屋里去，极隆重的款待，而且另备了一间屋子让韩广达住下。韩广达面子上，总只说是在下江犯了案子，躲到四川来，总不说别有意味。胡老五看他光身一人，又不曾带一点东西，很像匆匆忙忙出门的样子，而且他谈起话来，对江湖上的情形，非常之熟悉，是一个自己人，决不是冒充内行的，因此也不曾有什么疑心。

山中是闲居无事的，每日在一处闲谈。韩广达这才知道他手下管的弟兄们，足足有三四千人。不过那些人一大半都各有职业，平常不过是互通声气，还不曾聚在一处。真和胡老五左右出来打启发的，不过一千人上下。这一千人又分作好几股，每股出去一趟，除了钱财之外，还要把山中缺少的东西，大大小小，尽量的掳了回来。所以胡老五虽然住在深山大谷之中，却是足衣足食，比平常的富商巨贾，还要享福几分。韩广达住在这里，自然是安逸的了。约莫过了五六天，在一日晚上，灯下韩广达和胡老五酌酒谈心。胡老五笑道：“韩大哥，明天是初一，你起一个早，看看我们躲在山里做草头王的，是怎样一个威风？”韩广达道：“小弟拜访大寨，原是要见识见识。有这样的机会，小弟一定要瞻仰的。但不知是什么盛典？”胡老五摸着他那根黄胡子，微笑了一笑，又点一点头道：“也不算什么盛典，不过关起门来做皇帝，却也有个意思。”说毕，哈哈一阵大笑。

第二十四回　胡帝胡天山王重大典　难兄难弟魔窟庆余生

韩广达见他如此，却也不必多说了，当晚上便早早的安歇。当夜窗外鸡鸣，自己却醒了，也就听得屋前屋后，不断有人的笑语声。韩广达一骨碌爬起，暗中摸索得了铁片火石，打着了纸煤，亮了桌上的蜡烛。不道蜡烛一亮，门外就有人问道："韩大哥起来了吗？我们大哥吩咐来请的！"韩广达答应着，将房门打开。只见两个壮汉，都是穿长衣服，束着绸板带，头上扎了红包头巾，板带里斜插着一把刀。韩广达未曾说话，他两人就向前弯身一拱。说一声："我们大哥请。"韩广达一看，这是什么意思，难道说对我还不怀好意吗？可是要躲闪，又让人见了笑话。于是换好衣服，藏了帽。那两人又劝他束上一根板带，然后大家一路出门而去。走出大门，青白的天色上，罩着四周模糊的山影，中间闪闪烁烁，有几颗亮星。闪烁的光中，吹来晓风，人脸上割得还有些刺痛，但是天气虽这样寒冷，庄前空地上人来人往，已非常的热闹。朦胧的曙色里，看见他们都是扎了头巾，束了板带。稍微高一级的头目，头巾上都插上两根野鸡毛，却也有一派威风。这些人纷纷翻过右手的山岗。山岗那边，咚咚锵锵，正响着锣鼓。韩广达跟随着众人的后面，也过了那山岗。向下走去，正是一片平地。所有翻山岗来的人，一班一班，分了八方站立。一个方向，都有长竿，悬了几面旗帜。那旗帜有四方的，有三角的，有长的。不过天还未亮，还分不出是些什么颜色。这两个引韩广达过来的人，且不下那平原，只沿着那山岗，上了一块平台。这平台是在一个岗子上凿平的，正是半弯半曲。正面列着公案，摆下许多大小椅子三面环列。韩广达站立的所在。

有两面大鼓，几面大锣，又有几根长号。那两个对他道：“韩大哥，你在这里，只管看。无论遇到什么事，你不要作声。”韩广达也不知他们是闹些什么，都答应了。

平原上那些集合的人，纷纷攘攘，谈笑不歇，发出一种嗡嗡的声音，并不是像天晓时候。不多一会儿，咚咚的一阵鼓响，所有嗡嗡然的声音，立刻停止。除了晓风吹着山上的树声，和那旗帜刮刮的拂着而外，这平原上站有一千人上下，听不到一点响动。接上锣声三下，跟着大号向空中长鸣。那平台后的山林里，有一群人执旗、伞、兵器簇拥而出。胡老五打扮得和鲍天龙的装束差不多，缓步走到平台公案边。就在这个时候，锣鼓长号，一齐停止。扑通扑通，在人丛中放出十几响大炮。胡老五在那公案正中间坐下，在那平原上的人，就整整齐齐的跪了下去。远远看去，那乌压压的一层人影，忽高忽低，却也很有趣。看那些人，朝着胡老五这样跪拜，他并不回礼，坐在那里，右手拿了一大把佛香，点着火焰高张，向上直冒着青烟；左手拿了一束稻草扎的龙头，坐着动也不动。据他们里面人说，这些跪拜的人里，难免不有大富大贵的。这种人的福气，或者比会首的福气还大。会首若是受不了他的跪，这就算对那柱佛香拜了天。至于那个龙头，原是会首的一种装饰，表示他是群龙之首，所以会首又称龙头，而且这龙有九五之尊的气象，会首拿着它，同时可以抬高自己的身价。不过由韩广达局外人看来，胡老五这种装束和这种打扮，倒好像城里出会玩灯的小孩子，做那些人家门首屋檐下的小朝廷一般，肚子里直忍住要笑出来。

经过了这一幕朝拜之礼，鱼肚色的天，慢慢白将起来。这才看见那些旗帜，分着青黄红黑四色。旗上下两端用木杆横着撑住，所以很平正的垂着。旗中一个大白圈，圈里写着一个斗大的胡字。旗杆上边有两只红白灯笼，大概是预备晚上用的。这大旗之下，有两把伞，一把是黄色的，一把是红色的，高高的举着。伞之外，列着两行站班的卫士，一个个身上交叉着披了红布，头上扎着红巾。各人手上，有拿着刀的，有拿着叉的，由平台上分着两面的山坡，一直的站了下去。那些人的衣裳，一律都是平常的，因此长长短短，新新旧旧，并不一致。不过站着的排列，却很是齐整，不曾有一点喧哗的声浪。只听得扑通通一片鼓响，把人越发镇静了。鼓毕，鲍天龙还是穿了一套前次见面的服装，站在平台口上，向下面喊道："兄弟们有什么事情通禀大哥的没有？分了班回，上来说！"鲍天龙喊毕，站在公案后去。马上就看见有人上平台，站在胡老五面前，直挺挺回着话。不过说话的声音不高，韩广达又距离有十几丈路，却听不到他说什么。那胡老五并不多说，只点了点头，那人又下平台去了。自此以后，陆续也上来有六七个人。胡老五也有给好颜色的，也有不给好颜色的，大家都是肃然而去。最后听胡老五喝道："带他们上来！"只见山坡下面，有三个年轻的壮汉，一路上台，站立公案面前。胡老五问道："你们犯了我们的山规，知道吗？"那三人都用微细的声音答应，好像说是知道。胡老五一回头，对旁边站的卫士道："把他们做了！"于是出来十几个人，押解那三个人，往平台左角而去。那地方正是悬崖陡壁，下临万丈深涧。韩广达看到这里，心里不免一跳。心想他们这是什么玩意？只见这一刹那间，其中的一人，就向崖下纵身一跃。他跳下之后，又跳下一个。还有一个不愿跳的，在后押解着的人，就是刀叉乱下，一齐逼着到崖下去。韩广达才知道是匪党里一种私刑。那样深涧，下面又是乱石嵯峨，并不平正的。这不死于水，也当死于石。这个刑罚倒巧，把人杀了，看不到惨状，也用不着收尸。这样看来，胡老五的威风，并不算小，居然有操生杀之权。

那几个人跳崖之后，押解的人上平台回话，胡老五只点了点头。接上便有几个人上前，各拿了一束香，放在胡老五面前一块平石上。有旁边站着护卫的人，拿了一把刀，给其中的一个人。那人接过刀去，对准了一束香，砍将下去，将香头砍断，于是放下刀，退到一边肃立。第二个人拿起刀，照样的办下去。轮到第五人，却是一个女子。韩广达虽不能十分看清楚，仿佛看出那女子年纪不大，约莫有二十上下。心想这砍香的样子，分明是立誓入会。何以这女子也要跑到这深山大谷中，来做一个强盗手下的喽啰？倒要看她有什么动静。那些人砍香以后，胡老五就在那草扎的龙头上，拔了一根草茎，送给他们。他们都插在包头下鬓角边，后来探得，这却是算了龙身上一鳞一爪的意思。这一幕仪节完了，扑通通又是几声大炮。就有几个人抬了一把大圆椅子上来，放在公案面前。椅子两边，又各缚了一根大木杠。木杠头上，又缚着一根横木。两根木杠，正好成了四个十字。这种式样，分明是山大王的仪轿。胡老五一点不踌躇，走下公案，便坐到椅子上。于是前后有十几个人，将椅子抬起。列在公案两边的护从，各撑着旗伞，便直拥着要下山坡，向那平原中间人丛中去。一架大木椅上，坐了一个扎红巾插野鸡毛的人，这事情太有趣。韩广达是个任性做事的人，就忍不住哈哈大笑了。

韩广达这一笑不打紧，将站在他身边的人，吓得脸无人色。那椅子后面跟随的人喝了一声："把他做了！"韩广达先还不知道是说着自己，正在呆望。忽然他后边站的两个头目，就来挽住他的胳膊。韩广达这才知道要把自己做了，赶紧向后一退，跳出二三尺路。那胡老五坐在椅子上，回过头来摇了几摇手。这些人看他的眼色行事，就不动手，他也坐了露天轿子下山而去。韩广达吓得形神不定，呆呆站立。还是鲍天龙看见，远远的抱着拳，走过来笑道："没有事，没有事，他们弄错了。以后这里是操演，都是些不相干的本领，不必看了。"韩广达也觉得自己失仪，大概是不容站下去，就也还揖道："兄弟来自山外，不懂规矩，还要众位包涵。"鲍天龙摆了一摆手道："不要紧，不要紧，这是兄弟们错了，以为老哥是山里人。他们莽撞。还要你老哥海涵呢！"说着就引韩广达回到庄屋。

韩广达这时不会想到有什么意外，仍旧回到自己安歇的那间屋子里去。不过有点小事不对，往日吃饭，都是由胡老五请到上进堂屋里去，由几个上等兄弟，一同共饭。今日却不来相请，只将大提盒，把饭菜送到屋里来吃。房门口有两个小伙子静坐在板凳上伺候。要茶要水，都由他们送来。韩广达一想，这种样子莫不是监视着我？靠你们这样几个小毛贼，我也不会放到眼睛里去。你们要怎样摆布我，我就等着你们摆布，且不理他，吃过午饭，索性倒在床上，补足昨晚没有睡足的觉。那在房外伺候的人，却也没有什么举动。

一觉醒来，已是红日西下。自己一时忘了今日上午的事了，想到屋子外面来，松动松动，遂缓缓的走了出来。一直走到大门外，忽然省悟：今天他们待我的形势，却有些不对，但是我走出门来，他们又何以不加拦阻，莫非是我错疑心了？这时，一轮红日，正衔住在山洼里，那金黄色的阳光，斜射在这一片场圃上。那菜地里几个农人正引了山涧上流入小沟的水，用长勺子舀了，向菜里泼。水点在阳光中，一阵一阵的，就如一匹白练，泼在菜叶上作响。韩广达徘徊了许久，不知不觉之间，有一块小石头打了手背一下。这石头不知从何而来，还落在脚边，弯腰正要拣起来看，又有第二块石头落在脚边。韩广达再一抬头，只见正面菜圃篱笆下站了一个妇人。那妇人背向这面立着，手也反背在后，却拿了两块小鹅卵石在搓磨。韩广达想起来了，看这妇人的衣服，好像今天早上和胡老五说话的那一个。她将两块石头打我，似乎是给我一个知会，决不是无意的。我且慢慢的走上前去，看她有什么意思？于是假装看菜，大宽转的绕到菜圃那一面，一看正是那妇人。她见韩广达走到面前，眼皮一撩，向韩广达望了一眼，便对那浇菜的一个老人道："老人家，这山上天气好冷。太阳一落山，就冷得很厉害了。今夜里三更天，是冷不过。"说到这"三更天"三个字，格外的沉着脸向这里一偏，那浇菜的老人道："山上是比山下冷的，在山下住惯了的人，山上是有些住不惯。"那妇人又道："住在这样深山里，野兽一定是不少。不知道晚上天冷，野兽出来不出来？"老人笑道："野兽自然是晚上出来，它怕什么冷？"那妇人道："三更天就会出来吗？"老人笑道："何必要到三更天哩？天一黑就出来了。"韩广达听她又说了一个三更天，这不能不留心。看那妇人，倒有几分姿色。说话也是和胡老五的声音差不多，一定是胡老五家的人。她两次说到晚上三更天，莫不是晚上三更天，胡老五要动手害我？这又奇了，这妇人分明是一党，胡老五要害我，与她有什么关系？要她作这种汉奸，先来通知我。自己一人盘算着。那妇人又看了他一看，就悄悄的走了。

韩广达想到防人之心不可无，她既然暗暗告诉我，我今晚上且不要安睡，看看有什么动静没有，于是也缓缓的走向屋去。那房门外两个伺候的小伙子，依然在那里守着。韩广达笑道："你们贵寨，实在是谨慎。外边要进来的人，整年可以摸不到来的路；里面若有什么人要逃出去，大概也是不容易。"那两个小伙子听说，同时都笑了起来，却不说什么。韩广达心里明白了，一定这出去的路上有人把守；不然，自己今天出去，何以他们放开了手，一点不留心？当时也就不和他说什么，进了房去。乡居的人是睡得早的；山居的人，睡得更早。韩广达听到晚上三更天那一句话，料是目前无事，进房之后，便熄了烛躺在床上，先养一养神。因为心中有事，却是睡不着。先还听到房门外，那两个有一句没一句的说话，后来这谈话声音也没有了，屋子里是十分沉寂。只是屋外，山摇地撼一般，有一种风吹树木，泉石回响之声，牵连不断。这屋墙是鹅卵石砖的，墙中间挖了一个洞，有一尺多见方，洞里搁了两根粗木，这就算窗户了。因为天气冷，洞里又塞上一把稻草，以免风吹进来。这时稻草忽然现出两个窟窿，月亮由稻草中射到漆黑的房里来，好像两块大玉牌落在地上一样。韩广达忽然灵机一动：这一团草，为了防着寒冷起见，一点缝也不露。现在漏出这两个圈圈，这决不是风吹的。那妇人说的三更天，莫非到了时候了？且不管他，依然躺着。他们要奈何我，总也不敢进门就拿，我要看他们怎样动手。但是坐了许久，依然不见有什么动静，慢慢的也就睡得有点模糊了。

正有点似梦非梦之间，只听得当的一声，好像一种小件瓷器，在床面砸了一个粉碎。猛然惊醒，突然坐将起来，看房门还是关闭。窗户里塞的草，那眼更大了，而且两个小眼变成一个碗口大的眼。漆黑的屋里，看见四向，正由这碗口大的眼里射进来的月亮。是了，刚才有砸碎东西之声，定是由这里抛进来的。自己手上并无兵器，俯着身子，摸了一摸，恰好屋里有两条粗木板凳，便都搬了放在身边。暗中掂掂，有一条板凳重些，竖立起来，用手扶着。心想这窗户里是不能进来的，有人进来，一定是破门而入。先下手为强，他一进来，我就得先打倒他。于是平气敛息静静坐着。有半餐饭时，只听门外微微有些脚步声，暗中点着头，知道快到了。步履之声走到门边，便停住了。那门只摇了几下，就听到门闩一下响，大概是用刀尖剔门了。韩广达连忙夹了一条板凳，又拿了一条板凳，将身子一闪，就闪在门后，将背紧靠了墙。那门慢慢开了，突然一推，一个人抢步进来。接上啪的一声，床板有一下响，这分明用刀劈来的了。那人呀了一声，已掉转身躯。韩广达见机，比他更快，就在这时先将手上板凳，向门外一抛，然后跟着板凳跳出去。这里是很长的夹道，屋檐下露进月光来，见一人飞跑的走出。韩广达这一想，你无非是去报信。事到如今，我是一不做二不休。你就是不去报信，我也是大闹起来的。因此只看着那人跑来。并不理会，却向旁边一闪。等那人正要跑过身边，举起板凳迎头就是一下。那人总以为韩广达是逃走了，不料他还先行动手，措手不及，便倒在地下。

韩广达也不管他是死是没死了。这夹道地方太窄小，不是交手之地，便跑出夹道，挺立在院子里。刚到这里，对过角门里，便拥出十几个人来，月下看得清楚，来的人各使着明晃晃的枪刀，向两旁一分。看那意思，分明是要用包围的手段，将自己围住。自己是个生地方，决不能抵敌许多人，赶快倒退一步，将背靠住土墙。手捧住那条板凳两头，当胸横着，静待旁人上前。有一个胆大的，手上使那把大刀，跳将过来，迎面就是一刀。这种解数，最是不能去敌板凳。韩广达等刀切近，将身一侧，两手竖了板凳，横面一碰，噗一声，将刀碰在地下。本想拿脚由板凳下面去踢他，但是同时三根枪刺将过来。韩广达身子向下一缩，倒转着板凳，四脚朝外，只两手这样一缴，三根枪都被板凳缴住了。韩广达只向怀里一拖，三根枪齐齐都被他拖过来。那三人一时也不肯放手，各使劲向回一抽。韩广达正好借了这个机会，让三根枪纠在一处，凭空搭了一座架子。自己身子左右摇摆，躲过左右两边的家伙。不过他究竟是一个人，经不住来的人刀枪乱下。一条板凳，舞得泼风似的，总还是抵挡不住。

正在为难，忽然一个人从外门里跳将出来，喝道：“住手！许多人打人家一个，不算好汉。”韩广达听了声音，首先就知道是个妇人。那妇人这一喝，颇有力量，大家的刀枪都已收住，静待后命。那妇人道：“诸位，我刚才和叔叔说了，人家住在我们这里，而且又是一个人，我们许多人打他，捉住了他，也笑我们没有本领。我们能丢了这个面子吗？诸位且退下去，让我来捉他。”就在这个时候，那妇人一蹲身，将刀背向上一挑，已把那三根枪挑过一边去。人向上一直，将刀舞开了一个门面，对韩广达道：“姓韩的，你认明白了人，只管放开手来打，我是不怕的！”韩广达听她这话音，分明话里有话。答应道：“好！许多人我都不怕，我哪里还会怕你一个？”说着，将板凳一顺，就把板凳腿里夹住的一根枪拿在手里，把板凳丢往一边。手里有了武器，胆子又跟着壮了许多，把枪使了一个灵蛇吐舌，枪尖朝上，斜刺里向对面一缴。这一种解数，并不是破单刀用的，正是探一探敌手的虚实。那妇人好像是避开这一着，向后倒退了两步。韩广达看她这情形，又记起日里所说的话，就十分明白：她是来开放自己的，并不是来和自己为难。于是不靠着壁了，跳到院子中间，和那妇人空刺了几着虚枪，那妇人一把刀，虽然是左右前后，砍了过来，而总不十分逼近。恰好是旁边人看不出，自己却又不用费力去抵挡。如此约莫有三四十个回合，那妇人喝了一声，然后迎面砍了过来。韩广达明明的看到她是向左边砍了来，自然是向右边躲闪。那妇人扑了一个空，一直砍到壁上去。韩广达一看是时候了，将枪尖向地上一点，身子一耸，便跳上了墙头。在墙上站着一看，左边是重重叠叠的房屋，右边是几间草房，一片菜地。菜地过去，正是一条出山的路。这个机会，不可失掉。赶快向菜地里一跃，向前就跑。那妇人却也是厉害，跟着跳过墙来，也向菜地里追下来。她跑得快，已赶到身边，举刀又砍。韩广达将枪柄拨开，正要回身提枪来扎。她却低声说道："这条路不能走，你由这屋后山腰上去，我可以送你一程。"韩广达还想问话。这里已经有人跟着上墙，知道顷刻不可耽误，急忙跳出菜园园墙，向屋后山上而去。那妇人离着有七八丈远，也由后面跟上来。

看看转过屋角，就要走近山腰的矮松林，一个不留神，脚底下不知道是什么东西一绊，人就向前一栽，接上一人哈哈大笑道："我早防备你这一着，你哪里跑得了？"那人说着话，早已由枯草丛里跳了出来，一脚将他踏住。后面那妇人叫道："叔叔，把他捉住了吗？我来帮你绑上。"那妇人抢步上前，俯着身子，就拿住了韩广达的两手。那人放开了脚，一手帮着将韩广达按住，一手解了腰带，结结实实的将韩广达一捆。韩广达这时才明白了，捉住自己的，正是这里的首领红毛番子胡老五。那妇人叫他叔叔，莫不就是九尾狐？但是她果然是九尾狐，自己的哥哥，又哪里去了？在这时间，那妇人将他扶起。笑道："你这人虽然诡计多端，无论如何，也赛不过我叔叔。你会跑，我叔叔还会捉哩！你要是在我手里，就算让你跑了。"韩广达听她这话，也只看了她一看，不说什么，只低了头跟着她走，复又转到胡老五庄屋里去。这就另外有七八个彪形大汉，另找了一条铁链，捆住了他两只手，将他拥到一间石墙屋里，堵住了房门，将他看守。韩广达看这样子，他们是破了面子做的，今晚未必能逃出他们的手。那妇人已随胡老五去了，她未必能再来相救，看看自己只有坐以待毙了。自己且靠了墙，坐在一把椅子上，低了头假睡，但是一个人死到了头上，哪里还睡得着觉，且闭着两眼，听这些看守的人，还说些什么。起先，他们也是有一句没一句，谈些闲话。后来加上一个人，他们就唧唧咕咕的谈论起来。韩广达越是留心的听，越是装着睡熟。仿佛之间听到一句，“那位新来的大姑娘，说念他是条好汉，赏他一个全尸。”过了些时，又听到一句，“今天晚上没有事了，你们睡觉罢。”谈了一会儿，房门就已反扣。听到房门的摇撼声，知道他们是靠着门睡了。这屋子里更没有窗户，只墙上一排有三个碗大的透气眼，而且每个透气眼，相隔都在二三尺远。这墙是山上红石砌成的，怕不有二三尺厚。要想逃出去，是万万不能够。好在今天晚上是没有事了，到了明天，再作道理，于是心里又安慰了一点。

正睡意朦胧间，忽然觉得有一样东西，打了脸上一下。睁眼一看，是一枝一尺来长的芦管。门依然闭上，又没有人进房，这长一枝芦管，由哪里射来？抬头一看，又是一枝芦管射在脸上。原来屋顶上已揭去了好几片瓦，露着星光。韩广达心里一喜，明白是那妇人相救来了。同时屋顶伸进一只手来，指了一指桌上半截烛，又摇了一摇。韩广达会意，轻轻将烛吹灭。屋上那人先垂下一根粗麻绳，然后抓着绳，落将下来，一点响声没有。他下了地，先用刀割断了捆的绳子，其次解下了铁链，韩广达腾出身子，那人就对着他耳朵轻轻说道：“你抓了这绳子先上去，在屋上等我。不要慌张，还有朋友在外边帮忙，你准可以逃走的。”他说着，捞着了空中的绳头，黑暗里交在韩广达手上。韩广达也来不及问那人是谁了，捞着绳子盘上屋去。站在屋上一看，四周并没有人，脚下堆了两大叠厚瓦。这个来相救的，已经是费力气不小了。随后那人也上了屋。这时月亮已下了山，星光下看那人身体，很是灵便，穿了一身黑色紧身衣，是个男子，便握住了那人一只手轻轻问道：“朋友，你是什么人来救我。”那人道：“没工夫说话，你快跟我走！”那人说毕，转身便走。韩广达跟着他越过两重屋脊，然后跳下屋去。

约莫走了大半里山路，那人才停住了脚。韩广达仔细走近一看，失声道："呀！你不是我哥哥！"那人正是韩广发。便道："兄弟，正是我。我没有到这里，我就听他们伙里人说，有个会打铜钱的姓韩的来了。我想这一定是你。既然是你，你必是来寻我的。这里附近一两百里山路，都有他们的党羽。进得山来，若是不得他们的欢喜，就是铁打罗汉也难逃性命。因此我立刻和她商量，我的姓是瞒不了的，暂时改一改名字，免得胡老五疑心，就是见了面，也装着不认识。不料不先不后，你昨天闯了那样大祸。在他们开山的时候，你当面笑了胡老五。他们这班强盗，是关起门来作皇帝。你这一笑，就是冒犯了当今万岁。胡老五当时就想把你做了，因为怕你的本领太大，捉起来伤多了人，和他的面子攸关，所以晚上预备下你的手。我得了这个信，再三求她讲情。她说山头上的规矩，无论谁犯了法，也不能讲情，只有暗里救你的一个法子。我们两人为了你，整整忙了一夜。"韩广达道："哦，那位就是嫂子。"韩广发迟钝了一下，又叹了一口气。因道："这说起来话长，再告诉你罢。现在快要天亮，你也逃不出山。我日里就在这悬崖下，找到一个石洞。我在洞里仔细看了，现在不像藏有什么东西的样子。你权在那里躲上一天，我已给你放下吃喝的东西了。他说时，就把韩广达引到那山洞里去，又搬了几块大石头，将洞门重新塞上，然后把山草弄得蓬乱了，再绕道爬上山去。

韩广达匆匆忙忙，躲到这里来，也不知道胡老五他们是什么情形，好在有哥哥在外面照应，料得不致于寻到这里来。闹了一天一夜，人也实在疲乏了。黑暗中摸索了一阵子，摸了一大堆碎草，作了枕头，就放头睡下。一觉醒来，塞住洞门的石头，还漏着几道大缝，由石缝里放出光来。看到这洞里，有一丈多深，三四尺阔。洞的底角上，堆了许多枯碎的干草，里面还杂有好些野兽毛。草里还剩有几块干的兽粪，将脚一踏，便成为碎粉。分明这是一个兽洞，年久不曾有兽藏在里面。身边有一个大竹篮，里面生熟山薯干、牛肉巴子、炒米粉，还有一大瓦罐凉茶。这藏在洞里一天，恰不用得愁吃喝，也就安然的困守在这里，整整过了一天。

到了晚上，月亮升到半天，实在忍耐不住，将两块石头，轻轻挪到一边钻出洞来，要看有什么动静没有。爬上崖头，只听到四围的山上，一片松涛之声。山顶上常常翻成一片一片的白色，那正是松梢摇动着月光。这境地是十分沉寂，不见一只虫蛾飞动。韩广达一想：这样除了天上的月亮，什么东西也不会照顾到来。趁此机会，不如逃走了罢。于是走上山来，四下张望路径。无如这是荒山，并没有行路，而且峰峦包围，也不容易分出东西南北。正在犹疑，猛然由短树丛里跳出一人，笑道：“哈哈！这里总算让我寻到了。”韩广达料到他要动手，便先下手为强一脚踢了去。那人并不回手，向旁一闪，就大叫起来。韩广达倒不由得抹了一把汗。只要他的喊声，让他们听到了，自己就休想活命。但是那人，只喊得一声，要喊第二声时，就突然倒在地下，自己身后另跳出一人。韩广达正待打去，那人接住他的手。低声道：“兄弟，是我。你怎么一个人跑出来了？真是险得很！”韩广达这才缩住了手，因道：“你叫我缩在那洞里，整整一天一夜，怎样不闷？”韩广发道：“幸而我来得快，抓起一块大石头，砸了他的头。若是等他喊叫起来，你就不免连累我了。现在你赶快跟我走！”于是就顺着山坡，溜了下去。

这山坡很高，溜到山脚，是一条干涸的山沟。韩广发就拉着韩广达的手道：“兄弟，你这回是来寻我，倒几乎送了你的性命。照理我应当同你一路回家，你要知道，我一走，她就会告诉胡老五。这里我们是生路，他们是熟路，两个口音不对的人，哪能逃得出去？你若是走了，我留在这里，一来我可以想法子，拦住他们不追，二来保得性命，迟早我总也能回去。你顺着这一条干沟向下走，约莫有二十里路，和一条湿沟会合。又顺着湿沟向上走，沟边有一幢小庙。你尽管敲门进去求救，自然有人救你。你记着千万不要卖弄本领，只要哀求就好了。这些话都是她告诉我的，决不会假。现在已经半夜了，你走罢。”韩广达踌躇了一会儿，点头道：“哥哥，你的话都对。你只不要忘记了老娘，得着机会就回去。”说罢，抽身便走。走了几步，韩广发追了下来。将手中一把刀交给他道：“这一路二十里，你一个孤人，总怕碰着野兽。你带了这刀，到前面去砍下一根杉木当护身棍，也免得意外。”韩广达接了刀道：“这个我自然晓得，哥哥你先找路回去罢，免得别人生疑心。”相对立着一会儿，告辞走了。刚下一道石坡，韩广发再追了过来。低低叫道：“兄弟，你到了那庙边下，你就把刀埋了，不要带进庙去。回家告诉老娘，就说我抽不动身，只好在这里暂等几时。无论如何，我不会做强盗。周年半载，我也就回来了。”韩广达道：“只要把持得住，迟一点回江南去也不妨。家事我自会照顾，你放心罢。”韩广发道：“你走罢，我要望着你走过这山嘴。”韩广达怕哥哥久候，让人知道了，老大不便，就低头走了。

第二十五回　世外有天人手牵猛虎　目中无鼠辈心恕妖狐

韩广达一路走着，路上逢着一棵细条杉树，果然砍下，削成了一根护身棍。一路之上，所幸并没遇到大野兽，不过遇着一只孤行的豺狗。举起棍子一比，也就跑了。这样的顺着山涧走，果然有一道水泉，和这干沟会合。于是折转上山，也不到半里，沿着山洼，有一大丛凤尾竹林，星光下看到黑巍巍的一片。中间挑出一只屋角，由屋下转到大门口，是一座小小的庙门。仔细察看，门上悬着一方匾额，乃是白衣庵三个字，韩广达一想，既然是座庵堂，这里面应该是有尼姑的了。这样的深山冷洼，如何有妇人在此出家。我哥哥要我在此求救，莫非向尼姑求救吗？这时，万籁俱寂，听不到庙里面一点响动。在门缝里向里张望，也不见一点光亮，只是黑漆漆的。事已至此，是不容自己退缩，于是丢了刀和棍子，且大着胆子，拍了几下门。这就听到庵里有人问道："这个时候，哪个打我们的庵门？"韩广达听到声音，仿佛是个老妇人。便答道："老师傅救命，我是走迷了山路的人。"里面答道："这又不是来往大路，如何更深夜半，在这里迷了路？"韩广达道："师傅，你且开了门，让我进来细说。"里面答道："我是一个六七十岁老尼姑。开了门让你进来，你要是歹人，我有什么法子？你且先说。那老尼一面说着，一面就开了房门，慢慢地又走近这大门。韩广达在门外听她的举动，很是清楚的，知是她已在门里，静静站定了。心想迟早是要把真话告诉她的，又何必等着。就把自己的行为，略略的告诉她一点。她拍手在门里笑道："如何？我知道是个平常人，半夜里不在会这山里走着，门我是不能开的。你真有那种本领跳了进来，我就让你进来罢！”韩广达一看那庙墙，不过一丈一二尺高，不说跳，扒也扒上去了。她叫我有本事跳进去，决不是把这一堵墙来试我。真是有本领的人，若是跳不过这一堵墙，岂不成了笑话？我哥哥曾再三的叮嘱我，叫我不要在她面前卖弄本领，我还是小心一点，等她开门罢。便道：“老师傅，还是求你老人家救我一救罢！你老人家若是不开门，我就跪在这大门外等着。等到明天天亮，你老人家总会开门的了。”老尼姑笑道：“你果然这样小的胆，何以又敢到胡家寨来寻你哥哥呢？”韩广达道：“我知道你老人家是神通广大的师傅。我们后生小子，怎敢在你老人家面前卖弄？”老尼姑笑了一笑道：“你这人说话很懂礼，我给你开门罢。”说着话，已把庵门打开了。

韩广达在暗里看时，这老尼姑也并没有拿着灯烛，黑魆魆的中间，颤巍巍的慢慢走将过来。韩广达一看，就很疑心：难道刚才说话的，就是这个老尼姑吗？听她声音，倒很是清脆的；看她的情形，却又非常的衰弱，这简直是两个人了。当时迎上前，就和老尼姑作了两个揖。老尼姑缓缓掩上门，对韩广达道：“你随我来罢。这样夜深，庵里是没可以吃喝的东西。弥勒佛座前，有两个大蒲团，暂在上面安歇到天亮。有什么话，你明天再说，我还要去睡觉呢。”老尼姑将韩广达引到过堂门前，让他坐下。暗中摸索，点了一枝剩残的蜡烛，插在石香炉灰堆里。韩广达才看见这是一所茅屋，上面一个白木龛，供了一尊大肚罗汉，连帏幕也没有。不过倒是打扫得很干净，地下一列摆着三个高蒲团。老尼姑指着蒲团道：“只好请你在这里打一个盹了。”说毕，摇摆着她那枯瘦的脸，竟自向后殿去了。

这里是个尼姑庵，尼姑又是个年老的人，韩广达也只好委屈一点，就在蒲团上坐下，但是远远的传来一种呼噜呼噜的声浪，好像是一个壮年的男子，睡得极酣。这倒不由他不猛吃一惊。于是静静坐了一会儿，再向下听去。那一种呼声果然继续的呼吸下去，并不曾停止。韩广达一想，这庵里的老尼，在这样的荒山里，本来很险。用一个壮年人作伴，也不算什么。但是刚才老尼说话，好像这里就只有她一人，不便让我进去，何以这庵里，现在又有男子的呼声？难道这老年出家的人，还当面撒谎不成。于是随着那呼声，慢慢的，轻轻的走出这小殿。听到鼾呼声，却在东边矮墙下面。那地方，只堆了一堆班茅草，却没有房屋。心想这是一个什么人，不睡在屋里，却睡在屋外。走到草边，伸头望了一望，原来并不是人，是一只牛。那牛蜷着身体，正睡得浓，呼声更响了。仔细一想，不对，牛不会那样打呼的。看看那牛，头上没有那两只角，身上毛茸茸的，圆滚滚的。星光下虽然看不十分清楚，似乎那毛上有斑纹，头是圆而扁的。哎呀！这正是一只老虎。幸而它还是睡着的，若是醒的，岂不是个白送了性命？心里一阵慌乱，身上的汗如雨一般，只管流将下来。自己骂自己，我还站在这里做什么？还不应该赶快的跑。倒退了几步，才跑进小殿去。那半截残烛，并不曾灭了。赶着将那两扇殿门一关，把烛吹灭，在黑暗中向外张望。

就在这一跑之间，就把那只虎惊醒了。不到一会儿，只见它远远的走下那茅草堆，东张西望，复又起一个势子，向草堆上一耸，上上下下把那长尾子，只在空中一剪一拂。韩广达一想，怪不得老尼姑说要是有本领就由墙外跳进来，那一跳到墙里，岂不正是送进虎口？心里想着眼睛只管朝外望，看那老虎是否过来。手里摸摸这佛殿门，只有一道小木闩，并没有大门杠。那老虎若是来了，只要向前一扑，就会门和老虎一路打将进来。这殿里什么当家伙用的东西也没有，只绳子悬了一截木料，是撞钟的柱。现时屋子里没有光，也解不下来。这也没有第二条妙策，只有守着殿门的窗棂下，向外看守。若是老虎果然来了，它进来，我就打破窗户，跳上屋去。料得老虎虽厉害，也不会追上屋来。他就是这样，守着过了一刻钟，又过了一刻钟，总是见那老虎在那草堆上，跳上跳下，却并不走。似乎这老虎有东西拴上了的，跑不开来。心里才放宽些，心口震荡次数，慢慢减少。不过自己守着这窗棂，无论如何，也不敢再睡了。

这样一直守到天亮，这才看明白，那不是一只巨额斑烂虎！项颈上围着一条大铁链。铁链那头，盘在一棵围如斗大的木桩上。看那样，虽然十分雄壮，但是并不暴躁，似乎受过许多训练的了。这就料着无事，开了佛殿门，走上正殿。这正殿是石片瓦，又是石块墙，虽然不大，看去很坚固。那老尼姑拿了一把扫帚，在墙下扫地。看她约有六十上下的年纪，光着一颗头，头发茬子有半寸长，直森森的竖着，已经苍白。脸上瘦瘦的没有一点皱纹。穿了肥大的僧衣，把她那矮小的身躯，越像风中之烛一般。韩广达这时才看出来了，她确是个力量含在骨子里的老前辈。因又上前拜了两拜，恳求道：“老师傅，请你念我来求教的一片诚心，救我一救罢！”老尼姑笑道：“你是怎样知道我住在这里，来向我求救？”韩广达也未便隐瞒，就把哥哥所告诉他的话，照实说了。老尼道：“你哥哥信老婆的话，倒这样相信我！这胡家大姑娘，不帮了她的叔叔，倒帮着你们兄弟，这真是女生外相了！”说时举了手上的竹叶扫帚，哈哈大笑。

正在她这一笑之中，只见她身后石墙上，有一块二尺见方的石板，自己挪动起来，向外一折，立刻墙上现出一个窟窿。窟窿里有一个人面，翩然一闪。老尼道：“你出来！庵里来了生客。”里面答应一声，那石板又和墙合上了，立刻佛殿后跳出一个人来。韩广达看时，那人也穿着僧衣，却挽了一个高髻，似乎是带发修行的女尼。看她年纪，不过二十多岁，圆长的面孔，一双画眉眼，却有几分姿色。老尼道：“客人，你起来。有年轻的人在这里，跪着不像样子。”韩广达只好站起，和那少尼作了一个揖。那少尼板下一副冷静的面孔，只微微一合掌，老尼道：“这是我徒弟佛珠，她还只二十三岁。不要说我们佛门地，容不得你们动杀机的人，你看我这样年轻的徒弟，怎能容你在这里？”韩广达道：“弟子哪敢在这里打搅，只要师傅指我一条出路，我就感恩非浅。”老尼道：“我不是鼓儿词上的骊山老母，又不是南海观音菩萨，怎么指一条出路，就救了你？”韩广达让老尼一揶揄，不知怎样说好，站定了没个理会。老尼笑道：“也罢，我看你怪可怜的，我答应帮你一点忙。我后殿有一所厨房，你且帮我们烧火煮饭，我叫你时你才出来，我就可以救你了。”韩广达心里半信半疑，也就只好照着她的话去做。

做过一餐早饭，也没有什么动静。到了正午的时候，老尼来了，招招手叫他跟着上正殿。她拿出一条棉衲来，交给韩广达，叫他把棉袍帽子鞋子，一齐换下。韩广达问道：“老师傅要我的衣帽做什么？”老尼道：“你只管照我的话办。说破了，就不灵了。”韩广达虽猜不出所以然，料得总是救他，也就照吩咐把衣换了。老尼一指殿上的横梁道：“你先爬到这上面去，那墙上有一个钱眼，你且在那里向外看看。”韩广达由旁边鼓架上爬上横梁，果然那墙上有一个钱眼，可以看到前面殿上。老尼在下面昂着头说：“韩家兄弟，你只可以守在上面，不要乱动。看见什么，你也不要作声！”韩广达听说，也就依了她。不多一会儿，只见那小尼佛珠，改了男子打扮，换了自己衣服。走到东墙下，将那锁住老虎的铁链，由木桩上解了下来。拿着那粗铁链，像牵猴子一般，牵着那老虎。那老虎比一头耕牛还驯服，在她身边慢慢的走出大门而去。韩广达暗将舌头一伸，半晌缩不回去。老尼姑自盘膝在佛殿蒲团上坐着，手里敲着小木鱼，口里念念有词，和着剥剥之声。韩广达心想：这是什么意思呢？念经就是救我吗？他这样忖度着，门口就有人敲着门环响了。

老尼放了木鱼，由蒲团上站起，走到佛殿前。喊道：“迟不来，早不来，这个时候来！耽误我念经了。不是胡家寨来的人吗？你进来！”她喊罢，果然由庵门外进来七八个人，鲍天龙胡老五都在内。他们见了老尼，都躬身作揖。老尼道：“你们的来意，我都知道了。不是寨里走了一个人，到我这里来找吗？”胡老五陪笑道：“师傅，你老人家怎么说这话？我们早求过你老人家，不要问我们的事。人在这里，愿意交还我们，我们就领去，不愿意交还我们，只要师傅说一声。他不出去和我们作对，也就算了。”老尼冷笑道：“你们又不是走了一头牛，跑了一头狗，要人家交还你！不错，昨晚上，是有一个人由那里到我这里来，但是我的徒弟下山去了，我没有人烧饭，留下他烧饭来。你不信，你到我厨房里去看看，水沟边还有他的脚印。”胡老五笑道：“这个我不信。听说庵里是铁桶挑水，又是深灶烧水，一把大火钳有几十斤里！除了小师傅，别人是办不来的。”老尼道：“你以为他没有多大本事吗？你看看！”说时，老尼用手指着墙外对过的山坡。那男装的少尼佛珠，正牵着那匹壮虎，一步一步向山上走。胡老五那班人一看，见山坡上果是韩广达。胡老五倒着了一个虚惊，幸是在寨里不曾亲自和他交手。若是打起来，岂不要吃他的大亏？老尼道：“我的话说明了。你们愿意，就请回去；若是不愿意，我一个出家人，也不能和你动手。他人在对面山上，你们可以找他去。”胡老五估量着，未必可以将韩广达拿到手，就陪笑道：“既是他在这里，替老师傅做事，我们看老师傅面上，跟他和了。”老尼笑道：“你们跟他和了，还没有跟我和。那佛殿下有两只木盆，你们一个人给我舀一盆水来，给我洗洗阶沿石。算是冒犯了佛爷，和佛爷陪个罪，若是一个不字，我不干休。”胡老五笑道：“可以可以，平常要巴结师傅一点小事做，还巴结不上呢！”于是这一班人就轮流到佛殿后山沟里去舀水。胡老五自然是首先一个去做，果然看见沟边有一道男子脚印，在水沙里印得很深。大家将水泼完，胡老五说：“老师傅还有什么事没有？若没有什么事，我们就要走了。”老尼笑道：“你们走就走罢，这一回算我放过你们。第二次再来，我就要不客气了。请便罢！”那些人也不敢多耽误，就相率出门。抬头一看对面山坡上，只见那只老虎，在草上打滚，牵虎的站在一块大石上呆看。大家都摆了摆头，不作声的走了。

老尼见他们走了，便对梁上招了招手道：“现在他们走了，你可以下来罢！”韩广达跳下来，向老尼连作了几个揖谢道：“难得老师傅这样搭救，做了这样的圈套，他们以后不敢再来为难了。”老尼道：“他们虽不敢来，但是你永久住在这里，也怕迟早要中他们的毒手。”韩广达道：“我本也要赶快逃出山去的，今天是来不及了，明天一早我就走。不过这里的山路，节节都有胡家寨里的人，恐怕他们不肯放过去。”老尼道：“今天胡老五领教你的本领了。他们的弟兄，未必还比胡老五胆大，敢来动你。只是他们今天才回去，你的本领，还没传扬出去。你暂在我殿外，住下十天半月，等他们把事说成了鼓儿词，你才可以放胆走。”韩广达这时将老尼当作了活佛，她怎么样说就怎好，于是依了老尼的话，在庵里住了半个月。

这半月里，老尼有多大的本领，并未看出来。只是这少尼佛珠，真是一位不常见的女武士。每到东方刚要发亮的时候，她就在外殿旁一座小山岗上，迎着东方朝阳练习武术。她练习什么，却看不清楚。那殿后有两把大石锁，约莫有百十斤一个。她每日早起，由山下跳上山头，如猿猴跳竿一样，非常矫捷。上去时候，总提了两把石锁，下山来依然又带到原处。韩广达在窗棂里偷看不止一回，心里倒很疑惑，这样的年纪，这样好的人品，这样大的力量，何以却出了家？这真不可解。有一天是下半午，天气很好，老尼完了功课，端了一大盆山薯，放在那老虎面前，背了手，看那老虎咀嚼。韩广达忽然想起一件事，因道："师傅，我们都知道，老虎是吃荤的，何以师傅养的这只老虎，却也是吃素？难道也是老师傅训练出来的吗？"老尼道："这只老虎，是我在山上拣来的小乳虎，从小就喂养，喂到这大了，一个生成吃肉的东西，硬把它变成吃素。一来是佛法无边，二来它也是不得已。我们养这一只老虎，就像养一只狗一样，永久不让它看到什么是肉，它就不知道吃肉了。出家人为什么要躲在深山里来？就是为了不让他看到花花世界，不去起那些邪念。"韩广达道："老师傅道德高深，说的这话很有意思，我也懂得一点。老师傅在这山上，大概多少年了？"老尼微微的笑了一笑，摇摇头道："我住在这里，还不到三年哩。我出家三十多年了，心早定了，不像这老虎，不能见它的同伴。我住在这里，全为陪着我那徒弟。"韩广达道："哦，师傅是中年出家的。"老尼道："出家人不撒谎，老实告诉你罢。我从前也是富贵场中的人，而且轰轰烈烈干了些大事。我的丈夫跟着天国的大王，做了一场大梦，这种人就是你们叫的长毛子。后来大王到了大事不可为，以为这四川四围是山，进可以战，退可以守，就带了他的部下，由南京一路杀进四川。这一条长路，到处是敌人，杀进来已是人马困乏。他又没想到部下都是两湖三江的人，到了这地方，人地不相宜。最后还是道路不熟，让土司捉住。我的丈夫也就阵亡了。因为我还有点力量，千辛万苦，逃到川中，在一个庵里出了家。阿弥陀佛，起初出家，我也勉强的，实在是逃命，心里却十分难受。于今我才知道，哪个人若没有几分缘，一定要劝他出家，也是一种罪过。"韩广达道："原来如此，老师傅那样自繁华场中过来的人，都看破了红尘，何况我们这样手糊口吃的人？老师傅，我也要跟你出家了。"老尼笑道："什么？你也要出家吗？小兄弟，这个事情比什么都难，不是口说办就办得来的。不但是你，就是我那徒弟，我也不能让她剪发哩！我现在想起来了，我索性人情做到底，明日就找一个人送你出山，顺便我还要办一件事。"

韩广达原苦没有法子出山，现在听老尼要送他走，又想起数千里跑来找哥哥的，现在反将哥哥丢在这里，未免心里恋恋。看老尼师徒既然有这样大的本领，就是到胡家寨把哥哥救出，胡老五那班人，又未必是她们的对手。因此跪在老尼面前道：“老师傅，我不知足，我还有点事要求求你。”老尼道：“你不必说，我已经明白了。你不是想救你哥哥吗？这事在你心里，也是一片至诚，不能怪你。但是你要知道，我在这里所以能安然无事，一来是胡老五有些怕我；二来也因我有言在先，他不来犯我，我决不去干涉他。我要是把你哥哥救出来，既拆散了他的婚姻，又失了我们的信约。”韩广达听她的口风，还不十分拒绝，索性跪着不起来。因道：“你老人家若是救我的哥哥，并在算是对他们失信，因为我哥哥决不做强盗的。把我哥哥救出来，不伤他们什么事，谈到婚姻，我哥哥不过是让人家绑了票罢了。”老尼因韩广达只管央求，笑道：“你这人有点过河拆桥，你不是那九尾狐，你焉能逃得性命？现在你逃了生路，怎么样你又把她的婚姻拆开吗？”韩广达半晌说不出话来，只好站起，给老尼作了两个揖道：“老师傅说的是，这也算是人心不足。我以后由他去，不提这事了。”老尼笑道：“他在这里做山大王，有吃有穿，又有老婆，多么的好。你又何必要他下山呢？”韩广达自知理短，就此不敢再说什么。这一番话，也就过身忘去了。

到了次日早晨，老尼把他叫到后殿里去，对他道：“今日天气很好，你就今日下山去罢。我在这山上三年，也不曾出这前后几个山头，我也不能为你下山。我早给你约了一个朋友，在前面岭上山神庙等你。你一路上要用的干粮川资，都在那新朋友身上。你要说是我这里的，他自然知道。”韩广达都答应了，先拜谢了老尼，然后又请那少尼佛珠，作揖道谢，这就告谢而去。

第二十六回　不谋而合无心得哑侣
胡为乎来故意斗尼僧

韩广达到了庵外，把先前埋的那刀，从土里挖将出来，带在身上。顺着庵外一条小路，一个人下山。走到一个高岭下，抬头看见顶上一丛大树，树影里有些屋脊，大概那就是山神庙了。此时肚子有些饥饿，心想找着那个新朋友，或者可以得到些吃的，因此一口气赶上那山。约莫有七八里山路，在山缝里钻来钻去，不曾停留。走到那山顶上，果然有一座山神庙。庙边有三四家人家，门口晒着一片药草，乱堆着许多篾编的用器。这并不像是店家，也不知道能否求到食物。走到为首一家门口，只见一个毛发苍白的老头子。拿了一把短刀，站在阳光下破竹子。他见韩广达，先问道：“你大哥不是姓韩吗？”韩广达答应是的。他道：“你那伴计丢下了一袋干粮，请你拿去用。你要是喝茶，我家里备下了热茶，你可以随便喝，不要钱的。”韩广达道：“我那位朋友呢？”老人道：“你那位朋友，在这山岭下柳家洼等你。那里有座饭店，上山采药买山货的人，都在那里投宿的。”韩广达心里纳闷儿，这朋友是什么人？既和我同路走，为什么又不在这里等我呢？这一带胡家寨里人多，自己又不敢乱问人，免得露出了破绽，便依着老人的话，走进屋里。在一张破桌上，拿过一只小干粮袋，又喝了一瓦罐茶。身上本不曾带钱，这也无须太客气，和老人道了声谢，就出了门。那干粮袋提在手上，却有些沉甸甸的，心里未免有些奇怪。这袋里原来装着是些炒米粉和干薯片，不会十分沉重。伸手在袋底下一摸，却有一大块硬东西。于是坐在路旁，将粮袋解开，伸手直向袋里一翻，翻出一个大纸包。打开纸包来一看，是二百个铜钱，还有一包散碎银子。手里托着掂上一掂，约莫有五六两重。这时胆子就壮了许多了。就在路上遇不到那位朋友，也不愁着房饭，不过要提防胡家寨有人出来为难就是了。

走不到半日，又走到一个山林。当头一个人家，是黄泥巴墙，墙上东倒西歪的，写着盆大三个字，乃是柳家洼。韩广达毫不经意的走着，不料就走到了。深山里头，太阳落的早。这时太阳虽看不见了，天上还是亮的，要赶山路，似乎还可以赶过七八里。只一转那墙角，忽钻出一个庄稼人，迎面拦住道："你这位客人，不是庵里来的吗？"韩广达道："是的，你怎么知道？"那人指着韩广达手上提的干粮袋道："那不是和你过去的一个朋友拿着的一样吗？"韩广达笑道："这倒算你会认识，我那朋友呢？"那人道："他下半午就过去了，你要追他，今天来不及了，要十几里路，才赶得上宿头。你那朋友叮嘱你就在这里住下了。"韩广达心想：我自信是个赶路的了，他却比我走路还快。这一路上，似乎他都很熟，只管照应着我，却又不和我会面，倒奇了。

当晚在柳家洼住了一宿，次日起一个早便走，就想把这位朋友赶上。走到半路，有一个过山亭子，亭子外一道好清的水，由那小鹅卵石里，翻着水晶珠似的浪花。亭子边有一家小茅屋，门口砌一个泥灶，灶门口烧着干竹片，倒有一股子清气。灶上放了两把瓦壶，在那里烧水。韩广达一口气跑了一二十里路，口也有点渴。便在亭子里石凳上坐着，对茅屋里一个烧水的汉子道："你们这里卖茶吗？给我送一壶来。"那人听着他说话，看了一看他的干粮袋，就泡了一壶茶，送到石凳子上。韩广达一面喝茶，一面四处张望。猛抬头看见石柱上张贴的告示，上面起头一行大字，却是四川开县正堂王，似乎这地面就是归开县管辖了。依着自己下山的道路，应该是由夔州向东走，怎么现在倒反由开县向西呢？因就借着要那人添水，顺便向他打听路程。据他说，这里只有一条下山大路，通到开县。此外的小路，都在山里绕，客人可走不得。他说这话，又望了望那干粮袋。韩广达一想，怎么这一条路的人，都看这粮袋，莫非这袋上有什么暗记号？我且把这袋收起来，看有什么事没有。自己由南京带来的那些银子和包裹雨伞都没了，随身就带了一把刀，原来有皮套子的，插在腰里。这只剩一个干粮袋了，因脱一件罩衣，将干粮袋打了包裹。烧水的那人，见把干粮袋包上，倒很是奇怪。因为这是人家的东西，爱怎样办就怎样办，也没有法子去干涉，只好由他。韩广达给了几文茶钱，仍旧顺着大路走。心想，既然有这一条大路走，到了开县，我再想转向东路的法子。一人低了头，只管一步步的向前走。沿路都是乱竹林，夹着一些杂树，路上荒寒极了。树叶里常常有些貂鼠和野禽，嗤溜一声，让人惊骇而去。一个人这样走着，往往走得面前的野竹和刺丛拦住了路，都由草窠里钻了进去，脚下踏着乱草，窸窣窸窣的响，心里倒反有些害怕。若是这草窠里跑出一只野兽来，倒叫人无法抵挡。心里这样想着，脚步就放得迟一点。

约莫赶了一里路，忽然见一阵青烟，由野竹丛中，向上直冒出来，韩广达不由得把脚步停住，想这个地方，哪里会有人家。这路途上，恰有一株弯腰的秃树，树上绕着指头粗细的枯藤，正在风中荡漾。韩广达两手一扣那枯藤，身子只一摆荡，便耸上了树颠。在树上向冒烟的地方看了去，原来是靠着高地砌了一个土窑，有四五个人在草地里来往，正搬着乱柴向土窑眼里塞，看那样子，乃是烧木炭的，却也不足介意，便由树上跳了下来，依然向前走去。那路上的草还是蓬松着，人在里面走，把许多草叶带得唏唆的响。他只管赶着路，却没有注意旁边的事。正走之间，草里忽然跳出几个人来。韩广达看这些人手上，都带有武器。啊哟一声，待要拔出刀来，无奈自己发觉太迟。只觉头上一阵大痛，眼前一阵黑暗，便什么都不知道了。

一觉醒来，只见身子在一张草单上。屋顶是很矮，似乎举手都可以摸着。人是昏昏沉沉的，挣扎不起来，开了一开眼睛，复又闭上。仿佛之间，头上好像有什么东西绷着。要抬手去摸，却是过来一人，将他的手按住。看时，那人虽是粗鲁的样子，倒也满脸放下笑容来。他道：“你头上敷了药末，不要去动罢。”韩广达道：“这是什么地方？我怎么样到这里来的？”那人道：“你的伤还没有好，还是多睡一睡罢。这里虽不是好地方，可也不会害你的。”韩广达听了他的话，便不作声，慢慢地想到没有发晕以前的事。心里这才明白，是中了人家的暗算。本想跳起来，无如头顶上还隐隐的有些痛。看这屋子里，除放了一张草单，只有两条小木凳，一张三只腿的桌子，便已塞满。也是英雄无用武之地，且只好由他，在这里静睡。又睡约一个时辰，却又来了一个人，抱了拳对韩广达拱拱手道：“我们真不知道你老哥是庵里来的人，多有得罪。你老哥的包裹，都在这里，兄弟没有敢移动。这一件事，还要你老哥包涵一二，不要让我们胡当家晓得。”韩广达心里捏了一把汗原来他们倒是胡老五的同党。便道：“我也不知道诸位在这里歇马，所以敞着胆子过去，要错是大家错了。”那人见韩广达并不见怪，心下很喜，陪着他谈天。过了一会儿，他取了一只干葫芦来，说是由城里买来的酒。又是两只大瓦盆子，热气腾腾的，盛着两盆菜。他们说一盆是山萝卜炖野猪肉，一盆是两只山鸡，都是山头上打来的，不曾花钱买的。他们一伙五个人，请韩广达一同坐在地下，围了盆子，互递着葫芦，捧了喝酒。

韩广达坐在地上铺的草把上，斜着身子向外看去。只见一个人穿了一件大袖子棉袍，头上戴了披肩风帽，慢慢的走了来。快走到江边，又见他戴着一副黑晶风镜，风帽下的两块护脸，罩着那人的脸，只剩鼻子眼在外面。看去那脸色黄中带些晦气，好像是个病人。他走出了门，却靠在门柱站着。原来这座土窑旁边的窑屋，不都用的木头架支柱，四围披着长茅草。面前木架子口上，用班茅叶子，编成扁的一块，那就是门。所以他们虽在屋里吃喝，外面来人，却还是看得清楚。那人走近前来，手中也提着一粮袋。这里吃饭的人，大家啊呀一声，说是庵里来的。那人并不作声，用手指了一指嘴，哇呀哇呀了几声，看那样子，大概是个哑巴。韩广达心里一动，所谓我那同伴，莫非就是他？看那人用手向自己指了一指，眼睛在眼镜里转动，似乎是把他肚子里的意思，告诉自己，就站了起来，和他点了点头。那人将手向他招了招，好像要他走，转过身去，就先走了。韩广达见这人来得这样突兀，料得是有用意的，便站将起来，对大家拱拱手道：“在这里打搅诸位了。”他看见粮袋腰刀，都放在草单边，便齐拿起来，大步走将出去。那些人却也不敢丝毫拦阻，都躬身送到门外草地上，连说：“多有得罪，望你大哥海涵。”韩广达望着前面那个戴风帽的人就跟了下去。眼睛看去，离那人也不到一箭地，因此加紧脚步，就赶上前去。那人似乎知道后面人要追他，也赶快走了几步，走进了那野竹丛里。

韩广达到了那地方时，那人就不见踪影了。心想这人的行动，煞是有些奇怪，一路之上，神出鬼没，大概都是他。他既然不肯和我在一处，我苦苦追上了他，他也是不高兴的，且自由他，因此还是一个人走。

约莫走了半天工夫，却走上一条大路。路上来往的人，也接连不断。问一问路上的人，这里到县城只有五里路了。路边有一家小饭店，且走进去歇息。因为时候还早，打了中尖，让店伙泡了一壶茶，自己在拦门一张桌子边坐下，看路上过往的人。因想到路上把干粮袋收起来，吃人家打了一闷棍，几乎伤了性命。这干粮袋委实是一样保镖的东西，倒不可埋没了。因此正正当当，摆在桌上。这饭店里打尖歇伙的人，先也没什么人对这个注意，后来有一个游方道人，也在这里歇伙，却在对面桌子边坐下。韩广达见他长长的脸儿，嘴上留着几根黄鼠狼胡子，一笑，几根胡子都耸起来。那道人见他不住打量，便看了一看桌子上布袋，却一笑起身拱手道："无量佛，这位客人从庵里来的吗？"韩广达便起身答应是。道人笑道："真是不失信，说来就来。怎么不见两位师傅？难道我老道就无缘相会吗？"韩广达听了老道的话，好生不懂，心想我和他并没什么约会，怎么说我不失信？心里这样想着，就站起来望着老道发呆。老道冷笑了一声道："如今的事，真是初生的犊儿不怕虎了！"说毕，一拂道袍的袖子，就走开了。韩广达直望着他出了店门，转过路角，才复坐下来，心里不住的狐疑：看这道人好像和庵里有些过不去，既不对我说明来意，又不容我和他分说一句，这是什么意思？江湖上的异教人，多少都有些本领的，不知怎样招上了他？他既然寻到了我，料是躲闪不了，且追上他，和他说个清楚。打得赢他，何必和一个无冤无仇的人为难；打不赢他，更是犯不着。于是付了店伙钱，跟着道人的去路，追了下去。追过这条弯路，便是一片荒地，却并没有道人的影子。四周盼望了一会儿，只是不见那道人。料得是找不着的了，也就提了那粮袋腰刀，回城里去找店歇下。

这种山野小县，城里没有热闹街市，在饭店里用过茶，也不曾出去游览，就在房里睡下了。一觉睡醒，屋子里桌上，已经点上了一枝蜡烛，大概天色已晚了。起来打开房门，向外看了一看。只见门外空屋里，昏昏暗暗的，屋檐底下，点了一只纸糊的檐灯。风吹着檐灯，像打秋千一般晃动，将那一种淡黄的光一闪一闪。这饭店里似乎也没有安歇多少客人，情形是很沉寂的。正想张嘴叫店伙，只见一个人影子在檐灯光下，闪了出来，走向自己这边，那样子却是一点不踌躇。韩广达便开了房门，让他进来，在烛光下一看，正是路上遇的那个哑巴客人。他还戴着风帽，罩着墨晶眼镜。他不等韩广达开口，把风帽除了，把眼镜摘了，同时说起话来道："你以为我真是哑巴吧？"这一来，倒让韩广达猛吃一惊，正是少尼佛珠。不过原是雪白的脸子，现在却上了很厚的黄黝了。不由得呀了一声道："少师傅，你为什么这样打扮？"她笑道："这有两层缘故，一来是一僧一俗，一男一女，同路走起来，有些不便；二来我自己还有点事，不能让人家知道我的本相。所以我在山上，用荷叶泡水洗了脸，又戴上这风帽和眼镜。我上午就进了城，我在城门口等你，看见你歇了这家饭店，所以我也跟了来。这店里的人，只知道我是个病人，不知道我是个哑巴，也不知道我是个尼姑。所以我藏在屋里，不曾出来。"韩广达道："师傅，你真走得快呵！我下山的时候还和你辞行的呢，况且我在路上，又都是赶着走。"佛珠道："现在不是说闲话的时候了，今天晚上我们要掉一个房间睡才好，请你现在就到我那房里去睡。"韩广达道："少师傅，这不是也不便吗？"佛珠先是随便说出来的，绝不留意。现在韩广达一反问，倒不觉低了一低头，因笑道："阿弥陀佛，现在顾不得许多了。请你就去，我也要借你这屋子坐个大半夜。"韩广达道："这是什么意思，莫不是我不在这房里住？"佛珠微微一笑道："韩二哥，你难道还不明白？"韩广达道："今天我在路上，曾遇见一个道人。他疑惑我是庵里来的，和我曾提到老师傅少师傅，莫不是他会来寻我？"佛珠点头道："正是他。论起你韩二哥的本领，未必就怕他。不过他们人多，得罪了他一个，他们会有许多人上前，让你防不胜防。我也是得罪了他们一个人，他们就和我结仇结怨，已经有了两年。"韩广达道："他们居然敢和二位师傅为难，这也就了不得！我怎样敢惹他们？"佛珠笑道："我也不算什么本事，不过像我师傅，是有点了不得。"韩广达道："这是难得的机会，我要看看。"佛珠道："他已经错把韩二哥看做我们一党了。他若是看见韩二哥，不见得肯放松。"韩广达道："我不露面，总也不要紧。"佛珠低头想了想道："你真是要看，也可以，不过请你远远的离开。现在请你卷着棉被，睡在床里边，静等他来。"韩广达也是好奇心重，就依了她的话，和着衣服，睡在床里边，用棉被将身子一卷。

这时候本就有二更多天了，过了一会儿，将近三更天。佛珠两手相抱，斜撑住了桌子，守着那一截剩残的蜡烛。她突然站将起来，一口气吹灭了火，接上啪嚓一声，两扇窗门洞开，早见一个人跳了进来。又听到当的一下响，似乎落了一样兵器在地下，这就听到地下一阵杂乱的步履声。韩广达掀开一角被头，向外一张，果然是佛珠和人在屋子里交起手来了。黑暗之中，看到一个矮小的影子，窜来窜去，料得那便是佛珠。走近左边的墙，只听到轰通一下响，那墙自己倒了一个大窟窿。由那窟窿里，随着一阵寒飕飕的晚风，露着一片星光。就在这时，佛珠先由墙风洞里跳将出去，随后那个人也追了出去。韩广达再也耐不住跳了起来，就伏在洞口偷望。

这洞口外是一片敞地，有一边堆着一些乱柴，星光下已经比在屋里看得较为真切。两人手上，都没有带着武器，空着身体散打。这种打法，武家说是截手，内外功夫都可尽量的使出来。韩广达这可以大大见识，因此轻轻的绕到柴堆上，居高临下的看着。只见他二人一来一去，一起一落，打得非常的热闹，但是手脚轻俏，一点响动也没有。佛珠耸跳利落，时时对那人扑击过去，不过那人举动倒十分稳重，只是一个手法跟着一个手法应接下去。正是那长江大海，滔滔不绝的长拳。只在这拳法上，可以知他是张三丰祖师傅的嫡系，当然是白天所见的那个道人。这种长拳，第一是主守，然后抽空打人。韩广达见那道人行如轻猿，立如泰山，这是内家极有功夫的人。佛珠虽然力量充足，武艺不凡，一来是不容易打着他，二来就是打着他，他乃内家，是铜筋铁骨，刀棒不怕的，又何况是空手。因此佛珠和他相持了许久，各不相下。韩广达呆着偷觑了一阵，只见他二人一动一静，老是不分高低。心想着那道人以逸待劳，这样打下去，佛珠恐落不出一个好来，心想帮助她一下，但是佛珠的气力，自己是知道的。她对于道人，都不能取胜，何况自己？因此还是伏着，要等那相当的机会。那道人斗到最后，忽然两手向外一挥。喝道："停手！我有话说。"佛珠早是一个倒跳，退后七八尺路，也答道：“你有话且说。”道人道：“今天下午，我在路上遇见你们庵里的人，怎样不见，又换了你？”佛珠道：“冤有头，债有主。你找的是我，我就来了，你还有什么话说？”道人笑道：“你的功夫果然进步了。我找不着你一点便宜。”佛珠也道：“你就是这句话吗？我知道你够累了。你要是知道打我不过，你趁此走开。我也就不难为你，让你回去。”道人笑道：“好大的话！我并不是怕和你打，因为刚才倒了一堵墙，不免惊了店家，在这里比下去，有些不方便。过去有个观音堂，庙后一大片荒园子，我们到那里去，再比一个结果。”佛珠道：“好！你先去，我就来。”那道人便不答，只轻轻一耸，便越墙走了。韩广达在柴堆上跳出来道：“少师傅，我早在这里了。”佛珠笑道：“你看得有些替我担心吧？告诉你，这道人虽然内功很深，他不过是四两拨千斤，借我的力量来打我，但是我练了三年的苦功，就专门练那借力打人的法子，哪里会中他的圈套？”韩广达道：“我看了这久，少师傅打的是好，奈那道人只守不攻，偷机取巧。”佛珠笑道：“你不见我在山上喂老虎吗？我常是放开老虎的铁链，左扑右跌，和它闹一两个时辰，这才练就了好打人，又好躲人，而且不怕人家以逸待劳。”正说到这里，只听那屋子里，当啷下响。回头看时，那墙洞里露着灯光。抢上前看时，原来是店老板来了，蹲在地下只抖。他面前打破了一把夜壶，衣服湿了大半边。他见韩广达来了，只叫好汉饶命。韩广达看见倒好笑，也不暇和他解说，又走出来。

这一走出，却不见了佛珠。心里明白，转身回来，向店老板问明观音堂所在，自己掏了一把铜钱在身上，抽出腰刀，便越过墙跟了下去。走过一条冷巷，果然有一座庙。跳进庙去，绕路绕到庙后，便是一所荒园了。那荒园之中，已是呼呼作响，一片剑锋之声，似乎佛珠已和那道人比起剑来。自己知道这二位是了不得的人，只慢慢的绕着路，隐到一丛野竹子边下去，由竹林里向外张望。恰好东边墙上，已经又来了一勾残月，照着两道剑光，如闪电一般，只在一丈高低的空中，闪腾飞耀。不过这两道剑光，有一道在高，一道在下；一道追逼，一道躲闪。仔细的一看，那躲闪的剑光，正是佛珠的剑。先是这边的剑，还不断的向外回击。到了以后，却只是闪躲，不能回去，看看佛珠气力渐衰，不免要趋于失败了。韩广达心里想着：我不来则已，我既来了，我不能袖手旁观，眼睁睁看她打败。那道人纵然内功深，他一双眼睛总不会变成是铁打的。因此伸手在袋里抓了一把铜钱在手，看那道人使剑一扎，佛珠就向地下一缩，正好把那道人身子腾了出来。韩广达对他头部认得真切，一扬手接连抛了三个制钱出去。有一个制钱，正打在道人右眼泡上。虽是未打到眼睛珠子里去，这地方是功夫所练不到之处，道人着了慌，赶紧向后一跳。喝道："小尼，我们比本领，赢了算一笔账，输了是死而无怨，向来是硬比硬，今天你为什么用暗器伤人？"佛珠被道人剑法所逼，正斗得一身热汗淋漓，道人忽然跳出圈外，倒十分诧异。现在道人说她使了暗器，她就明白了，一定是韩广达藏在一旁，见了她要败，所以帮助她一臂之力。此时承认是自己放暗器，未免示弱于人，不承认呢，分明有第三个人。道人要比试起来，就要伤害韩广达的性命，因此踌躇不能答应。韩广达在野丛里听道人说得清清楚楚，料得道人不肯干休，便索性伸出手来，又抛了两个制钱出去。那道人究竟有些心慌了，便跳上墙去。喊道："好，我们再会了！"说毕翻过墙去就走了。

第二十七回　手指数伸强梁驴上去　灯花一闪倩影座中飞

韩广达见道人走了，他也就由野竹丛里走将出来。佛珠见着便道：“韩二哥，多谢你帮我的忙，但是这个忙你帮坏了，趁着天没亮，我带你出城去罢。”韩广达道：“怎么坏了事，难道他们还会来寻仇吗？”佛珠道：“这一个道人，两年前和我师傅比过功夫的，样样功夫都比不过我师傅。后来两方请了许多朋友，要比梅花桩。我师傅知道他内功很有根底，这样功夫没有深练过，不肯和他比。他又奈何我师傅不得，只好罢休。两年以来，他常常要我师傅再比，不然就要带了他的徒弟，打上山去。我师傅在前十天，就约了让我和他比。我也知道他的本领，所以不怕他。就是梅花桩，我也苦练了两年，可以试试了。他今晚上动手之后，先比了一场，后来到这里来，我找了剑来，他也带得有剑，于是乎就比起来了。我是师傅所传的峨嵋剑，在四川只有一个师祖相传。老师祖有九九八十一个解法，传了五代到我师傅，只八八六十四个解数了。我知道的更少，是七七四十九个解数。不料道人也有这道剑法，似乎与我师傅不相上下，我实在不能取胜。这道人是很可恶，他一剑逼进一剑，他的意思，非把我杀死不可。我本要败走，又怕丢下韩二哥一个人在这里，更要吃他的亏。所幸韩二哥帮了我一下，把他惊走，不过他还从从容容的走了，他一定会报仇的。这县城里有不少他的徒弟，随处可以和我们为难，所以我们得赶快的逃出城去。这里前后几县，都有他们一党的人，所以我送你走，又不能不走他们的地面。”韩广达道：“何以这道人有这大的势力？”佛珠道：“这县城西头有一座玄妙观，就是他的总寨。凡是学道的人，都短不了和那观里来往。加上他们练习武艺，专和流氓土匪作对，人家练了武艺，可以保住身家，怎样不和他一党呢？”韩广达道：“这样说，那道人也算是好人了，为什么倒和两位师傅作对？”佛珠道：“他原不和我师傅作对，只因为和我过不去，就连我师傅也是他的仇人了。”韩广达道：“他和少师傅又有什么仇呢？”佛珠默然了半晌，然后才说道：“这话很长的，不说也罢。”韩广达因她不肯说，也就不便再问。二人回得店去，叮嘱店主不必声张，给了他一两银子，各自拿了东西，就越墙而出。

这时已过三更，街上并没有一个人走路。佛珠在前引路，找着一个城墙缺口，和他一路跳出城去。在路上走两个时辰天才大亮，佛珠还是戴了风帽，罩着风镜，一路之上，佛珠也不曾说什么话，只是默然的在前面走。到了中午，走过一个小村镇，两人便在一家拦路搭棚的小饭店里打尖，却见一个黄脸瘦子，骑着一匹爬山驴子，直冲到天棚里来。佛珠正端起茶杯喝了一口，一个不谨慎，呛了嗓子，便伏在桌子上，只管咳嗽起来。她越咳嗽越见厉害，桌子下面，却用脚踢了韩广达两下腿。看那瘦子虽然皮里见骨，但是精神非常的好。他未进天棚之先，那一双光灿灿的眼睛，已经在棚里一扫。韩广达看他这样子，已经是很留意，现在佛珠暗中一递消息，心里就十分明白了。二人也不再说什么，缓缓的喝茶吃中尖。偷眼看那瘦子，将驴子系在天棚下一根木头柱子上，在黄土墙边，一张小方桌边坐下。他抬起一条腿，半蹲在板凳上，像是很不在乎的样子。店家将茶水送到他的面前，他却轻轻问了几句话，接上他就微微笑了一笑。韩广达心里更是一惊，料得这人不是无故而来。若是在这里动起手来，佛珠少不得露出原形。佛珠来送自己，本是光明正大的事，但是这样打扮跟在一处走，旁人哪会肯信。第一着是先离开这里为妙。正想起身，那佛珠尽管咳嗽，一只手提了包袱，一只手反背过去，捶着自己的腰，就慢慢出了天棚，走上大道去了。

韩广达坐了一会儿，给了饭钱，也就跟着走去。走了半里路，已将佛珠追上。佛珠回看身后无人，轻轻对他道：“这是那道人的师弟，大概是要报你昨晚上放暗器的仇。此人武艺不在道人以下，名叫郑九狗子，听说会放飞刀。韩二哥，你要防备一点。”韩广达笑道：“有少师傅在一路，我是不怕的。”说到这里，遥遥一阵叮叮当当之声。回头一看，那郑九狗子骑在驴背上，转过一带树林，追将下来。佛珠暗叫韩广达看她眼色行事。韩广达洋洋一笑道：“不要紧，好歹我要打发他回去。”因此二人不动声色，在大路上一边走着。郑九狗子骑着驴子，来得很快。那驴蹄子得得得的一路响着，一阵风似的挨身而过。当那驴子过身这时候，韩广达和佛珠都侧转脸来望着他，以免中了他的暗器。然而他远远鞭子一扬，只在一阵乱铃声中，便已过去。佛珠对韩广达道：“这前面山下，有一丛大树林子，大概他是到那里去等着我们了。”韩广达笑道：“他要是个歹人，我没有他的法子；他是还讲江湖上三分义气，用不着和他动手，三言二语，就可把他打发走了。”佛珠听他说得如此容易，也就一笑。

二人约莫走了三四里路，果然左近有一所猛恶的树林子，有松树，有杉树，都是合抱不拢的材料，树里间杂些大竹子。这虽然还是冬天，然而这些长绿的叶子，正密密层层结在一处，遮盖了左面一半山的半截。佛珠停住脚道：“大概就是在这里。”正说这句话时，只听得刷的一声，发生在头上。昂头一看，只见身边碗来粗的竹子，横中插了一把一尺长的弯刀。刀由竹子这面穿过竹子那面去，这边的刀柄上，悬了一块红布，在风里只管飘荡着。韩广达心里明白，这就是所谓飞刀了。因昂头笑道：“哈哈，这算什么？我的手腕要拿出来，人家还不知道呢？”佛珠正愁着照应得了自己，照应不了人家。现在韩广达说这样大话，越是替他着急，但是势成骑虎，躲是躲不了的，于是同着他一路走入树林。二人走过来，先就看到那匹爬山驴子，拴在一棵小松树上。由那驴子身边一转，只见郑九狗子，将一条长不到一尺的驴鞭子，绕在左手中指上，笑嘻嘻的走过来，抱拳向这边拱拱手。韩广达走在前面一点子，只觉迎面一阵寒风吹来，犹如三九天气那雪后的西北风，刮人肌肤一样。便将脚步停住，让佛珠抢上前一步。佛珠早知道那人内功是有根底的，也向他抱拳还揖。只见郑九狗子身子摆了两摆，似乎很吃力的样子。郑九狗子将身子定了一定，然后笑道：“你老兄的本领，却是不错，但是我不是找老兄的。你们有一位年少的女师傅呢？”佛珠将风帽风镜，一齐摘下，笑道：“就是贫僧了，你老兄要怎么样？”郑九狗子倒猛吃一惊，因道：“原来是你，据我师兄说，少师傅有一样高妙的本领，一边和人动手，一边还能放出暗器。蒙你高抬贵手，昨日不曾伤我师兄的性命，我们弟兄都很感谢，但不知这种暗器是什么样子？叫什么名字？我兄弟特意赶来见识见识。兄弟也略懂一点暗器，倒想和师傅比一比。”

佛珠还不曾答话，韩广达却走上前一步，答道：“姓郑的，你的本领，我已领教了。真要比起来，恐怕没有你说话的地步。你不是要领教我少师傅的本领吗？我少师傅早就现了一套给你看了。我这话你是不会相信的，你伸手摸摸你的头发里面看，暗器早在里面了。”郑九狗子听他这话，倒很是惊讶，抬起手来，在耳朵边头发里一摸，摸出一个康熙铜钱来。心里原是奇怪：自己并没有把铜钱藏在头发里去。这个铜钱，由哪里而来的？倒想不出，但是他嘴里却不肯承认，因笑道：“我头发里面，并没有什么东西。不过有这样一个铜钱，是我自己放在里面的。”韩广达道：“这个不用得狡赖，若是你自己放的铜钱，是什么字号，你一定知道的。”郑九狗子笑道：“那我自然晓得，这是一个康熙钱。”韩广达笑道：“朋友，你还不肯说实话吗？你光知道是康熙钱，那不算奇，我还知道满字那边，另外还有一个福字，磨去了半边。你拿着仔细看一看对不对？”郑九狗子托钱在手一看，果然是和他所说一点不差。那面上的颜色，这时就不能像先时那样镇定。踌躇道：“你大哥所说少师傅的本领就是这个吗？”韩广达伸出右手一个大拇指，向上一举，挺着胸脯微笑道：“这样的本领还算小吗？不告诉你，你也未必知道。刚才我们在路上走的时候，你骑了驴子抢过来，少师傅只轻轻用手指头一弹，这个铜钱就打进了你的头发，算先寄你一个信，但是你一点也不知道，骑了驴子飞跑。我想刚才若是不用铜钱，把别的什么东西寄你一个信，恐怕你受了一点伤，你还不知道伤是从何而来哩！”郑九狗子本来就有几分惶恐，韩广达如此一说。他越是说不出什么来，只呆立着。

佛珠站在一边，心里明知道这事是韩广达所为，他却有本领不露，反赞扬旁人。自己要认了这话吧，有点掠人之美，不认这话吧，又恐怕郑九狗子看出破绽，所以她也不好说什么，只管站着笑。韩广达又道：“姓郑的，你还有点不服吗？这用不着我们少师傅再动手。就是兄弟，也勉强可以比比。”郑九狗子正没有法子可以转身，找住了这样一个话风，便笑道：“我也要当面领教一二。”韩广达并不答他，自在一棵大松树的露根上坐着。郑九狗子道：“老兄说是可以指教，何以又不赏光了？”韩广达偏了头斜望着他道：“我们是不是要比暗器？”郑九狗子道：“难道说了这久，你还不明白我的意思？”韩广达道：“既然是比暗器，那自然是暗好明不好。”说着，身子站起来，两手一拍道：“我早就献丑了！你老兄洋洋不睬，我倒有些不好意思。”郑九狗子笑道：“青天白日，不要说梦话。我几时看见你拿出什么暗器来了？”韩广达道：“口说无凭，要指出你看了，你就无话可说了。”因用手一指道：“你再摸摸你头顶心头发里面。”郑九狗子见他说得神乎其神，自己也就捉捕不定。伸手一摸，却是作怪，头发里面，摸出两个蚕豆大的小鹅卵石来。他原是这几天没有戴帽子，毛蓬蓬的一头头发，不料这头发里面一次两次中了人家的暗算，竟会不知道。韩广达见郑九狗子已经有点发呆的样子，料得他中了自己的计。便笑道：“这两块小石头，总不会是你先藏在头发里吧？老实说，我们虽使暗器，却不肯出手伤人。若是像老哥使用飞刀一样，今天就有十个姓郑的，也不见得留有性命。你老哥有什么本领，我们也愿意领教。只是暗器要暗使，不要明使出来才好。”郑九狗子拱了拱手道：“我很佩服你老哥的本领，不知道你老哥高姓大名？”韩广达笑道：“像我这样不相干的材料，何必逢人提名道姓，而且兄弟经过贵处，今日一别，天各一方，留下姓名做什么？”郑九狗子道：“好罢，我们再会。”只见他一句话也不多说，牵着驴子走出树林。只平地一跳，把竹子上那把飞刀拔将下来，跨上驴背，仍旧由着来路回去了。

佛珠眼望郑九狗子去远了，便对韩广达笑道：“韩二哥真是一个性子豪爽的人物，若照刚才的事看起来，你倒是个足智多谋的人了。”韩广达道：“不瞒少师傅说，我当年跟师傅学艺的时候，师傅就不肯教我放暗器的本领。他说放暗器的人，一要精明，二要稳重。我为人，正好和这两样相反，所以我求了多少次，我师傅总是不理。后来我自己用功，每日揣了一把小石子在袋里，见了东西，找着一个小记号，拿了石子便打。抛完了一袋，又抛一袋。”佛珠听了一笑。韩广达道：“少师傅，你不要说我像小孩子一般。我就是这样自己用苦功，除了吃饭睡觉而外，无时无刻，不是抛石头子。抛了两年下来，我就进步得多了，三十步之内，我用极小的铜钱，可以叫什么打什么。我师傅知道了，他很是欢喜，就告诉我说：‘暗器这种东西，要远处使劲，近处使智，暗处使劲，明处使智。’知道我是不会使智的，就把他平生使智的几回妙计告诉了我。我一共记得三条，今天这就是一条了。”佛珠笑道：“这话我有些不相信，难道你师傅当年也会同着一个尼姑走？碰到这人要和尼姑较量，他就把自己的本领移到尼姑身上去？”韩广达道：“怎样不是？不过不是一位师傅罢了。我师傅说，也是有人要和我师母比本领，他说自己不过如此，说我的师母本领了不得。说着话，早放了一袖箭，插在人家帽顶子上。后来告诉那人，说是我师母放的。人家明知道我师母不如我师傅，她的本领这样好，我师傅更了不得了。那人不曾比武，就走开了。我因为今天这情形很相像，所以……”佛珠先还只管往下听，后来见他越说越不对，便板着脸道：“韩二哥，你不要再向下说了，怎么可以乱作比方！”说毕，她先走几步。韩广达心里一想：出家人真规矩重，随便说了一个比方，就让她生气，自己实在太不检点了。心里这样想，跟在后头就不敢多说。

二人这样不作声的，又走了三五里路。还是佛珠在前面走着，忍不住的笑将起来。韩广达因为先前话说错了，几乎收不转来。现在人家虽然发了笑，什么原因可不知道。要和人家说话，却又不知道怎样说好。心想不要因为这一点，又把人家得罪了，所以他始终还有不作声。佛珠回过头来对韩广达笑道：“你怎么不作声？难道你还生我的气吗？”韩广达道：“岂敢，岂敢，不过我是个粗人，怕又说错了话，对不住师傅。”佛珠笑道：“并不是什么对得住对不住，你要知道出家人和人家不同，说话做事，有一点不对，比人家罪孽更大。”韩广达听她这话，不明白是何理由，也就不敢追问，只随着她身后，一步一步走去。走了半天，远远望见小山岗子上面有一列市镇。佛珠便停住脚，对韩广达道：“前面是红花铺，由那里拐弯上去，便可以到东大路了。我们男女僧俗，委实不便在一处投宿，我只送你到此地为止了。”韩广达对她拱拱手道：“有劳师傅了，只是师傅一人，到了这般时候，又到哪里去投宿呢？”说着一指西边山头上将落的一轮红日。那淡红的彩云下，正有七零八落的几阵飞鸟，由枯树梢上飞将过去。佛珠笑道："不要紧的，荒山上住了这多年，胆子早吓大了。深夜里我在山上，还独来独去呢！何况是这平原上，到处有人家。"韩广达于是和佛珠道了谢，又叫她问候老尼，就和她作别。望着人家屋顶上的饮烟，直奔向山岗子上来。

到了山岗子上，原来是沿着山道一条由西向东的荒街，经过一家铁铺，几家杂货铺，便是一家客店。客店里安歇了几批客人，有的要买菜饭，有的要打水洗脚，正在店房前左角大灶边忙乱着。右角七横八竖几张桌子，也坐了好几批人。店伙看见他背了一个包袱，包袱外还有一截刀柄，料是长路客人。便道："客人，你歇店吗？没有了上房，后院有两间披房，小一点，行不行？"韩广达道："出门人只要有地方安身就好了。"那伙计听了他说这话，就把韩广达带到后面屋里去，安顿了灯火床铺。因道："你若要吃东西，请到前面店里去。这里的房门，我和你锁上。"韩广达也觉得店里吃东西便当一点，因道："好。"就跟着店伙计到前面来。刚一过屏门，只见一个黑小汉子坐在一张桌子上喝酒，面前堆了一大盘子豆腐烧肉块，右手拿了筷子，左手拿了酒杯，一面喝，一面吃，吃的非常酣畅，嘴里滴答有声。客店里许多人，虽然都看着他，他却有旁若无人之概。韩广达看那人好生面熟，却一时想不起来在哪里会过。那人见着他，倒先站了起来了。笑道："大哥，你也在这店里投宿吗？昨天我们款待不周啊！"韩广达忽然想起来了，这人正是昨天炭窑边下打闷棍的那群人中之一个。因为昨天打得头昏脑晕，看不清人，所以不记得。他一说，现在就恍然大悟了。

那人只管向他招呼，韩广达不能不理他，也就拱手答礼，说了一声昨天叨扰。那人让韩广达在桌子边坐下，和店伙计要了一只大酒杯，斟上一杯酒，放在他面前。笑道："菜不如昨天，酒是比昨天的好。"韩广达心里暗忖：怎么他口口声声只管提到昨天的事，难道要我还他的饭钱不成？那人喝了一杯酒，就向着韩广达微微的笑道："昨天我们错把韩大哥当着庙里的人，怠慢了远客了。"韩广达见他识破了行藏，左手将酒杯一按，右手扶了桌子，便站起身来。那人微笑着，向他摆了一摆手，依然低着声音道："韩大哥不要多心，这个地方不是胡家寨的人，可以出面多事的所在，决不会和你大哥为难。我是到万县去的，你老哥若是也要上东大路，我们倒可以做个短路的伙伴，并没有别的用意。"韩广达道："你怎么知道我姓韩？"那人道："那一条路上，那一天也有我们的人来往，一说起来就明白了。到了胡家寨里去的朋友，若不是斩香头拜了盟，想好好的逃出来，却有些不能够。你老哥居然逃了出来，实在有本领。我冒昧得很，很想攀攀交情，和你做个朋友，不知道你老大哥肯不肯？"韩广达睁着眼睛望着他，倒不知是什么用意。停了一停，笑道："我还是很糊涂，不曾问你老兄高姓大名。"那人并不答言，却用筷子头蘸了酒，在桌上写了薛跳马三个字。他将筷子放下，轻轻笑道："你老哥不要作声，我的人缘不大好。"韩广达听他说这话，倒有些疑心，怎么他也是不敢露名姓的。这也无法，只好搁在心里，不能说破。当时勉强陪那人喝了几杯酒，叫店伙做了一小锅饭，也坐在一处吃。薛跳马约了明日一同走路，回房休息去了。

韩广达心里这又拴上一个疙瘩，要了一壶热茶，也走回自己房去。站在院里，就看到窗子上的灯光，有一个人影子一闪。心想这屋子里哪里先有人，莫非是走错了？仔细一看，确是自己住的屋子，并不曾走错。在门外踌躇了一会儿，究竟还是推门而入。这倒出乎意料以外，屋子里坐的不是别个，正是佛珠。倒不由得先呀了一声，然后问道："少师傅你怎么又来了？佛珠笑道："并不是我好管闲事，实在因为韩二哥刚转背，我就看见胡家寨来了一个人。那人乃是川东有名的飞贼薛跳马，他若是和韩二哥为难，恐怕要受他的暗害。所以我特意跑转来，知会你二哥一声，要留神一二。"韩广达道："呵唷，果然他不是好人！"于是就把薛跳马投宿在这店里，和他喝酒的话，说了一遍。佛珠道："他既然在这里，那也好。你索性把他请了来，我当面说他两句，让他不敢起什么歹心。"韩广达道："防人之心不可无，我去请一请他也好。"说着，正要起身，忽觉得自己右腿，却让人用手抱住了。低头看时，那薛跳马却由桌子底下钻了出来。笑道："不用去请，我先来了。"说着，向佛珠一揖，叫了一声少师傅。佛珠一见，便微笑道："领教你老哥的本领了，大约刚才我说的几句话，你都听到了，我也不必相瞒。这位韩二哥，是我们师傅的朋友。我师傅吩咐了，教我送他平安回江南，所以路上有和他过不去的，我不能不出面和他解围。”薛跳马笑道：“少师傅，我有多大的本领，你还不知道吗？就凭韩大哥一人，我也不敢冒犯。何况这一路之上，还有少师傅暗中保护，我怎敢胡来？”佛珠道：“很好，既是你这样说你也是一个朋友，当面说的话，总可以算数。我们是山转路不转，总有相会的时候，现在也不必多说，一言为是了。”说着，她站在桌子边，两手合掌，微微向薛跳马一弯腰。这桌子是下面支架的，并不是四条粗腿，桌子无端摇荡起来。把桌子上清油灯里灯草，震得向下一缩，灯碟里的清油，把火焰矮得成了一个小豆点。佛珠一伸手，就要用灯勺子去挑灯草，一不留心，灯花一闪竟把灯弄灭了。

韩广达身上，原带了铁片火石，赶紧拿出来一敲，燃了纸煤，将灯重新点上。屋子里原来三个人，现在却短了一个，那少尼佛珠，却不见了。这屋子里门是虚掩的，窗户是紧闭的，不动不响，绝不像是走了人出去的样子。抬头一看，只有屋顶上开了一个天窗，是侧着向南的。倘要走，只有由这里上去的一条路了。刚才薛跳马是不声不响而来，所以她也不声不响而去，完全是显一点手段给薛跳马看了。韩广达想着，不由得怔住了。薛跳马出于不料，也怔住了。还是韩广达先笑道：“这位少师傅，我早就知道她的本领了不得。但是这样来去无踪的本领，却是今天第一次看见。据薛大哥看看，她的本领如何？”薛跳马微笑道：“她一家人都不错，她自然也不错了。”韩广达因为这老尼少尼二人，都不愿别人问她的姓名籍贯，所以在一处虽然相处了半月之久，可是并不知道她们是什么来历。现在薛跳马说佛珠一家人都不错，似乎他很知道佛珠的底细，本想跟着问一问，但是自己是佛珠一路同行的人，不应该把这话反问人家。若是不问，心里又闷不过。便道：“她一家不错，你也知道吗？”薛跳马笑道：“这件事，大概除了我，还没有第二个知道。你老哥问我，你也未必知道吧？”他这一句反问，倒弄得韩广达急得脸上泛红。薛跳马道：“我告诉你吧，在她老子手上……”说到这里，他突然停住，摇了一摇手，轻轻的道：“恐怕这少师傅还在这屋前屋后，我信口胡说，不要惹了是非。明天我们要赶路，早早安歇罢。”说毕，拱拱手，他便走了。韩广达心里听了这话，更加疑惑起来。据薛跳马说，佛珠的老子，也是一个有本领的人。她却为了什么缘故出了家？又为什么大家都不明白她的身世，偏偏薛跳马知道？把这事搁在心里，总放心不下。正狐疑着，忽然啪的一声，天窗里落了一件东西，正与他想着的事情有关。

第二十八回　暗碎心房酒家逢铁块　独开眼界松谷见猿桥

却说韩广达正在屋子里踌躇着，猜不出佛珠是什么来历。忽然听到啪的一声，由天窗里落下一样东西来。连忙拣起来一看，却是一块白木板子。板子上用黑焦炭写着几个字，乃是“请勿多言”。看那黑字的痕迹，还浮着一些炭屑，分明是刚刚写得的东西了。这板子不先不后，由天窗里落下来，当然是佛珠听到薛跳马说的那一番话，她不愿人家把她家世说出来，所以暗中知会一个信。自己与她并没有什么关连之处，何必苦苦打听人家的私事？由她这样一知会，也就不必说了。心想这东西是刚刚由屋上下来的，大概人也去了不远。因此开了房门，走到院子里来，打算追上她，说明两句，但是四周一望，屋上屋下，哪里有一点踪影。由此处可以看到她的本领，不在小处了。当时且回房安歇，把这事放下。

到了次日清晨，自己还未起床，那薛跳马已站在房门口，噼啪噼啪打门。喊道：“韩大哥，还没有醒吗？要起来赶路呀！”韩广达一个翻身坐将起来，连忙开了门笑道：“昨天走路辛苦了，所以一觉睡了，就不知道醒来。薛大哥倒言而有信，在这里等着我哩！”薛跳马道：“我已备下了早饭，等韩大哥同吃。你请用茶水，我到前面去等你了。”说毕，他便先走。韩广达心想：我以为他走远了，他倒预备了早饭和我同吃。没有法子，只得洗漱完了，便到前面店堂里来，和他共饭。那薛跳马预备了一大碗豆腐肉，又是一大盘子韭菜炒鸡蛋，还热了一壶酒，两人喝了吃了。薛跳马说：“房饭钱我都会过了，请韩大哥马上就登程。”韩广达见他老是紧紧的追随，倒有些疑惑，但是谅他武艺也不过手足轻快而已，一处走路，未必就会上当。况而他既居心要一路跟随，就是要躲，也躲不了的。便大着胆子，和他一路走着。一路之上，打尖喝茶，都是薛跳马代会了钱，晚上歇店，他又买了酒菜，一处吃喝。他却对店家说，他有一种失眠症，和人同床，或和人同房，都会睡不着。要一人占一间小单间，多算几个房伙钱，那倒不要紧的。韩广达一想，我正怕和他同房出毛病，既然他是要分房，倒是他见谅，也就只管装糊涂不去理会。

到了次日，二人依然同路，依然还是薛跳马会了房伙钱。一路走着，又是太阳晒着当头，远远望到对面山洼里，参差上下，露出一些屋脊。有些屋脊上，在太阳里正奔腾着一缕缕的炊烟。韩广达指道："那是什么地方？我们该在那里打中尖了。"薛跳马笑道："那前面是赵家岗，很好一所山镇，酒菜都有……"韩广达便抢上前，横过身来，拦住了去路。笑道："我有一句话声明在先。一路之上，都花费你老哥的，我心里过不去。现在到前面镇上，我非做一个小东不可！若是不让我做东，我们后会有期，就此分别，兄弟要先走一步了。"说毕，向薛跳马一拱手，等着他的回话。薛跳马笑道："你老哥要做东，这还不是容易的事吗？我就让你老哥做东便了，但是我老薛一路做东而来，也并非对你老哥格外客气，就因为我曾发了一个誓愿，左手进钱，右手一定要花去，若是不花去，我这人就会生灾生病。我做东是把钱花去了，不做东也是把钱花了去，所以你老哥虽然一路领我的情，我倒是不写在人情账上的。"韩广达沉吟着道："一个人许下什么都有，论到立誓花钱，我却有点不信。"薛跳马笑道："那少师傅不是对你老哥说了我是做什么的吗？"他说着，前后一望，见大路上并没有行人来往，又低着声音笑道："常言道得好，江湖江湖，将糊将糊。我不敢留钱，就是为走江湖，不能不这样了。"韩广达这就想起来了，他原来是个飞贼，所花的全是不义之财。一路之上，吃了贼钱，就是分了贼赃，一个清白君子，为什么沾上这样污辱？这样想着，就加倍不高兴，而且听他的话音，是一手进款，一手花钱。那么，今天他花的钱，说不定就是昨晚上偷来的。若是犯了案，自己还要少不得受累，迟早避他是了。便笑道："你老哥既然明白了，我就不必领你老哥的情。但是我随身还有一点盘缠，不必走'将糊将糊'这一路的。"薛跳马笑道："韩大哥说这话，我明白了，但是我薛跳马做事，是不连累朋友的。”

二人说着话，又顺脚走起路来。不多一会儿，已经到了镇市上。果然一家连一家的店铺，倒也有点小热闹。两人挑了一家干净些的客店，一同进去。薛跳马还照样挑了一间单房。韩广达却抢了他的先，掏出一些散碎银子，交给店伙，叫他预备饭菜。店伙问道：“客人，我们这隔壁是一家小鱼行，今天来了一批新鲜货，好大的山塘鲤鱼，和你买上一尾，好不好？”韩广达道：“若是新鲜，烧口汤喝也好。”店伙笑道：“不瞒客人说，这一条街上就属我会做鱼，回头做出来客人尝尝。”于是他高高兴兴的，安排菜饭去了。这饭店进门来，是一个店堂，罗列了几副座头，正是卖临时茶饭的。店堂向西一转弯是一所厢座，那里起了大灶，这时候火正烧得红红的。两个店伙，忙上忙下。韩广达因天色还未曾晚，要了一壶茶，一碟蚕豆，和薛跳马坐在店堂里，闲向街上眺望。呷着茶，嚼着蚕豆，倒也有点兴趣。

忽听到啪的一声，桌子拍了一响。回头看时，旁边一个座位，来了一个穿黑布棉袍的客人。他头上戴了一顶黑毡帽，却黑成了一块。桌上堆了一堆黑魆魆的零碎东西，看不出是什么。只见他瞪着眼问道：“这饭店开着门不做买卖吗？怎么我来了大半天，还不见有一个人来理会！”店伙就跑过来笑道：“客人，对不住！天色黑了，我们在厨房里忙，看不见有人进来。你要什么？住店吗？”那人道：“我不住店，我要吃要喝。吃喝完了，我还要赶路。”店伙见他那样子，来意有点不善。便笑道：“吃喝都现成，我先给你泡一壶茶来罢。”说毕，转身就送了一壶茶来，又问还要什么，那人两手按了桌子，把鼻子耸了几下，只管向空中嗅着。笑道：“这是哪里一股煮鱼的香味，极其好闻。”韩广达听了，不由得微微向薛跳马一笑，店伙也就不作声走了。那人倒了一杯茶，右手举起来喝；左手摸着桌子角边一堆小黑块子，却颠来倒去的玩弄着，碰着桌面的咚咚的响。韩广达一想：这人玩些什么东西，倒也有点奇怪？那人玩弄了一会儿，将那小黑块子向桌上一扑。叫道：“伙计，来来来！”那店伙早笑着迎上前道：“饭快好了，马上就端来。现成的菜有咸菜豆腐干，若是要好些的，可以去买来现做。”那人又把鼻子向空中嗅了一嗅说道：“你这里不是煮鱼吗？和我送一尾鱼来就行了。”店伙笑道：“客人，对不住，这鱼是那两位自买了来做的。”说着，就向韩广达这面手一指。那人看了这面一眼，也就不说什么了。过了一会儿，店伙先端了一盘热气腾腾的豆腐煮肉，送到韩广达桌子上来。接上又是一只大瓷钵子，摆着两尾首尾齐全的熟鱼。鱼上面放着青的蒜叶、红的辣椒丝，煞是好看。鱼盘子由那人面前，捧了过去，那一阵香味越是浓厚。店伙将菜放到那桌上，接着又提了一壶酒过去。薛跳马先斟了一杯子，一仰头喝了一口，嘴搭着响了一下。那人瞪了一眼，用脚在地下一顿，用手又轻轻一拍桌子，正待要发作了，韩广达站起来，对他点了一点头道：“那位客人何不到一处来用饭？”薛跳马也就站起来相让。那人笑道：“彼此萍水相逢，怎好叨扰？”韩广达笑道：“酒菜现成，不过添一双杯筷，不算什么。”那人笑道：“这鱼实在香，我嗅到那一股浓气味，很是想吃。既是二位诚意相请我，就不必客气了。”他一面说着，一面就走过来。

韩薛二人将上首让他坐了，吩咐店伙添杯筷，于是一同吃喝起来。韩广达敬了酒，便请教他的姓名。他笑道：“兄弟姓李，因为常拿一串铁块，人家都叫我李铁块。声音叫得讹了，又叫我李铁拐。我是常在山上采些药草，到成都重庆去卖。这一回折了本回来，心里少不得有些不快。刚才那副情形，二位不要见笑。”说着，他拿了勺子，先舀了一勺子鱼汤，先喝了一口，嗳的一声，赞着鱼味。笑道：“好汤！好汤！”韩广达道：“既然爱喝鱼汤，不如先吃饭。我叫他们盛饭了。”李铁块点了点头，店伙便将饭盛了来。李铁块将饭碗拿在手上，举起来看了一看，笑道：“这样小的碗，怎么吃得痛快？你拿一只大空碗来！”店伙听说是要空碗，就拿了来。他拿着空碗在手，把桌上盛的饭，向空碗里一倒。对店伙计笑道：“你就论碗不上当吧？"他说着高兴起来，也不用勺子了，两手捧着钵子，向饭碗里倒鱼汤。放下鱼钵，举着筷子，连饭带汤，唏哩呼噜，一口气把一碗汤饭吃下。韩广达见他这样老实，不免有些诧异：这人莫非饿疯了？这样萍水相逢的朋友，却是毫不拘束一点礼节。不过看薛跳马，他一点也不敢烦腻，倒是很恭敬的样子。当他端起钵子淘汤的时候，右手背上，露出一搭硃砂印。薛跳马脸上猛然变色，好像是很惊讶的样子。李铁块倒并不理会，又叫店伙送饭来。店伙一送三碗，又向饭碗里一倒，连汤连饭，不曾停了一下筷子，又倒将下去。放下碗笑道：“吃得很有味，还和我添三碗罢。”那店伙又添上三碗，一齐端上。他也不管韩薛二人要吃不要吃，将三大碗饭吃完。店伙先问道：“客人，还要不要呢？”李铁块望着店伙道：“开饭店的难道还怕大肚子汉不成！你问什么？”韩广达倒不觉他吃得多，只惊他吃得快。便对店伙道：“你还不盛饭？”李铁块将筷子一摆，笑道：“慢来，我已有七成饱了。就这样，倒也足矣。若是让我吃得十成饱，二位的菜，恐怕没有了。”韩广达道：“我既然请老哥吃饭，就让你老哥吃饱，把菜吃完也不打紧。有钱再到街上买去，还怕饭店里不做出来吗？”李铁块将手轻轻的在韩广达肩膀上拍了一下道：“老弟，你说的真痛快！就凭你这句话，我也应当勉强添上三碗。”店伙也不必等他再吩咐，已经就添上三碗来了。他这回不淘汤了，却将饭向钵子里一倒，他笑着对韩薛二人道：“我不恭敬了。”就将钵子捧到面前，就了钵子吃。吃完之后，伸手将肚子一拍，笑道：“这一餐饭，对得住它！”韩广达见他这样，倒也好笑。那薛跳马却成了一个呆子，一言不发。李铁块拱拱手道：“不瞒二位说，我吃了饭就要赶路，不能相陪，我就走了。”掏出了块青布大手巾，将嘴一抹，又揣到衫袖笼子里去。顺手捞起那桌上黑块，只一提，原来用东西穿了的，他拦腰作腰带束了，拱拱手竟自出了店门。店伙在后面叫道：“客人还有茶钱哩！”他回头向韩薛一指道：“都归他们了。饭都请我吃了，还省这一壶茶钱吗？”说时人已去远了。

韩广达答应店伙，茶钱也一齐算了。薛跳马脸上才放出笑容，向韩广达伸了一伸舌头。韩广达道：“这个人，我看有些来路，你看如何？”薛跳马轻轻的道：“险得很，我几乎没有命了。不瞒你说，我面子上陪着他吃饭，但是我身上穿的这一件小褂子都湿透了。”韩广达道：“他是什么人？你……”薛跳马摇摇手道：“这里说不得，我们到屋里去说罢。”于是将韩广达引到屋里，告诉他道：“这人一来，我就有些奇怪，莫不是江湖上叫的铁先生？但是我还猜他不至于这一副情形。后来我见他手背上一块硃砂印，我就猜准是他了。这人的本领，我就说不出多大。只是他若要人的性命，你无论如何也躲不了。像我干这种买卖，恰好是他容不得的，我怎样不怕？”韩广达道：“看他不过是个爽快人罢了，也不见得他的手腕就怎么辣。”薛跳马笑道：“你还是不明白。他这个人并不是江湖上的人，凡是做不要本钱的买卖，他最是痛恨。他要和你比比，重则伤了性命，轻也让你自此以后，决不能再做买卖。我今天遇见了他，我猜总要丢了半条性命。不料他倒一些也不和我为难，我真侥幸极了。你老哥初次到四川来，并不曾知道有这一位大侠客的本领。你若是去问问五十岁以上的老前辈，他们都要伸出舌头来，缩不进去哩！”韩广达道：“据你这样说来，他不是我们平辈了。他有多大年纪？”薛跳马笑道：“刚才你称呼他老兄，我就忍不住要笑。若是真论起弟兄来，恐怕要我们的祖父才配呢！他多大年纪，我也不知道。我们的父辈做小孩子的时候，看他就有四十多岁了。如今呢，他也不过四十多岁。我没有见他之先，我以为他总还有四五十岁；不料见了他，他比我猜想的还要年轻许多，所以我原来也猜他不出。”韩广达道：“原来他是这样有本领的人，这川路上江湖上的人，有不怕他的么？”薛跳马低头想了一想，然后又摇了一摇头道：“实在没有这样大胆的人。记得胡家寨里的人，做了一票生意。后来打听了这家人家，在重庆开有一家药店，常收买铁先生的药草。他们怕铁先生见怪，迟早要问罪的，所以就把东西暗中退回去。”他说这一套话，本是无心的，韩广达一听，却平空添了一桩心事。他想胡家寨的人既然怕铁先生怕得这般田地，那么我哥哥现在关在那里，若是能求他出面，说个三句两句话，我想不难把我哥哥救了出来。一人默然了半晌，并没有答应薛跳马的话。薛跳马以为他也让铁先生吓怕了，说不出话来，也不追究。

当晚二人在饭店里，各自分屋而睡。到了次日，还是同路行走。韩广达在路上说着闲话，就问薛跳马：“这铁先生是住在什么山上？”薛跳马道：“现住的所在我们只听过人说，没有去过。那里在夔州境内，是一所无路可上的高山岭。”韩广达道：“这话是传说过分，只要他不是一位腾云驾雾的神仙，总要靠了两只脚走上去。有了脚走的地方，那便是路，如何说无路可上呢？”薛跳马说：“这样的人，能说他不是腾云驾雾的神仙吗？”韩广达虽然听他这样说了，心里究竟不能十分相信。好在这里到江南去，夔州是必经之路，铁先生果然是了不得的英雄，到了夔州，总会有人知道他的所在。心里存下这个念头，也不去和薛跳马再商量，一路到了万县。投了一家客店，韩广达以为这里到夔州有水路可去，当天就到江口去看定了一只下水客船，搭船东下。临别之时，薛跳马请他喝了一顿酒，又送了两荷叶包路菜。不但没有一点为难之处，而且非常客气，这倒觉得以先防备是过虑了。

由万县到夔州，江流水顺，不二日就到了。韩广达在城外找了一家客店住下，打算休息半天，再打听铁先生的所在。当店伙送了茶水来的时候，无意之间，问他一句："此地可有一位铁先生？"店伙望了韩广达脸，呆了一会儿，问道："客人为什么打听他，这是我们四川一位大侠客呵！"韩广达道："我也是听了他的大名，不知道他住在什么地方。"店伙摇着头道："这个说不定。不过据我们这里传说，他住在夔州下游三十里一座靠江的山上，那山叫做铁角山。山上出猴子，一出来，便是整百个。靠江这边是一方陡壁，山脚下有一条上水船的纤路。后山那一边，虽也有上山的路，但是也很难走。有些地方，不能直了腰走，要用手爬上去。况且那山上的猴子，又万分淘气。若是一个单身客人，它把你捉到，要把你身上衣服鞋袜，脱一个干净。把衣服剥干净之后，他就扯你胡须，扯你的头发。你纵然不死，也要丢了半条性命。所以他住的那地方，决计没有第二个人敢去。他是不是在那山上，我们也不知道。"韩广达道："既然靠江这边有一条纤路，就走那条路上去就是了。"店伙笑道："客人你到四川来，难道是走旱路的吗？这江上的纤路，是石壁上凿开一条横路，宽也不过三四尺，刚好容两人扯纤。那路只是和江水一样平，如何走得到山顶？人在那路上，若要抬头看山顶，还要落下帽子来呢！"韩广达听了这话，心里想着，若是铁先生也由后山上去，后山总也有一条路。他能上去，我就也能上去。猴子多也不要紧，那并不伤人的动物，总可对付得过它们。

当时且不声张，到了第二日，用过了茶饭，且照店伙所说之处，慢慢走去，探那上山的路径。先还有路，走了十六七里，便见深草里面，一条若隐若显的痕迹，是草倒下去变成的，不成路了。这路也有四五处人家，和他们打听铁先生回来没有，他们都说确是住在这山上，有两个月不见他下山了。韩广达道：“前三天我还在万县遇到他呢，怎么没有下山？”那些人便微微一笑。韩广达看他们这种情形，料得铁先生上山下山，是不愿人知道。现在且不管铁先生回来不曾回来，我总要由这条路走上山去看看。就是铁先生不在山上，我也要走到他住的地方，留下一点记号，让他猛吃一惊。这样想着，便觉得格外有意思。于是振作精神，顺了这微微的草径，走上山去。

走过去两三里路，山势更见崎岖，人在草皮上走着，只顾滑着要向后退。抬头一看，只见半天云里，一丛绿树，簇拥着一个大石崖，石崖上有一个八角小草亭子。看由这里到那里，不过隔了一个山头。心想莫非那地方就是那铁先生家里？这也不见得怎样难上去，何以外人那样夸张呢？这可见得凡事耳闻不如面见了。于是手抓着山上的草树，带走带爬的上山去，但是爬到山头上一看，这才大失所望。原来这个低山头，和那边的高山头，并不相连的。脚下的山，突然向下一闪，闪出一条深隐隐的山涧。由这里到那边山头上，要走下这条山涧，渡过水去，然后才能往上走。脚底下的山涧，约莫有一二丈。由这里向下看，犹如站在城上看城下，那边的山势，亦复如此。所以两山之间，却成了一条山巷。慢说由这里不能走下山涧，就是走下山涧，在那边又如何爬得上去？自己站在山头，踌躇了一会儿，张目四望。在山上倒生长了不少老松树，风刮着松针在空中摆动，轰轰作响。脚底下泉水，在石头上冲击，也是作响轰轰。这山下两种风水之声相和，闹成一片，但是远远近近，又不见一点人影。他虽然刚在山里面出来，像这样沉寂中反现热闹的情况，今日是初次相见。可知天地之间，人所不到的地方，偏有许多奇景。这风景不是人所常见的，也就格外显得奇怪了。

正沉思着，又听到唏哩哗啦之声，由远而近，并不像是风，也不像是水，不由得吓了一跳。向那声音来的地方看去，却是大大小小一群猴子。那猴子有在树枝上跳的，有在草里钻的，有在山头上爬的，一齐向这里跳过来。韩广达看这猴子有一二百头，耸跳灵巧，口里边唧唧啾啾作声。心想只好让它为是，于是将身子一缩，缩在一丛茅草里面。只见那群猴子走到石崖上，转向右面，却向山崖下一个缺口地方而去。韩广达虽觉得这猴子不可惹，但是这整百个猴子，也是生平第一次所见的事，不可不跟在后面，侦察一番。因此轻轻的走出草丛，蹲了身子，沿山崖而走。走到缺口边，两手抓着崖上的草，探头一望，只见这地方一个斜坡，一直通到石壁半中腰，成了一块小平坦地，猴子就群聚在那里。那里有两棵松树，一棵稍直，一棵歪倒在崖上。有一个猴子，走上那棵歪松，两手两脚，抱了一枝斜干，将身子歪成一把弓似的。韩广达心里想，这真奇怪。一看接上又来了一个猴子，两手两脚，把那猴子抱住，顷刻之间，一个猴子抱一个猴子，连成一大串，悬在松干上。估量着数目，约莫有四十多头。那最下一个猴子，将身子一扭一扭，摆动起来。这一串一链，就如打秋千一般，在那山涧之中摆荡起来。最后的猴子，是两脚勾着别个，倒转身子，伸手向前。三摆四摆，它将手只一捞，它却把山涧那边一棵枫树捞住。于是这一串猴子，在两边山崖的树上，横空一拦，倒好像在两山间架了一座天桥。

韩广达望得呆了，这真是闻所未闻，见所未见的奇事。心想这头先一个猴子，要有多大的力量，才能拴上许多同类。那些相环抱的猴子，上要抱人，下要人抱，也是了不得的本事，怪不得人家说是这山上的猴子厉害了。韩广达正觉得奇异，可又不知道这些猴子架了这座天桥，是什么用意。只在这个时候，这些没有架桥的猴子，却在这猴桥上，一个一个的爬了过去。顷刻之间，这一百来头的猴子，都由这山渡过了那山。那边抱住松树的猴子，突然一放。这一串猴子，立刻像一串链子一般，在空中一摆，就摆到了那边石壁下。然后一个一个，又次第放手。一群猴子，立刻解散，一齐向那边山顶上飞跑的爬去了。韩广达手抓住两把草，半天释放不得。心里估量着，这位铁先生，不是天神，不是地仙，猴子都不容易渡过的山，他倒在那里住家，决定不是等闲之辈！怪不得薛跳马说四川这地方，没有人不怕他的了。既然是这样，就越非见这人不可。有了他一句话，我哥哥一定可以逃出胡家寨的。今天天色已不早了，要想渡过这山是来不及的，就是渡了过去，如是见不着他，也是白费工夫。不如把他打听得实在了，我再去找他也不迟。于是变了计划，立刻转回身来，仍旧下山而去。

第二十九回　舍命访奇人兽林下拜
腾身救远客鹰啄飞来

到得万县城下，果然是夕阳在山，暮色苍茫了。这天在街上，定打一捆船篷索，又在铁匠店里，定打了两套铁钩。各事预备齐妥，不免又耽搁了两天。这样料铁先生也就该回山了，把东西带好了，又上山来。这船篷索，本来有几丈长，现在索性把许多索来连成一根，所以每根索都有几十丈长。然后绕着圈圈成了一大捆，把索圈分着两捆，用一根扁担挑了。这次上山，他不像从前那样胡闯。在经过的几家农家，都走上去客客气气的和他们说话。说自己有一件要紧的事，要求铁先生，不知铁先生回来没有。那些人还是那样说，并不曾见他下山。最后有一个老头子才说道："我看你倒有些诚心来找他的，老实告诉你罢，他在山上山下，我们是说不定的。我们许久不见他下山，可是他早就下山了，有时分明见他下了山，但是他并没有走远，当天就回家了。你老哥既是诚心诚意来访问他，你就只管上山去，找得着找不着，你都不必问，你只管到了那里。他不在家，你就等上十天半月，大概不见得会愁着吃喝。"韩广达觉得这老人的话，却很实在，谢了那老人，挑了绳索，又向山上而去。

走到山崖边那个缺口子的地方，把钩子深深的钩进土里，然后把索子系在钩上，顺着崖向下放去。恰是不长不短的，索头垂到斜坡下那坦地上。他先把没有解的索，都抛了下去，然后手握着长索。两腿垂直，向下一溜，平平安安就站在那一个平地上。手抱着松枝，探身向下一看，距离山涧，还有一二十丈高。只看见那急水打着石头，翻了一片雪花而去。韩广达看了许久，一想这要是落了下去，万无生理，不是让石砸死，也会让水浸死，怪不得这猴子都渡不过去，要驾天桥了。估量着对岸一会儿，觉得自己万万是由水里渡不过去，就把篷索寻出一个头来，将钩系上。于是拿索在手，对着对面石壁上那一棵枫树上抛了去。钩子钩着树枝，只在空中一绕，把树干连连绕上几匝。韩广达手上拿了索子这一头，使劲扯了两扯，觉得已是缚得结实。于是把没有解的索圈圈在肩上，把挂住树枝的索头捆好了自己的腰，两手上伸，握着索子中间，两脚一顿，离开了这边的悬崖。人就如飞鸟一般，悬着摆到石壁的那边去。这两山之间，相隔有十几丈远。一个人悬在索上，突然摆将过去，这一种摇摆的力量，比什么东西撞击力还要大。韩广达心里计划已好，等到离那石壁将近，身子反转向外一扭，以免和石壁相撞，但是这种摆动，比放箭还快，哪里由得韩广达扭转，已是向石壁上直扑过来。所幸这边的石壁，比较的倾斜一点，所以下面两只脚首先相撞。因之脚尖微微一点，把身子定住，这才复摆回来，垂在枫树之下。韩广达定了一定神，然后两手抓住索子，一节一节的向上爬了上去。爬到了枫树干上，前后一看，这枫树下是一片斜坡，若向下走，也是陡壁，若向上走，抓着崖上的垂草，还可一步一步爬了上去。韩广达坐在树枝上，对这方斜坡，估量了一下，约莫有二里路上下高。若是一口气爬上去，精神怕有点不够，因计划着应该在哪里停歇一下。

正在估量之间，忽然有一截树枝，扑的一声，打在头上。初以为这是树上落下的枯枝，也没有去理会。但是不到一会儿工夫，又是一截树枝抛了下来。这树枝抛的势子是斜的不是直的，而且还来得很凶猛。抬头一看，只见一个大猴子，坐在树梢上，又拿了一截树枝在手，正要向下抛。韩广达喝道：“你这畜牲，倒先来欺侮我！”那猴子仿佛懂得人骂它似的，嗤溜一下，直溜到韩广达的头上。韩广达见它来意不善，料得在树上等着，决计不是它的对手。身子一偏，就由树上向下一跳。一时匆忙，忘记了直至现在还不曾解散捆在腰上的绳索，索性让树杈丫绊住了，把韩广达悬在空中。韩广达待解腰里的索头时，那猴子又由索上溜了下来，伸着爪子，揪住韩广达一只左耳朵，将他的头只是摇撼。索头解开，人向地下一落，猴子也随着直落下来，却压在韩广达身上。韩广达向上一跳，猴子便闪到一边，手扶了一丛矮树，向人张望。韩广达怒不可遏，也忘记了这山上的猴子厉害，反过手去，拔出背后的一把单刀，向猴子一扬。跳着脚道："畜牲我要捉住了你，我就先割下你两只耳朵！"那猴子见韩广达亮出刀来，它似乎也知道这是杀人的东西，掉转身躯，沿着石壁，就向上跑。韩广达虽然没有猴子那样矫捷，但是居心要捉那猴子，却也不肯丝毫退后，一步一步紧紧跟着。那猴子恰是作怪，跑了一小截路，它又停了脚，回头来望望，待韩广达追得相近，它才再跑。韩广达见猴子这样，分明是有心玩弄，越是不肯放松，只管随着猴子后面追下去。那猴子所过的地方，虽不是很好的路，然而在壁上，恰是有一层插脚之处。因此韩广达在后面追着，也不见十分困苦。这样追着，不知不觉，却已迫到了石崖头上，把这一方石壁竟爬了过去。一看脚下，已是山地，那猴子也不知道怎么一翻身，却跑得无影无踪了。

韩广达定了一定神，再回头一看，不由得吓了一大跳。原来自己身后，正是在下面望着上不来的一方石壁。自己只管追猴子，倒不知道如何容容易易的，爬上了一座石壁。若不是这猴子引导，要由自己一个人慢慢向上爬，恐怕直到现在，还是在山壁下哩。刚才逞了一时之怒，要追这猴子，不料反得猴子的助力，这倒不能不谢这猴子。不知道这猴子玩弄我，是有意还是无意的。自己在这里出神，却听得一阵叮叮当当的响声，很猜不着这是什么东西。跟着这声音寻去，只见一线白光，在深草里一闪，韩广达吓了一跳。看那长而蜿蜒作态的样子，莫非是一条大蛇？于是握紧了刀，慢慢向前去。及至睁眼看明，这却好笑起来，原来并不是什么蛇，乃是深草之间，伏着一道清泉。这一道清泉，远远而来，有时流在石上，有时流在深草里，时隐时显，只是曲曲折折，一道宽不到一尺的清水。那一种响声，却有水由草上流到高低不齐的石上撞击出来的。这种风景，很是有趣。于是沿着这泉，一步一步向前走。走不多时，又吃了一惊，原来水边石沙里，却有几处人的脚印。看了这脚印，分明是人来去的山路。莫非铁先生用的水，就在这里？常听到老前辈说，在山上失路的时候，顺着有水的地方走，总可以找到人家的。我且顺了这水找去，或者就可以寻得铁先生的所在。于是沿着这一道泉路，曲曲的找着走。

翻过两个小山坡，便发现在隔山望到的那一丛绿树，和一个亭子。

由这里去，只隔了一个小山坡。料得就是再有陡壁，也不甚高，总可以上去。于是抛去泉路，向着亭子边走去。走到山坡上一看，不知道从何处而来，也有一道小山涧，当前一拦，山那边果是一方小山壁。那树和亭子，就是在这上面了。这石壁虽不甚高，也有五六丈上下，却不是一跳就可以上去的，而且这石壁光滑如油，连青苔也不曾长，就是要爬，也无处措手足。先以为容易上去，如今看来，又是错了。韩广达站在石壁之下，端详了一会儿，实在没有法子可以上去，于有沿着石壁脚下，由前面绕到后面去。一直绕到山后，这里却是一山套一山，一峰连一峰，连到很远。由下向上，一直仍是石壁，并没有可以上去的路。纵然有路，四川的山路，已经是领教过的了。分明已在目前，却要绕着几里路，或者几十里路，都未可知。铁先生既然择定了这地方住下，当然是不容易上下的，且不要糊里糊涂绕路，先在正面等上再说。因而在小山涧里，拣了一方干净的石头，坐将下去。停了一会儿，也想不出什么主意，看看天上的太阳，又慢慢有一点偏西了。心想若是再想不到上去的法子，直等到太阳下了山，那个时候，要上山是上不去，要下山又来不及，难道就在这露天之下，静坐一晚不成。但是真要下山去，千辛万苦，上得山来，又一点结果没有，岂不可惜！站起身来，在水边徘徊着。

忽听得扑通一声，溅得水花乱飞。回头看时，却又是那个猴子，站在石壁崖上，手上拿着一块石头，正要向下抛下来了。韩广达心里想：先烦了这猴子引导，才得爬上这山来，不能把恶意对待它了。因对着这猴子点点头道："先蒙你把我引上山来，你能再把我引上去吗？"那猴子看了一看，又跳了几跳，就在石崖上拿了一根粗藤，向下一抛。恰好站在下面的人，伸手可以握住了藤条。正要两脚起势，向上跳去，那根藤条却只管向上抽动，不用得自已费力，竟一截一截让那猴子拉上石壁来了。到了石壁上，猴子又不见了。四周一望，却是出乎意料以外，原来却是一片平坦之地，四周遍栽了丛密的树木。树木的里面，一条小路进去便是三间石块石片砌成的一所小屋。这虽是冬天，那石崖上爬满了苍藤老葛，只有窗子和开门的地方，空上大小两个洞。韩广达走到屋外，见是一片小小的药圃，知是铁先生的住所，不敢造次进去，便放慢了脚步，走到门边，轻轻敲了几下，但是停了许久，并不见有人出来。韩广达想着，或者铁先生不在家，还没回来，我且撞了进去。于是站在门外轻轻咳嗽了两声，然后大着胆子走了进去。

走到里面，果然是一所空房子，并无一个人在内。屋子里面四壁都挂着大小药草捆子，和黄色葫芦。人一走进来，便有一种药草香味。恰是奇怪，这里除了一些几案古玩之外，靠着旁壁，还有三所大书架，上面齐齐整整的摆列着许多书卷。这些东西，都不是这深山穷谷里所应有的，如何都搬了来？于是就更见得铁先生不是平常的江湖之辈了。靠了东壁，另外有一扇门，门上有铁丝穿挂的小铁片，犹如百叶裾子一般，一层叠着一层，都颤动起来。韩广达住了脚，心里狐疑着道：这更是奇怪了。外边的门敞着，里边的门却又闭得这般紧，这是什么用意？本想张望一下，那门让铁片掩护了个周密，不曾有丝毫的缝隙。两手待要用力推去，忽然吃了一惊，原来这门的铁丝上，恰穿了一张纸条，上写着五个字：此门不可推。这山上不但没有生人来，而且也没有熟人来，何至于挂上这一纸条子？分明是铁先生知道我要来，这张条子，乃是对我而发的了。由此看来，今日他一定在山上，不曾远去，我且在屋前屋后，找他一找。

走出屋来，随着树丛的小径，穿到后面，便另是一个小山峰，走上那山峰，闪出一个大山洼。山洼之底，又发现了一群猴子，它们却不是架猴桥，倒另有个奇怪的玩艺。所有的猴子，围成了一个大圈，猴子肩上，再堆一层猴子，一共堆了好几层，活像一座猴塔。那些猴子，前臂相连，只管围圈圈。口里还唧唧喳喳乱叫，是那最下层的猴子，回头一看，看见山岗上站了一个生人，哄的一声，将圈圈儿散开了。上层的猴子，便如倒了萝卜担子一样，满地乱滚。韩广达看见，不由笑将起来。但是这猴子散了，却现出一个人来，这个人大概是当猴子堆宝塔的时候，他藏在宝塔中间。心里不免一喜，这正是自己特意来拜访的铁先生。还不曾开口，那铁先生将手一扬，伸入空中，叫起来道："是哪里来的人？你好大的胆！一直跑到我家里来了。"韩广达抢着下了山洼，走到铁先生面前，翻身便拜。然后作了一个揖道："前次会面，有眼不识泰山，还求老前辈宽谅。晚辈事后得知，又是后悔，又是惭愧，因此特意上山来请罪。"铁先生笑将起来道："莫不是我叨扰了你一餐，你今天来讨账的？山头上钱是没有，除非你要几个大小葫芦，我这里倒现成，不拘新旧，都可以奉送。"韩广达道："晚辈有天大的胆，也不敢和老前辈讨账。不过有一点小事来求求老前辈。"铁先生笑道："如何？你还不是来讨账的吗？"韩广达道："并不是讨账，因为这一件事，除了求求老前辈，就没有第二人可求了。"铁先生笑道："你这人说话，倒也开门见山。你既是老实说了，先到家里去谈谈。我能帮忙，就帮你忙；不能帮忙，或者还可以和你想一个法子。"于是他在前面走，让韩广达在后面跟着。

他所走的，并不是原来的路，不知道怎样在一块石头上一转，却转出一个石洞来。下了那石洞，慢慢的开展，虽不十分光亮，却是看得清楚，这里是一所小小的洞屋。这洞里面有两条路，当他们走到两路口分岔之处，仿佛是几只猴子。由暗处走了。再由亮处走来，却慢慢的向上，走出洞门口来，又不知如何却转到一间屋子里来了。屋子里横架了一根小木梁，梁上站着一只大鹰，睁着光溜溜的眼睛看人。那鹰约莫三四尺高，远望去好像是一只小犬。它见了生人，忽然嗤的一声，将两扇大翅膀伸开来，只有一尺多宽。把头一伸，便张开了那铁钩嘴。铁先生将手一挥道："不要淘气！"伸手一摸它的头，那大鹰就缩了脖子，半开着那光溜溜的眼，蹲在横梁上了。韩广达见那鹰虽然驯服，但是并没有加什么锁链的。若是直扑将来，倒叫人有点不好支持，还是稳当为妙，便闪藏在铁先生身后。铁先生把门闩一拉，只听得叮叮当当的响声，一看正是先前看到的那扇铁片门了。铁先生请他在外面屋里坐着，自已燃了炉灶，烧茶水给他喝，又捧了一大捧炒黄豆和干薯片来，都放在桌上。笑道："这山上没有什么可以敬客的，倒是这东西，可以助助谈趣。"他说着话，抓了一把黄豆在手上，一粒一粒，不断的放进嘴里去咀嚼。他坐的椅子，仿佛像架秋千，四根绳吊在屋梁上，下面悬了一块方板子。人坐在方板上，不住摇撼，慢慢的却把两只脚架到桌子上来。

韩广达见他老是带一点玩笑的意思，自己郑重不起来。自己要说的那一番要紧的话，也就无法可说。因看见铁先生腰上，系着一根穿了铁片的腰带，大大小小的铁片，约莫有三四千片。有缚紧的，也有垂下来的，看去很是累赘。心想这个人时刻不离这一串铁块，这是什么用意呢？我不如就借问这个，慢慢的就可以谈到救我的哥哥了。他还不曾开口，铁先生笑道：“你看这些铁片做什么，奇怪吗？知道我的人，他就不敢看我这东西，怕的是丢了性命哩！”韩广达道：“晚辈有一肚子话要说，又不知道从哪里说起好，既是问不得的，我索性就请你救我哥哥罢。”铁先生哈哈笑起来道：“你这人太不会说话，但是我倒喜欢不会说话的人，听了可以笑笑。你的事不必多说，我知道了。你哥哥有九尾狐那个漂亮老婆，在胡家寨又做上一个二路山大王，快活得很，为什么你要把他弄出来？”韩广达道：“这事老前辈怎样都知道？胡家寨里的人，也不知道我们是兄弟啊！”铁先生道：“我怎样知道，你不必问，我也不要你问。但是你为什么跑来找我，要我救你哥哥？”韩广达道：“老前辈，你愿意年轻人做强盗吗？我要不救他出来，他一生恐怕也逃不出胡家寨了。我想你一定肯帮我的忙，要不我也不会舍了命爬上山来拜求老前辈了。”铁先生站起来笑道：“好罢，你不要说这多了，多了就不值钱。你该吃饭了，我预备一点东西你吃罢。”他说着，打开了那一扇铁片门，将手拍了一下。那大鹰只张了双翅一跳，就跳到他肩上来站住。他回头对大鹰道：“今天有客，给我弄一点吃的来。”那大鹰似乎懂得人的话，由他肩上向地下一跳，就地张开两翅，掠地而飞，飞出大门去了。铁先生等鹰去了，却在门口吆唤了两声，重新去燃烧炉灶。不大的工夫，只见四只猴子抬着一桶清水，由那铁片门里出来，经过堂屋一直向旁边灶下而去。猴子是用两根木杠抬木桶的，看它抬得挨挨挤挤，真有意思，而且那桶水抬得很平稳，不曾洒了一滴水在地上。铁先生对于这些事，真经过惯了似的，一点也不在意。那几个猴子，放下水桶，就举起来将水向缸里一倒，倒完了水依然将木棍穿了桶梁，抬着空桶去了。韩广达正在诧异之时，只见大鹰刷的一声，由外面飞了进来，收了两翅，在地上站定，嘴里却衔了一只带血的野鸡，然后跳着送到灶下去了。铁先生用手拍了一拍它的背道：“今天有远客，这一只鸡不够吃的，你再去找一点东西来。”说着，将手一挥。大鹰听了话，凝神一会儿，展翅飞出去了。依然不多大的工夫，却衔了一只兔子回来，还是一直送到灶下去。接上又有两个猴子，各捧了一捧青菜，一走一跳的拿进来。

韩广达看了，心里只是好笑，不用学铁先生别的什么本事，光只学他差使禽兽，就是人生一件大大的乐事了。那铁先生行所无事的，只管做他的菜饭。那些猴子纷纷的来往，比平常人家用的家僮小厮，还要柔顺许多。一餐饭做好，碗碟俱备的摆上桌来，最奇怪的，居然还烫了一壶酒出来。铁先生笑对韩广达道："山上的野味，倒是不少，就是一样，弄不到鱼吃。所以上次相会，叨扰你老哥一餐好鱼汤，直到于今，鲜味还在口里。我还是忘不了呢！"他说时，便自行坐下来，举杯便喝，举筷便吃。韩广达肚子本也就饿极了，料得不能容着谦逊，就陪着他吃喝起来。吃喝之时，韩广达也曾提到救他哥哥的事。铁先生说："吃得快活，不要谈这种分神的事。"韩广达总让铁先生满意，便不说了。将一餐饭吃完，天色也晚了，铁先生说："喝醉了，要睡觉，有话明天再说。"他便另外在屋里设了一个床铺，让他睡了。

到了次日，铁先生陪他看看山上的景致，约他吃喝谈笑，只是提到救韩广发的事，他便用话来闪开去。韩广达在此时，要说是不可，不说是心里闷得难过。到了第三天上午，韩广达实在忍不住，就老实的先说了。因道："老前辈让我说时，我便在山上打扰一两天；不让我说时，我在这里打扰老前辈，太无意思，晚辈马上告辞。"铁先生笑道："年轻人总是性急。老实告诉你，并不是我不帮你的忙，但是怕救了你的哥哥，却误了你的事。"韩广达道："晚辈虽没有读过书，倒也知道手足义气为重，只要能救出我哥哥来，我无论吃什么亏，都不要紧。"铁先生道："话虽这样说，但是样样事你或者可以吃亏，惟这件事却怕你不肯吃亏。"韩广达道："只要救得出我哥哥，我性命都舍了，哪里还有贵重似性命的事情？"铁先生低头想了一想道："你既是这样说了，我不能不看在你义气一层上，和你去走一遭。不过从此以后，在你身上，怕少不了一番纠葛。"韩广达又斩钉截铁的说："只要救出我哥哥，其余都不管。"铁先生道："那也好，我走一趟。你且在我山上住个十天半月，你要吃喝的，我都和你预备下。一直等我回来，你再下山，你能不能在此等候？"韩广达毫不思索的答应了。

韩广达在山上住了一宿，次日起来，已不见铁先生的踪影。屋子里正中桌上，却放一张纸条，把他紧腰的那一串铁片压住。抽出看时，上写“请在山上暂住几日，我下山去了。”韩广达看了这字条，料定铁先生救他哥哥去了。韩广达看过了，且安心在山上住下来。果然铁先生将一切饮食东西，都预备好了，除了飞鸡跑兔而外，粮食蔬菜，都整堆的放在灶前。铁门现在开了，那大鹰已是不见了，大概也是随了铁先生下了山。倒是那屋子里进进出出的几只猴子，已经有些认识，还是照常送柴送水。这山上虽没有人来往，但是屋子里还有书可看。出去看看山上的景致，又有那些猴子，闹出种种玩意，颇觉有趣。一住五天，也还不寂寞。到了第六天下午，只见那只大鹰，也不知从何而来，已经飞到门口，站在树上。韩广达很知道这只鹰猛鸷异常，触犯它不得，就向屋子后铁门屋里躲，还不曾退进去。铁先生已经由石洞里钻将出来笑道：“躲那大鹰吗？不要紧，我回来了。”他身后接上就有人在后面叫了一声兄弟。那人走上前，不是别人，正是哥哥韩广发。不由得叫了一声哥哥。三人一同到外面屋子里，韩广达先向铁先生下了一跪。说道：“老前辈这样大德，我兄弟感恩非浅。”铁先生一把将他提起，笑道：“为喝了你一碗鱼汤，连累我来去跑了六天的路程。这几天住在山上怎么样？短吃喝的吗？”韩广达说一些不短，又向他道了谢。铁先生道：“我原不知事情办得这样顺手，所以已经预备下了十天的食料。我还不在乎，你哥哥实在饿了，赶快预备饭吃罢。”韩广达这几天住在山上，烹调的事，倒也弄得熟手了。一面做饭，一面和哥哥说话。韩广发也笑嘻嘻的来帮着兄弟。

韩广达这才知道，五天以前，铁先生到了胡家寨。他不是走去的，也不是骑牲口去的，是由半天落下来的。铁先生听了他这话，便笑起来道：“你听了他这话，不要疑心我是一个神仙，会腾云驾雾，我全靠了它的那一张尖嘴，把我衔了去的。”说着，用手向屋里一指，那大鹰正横梁上缩了一只脚，一面还是打磕睡呢。韩广达心里想：怪不得他出门还丢不下这大鹰，原来还有这样大的用处呢！韩广发又说：“铁先生一到，胡老五就吓慌了，不知道怎样应酬才好。后来铁先生说明，我们家里还有老娘，不能把我关在山里，不许我回家。胡老五说是一点不知这一件事，一口气就答应让我回家。”韩广达道：“嫂子那要大大不愿意的了，她怎不说呢？”韩广发道：“那倒不要紧，只要她改邪归正，难道南京那地方还不许她住家吗？她若不能丢了本来的买卖，我也不要她，就不必见面了。连胡老五都怕这位活神仙，她哪里还敢说一个不字！她倒说了几句大方话，说是不能为了夫妻的情分上，离开我的母子，但是她从来没有说过这种话，不过是落得一个人情罢了。”他虽这样说着，有一口闷气想叹出来，却忍了回去。广达知道究竟他有些恋恋，也就不说了。

第三十回　萍迹聚东川良朋把臂　花容窥北艳有女同舟

韩家兄弟二人说着话，已经一餐饭做好。吃过饭之后，铁先生道："你兄弟二人，明日一早，就可回夔州去，遇了下水船也好早些走。若是还在四川，遇到胡家寨的人，把你们再捉了去，我却不好意思一次二次的多事再去救你们了。"韩氏弟兄一同答应着是。便依着铁先生的话，在山上休息了半天，到了次日一早，告别了铁先生要行。铁先生引了他们由铁片门那间屋子，下了石洞。在石洞里三转四转，转了出来，却是屋下面那山涧。这洞口恰有一块大石头盖住了，向外一点也不露出痕迹。所以在山壁下走的人，绝对找不出洞口的。铁先生送出洞口，一直到那大石壁上，那一只大鹰，也不知何以知道，已经先站在一棵老树上等候了。铁先生一见，便笑道："它倒来了，你二位是让它送过山去呢？还是让它先牵上绳子，然后你们自己吊过去？"韩广发听说，却怔了一怔。韩广达道："料也不妨事，我让它先送过去。"铁先生让他把腰带的疙瘩系得紧了，将手向大鹰一招。大鹰飞了过来，看到韩广达系紧了腰带，仿佛告诉了它一样。它口啄住了他背后腰带的中间，两只大爪子，复向中间一抄，将韩广达抱住。于是两个大翅膀子伸开，只拍了几下，便飞过对面石壁子上去了。飞到那边，飞得离地只有三四尺高，才将人放下，韩广达已是平平安安站在那边了。他隔着山涧叫道："妙极了，哥哥你让那鹰送过来罢，这实在是个玩意啊！"韩广发在山峰那边，看见兄弟轻轻易易过去了，料着无事，也就束了一根腰带，让那大鹰衔过了山涧。当自己两脚落地以后，再看山那边，已无铁先生的影子了。就是那一只大鹰，只在这一转瞬工夫，也看不见了。韩广发道：“兄弟我们自信江湖上的事，差不多是无所不知，你看四川山上，有这样一位大侠，我们哪里知道一点？从此以后，我们要少谈江湖上的事了。”韩广达道：“正是这样，江湖跑到老，江湖学到老，我们还得多多的学些。大哥，你在后面走罢。这山上的路，我来去了两趟，比你熟得多呢！”他说着话，便在前面引路，遇着不大好走的地方，他便停住了脚，告诉他要小心些走。

到了夔州，不过是正午刚过，兄弟二人在客店里用了一些菜饭，还有小半天时候空着，就一同到江边船码头上去打听下水船。二人一路在街上走着，问了两处，都不大中意。正在继续打听之时，前面有两个人走路，有一个却说的是一口南京话。韩氏兄弟听了，都不由得一震，就不约而同的停止了说话，只是跟了地上两个太阳影子。只听那个说南京话的道：“我们的船，恐怕要做三次搭，第一次到宜昌，第二次到汉口，第三次才能找往南京去的船，我们可同船坐到湖口的了。”那一个道：“我不一定到湖口下船，或者还要到马当去找我的师傅。”韩广发听了到马当去找师傅的话，心里忽然一跳，想起朱怀亮的酒店，就开在马当华阳附近，莫非他是朱怀亮的徒弟？再听那人说时，他又道：“不过我师傅在南京和我分手的时候，他也说了，他若是不做生意，在马当那里就不会住下的，所以我又想去，我又不愿空跑一趟。我也只好到了汉口，找着熟人，打听打听我师傅的下落再说。”韩广发越听那人的口音，越发像是朱怀亮的徒弟。有心要交接他，又怕过于冒昧，心里计划着，也不知在人家后面走过了几条街道。一抬头，那二人见路旁有一家茶馆，便走进去喝茶去了。韩广达道：“大哥，刚才那两个人，也有一个要到南京去，我们何不和他约着一同坐船走？”韩广发道：“这两个人，其中有一个好像是朱怀亮的徒弟，若然是的，一定也是本领了不得的人。我正想和他交个朋友，何不到茶馆里去喝碗茶？”韩广达道：“这容易，我们可以走进去，和那个说南京话的，先攀起同乡来。”

他说着话，已是走到了茶馆门口。韩广发看见兄弟要进去，索性走快一步，先进去了。先前进来的两个人，已是在店后临着江岸的窗户边坐下。韩氏兄弟搭讪着要看风景，也在窗户边拣了一副座位坐下了。韩广达道：“大哥，我看这吃茶的风味，无论南北哪一省都是这样。”那边座上的人，听到韩广达说话是南京口音，也猛然的一惊，手按了桌子，昂着头便向韩氏弟兄浑身上下打量了一遍。韩广达再也忍不住，便和他拱拱手道：“听阁下的口音，好像是我们同乡。”那人也就起身拱手道：“敝处正是南京城里，二位也是的了，请问贵姓是？”韩广达一点头，也不隐瞒，就把姓名行程全说了。那人也笑道：“这可是他乡遇故知了，你们贤昆仲在南京，我就闻名的，只是无缘相会。这位是柴浩虹大哥，大概二位也听人说过柴竞两个字了。我便是罗宣武。”韩广达道：“原来是二位，不料今日在四川遇见，我们要爽快谈谈了。”说着话，不问三七二十一，就自行坐到一张桌子上来。茶馆里伙计过来问道：“四位是一处的吗？”韩广达道：“我们都是好朋友，怎么不是一处？”于是四人分着四面坐下了。韩广达道：“不瞒二位说，刚才二位在街上走路，我们在后面听到二位说话的口音，就跟了来的。这也幸而我们是攀同乡的，若是我们是歹人，计算了二位半天，二位还不知道呢？出门的人，虽然是小心，但哪里又小心得许多哩！”韩广发道：“兄弟，你嘴太直了，好在二位不是外人，要是不然，这种话人家听了，岂不要说我们有心取笑？”柴竞笑道：“二哥为人，只是爽快，我倒很欢喜，我们何不搬到一家客店里同住？今天晚上，先痛饮几杯。”韩广达道：“好极了！我马上回去，先预备下酒菜，二位就可以搬去。”罗宣武笑道：“韩二哥也不曾告诉我贵寓在哪里，我们挑了行李向哪里搬去？难道说满街去瞎找吗？”韩广达哦了一声，自已竖起手来，在头上打了一个爆栗。笑道：“我这人太没心肝了，我们住在河街中间，一家三元店里。左隔壁是药材店。石柜台上有一个石狮子，那地方非常好认识的。”罗宣武道：“这样好寻的记号，那自然是容易找到了。我们回去收拾行李就来。”

韩广达听说，付了茶钱，和他兄长先行告辞。柴竞也就和罗宣武回了客店，收拾了包裹，清了店账，沿着河街，一路来寻三元店。寻到一家药材店门口，果然有一方石柜台子。柜台上有一个石狮子。停了脚，正要看客店里招牌，突然有一个人走向前来，将包裹接了过去。柴竞回头看时，却是韩广达。他笑道：“我在门口望了好久了，就是这家饭店。”于是将他二人引了进去，恰好住的是一间大屋，正有铺位，安顿好了，谈笑之下，好不快乐。韩氏弟兄已早给了店伙的钱，让他预备了酒菜，喝了一个痛快。日暮之时，打听得有一只船后日开往宜昌，四个人便包了一个舱。

次日空了一天，并没有事，同在城里城外游览游览。到了半下午回家，只见店门口围上一大群人，有人叫着道："你这和尚，好生无礼，出家人慈悲为本，就是化缘，也要好言好语去求人家。给了你钱米，你又把我招牌石狮子拿下来，坏了我们生意人的兆头。这石狮子是这样的重，这样的大，你拿了下来，我们怎样搬得上去？"韩广达听了，插身进去一看，果然是一个化缘的和尚。便道："和尚，这是你不对呀！人家既然给了钱又给了米，你为什么还要胡缠？"和尚道："我也并没有和他胡缠，不过是叫他们店里出来一个有用的人，将石狮子搬上柜台，我马上就走。"韩广达道："若是搬不上去呢？"和尚道："搬不上去也不要紧，我看见这河街上，有一座观音堂庙门塌了，请他宝号答应修好那座庙门，我就替他搬上柜台去。"店伙道："师傅，你明见一个当徒弟的人，他哪里有许多钱修理一所庙门？"和尚道："徒弟不好，那是你们店老板之过。徒弟出不起钱，这钱就该店老板出。"韩广达听了这话，觉得这和尚简直有些不讲理，无奈自己的力量，又没有多大把握，要不然趁一口气，就把这石狮子抱了上去。心里这般犹豫着，眼睛便望了石狮子发怔。罗宣武走上前，对和尚拱一拱手道："你无非是要将石狮子搬还原处罢了，这倒不算一件什么难事。"说着，将右脚抬起，踏在石狮子头上，摇了一摇，那石狮子座下，便移出一道土痕。他便一弯腰，一手拿了石狮子前脚，一手抄住石狮子的尾巴下，只向上一捧，便直了腰，捧得与胸脯相齐。笑着问店伙计道："你们这石狮子，原来是放在什么地方的？"店伙计看呆了，不曾留神问他，一时答话不出来，只将手向石柜台乱指。罗宣武两手索性向上一举，将石狮子举得高过石柜台。回过头来笑道："和尚，你且说应该放在什么地方？"四周围着看的人，早是哄的一声，喝起彩来了。那和尚也不料突然会钻出这样一个过路的人，把石狮子举了起来。待要和罗宣武理论，见他们有四个人在一路，料不是对手，便笑着点了一点头道："随便你放到哪里罢，我们再会了。"说毕，一合掌就由人丛中挤出身子而去。罗宣武将石狮子轻轻的向柜台上一放，拍了一拍手上的尘灰，回转头来，面不改色。看的人又哄的一声，二次喝彩。药店里伙计因为罗宣武解了围，走过来作揖，再三道谢。罗宣武道：“我并不是要帮你什么忙，不过我看这和尚的样子，太自负了，难道这石狮子就没有第二个人，可以拿得动不成！所以我也拿一个样子让他看看。以后你们说话，总要小心一点，不要太藐视人了。”说着就和韩氏兄弟一同进饭店去了。柴竟埋怨他道：“你这祸事，我看惹得不小了。这和尚决不是无用之辈，你今天当着众人羞辱了他一场，他哪里能就此罢休！”罗宣武道：“我们明天就走的，他到哪里去找我。况我们一共有四个人，就是像他这样的和尚，再来一两个，我们也不至怕他吧。”大家一想，罗宣武这话也很对，就不十分挂在心上。

到了次日，已是搭的船要下行之期，因此大家搬了行李，一同下船。他们四人，共包了一个中舱，并没有另外的搭客，起坐倒是很方便。前面两个舱，都是散的搭客，舱板上铺位相连，一点缝隙也没有了。这后面一个后舱，紧连着舵舱，却是空的，并没有搭客。一直到了船将要离码头的时候，才见码头上陆续挑着几担行李箱件，先有一个粗大汉子，将东西一件一件，由船舷上搬进后舱。随后却扯开两张草席，把舱门给挡住了。韩广达轻轻对韩广发道：“老大，这实在不凑巧，我们紧靠住人家有家眷的客人。这一来，说话行动，都要格外守一分规矩。”韩广发道：“哪里有家眷？”韩广达道：“你看，不是有家眷，为什么把舱门都挡起来呢？”一言未了，果然岸上直抬下一乘小轿来。轿子歇在船头边，掀开轿帘子，走出来一位十六七岁的小姑娘。她是旗装打扮，穿着一件绛色旗袍，上身紧紧的套着一字琵琶襟，蓝色小坎肩。她一转身，又露着头上一条松辫，下面垂着一大绺丝穗子。身子一动，那一大绺穗子和长袍的下摆，都摇摆起来。船家看见，早由船头上伸出两根竹篙到岸上去。那姑娘笑嘻嘻的扶了篙子，就由跳板向上走。后面有一个五十上下的旗装老妇，手里拿了一根旱烟袋，操着一口京腔道：“我的格格儿，可了不得，这水边上不是玩儿的。瞧我罢。”说着话，她已抢上前来扶住那个姑娘。一个汉子在前面引导，一个老太太在后面卫护，沿着船边，到了后舱去了。韩广发望着韩广达，皱了眉道：“出门的人少说话罢，前后都是人，闹出笑话来，大家都不好。”韩广达也自知失言，只是默默无语。可是这后舱就热闹起来，一批一批送行的男女，都操着纯粹的京腔说话，隔窗听了，犹如听戏子在戏台上道白一般，实是好听。及至船老板捧了香纸鞭炮到船头上去，接上响起锣来，这是马上要开船了。这里送行的人，就也陆续而去。

柴竞一行人闲着无事，推开篷窗向外看船家开船。只见船伙抽开跳板，扶起竹篙，正一篙子向岸上点去。忽然有两个人，一老一少，从岸上飞奔下码头来。那一个老的对船上连连招手道：“船老板，你收了我们的定钱，怎样不等我们到，你就开船了？”说着话时，随后有一个人挑着行李也跟了来。船老板由船舱里钻到船头上去，就对那人道：“客人，我不是早已对你说的，今天下午，一准开船吗？”我们船上搭了一船的客人，不能为你二位，都耽搁在这里久等。你总算赶到了，就请你上来挤一挤罢。”船伙复又搭好了跳板，让一老一少上了船，行李都搬放在船头上。船老板一望舱里，铺盖相连，哪里还能加入。呆呆的对着一挑行李，却没有个作道理处。那年老的道：“我们上是上了船了，但是决不能就这样站在船头上，你要把我们安插到舱里去才好。”船老板进舱里商议了一阵子，那些搭客都说：“只要是让得出地方来，都可以让的。你只顾自已得钱，也不问这舱里人堆得怎么样，我们不能花钱找罪受。”说着话时，大家一倡百和，都说船老板不好，轰起来。船老板一看情势不对，也不敢再向下说了。就转过来对那老人道：“不是我故意怠慢客人，委实是二位来晚了。我当是不来，把空位搭了别个客人了。二位若是愿搭别条船，我情愿把定钱退出来。”老人道：“若是今天有别条船可以搭得上，我也不在这里挤了。明后日都是忌日，你们同行又不开船，我们若不搭你这条船，就要耽搁三日的行程了。我们偏是有事，一天也耽搁不得的。你真没有地方，我们也来晚了，自认一个错。你随便找一个所在，只要能伸伸腿坐下去，我们就心满意足了。”船老板见他说得如此迁就，再要不答应，自已心上也过意不去。因道：“有是有个地方，只是委屈一点。那个地方日里要把舵，是露开船篷，晚上我们伙计都睡在那里，也挤得厉害。”那老人道：“出门的人哪顾得许多，我都将就了。”船家听了，就叫两个船伙，把他的东西，一齐搬到舵艄上去了。随后两个客人，也扶着船篷背，由船边走向后面。

当他们走过来，柴竞等仔细看着他们，那年老的五十上下；这年轻的也不过上了二十岁，只是脸上纸一般白，似乎有了病。罗宣武笑着轻轻的对他们说道：“这条船上的后舱，配成对了。有一个老太婆陪着小姑娘，就有一个老头子陪着少年书生。”柴竞道：“有些不对。”将嘴向后舱一努道：“这二位分明是主仆之分，刚才过去的老头子，虽不是那少的父亲，身份却差不多，总是少年的长辈。他二人不知道有什么急事，倒非坐这条船不可？这少年一脸的病容，这种江风再一吹，岂不要弄出大病来。”罗宣武道：“他既是愿意去，我们还和他当什么心？”柴竞一笑，也就算了。船行了半日，柴竞因为要大解，就走到后艄上来。回时经过舵楼下，只见那老人缩得像刺猬一般，靠了行李卷，两肘撑了膝盖坐着。那少年用一条厚被，将身子卷了，睡在船板上，只伸了两只手在外，捧了一本书看。看那样子，正是受不住江上风吹。柴竞走回船舱来，就对大家说了。韩广达道：“我们这个舱，再添上两个人，也不见得挤，就把他让到舱里来住罢。既是读书人，一定很懂礼节，不会让我们讨厌，大家的意思如何？”大家还不曾答应，他已推舱篷出去了。

去了许久，笑嘻嘻的提了一捆行李卷进来，随后一老一少，他跟着他走进舱内。那少年进了舱，就对着各人一揖，说道：“多谢诸位大叔推爱，到了宜昌，再行重谢。晚生是个有病之身，实在不能受风吹，要不然也不敢搬进来打搅。”大家都说出门人大家方便，不算什么，也安慰了那少年一阵。韩广达道：“这又是那一句老话，四海之内，皆兄弟也。这算什么？”说着，就把自己铺好了的铺盖，移了一移，腾出一块地方来。那老人连连拱手道：“这样相让，委实不敢当，愚叔侄只要有一隅之地，可以躺下，就很好了。”韩广达道：“你这位老人家，就是这样不爽快。我们既然把你请进来了，何争多让他占些地位？我们若是把你让进来，还是让你受委屈，那就不如不让你进来了。”那少年笑道：“五叔，我们恭敬不如从命，就这样住下罢。”少年说话时，似乎带点气喘，却是很吃力，便坐在舱板上，靠住了船篷壁。那老年的解了铺盖卷，先让那少年睡下，然后他才整顿别的东西。

大家和他谈起来，这才知道他们是叔侄两位，姓秦，叔叔名慕唐，是浙江绍兴人，在四川游幕的，侄子名学诗，随着叔父出门，也来学幕。近来因为慕唐找不着好东家，潦倒得很；学诗又身上有病，有些不服水土。慕唐年老灰心，觉游幕没有什么好处，因此下了决心，索性送侄儿回家，还是去做举子业。预备赶回家去，就赶今年的学考。学诗也因为跟了叔父若干年，虽然见做幕宾的人，有不少发了财，但是闹了一生，也是为人作嫁。叔叔说是送回去赶今年的学考，无论中与不中，好在后来日子正长，总比在四川游幕有兴趣得多。所以慕唐说回家，他就归心似箭。恰好刚要动身的时候，又接到第四个叔叔从武昌来了一封信，约定一个月内在武昌会齐，一同回家。秦学诗只是怕误了一个月的信约，虽然身上有病，也顾不得许多，叔侄二人就赶了这一条船走。柴竞见他们也是落魄的文人，自己是念过几句书，弃文就武的人，对他二人，不免起了一番同病相怜之意。偶然和秦学诗谈些古今文章得失，他也对答如流，并不见有不如之处。不和他谈话，他也不找人说话，只是躺在铺盖上，枕头叠的高高的，两手捧了书看。因就着外面的光，而靠了后舱，只管捧着书看了去。

看书的时候，时时听到舱板以后，有一种清脆流利的京白，起先还不大留意，后来越听越觉好听，在手里捧着书半天也不能翻过去一页。眼望了书上的字，却是模糊做一块，一个字也看不出来。这天下午，同舱的人都睡了午觉，只有秦学诗才分日夜的睡觉，这时却不要睡，手上捧了一本叔父手抄的八股文，正看的是止子路宿杀鸡一篇。那篇文字作得有些赋的意味，不觉兴致勃然。忽然后面舱里那种清脆流利的京话，又说将起来道："姥姥，到了武昌，你总得陪着我耽搁三五天儿。小孩儿的时候，就听到人说黄鹤楼，来去好几趟，都没有游逛去，真算白到了湖北。这一回无论怎么说，你得带我去逛逛。就是老人家知道，这也是很风雅的事儿，大概不能派我们一个什么罪的。再说天倒下来，还有屋顶撑着啦。你拼了，卖一卖老面子，决不能够有什么事。你是答应不答应呢？我这儿先给你请安了。"秦学诗听得她说的那种话，非常悦耳。正听得有趣，忽听得一个苍老些的妇人声音说道："别嚷了，这就到了滟滪堆了，你瞧瞧罢。去年个五月里来，你瞧见这石头有多么高！"又听见她道："哟，这就是一大堆石头吗？去年夏天来，它不过露出一点头尖儿在水面上，敢情有这么高啊！我瞧有二三十丈吧。夏天的水，这儿是多么深啦，这要是……”那老妇道：“别说了！别说了！”

秦学诗听到这话，想起了要到峡门了。这正是出蜀的头一幕景致，不能不看，丢了书，便坐将起来。当他坐起来时，同舱的客人都惊醒了。韩氏兄弟是第一次在蜀江里走，老早听得人说三峡的景致，怕错过了。这时二人首先坐到篷窗边，观看江景。水到这里，流得很急，船比扯了风帆还快，顺流而去，就钻进了一道山口。据秦慕唐说，这就是瞿塘峡了。这两边的山，壁立上去，若不是听到水声，倒疑置身在一条大而又深的巷子里了。这两边的山壁，究竟有多么高，却是估量不着。不过人在船上，抬头向上看时，那两边的石壁，由下向上，越高越窄。高到尽头的时候，几乎要联结到一处，只是中间露出一尺宽窄的白缝，那就是天了。这时候虽然还未脱过隆冬，然而那石壁上的苍苔翠树，依然还是断断续续的，依附在那硃砂般的红石上，煞是好看。这个峡里，虽然是一条深巷一样，恰又不是一直向下的，依着山势，左环右转，曲曲折折。江流远道而来，让两山一夹，窄的地方，甚至只容得两条船一来一往，因此汹涌得向下狂奔。在山壁的曲折处，打在石头上，猛的浪花四溅。纡缓一点的，水势一扑一扭，也就卷成若干水漩，急流而去。

船到这里，船家一齐出头，篙橹舵索，都在手边，要用哪一样，就用哪一样，免得一时疏忽，便出了毛病。船下面的水，扛着这船直跑。看看船家，一个个都是面红耳赤，惊心吊胆，深怕向石壁上一撞。看看船外的景致，转过一个山脚，又是一个山脚，上面的山头有平的，有尖的，也有圆的，一节一节，变幻不定。石壁上挂着有大小泉水，大的如一幅水晶帘子一般，也不知由何而来，从上面悬到山腰或山脚，小的如一条冰蛇，蜿蜒而下，最小的散开来，却又像一阵晴雨，风一吹，兀自有一阵寒冷的水气扑人，而且船经过这里，若不遇到来船，一切人世鸡鸣犬吠之声，都不会有。只有江里的流水声，和石壁上的泉声树声，阴沉沉的，幽暗暗的，冷清清的。高高在上，露出那一线天光，举目四望，仿佛大家并不是生在天地间了。韩广达生平也不知道什么叫赏玩风景，而且看了什么，也不忍不说。现在两手扶了船窗看呆了，心里好像到了古庙里拜了佛像一般，自己严肃起来，作声不得。这一带的景致，都是这样幽静，令人赏叹不置。可是山峡里只有那一线天光，天色容易昏黑。船家不敢冒昧前进，拣了一个水势平缓些的峡弯子里，就将船停住了。

韩广达到了此处，才缓过胸头那一口气来，笑道："这地方的景致，好是实在好，就是船走得太快一点，我有点……"韩广发听说，向他以目示意，不让他跟着向下说。秦学诗看到这种行动，就对秦慕唐笑道："五叔，这位大叔，真是爽快。据我看，乃是朱家郭解一流。"秦慕唐摸着胡子，点头笑了一笑。韩广达笑道："小兄弟，你可不要拿文章说我，我并不懂文章啊！"秦慕唐笑道："韩二哥，你不要误会，他不是说你别的，他说你很像古来的侠客哩！"韩广达哈哈大笑道："侠客哪里比得上？要说看见过侠客，这个我们倒老老实实的敢承认。"秦慕唐突然一伸腰，望了韩广达道："怎么样，你老哥看见过侠客吗？我就欢喜故事，你老哥既然知道，何不谈一两回好故事，让我们听听。"韩广达昂着头想了一想，正待找一件惊奇的故事，说给他们听，只听船头上哗啦哗啦一阵响，正是弯好了船，拖了锚，抖着铁链子的声音。秦学诗伸头一看，船弯进山凹子里去，山腰里一列排几家人家。人家后面又是一带竹林，斜插过屋顶去。人家前面，斜斜的山坡，拥着几方玲珑大石，一片水草，很有画意。因道："五叔，这里有个意思，我们岸上走走吧。"秦慕唐也不觉动了游兴，便约了韩广达谈笑着，和他一路走上岸来。这几户人家，就是住在江边，代人拉纤的。其中也有一家杂货店，卖些过往客人应用的东西。

在船上看岸上时，风景非常之好，及至走到岸上，却又不过尔尔。走了几步，依然又回转船来，秦学诗在前走，秦慕唐在后跟。当他们走到船边，将要踏上跳板，只见一个绸旗装女子，袅袅婷婷，在船头上一步一步走下来。额上长长的留海发一直齐平到眉边，两颊胭脂搭得红红儿的，一望便知是位北方之美。他心里一动：一路之上，所听得的清脆流利的京白，就是她所说的了。我先听了那种京白，不过猜是一位少年女子，不料却是如此秀丽的人。心里这样想着，无意之间，算是让路，闪在一旁，只管目不转睛的望了那女子出神。那女子原是低了头走的，走到跳板当中一抬头，看见有个少年书生，站在跳板头边挡了去路，不免顿了一顿。但是只停顿了一下，她还是那不介意的样子，又一步一步走下来。当她走近前时，不免向人看了一看。秦学诗说不出所以然，脸先红起来。那女子走上岸，就听到有人叫道："姑娘，你怎么也不对我说一声儿，就跑到岸上去了？这里岸又陡，水又急，可不是玩儿的。"看时，一个五十上下的妇人，由篷里推窗出来，连连向岸上招手。这女子也对她点点头笑道："岸上瞧瞧不好吗？"那老妇笑道："真淘气！"说着，也就由船上跟了下来。秦学诗本要上船的，看见这老妇人要下船，又站在一边，等了一等。那老妇人走下船来，见他二人站在一边，却笑着点点头道："劳驾。"秦学诗的脸更红了，也不知道怎样答应好，鼻子里却哼了一阵，那老妇自去了。秦慕唐原在身后的，这时已抢到他前面，走上了跳板。秦学诗这才醒过来，跟着秦慕唐，一路上了船。上船之后，靠住船窗，向岸上闲眺。那女子笑嘻嘻的，随着那老妇走来走去。有时在地上拣一小块石头，有时又在地上掐一颗草，闹个不歇。那老妇笑道："我的姑娘，我真受不了。"说着，用手拉了她要走上船，她正笑得要扭转身躯，一见秦学诗望了岸上发呆，她立刻正了面孔，和那老妇一路走上船来。她当秦学诗的窗口走过去时，她用手牵着那长齐鞋口的衣摆，拂动了窗襟，只觉得有一阵似香非香的气味，袭入鼻端。她过去了许久，犹自有一股气味，环绕身之前后。

过了一会儿，后舱里面两个人就唧唧喁喁说起话来。秦学诗心里想着，他们这话，莫非是说我的？是好意呢，还是恶意呢？坐在一边只管猜疑着，却找不出一个究竟来。直待秦慕唐拍着他的肩膀道："这三峡的风景有得看了，你尽管推开篷来做什么？天色黑到这样了，你还看得见什么吗？"秦学诗抬头一看，岸上黑巍巍的一丛影子里，射出几点灯光，一切的景致都模糊了。一笑之下，放了铺盖，便倒头睡将下去。一时船家开了晚饭来吃，大家吃得很高兴。秦学诗却只吃了一碗，依然又躺下去。这时候后舱里那女子娇滴滴的声音，又说起来了。也不知道她们是由什么事上谈起，居然也谈到了读书。那女子道："凡是读书的人，到了咱们北京城里，就算有个出头之日了。"那老妇道："那是怎么说？"女子道："你想，要不是中了举，能到北京城里来会试吗？咱们在成都，街坊就是个举人，很现着了不得。读书人到了那个样儿，那不算出了头吗？”那老妇哈哈笑道：“你别说这些乡下人的话了，北京城里的翰林院，穷得在庙里待着的，多着呢！这就是为着有了官，还没受职，这个你还不懂。将来你或者找一个读书的女婿，也跟着在一处磨炼磨炼，你就知道了。”女子笑着道：“你真是倚老卖老，跟你好好儿的说话，你怎么瞎说八道起来了！”只听老妇噗嗤一笑，随后唧唧喁喁的，听不清说了些什么。那女子也不答话，只有那老妇一个人说。最后她又高着些声音道：“现在是汉满通婚的，那要什么紧？”那女子咯咯的一笑，就啐了她一口。这句话以后，她们的话锋，就转到别件事情上去了。秦学诗听了许久，也没有听出什么，一直到满船人都已睡静，听不到一点声音，见才安心去睡。只是这一席话，增加了他满腔的心事：据他们那些儿笑话听起来，分明把读书人指着我。后来又说什么满汉通婚，这虽然是说笑话，总也看着我还有点合身份，才肯说这话的。他这样一想，把那女子的模样儿，在心上就印得更深了。

次日天亮，后舱里那清脆的京白一开口，他就自然醒了。先还不过觉得这种京白是听得有味，后来听熟了，便觉是一剂清凉散。每一句京白，都在心头上冰凉的印了一下，又是快活，又是麻木。心想着这女子是旗人，已是无疑的了，据她那种举止和她说话的口气看起来，似乎还是仕宦之家的女子。旗人出京，除了驻防而外，其余便是以官为业。这女子一口京白，现在四川，当然是京外驻防旗官的子女了。她既是个小姐，何以只和这样一个老妇同行？而且在她口里说，过武昌的时候，还要到黄鹤楼玩玩，分明她的行程还是经过汉口了。这样看来，大概她是要由湖北回北京去的了。若是真个回北京，我哪里再上北京去找她去？除非合她的话，直待我中了举了，到北京去会试，但是我现在刚刚来走一条下场的路，连一个小秀才还不知道是否可以拿得稳，哪里敢做中举的梦？中不了举，数千里之遥，我跑到北京去做什么？不上北京，天南地北，哪里去见她？就以我们此时同舟而论，到了宜昌，就要换船的，又能聚首多时？只这短短的时间，转眼就过去的，我又何必发一种无谓之痴想？在他的念头这样一转之间，把两日来耳朵里眼睛里所种下的情苗爱叶，却扫了一个干净，但是他虽是这样坚决的想着，那隔壁的京白一说起来，却又不由自主的听下去了。

第三十一回　促膝道奇闻同酣白战　隔窗作幻想独醉红情

秦学诗这种情形，虽然不曾十分外露，秦慕唐却看出他几分了。因笑问道："学诗，我看你上船以后，又添了什么病一样，莫非你有些晕船吗？"秦学诗道："大概有点晕吧。这倒很奇怪，从小就坐船，坐到十九岁了，而今还晕起船来？"说时，皱了眉头，将两手在额角上捶了几下。韩广达道："晕船不要紧，少吃东西多睡觉，自然就会好的。"秦学诗笑道："三峡这样好的景致，不坐起来看看，倒要睡觉吗？最好弄点晕船药吃吃，那就好了。"他这话说了过去了，大家也不留意。

这条船正是箭一般的顺水而下，已是到巫峡了。远望巫山十二峰，带着湿雾晴云，缭绕着山顶，很是好看。船正向下走着，忽然山头上飞出一群乌鸦来。那乌鸦只在船篷上飞翔，有时向下扑，直扑人面前来。却没有丝毫怕人之意。韩广发看到，在船舱里哈哈大笑起来，因道："走江湖人，若不到四川来，那真是枉费了人生一世，草生一秋！那些坐在家中享愚福的人，见不了碟子大一块天，哪比得上我们走江湖的人！"秦慕唐道："我想起来了，昨天正要和韩二哥请教，刚好是弯船，把我们的话打断。现在船正走得痛快，韩二哥何不也讲些痛快淋漓的故事，让我们愚叔侄长点见识？我们行李虽然不多，网篮里还有一小坛酒，几包路菜，拿出来大家尝一点，助助谈兴。"说着就解开网篮，先捧出一只绿色鬼脸坛子来。柴竞笑道："这一坛子酒都请客吗？"秦慕唐道："这也不值什么。原先这位韩二哥已经说了，四海之内，皆兄弟也，难道还在乎这一点酒上？"柴竞道："不是那样说，我们在船上恐怕还有几天。有这一坛酒，我们应当慢慢的喝，何必一餐就喝光了？”秦慕唐道：“这一带水码头，哪里也可以买到酒，喝完了我们再买就是了。”他一面说着，一面拿出两个路菜筒来，放在船板上面。一揭开盖来，便有一种熏腊的气味，香而扑鼻。韩广达推着船篷站起来，连连叫着船伙计快拿酒端子酒满子来。船伙计走来笑道：“客人，这种东西，船上可没有预备。若要酒壶，我们倒有一把。”韩广达道：“不要酒壶，难道我们用手捧着喝不成？既有酒壶，你就快快拿来。”船伙计听说，便赶忙拿了一角瓦酒斗来。韩广达看时，也不过盛个三四杯酒，而且酒斗上，还有一个小小的缺口。用手接过来，手一扬，向船外便抛了。笑骂道：“用这大的壶装酒，难道只让我喝上一口吗？”大家看见，都忍不住笑了。还是秦慕唐将喝茶的茶壶倾倒了，将这壶来装了一壶酒。没有酒杯，索性也将茶杯来替代。分了筷子，大家围着两筒路菜，盘膝而坐。那一坛酒也不移开，就放在身边。

韩广达端起杯子，先呷了一口，嗳的一声，赞了一声好酒。秦慕唐笑道：“二哥且慢喝，我看诸位都是慷慨人物，同舟共济，总算幸会。今天喝酒，要每人讲一段痛快淋漓的故事来下酒，只要是真的，长短倒不拘。”罗宣武道：“这倒也有趣。既然是每人一段，秦老先生又说得这样爽直，我们就不必推辞了。不过秦老先生年长，还要请老先生先说。”秦慕唐笑道：“这就不对了，我原是要听诸位在江湖上所得的奇闻怪事，怎样倒让我先说给诸位听哩？我是个游幕的人，不过是终年侍候大人老爷，哪里有什么痛快淋漓的故事可说？”罗宣武道：“年纪老的人，本来就阅历多，何况老先生又是走遍南北各省的，当然有好听的告诉我们了。”秦慕唐昂头想了一想笑道：“好罢，我先说一段罢。不过这件事不是我亲眼见的，乃是先严亲自看见的。据他说，壮年的时候，在山东游幕，后来又转到河南。这天渡黄河，因天色已晚，就在河北岸小饭店里住下。初更以后，忽然有五个汉子，各骑了一匹牲口来投宿。灯光之下，虽看不得十分仔细，然而那些人都不免带有一种凶狠的样子。先严知道曹州一带，黄河两岸，都是出歹人的地方，不敢冒昧惹他们，就退到自己的睡房里去。隔着屋子，听到他们和店家要二十斤面，十斤肉，一百个鸡蛋。这便有些惊讶，何以五个人都是这样食量大的？吃过了，他们忽然喧哗起来。问这客店里住了些什么人，店家说住了一个读书的先生，和一个做生意的人，带两个女眷，此外有个游方的和尚，都像是很清苦的人。那五个听说，都暴躁起来，说是清苦的人也要搜查搜查，出门的人，都会装穷的。”韩广达道：“原来是五个小开眼的强盗，这也不足为奇啊！”秦慕唐道：“这没有什么奇怪，我也不是说这五个人怎样了不得。”

“店家因为说他们不信，料着他们是要动手的，早就溜得藏到一边去了。这五个强人，不问好歹，就沿屋来搜查。他们头一下子，就是搜到先严屋里。先严是个文弱的老书生，哪里还敢抗拒他们，只得打开行李箱子，让他们拿去。第二他们就搜到那个做小生意人的匿子里了，不料那个人倒是不好惹的。他将房门反关了，自己叉腰站在房门外，说是做小生意买卖的人并没有多少盘缠。就是有，也不过是几个辛苦钱。况且自己还带有一个老娘，一个有病的老婆，一路之上，也短不了要钱用，请念在江湖上的义气，高抬一抬贵手。这一篇话，他本来说得很软的，但是他一个人都敢站在门外，挡住了强盗动手，那明明的是和强人有些为难。那些强人暴躁起来，说是他们在黄河两岸，没有人敢说挡驾的。说话未了，早有一个上前动手。那个做小生意的，一点也不惧怕，就在身后抽出一把刀来，和强人对打。一个强人打他不过，就加到两个。两个打他不过，又加到三个。先严藏在屋里，只听得院子里轰通轰通一片响声。由窗格棂子里向外张看着，只见那个人，手使单刀，满院子乱滚。其余两个强盗，见此情形，索性也加到一处来打。这个做小生意的。究竟寡不敌众，就让他们打倒在地。那五个人找了一根粗绳，四马拴蹄的，将他捆绑起来。有一个强人在院子里点了蜡烛，拿了一根长鞭子，就没头没脑的向那人身上乱抽。

“只在这时，那个游方和尚出来了，说是不能让他们打人。这个拿鞭子打人的向和尚就是一鞭子，以为他管了闲事。那和尚哈哈大笑，说是这样鞭子，和他止痒都止不住，就打一百一千也不妨。那人见鞭他不怕，更加恼了，对他也一顿乱抽。和尚同没事一样，将那做小生意人身上的绳索，两手搓几搓，一齐搓断了，将那人推进屋里。然后对强人说，和尚不是随便可以打的，打一下，要五十两银子，打伤了一条痕，就要一百两银子。现在我们要算算账了。那强盗见打他几十下，并没有苦处，早是停了手。和尚一说要算账，他知道这事有些不好，于是五人又一齐拿了家伙，围着和尚动手。这和尚也不知道怎样回手的，对这五个人，一人拍了一下，各打折一只手膀。他接过强人手上的刀，说是他们还不配当响马，要受些教训才好。将刀指着他们，把所有的东西，都交了出来。那个做小生意的是受了伤了，要他们次日护送五十里，还要拿出十两银子来养伤。那些强人听了这话一点也不敢违拗，共拿出十两银子来，但是护送这一层万办不到，怕让人捉住了。和尚先不肯，后来让那五个强盗磕头陪礼，才和那五个人整了手膀，让他们逃走去了。诸位，据我看，这件事和尚总算是办得很痛快了，但不知这和尚怎样生成这一副铜皮铁骨，不怕人家打。”韩广达笑道：“这是铁布衫，有什么奇怪呢？据你说，令尊碰到的是个好和尚，就是前两天，我们倒碰到了一个坏和尚……”罗宣武知道他不免要说出来，就只管对他以目示意，叫他不要说。韩广达已是引起话端来了，哪里按捺得住，就将那天遇着恶和尚化缘，罗宣武端起石狮子的那一件事，从头至尾，说了一遍。秦慕唐对罗宣武拱拱手道：“失敬失敬，原来罗兄这样好的武艺！这不必谈故事了，只要谈谈各位自已的事，就要让人眉飞色舞了。今天遇到诸位，才相信古来传说的义士侠客，果然不错。我要干一大杯了。”说着，端起一大茶杯酒一饮而尽。在此的人，除了秦学诗而外，都是能喝几杯酒的，因此大家同干了一杯。秦学诗却借着拿壶给大家斟酒，把这一杯酒混了过去。

照着年岁论，本应罗宣武跟着秦慕唐说下去的，大家现在还是推了他说。他笑了一笑道：“这位秦老先生，已经夸奖我们是侠客了。我们再要说些热闹的故事，我们倒是老鼠跳到天平里，有点自称自了。我谈一段乡下人打老虎的故事罢。这个打老虎的，并不是武松那样子，有惊人的本领，不过笨得有些趣味罢了。我幼年的时候，在安徽英山舅舅家里作客，看到有打老虎的笼，就知道老虎不容易收伏。这笼好像一间小屋，除了下面是地，四周和上面，都是用两尺圆的枫树木料并拢来的。有怎样的结实，不必我说，也就可以想来。”韩广达道：“罗大哥不是说的乡下人打虎吗？怎么是用木笼子关虎呢？”罗宣武道：“我这不过是说了一个头子，还没有说完呢。我要说出木笼子那样结实，你才知道老虎的厉害了。

“这笼子里面分隔两层，前面是一层长大的，后面一层小的，小的里面，放着一条狗。前面有门，插上了活机关。老虎进来，踏着了活机关，门就向下一倒，把老虎关在里面。这里一层，是关得铁紧的，老虎要咬狗是咬不着的。狗关在里面，本来就因为出来不了，叫个不歇。老虎一进笼，它就吓破了胆，就要做一种惨叫声。附近山庄上的人，听到狗的声音不对，就知道是关住了老虎了。然后邀集村庄上的人，各拿了刀矛，站在笼外，隔着那木柱的窄缝，乱扎乱捌，把老虎扎死。这样打老虎，本来是很平稳的了，但是事情也有例外。

“有一次，笼子已经把老虎关住了，只因为笼门的横柱，事先让牧牛的孩子损坏了两根，大家都没有留意。这时门只有下截拦住，上截是斜着向外的。门本来就重，加上老虎在里面乱撞乱扑，就把栅栏门扑得向外倒了下来。老虎在笼里，已经是气的不得了，这一撞出了笼子，气势汹汹，一枝箭样的，由山岗上跑了下来。这附近山庄上的人，听到狗的惨叫声，心中甚喜，笑嘻嘻的走上山头。这一下子，来个正着，和老虎顶头相遇。关老虎多半在夜里，打老虎就在天亮。这时大家在云雾里，老远的看见一只老虎飞奔了下来。山庄上的人，大家哎哟一声，滚的滚，跑的跑，一齐走了，就中留下一个张二戆，他还不知道为了什么事。等到老虎走到身边，他才看得清楚，待要向后跑，老虎已是快到身边。他急忙中抓住身边一棵大竹子，就缘了竹节，爬上竹梢。竹梢是软性的，爬上一个人去，就弯了下来。老虎走到竹下，起了一个势子一耸，扑了过去。老虎扑在人身上，竹杆带了人一闪一摇，老虎倒扑了一个空。老虎落了地，竹杆也就闪回过来了。张二戆料是跑不脱，看看自己正悬在老虎上面，他两手一放，人向下落，正骑在老虎背上。他不等老虎发作，身子向前一扑，头顶住老虎的后脑，两手抱了老虎的项脖，两腿同时也夹住了老虎的腰，手脚同时一齐用劲，死也不放。老虎身上背着一个人，它如何肯干休，乱跳乱跑。那山庄上的人，有几个胆大些的，见张二戆爬在老虎背上，万万不能见死不救，大家就跟在后面呐喊。那老虎本来饿极了，而且又在笼里没命的撞了出来，力气已经去了一半。因之耸跳了一阵，也就站定了，伸了舌头喘气。村庄上的人，有两个带了鸟枪，才慢慢走近，躲在大石崖后面，对准了老虎头就是一枪。正有一粒散子，打进老虎的眼睛。老虎大叫一声，满地乱滚。张二戆松了手，滚在一边，老虎也滚在一边。有枪的放大了胆，更放上一枪，这才把老虎结果了。这个张二戆，从少就喜欢骑赤背马，练就了两腿的夹功，不料到了后来，倒由这个救了他的性命。”

秦慕唐笑道：“这人真是戆得有味，到了后来，这人怎么样了？”罗宣武道：“他又没天神一般的力量，哪里能够经得住？老虎死了，他也足足病了三个月。”韩广达道：“这种人不过是一种笨力量罢了，若要把我们那个少师傅比起来，那真相隔天渊了。”秦慕唐知道他是一个直率的人，心里搁不住话的。因为心里搁不住话，他的话就不至于假。现在他说他的少师傅，比张二戆本领还大，料得这位少师傅是加倍了不得。便笑问道：“既是有天渊之隔，这位少师傅一定是像武松那样本领，可以赤手空拳打倒老虎了？何妨说出来听听。”韩广达道：“岂止赤手空拳打老虎，她真把老虎当猫玩哩！”韩广发知道他一定要说出佛珠事来，就不住的用眼睛望着他，要来止住。还好，他只从庙里会到老尼说起，却并不提到胡家寨里的一段事。这些情节，连柴竞罗宣武也未曾听到韩氏兄弟说过，就也不加拦阻，让他来说完。大家一面说着，一面喝酒。酒是用大茶壶装的，喝完了一壶，又灌上一壶。直待韩广达把话说完，秦慕唐把茶壶高高的举起，向着那茶杯子里斟酒，斟出酒来时，滴达滴达的响。便笑道：“又干了一壶，真是酒逢知己千杯少了！”说着，掉过来，又拿了一只大碗，待要向酒坛子口里一伸。秦学诗一伸手挽住了一只手臂，笑道：“五叔，你的酒，差不多了。”秦慕唐回头笑道：“你为什么不让我喝？在船上喝醉了酒，也无非是一睡。”秦学诗道：“我正怕五叔喝醉了酒要睡，三峡这样好的景致，若是睡着过去，岂不辜负了！”秦慕唐笑道：“你这话到说得很有理，我就不喝。但是这几位都是海量，就喝个三两壶，料也不会醉。还请诸位喝酒，决不能让诸位喝得半途而废。诸位真放量喝，我心里决不会有一点舍不得，我果然是舍不得，我也不会捧了坛子出来请客了。”罗柴二韩四人听了这话，八目相视，于是老老实实的，两人共一把壶，尽管喝了下去。

一段巫峡未曾穿过，一坛子酒，约在十斤开外，便喝空了。原来约好了每人要讲的一段故事，先是韩广达两次插着说话，把次序弄乱了。后来大家喝高了兴，你一句，我一句，将江湖上的豪举，或者批评，或者述说，或者研究，就不容哪一个人整片段的向下说。直待酒喝完了，将酒器收过一边，罗宣武忽然推篷站立起来。笑道：“享了口福，耽误了眼福了。柴大哥，你看这风景是多么好哇！”柴竞听说，也就跟着站立起来。这巫峡的形势，又与瞿塘峡不同了。江两边的山，一层一层，如排班一般，蝉联而下。两山之间的江流，也是一样的奔波，但是这江一直向前，仿佛就让前面的山峰，两边一挤，将江流挤塞了一般，但是两舷的长橹，在中流咿咿哑哑，摇起两道漩涡，向前直奔，并不感到前面是此路不通。待船奔上前若干里时，那合拢的山，却自然的放展开来。展开了以前的地方，却另有一排山再来挡住。直待船到了原来遥看将阻之处，那里依然是山高水急的一条江。回头看后面，也让山闭住了。好像这里的船，都是由山里钻将出来似的。总之船行到什么地方，必定前后左右，都是山峰，将船围在中间。柴竞道：“我记得从前在书房里读书的时候，曾读过两句诗，什么‘山穷水复疑无路，柳暗花明又一村’，我们在内河里行船，常常可以看到这种景致。现在这巫峡里的情形，又和诗上说的不同。船变了穿山甲，只管在山缝里钻了。为人怎样可以不出门？不出门，哪里看得到这些好风景！”罗宣武叹口气道：“论到四川，可算是别有一个天地的所在。吃的穿的，哪一样没有？古来不少的英雄，在中原站不住脚，都可以在这里另建一番事业，却可惜石达开那样一条英雄，带了几十万人，却也落得一败涂地，连性命都不保了，设若我……”柴竞听见，却对他以目示意。罗宣武又叹了一口气。韩广达便道：“大丈夫要轰轰烈烈做一场，何必要一刀一枪去打仗。达摩祖师靠了一片芦苇叶子渡江，传下少林一派功夫，不是一样的流名万古吗？”罗宣武道：“你的话是对了，不是我酒后狂言，我罗某人何尝不想自己做一根擎天柱，做一番大事业，但是机会不好，总办不成，又有什么法子呢？”韩氏弟兄并不知道他是张文祥的徒弟，在南京有报仇的举动。因之便追着问他，做过一番什么大事业。柴竞听了，心里大为着急。这话一说出来，便是丢人头的事。连忙拍着他的肩膀道：“罗大哥，你的确是有些醉了。醉了的人，吹着这江上的冷风，是不大好的，你不如躺下为是。”罗宣武哈哈大笑道：“你以为醉了，就会乱说话吗？我心里是很明白的。”他说毕，也就坐下去了。

他们这样说话，秦学诗听了，心里不免自作算盘。常在笔记上看到什么黄衫客、古押衙这种人，身上担着血海干系，为天下有情人联成眷属，促成人家美满的姻缘。现在自己心里倒有一段美满的婚姻，也是没法子可以成功的，但不知这班人肯不肯替自己做那古押衙、黄衫客。看这四个人，似乎那个韩二哥，最有力量，要请他帮忙最为合宜。不过这船到了宜昌，大家就要换船的。以后天各一方，到哪里再去找？找不着他，这一段黄衫客、古押衙的故事，又叫谁来重演？从这时起，心里又添了一段计划，只计划着要怎样的去办理这件事。于是无精打采，只爱睡觉。睡的时候，不像以前捧着书，只是将面孔对着那一方后壁。

偏是事有凑巧，他却在这格扇的花格缝里，发现了一朵鲜红夺目的东西，不高不低，偏了头伸手正好拿着。先以为是一朵鲜花，心里不由得诧异起来：船走到三峡里，哪里会发现一朵花出来？因之伸出两只手，伸了一个懒腰，不经意的样子，手就触着了那一块红东西。摸在手里，乃是软绵绵的。将手抽了一抽，那东西却越抽越长。一看时，原来是一大块红绸手帕，是后舱的人塞在窗格棂子里的。先不过看到红手巾的一头，所以就认为一朵花。现在随手一拉，拉出二三寸来，正是红绸巾的一只小角。这不但自己看得见，恐怕满舱的人，都可以看见。若是让大家知道这件事情，却有些不合适。急忙之中，又想不到别的一个遮掩的法子，只好伸了手，一巴掌将红绸巾按在手心里，不让人家看见。似乎不大留心的样子。随便搓挪着，就把那手巾头一齐塞到窗格子里去，但是这样办着，究竟还嫌不大妥当。于是又突然站立起来，将身上罩住棉袍的这一件蓝布长衫脱了下来，却向舱壁上一挂，把那红手巾头，正掩藏在里面。掩藏得妥当了，他才复身躺下去。他心里也想着：好好的站立起来，把长衫脱了挂在壁上，这是什么用意？因此将面朝里面，不让人家看见他的面色。其实大家谈话谈得很痛快，绝没有注意到他身上去。平常穿一件衣服，脱下一件衣服，也不会引起别人家来查问的。秦学诗自己纷扰了一阵子，这也就过去了。

大凡在船上的人，犹之在山上居住的人一样，天色一黑，便加倍的寂寞，只有睡觉之一法。这日同舱的人，大家都睡了。秦学诗一人，却是睡不着。人都渐渐的沉睡下去了，舱隔壁的人在铺上辗转呼吸之声，都听得很是清晰。在那种辗转呼吸之声上去推测，似乎那个旗装女郎，正是横着身子，贴了这舱扇睡下去。想到古诗上说的玉体横陈，正在这时。她那一种情景，除了这一层极薄极薄的花格扇，我与她，几乎可以说是气息相通了。可惜我没有小说上说的那种人有神仙之眼，无论什么东西相隔，都可以看见。那末，我今天晚上，就可以看到那玉体横陈的样子。看她那苗条的身段，将锦被松松盖着，被头上伸出那胭脂红润的长方脸儿，在枕头上蓬松着一把乌云似的头发，睡意朦胧，定似杨妃带醉，多么动人。可惜今天的酒，并没有送一壶到那边去，不然，让她也喝上一杯。这格扇未尝不通风，睡在这边，还可闻到那一阵吐出的如兰之气呢。心里这样想着，仿佛之间，就可以闻到一阵细微的津津汗香。仔细玩味着，果然那一阵香气也越来越浓厚。先是睡着闻，后来闻得有味，便坐起贴书壁子闻。香气倒没有，不过一阵油船的桐油石灰味罢了。再偏过头向这边嗅起来，自己不觉噗嗤一笑，原来并不是隔壁美人之香，乃是那把盛酒的大茶壶，放在床头边呢。秦学诗一想，自己骗自己，闹了这半夜，未免太可笑了。倒身下去，将被盖起来，复又睡着；但头一落枕，就会想到后舱里去。心里想着，手又不免去摸索，那软绵绵的绸巾角，依然还在那里。手既捏着，慢慢儿的就抽起来，只管向怀里抽，那头原是虚的，就把一条绸手帕，完全抽过来了。舱里挂的清油灯，这时已经灭了，在黑暗中将手帕放在鼻边，正是香喷喷的。心里这一阵愉快，非同小可。心想无论如何，我有了她亲自用的一条手帕，足以解渴了。我们以后到宜昌分船了，我还有这样一条好表记，这一生都让我忘不了。闻了一阵，便将手巾塞在小衣里，贴肉藏下。一个人思索纷扰了半夜，也就昏然睡去。

一觉醒来，天色大亮，船已开了许久。只听得隔舱里，一老一少，纷争起来。那少女道："俗言说，船里不漏针，漏针船里人。昨天下午，我还用着呢，怎么睡了一宿，就不见了！"那老妇人道："姑娘你别急，慢慢的找，也许就找着了。你先静静儿的想一想，放在哪个地方丢的？"

少女道：“昨天下午，我是掖在肋下的，要不然我怎么掏出来就用了？后来我躺着看书，仿佛随手的一塞，就塞在这隔扇窟窿里，又记不起来了。这样大的一条手绢，又不是一管针，怎么丢了，就会找不着？你瞧怪不怪？”秦学诗听到这里，不由得一阵一阵面红耳赤起来，心里也是跟着扑通扑通乱跳。所幸后面舱里纷乱了一阵子，随后就停止了，不曾再提到这件事。秦学诗迟了一会子，因为大家都已起来，只有自己躺着，未免太不像样，于是也站起来穿衣服。只在这一站之间，胸里一阵热气向上一喷，在这热气里面，另外还夹着一阵微微的香气。这香从何而来？当然是那方绸手帕上出来的。既然是自己闻到了，别人更可以闻到了。若是让叔叔闻到了，一追问起来，怎样对答？要想把这手帕拿开吧，大家都在一个舱里，又是肩背相靠，哪里有掩藏的地方。只得硬着头皮，将衣穿起，暗中把手帕牵扯到腹部上面藏着。偷眼看看舱里的人，大家都谈笑如常一般，料着不会有人知道他的事情，也就处之坦然。到了吃早饭的时候，大家闲谈，韩广达低着声音道：“奇怪，刚才后舱里说是丢了东西了，你们听见没有？她们丢了什么东西？”柴竞道：“我也听见了，仿佛是丢了一条手绢，但是这后舱里，除了船伙送茶送饭而外，并没有什么人到那里，何以会在晚上丢了一条绸帕？”秦学诗听了这话，面子上还是行所无事，实在就像芒刺在背，只是把两只眼睛注视到饭碗里，所有在座人的脸色，全不敢用眼睛去看。早饭以后心里默想着，这条手帕若放在身上，总是一条迷魂帕，不如悄悄的抛到江里去，就算了事。主意想定，借着方便为由，就由船边走到后艄上来。

第三十二回　鬓影衣香相思成急病　晓风残月消息鉴芳心

走到船后艄，一望身边无人，正要拿出手帕来，向江里丢去，那把舵的船家一回头看见，却叫起来道："嘿！你这客人，是初次出门吗？这里水这样急，我们撑船的人，都时时刻刻耽心，客人站在那里做什么？你以为是在金鱼池边钓鱼吗？"秦学诗让船家抢白了一顿，红了脸就走回来。那船家正是一个五十余岁的老头子，一个红鼻子，配着一脸络腮胡子，板着脸，似乎不大讲情面的样子。他见秦学诗走过来，却放着脸笑道："你这位少爷，不是我言语冒犯你，在我们船上的人，都是我们的主顾，我们哪里敢得罪，由这里下去，一路都是大滩小滩，牵连不断，非常之险。最急的滩，还是要请你们客人下船去，船边上哪里是玩的？"秦学诗也觉船家是好意，不宜怪人家，因此也不说什么，自回舱里来了。这一路之上，果然如船家的话，全是万分险恶的滩，第一个险恶的滩，又要算新滩。船到了新滩口，天色已到半下午。远远的只听得哗啦哗啦的声音，好像半天里来了一阵狂风暴雨，惊天动地，又好像无数万的锣鼓乐器，在远处同奏，让人家听了，就心惊不已。船家看看天色不早了，不再前进，就在这里弯下船了。

过了一晚，船家先做好了早饭，让大家吃饱，就对船上的客人说："这一个滩，是要空船下去的。所有的客人，都请上岸走上一程。船上的行李货包，也一律搬上岸。岸上自有搬夫代为搬运，下了滩再搬上船来。"船家一个舱一个舱把话传达了。传达到了后舱，就对两位女客人道："这一位老太太和小姐的东西，都要搬上岸去的。若是愿上岸，还是上岸去的稳当。”老妇道：“这里我们来往多次了，我们情愿上岸去。最好你能给我找两个抬子。”姑娘道：“不用了，不用了。过这个滩，路又不远。在船上坐得久了，上岸去松动松动也好。”秦学诗在隔壁听了这话，心里倒为之一喜。在舱里虽然时时刻刻听到她说话，然而论到见面，除了那天上岸相逢之外，其余不过是芳影一闪，未免令人抱憾。现在她既要登岸，自己也要登岸，一点遮拦也没有，可以饱看一顿了。这样想着，精神立刻兴奋起来，赶紧梳了一梳头发，又把冷手巾擦了一把脸，把罩衫脱了，光穿着一件黑绿宁绸的袍子。秦慕唐道：“你把罩衫脱下做什么？这岸上都是石头路，路边也有不少的刺棵。一不小心，就会把衣裳挂破了，你还是穿罩衫罢。”秦学诗一肚子风流自赏的计划，只叔叔这样说一句，把最得意的一着，就要盖过去了，十分不高兴。沉吟了一会子，站起来笑着道：“那件罩衫，实在不干净，我不好意思穿起来。”秦慕唐笑道：“这岸上又没有生亲熟友，你为什么还换了衣服去？难道你还不好意思见那些搬夫吗？”秦慕唐只是这样说了，但是秦学诗也不辩正，也不反抗，只是微笑着靠了船窗，遥望响声发出的滩上。

正在这时，船家已催着客人把行李纷纷搬上岸去，秦学诗忙在一处，也不穿罩衫，就跟着船上客人糊里糊涂一路上岸去。这岸上沿着山脚下，是一条纤路过滩。船上的客人，都在这路上鱼贯而行。挑夫搬着行李，也夹在客人一处走。秦学诗走一步回头望一望，——因为那女子走得缓——有时抬着头看看天上的太阳，有时站着看看江里的水流，有时又整整大襟，扎扎袜带。这样慢慢的挨着，后面的人，一批一批走上前。最后那老妇带着那少女，也就走到身边来了。在远处，秦学诗尽管不住的偷着张望，及至人家到了身边，又不好意思去看，只搭讪着低头去拣路上的鹅卵石。那女子走过去了，然后才抬起身来，遥遥的跟了下去。在后面看那女子，也回过头来看了两次，复又牵着那老妇，笑着扭了身子，靠住了老妇站定。却听到那老妇笑道：“瞧你这样子，我的姑娘。路上人多，你瞧瞧人家都望着咱们了。”说着，就扶了那少女向前走了。秦学诗站在路边发呆，心想这是什么意思，莫非她是笑我的吗？那不如等一等罢，让她们走远了，我再跟上去。于是索性装着赏玩风景，缓步而行。徘徊许久，心里忖度着，她二人总过去一二里路了。不料转过路边一座小山石嘴子，她二人却并肩坐在一块石头上，对着江上的景致，临风笑语。秦学诗扫了她们一眼，自低头走过去。那老妇却对少女道："这一位，不也是我们同船上的？"秦学诗听说站住了脚，回转身来对老妇望着，点了一点头。老妇手上拿一根旱烟袋，已经都没有一点儿火气了，她还是衔在口里吸着。见秦学诗和她点头，也就站起身来，向前相迎道："这位先生，不是同伙有好些个人吗？怎么剩了一个在这儿走着？"秦学诗笑道："一路上贪看风景，就走落后了。二位快走罢，省得船过了滩，倒又要船家弯了船来等我们了。"老妇听他说，就回转头来对那少女笑道："真个的，我们该走了，没让人家等我们吗？"那少女坐的地方，正长了一株矮树。她掉转身背对着人，就尽管牵扯那树上的干叶子。那老妇道："走哇！我的姑娘。你还等个什么？"她将头一偏道："还等一会儿。"老妇道："等什么？回头山上跑下来一群猴子，把你驮着上山去就好了。"那少女回转脸来，眼皮一撩，将嘴对秦学诗一努，低低的说了一句什么。他虽听不清楚，看那情形，好像是不愿在一处走。自己也觉得在人家前面延迟不走，有些不好意思。因此和那老妇点了一个头，就开步先走了。

这里走着，一步一步和滩相近。远远已望到滩头上的水，被石头转击回来，翻成了一片白花。这种白花，一个接一个，一处接一处，将一江水翻腾得狂奔乱窜，没有一寸水不是浪，没有一头浪不打着回漩。水石相击，就发出那轰天动地的哗啦哗啦之声。那水里的船，每一只两边横七竖八，撑着许多的篙子，仿佛一只多脚虫在水里挣扎一般，这是下水船。还有那上水船，船上用力撑着，岸上照样的背纤，有许多人拉着。秦学诗看见自己的船，也横在水中间，便背了两只手，步步向前看着，一直走到滩边，仿佛人就置在万马奔腾的战场上一样。滩上汹涌不定的水浪，好像把脚底下的地都掀动了。因此倒有些害怕，便站住了脚，向滩头赏鉴着。只见那船上撑到水里去的篙子，将水激起，抱着篙子下面，激起一尺来高的浪花。这江中的水流，急到那一步情形，也就可想而知。秦学诗看呆了，站在路的一边，靠着棵树干。忽然有一人叫道："你这位少先生，怎样又不走了？"秦学诗看时，正是那老妇。那少女嘴里咬了一只方巾角，斜斜的站着，落后有五六尺路。秦学诗道：“这滩是多么险啦！我越看越害怕，出了神了。你这位老太太，好像是北方人，倒比我们南方人还自然些了。北方人善骑马，南方人善驾舟，这话也不见得很对呀！”那老妇将冷的旱烟袋吸了两口，笑道：“咱们在旗，可是到南方不止一次了。有几回一跑，也就瞧惯了。少先生，你是哪省人？”秦学诗就把姓名籍贯告诉了她，复又问她贵姓。她便笑道：“我姓联，是个耳字旁，这边来上两扭丝。”说着，将旱烟袋杆儿向那少女指了一指道：“她是我外孙女儿，姓德，那边是个双立人儿；这边，我可说不上，反正是个德行的德字吧。”那少女听她说，却侧着身子笑了一笑道：“瞧你说上这么些个！”说毕，她蹲着身子在地下拣了两块石子，站起抛在水里去。秦学诗见联老太太很是和气，就趁此和她一句一句谈了下去。那德小姐依然是退后五六尺路，在后面慢慢的跟着。秦学诗谈来谈去，已经知道联老太太是带着这外孙女儿到南昌去的。德小姐的父亲，现在成都，是个候补知县，在这边情况不大十分好，打算改调到江西去。那边有几家亲友，而且联老太太也有一房儿孙在南昌，所以让她祖孙二人先行。秦学诗听了，不由一阵大喜。从前以为她们到了汉口，就要北上的，而今听她所说，她要到南昌，由汉口到湖口，还可以同行一程，但是不见得他们往内河去，还是搭往下江的船，这还要盘算一番呢。好在这位老太太已经认识了，总可以随时说合。

一路说着话走去，已将这滩头走过。所有船上的客人，都站在水边下，等船过来。那联老太太也因为认识了秦学诗，也就和秦慕唐说起话来。及至船来了，大家搬东西上船，韩广达又和她送过两件东西到舱里去，因此和这舱里人也就熟了。次日上午，联老太太在隔舱里听到韩广发等说，到了宜昌，大家还是同搭一只船到汉口去。她就搭话了，隔着壁子问道：“诸位若是要搭船的话，费心给我们包一个舱。最好是后舱，钱多一点，倒不要紧。”秦慕唐道：“老太太，你是老人家，要什么紧，何不到我们这边来谈谈？”联老太太也坐在舱里，觉得太闷了，就盛了一烟斗满烟，口里衔着一抽一吸，走过这边舱里来。

秦学诗在许多人里面，是个晚辈，自然是他伺候来宾。忙着到火舱里去泡了茶，又在网篮里，找一些人家送行的糕点来请客。联老太太说着闲话，就对秦慕唐道：“你这位侄少爷，人很老实，现在还在读书吗？”秦慕唐于是就把自己觉得学幕没有意思，要把秦学诗带回原籍读书下场的话，说了一遍。联老太太点了点头道：“这话儿对，小哥儿们年纪轻轻的，干嘛不给他找个正当出身呢？”秦慕唐道：“正是这样子，学幕没有意思，像我这样大年纪，一事无成，还得靠人家吃饭。”联老太太将衔在口里的旱烟袋抽得出来，然后打了一个哈哈笑道：“秦师爷，凭你这样一说，我倒是有心取笑了，可是照说起来，都是替主子爷出力，抓印把子当老夫子也是一样。在外面混事的，就全靠老夫子请的怎么样子。别人我不知道，就打我们在南昌几个熟人说，就总找不着一位好的老夫子。”秦慕唐便笑道：“老太太，你看我怎么样？要不，我跟老太太到南昌去，就仰仗老太太给我找一个馆地罢。”联老太太也笑道：“行哪，只要不嫌弃的话，我们八旗子弟，谁能说不是一家人，凭我多几岁年纪的份上，为个人儿，大概没有什么难呢，再说他们也正短人呢。”罗宣武天性就不愿意旗人，加上这位联老太太所说的话，又有点不合他的胃口，他就推开窗篷，去望江上的风景了。柴竞解得其中之意，也是一样依靠到船边下来。秦慕唐是个老于事故的人，看到这种情形，就料这二位是不同调，因此随着联老太太口风说话，并不多增什么言词。联老太太不多时也谈得词穷，恰好她原带的听差，是搭在前舱里的，这时他有事到后舱来问话，联老太太就回舱去了。这一下子，只急坏了秦学诗，好容易把这位理想中的远亲长辈引到舱里来，满打算趁此可以亲近亲近。不料这两位同舱之客，硬用一种冷淡的态度，将佳宾送走，心里十分不痛快，但是不高兴的颜色，又不敢露到脸上来，只是心里闷着而已。

到了这日下午，那联老太太的差人，忽然走到窗篷外，笑着向秦学诗请了一个安。秦学诗正拿了一本唐诗斜躺着在铺上看，一抬头看着他。他先笑着问道：“少先生，你书带的多，借两本我看看，可以吗？”秦学诗还不曾答应，秦慕唐问道：“呀！看你不出，你还能借书看？但是我们这里的书，都是正经书，没有消遣的鼓儿词。”听差的笑道：“四书五经，都念过的。只要不是十分深奥的书，都勉强可以看得过来。”秦慕唐手摸着下巴上的胡子，沉吟着道：“信然乎？”秦学诗忽然灵机一动，觉得叔叔若要仔细盘问起来，未免太煞风景，因之连忙将枕头边一函唐诗，理得齐了，交给听差道："你拿去看罢，我这里还有别的书，若是你要看的话，可以来掉换的。"听差的接着书，道谢而去，但是他并不上前舱，却到隔壁后舱去了。秦学诗见这事果不出自己之所料，心中非常高兴，就捧了书本躺下。借着这个机会，就静听隔壁舱里说些什么话。仿佛听德小姐笑问道："他借书给咱们，也没有问是谁要看吗？"听差答说没有问，接着又听那德小姐嘻嘻的笑了。

秦学诗这一下子，觉得坐在云端里，身子只管飘荡起来，并不是坐在船上了。心里也不是欢喜，也不是恐惧，又好像是欢喜，又好像是恐惧，就是如此闹着饥荒。斜了身子躺下，过不多时，就听到德小姐慢慢的吟起诗来。听她那声音，抑扬顿挫，极其自然，决不是初读诗的人那种神气。自己最初只认她是个清秀的女子，其次知道这女子是个识字人，到了现在，又足见她是一个懂诗文的才女子。自己虽读了几年书，空羡慕着鼓儿词上那些风流才子的勾当，自己却实不怎样高明。于今遇到了这位德小姐，虽不见得就有崔莺莺、杜丽娘那种高才，在自己这一生相遇的女子算起来，恐怕是空前绝后的了。况且她先见着我含羞答答，未免有情。而今又叫仆人来和我借书，宛然声息相通。这真是百年难逢的奇遇，岂可轻易放过？在她的心里想，似乎有了我了，我也很明白的，但是我这样念念不忘记她，以及我知道她心事的这番意思，却要想个什么法子，才能让她明白？他这样静静地躺着想，直想了一天一夜，连变一只小蝴蝶飞过了舱去，都想到了，但是总无补于实际。时光易过，眼见得到宜昌只有一日的水程。到了宜昌，是否同一只船到汉口，不得而知。纵然同一只船到汉口，未必又相隔一舱。这两天本来就有点神志昏昏，茶饭少进，现在更是不想吃，不想喝，就躺在铺上。秦慕唐一见他这样，以为是病了，便不住问长问短。秦学诗道："心里有点不舒服，爱睡觉，并没有什么病。"秦慕唐道："你若果有病，到了宜昌，就上岸去住几天，找个医生替你看看。"秦学诗听说，一头坐了起来。连道："不，不，我们还是大家同搭一只船坐罢。若是留在宜昌，我倒真要害起病来了。"秦慕唐道："那是什么缘故？"秦学诗不能举出什么理由，只是摇着头，又睡下了。秦慕唐以为是年轻人好动，急于要到家，也就不以为奇。

这边德小姐静中看书，隔壁只是有人闹病，也就听得一二。闲着无事，就和联老太太道：“姥姥，你听见么？那边有人闹病，不知道是谁？也许是那位老人家，咱们家里的清心丹，你带着一点没有？要是有，送一点给人家也好。”联老太太道：“带着咧，出门我总带一点的。不论什么地方，也可以行行方便。”于是联老太太就打开行囊，找出一包药来，亲自送到隔壁舱里来。见秦学诗病了，便道：“这药方，是在京里配的，有点伤风咳嗽小感冒，一吃就好。”秦学诗点着头道了谢，因问道：“老太太，明天一早到宜昌了，搭船的事情怎么样呢？我虽然有点不舒服，但是我们决定走啊！”联老太太听了他这话，倒莫名其妙。自己并没有提到搭船的话，他何以突然说起来了，莫非这人病得有点胡说了？当时也就只点点头，竟自回舱去了。秦学诗知道药是德小姐送来的，心中十分感激，就催着叔父赶快把药末冲了来吃。秦慕唐虽觉得联老太太是一番好意，然而药这样东西，纸包的老虎，不是可以胡来的。原还不敢给他吃，他只管催着要吃，好像一吃下去，就能好似的。只得分了一小半，用小茶杯冲着，由他吃下去，之后，便说心里舒服些，应该谢谢联老太太。他说这话时，面半朝着窗隔扇，声音故意提高了许多。

秦慕唐看了这种情形，就不免有点疑心，于是就不住打量秦学诗的情形。心想他害别的病也罢了，若是害那种思想上的病，他就是自讨苦吃，但是人家乃是很尊贵的人，又紧紧相处在隔舱，这种事情，是不能让她知道的。因就正着面色对秦学诗道：“我们隔舱就是女眷，你虽是有病，要耐烦一点才好。我们是读书的人，不要让人家说我们不尊重。”他说这话时，声音极低，坐在秦学诗铺上，两手扶着膝盖，两眼也同时下垂，不看秦学诗的脸色。秦学诗听了叔叔的话，脸上一阵阵发热，什么话也说不出来。自己靠了船舱板坐着，头几乎要垂到怀里来了，柴竞在一旁，早也看着有些尴尬，现在觉得秦学诗有些难堪，便拉着秦慕唐去看江景，把这事扯开。秦学诗心里这会子，自然是十分的惭愧，也就慢慢的纠正自己的念头，缓缓的躺下，但是不多久的工夫，隔壁舱里的京白念将起来，却又不由得自己兴奋起来。

到了晚上，船上的人都睡熟了，还听到隔壁舱里，有那种缓缓低吟之声。自己舱里，灯火已经熄了，那边的灯光，露着几条白道儿，印到这边黑暗里，这就是隔扇缝了。在那隔扇缝里张望着，只听德小姐点了一枝红烛放在床头，头枕了高枕，在那里看书。秦学诗只管张望时，仿佛还嗅到一种香气，侧着浑身，直待颈脖有些酸痛，才觉是时候过久了。自己满舱的人，固然是睡了，就是那边舱里的联老太太，也发出一种呼声。心想要和她通一点什么消息，现在是最好的机会，万万不可放过。不过说话是不敢的了，黑暗中又不能动纸笔，这只有抛了一件什么物件过去，试试她的意思怎样。想来想去，忽然大悟，她还有一条手帕在我这里，我何不趁此机会送还她。她若是要声张起来，那是她自己的东西，谅也不能牵涉别人；她若是不声张，我明天给她去一封信。转身一想，还是不好，倘若以为是在被褥里翻出来的，我的机心，岂不是白用？于是把手帕在怀里抽出，又把系腰的丝鸾带上一块玉牌，暗中扯下，然后将手帕尖角向玉牌花眼里一穿，结了一个活疙瘩，便轻轻的站起半截身子，要找上次那个窟窿，将手帕塞了过去。暗中摸了许久，才把窟窿摸出。正要将东西塞过去，但是浑身只管发抖，总怕惹出事来，复身又坐下来了。坐了许久，只浑身筛糠似的抖。后来因为这边舱里有转侧之声，一横心的就把手帕子塞过去了。分明听得那块玉牌，落在舱板上啪的一声。这时，心里只管扑突扑突的乱跳，将被蒙了头，静静睡下，听隔舱有什么动作没有。过了许久，也不曾有什么动作，那隔扇缝里漏过来的灯光，也没有熄灭。这样看起来她竟是不声张的了，心里好生快活。于是又侧过身子，再向缝里张望。可是这边张望时，那边她灯光却不先不后的吹灭了。这晚上是不能有什么分晓的了，于是也就安心贴枕的睡觉。

到了次日早上起来，看见船外的山峰远远的聚拢，将江面围成圆形。江里的水，风浪不生，真如镜子一般。这种风景已是离宜昌不远了。隔壁船舱里发现一种浓厚的脂粉香味，直传到这边来，正是德小姐晨妆刚罢的时候。大概一到宜昌，她们就要上岸的了。昨晚塞过去的手帕，无论如何，她是看见的。若是她不满意，这时候一定要喧闹起来。现在既未曾喧闹，是此心已默契的了。正是这般想着，忽听联老太太惊异起来道：

“咦，你怎么把那手帕子寻到了？”秦学诗听了这话，又情不自禁的，心里扑通扑通上下跳了几下。不料那德小姐却很从容的答应了一句。她说：“这条手帕，原是卷在铺盖里，现在已经翻出来了。”秦学诗一听这话，心里一块石头，才向下一落。

这天恰好又得着一帆顺风，不到正午，船已在宜昌靠了岸。在船上的客人，投店的投店，转船的转船，不到半天工夫，都走光了。秦学诗同舱的人，也都登岸散步，并找往汉口的船去了。秦学诗心乱如麻，只推不舒服，却没有上岸。后舱里联老太太登岸也找船去了，德小姐却没有走。秦学诗又觉得是个机会，待要大胆说两句话，又碍着船家的耳目，只是把古诗上那些烂熟的艳句，慢声低吟。念到那相见时难别亦难之句，仿佛就听到隔壁舱里有微叹之声。秦学诗因她如此，越是坐立不安。正在无计可施，船舷外来了一只小艇，上面一个穷妇人扶着桨，三四个穿破衣的脏孩子，将竹竿撑了布袋，口里叫着苦，伸到舱里来要钱。秦学诗很讨厌他们打扰，找了几个铜钱，就打发他们走了。待一回头，昨晚上送过去的那条手帕，现在又在铺上。连忙拣起一看，那块玉牌不见了，却又换了一个翡翠扳指。手巾边下，却有墨笔写了一行字，那字是：“今宵酒醒何处？杨柳岸晓风残月。”秦学诗学幕，常与一些权贵的门客盘恒，这些古人的风流佳句，不但是念，听也听熟了。这两句正是柳永传之千古的佳句，如何不省得？于是就把那阕《雨霖铃》词，默念起来。念到“方留恋处，兰舟催发”，便觉这八个字，真是为自己写照，又念到“念去去千里烟波，暮霭沉沉楚天阔”，此时此地，此人此情，怎样不由得不一阵心酸。两行热泪，直滚将下来。心想叔叔和那位老太太蹉商不好，今天晚上，恐怕就要分道扬镳。真个是今宵酒醒何处，不得而知了。待要再写几句，也抛了过去，却又一部二十四史，不知从何说起。而且就在这个时候，韩广达回来了。

韩广达一见他满面泪痕，问道：“小兄弟，你受了什么委屈吗？怎样哭起来了？”韩广达不问话，秦学诗也就勉强忍耐下去，现在韩广达一问，他就索性呜呜咽咽的哭将起来。韩广达道：“这样说，你果然是受了委屈了，你只管说给我听。若是要朋友报仇的话，我可以帮忙。”秦学诗好容易忍住了哭，便道：“这件事，我倒有心求求韩二叔，只怕韩二叔要见怪于我。”韩广达道：“你只管说，说得对，我自然是帮你忙；说得不对，我不管就是了。我又何必怪你？”秦学诗道：“船上说话，有些不大方便。我请二叔上岸喝一杯酒，到岸上去再说罢。”韩广达道：“那倒不必，你把话告诉我，比请我喝一坛酒还要好。”秦学诗道：“我并不是要请二叔喝酒，才要二叔帮忙。难道打抱不平，还在乎喝酒吗？不过此地说起来不便，要借个地方说话罢了。”韩广达道：“好好，我们就去。”

秦学诗趁着这时无人，就取了一些零碎钱在身上，和韩广达一同上岸来，找了一家干净酒馆，一同在一个小阁子里坐了。店伙送过酒来，秦学诗对他说：“呼唤再来。”店伙答应去了。韩广达不能等了，便道：“小兄弟，现在无人，你有什么话，就对我说罢。”秦学诗面色沉了一沉，然后斟了一杯酒，放到韩广达面前，直跪了下去。韩广达连忙扶起来道：“有话你就说罢。若是这样多礼，我就不好办了。”秦学诗料得他不会推辞了，就把自己的心事，完全告诉了他，又说：“从来看到小说上一种古押衙、黄衫客的侠士，都是肯成人之美的。我看韩二叔为人就是侠义一流，所以我认为这事很奇怪，遇着了她，又遇着韩二叔这般朋友，正是绝对的机会。”韩广达将手搔着头发道：“你要叫我帮拳打架，我决不推辞。若说到这种风流韵事，我这样粗心浮气的人，哪里办得来？不过你既找到我，我要不管，你又会大大的失望，倒叫我为难了。”望着又不住的搔着头发，笑道：“有了，我替你转求那柴大哥罢，他的本事，比我高过十倍，而且他又要回江西去的。即便在路上想不到什么法子，你哪怕跟到江西去，他也会帮你一个忙。”秦学诗道：“柴大哥是很精明的，只是这事人知道多了。”韩广达道：“难道你还害羞吗？俗言道：三个臭皮匠，抵个诸葛亮。这事只有他能办。小兄弟，我们弟兄们，最重的是义气。只要我答应了。也就算是答应了。他纵然办不妥，也不会把你的心事告诉人，你放心罢。”秦学诗见韩广达说得如斩钉截铁，料这事有个七八成可靠，少不得又道谢了一番。

第三十三回　惟侠有情片帆甘远逐　移忠作孝匹马请孤征

二人回了船，韩广达重找着柴竞上岸，告诉了他自己答应了人一桩事情，非得你帮忙不可，你若是不帮忙，自己就会成了半截汉子。柴竞笑道："二哥又多什么事？多了事，又要找朋友。出门的人，你太不怕烦了。这时我答应倒可以答应，但是我心里是不大愿意的。"韩广达道："你知道什么事？"柴竞笑道："我知之久矣，不是那秦家小哥哥要你做黄衫客吗？你扰了人家的酒，我又没扰人家的酒呀！"韩广达道："原来我们在酒馆里吃酒，你知道了？"柴竞笑道："我不但知道，而且是亲眼看见。因为你们由船上上岸的时候，我正在码头上。那秦家小哥哥和你一路走，岂是无缘无故的？所以我已明白了一半，就跟着你走来了。你们在小阁子里吃喝，我也在楼上吃喝。我借大解为名，由那馆子后面，抓在楼檐上听了一个够。"韩广达就向他连连作了两个揖道："既然如此，你就成全成全他们罢，这也是一件好事。"柴竞笑了一笑道："我也觉得这一双男女，可算是很相配。把他们凑成一对，倒也有趣。我看你的分上，我帮他们一点忙。不过这件事，急切不得，先要向女家探探口风。若是名正言顺的，能给他们联成秦晋之好，我们落得做个媒人；若是不行，我们再跟上去办第二步。"韩广达摇了摇头道："慢说是先有一层满汉之隔，就算没有，一穷一富，一贵一贱，哪谈得到婚姻上去？"柴竞点了点头道："这话也是。我们先设法再和那老太太一路搭船到汉口，一路之上慢慢想法。你去回复那秦家小哥哥，安心等着我们的回音罢。"韩广达大喜，当天回船去，悄悄的将秦学诗拉到一边，把话告诉了他。秦学诗满肚子忧愁，不由得爽然若失。秦慕唐虽要觉着奇怪，但是也看不出所以然来。

到了次日，柴竞极力的主张，大家搬上一条船。联老太太本也未曾将船找妥，既是他们已经代为搭好了船，乐得大家在一处，又团聚一些时。因此绝不踌躇，就同搬上一船，依然还是隔一船舱而居。秦学诗这一喜，自然非同小可，暗中就写了几句简单的信柬，在晚上由窗格子里抛到那边去。德小姐见两面又凑在一只船上，已经就明白这里面安下了机关，心里已是安慰了许多，及至接到他的信，更是欢喜。由宜昌到汉口一截水程，他二人就变了一种情形，无一处不是欢愉的。

但是一到汉口，无巧不成事，恰好秦学诗的三叔，派了亲信的差人，在码头上打听上游来船的消息。一见秦慕唐叔侄，好不高兴，立刻雇来两乘小轿，抬到寓所。船上的行李物件，自派人来搬取。他们兄弟叔侄，一旦相会，自然有一番大欢喜。秦学诗的三叔，一定留着他们在武汉三镇游历几天，然后一同东去。秦慕唐自是一口答应了，秦学诗也不能违抗，急得如热石上蚂蚁一般，不知道怎样是好。好容易过了一天，抽了一点工夫，偷偷的跑到江边码头，再去找那原船。船是在那里，但是船上的人，已迁走一空了。站在岸上，对着那船头，不觉发了呆。忽然身后有人在肩上拍了一下，回头看时，却是柴竞。他笑道："这件事真是不凑巧，你遇到了家里的人，她们也遇到亲戚。那边亲戚，是包了一只船，要往南昌去的。联老太太今天已过了船，听说玩一玩黄鹤楼、晴川阁。迟一两天，我再见机行事。我算定坐船到九江，在九江起旱道赶到南昌去等她。她们由湖口到南昌上水一定到得迟的。"秦学诗听这话，心里不免起了大恐慌，千里托人，这事哪里有多大的把握，只是站了发呆。柴竞道："小兄弟你不要发呆，这事只有这样做。要不然，你还有什么更好的法子吗？"秦学诗一想此话也是，倒只有多多重托柴竞，或者还能够有几希之望，要不然，自己也不能跟着人家的船，同到南昌去。于是转着笑脸，还是再三的求他帮忙。柴竞笑着拍了拍他的肩膀，一口担任这事。秦学诗把自己的详细住址，一齐告诉了他。望他以后有了好消息，就到家里去找他。柴竞并不犹豫，慨然笑应，叫他安心回籍。当日回了客店，见着罗宣武和韩氏兄弟，说是自己遇到家中一个朋友，家中有了急事，要先回江西。约了半年之后，同在南京会面。罗宣武因他离家已久，想他动了归心，这就不曾拦阻于他。

过了一天，柴竞就一早在黄鹤楼等候。到了半下午，联老太太和德小姐，果然同着一班女眷来了。柴竞看到，身子早向旁边一闪，联老太太这算是没有看见。德小姐也是心中有事的人，便先看到柴竞在阁子边一闪，心里就有数。不过她疑惑秦学诗也在这里，便故意走缓几步，退后一点。她所有的同伴，都由正殿上了后面门梯，她还在大殿前。柴竞于是抢上前一步，走到她后面轻轻的说道："我们在南昌码头上会面了。"一言道罢，就扬长而去。这天正有赴下游的客船，柴竞搭了这船，就直赴九江。在九江登了陆，便由陆路直到南昌。自己因为要便利起见，好打听消息，就在码头边找了一家客店住下了。等了七天之久，才见那只江船到了。自己心里计划着，等到明天她们上岸，在后跟着，就可以知道她们的寓所了。

次日，找了一家靠河沿的茶楼，凭栏品茶，遥遥望着那只江船。只见那船上有许多差役样子的人，正在忙着搬东西，但这东西不是向岸上搬，乃是向一只弯在一处的船上搬。那船艄上一根竹竿，挑出长旗子，上面大书实授江西广信府正堂，旗子被风刮得横展开来，正好看得清清楚楚。柴竞一想，难道她不在此地登岸，又要到广信去吗？正这样猜疑想着，只见岸上有两乘小轿，直抬到那新船边。轿子里下来的人，恰有德小姐在内，此外有个妇人，却不认识。大概德小姐昨天上了岸，今天又下船，要向广信去了。要是她向广信去，自己又不得不跟了去。平白地添了这一番奔波，看是意外之意外了。暂回了寓所，只待机会探听消息。晚上在一家酒店里喝酒解闷，恰好碰到联老太太的听差。据他说，这位新广信府知府，也是联老太太的女婿，就是德小姐的姨父了。姨父膝下并无儿女，听说联老太太和德小姐要来，已经上船等了三天了。德小姐昨天上岸，见了亲戚，这又下河随姨父姨母到广信去过几个月。柴竞听了这话，才知道自己所料，果然不错。一想，凭着自己的本领，未尝不可就在中途将德小姐背了走，然而德小姐能否相信我，却是一个大疑问。无论如何，总要和德小姐谈开来才好办。好在广信和浙江交界，一直跟她到广信，然后得着机会，和秦学诗送信也觉便利。无非是浪游，就到广信去一趟。

他这样想了，又搭了由南昌赴广信的客船，即日起程。那个挂着广信府正堂旗号的官船，也就一路先后走着。有两次弯在一处，柴竞故意在岸上散步，走来走去，意思是让德小姐好知道。不料船到河口，那官船的旗子，忽然卸了不挂。同时自己船上的人，也就交头接耳，议论纷纷起来。有几个人脸色都变了，立时起坐不安。柴竞一向同舱的人打听，才知道玉山有了土匪造反，在二龙山上立寨称王。不到十天，四方的土匪，都蝇趋蚁附，归到一处，已经有了一两万人。广丰州已经失陷，玉山县危在旦夕，土匪已占了玉山县，就要顺流攻广信，再扑河口。

这河口原是赣边重镇，有个马协镇在这里驻守，不过他的官虽不小，人却是上了几分年纪，十分无用。听说土匪来了，一面将告急文书，雪片似的向省中巡抚那里去呈报，一面却严饬广信张参将何游击、玉山万把总协力剿灭。他自己坐镇在这水陆要冲之地，一点办法没有，所以沿江一路之上，不见得有一点军事布置，也没有人得知消息。因为如此，所以这位要去上任的新太守，也就一点不知道了。这位太守，是镶黄旗满洲人，名叫全震，却也是个科甲出身，作得一手好五言诗，画得一手水墨梅竹，至于政治经济，却全靠他手下几位幕宾划策。他一路上，推篷看山，饮酒赋诗，好不快活。到了河口，上岸一拜马镇台，才知道赣浙交界的地方，出了土匪，而这地方正是他的治下。他这一吓，非同小可。回得船来，和太太一商量，太太连说带嚷，以为那还了得，大家赶快回南昌去。全太守右手在口袋里掏出鼻烟壶，倒了一些在左手食指上，向鼻子眼里吸了几吸，便道："那不像话吧，太太，食君之禄，忠君之事。况且咱们八旗子弟，都是主子爷的奴才，地方有了事，不上前哪有反而退后之理？"他虽说得这样耿直，然而说话时，嘴唇皮却不住的颤动。太太听到他说这种官话，可也没有其他法子，只得默听不语。全太守闷想了一会子，实在忍不住了，就走到前舱，邀了几个幕宾，商量此事。因道："我们当然去上任，只是前任把钱也挣够了，福也享够了。到了有事，我们倒上去给他抗木梢，未免不值。"幕宾一听，东家的语意，分明知道他是怕事，但是果然不去上任，有意闪避，这罪更大了。有人建议，家眷可以悄悄回南昌，只太守独上任去。有人说道："这是行不得，不带家眷倒不要紧，带了家眷又退回去，那是在上的先摇动人心了。"全太守怕虽怕，究竟是个书呆子，把名节二字看得极重。最后还是决定了上任，只是把船艄上的官衔旗子卸下来，以免引动人的耳目。船上内自太太，外至差役，都不免垂头丧气。全太守却只是在舱中踱来踱去，背了两只手，闭着眼睛，摇着头，不住念着文天祥的《正气歌》。念到那激昂之处，不禁高声朗诵，尤其是那“当其贯日月，生死何足论；地维赖以立，天柱赖以尊”，这时得意之极，大声疾呼，连前面船头上撑篙子的船伙，都听得清清楚楚。

由河口开船起，一直到广信靠了岸，他见岸上的商民，还是照样贸易往来，不像是兵临城下的样子，这才放宽了一半心，不念《正气歌》了。他一到，文由上饶县以至四县，武由游击以至千备把总，都到接官厅里来迎接。只有原任何知府和武的张参将，因为官职是平等的，只差了人来，未曾亲到。全太守见了上饶县，首先一句话，便是匪情怎么样。上饶县说：“现在参将张大人已经招募开信军，日夜操练，以便出发。他的三公子是个了不得的人才，不分昼夜阴晴，督率民夫，修理城垣，又亲自精习操练新兵。靠主子的洪福，此地一定是不要紧的。”全太守听了这话，又落了一块石头，下了行馆，且不去见旧知府，便着先到参将衙门来拜张参将。

这张参将跟随曾国藩，曾有十九年的汗马功劳，只因性情高傲，候补多年，还得了一个黄子爵的保荐，才作到一任参将，然而已是六十二岁了。当玉山土匪起事之日，恰好张参将的旧脚气病又复发了，国家有事之秋，作武官的人，要表示并没有退避的意思起见，就是有天大的大事，也要放到一边去的。张参将只得对外声张，一切都是自己来做。实在所有一切军事，都交与他的三公子了。

这天全太守来拜会他，正躺在一张皮榻上，在廊檐下晒着太阳。忽听得传号奉报，说是新知府来拜会，就奇怪起来。因笑道：“向来没有的事。他们这两榜出身的人，又是龙子龙孙，一下马便拜会我这行伍出身的老粗。这要对不住，我只是便衣出见了。”于是加了一件卧龙袋，戴上一顶红缨大帽，就在西花厅里相见。两下里叙礼之后，同在太师炕上坐下。全太守开口就说：“这边的军事，听说张大人办得很好。兄弟此来，可以高枕无忧的了，其详可得而闻乎。”说着，向张参将两拳高举过额，拱了一拱手道：“请公明以教我。”张参将见他文绉绉的问着，料他是个书呆子，就不必和他客气。不如老实把剿匪事情，肩承过来，倒便当的多。因道：“国家太平多年，这绿营的兵，也不过是每月来领一回饷罢了，平常都是各自谋生，有十八件兵器都分不开来的。这种事，府尊谅也明鉴。”全太守摇着头，将大帽子后的蓝翎，摆了一个旋风，然后在马蹄袖子里伸出两个指头来，在炕儿上画着圈圈道：“吾闻其语矣，而未见其人也。”张参将道：“因为这样，所以一有了事，这兵丁就要重新练起。当玉山县匪警传来以后。兄弟立刻挑选了一二百人，不分昼夜去救援。不幸土匪人多，在半路过不去，我只得让他们回来了。现在先取守势，保护城池要紧，一面练兵，以便出去游击。这事兄弟决不假手外人，都是亲自调度。所幸三小儿，从小就习武，很能帮助我一点。土匪若是不加多，城是可保的，只是这里是府尊的治下，一切计划都要彼此商量，兄弟万万不敢冒昧。”全太守道：“妙极了，听说三少君英俊非凡，可否就请来同见一面。”张参将一想，以后短不了和知府衙门往来的，让他们先见一见也好，于是笑道：“叫他来请教也好。”便吩咐跟班的，将张三公子叫来。

这时候他正上操，听到传唤，便直上西花厅来。全太守见他头上扎着一字包头，身上穿着青布紧身战袍战裙，足穿草鞋，裹腿扎齐膝盖，远望就雄赳赳的。他一进客厅门，就抢步上前，和太守行了一个军家的重礼，屈腿一请安，然后和张参将也请了一个安。倒退三步，一按腰下挂的马刀柄，然后闪在一边，挺胸站立。全太守先欠了一欠身子，然后和张参将笑道：“真个是丰颐广额，南方之强呀！”说着又拱了一拱手道：“生子当如孙仲谋！生子当如孙仲谋！”张参将直让这位太守酸够了，就端起茶豌一拱。两边站班的，齐喝了一声送客。全太守一拱告辞，张参将送到二堂门边，约定次日过去回拜，再商军事，就不送了。

张三公子代父亲送过大堂仪门，直望着全太守上了轿，方才回转上房来见张参将。张参将摸着胡子笑道：“我逆料全知府是酒色财气之徒，说不定还要耍个脾气，原来却是一个腐儒。”张三公子道：“是个腐儒那更讨厌了，他要咬文嚼字，论起兵书来，我们怎样应付？”张参将笑道：“他倒有自知之明，所有一切军事，他都交付我们了。不过这样一来，我担的担子，是担得格外的重了。”张三公子道：“本城大概是不要紧的。

土匪势力还不曾十分雄厚，未必有那大的胆，就来进扑一府的府城。只是广丰失陷以后，玉山情形，至今不明。那里的万守备，虽是一个干员，就怕日子久了，孤城难守。”张参将皱了皱眉道：“我想那边的探报，就绕过匪巢也该到了。现在不到，定是城已被围。这远在其次，最大的原因，就是不明匪情，要找一个怎样胆大心细的人去打听出来，我们才好下手。只是非心腹之人不能用，心腹之人，又没有合适的。”张三公子不待思索，便道：“儿子愿去。”张参将道：“你去固然是好，但是这桩事，是凶多吉少的。况且这城里许多事情，也还要你料理。”张三公子道：“这吉凶二字，现在哪里能去计较，据儿子自料，只要有匹马，有把刀，无论怎么样，总可以逃出命来。”张参将微笑道：“你说得好大的话，我打了半生的仗，我也不敢说这句话。你不要看他们是一群毛贼，十步之内必有芳草，你焉知这里面不也有能人？”张三公子道：“虽然如此，但是这种重大机密的事，除了自己的人，恐怕没有人愿去。”张参将道：“你要去也可以，只是一个人太没有联络。有道是探不双行，探不独出。不双行，是两人不在一处；不独出，是不能一人去探敌。就算你有此胆量，也要人马前马后照应。”

父子二人，正在台阶边一棵樟树下说话，却只见一个一人，在树下井里提起一桶水来，提了向后院面去。张三公子笑着轻轻的道：“若是不让他喝酒，此人能去。待我去和他说说看。”张参将点了点头，表示许可他的建议，他就闲步走到后院子来。那人正站在马棚边，两手捧了一桶水，让一匹白马喝。他却偏了头，望着马发笑。张三公子道：“硃砂，你今天把我那匹灰马，喂上一饱料，我连夜要出门去一趟。”硃砂放下水桶，笑道：“嘿，三少爷，你连军衣都没有脱，真辛苦啊！连夜又上哪里去？”张三公子道：“说出来，要吓你一跳。我要穿过匪巢，到玉山帮着万守备打退土匪，你看我有胆量没有？”硃砂道：“我的少爷，这事你要斟酌啊！有五六天了，玉山县都没有报子来，晓得是什么情形？”张三公子道：“你不是常说大丈夫遇到机会，要轰轰烈烈做一场吗？我就是这个意思。”硃砂将手摸了一摸脖子，又摸了摸头。笑道：“这话对，但是这里开信军是新招的，守城的事也要紧，大人能放你去吗？”张三公子道：

“砞砂，你跟大人多年了，你看到太平的时候，哪个不是想换顶子，加口粮？到了现在替国家出力的时候，又有哪个肯伸了头出来？实告诉你说，我此次一大半是打探，拿了八字，在手掌心里算，不是自己贴心人哪里敢去？又哪里肯让他去？一个人性命是小，军事上的胜败是大。设若有点差错，反损了自己的威风，走了自己的消息。大人的身家前程，是怎么样？我不谈什么替国家出力，能替大人想想，我只有自己去，是最靠得住的。我现在不愁别的，就愁衙门里上上下下，没有一个能同去做我帮手的。人不是没有，有这种胆量的，没有这种本领；有胆量有本领的，或者又因为不干己，不管这笔帐。咳！只有养兵千日，哪见用在一朝？”砞砂突然将胸脯一拍道：“三少爷你若肯携带我砞砂一把，砞砂愿去。我一来是报答大人少爷的恩典，二来我也找一点出路，三来让弟兄们看看，我常说，薛仁贵是火头军出身，这话不是自夸，三少爷，你看砞砂行不行？”张三公子道：“这是生死置之度外的事，你却不要因一时之高兴，就答应这话。”砞砂道：“三少爷，我岂是贪生怕死的人？”张三公子道：“不是说你贪生怕死，另外有两件事，我不能放心你去。其一是你那个砞砂脾气；其二是你太丢不下喝酒。”砞砂道：“这却都不打紧，我就欢喜发脾气，难道还和毛贼发脾气吗？喝酒是不打紧，命也可以不要，何况是酒？”张三公子道：“你果然能够这样，我就在大人前极力保举你去，我们两个人，一个是骑马，一个是步行；一个在前，一个在后，我们也不能隔了多少路。晚上走，我看你打灯笼；日里走，你要听见我马铃声。”砞砂道：“只要你能带我去，无论什么我都答应了。”三公子甚喜，于是二人各饱餐一顿，收拾小小的行李，二更时分，在大红烛之下拜别张参将起程。

张三公子装一个行商模样，戴着小帽，穿齐蓝布袍，肩上挽着包袱雨伞。骑的马也不备鞍蹬，只在马背上搭了一条褥子。马颈项下倒是挂了一个大铃，身上却寸铁未带。砞砂戴了一顶轻箬斗笠。用一根枣木扁担，斜肩一个小包袱。身穿短衣，穿了草鞋扮作一个小贩的模样。左手却提了一个白纸灯笼，在马前走。二人走了一晚上，天色渐渐大亮。砞砂道：“三少爷，这就慢慢到玉山界了。我们要分开走了，不要让人家看到我们同行才好。”张三公子点了点头道：“你这话说的对，我骑马在前，走急了，恐怕你跟不上，你在前，我就可以勒住缰绳，让马慢慢的走，不会靠近。”硃砂道：“好罢，三少爷你小心了！”他说完了这话，放开脚步，就走快起来。

到了太阳出山，二人已离半里之遥的走着，各不相顾了。先走时，路上还有在田地里做事的庄稼人。正午以后，除了经过的村庄，偶然还有一两个男子而外，就不见有人在道上行走，而且那村上的人，看见他骑了一匹无鞍马，逍遥自在走着，也不免很奇怪的样子看。张三公子只当不知道厉害，尽管向前走。约莫到了太阳一二丈高时，走过一所风雨亭子。远远望去，就看见那亭子里有人探头探脑，这也不去理会，只提缰绳，一步一步向前走。到了亭子边，那亭子里面忽然跳出几个人来，个个手上拿着红缨花枪。张三公子猛然一惊，滚下马来，望着那些人，半天说不出话来。

第三十四回　群贼如毛装神玩蠢敌　浑身是胆率仆突重围

这个时候情形紧张极了，其中有一人道：“呔，你好大胆！你知道这前面是什么地方？你要向哪里去！”张三公子道：“哎哟！诸位，我我，是收账的。”那人笑道：“我看这倒是个远路的客人，而且是很老实，让他过去罢。”又有一个道：“我们总得盘问盘问。”那一个道：“不要盘问人家了，你看他脸上都吓变色了。一个做生意的人，哪里见过我们这一套？这种绝无用的远方人，难为人家做什么？我们也有出门的日子呀！”张三公子索性靠住了马，低头一语不发，手却暗暗的摸着马褥子。那些人早就越说越近，将张三公子围在中心。张三公子道：“诸位说前面过去不得，但不知这附近有小路可以过去吗？”那些人笑了。其中有一个道：“刚才过去一个呆子，现又来了一个呆子了。我告诉你罢，这里有二龙山的好汉起事，不是鞑子管的天下了，你难道一路来都没有听见说？”张三公子道：“听是听说的，但是听说二龙山的大王，待百姓很好，是锄强扶弱。我是抚州人，在衡州开有买卖，由抚州到这里，一路将盘缠花光了，眼见得就要到浙江界上了，回去是不行。好在众位好汉，都是爱百姓的，所以我走来试试。”都道：“原来如此，怪不得王老三常说，他会看相，果然看得不错。”那王老三很得意的走近一走，问道：“你这位客人姓什么？”张三公子道：“我姓王，好汉贵姓是？”王老三哈哈大笑道：“你这人真糊涂了，你不见他们叫我王老三？”说这话时，这些人手里拿的花枪背在肩上了。张三公子微笑道：“原来是本家。本家哥哥，你会看相吗？小弟也懂得一点。”王老三道：“我会看什么相，瞎扯淡罢了。你倒会看相？”张三公子道：“麻衣相法，懂得一点。”王老三笑道：“我就欢喜谈相，你能不能在亭子上歇一歇，给我们大家来看一看运气？”张三公子道：“若是各位好汉，不嫌在下冒昧，就和诸位相上一相。”大家一听大喜，簇拥着他上风雨亭子上去。

这亭子里有一把大茶壶，许多茶碗，又有一根大篙草绳子，绕了一大圈圈，挂在柱子上点着，那是预备吸烟用的。张三公子将马拴在柱子根上，然后对大家拱了一拱手道：“若是有不到之处，诸位海涵。但不知哪位先看？”王老三笑道：“我懂一点，我先看。”张三公子要了王老三掌看了一看，便道：“恭喜，就在一个月之内，你老哥要走好运。就凭你这手纹，我看你老哥，虽是生长田间，却是一个胸藏大志的人。只因为没得机会，所以目下只得将就一点。莫怪在下直言，你老哥有一样短处，就是心里太搁不住事了。有什么话，就要说出来。知道的，说你心直口快，不知道的，说你多管闲事。”王老三被他说这几句话，说得眉毛眼睛都要活动起来。笑道：“你果然有点本事，说得很对。你再仔细看看，我是什么年岁可以续弦？这六七年是熬够了。”张三公子道：“请问贵庚是？”王老三道：“三十六岁了。”张三公子对他脸上看了一看道：“你老哥三十岁上运气最坏。”王老三道：“那年夏天，有些灾星吗？”张三公子用手指掐了一掐道：“你本人倒不要紧，五六月里，恐怕有点克妻，运气不济。这非有大劫大煞一冲，运气是不容易转的。”王老三笑道：“先生，你真是半个神仙，看得太灵了，未来的事，更容易对付。”张三公子一阵恭维，把王老三恭维得心花怒放。接上那几个人，也说他相看得很好，一定要他看看。好在他们互相讨论，自己先要把身世说出大半来，顺势利导，照着他们的话来谈相，非常之容易。

把所有各人的相都看过了，太阳已经快要落土了。张三公子呀了一声道：“只管和诸位谈相，把路程耽误了。这要是前面再有些留难，天色一晚，更是不好办了。”王老三道：“我们既然把你的路耽误了，一定要把你送过去，才对得住你。你今天晚上，就在我们寨上住下，我们明天设法送你过去。”张三公子拱了一拱手道：“若是蒙诸位照应，我是感激不尽。”王老三道：“你不要急，我们换班的人来了，我们这就可以送你到寨里去。”张三公子看时，果然远远来了一批扛着武器的人。到了亭子上，这一班人就在亭子上坐下，让原来的人回去。张三公子牵着马，也跟了他们走。王老三这些人，左一声先生，右一声先生，一定要他上马。张三公子也不谦虚，乐得省走一步。约莫走五里之遥，经过几处土匪把守的地方，就到了一座乡镇上。镇口上是人家一所宗祠，门外插着大大的杏黄旗，在空中招展。敞地上几列武器架子，明晃晃的插满了武器。这镇上来来往往的人，却也不少，都是雄赳赳的样子，只是不见一个妇女。料想住家的百姓，却也逃避一空，这一些都是土匪了。

王老三这班人将他一引就引到那宗祠后面一所民房里来，那里面轰轰的住的人确是不少。有一个五十来岁的黑矮胖子，长了一脸的横肉，嘴上稀稀的有几根胡子，见王老三带张三公子进来，将他上了黄膜的眼睛，瞪得大大的向人望着。王老三道：“大头目，这位先生是个看灵相的，刚才和我们谈了一谈，实在是灵。你老人家何不让他看一看？”大头目听了这话，用手摸了一摸他的短胡子，露着牙齿笑道：“他会看相，让他和我看看。”张三公子连忙拱了一拱手道：“这一位相，又不同了，尊驾是上月交运的，从此以后就要飞黄腾达了。”那大头目一听此话，便笑道：“既是看灵相的，这样不恭敬得很，请到我房间里叙话。”于是把张三公子请到自己房里，吩咐小喽啰看茶烟侍候。张三公子一看他位分还不小，便只管将他以前不得志时，将来要得志的话，观色而谈。好在先在风雨亭谈相之时，已探得这头目一些来历，和他一谈，竟是越说越对劲。

当晚，这头目留张三公子一同晚餐，除了酒肉豆腐，还有一壶烧酒。张三公子让他喝得几分醉了，又谈到凡会看相算命的，总要懂得奇门遁甲，自己看相，略微有验，也在此点。大头目笑道：“你要说你会看相，我倒相信；你说你能奇门，我是不肯信的。”他们两人喝酒，是对坐一张小方桌上，桌上只点着一枝大红烛，红烛正抽了很高的火焰。张三公子目注着火焰，半晌不曾作声。大头目问道：“先生，你看什么？”张三公子道：“天机不可泄漏。”大头目道：“你果然懂得奇门遁甲吗？那请你和我说明，我明天告诉这里面大将军，奏明皇上，保你做护国军师。”张三公子笑道：“我在这红烛之上，看出今天晚上要出几件小事。我不说出来，大头目不肯信；说出来了又泄漏天机。也罢，请赏我一副笔砚，我将这事写下交给大头目，就放在这房里最高的地方，都出房去，锁了房门，贴上封条，明天再来开看。对与不对，那时自知。”大头目一听，不由得高兴起来。连忙叫小喽啰备纸笔让张三公子自去将事情写了，外面另把几张白纸包得坚固，交给了大头目。那大头目非常高兴，举目四看，屋子里只有一架木厨，放得最高，就踏着木凳，将纸包放在厨顶上，然后再和张三公子开怀痛饮。张三公子一手撑住了头，皱着眉道：“在下向不会喝酒，今天陪大头目勉强喝了几杯，已经醉了。请将行李交给在下，赐在下一个地方安歇罢。”那大头目一看他身子只向下沉，大有坐不住样子，猜想他是真醉，当时他就吩咐喽啰们搀扶张三公子到一间厢房里睡了，又照着张三公子的话，灭了屋子里的烛，锁上门，又贴上一张封条，然后也到厢房里来。他见张三公子侧身睡在床上，呼声大发。他吩咐两个喽啰，将这房门看守好，然后才走。

张三公子睡在床上，都听在肚里只是装睡，连身也不曾翻一个。约莫到大半夜，这些土匪，也有点军规，却有梆子和小锣，在门外打过了三更。张三公子一想，是时候了。睁眼一看，屋子里的残烛，早已熄灭。听听那两个看守的土匪，也不知去向，于是悄悄的起了床。摸索房门，已经反扣上，不免暗中好笑。伸手摸摸床上，那条马褥子正在脚头，暗中将线头拉开，伸手到棉絮里掏出一把小匕首来。这把匕首，连刀带柄，共是一尺零五分，乃是张参将当年出征时的藏身利刃，其薄如叶，锋利无比。匕首用皮套子套了，放在马褥子棉絮里。这时张三公子就脱下长衣，拦腰用板带一紧，将匕首插在板带的中间。抬头一看，屋上是露了星光，原来是安了两块玻璃明瓦。用手扳了一扳睡的木床柱，倒是结实，并不摇撼作响。于是轻轻缘到床顶，已经到屋顶只有二三尺。轻轻将明瓦一托，便松动了。于是左手缓缓顶起，右手拿着一片取了下来，放在床顶上。他将两块明瓦，都取了下来，然后顺着椽子，抹下来两路瓦，手拉着椽子来试一试，觉得也还结实。于是将那根椽子拔下，使一个金钩倒挂式，手抓着横梁，两脚向上一伸，出了瓦沟，然后身子也倒缩出来，随手带了一条小被，将屋洞盖上。然后直起腰来，四周一望，见屋后便是一所院落。竹篱外，还隐隐见着一星灯火，那地方似乎就是那镇头上人家的宗祠了。于是顺着屋脊向下一溜，溜到地下。因听到有鼾呼之声，不免在门前门后，打量一番。这地方并无房屋，鼾呼之声，从何而来？站着定了一定神，那呼声正相离不远。于是低了头，向着声音走去，原来是竹篱笆下发出来的。星光下就近一看，只见地下深草里躺着一个人，那身材和衣服，分明是硃砂，再仔细一看，正是他。心想如何会睡在这里？便用手推了一推，一面对着他的耳朵说道："硃砂，你不要叫，我来了。你听我的声吗？"硃砂突然惊醒，心里明白的，便道："三少爷，你快救我的命罢！他们把我捆在这里，天明再审问我哩。"张三公子一看他身后，果然手脚都捆在篱笆上，于是赶紧将绳索解了，扶他起来。轻轻的道："你不要作声，只管跟我走，我自有救你的法子。"硃砂也不知道他有什么解身的妙计，就暗地捏了一把汗，跟了他走去。

两人绕了竹篱笆，正是镇上一条冷巷，远远的听到更梆子之声，分明是巡更的离此很远，倒可放开胆子来走了。走着离镇有五里之遥，路旁却有一座古庙，庙旁有一所古井。张三公子到了庙门不走，绕到庙后，却爬墙进去。硃砂也不知他进去是什么用意，只得在后面跟着。张三公子进了那庙大殿，爬上佛案，抽出匕首来，就把上面三尊大佛头一齐砍了下来。自己拿了两个，让硃砂捧了一个，一齐送到庙外，就向古井一抛。硃砂忍不住了，便问道："三少爷，你这是有什么用意？这三尊菩萨，碍着我们什么事了？"张三公子笑道："天机不可泄漏，这是我的奇门遁甲呢！"因看到路边有一所稻草堆，便对他道："你在这里守候，看见那里有火起，你也就把这草堆烧了。烧了之后，你就顺路径向西跑，哪个时候，我自来会你。"硃砂道："我的少爷，你常说我有些疯癫，你不要犯了我的毛病吧？你想我们大胆闯虎穴，躲避还躲避不了，怎么放起火来？他们要寻找得了，我们由哪里脱身？"张三公子笑道："我这就是脱身之妙计。你常说我看《三国演义》有什么好处？现在用得着了。"说毕，又再三嘱咐硃砂不要离开，照着自己的话做去。硃砂听了他的话，也就将信将疑的，就在这里候着。张三公子却在身旁取出引火之物，交给硃砂，向西而去。

果不到多久时候，西边有一道火焰，突然破空而起。硃砂见话验了，放着大胆，一把火将稻草堆烧了，立刻也跟着向西方跑去。跑到两里之遥，果然张三公子迎将上来。他笑道：“我办的事情，就是这两样，可以回去了。今天晚上，还不免要请你受一受委屈，你还是躺到竹篱笆下面去，我还给你绑上才好。”硃砂笑道：“我好容易让你把我救了，我又到那里去送死吗？”张三公子道：“我们原来是办公事，不是来躲死的。要是怕死，我们就躲在衙门里不出来了。不过我们为国家办事，虽然重要，只要能顾全私交，也不必就因公而忘私。难道我叫你再躺到竹篱笆下去，还能叫你去送死吗？我既然教你去，自然有我的道理。不但不会送你的命，而且我们大事，也可以成功。”硃砂笑道：“刚才我不过是一句笑话。我既来了，还怕甚么死！走罢，我和你去。”于是二人抄着小路，再向镇上而来。

当他由小路走回来时，镇上的人，都拿着长钩水桶，向古庙里飞奔而去。张三公子轻轻对硃砂道：“你看，这就有了效验了。”硃砂也不知道这里面有什么用意，只是发闷而已。二人绕到了镇上，张三公子在人家屋檐下拿了一只水桶，交给硃砂背着。自己也在人家院里拔了一根竹篙荷着，竟一点也不躲避，就在大街上走了来。镇上的人看到，问一声火熄了吗，张三公子急急忙忙走着，只哼了一声。那镇上的人以为他们是救火的，就不去追问了。二人走到篱笆边，竟不见有一个人在此地。张三公子依旧把原来的绳索，将硃砂捆了，然后绕一个大弯子，绕到储藏字帖的屋后。看了一棵大树，爬上树去，落到瓦上，然后由天窗里爬了进去。就把橱顶上纸包顶了下来，将身上预藏一张同样的纸取出，将原收的一张白纸换了一换。原来他刚才在古庙里西五里地放火的时候，已经在一家私塾里暗中取了笔墨，把字句写好了。当时将字纸换毕，依然由天窗中爬了出来。刚刚爬上树去，只听到一阵人声喧哗，同时火光四散，正是有许多人拿了火把站到屋子外稻场上来。听得那大头目说道：“那先生会奇门遁甲，这点小事，不知他能知道不知道？”张三公子一听，他不要临时找我问话，我若不在屋子里，他岂不会疑心？于是由树上溜将下来，便由屋脊上慢慢的跑回自己所在的那间屋顶上。到了他那屋缺口，拿起小被，钻进屋下去。神不知鬼不觉的办了这件大事，好不痛快。

但是扶着床顶，正要下地时，忽然想起大大留下了一个破绽了。这破绽若是不弥补起来，今天不但一夜空忙，而且更惹着大祸。原来走的时候，只顾将瓦移开，自己却不会泥瓦匠的本领，如何盖得拢？明天若让这些土匪看见屋有漏洞，那就今晚两处放火，是我所为，不言可喻。趁此天未明亮，赶紧将这事遮盖要紧。于是复又上房，站了一站，听听四周的响动。觉得遥遥有一片犬吠之声，就由屋上向墙根一溜，脚落了地，直向犬吠之地而去。

约莫有二里之遥，在一家村庄之外，就有一条犬吠，于是伏在地上，蛇行而前。及至将近，看看倒是一个大犬，正中心意。暗中将匕首拿在手中，蛇行得将近，那犬兀自有一声没一声昂头大叫。因之出其不意，猛然向上一站，然后向前一扑，左手一下按着了狗头，右手倒握着匕首扎了下去。不偏不倚，正扎在狗项下，狗当时就倒在地下。张三公子恐怕还没有死过，索性又连扎了两刀。然后脱了一件内衣下来，将犬的创伤，包裹好了，免得一路拿着滴血。地下留的血迹，却用刀子扒了一些土，一齐遮盖了。星光下仔细看看，没有什么痕迹。然后手提着死犬，赶快回到镇上。悄悄的上了房，将死犬由屋洞抛进屋里，自己也就跟着跳下去，黑暗中将匕首仍旧塞进褥子里去。费了这些手脚，镇上已是敲着五更，窗子上慢慢的现着银灰色了。

张三公子因想不必睡了，就坐着等候天亮。先把捆犬伤的内衣塞在床下一个老鼠洞内，再又把屋子顶上所取开的瓦，用手将来撅破，悄悄的撒在各处。布置齐全了，屋外已有人声，这倒可以安心大睡了。睡还不曾安稳，只听屋子外有人大喊神仙神仙，快开门。张三公子听那声音，正是大头目。因笑道：“大头目，在下路过此地，并无歹意，怎样让妖怪来害我？不是在下还有点道法，今天不能起床了。”说着话打开门来。那大头目带领许多人站在门外，一见之下，不住的打拱作揖，连称神仙。及至看到地下死了一条狗，屋子又漏了一个洞，便惊问为什么。张三公子笑道：“刚才在下是笑话，其实我早已算定了。就是这里的妖怪，恨我泄漏天机，晚间差了一条恶狗来害我。这狗受了妖怪的指点，立刻变成了一条猛虎，跳进了屋来。但是事先在下暗中请了六丁六甲埋伏屋里，就把它杀了。”大头目一听，连忙跪在地下磕头道：“菩萨，你是哪一位仙家下凡，指点弟子一条出路罢。”张三公子道：“大头目，你行此大礼，我不敢当，有话请起来说。”大头目同来的人，都听得呆了，站在房门口，大头目跪在地下，回转头来对那些人道：“你们这些蠢人，今天遇到活神仙，正是我们出头之日。为什么还不跪下求他老人家超度呢？快跪下！快跪下！”那些人听到大头目如此说了，不约而同的都跪下来了。张三公子笑道：“你们都起来罢，不要信你们大头目的话。我不过是个看相算命的，怎么是神仙？”大头目道：“你老人家一定是神仙无疑了。昨天留下字条，我们刚请认识字的看了。那上面说：‘明日子时三刻，西边两处失火，烧却五所草堆，因有妖精藏躲。只因佛顶有宝，偷去佛头三个。此事奏达上苍，请问谁人识我？’神仙，那识字的先生，细细告诉我们了，怎么还能瞒得弟子哩？你老人家预先说的话，都像看见一样，不是神仙是什么？”张三公子笑道：“我们今天相会，总是有缘。你起来，我和你们结结缘便了。”大头目大喜，磕了几个响头起来，其余也都磕了头。

张三公子将鼻子耸了一耸，因道：“怎么这些人里面有凶杀之气，你们哪个预备杀人吗？”大家极力的说没有。张三公子道：“你们又瞒我了，你们若不是预备杀人，那外面篱笆下为什么绑上了一个人？”大头目道：“不错，是有的，但是这人是个奸细。”张三公子道：“你们且不要忙，让我占上一卦。”于是闭着眼睛，将手指头轮流掐了一会儿，摇摇头道：“这人大有来历，他在这儿，妨碍我的事。你们不要伤害他，把他送到西头古庙里去，多给食物。把他倒锁在大殿里头，三天三夜，我自能收服他，帮你们的忙。只吩咐庙里的和尚看守着他就行了，不要多人，把他惊走了。”大头目对神仙，已相信到五体投地。立刻吩咐人将硃砂放了，送到古庙里去。请便张三公子和这镇上驻守的大将军相见。张三公子道：“我见他未尝不可以，只恐怕他不相信我的话，那时与他不利，反而不好。”正说时，这里大将军，已经派人来了，要请活神仙去会面，而且抬了轿子来迎接。大头目就说：“大将军这样待客，他已是十分相信的了，你老人家务必要去。你老人家去了，弟子也好借了这个机会往上巴结巴结。”张三公子想了一想道：“去倒也可以，你可先去对他说，叫他见我不必行大礼。我见了他也只算是客位，恕我也不行大礼。”大头目只要张三公子肯去，一切都答应了。他赶着先走出门，去见大将军了。

这里一些小土匪，见首领都是这样恭维张三公子，他们越是恭敬的了不得。大家簇拥着张三公子出门来，让他上轿。他一看这轿子未免好笑，原来是一把大木椅子，绑上两根大木料。张三公子坐上轿子，却有八个人抬着，前后还有许多人拥护。到了那宗祠门口，一阵锣鼓乱敲，里面有许多人出来迎接。其中有一个，穿了短衣，身上扎了许多红绸，头上却戴了戏台上戏子用的一顶假盔，上面还插着两根野鸡毛。看那样子，实是可笑，大概他就是大将军了。当时张三公子跳下轿来，那大将军早是抢步上前，深深的弯了腰一拱到地。张三公子见他们既如此恭敬，只和他们点了点头。进得那宗祠，那大将军把人祖堂的神位，一齐打翻，却把神庙的公案桌在正中摆上，两旁左右各一排，分列两行大椅子。这样子又像衙门的公堂，又像强盗的分脏亭。那大将军，把张三公子请到公案旁第一把椅子上坐下，他和他的党徒，只坐在两边。他说了一些仰慕的话，后来便要问他终身大事。张三公子笑道：“诸位命运，用不着我来推算。就是各位自己，也应该知道一点，将来都是开国元勋。不过我昨天夜观天象，这太白星西射，军事利在西不利在东。蒙诸位这样款待，我不能不把话实告。”那大将军原是个当牛贩的出身，稍微认识几个字。听到这话，未免一惊。因道：“我们军队，正在西去，不往东去。你老人家能够不能够仔细给我们算上一算？”张三公子道：“当然可以，不过你们这里的情形，我不大熟悉，不容易仔细算的。譬如西方属金，就应用红色去克服他。若是错用黄色，那算属土，就被克了。再地方的情形，去的队伍，宜单宜双，或者宜五宜九，都不是可以胡来的。”这大将军最是相信五行生克的话，听张三公子如此说，连称有理。说是这里有人名册子，可以请你老人家去看，不过我们这里大队人马，都随皇上打玉山去了。队伍在他那边，恐怕有些变动。张三公子道：“只要知道出兵时的情形，我也就好算。”那大将军心里急想立一个大功，马上就把人名册子拿了出来，请张三公子看。他接了过来看一看总数，其数不下一万多，却有八千多人，由二龙山的大王带去围玉山去了。因笑道："连夜我看天上的紫微星西射，原来是新主子御驾亲征了。今天晚上，我就在这宗祠外和你们拜斗推算，但是要借大将军的令旗号牌一用。"那些土匪一来就迷信神权，二来又没有几个认识字的，经不得张三公子合着他们的心理，又恫吓，又恭维，弄得一点也不相疑。张三公子又说，只要他们诚心，今晚上一齐闪避，他能用五鬼搬运法，搬十万银子作为他们的粮饷，但是忌人偷看，一看就坏事。这十万银子，明日天亮，一准交出。那大将军更乐糊涂了，当日盛宴款待。

只到天色一晚，便将令旗号牌交出，请张三公子拜斗。张三公子道："大概是三更以后，我就会站在门外旗杆上，管着五鬼搬运。你们只在天井里偷看，这旗杆上有灯笼，那就在搬运了，千万不要出来。"大将军听说天亮就要发横财，什么都信了。于是大家一齐闪避，只让张三公子在那宗祠门外，静等发财。张三公子等大家都安歇了，从从容容的，将自己那匹马，由屋后牵了出来，系到出口路上去。随后又把那大将军的一匹坐骑，也偷了出去。过了二更以后，张三公子将预备的一枝长蜡插在一个大灯笼里，将蜡点了，慢慢的缘上那旗杆，就把灯笼绑在旗杆上。这正是月尾，黑夜里半空中透出一点红灯，格外可以让人注意。张三公子下了旗杆，不敢停留，带了令旗号牌，溜出乡来。骑了自己的马，牵着那大将军的马，就会西飞跑。马上铃铛，早是解下了，悄悄跑到那古庙下马，由后墙爬了进去。绕到大殿上，只见殿门虚掩，佛案上有一盏豆子大小光亮的佛灯。推门进去一看，只见硃砂坐在一个破蒲团上，靠着柱子睡了。两只手绕在身后，又是绑了。便走向前，轻轻将他摇醒。硃砂是留了心的，一醒就知道了。因道："三少爷，我想你该来了。这里的和尚，他不愿意看守着我，把我关在殿里，又不放心，所以还是拿绳子将我捆了。"张三公子给他解了绳子，一面说道："现在不是说话的时候，我们一刻一分的工夫也耽误不得。"拉了他出庙，各骑上一匹马，向西便跑。

约跑了一个更次，又经过一个小镇，远远的就听到更鼓之声。便将马一勒，轻轻对硃砂道："这里已是土匪的营寨了，骗得过去，我们就骗过去；骗不过去，我们就只好动手了。动起手来，你的马紧紧跟在我马后，一齐向前冲，万一冲不过去，你就自谋生路，不必管我了。"二人说着话，已经走近了那乡镇。还不曾下马，黑暗中早有人喝问一声是什么人。硃砂向来是会说本地话的，他就依着张三公子事先的嘱咐，将马缰一拢，突然跳下马来。答道：“兄弟带有号牌令旗，有要紧的军情，要到前面去通报。后面是我们的大头目。”说话时，暗地里走出几个人，亮了灯笼火把，要了令旗号牌过去一看，都道：“原来是大将军报军情，不知什么事？”硃砂道：“军事我们不敢瞎说。”那几个人也就不问，其中有个人道：“前面马王庙便是万岁的圣驾，二位既是有紧急军情来报，我们这里分三名弟兄，送二位去见驾。”硃砂一听这话，却不知如何是好，便回身去问张三公子。张三公子便对着他耳朵，轻轻说了几句。硃砂放大了胆，就对那几个人说：“多谢他们，正要请他们送一送。”于是有三个小土匪在前面引导，主仆二人缓缓的骑着马和他们说话。

约莫走了有二里路，张三公子从马上一跃下马，就是左脚蹲地，右脚一挑，脚尖踢在那小匪小腹下，他早是哎哟一声倒地了。于是主仆二人，冷不防一人按住一名土匪。张三公子在裹腿肚里拔出小匕首，在小匪脸上冰了一冰，然后问道：“你看这是什么？你只一叫，我就是一刀，送你归西。”两个土匪自料不是敌手，就躺在地下叫饶命。张三公子道：“你只告诉我，前面还有多少土匪？到玉山城里要怎样才能过去？你说得清楚了，我就饶你一条狗命。”地上一个土匪，连说：“好汉请你放手，我说我说。”张三公子便一把反捉住他两手，就让他说。他道：“这里顺着大路，过去十五里，就是玉山县城。城门关了，吊桥早也吊起来了。我们有好几千人围了城，只是过去不得。现在我们已经去招新弟兄来帮忙，还叫弟兄们各人去找稻草一捆。等人来了，草也齐了，把草抛在壕沟里去，我们就由草上爬过去攻城。现在要到玉山去不容易，由这里到城边，都是我们的弟兄。”张三公子道：“原来如此，你们自己人，由后面到前面去，是怎样的过去？”土匪道：“日里呢。我们头上扎黄布，身上捆红带子，腰里挂得有腰牌，自然容易过去。晚上我们亮着火把，见了面火把摇三下。身上有洋铁叫子，拿出吹三声，就过去了。”张三公子道：“你们就没有口号吗？”那两个土匪却都不晓得，答应不出来。张三公子笑道：“你们这班蠢牛，做得出什么大事？杀了你脏了我的刀，硃砂把他们捆上罢。”于是撕了三个土匪的衣服，将他们捆了，又塞了他们的嘴。把他们黄布红带子，自已来用着捆戴了，又在土匪身上搜出几个小铁叫，也揣在身上。土匪们原打着两个火把，都抛在地下。这时和砞砂各拿了一个火把，骑上马掉着马头，顺着大路，直向玉山县来。一路之上，遇到几处土匪，都摇着火把走过去了。半路里火把烧完了，还和守路的土匪，要了两根新的点着。

一路之上，并没有什么留难，隐隐之中，已看到一带城影了，心中好生欢喜。不过这时虽已深夜，已经到了官匪交界之地，巡查的土匪，川流不息，也就越来越多。他主仆二人，只管向前走。将近城外的河街，冷巷里忽然钻出一群人来，将马头拦住。在火把光中，看了张氏主仆，问道：“两位弟兄，前面就是城墙了，你们还要到哪里去？”砞砂道：“我们奉有将令，到前面去，不信你看我们的令旗。”于是便在张三公子手上，要了令旗，给他们看，其中有个土匪，似乎是个首领，看了令旗，沉吟着道：“怎么不是这里元帅的令旗，倒是后面大将军的令旗哩？二位要等一等，让我们去问过元帅。”张三公子一看这群土匪，不过是十二三人，眼见得天色又快亮了，哪里有工夫和他们纠缠，便人马逼近两步，向砞砂丢了一个眼色，将手中的火把，远远一抛。砞砂会意，也将火把抛了。见土匪手上，都拿的花枪。由马上突然向地下一滚，便躺在地上。那些土匪正不知为了什么低了头看，张三公子就地两手后撑，两脚向上一跳，一个鲤鱼跌子势，一脚踢了一个土匪的面部。借了土匪面部抵抗的力量，身子向上，人已站起，就势夺了两根花枪。右手抛出一枝，给了砞砂，连忙托了左手花枪的枪柄，身子向后一坐，枪尖直绞了出去。一个毒龙腾海势，就把拿火把的土匪，胸头斜刺了一枪。那土匪也不曾提防，人和火把就一同倒在地上。其余土匪看到这种情形，就是一阵乱。张三公子不等他逼近，一个倒跳，骑上马背。于是和砞砂两匹马并行，双枪并举，向土匪直刺了去。那些土匪本不曾有什么本领，加之张氏主仆，是拼命突围的，他们哪里抵挡得住。不一刻工夫，搠倒六七个，其余呐喊了一声，拖着枪跑了。张三公子对砞砂笑道：“早知道都是这样的饭桶，我们就直冲过来，何必费这些手脚。”

刚是说到这句话，忽然有人大声应道：“好大话！”只是三个字说话，只见一道黑影，由侧面飞向前来。因为有几把火把乱抛在地下，虽夜深却也看得清楚，待要躲开，已是来不及。连忙身子向马后一坐，右手拿了枪，向外一横，只听得扑的一声，枪上着了一下。虎口震得麻疼，枪便拿不住，落到地下去了。张公子知道有敌手，向马这边一滚，隔了马背，看得明白，有一群人从巷口里涌将出来。他们都是步行，为首一个，手上拿了一根齐眉棍，飞舞将来。张三公子一想：大概这是首领，不杀倒他，其余的人，就不容易退去。因拔出匕首，左手拍了马背，跳了过去。那个舞棍的，竟有几分内行，他却不迎上前去，反而向后倒退一步。身子一耸，两手斜着拿了棍子，却做一个势子，在那里等待。张三公子见他如此，也不迎上去。见有两个土匪直扑硃砂的马，他却赶去救硃砂。原来那两个土匪，一个拿了大砍刀，一个拿了藤牌短刀，这两样兵刃，正马战者所大忌。因为由地上滚将入去，既可以砍马腿，又可以刺人下部。一个马战的人，当然使的是长兵器，使长兵器不能打近处，就不能让敌人逼近身边的。朱砂拿的是花枪，这枪倒是马上马下都好用，他一见两个使短兵刃的来了，先就把马缰一带，向旁边一闪，闪了开去。张三公子自小习武，就练的是战场上的功夫，对于藤牌练的最有心得。这时一见硃砂逢到两个劲敌，因此两个箭步，直跑到使藤牌的那匪身后。料他能使此物，必是行伍中人，便就地一滚，直滚到他身边去。

原来清时的藤牌，不是戏台上那种东西，其形如一个无顶斗笠，直径在三尺上下。牌系用软藤编的，正中略凸，牌底安有两个软柄。使蚌牌的人，左手挟住牌柄掩着大半边身体，右手却使单刀砍人。和人交战的时候，总是矮桩，滚到敌人身边，无论你马上马下，他可以杀你，你不容易杀他。会滚藤牌的，讲究滚做老蚌藏珠，将整个的身子都缩在藤牌里面，刀枪箭石，打在藤牌上，都不能入。要破藤牌，只有火攻，但是火攻不能临时设置得来的。若讲短打还只有高处枪向下倒扎，或者索性低得靠他，用刀去捌，让拿藤牌的人，周转不开来。这时张三公子滚将过去，正是取矮攻之法，然而却是险着。他滚得近了，手挽了匕首，认定那人腰部，插了下去。不料那人正也不弱，早是将身子一缩，掩入藤牌，滚了开去。张三公子见扎不着，又起身一跳，一个鲤鱼跌子势，待要逼近他身边。那硃砂看得更亲切，便倒提花枪，向下一刺。那匪避得了这边避不了那边，腹部便中了一枪。张三公子将匕首向腰带里一插，夺过他拿的藤牌短刀，一脚将那匪尸踢了开去。只见这时，使短刀的那匪见势不妙，已闪避一边。使齐眉棍的，却带着他身后那一群匪，一拥而上。他也认定张三公子是个能手，却单独的来缠住，其余的便去围困硃砂了。两个人来往几个回合，他将齐眉棍向旁边一扫，张三公子一闪。他故意装着惊慌，将棍子收拢不住，让张三公子扑了进来。待藤牌刚要到身边，他便不抵抗，棍头一点地，由藤牌上直跳过去。硃砂在马上看到，心下不免为之捏一把汗，那齐眉棍只要一举，就直扑了张三公子的背心了，但是张三公子竟不知道中了人的计，身子也不掉转，藤牌由头上向下一罩，啪的一声，藤牌中了一下。也就在这一下响的时候，这使齐眉棍的，棍子飞了出去，人已倒地。原来张三公子知道他不弱，交手以后，他未尝吃力，何以有了破绽？这分明是故意了。因之索性将计就计，直扑了过去，看他怎样。及至他跳过藤牌去，心里明白，他是由身后将棍来扑。躲闪虽来得及，可不能攻人。因之将藤牌向上一盖，左腿站定，右腿伸出去一扫。大凡技击角力，都是迅雷疾雨，在片刻间分出胜负来。本来电光火石一瞥间的事情，用笔来写，便已拖沓。当张三公子那一扑一盖一扫之间，那使齐眉棍的匪目，自觉自己有机变，不料人家事先早已料到，齐眉棍下去，藤牌已迎上来，方要收棍再来，脚下已经中了一腿。待要跳开身子，藤牌底下，一把刀向上一托，正碰了手腕。因此人和棍子，一齐倒了。张三公子进逼一步，结果了他的性命。因见硃砂被几个人围住，腿上已是鲜血直流，就大喝一声，直穿过人丛，将藤牌护了马腿，一上一下，两人放胆来杀。

但是这时天色业已大亮，匪营里已经得了消息。有几个军探，在街口上混杀，就不分好歹，先调动一二百人来接杀。张三公子一看人越来越多，虽然打翻了十几个，究竟也只有两个人，无论匪徒是怎样乌合之众，也总难于四面照顾他。因此自己抵住前面，吩咐硃砂用马冲开后路，向城墙边且战且走。快到了壕边，张三公子大悟，若是这样，天色虽亮，城里决不能有兵出来应救。因为自己头上身上，土匪的标帜还没有解去，城上要认得是匪杀匪了。连忙将刀尖反转将红带子挑去，头上扎巾也扯了，硃砂看了，也就一样办。但是土匪那边，见挑选一二百人，还不敢近他二人之身，重新又大队的调动起来。所幸这里只有一条横街背着濠沟，土匪只能进逼，不能包围，主仆二人倒是有一线退路。张三公子见土匪层层叠叠逼得厉害，便大喊道：“我告诉你们，我是广信府张参将的儿子开信军的营官。千军万马，我也不怕，慢说是你这几个毛贼！”接上一声大喊，向人丛里扑过去，护着藤牌就地一滚，早砍翻了十几个。那些土匪看到来势如此，便站了一站。张三公子见有了机会跳了回来，拉了硃砂下马，向壕沟边就飞跑。土匪见这二人情急投河，也就不追了。

第三十五回　蔽日旌旗奇兵散股寇
连宵炮火妙策救危城

那时，张三公子主仆在水里游泳着，并不沉下去。土匪们赶来时，已隔有一二十丈远。二人跑到濠边，就向水里一跳，泅着水向城根而来。城里的万守备听到城外喊杀，天亮便已登城观看，只是不见官兵，也不见百姓，仅见一群土匪混战。不明此中原因，不敢开城出兵。现在见张三公子在濠沟里泅水过来，身上并没有标帜，料想这不是官兵，也就是善良百姓。因一面由城上放下两根绳，将二人扯上城去，一面将城上堆积的石头瓦片，向濠沟那边抛了去。那些土匪，并未正式攻城，追到城濠沟边，也就停止不进了。

张三公子上得城来，城里的万守备连忙将他叫到箭楼里问话。张三公子远远的叫了一声老伯，万守备早识得他的声音，哎呀了声道："原来是张世兄，你是怎样来的，我哪里会知道？"张三公子于是把乔装偷过贼窝，和昨夜交战的情形，大略说了一遍。万守备一听大喜，派了两名什长，去陪硃砂吃喝。自己就请张三公子到他衙门里去歇息。在街上二人并马而行，张三公子见家家户户都是双扉紧闭，路上也没有什么人走路，凄惨惨的一种围城的情况，摆在外面。到了衙里，张三公子先要了一盆热水，洗了手脸，又要了一壶酽茶喝了。便对万守备道："小侄精神，已经复原，若有吃的东西，就请拿出来，我们一同吃，一同商量解围之法。"万守备道："老贤侄，你太累了，不要歇息一下吗？我已吩咐预备床铺了。"张三公子道："不瞒老伯说，小侄在城外，还不觉得此城可危。进了城之后，我便觉得危在顷刻了。现在急于设法，还不知道能否被救，小侄哪里敢睡？”万守备和他在小签押房里，对案而坐，两手便按住桌子问道：“却是为何？”张三公子道：“小侄在那匪巢里，打听得二龙山的匪徒，共有两万之多。虽然大半是乌合之众，但是他们既能起事作乱，总有一二能人在内。今早在城外交手时候，遇到几个土匪，都很有本领。据我想他们至少有一二千人可以作战。所幸他们不知调集精锐作战，把这一二千人，都散在乌合之众里面了。若是他们用精锐来战，恐怕玉山远守不到今天呢！他们现在攻城，第一是无法渡过濠沟。若渡过濠来，城墙并不甚高，怎不能攻入？小侄又打听得他们打算用稻草捆填濠，然后渡过来。试问他既能想这小小法子，过了濠沟以后，岂不会有法子扒在城上吗？”万守备哎呀了一声，身上向下一坐，便问道：“这却如何是好？”张三公子笑道：“草捆渡河那是笑话，我们有几个火药包，就可以了事了。”万守备将桌子一拍道：“妙哉！令尊大人常对我说，不会看兵书的人，若能熟读《三国演义》，不为无补，我却不大信。一听世兄这话，果然不错。”张三公子道：“这也不是家大人杜撰的，本朝开国的一班功臣，哪个不是把《三国演义》当兵书读。洪杨这一仗，就是曾左，他们也不免借花献佛呢。不过那些土匪虽不能渡濠，他们的人，越来越多。他若把城中虚实探得明白了，他们真拼了命来攻城，窄窄一道濠沟，究竟拦他不住，而且救兵不多，消息不通，城里情形，又这样萧条，未必能支持多久。万一城里有什么意外，那怎样是好？”万守备道：“依世兄意见，难道我们还要和土匪见上一阵吗？现在守备的兵士，不到五百人，其余都是抽调城里丁壮登城助威的，但是一共算起来，也不过二千六七百人，如何能出城迎击？”张三公子道：“惟其是这样，所以不能困守。广信河口，现在都无救兵可调，若等到南昌调了救兵来，请问那要多少时候？小侄奉了家严的令到这里来，不得进城就罢了，既然进了城，愿把小侄在《三国演义》上偷来的本领，试它一试，横竖比困守待救总高上一筹。”万守备道：“只要世兄有办法，我是无不从命，请问其计安在？”张三公子道：“小侄刚才在街上过，见家家关门闭户，路无行人，民心已经恐慌到所以然了。在这些惊恐之民内，抽了壮丁去守城，徒灭自己的威风。土匪那边，恐怕也料定这里是一所空城了。依着小侄，倒有点办法。我们一边吃饭，一边商量如何？”万守备连声道好，就吩咐厨丁开了饭来吃。

张三公子就把他想的计策，从头至尾，说上一遍，而且把用计的所以然，也解说给他听。万守备一听这话，就放下碗筷，站了起来，弯着腰深深的和张三公子作了三个揖。张三公子还礼不迭。万守备道：“世兄所说，真是善于临机应变，岂是鼓儿词上的笑话可比？我不吃饭了，马上就去行事。世兄，你可休息，留点精神，明日杀贼。”于是叫了书启师爷，立刻写了几十张告示，分头张贴。说是广信救兵，今晚三更天可到，满城兵士，要爆竹相迎。同时城中人家，不论商民，大户缴带竿布旗一面，中小户合缴一面，至少要宽阔三尺，愈大愈妙。所缴之旗，只要成为式样，如何拼凑，在所不计。旗限下午申刻制成，一齐送到守备衙门，逾时不缴，以军法从事。告示出了之后，又令各街地保，鸣锣户喻。满城的商民见到这种告示，都莫名其妙，好在这事都轻而易举，有钱的买了布帛来做，无钱的拆了衣服被褥，也拼弄上一面旗帜来应征。不到申时正中，都缴齐了。

万守备见东西齐备了，便登城巡视了一周。只待天色黑，便密调亲信兵丁，将所有的旗帜，一齐插在城上各旗帜之下，多列着锣鼓。万守备自己调了三百名壮丁，令一百人拿着兵器，一百人拿着红枪号炮和锣鼓军号，一百人打着灯笼火把，一直到三更时分，悄悄的开了北门，一齐走出，突然将灯火明亮，锣鼓齐鸣，军号乱响。二百多人，齐声呐喊冲出城来。万守备在前，张三公子在后，拥着三百人，绕了半圈城墙，直绕到东门来。玉山城里百姓正惊慌着，街上的地保，却鸣锣沿街大喊，说是广信救兵到了。立时开了东门，这三百壮丁撞进城来，这时满街爆竹声，和军队金号声，惊天动地。说也奇怪，满城的商民都欢呼起来，说是救兵到了。这三百壮丁，都分列在四方城上，正对着贼营并不曾休息。张三公子对万守备道：“现在士气大振，趁此机会，就和贼人见上一阵。事情一久，贼人探出虚实，那就空费气力了。”于是向万守备要了兵丁册子一看，内有弓箭手五十名，抬枪手十六名，红枪手十二名。这抬枪也是当年一样军家利器，长约七八尺，乃是二人抬一根，前面的人，专管瞄准，后面的人，却管点火，形势和平常打火药的红枪差不多。这里有十六名抬枪手，就是有八管抬枪了。张三公子因将枪手和弓箭手，划作两队。二十五名弓箭手配着红枪，二十五名配着抬枪，自己和守备各带着一队，趁着天色未明，吩咐满城都亮着灯火。所有城内的百姓，每户要抽一人登城观战，而且不许静默，尽管高声说话。同时又调了十几匹马在城上不断的奔跑。前后不过一个时辰，贼营里便惊慌起来。远远望见城上火光烛天，在红光里，看到满城都是旗帜，人影摇摇之中，言语喧哗，马蹄杂踏，把一座冷落无烟的玉山城，立刻杀气腾腾起来。

这匪巢里有个靖国牛军师，是当道士出身，兼能画辰州符治病，原是一个不曾入泮的老童生变的，为人却有几分机警。他一见这种情形，马上就披衣起来，对贼人的胡元帅说道："看这样子大概是城里救兵到了，三更天时分，我听得有一部分人马，由城外喊杀进城去了。只是怪我们大意，不曾在路上拦住，让他们冲进城去了。据我想救兵数目不会少的，官军一定要改守为攻了。不过他们远路而来，一定受了累的，越这时候，我们先杀他一个措手不及，马上就去攻城。"贼元帅也是围城多日，攻城数次，不曾得手，心里正是烦躁。现在见官军救兵又到了，未免急上加急。牛军师这种说法，正合他先下手为强的心事，立刻下令全部匪众，分着东西南北，向城根猛扑。刚刚天明，他们都逼近城濠了。这回城外的土匪，一共算起来，约莫有一万人，东城的人数最多，还不到濠边，老远的呐喊着。这时守城官兵，都在城墙上，张三公子扶着城堞，张望了一会儿，因对万守备道："土匪他的来势虽然凶猛，据小侄看来，他们老远的就喊，正是大众心怯，壮着自己的胆子。昨天晚上这一场游戏，总算不是白费力量。匪若全队来攻一门，我们倒是不难迎头痛击，而今他分四路来攻，我们不在的地方，就怕守城军士容易恐慌，而今只有一个法子，两门死守，两门迎击。只要有一路土匪后退，战事就不要紧。"万守备见土匪连绵不断，只管逼来，他却没有主意。便道："老弟台不吧，我若离开了你，我就不知怎样是好？"张三公子道："也好，我们先把这当头一大股先打发了再说。"于是调了几个干练些的哨官伍长，叮嘱了一遍。号军一鸣，几声号炮，张三公子和万守备便带了一支兵，拥出城来。

这一支兵约有一千人，出城以后，向两边列开临濠布阵。张三公子和万守备，却亲自带了三百名壮丁，在吊桥桥头站住，分配好了的弓箭手和枪手都藏在旗帜下。那些土匪见官军拥了出来，自不免顿上一顿，及至见城上的吊桥绳子，依然高悬着吊桥，官兵似乎没有渡濠的准备，又依然拥到濠沟边，站在濠那边，只管摇旗呐喊。有一些土匪远远的抛着石头和石灰包，因为双方还隔得远，多半都落到水里去了。万守备却一再下着军令，大家镇静，不许摇动阵脚。看看土匪有一部执花枪大刀的，直逼吊桥头，他们后面许多人，捧了稻草捆，便直扑上前，将草捆向濠里乱抛。官兵只是不动，静观他们纷乱。土匪那边，看着到疑惑起来，以为官兵是要等这边渡过去再交手。这种办法，官兵岂不是太愚？他们正犹豫着，官兵阵里，旌旗展动。一个号炮，响入半空。四根抬枪，六把红枪，对着土匪最密的地方，一齐放了。这一排枪声响完了，立刻退入阵后去，上药安引，第二批又上。第二批响了，还是退后，就让弓箭手，藏在旗门下放箭。枪手把药上好，重复上前。土匪当头的一排人，在这时就倒了几十个，土匪人多，倒了几十个人，原不在乎。无如这枪和箭，却是连环的。枪放完了，箭又齐上。土匪在吊桥口上，站不住人，就向后退。匪军见中坚退了，自然也摇动起来。官兵阵里，接上第二个号炮，只见吊桥向下一落，满城旗帜摇动，金鼓齐鸣。城根下的官兵，齐齐的喊了一声杀，就冲过桥来。同时城里更有一阵阵的兵，拥出城门来。土匪疑惑官兵是城里出来了伏兵，摸不着虚实，只得退后去一马之路，以避其锋。

张三公子在这进兵之时，却带了一半枪手箭手，退入城中，穿城而过，直奔出西门来。西门的土匪，也正在抛草捆，打算渡濠。守城的军队，已经得了军令，只管闭门严守，在土匪未渡濠以前，不必理会。所以这边的土匪，听到东门喊杀连天，西门却全不见动静。一面进攻，一面还不断的派人四下打听。正得军报，说是东门杀败了。只听城上扑通通几声号炮，旗帜乱摇，立刻吊桥下了，城门开了，城里如狼似虎的冲出一支兵来。土匪按住了阵脚，预备接触。官兵还未过桥，便是一排枪开了过来。迎头挡着的人，出于不备，自然先倒了。张三公子这次可是换了兵器，乃是一丈八尺的长矛，同他在一处冲上前的，也有十余人，都是使着长矛，不过尺寸却短一点。原来张三公子除善使藤牌短刀而外，这长矛也是他一样最得心应手的利器。这种长矛，规定是一丈八尺长，父老相传，是传自三国张飞，但是矛子是茶杯粗细的竹子做的，只能横了下来，向前刺扎挑拨，不能回舞。人拿长矛后梢，估得宽不过四尺长，前端还有一丈多，横了下来。双手非有二三百斤力气，如何展布得开？所有力气小的，善于刺扎，也只有使一丈二三尺长的矛子的。况且矛子尖端接着锋利的钢矛头，尺寸越长，矛身自然越软。力量不够，拿起来矛子就自己颤动不已，不必刺人了。在五六十年前我国火器未兴，步战里面，长矛却是一样主力兵刃。没有哪个营里操练兵卒，不苦苦练习矛子的。张三公子对于长矛，下过一十二年的苦功。张参将把他的十九年戎马生涯中的用矛经验，都一一指点了他。所以他使起藤牌，虽是风起云卷，还有点冒险；使起长矛来，真是生龙活虎，令人近身不得。当他用苦功的时候，端着长矛，向白粉墙刺扎。矛头先离着墙约莫有五六丈，横着身子三步跳过去，忽然直立起来，两手端着矛后梢，不许过一丈二尺宽，矛底对着胸口，矛头对着粉墙，人也不动，矛头却耍起个圆花，在白粉墙上，画一个斗大的圈圈，真把这套功夫学到了家。然后两臂力量充足，两脚桩法深沉，到了冲锋交战的时候，也就可以笨物灵用了。

这天调遣军队之时，张三公子见守城兵士里面，也有一部分使长矛的，因就将他们调到空地上，亲自考验了一番。原有二三百人使着长矛子的，考验的结果，有十几个老行伍，都还能用动长过一丈矛子。因就把他们编成了一小队，自己领头，从东城奔出西城。当这里两排枪响过之后，张三公子领了十五根长矛，由吊桥直冲向土匪丛里去。土匪队里，虽也有能手在当头，然而先让枪声一震，接上张三公子这根长矛头，如雨点一般，只管向人多处刺来。后面那些矛子，也就跟了上来。土匪的阵头，这时自然摇动起来。城里守城的兵，早受了密令，只管乱鸣金鼓，呐喊着出城来助威。吊桥上的官兵，既然撞过濠去了，城里那些兵，也就随着后面拥了出来。土匪也不知道城里有多少伏兵要迎上前来，心都慌了。加上张三公子引出来这一队长矛，却又十分凶猛，前方都是些平常懂点武术的土匪，哪里是这种长矛队的敌手。因之不曾久战，便纷纷后退。前敌一退，自然更把后方面军队牵动，立刻自己冲撞着自己，乱滚乱跑。出城的那些官兵虽是助威的，但是明见土匪逃跑，也就乐得追杀。这些人随着一队长矛抄过北门，去与东门的官兵会合。同时南北两门的土匪，得了东西两门的败讯，也就不攻自退。

张三公子到了东门，土匪已然去远。万守备老远的看见，就连连作揖，笑道："全靠老贤侄计划，把土匪打走，满城的百姓有救了。趁着土匪现在溃退，我想追杀一阵，你看如何？"张三公子对他以目示意，因道："弟兄昨天劳累一夜，应当歇息回头再作计较。"万守备现在是十分信服他了，就依了他的话收兵进城，二人却回衙内歇息。万守备因私问何以不让追赶土匪，张三公子道："俗言说侥幸可一不可再，我们这种疑兵之计，也就只好把这种无知无识的土匪吓跑。稍微明白的人，恐怕就看得破了。至于我们的军人，刚才那样勇气百倍，也是一时奋发。真要同匪人打起来，他们支持得住吗？"万守备道："这一层，我未尝不知道。不过我们要以少胜多，就不能丢掉这样的好机会。"张三公子道："以少胜多，虽然也是兵家常事。但是这个少的一边，总要十分精锐才好。打仗的时候，胜了可以横冲直撞，败了也可以团结在一处。我们现在守城的兵，和土匪一样没有受过什么训练，不打仗还心惊胆战，现在青天白日之下，清清楚楚的看到去打土匪数倍之众，能有胆量去杀人吗？而且我们真杀上前去，土匪也会看出我们的虚实。我们的实情，让土匪知道了，这城更不容易守了。"万守备想了一想，点着头道："世兄这话，可是有理。但是我们困守围城，许多日子，难道仅仅吓上他们一阵，那就算了吗？"张三公子道："依着小侄的愚见，今天清早杀了他们一阵，今天决计不敢来攻城了。我们始终不能让他知道虚实，只有晚上出阵。今天晚上，我和老伯各带一队兵出城，分着东南两门迎杀。若是贼巢有准备，我们只扰乱他一晚；若没有准备，那更好了；我们就乘黑夜劫营，杀他一个痛快。现是月尾，四更以前，都是昏黑的，正好整夜和他们来往。"万守备思想一番，觉得还是这样妥当一点，就传令下去，所有昨夜今晨作战的士兵，都去安歇。城墙上多插旗帜，号炮金鼓，不许久断，这些事却只派了一些少数兵士，守城办理。在这时留东门吊桥不悬，城门也只是半关着。土匪受了一番打击，本疑为官军救兵到了，今见城墙上是那样热闹，东门又不关城，如何敢进兵？

双方按兵不动，支持了一日。到了晚上，张三公子带了五百人由东门出，万守备带了五百人由南门出，灯笼上套了黑罩，火把头上放了松香硝药，却不点着。大家轻悄悄的，分两路逼近贼巢。这天土匪却是分外的小心，天一黑了，四围巡哨，立刻出动，更鼓之声不绝。官兵守候了一个更次，知道无隙可乘，就改了劫营的战略。南路轰通一下响，一个号炮飞起，灯笼去了黑罩，火引一触着火把头，立刻亮起来。只在这时，官兵由田野里爬了起来，大声喊杀，战鼓乱响。土匪慌了，连忙率着大队，向南门迎击。官兵见匪营里直拥出火把来，都将火把息了，灯笼又上了黑罩。只一阵锣响，后队改为前队，黑暗之中，向南门急退。土匪追了来时，官兵已过了吊桥，吊桥支起，城门紧闭，城墙上也静悄悄的。土匪既追来了哪肯罢休，隔着濠，拼命的喊杀。忽然城墙上几枝火箭，在黑暗里，如几道火线一般，直射入半空。土匪又不知道什么玩意儿，忽然后面喊声大起，火光烛天。后面探子来报，官兵从东门杀出来了。土匪才知道中了诱兵之计，立刻撤队回了去。看看赶回贼营时，官兵在火光里又向后退，人数似乎不多。土匪原有一小部分，在前面预备抵御，两下遥遥对峙，却未曾交锋。现在既是大队到了，便赶了上去。这里一赶，官兵息着亮光，停着呐喊，也不见了。这一次土匪看出来了，大概还是诱兵之计，就停止了不赶。但是官兵见他不赶，顿了一顿，复又灯火大明，扑了过来。土匪应战时，他们又走了。接上交锋了两次，土匪气不过，就赶过去。这次官兵不是见匪来就跑，却是且战且走，不到二里之遥。官兵阵里，忽然几声号炮，南门那支官军忽又炮火连天杀了出来。土匪认为这两路官兵，完全是和这里闹了玩的，我来他走，我走他又来，若有两边迎击，就会疲于奔命。因此就将一部匪分作两支，一支正对着东门，一支正对着南门路上，整整的守了一夜。官军果然不曾再来。不过闹了这样一夜，土匪越看不出官军的虚实，白天要休息，却不敢进兵，又对峙了一天。其实官军日里是满不提防，关了城去睡觉。

到了下午，张三公子找了万守备商议今晚的战法。万守备道：“有了两天，土匪不曾来攻城，分明是他们不敢正看我们。今晚若能出力杀他们一阵，一定可以打退他几十里。不然日子一久，我们这几天的锐气，又要消失。”张三公子道：“老伯的议论，正是和小侄一样，今晚我们可以出一支精兵，极力攻他一阵。凭这三天阵上的经验，我已料定土匪是不懂兵学的。大概就是杀进匪巢，未见退身不得。”万守备点首称是。正说到这里，兵士们来报，在城外捉得两名土匪的探子。万守备大喜，吩咐不可威吓他，好好的带来，要亲自问话。

不多一会儿的工夫，兵士们将两个土匪探子带了来了。万守备让他二人坐下，先用好言安慰一顿，说是他们是无辜之民，决不难为他们。又当面写下一张无罪状，保他们无事，然后再问他匪中情形如何。两个匪探，先自料必死，现在见了万守备待得这样好，心里十分感激，就一点也不隐瞒了。据他说，这里统匪军的元帅，是胡老八，外号无毛大虫，一向不守本分。原是个武秀才，倒很有几斤力量。另外有个牛军师，我们都叫牛道士，他也很有本事，自号赛诸葛。据他说，他有能移山倒海的法术，但是也没见他现出来。昨天晚上，官军出城去，他们闹了一夜，不曾交战。牛军师猜着这里虽有救兵到了，恐怕也不多。所以总只能够两门攻，两门守。因此他们想着今晚省下两门的兵力，也来专攻东南两门。他们又说，昨夜里官兵那样来了又去，去了又来的战法，是想吓走他们的。昨晚上了当，今晚上一定要报仇。张三公子坐在一边听了这话，目视万守备而笑。万守备吩咐兵丁带他们下去，赏给他们饭菜。因对张三公子道：“不料这赛诸葛，倒也不负虚名，他果然知道我们的玄虚。俗言说三个牛皮匠，抵个诸葛亮。这位军师，总也算是个牛皮匠了。”张三公子笑道：“我就怕这位靖国军师和元帅，并不知道我们是疑兵，而他居然知道。小侄保老伯今天晚上杀个痛快。”当时两人笑着计议了一番，甚是欢喜。

到了晚上，夜色更黑。满天的星斗，鼓钉似的齐密，望了去，在晚风中，似乎摇闪不定。城墙上打过初更，一点声音没有，只有那拂面的风，招展着那旗帜刮刮作响。满城上黑沉沉的，不见一点动静。忽然一个号炮，东南门城上，立刻灯火大亮金鼓齐鸣，早有一支火光随了人声，直由东门奔了出去。这时土匪也准备多时，就攻城了。那牛军师一看城上这种做法，就对胡元帅笑道：“又是昨晚那一套，他们老是这样闹，直把我们当小孩子了。现在我们也和他捣鬼，只派几百人，也点火呐喊迎上去。你看我们这里一赶，南门的官军就要出来了，这一回我们不能再上当，趁着这个机会，一齐追了上去，非把他们杀得一个不留不可。”胡元帅将信将疑，先且照办，就调了二三百土匪装着有大队的样子，先对东路来兵去打。东路的兵，果然像昨晚上一样，等这里追兵将近，就熄灯静声而去。几支火箭射入空际，南门城上又呐着喊，一丛火光飞舞将来。胡元帅一见，果不出牛军师所料，胆子也大了，就调齐了土匪，悄悄向那南路迎击。官兵的路今天却有点不同，好像知道这里迎上去一样，却不呐喊，不再上前。只是那火焰的光，越发的分开了许多丛，似乎他们添了人在里里静等着作战了。土匪对了这路，不挟着全副精神而来。以为少数官兵，看到这边人多，一定是不战自溃，可以全数俘虏的。现在看到这边火焰增加，又疑惑官兵原不是少数人。因为这里真逼过去，却又迎上来了。这样一犹豫，原来打算一拥而上的，现在不能不慎重一点，老远的，便呐着喊一步一步逼上去。可是这里只管逼近，那边也不慌乱，也不退后，只是大大的燃着火把，在原阵地等候。这边土匪阵里胡元帅杀得兴起，便令大家冲上去。一阵拼命的喊着，冲到了火光下一看，大家为之一惊。原来火把插在土里，灯笼悬在插着土里的旗竿上，一个人也不曾看见，分明又中了官兵的计，但是冲到人这里，已经禁不住脚。那胡元帅越是恨着官兵捣鬼，倚恃着人多，尽管的追。远远的却听到一阵脚步响，分明有官兵前面逃跑，大概就是刚才在这里插旗点火布下疑阵的这班人了。由此看来，官兵没有什么作用，不过吓吓人而已。因此土匪放开胆来，索性一追。

这一追直到濠岸边，眼见官兵逃过去了，将吊桥高悬，紧闭着城门，死守不出。土匪哪里肯休，一面呐喊，一面就四处搬来灰土木料，向濠里乱塞，预备趁夜抢过濠去。正纷乱间，只见城里头一股火焰，直冲云汉。就在这个时候，身后匪营里喊声大作，火光陆陆续续的冒出来，顷刻红了半边天。同时接二连三有人来报，说是也不知由哪里杀去的官兵，把我们营寨烧了，东西也都抢去了。土匪们听到这话，心都慌了，大家齐向土匪营来救。那城里的官兵见土匪向后跑回，又开城杀了出来，紧紧的追上，只拣那人数最多地方，将枪和火药包，胡乱的放来。土匪把救老巢变了自救，只管向前跑。看看要近匪营，火光里，四面八方都是官兵，一齐扑来迎杀。土匪前后受攻，又没有约束，哪里能迎战，都像出笼的蜂子一般，四处奔逃。官兵追杀了一阵，然后分成三大队，作一路追击，一直追过二三十里，才收兵回城。县城附近的土匪，这一夜大战，总算追杀干净了。

原来张三公子自得了匪探口里的报告，知道土匪有点疑心城里官兵不多，因此和万守备商量，让他还在东南两门，设下疑兵，不论是哪一路，总让土匪追到城边。等土匪用力攻城，已是先忙乱了些时，然后城里一把火放了信号，就用伏兵去劫杀匪的营寨。这一支伏兵，却是张三公子自己领着，初更以后，黑暗里偷偷的溜出了北门，绕上一个大弯子，转出去一二十里路，老远的绕到贼营后路。看见城里火号，便直扑到贼营里去先放起火来。他们共有一千人，却三四十人一队，分作无数队，四面八方的喊杀。土匪既慌了，看到遍处是官兵，以为人多，自然是手忙脚乱，不知何方应战是好。官兵每队人虽少，却是早结合好，到处打一个痛快。

大家收兵回了城，万守备和张三公子一同进衙门，到了签押房。万守备将大帽子由头上取下，拿在手里，迎着张三公子直跪了下去。张三公子还礼不迭的也跪了下去，然后再伸两手，将万守备扶着。口里连道："老伯这样谦逊，小侄子万不敢当。"万守备起来，又作了一个揖，笑道："我这一跪，不是为我自己，乃是替满城的百姓和你道谢。老贤侄，若不是你来，这玉山县恐怕已经早在土匪手上。城里闹到了什么样子，也不得而知了。昨晚上这一场恶战，总吓破了他们的胆，不敢再来了。"张三公子道："老伯虽然这样谬奖小侄，不但小侄不敢当，而且还觉老伯太放心了。因为我们把土匪打走，他们并不是真正战败，乃是惊慌溃散。若是有训练军队，一阵溃散之下，自然算是消灭了。现在这些土匪都是本乡本土的人，他们虽然溃散，地理是熟的，他们各各散开，也去之不远。官军离开了他们，他们还是可以慢慢的聚拢来。不到三天，他们又成了队伍了。他们再聚拢来，哪里能保他不再来攻城？"万守备凝神想了一想，点了一点头道："土匪虽未必就有如此厉害，但是贤侄所虑极是。依着老贤侄，不放宽心又怎样呢？"张三公子道："我们两天战事，都是治标之策。若要把土匪肃清，没有饱经训练的军队，是不容易的事。依着小侄，有三个办法。”万守备道：“老贤侄，我服了你了。你说出来的，一定可行。请教请教。”说着两拳比齐额头拱了拱手。张三公子道：“依着小侄，现在把城里的兵，调了一半出城，就在东南角驻下。一来自壮声势，二来省得土匪就直逼城下。这是第一着。城里所有出战过的兵，胆子自然是大多了。就趁土匪不至围城的时候，加紧训练，既可自卫，将来也可和到的救兵，收夹击之效。这是第二着。小侄原是来探虚实的，家严一定很怀念。今天晚上，小侄就告辞，请派二百人给小侄，今天晚上索性追杀他们一阵。要追过去三十里，小侄就出了险地。这一次回去，小侄定要详申到上宪去催促救兵。万一救兵路远不易到，小侄斟酌情形，就可以调了广信的开信军来帮忙。这是第三着。”万守备听到他要走，不免惓惓，因他说此去还有命意，便道：“既是如此，我就照着贤侄妙计去办，今天晚上我亲自送贤侄一趟。”张三公子道：“老伯送我，我不敢当，但是晚上为和土匪交手起见，倒是老伯去的好。”于是休息半天，便挑选丁壮，预备夜战。这时硃砂又来告诉，张三公子来时失去的一匹坐骑，今天已经在城外找着了，更是一喜。到了晚上，万守备又挑一匹好马，让硃砂坐着。

初更以后，万张二人，带了二三百人，出城向广信大道行来。一路之上，只见一丛丛的黑影，星光下分布在沉沉旷野里。原来这都是村舍，人逃空了，只剩屋影，没有火光。这野外静悄悄的，一点什么声音都没有。因为非常的沉静，这一大群人在土地上的步伐声，劈扑劈扑，倒格外觉得响似的，远远的就惊动了几处野狗叫起来，但是虽有狗叫，这一带乡村，让土匪肆扰着日子很久，土匪不来，也就没有其他的人了。在这寂静的夜景里，跑过了二十里之遥，果然无事。张三公子忽然勒着了马，对万守备道：“老伯，你听听看，仿佛有人在后面跟着我们了。”张三公子的马一停，大家都止步了。万守备留心一听，果然有马蹄声，发现在后面。听听渐近，却没有了。万守备道：“恰是奇怪，刚才听得很清楚的，怎么又没有了？但是就有人跟着，也不过土匪的探马，不要为他误了我们的路程。”于是大家又赶着向前走。张三公子因为在马上留心听，慢慢的落了后。约走了二里之遥，后面的马蹄声又发现了。张三公子将马加上一鞭，赶到万守备面前。因道：“的确有人跟着我们后边，这事情却也可大可小，不能大意。老伯只管带了队伍走，小侄闪在一边，等着他过来看看是个怎样的人？”万守备道：“也好。要不要留两名弟兄帮着你？”张三公子道：“不必，有了人倒又觉掣肘。”于是张三公子将马勒到一边，让队伍过去。

在马上四周一看，见身后有一丛矮树，离路不远，因之牵着马藏在那里。自己却伏着身子，卧在干田沟里，手里拿着一把马刀，静静的等着。前面队伍的步伐声，去得远了。后面的马蹄声，也就慢慢地跟了来。等着那马蹄声近了，微微昂头一看，果然见着一个人，穿了一身黑衣，骑着一匹黑马，一颠一颠，走了过来。在沟里看得亲切，那人身上，分明带着刀，当时且让他过去了，然后跨上马去，跑上大路，跟着向下一追。那人似乎已知道了后面有人，猛然将马一偏，让到路一边。张三公子马抢了过去，回转马来，便横刀喝道：“这里正在打仗，夜静更深，你一个人骑着马，是做什么的？”那人笑道：“天下的路，天下的人走。他们打他们的仗，我走我的路，有什么要紧！我既走不得，你也是一个人，也是一匹马，你怎样就走得？”

张三公子一听这人的口气，虽然很调皮，却不是庸碌之辈说得出来，不敢小视他。便笑道：“你的话倒是有理，但是你未免明知故问吧。你在我们后面跟了有一二十里路了，你难道还不晓得我是什么人吗？”那人笑道：“我知道，我听你说话的声音，知道你是张参将的儿子。这次玉山县的仗，是你的功劳啊！怎么样？你杀了许多人，就想黑夜逃走吗？”张三公子道：“听你的话，原来你是贼党。你可知道我的厉害？”说着将马一夹，抢上前一步，手拿着刀，就探了一探。那人笑道：“我正要领教。”他口里说时，身子一偏，让过了去的刀锋，一个海底捞月式，他将刀尖由下向上一挑，直挑到那张三公子怀里。张三公子料定他是一个对手，早就提防了的，当那刀尖挑到怀里的时候，他早已将马勒着退开了好几步。那人算扑了一个空。不过他虽扑了一个空，刀尖并不收回去，索性拢着马上前一步，直逼进他身边。人在马上，却也歪到一边。张三公子看得清楚，分明是他在马上，势子已虚。心想这倒不难取巧，马不动，身子略微后坐，索性让他扑过来。看看那人差不多扑到这边马背，待要伸手过去，将他一夹，便活捉过来。不料那人更是刁滑，他不等着这里伸手过去，已经跌下了马背。张三公子伸手一捞，却捞了一个空。仔细看时，那人和马，都已抢过去好几步。只在这时，那人只平地一跳，又已骑上了马背。马横了身子，由张三公子马头上直扑到这边来。张三公子不料他手脚有如此的敏捷，便不敢取攻势，按着刀定了一定神，看他是怎样的杀来。那人并不惊慌，却将马退后了一步。笑道："这马不是我自用的马，不大合用。你敢和我下马比一比吗？"张三公子心想，这人手脚如此敏捷，步战是一定不弱，但是不肯输了这一口气，便答道："马上马下，都听你的便。"只这一句话，那人已翻身一滚，站在地下。只在马背上轻轻一拍，那马就闪到一边去。张三公子也就下了马，且退后一步远远看着他是如何起手，也好防备。

那人却哈哈一笑，然后将刀一亮，便连着浑身逼将过来，张三公子见那人来势很凶猛，不敢当面迎着。等他逼得近了，然后向旁边一闪，放了过去。那人直奔了过去，却不因扑了空停住他的脚步。他左手一抱，右手平拖着刀，伸过直的脚，作了个小八字步。这种架势，练武术的人，叫做尉迟拖鞭。你若不解他这一着要追了上去，贪他的便宜，他便将脚一扫，上面刀一倒扎。他用不着回转身来，你已中了他的毒着。张三公子很知他的用意，不敢直追，却在横面起个飞步要踢他的手腕。他将刀一收，跳上前两步，然后回转身来喝道："住手！"张三公子一停脚步，也向后一退道："为什么又要住手？"那人笑道："你不愧是个将门之子，我很佩服你，不忍伤害你，而且想和你交朋友，但是你那班同事，恐怕有些放我不过。你听听，他们的脚步响，已经追了回来，不是要来捉我吗？你们那些人，倒来捉我一个，这未免有点不讲交情了。"说毕，他跳上了马，就由旁边小路上飞跑而去。

张三公子正在犹豫，万守备却带了几十人转回来了。张三公子骑了马走上大路，将事情对万守备说了。万守备道："土匪队里，难道有这样人才？我有点不相信。若是他们队里有这种人，我们这几天这祥大打特打，怎样他不出面哩？"张三公子和万守备并马而行，继续着向前走，因道：

“据小侄看来，这人的本领，高过小侄十倍。能有几个，真是玉山之虑！老伯回去，倒要提防一二。”万守备道：“他就是有点武功，难道还有老贤侄这一肚子兵书不成？我很跟了老侄学一点歪才，不怕人蛮打了。”说毕，哈哈大笑。由这一路下去，均不见土匪的踪影，送过了三十里之外，张三公子就不由万守备再送，自和硃砂骑马回广信而来。

到了衙署，见着张参将，就把解围的事略略说了一遍。张参将道：“我也得着探报，知道你打了两个胜仗，总算不负此行。不过这二龙山的事，大概我们不用担心，省里已经来了公事，调了孙道法的十五营湘军来了。”张三公子道：“孙道法是个老粗，怎么用他？”张参将叹了口气道：“现在朝廷信任湘军，由他去罢。湖南人现在是不愁没饭吃，没有法子就去当兵。大江南北，有的是他们亲戚故旧，走到哪里，也可以吃上一份粮。从此以后，湖南人慢慢的都会走上当兵一条大路。现在是好，三五十年之后，湖南人就要后悔了。”张参将十余年的汗马功劳，因为不是湖南人，得不着曾左彭的携带，直到如今还屈在下位，所以他一提起军功省籍之分就不免有一番牢骚。张三公子看父亲颜色，不敢多说，就默然而退。

到了第三天，探马报来，孙道法湘军来了。满城的文武官员，都迎出城十里。张参将因为孙军是一个湘军统领，又是个客位，也只好带了队伍，扶病出城去迎接。湘军的大队人马，延长着几里路，最后才是顶马旗伞簇拥着孙道法骑马而来。那孙道法头上戴着貂尾大帽，上身单穿一件马褂，下面系着战裙，赤着脚穿了草鞋，腰上挂着一把绿鱼皮套子的马刀。坐在马上，左顾右盼，气概很是雄昂。到了接官员齐集的十里亭上，他就突然跳下马来，走上前去拉着张参将的手，说着一口湖南衡州话道：“将代张哥哥，唔些号斜个些候笨见各答(你是好些时，不见面的了)。”说着，昂了头，哈哈大笑一阵。回转头来，他就和这些官员，客气了几句。这些官员，翻了大眼睛望着他，没有谁人懂一个字的。张参将就代他翻译道：“孙军门说，大家辛苦了，不敢当。”孙道法笑道：“娘家拐的，我说家乡话，北京城里也去过，这小地方倒不行！”说着，他也不理会这些官员如何，一跳跳上了马，就拉着张参将并马而行。

一路之上，张参将把张三公子到玉山去打探和解了围的话，大概对他说了一遍，孙军法笑道：“你有这样一个好儿子，也不枉了。进了城，你先让他和我见一见，我还有许多事，都要领教他的。”张参将道：“这里新任的一位府尊，虽然是八股出身，人倒很通达。所有这广信的军事，他都听卑职去铺排。所以这里的军事，办得很痛快。要不然，卑职这里也难免有一二疏虞之处。”孙道法道：“有这样的事？不知道这位太守是哪里人，大概不会是下江的书呆子吧？”张参将笑道：“是一位旗下子弟。”孙道法道：“旗下子弟有通达时事的？这却不容易了。我到了城里，一定去看他。刚才在亭子上，我只和张大哥说话就没有理会到他了。”说着话，进了城。孙道法先在行馆里歇了一歇，就改乘轿子到知府衙门来拜会。

这位全震知府，原先是看不起武人的，自从到广信以后，一切军事，自己调度不来，这才觉得武官也有武官的长处。孙道法是个军门，当然是要好好侍候差事。本想让他休息一下，晚上再去拜访他的，不料他倒先来，就吩咐大开中门，自己迎接出来。到了花厅里坐下，孙道法首先一句就道：“兄弟听到说全太守很好，没有书呆子的脾气，所以我老孙来拜访。老孙这回来，因为公事来得忙，军粮马草，一概不足，要望多多帮忙。”全知府道：“那自然，替国家办事，自是尽力而为，决不能藏一点假。提到催办粮草军需，虽非折枝之类，却也不至于挟泰山以超北海之难，而况孙军门不远千里而来，卑府就不必说责有攸归，而地主之谊，亦毋可推委者矣。”孙道法听到他这一遍文诌诌言语，比别人对于衡州的话，还要难懂十倍，心里大不高兴。因道：“我是听了张大哥的话，说是贵府不懂军事，就也不多问军事，只要你能听着我们武官做，也就是了。”说毕，就告辞了。

第三十六回　粉壁留题飞仙讶月老　倭刀赠别酌酒走昆仑

全太守将孙道法送出了大门，一路摇着头走回上房。口里只顾念道："质胜文则野，质胜文则野。"全太太见他是这样走进来，便问道："又有什么事引动了你？把孔夫子请出来。"全太守就把孙道法刚才的言行，说了一遍。因道："难道说做武官的人，就可以这样不讲礼节吗？"全太太道："你可别得罪他呀！这会子，我们全仗他打土匪。打跑了，是我们坐享太平。"全太守道："你们妇女们只好坐着打鞋底，谈谈张家招女婿，李家聘姑娘，若谈到军国大事……"他正这样说着，只见那位在这里作客的德小姐，站在全太太身边，却是微微一笑。全太守道："姑娘，你笑什么？我这话说得有点不对吗？"德小姐说道："我哪敢笑姨父说的不对，但是妇女们不能全是坐着打鞋底，说张家招女婿，李家聘姑娘的。"全太守点了点头道："是呵，你就是个女学士，我怎么能一笔抹煞呢？"德小姐笑道："姨父真是喜而供诸案，恶而沉诸渊了。"全太守连连点着头道："上一句话，爱而加诸膝，轻轻一改，改得很好，改得有身份。"说着话时，将头摆着小圈圈来。全太太道："你瞧瞧，谈什么你都不得劲儿，一谈到之乎者也，你就觉得浑身都是舒服的。"全太守道："你知道什么，等你懂得这个，恐怕还要读二十年书哩！"说着，笑向书房里去了。全太太笑道："我没有那长的寿命。就有那长的寿，我为了要懂之乎者也，再读二十年书去，那是个什么算法呀！"德小姐道：姨妈不提起读书，那也算了，提起了读书，我倒有一桩事要乘便求求姨妈。自从到了这里来，整天的是打听土匪的消息，每日提心吊胆，饭都吃不饱。现在是土匪打跑了，救兵也到了，大概事情可望平息。我一天到晚捧了胳膊坐着，闲得怪难受的。我想请姨妈给我腾出一间房子来，我也好写写字。”全太太道：“一说请孔夫子，你就真请孔夫子了。西右那一带厢房都是空的，我就让当差的给你收拾收拾罢。”德小姐听了，马上带了两个女仆就到西厢去看屋子。

‘这地方外面是道长廊，对着石阶下的四方院子。这院子里左右排列两棵高出十余丈的大樟树，屋子里一年四季是映着绿色。屋子后开着两扇高高的推窗，窗子外又是绿竹，被风吹着，将绿竹竿子，吹得一时闪过来，一时又闪去。窗子上的绿影子，不住的摇动。德小姐一见，非常的愿意。连道：“这里就好，你们快些给我收拾起来罢。既幽雅，到上房又近，我一天到晚，要坐在这里了。”德小姐高兴得什么似的，只是催仆役们收拾。全太守知道德小姐要收拾书房，他已很高兴，就亲自上前，指点一切。不半天工夫，就收拾妥当了。到了次日，德小姐一早起来，就让女仆泡了一壶好茶送来，自己焚了一炉香，就抽了几本书，坐在临窗的一张桌边来看。越看越有味，只除了吃饭，终日都坐在这书房里来了。有一天，德小姐看了一天的书，到了晚上，还想掌着灯到书房里去。全太太笑道：“你这样大小，还是孩子的脾气，喜欢新鲜味儿。爱看书，慢慢的看吧，别把这一点劲头儿，几天给使完了。”德小姐也觉有点倦意，就不去了。次日到书房里去，却在雪白的窗纸上，发现了一行小字，乃是“杨柳岸晓风残月”，她忽然心里一动：这一句词却是自己心坎里一句话，何以恰好写在自己的书案边？而且这窗纸是新裱糊的，在这几日之内，都没有看见，分明是昨晚上有人写下的。这上房除了姨父，并没有第二个人懂词章，但是姨父写得一笔好殿体书，这字非常灵动，当然不见得是他写的。既不是他，难道还是前面公事房里幕宾们写的不成？那更不对了，自己纳了一会子闷儿，也想不出一个道理来。于是用墨将那一行字来涂了，也不再去理会了。

这天晚上，她在书房里看书，还看到二更后，出书房门之时，将门带拢，用锁来反锁了。又过了一天，再到书房里来，却见窗纸上，又添了一行字，仍是“杨柳岸晓风残月”那一句话。这不由得她不吃一惊了，房门昨晚锁着，今朝是自己开的，决不能有人进来。这一行字，从何而来？难道还有什么幽灵之物，特意来写上这句词，暗射我心里的事不成？她仔细想了一下，实在想不出一个道理。坐着看书时手里捧着书，眼睛却不向着书上，只抬了头四面的观望着出神。正在四处张望的时候，忽然发现了一桩可注意的事，就是后墙向着竹丛的那两扇高窗门，却是开的。分明记得昨晚在此看书，因觉得阴凉，就自行端了一个凳子，爬着把窗户关上。现在窗户开了，当然是有人由那里进来，然后在这书案边的窗户纸上，题下那一句词了。记得由四川到汉口的时候，在船上那个姓柴的，曾和我打了两个照面。后来到了南昌，在码头上，又看见过他，莫非他跟到这里，要和姓秦的作昆仑不成？我是名门小姐，现在又住在姨父衙里，非红绡可比。就是那秦学诗，有叔父管住了他，不见得就学了崔生。让姓柴的带到广信来，只是这一句词，除了我和他，不能有第三个人知道。他就是没有来，也是把这事告诉了姓柴的，有话转告我了。最好我是见他一面，当面问他几句，但是我是个深闺弱女，他是个江湖武丈夫，我在什么时候，什么地方，可以见他？若是出了什么意外，却怎么办呢？德小姐这样一想，倒反而惊怕起来。既没有心看书，也饮食无味。到了晚上，深怕那个姓柴的来了，反为不美。天色一黑，她就到上房里去，索性一步也不敢到外面来了。

到了次日，天色不好，淅淅沥沥下起雨来。德小姐心中有事，不由得更因此添上一层烦闷，吃过午饭，才慢慢走到书房去。可是一到书房门口，心里一阵乱跳，反是站在廊上，不敢走了进去。凝了一凝神，自己暗笑道：我这个人真是疑心生暗鬼了！这白天，又在这上房里，难道那姓柴的还有隐身术，能飞了进来吗？于是咳嗽了两声，又喊了一声女仆倒茶，然后才走进去。进书房之后，首先便注视书案前的窗纸上可有什么，恰似很明显的，那里又添了一行字。不过不是先前那句词了，乃是“若不知，何以涂抹之；既知之，何不回报之”。德小姐看了，愈加惊慌，觉得不理会他，岂不失了机会？而且辜负了人家千里奔波的苦心，要理会他，又不好意思见他，也没有恰当的地方敢见他。可是要永久不见他，他却纠缠不清，每晚都进衙来。若是让人知道了，那还了得！只她这一着急，当日急出一身病来，就发着烧热，睡在床上，不过人却是清醒的。这天下午，雨更连绵了，加着不断的风吹来，将那上房前后左右，一些树木，吹得如海潮一般作响。到了晚上，人声是静寂了，人坐在屋子里听到屋外的风雨斗树声，更是厉害。窗纸上摇着一线淡黄的清油灯光，越显得屋子都要让风雨来撼动，仿佛人在一只破船中一样。

这晚上，全太守晚饭后也是觉着风雨之声闷人，便找了一本古版《易经》，坐在灯下，细细的咀嚼。以为这样风雨飘摇的时候，只有古圣人经纬宇宙的大道理，可以镇定身心。正看了几页，忽听到窗外走廊下，一片惊号之声。全太守听到不由着一惊，便问怎么了，怎么了，外面答道："有……大仙，吓……死我了。"全太守更是惊慌，连连叫着道："来呀！来呀！"在那个的时候，官吏叫他的仆役，多是无名无姓，就叫"来呀"两个字，代表一切。两个字越叫得急促，越有紧急的事情。全太守如此一闹，早惊动了上房内男女全班仆役，大家拿了灯烛，一阵风似的，就拥到走廊下来。只见厨房里一个打杂夫子，蹲在一个屋角下，脸色白得像纸一般，只管哼着，一语不发。地下倒着一个木提盒子，盒子虽不曾揭开，却是泼了一地汤汁。大家将他扶进屋里去，盘问他时，他说提了一盒东西，走过廊下，有一条黑影一闪。先还以为是眼睛花了，仔细一看，那黑影直窜到我的身边，这才看清楚，是个有手有脚又能飞的大仙。我冒犯了大仙，大仙还踢我一脚，我哎呀一声，亲自看见他由走廊下，跳上樟树上去了。全太守手上拿着一本《易经》，正着颜色道："攻乎毕端，斯害也已，以后再不许说这种话。有说这种话的，我就要重办。"全太守越骂声音越大，由内室里一直骂到堂屋里来。这些仆役们，虽然怕大仙，比较起来，却是更怕大人。所以全太守一喝，大家都软起来，不敢作声。全太守在堂屋里骂着不算，又由堂屋里骂到走廊下来。随叫唤捕快来，捉拿大仙。

这些捕快，忽然见府大老爷连晚召集问话，料着有重大的事情发生，大家都战战兢兢捏着一把汗。及至到了府衙，让全太守一说，才知道是府老爷要他们捉大仙。因回答道："老爷要小的们捉贼捉强盗，小的们拼了命也是要去捉的。现在有了大仙，小的们可是不敢奉命。慢说小的们这种无用的人，就是请了剑仙侠客来，他们也没有那灌口二郎神能耐。”他们说这语时，都不住的转头来向后张望，仿佛就有大仙从屋顶上跑进来一样。全太守道：“胡说，好好的叫你们捉贼，你们倒装神装鬼。有什么妖怪？有什么大仙？你们到那二堂后身去看看，那里是不是有人的手脚印？有手脚印，那还是大仙，还是贼呢？”捕快们进衙之时，也曾在二堂后查勘了一会儿。那个手脚印，果然像是人印下来的。只是这广信地方从来不曾出这种飞檐走壁的人，突然发现，到哪里去找。要说是现在闹土匪，是由二龙山来的，这二龙山也不过是一班舞刀耍棒的人，也不见得能够半空里来去。全太守见他们站在花厅中犹豫着，他坐在凳上，突然站了起来。喝道：“你们若是不去捉贼，那就是你们和贼通同一气，将你们重办。现在限你们三天期限，三天之内，若采访不到一点消息，就仔细你们的狗腿！”说毕，将长袖子甩了一两甩，一转身子就回上房去了。

这些仆役们哪里禁得住吓，只得到次日，便把这话传扬出去，说是知府衙门闹狐仙。满衙门的人，到了晚上走路，都不免有戒心。可是为了他们过分的害怕，到处都显着有鬼怪出现。次日的风雨，依然未歇，二堂后有两个打更的，在二更以后，因雨地里不好走，便坐在倒檐下，避着雨打磕睡。刚是要闭眼，就在这倒檐上啪的两声落下两块瓦来，同时又很重的一声，落在地下。两个更夫本把闹大仙的话深深的印在脑子里，现在一惊，睁眼看时，只见一个黑影在阶石下那青苔毡上，连跌了几跌，然后才一窜窜上墙去，再由墙上一翻，才不见了。当他翻动时，墙上落下两块整砖来，将墙里的水溅起来，两个更夫脸上都溅得有了。当那黑影子在面前时，两个人吓得成了两个呆子，只管望着。现在黑影扑过墙去，眼前没有什么了，两个人这才如发了狂一般，大叫救命。衙役齐跑了来，这才知道又是发现大仙。据两个更夫说了，大家便用灯火一照，果然地下有几个滑倒的人手足印子，再看看那面墙上，却也是有人的手印，印在湿青苔上。这一来，大家都证明更夫所说的话不错，更哄传出来。

这个时候，全太守还不曾睡，觉得这事情不能含糊过去，在西花厅传全班捕快问话。捕快们看到府太爷这样雷厉风行的样子，气得是话讲不上去，彼此相看了一会子，相率走出了花厅，又绕到二堂后来，仔细看了一看。那手脚印有几个，印得清清楚楚，果然是人留下来的，便就推了两个人，亮着灯笼火把，上屋去照了一照。在屋上墙上，又发现了好几处脚印，有几处还踏碎几片瓦，若是大仙决不会这样重手重脚。当晚夜深，大家只在衙前衙后，查勘一番，见着没有什么行迹，也就算了。约了次日，大家在十字街一品轩茶楼上，共商一个办法。

到了次日清晨，这些捕快们，一早在茶楼上聚会。找了临街的一副茶座，大家向外面坐，正谈得有点头绪。这捕快班里有个范承才，却是他们队里的领袖。他衔着一根旱烟袋，两只手臂抄抱在胸前，正自出神。他的旱烟袋，忽然由口里落将下来。同时他将桌子一拍，指着楼下道："要破这一桩案子，除非是去问他！"大家看时，只见张三公子带着一批新招练的兵，骑了马过去。范承才有个把弟余老七，也学习过一些武艺，他心里忽然省悟过来。笑道："是了，大哥说的这话，我已经明白。以为张少爷从过明师的，一定看得出江湖上高一等人物的行藏，但是是人呢还是大仙？他能帮助我们的忙吗？"范承才道："据我看，十成之八九是人所为。我们这种人哪里亲近得他？只好找个能手出来试试了。"大家都觉得这法子笨，但是除此之外，也无良法，于是把喝茶的时候展长。等着张三公子下操回来，大家就一阵风似的，走出茶楼，拦着张三公子的马跪下。护从有认得范承才的，就告诉张三公子，这是本城的捕快头。张三公子用马鞭指着他们笑道："你们的事情，我明白了，你们捉不了狐狸精，要来求我，是不是？我姓张，可不是天师，你们怕挨板子，不会上龙虎山请张天师去吗？恐怕也没有用呢？"大家一听这话，分明是他很知道这事情的内容了。范承才连忙道："少爷，这事就求求你罢！少爷既然知道，小的们也就不多说了。只是求你救我们一条命！"张三公子道："既然如此，你们先起来，让我今天晚上和你们到府衙前后走上一走。我生平不信什么鬼怪，你看他今天晚上还来不来？"捕快们听了这话，将信将疑，都站了起来，给他请安。张三公子也不等他们再说话，一扬马鞭子，就走开了。

知府衙门里闹狐仙的事，这时大街小巷，本来无人不晓。现在看到一班捕快围着张三公子的马这一段事，大家更觉闹狐仙乃是千真万确的了。这些捕快来求，他在马上从从容容说着大话，很像今晚上狐仙就不会出现。大家虽知道张三公子武艺很了得，不信他会降妖捉怪。今天晚上，府衙里是不是有大仙出现，那就可以看出他的本领怎样了，因此大家把这事都当了一桩奇事去传说。范承才这班捕快，相信张三公子总不会撒谎的，但是怕他和大仙交起手来，不免要上大仙的当。因之这晚上，也不敢在家里睡觉，都带了武器，悄悄的在府衙前后巡哨，但是巡哨一夜，确是不见什么动静，这些捕快们也不回家，就一直到参将衙门来，打听张三公子昨晚可曾出去。据跑差上的人说，他昨晚二更前后，在衙外喝得烂醉回来，一回上房，就睡觉了，并不曾出去。这里头更不能无原由，大家就在号房里等着。打听张三公子起来了，大家就央告传号进去回禀，要见张三公子，求他指教办这案的法子。张三公子只叫范承才、余老七两个人到小签押房里来，其余的都让回去。

范余二人到了小签押房里，只见张三公子向着太阳光的纸窗下临帖，二人便蹲着身子，请了安下去。张三公子将笔向笔架上一放，笑了起来道：“你们以为我把大仙打跑了吗？昨天晚上喝酒，今天早上写字，我哪有工夫捉妖？来来来！你们也来写两个大字。”范余二人以为张三公子和他们开玩笑，站了不动。张三公子遂将那支笔交给范承才看道：“要破案，就在这一枝大字笔上。你们不会写字，怎样破得了案？”范承才接过那支笔，在手上却是重颤颤的，仔细看时，这笔管却是熟钢的。只得笑道：“小的实在不懂，求少爷明指教我们吧。”说着，退后一步，又给张三公子请了一个安。张三公子笑道：“我料你们不懂，我老实告诉你们罢。当我由玉山回来的时候，半途路上，曾碰到一个骑马的人，他和我马上马下都交过手，本事十分了得。我就想着，土匪窝里，不会钻出这种好角色来，但是他是由哪里来的，我倒猜不出。前两天我一人走大街上过，看见一个外乡人，站在街边买东西，声音却是很熟，可认不得那人。后来我想起来了，那岂不是和我交手的人吗？我正看着他，他一回头见了我，像是认得，就笑着说：“张少爷不认识我吗？我请你喝杯酒去，肯不肯赏脸？”范承才道：“这贼不怀好意了，少爷去了吗？”张三公子笑道：“那怕什么，他真是要算计我，就不去喝酒，哪里又躲得了？当时我就和他一路到酒馆子里喝酒，一谈起来，不但不是贼，而且是个大大的好人。

他姓柴，单名一个竞字。他的师傅尤其闻名，是长江上一个大侠客，名字不要去提他了。他到广信来，不是为他自己的事，不过要和一个朋友作媒。和这里府大老爷，一点不相干，白扰他的事做什么？他随身没有大武器，除了一把刀，便是几十支真假笔。他倒送了我几支，我故意拿出来，看你们识不识？原来你们也不懂呢！”

说着，他接过笔去，将笔头一扭，只见毛笔头和一个短套，脱了下来，里面另露着一个尖而且白的针头。他手一扬，那笔啪的一声，插在画梁上一个双凤朝阳的凤眼睛里。范承才看到，心中暗暗喝彩，脸上自然也就现出一种欣慰之色来。张三公子笑道：“据你们看，这就了不得了，其实这位姓柴的本领，要比这个强过十倍。他站在树下，能用这个去打树梢上鸟雀的眼睛。像你们这种的人，他何须多费事，一个送你们一箭，也就了事。这是他师傅的传授。他师傅本人，能够用芦杆子当袖箭用，变轻为重，这暗劲就更大了。这种本领的人，我见了都要五体投地，我不信你们有这种本事，可以去捉他？你们可以回复府太爷一句，就说不是狐仙是个人，这人也就走了。只要府衙里再不闹事，我想府尊也不和你们为难。我自去对那姓柴的说，请他早早出境，你们看是怎样？”范余二人见张三公子说得那人如此厉害，他又保了不再来，只要无过，也就不敢望赏了。当时便谢了谢张三公子。他又道：“你们不要对人说这话是我说的，若说出了，下回再闹事，我就不管。”范余二人，只要府衙不闹事这一层自当遵命，很高兴的走了。

张三公子于是在家里寻出一把收藏的倭刀，一个橙色葫芦，带在身边。独自步行出衙，却到西门外一家客店里来拜访柴竞，到了店中一直向房间里排闼而入。只见柴竞在桌上放了一大荷叶包猪头肉，又是一大捧落花生，手里拿了一大瓦碗烧酒，正自吃喝着解闷。一见张三公子，便迎上前来，笑道：“兄弟昨晚不敢失信，他们向张少爷说了什么？”张三公子就将对捕快说的话，叙述了一遍。因笑道：“他们就是吃了豹子心，老虎胆，也不敢到这里来拜访阁下。只是阁下这个媒人，我看可以暂时不做也罢。无论哪位德小姐，你没有法子把她引出侯门似海的知府衙，就算你能够引出来，试问孤男少女，你有什么法子，可以送她到浙江去？”柴竞笑道："我在朋友面前，没有答应此事则已，既然答应此事，就是国法不足畏，人言不足惜。"说着，端起碗来，咕嘟一声，喝了一口酒。张三公子微微笑道："就算你老大哥决意这样办，那德小姐年轻，也不肯放了胆子跟你走，你又当怎么样？"柴竞踌躇着道："我就是为了这个没有法子，我要是这样走了，我受了朋友之托，不忠朋友之事，那都罢了。我千里迢迢，跑到这里来，闹得满城风雨，最后是一走了之，我这未免对不住自己了。可惜上次我到二龙山去，没有找着我的师傅和师妹，若是找着了他们，我的事情就好办了。"张三公子笑道："我既然劝阁下走，我自然也有个办法，不能让你阁下一走了事。要晓得虎头蛇尾，和神龙见首不见尾，却是两件事。阁下依我办，把那位姓秦的学生找了来，我可以荐他到府衙里去做一点事。万一全府尊不允，就是敝处算个冷衙门，添这样一位醉翁之意不在酒的幕宾，兄弟总可以作主。那个时候，再来设法做媒，当然不至于像现在这样费事吧？"柴竞道："张少爷，你能断定那姓秦的来了，不至于落空吗？"张三公子道："这件事和我又没有什么相干，我若是办的不到，我就不必多此一番唇舌。我又何苦撒一个无所谓的谎呢？"柴竞把酒碗举起，就一吸而尽。笑道："这就痛快多了，我自身在这里并没有事，现在和张少爷痛饮几杯。放下酒杯，马上就走。"张三公子于是将那葫芦放在桌上，然后把那柄小倭刀向桌上一插，笑着拱了一拱手道："这葫芦罢了，送阁下盛酒喝。这把倭刀，真是早年进贡来的，却是出门一件轻便利器，请一齐留下，就不另送程仪了。"柴竞笑道："这是在府上就预备好了的，分明是催我走了。有了这个葫芦，就可在城里买了酒，索性带些食物，出城五里有个玉皇阁，那里大树参天，我和少爷到那里一醉而别如何？"张三公子连声叫好，就提了葫芦出去，灌满了酒，又买了一刀咸猪肉，两只大薰鸡，用荷叶包了，提回店来。不曾进店，恰是柴竞背了包裹在店口张望，于是二人一同出城，向玉皇阁来。

一路之上，听到路上行人说话，都是说着知府衙里闹大仙的话。有的说大仙身长三丈，非常厉害。有的说，这几天大雷大雨，都是为了这妖怪，但是五部雷神，大战三日，都没有奈何他。听说后来关圣大帝亲自出马，才把那妖怪降伏了。柴张二人一路听了这话，都不由得暗笑。到了玉皇阁外，就在大树下石头上，摆上酒菜，二人席地而坐，把葫芦盖当了酒杯，传递着喝。将倭刀割鸡肉，大块的咀嚼。

正自兴酣，忽然有人在身边哈哈大笑道："大仙在这里了！我不曾进城，倒先见着。"柴竞哎呀了一声，站起来道："原来是师傅。"张三公子看去，见一个五十上下老者，穿着黑衣，背着包裹。脚下的大布袜子，齐平膝盖，上面沾染遍了黄泥，分明是一个走长路的。张三公子曾听柴竞说过，他最得意的老师，是长江大侠朱怀亮。看人虽然是老者，两颊还有红光内隐，正是精气内练，神光外发的原故。因为柴竞一站起来，就给他师傅行大礼，先未便插言，默然站着。柴竞见礼已毕，就回转身来，对张三公子道："这是我朱师傅。"张三公子笑道："果然是朱老前辈，难得到此地。"说着恭恭敬敬的三揖。朱怀亮将包裹从肩上溜下来，他搓着两手，向张三公子脸上注视着。笑道："这地方不会有多少人和我徒弟交朋友的，莫非这是张参将大人的少爷吧？"张三公子谦逊一番，也就请他席地坐下。朱怀亮对柴竞道："我上个月送你师妹到皖南去完婚，就听到这边二龙山起事，道甚传言，说有我的朋友在内。我就不相信，因此独自到这广信来，打算去看看。不料今天一路之上，就听知府衙里出了大仙，闹得如何如何，我就有些疑惑。现在看到了你，莫非是你干的？"柴竞因就把自己由四川出来，和秦德二人同船，以及受了秦学诗之托，和他们作媒的话说了一遍。朱怀亮道："既是张少爷能帮你的忙，这事不愁不成功。由这里到浙江，要穿过玉山县，我现在没有你师妹挂虑，闲云野鹤，哪都可以去，我就陪你到浙江去走一趟。这玉皇阁外有两家小客店，我这几天走得累了，今天权且在这里歇息一晚，明天再走罢。"柴竞本也无一定行期，就依了师傅的话。三人将酒菜用完，柴竞向张三公子拱手道："诸有打搅，不劳久陪。阁下衙中有事，就请自便，半月之后，我们再相会罢。"张三公子一见朱怀亮，遇到这样一个老前辈，本想多攀谈几句，也好领教些武艺。转身一想，他们是江湖上人，自己是宦家之子，他们师徒会面，或有私话要说，自己夹杂在他们一处，或有不便。好在他们还是要来的，到下次会面再谈罢。于是和他们拱手而别，自回城去。

就在这时，二龙山的土匪，正在和孙道法的军队交战，浙赣边境，十分不安，过了半月，却也不见柴竞师徒回来。心想路途不好走，他们不能穿过战场，这也是人情中事，却也未曾去注意。又过了十天，那带军平匪的孙道法，忽然自前防来了一道公文，说是需要一位熟知匪情的军官，随营助理军务，就要请张参将调了张三公子到前防去。张参将见一个湘军头领会来调他的儿子随营助理军务，正平了他一口湘籍以外无才之气。当日就叫着张三公子到前面，教训了一顿，立派他到前防去。他只去了三天，却有人到号房里来三次请见。号房里说我们少爷到前防出发去了，要军事平息了，才能够回来。那人听说，就垂头丧气的走了。

这时值着黄梅天气，在江南乃是一年阴晴的日子。有一天下午，忽然起了大风，飞沙走石，终夜不息。到了天亮，飞沙里夹了几点雨，才把风息了。这一日一夜大风，广信城里吹倒树木房屋不少，知府衙门和参将衙门，是两所古署，衙里有许多古树，也有吹折的。全太守总算关心民生的，一早就派人到四城去调查灾情，同时也在衙门检点损失。不料，就在检点声中发生了一件最大的损失，就是睡在卧室里的德小姐，忽然不见了。全太守一听这话，毛骨悚然，心想难道真有什么妖怪，刮了一天一夜大风，把她摄去了？只得放了胆子，调齐十几个仆人，各拿家伙，拥进德小姐卧室去。只见床帐高挂，被褥叠得好好的，桌上一盏西式的铜胆油灯，兀自点着，灯芯草结成一个很大的灯花，这分明是未安眠以前就失踪了。德小姐所睡之处，左隔壁是全夫人房，右壁是女仆房，若有一点响动，就可以惊人的，然而却全不知道。全太守一想，像德小姐这样的女子，决计不能私奔，更也不会无故寻短见。若是让人劫了去，这上房岂是轻易能进来的？若是妖怪，自己生平就不信这件事。他想着完全不对，只将两个指头，在半空中画个圈圈，连说怪事。全夫人也是满衙内乱撞乱找，并无踪影，儿呀肉呀的，嚷着哭起来。全太守就吩咐下人，这事与体面攸关，不可张扬出去。一面传捕快马快，进衙问话，却叫全夫人不要啼哭，免得扰乱自己心事。

全夫人哪里禁得住，索性走进房来，倒在德小姐床上，抱枕大哭。她一个翻身，忽然指着帐子顶上道：“那是什么？那是什么？”大家走上前来一看，原来是一张白纸，大笔涂抹，画了一些黑云。将那画揭下，仔细一看，满幅云影，里面藏着一条龙。这龙只有一个龙头，半个身子半隐半显，尾子却完全不见。纸边却有一首四言诗道：“天马行空，非妖非鬼。记取一言，神龙无尾。”太守将这十六字，默念了几遍，摇着头道：“天马行空，这是一个非常之人，如精精儿、空空儿之流了；非妖非怪，自道之矣；神龙见首不见尾，然则又在何处见过他的头呢？”他自这样揣摸了一遍，只却是之乎者也，说不出一个道理来。其余那些幕宾衙役，都相信道是妖怪作祟，将德小姐摄去了。甚至有人说，就是河里龙王摄去的，所以画下一条龙为记。这话一传，满城风雨，都说知府大老爷有个小姐嫁了龙王了。全太守明知谣言不可信，或者是被江湖上异人掳去，也未可知。在古人笔记上曾读过虬髯客、昆仑奴这些人传记，料得不是这些捉小偷的捕快所能擒获，责罚他们也无益，只得叫他们访访罢了，但是事有奇怪的，同时张参将衙门里，也发现了一张神龙图，只记取一言，神龙无尾四个字。著书的一口气写了二三十万字，委实觉得吃力，就借那神龙无尾四个字，断章取义，作个结束。